西方文艺理论名著选编
（上卷）

XIFANG WENYI LILUN
MINGZHU XUANBIAN

伍蠡甫　胡经之　主编

北京大学出版社
PEKING UNIVERSITY PRESS

图书在版编目(CIP)数据

西方文艺理论名著选编.上/伍蠡甫,胡经之主编.—北京:北京大学出版社,1985.11
 ISBN 978-7-301-00650-4

Ⅰ.西… Ⅱ.①伍…②胡… Ⅲ.文艺理论－西方国家－文集 Ⅳ.I0-53

中国版本图书馆 CIP 数据核字(2007)第 096840 号

书　　名：西方文艺理论名著选编(上)
著作责任者：伍蠡甫　胡经之　主编
标 准 书 号：ISBN 978-7-301-00650-4/I·122
出 版 发 行：北京大学出版社
地　　　址：北京市海淀区成府路 205 号　100871
网　　　址：http://www.pup.cn　电子邮箱：pkuwsz@yahoo.com.cn
电　　　话：邮购部 62752015　发行部 62750672　出版部 62754962
　　　　　　编辑部 62752022
印 刷 者：三河市博文印刷有限公司
经 销 者：新华书店
　　　　　　850mm×1168mm　32 开本　18.25 印张　457 千字
　　　　　　1985 年 11 月第 1 版　2021 年 4 月第 16 次印刷
定　　　价：49.00 元

未经许可,不得以任何方式复制或抄袭本书之部分或全部内容。
版权所有,侵权必究
举报电话:010-62752024;电子邮箱:fd@pup.pku.edu.cn

编选说明

一、为了批判、继承西方文艺理论遗产,建设具有中国特色的马克思主义文艺理论,促进我国社会主义文艺的发展,我们从古往今来的文艺理论著作中选择了一些具有代表性的篇章,汇集成《西方文艺理论名著选编》,分为上、中、下三卷出版。

二、应高等学校的教学需要,入选资料多为西方文艺理论中的名著或名篇,基本按照历史线索编排;但至现代,则顾及思潮、流派的不同,略变次序。对历史上较重要的论著,所收力求完整。国内虽有译本而又不易查找的资料,则酌情多收。

三、为丰富、充实选编,我们特地组织力量,新译了二十余万言的外文资料,编入本书,以供读者分析批判。新译的资料,多为在我国影响甚大而又了解不多的文艺理论(如自然主义、形式主义),特别是现代的文艺理论(如新批评派、新小说派、结构主义、表现主义)。

四、考虑到教材分工的不同,为避免重复,本书不包括马克思主义文艺理论的著述,一般也不收入文学家、艺术家的创作经验谈。所选美学家、思想家的言论,亦以涉及文艺理论为限。

五、本书之外,我们还编写了《西方文艺理论名著教程》一书,对西方文艺理论史上出现的一些重要论著进行分析评价。此书可同时作为高等学校的教学用书,也可供广大文艺工作者及爱好者参阅。

编辑委员会
一九八四年八月

目　次
（上　卷）

代　序……………………………………伍蠡甫(1)
〔希腊〕柏拉图
　　伊安篇………………………………………（1）
　　理想国………………………………………（18）
〔希腊〕亚理斯多德
　　诗学…………………………………………（43）
〔罗马〕贺拉斯
　　诗艺…………………………………………（96）
〔罗马〕郎加纳斯
　　论崇高………………………………………（114）
〔罗马〕圣·奥古斯丁
　　忏悔录………………………………………（130）
〔意大利〕但丁
　　致斯加拉大亲王书…………………………（152）
　　论俗语………………………………………（156）
〔意大利〕达·芬奇
　　笔记…………………………………………（158）
　　画论…………………………………………（162）
〔意大利〕卡斯特尔维屈罗
　　亚里斯多德《诗学》的诠释…………………（166）
〔英国〕锡德尼

为诗辩护……………………………………………（170）
〔法国〕布瓦洛
　　诗的艺术……………………………………………（177）
〔法国〕布封
　　论风格………………………………………………（213）
〔法国〕狄德罗
　　论戏剧诗……………………………………………（222）
　　画论…………………………………………………（262）
〔德国〕莱辛
　　关于当代文学的通讯………………………………（286）
　　拉奥孔………………………………………………（288）
　　汉堡剧评……………………………………………（326）
〔德国〕赫尔德
　　批评之林……………………………………………（352）
〔德国〕康德
　　判断力的批判………………………………………（364）
〔德国〕歌德
　　莎士比亚纪念日的讲话……………………………（420）
　　自然的单纯模仿·作风·风格………………………（426）
　　歌德谈话录…………………………………………（427）
〔德国〕席勒
　　论悲剧艺术…………………………………………（459）
　　论素朴的诗与感伤的诗……………………………（470）
　　艺术的美……………………………………………（494）
〔德国〕黑格尔
　　美学…………………………………………………（501）

代　　序

伍蠡甫

这部《西方文艺理论名著选编》的选文、组织翻译力量和校阅人选、广泛征求国内高校文艺理论专业许多同志的意见、修改调整以至最后编辑成书，所有这些工作都是由胡经之同志主持的。现在全书定稿付印，出版之后，必将对全国高校有关学科的教学与科研以及广大文艺工作者参考与自修，有很大的帮助。我忝列主编，却没有做什么，试写代序一篇，聊以补过。本书选文由古到今，时间长达二千年，字数超过120万，读者可能感到浩如烟海，不知从何入手。其实除读通每篇选文外，似乎还可以下一番功夫，分析、比较、综合若干重要的、有代表性的选文，从而了解西方文论发展的基本面貌和演变经过。为了满足这一需要，胡经之同志已另行主编《西方文艺理论名著教程》。在《教程》出版之前，我想于较小范围内（现代的部分流派）先尝试一下综合的论述，以就正于读者。内容很不成熟，姑且名为"代序"，谅无不可吧！

本书所选由公元前4世纪到公元19世纪后期西方文学理论著作，大致可归结为现实主义和浪漫主义两大阵营，包括各自的高潮与低潮以及双方的相互影响，其中的发展线索在一定程度上是相当清楚的。但是到了19世纪末，出现一个大转折，即象征主义的诞生，它突出非理性主义和形式主义，赋予二者以前所未有的重要性，并对20世纪以来西方现代派形形色色的批评理论产生巨大影响。本书的现代部分占了较大篇幅，虽然尚未包括所有流派，但和19世纪以前的不同，有许多论点使我们感到新奇以至荒诞，有必要做些分析,勾出主要轮廓,弄清基本面貌,并探寻它们之间的关系。因此写了这篇短文,但限于资料和个人水平,错误遗漏在所难免,还请读者指正补充。参考的中外文书刊、引用文句系自译或他人所译,就不一一注明了。

(一)

就从象征主义谈起。19世纪末欧洲资本主义进入帝国主义阶段,无产阶级的兴起与资本主义社会矛盾的剧化,使大批资产阶级知识分子对阶级命运和个人前途感到悲观绝望,而又力图挣扎,在文学上集中地表现为创始于法国的象征主义。它主张文学脱离客观世界,不再反映"苦痛"的、"虚幻"的现实,而转向主观世界,进入"纯粹观念"的领域,通过直觉以把握所谓"超越"的、"永恒"的"真实";而接受后者所启示的奥秘,加以描写则是诗人的任务;实质上,是诗人与神冥合,以求慰藉。而为了传达他所感受的主观境界,诗人采用了种种象征,进行暗示与再现。象征主义诗人斯梯芬·马拉美(1842—1898)宣称:"把心美的闪光很好地加以歌唱,使它发出光芒,这一切其实就是人的珍宝:这里面,有象征,有创造性,诗这个词因此才取得它的意义。"也就是说,写诗应完全撇开现实主义传统的客观反映,代之以个人主观幻觉的象征与暗示:诗人能象征方能创造。因此马拉美强调:"与直接表现对象相反,我认为必须去暗示。对于对象的观照,以及由对象引起梦幻而产生的形象,这种观照和形象,——就是诗。""指出对象,无异是把诗的乐趣四去其三。诗写出来原就是叫人单凭直觉,一点一点地去猜想,而乐在其中:这就是暗示,亦即梦幻。"我们知道,象征原是写诗的间接表现方式或手法,就西方而言,远在象征主义以前便已存在并被运用,但决非为了揣摩或虚构什么幻觉、梦境,而且也并不一定要以直觉为前提,超越现实,像马拉美所设想的那样:"我说'一朵花'!这时候我的说话声便让花脱离了众所周知的花萼,使花的任何轮廓湮没了,然而就在这当儿,在花束中缺席的花却以其自身的精微概念,像音乐一般地呈现了。"意思是在语言象征和音乐抽象之间划上等号。我们知道,诗中含有声音之美原是无可非议的,连音乐家也曾对诗人提出这样要求,华格纳就说过:"诗人最完满的作品,必须在其最后的成就上,犹如一部无瑕的乐曲。"然而象征主义批评却更加侧重于抽象,并向形式主义发展,这些是和它的纯诗说不可分的,另一个象征派诗人保尔·瓦莱利(1871—1945)的主张可以代表。他说:"一句很美的诗,是诗的很纯的部分。"他给"纯"打比方:"悦耳而无意义","清楚而无用处","模糊而令人愉快"等等,它们存在于诗人创造的"与实际事物无关的一个世界、一种秩序、一种体制"中。瓦莱利宣称:正是为了对"纯"的歌颂,"诗人传达他所接受而未必了解的东西,因为这东西乃神秘的声音所赐予。"说到这里,纯诗的目的愈加清楚了,那就是谋求与真宰合一、皈依上帝,而这派所含的非理性主义实质也暴露无遗了。但是瓦莱利毕竟懂得上帝之门是敲不开的,终于无可奈何地写道,"纯诗是一个达不到的概念类型,然而诗人的愿望、努力和力量都以此为理想的边界。"至于诗人的世界观更对这种诗论起决定性作用,我们不妨看看马拉美的自白:"文学完全是个人的。……在这个不允许诗人生存的社会里,我作为诗人的处境,正是一个自凿墓穴的孤独者的处境。"充分说明当时资产阶级知识分子如何颓唐、沮丧,只好乞求上帝的哀怜了。正是这种空前的个人抑郁、苦闷和仍思挣扎的复杂心情持续到20世纪,给现代派形形色色的主观唯心主义和客观唯心主义批评流派铺平道路。由于非理性主义给对抗现实、维系主观幻想的理论提供了最大的活动园地,而形式主义更玩弄着脱离现实的种种伎俩,所以这两者也被象征主义传给了以唯心论为大本营的现代批评诸流派了。

下面试就表现主义、新批评派、结构主义和现象学派等文学批评的若干论点,探讨它们运用哪些手法,以进行自我辩解,并相互支持。

(二)

20世纪初,意大利的贝涅狄多·克罗齐(1886—1952)以其直觉—表现的美学观影响西方文艺理论。在他看来,艺术形象并非逐步完成,由于艺术家内心一瞬间的直觉,它便存在了,也正是这同一瞬间使艺术作品全部完成并表现出来。艺术创作的过程等同于直觉—表现的过程,因此他说:"艺术即直觉","作为一个艺术家,他既不采取什么活动,也不说明理由,而是写诗、作画,歌唱;简而言之,是在表现自己。"并且从这一瞬间来看,"形式和内容之间没有什么明显区别。""内容有其形式,形式充满内容。"于是乎"美的事实是形式,仅仅是形式而已"了。不难看出克罗齐的直觉—表现的观点是和非理性主义与形式主义二者不可分的。就前者而论,20世纪20年代初发源于德国的表现主义批评便是继承克罗齐的主张,强调一切为了自我表现,而表现的则是主观幻想。表现主义批评否定文学传统,谴责自然主义与印象主义,回到形而上学、亦即内在世界的表现;在这世界里有一颗炽热而几乎要爆炸的心,它以猛烈、暴躁、猖獗、激动的、崭新方式,描写疯狂状态中的喜怒哀乐,从而为全人类的自我表现发出呼吁。表现主义诗人葛特弗列德·本恩(1886—1956)给这流派下了个定义:它破坏现实与历史,以十分恐怖的心情经验看世界的混乱与价值的衰亡。本恩宣称,创作是为了达到绝对的诗的理想,那就是放弃信仰和希望,不向任何人表达,仅仅保留语言组织;我们可以看到克罗齐所谓形式即内容的影响。本恩甚至抗议诗须诉诸感情或者发出热忱;他讥讽那歌颂自然的诗篇只不过充满明喻、冠以"犹如"之类的字眼。本恩坚信"一个纯属表现的世界",认为只要绝对效忠于艺术形式的力量,便能克服虚无主义。实际上,表现主义的诗只剩下极端虚幻的语词,而表现主义的诗论却说有所表现便是克服虚无,可谓极武断之能了。

表现主义剧作家乔治·凯撒(1878—1945)主张,向往"新人"和"新"社会乃戏剧的主题,从而对资产阶级世界进行审查,在创作上抛弃自然主义所描写的现实假象,排除心理分析派的繁琐叙述,要将作家所想象的情节渗透到现实生活中去。其结果便是:剧本的连续结构被割裂为若干人物形象和若干事件;剧中的个别的角色为人物的类型和象征所取代,非现世的,神圣的心灵可以出台;语法废除,语言压缩,台词抽象,并杂以"爆破音",使听众神思恍惚昏迷,如此等等。尽管如此,表现主义批评却说作家必须是思想家。凯撒曾提出剧作家的"尊严",他庄重地、毫不含糊地以"是"与"不是"、"正"与"反"来表现自己的思想,台上的角色都作为"理智的诸概念"以唤起观众的领悟。写一个剧本等于对某种思想钻研到底,因为思想在发展,所以每个剧本都是一种过渡,而一位具有创造才能的剧作家,就有责任丢开自己的作品,先到沙漠中去,从那里带回新的珍宝。凯撒的表现主义剧论要求作家透过现象,捉取资本主义社会的本质,从而赋予剧本创作以庄严的使命,但实际上却沦为主观幻想与不可知论了。

另一位表现主义剧作家卡斯米尔·埃德施米德(1890—1966)宣称重新创造乃是艺术最伟大的任务,为此必须把握事物的意义。那么,怎样把握呢?他认为:"不可满足于人们所信服的、臆断的、标志出的事实,必须精确地反映世界事物的形象,而这个形象只存在于我们自身。"埃氏断言:"幻想是本质的。""工厂、房屋、疾病、妓女、喊叫和饥饿——这一系列事物不复存在了。只有关于它(她)们的幻想。""表现主义艺术家整个用武之地就在幻想之中",他名之曰"抓住事实背后的东西"。

表现主义的理论调子很高,往往虚张声势,一副救世主面孔,却开不出一点儿像样的药方,这一流派虽已过时,但是它的高抬主观、自我,强调幻想,大搞奇特的艺术形式等,对20世纪西方文艺理论,产生重要影响。

(三)

在20年代,英国的T.S.艾略特(1878—1949,后入美国籍)以其新批评派轰动西方文坛,他的门徒众多,继续宣扬并发展他的学说,因此在今天仍有影响。他的理论主要有三点:"非人格化","客观对应物"和"有机形式主义",由于文笔晦涩,他的著作在现代西方文论中是最费推敲的。首先,他认为:"诗人所可表现的,并非一个'人格',而是一个特殊的媒介,通过这媒介,若干印象和经验以特殊的和不可预料的方法结合起来了。那些与人无关紧要的印象和经验,在诗中没有地位,而诗中重要的东西,从人和人格的角度来看,则微不足道。"意思是:诗的问题乃形式表现或媒介运用的问题,而非形式、媒介所服务的内容的问题,关键在于必须首先排除与内容密切关联的作家人格、作家个性,方能突出艺术形式的重要性、决定性。其次,关于形式表现的途径,艾略特作如下论述:"用艺术形式来表现感情的惟一途径,就是探寻一个'客观对应物'。换句话说,一系列的物、一种情景、一连串的事件,都应作为那特殊感情的程式;由于这些外在事物必然以感觉经验为终点而宣告结束,所以它们一经提出,感情立刻被唤起了。"艾略特以艺术形式为前提,在客观世界中找寻"对应物",从而通过"状物"达到"写情"。但他更加强调的,显然是形式,因此他把文学看作"特殊的语言形式"、语言结构,而语言组成的文学作品本身,则为"独立于外部世界的有机体",并且提出了"有机形式主义"的名称。这里,我们可以看出象征派诗论的影响,例如马拉美就曾坚持诗不是由思想、而是由语言构成的。再次,为了和"非人格化"相适应,艾略特还断言文学创作中只见古典传统,不见作家的个人创造才能,作家如有成就,正是由于"他继续放弃自己……牺牲自我,消灭人格。"而文学批评的任务,就在于对作品的语言形式、语言结构进行分析,而不及其他。新批评派和英国 I.A.瑞恰兹(1893—1980)的语义学派批评相唱和,一定程度上预示了60年代兴起的结构主义批评理论。

此外,我们更须看到在"非人格化"的背后,还大有文章。所谓"牺牲自我"、"消灭人格"不过是手段,其目的在于向神灵靠拢,皈依上帝,因为人格去了,神格方能进来;这实际上是象征主义与神秘主义合抱的继续。因此,艾略特的批评时常散发出宗教神学的臭味。他写道:"当今的世界正在企图缔造文明的、但非基督教的精神。这场试验将会失败;但我们必须耐心等待它的崩溃;而又必须拯救目前的时世:这样,才能保持信仰,使它仍能存在于当前一片黑暗中,以图将来恢复文明,并再建文明,那么世人始可免于自取灭亡。"瞧!这全然是神甫、牧师的口吻了。于是,艾略特又规定文学批评的任务,"应当有一个明确的伦理和神学立场。任何时代里,文学批评都由于伦理和神学的统一而存在。我们的时代却缺少这种统一,这就要求崇奉基督教的读者们以明确的伦理和神学标准,来仔细检查自己的读物,特别是那些充满想象的作品。"他还板起面孔说:"基督教徒和文学读者们:懂得应该爱好什么。忠诚的基督教徒们:不要假定我们之所好就是我们所应好。"苏联有些学者指出新批评派和新托马斯主义(见下文)的联系,是有一定见地的。

综合上述,我们可以说非理性主义和形式主义乃新批评派的二大支柱,同时也不难理解为什么艾略特要自称为"文学上的古典主义者,政治上的保皇主义者,宗教上的盎格鲁天主教徒"了。

(四)

由于对语言形式的强调,语言结构的研究逐渐成为文学批评的主要内容,并产生了结构主义批评流派。瑞士语言学家索绪尔(1857—1913)强调区分具体的说话动作和学习一种语言时所获得的根本系统。他论证语言学必须集中于后者的研究,根据这系统所含诸要素的相互关系,来解释诸元素;他认为一种语言系统的组织成分并不是若干已经明确的要素,而是须待深入研究的若干结构,若干纯属相连的单元。索绪尔主张,语言符号存在着表示和被表示的区别,传音的比喻印象和概念的区别,进而强调语言符号具有完全的任意性。50 至 60 年代间,法国的文学批评家从而得出结论:人们被锁在语言的囚房里,同时文学也和现实脱离,谈论文学就是谈论语言结构。于是结构主义批评便以法国为首,成为重要流派。主要代表罗兰·巴尔特(1915—1980)宣称:"从福楼拜到今天,全部文学已变成语言学上的一大堆疑难问题。"今天的文学存在着"自杀的结构"。因此他竭力主张,应有充分自由来解释文学现象。"批评家所要进行辩解的,已经不是作品的意义,而是他论说作品时所含的意义。"另一代表,定居于法国的保加利亚的茨维顿·托多罗夫则说:作为诗学的目的"与其是较好地理解作品,倒不如使科学的论述趋于完备。"因此"诗学的对象确实就是诗学的方法了。"此外,更有一群激进派环绕《原样》(刊物),竟然宣布文学灭亡了,或者仅仅是无关宏旨的语言天才之事耳。结构主义批评实质上将文学说成是语言学的一个支流,将语言学模式应用于文学研究。在具体运用上,内容不仅沦为形式的附庸,而且成了一种技术设计,以便产生完整的形式,而完整的形式也就是作品本身了。这派批评最感兴趣的,不是作品的含义,而是难以解释的作品,它所关心的问题是:一部作品对于解释者(结构主义批评家)的活动,是抗拒呢? 还是顺从? 作品的本文读得下去呢? 还是不堪卒读? 实际上,把批评或解释工作集中在现代派作品的艰涩怪异的本文上面去了。

这一流派认为,解释作品完全是读者和批评家之事,与原作者的思想无关,因此出现了作者告退、读者方滋的说法。巴尔特断言:作品"本文的意义并不在它本身,而在读者接触本文时的体会中。"读者如果有所体会,也就等于参加本文的创造了,那么原作者岂不是可有可无了？所以巴尔特又提出"作者已经死了"的口号。然而这派批评家对本文结构分析得愈是细密，他所发现的破绽、裂缝也愈多，于是以前视为稳定的结构也不免动摇了。结果，索性摇身一变，提出消除结构的批评，又称消解批评，或后结构主义的消解论，其主要论点是：文学的自我消解是不可避免的，批评家对此并不负责，但他有权揭示这种消解。60年代以后，后结构主义批评在美国相当流行，被称为耶鲁学派。

由此看来，结构主义批评只做了一桩事：完全否定文学和作家，它之所以如此荒谬，乃是由于非理性主义和形式主义的恶性发展啊！

（五）

上文提到表现主义批评回到内心世界，新批评派皈依上帝，这些都涉及文学创作中的思想意识及其地位的问题，并表现了主观唯心主义和客观唯心主义立场。此外，研究创作意识深深陷入不可知论的，则有现象学派批评。德国的艾德华·胡塞尔（1859—1938）是现象学的创始人，他为了探索并建立一切知识的基础，对意识进行分析，认为必须"回到事物本身"，亦即回到主体所"经验"到的客体，主张只有这种"经验"才能构成"纯粹意识"：实际上就是抽去空间和时间、洗净经验成分之后的"意识"，只有直觉方能把握的"意识"，而现象学便是研究"纯粹意识"的。他在描述这种"经验"时，把它说成是主体和客体做了同等贡献的领域。客体乃主体进行直觉的对象，从而主体便通过"任意的赋予"而构成了客体。因此，这种"经验"又名"主动接受赋予"的永恒领域，在那里主体和客体成为相互补充的两极，而实质上是主体决定论。胡塞尔在说明对这"经验"的理解时，使用了"意向性"（intentionality）一词。

现象学以所谓主体决定客观说，来宣扬主观唯心主义，完全否定客观世界的真实性，在现代西方小说和文学批评中引起共鸣。

英国女作家艾里丝·默托契(1919—)多半写哲理小说,主张必须"重新领悟道德生活的难题和复杂性以及人物的不可理解",小说写作方能"免于枯燥"。她认为作家笔下的人物尽可众多,但必须把握"人生状态中一个小小的、结实的、晶体状的、自给自足的神话。""惟有集中的、专一的自我意识,会给作家造成莫大障碍,使他看不到真实的世界。"默托契所谓生活的真实,是由无数人物混合而成;因为他们从属于高过生活的神话,他们才"回到了事物本身";所以小说乃是主体(神话)对客体(人物)的"经验"的产物,这无异于给现象学的主体决定论提供佐证。法国新小说派代表罗伯-葛利叶(1922—)强调主体与客体是不期而遇的,以宣传内心"经验"说:用内心所经验的时间代替钟表的时间,并用现代候动辞描写行为,以传达经验的直接性;通过一位主人公的感觉,把这行为严密精确地呈现出来。他宣称:作家决非无所不知的,就文学创作的设想与规划而言,无所不知论已经过时,而且不再可信了。他认为如今的一位作家不再能够像巴尔扎克那样,提出情节、人物、动机、背景等的蓝图了。因为十足的真理、绝对的观点以至上帝都不存在,只有主人公所遭遇的而读者又同样经历的,才足以构成作品的真实。罗伯-葛利叶并不要求读者"接受一个已经完成的、终结的世界,而是相反地,(读者)须参加创造,自己也在塑造作品。"他强调创作必须是彻底"客观"的,保持对象的外在性与独立性,不受我们的希望和畏惧的沾染,最后可以避免一场悲剧。他深信:"一经洗擦干净(即不受上述的沾染),事物将只管它们自己,不会留下漏洞与缺口,让我们滑进去,也丝毫不会使我们头晕目眩,糊里糊涂,"陷入悲剧了。总而言之,这两位小说家——一位抬出"神话",一位高唱"纯客观",都是世界本质或生活真实的不可知论者,乃现象学在文学中的代言人。

现象学对文学批评也有显著影响,即批评者无须具备作家生平、历史背景等方面的学识,而只是研究创造性本身的问题。在欧洲,比利时的乔治·普勒(1902—)是现象学派批评的代表,他把文学看做创造性意识的一个表现,认为"批评必须把握的,是主观意识,或内心活动,为了理解它,就只能把自己放在它的位置上,采用它的观点——使之作为主角,并在我们中间再起作用。"因此批评不是批判地分析对象,予以评价,而是批评者对某一作家或其时代进行创造性的移情活动所产生的结果。普勒更从批评者转到读者,提出了阅读现象学,以宣传主观唯心的文艺欣赏。阅读文学作品的特点,是打通主体和客体的隔阂,你在书里,书在你中,无所谓内或外了。文学的最大长处就是使你抛开平时的错误观点:主观意识和客观事物是不可调和的。在读书时,我在想,这"想"便是判断的主体原则——我想到什么,什么就成为我的。普勒引用象征派诗人阿瑟·兰波(1854—1891)的话:"我是另一个。"意思是在读书的时候,我被出借给那在我内心进行思维、感受以至行动的另一个人了。那么,这另一个我或另一个人究竟又是谁呢?回答是:掌握一切具体意识活动的、高高在上的、不知名的、抽象的意识;也就是胡塞尔的"纯粹意识"或默托契的"神话"了。波兰的罗曼·英格尔登(1893—1970)是另一位现象学派批评家,他是胡塞尔的高足。他断言:"作家和他的全部身世、生活经历、精神状态,都处于文学作品之外。"而人们对作品的认识,则是一种具体化过程,这具体化和作品本身更须加以区别。同一作品的具体化却可多种多样,它们正是文学批评所做的解释,解释不同,使同一作品产生多种意义。至于阅读作品,则有被动的、纯欣赏的、出于娱乐目的的等消极方式,但也有从理智角度和从美学角度进行研究的积极方式。不难看出,英格尔登先把作家从作品中排除出去,然后让读者、批评者的主观进入作品而名之曰"具体化",终于抹煞了作品是否反映客观真实的问题,因为这个问题是主观唯心主义批评所必须回避的。

在美国,现象学派批评也很有市场,例如乔弗莱·哈特门

(1929—)便是突出的代表。他主张"诗人所描写或再现的心灵,其本身在认识上并不依靠感觉、知觉。"因此可称为"纯粹的再现"。意思是:对于刺激和反应的无穷循环来说,心灵不再是被动的牺牲者;心灵如今掌握了自己的认识的主动权。所谓心灵认识的主动权,就是直觉。哈特门不胜感慨地说:"一些被过于详细规定的极点(Poles)——生和死、父和母、夫和妻、爱情和判断、天和地、最早的事物和最终的事物,永远威胁着人生,使它濒于破灭,人生成为被它们围困的中间物了。艺术是这个中间地带的描述者,并且像炼狱似地给它领路;只有假定中间地带的存在,人生才能存在;只有假定想象紧紧抱着这许多极点、生命和幻想方有可能。排除中间,对想象来说,乃是一场悲剧。"换句话说,作家以直觉为创作的惟一动力,它运用想象,在中间地带和人世的种种极点相周旋,使作家能描写出人生的幻想。文学创作的对象既然是幻想,而非现实,那么批评家对作品的解说、尤其是自我的表达,也就可以变得主动而又积极了。哈特门还说:"我们对于批评家的人格的要求,并不多于艺术家。然而我们也不主张他须抑制人格的体现。我们希望他不要躲在作品本文的后面。小说写作容许有作者心爱的人物,……难道作品解说就没有了吗?……解说者:赶快自我阐明罢。"这样就给主观唯心主义的、海阔天空式的、说到哪里是哪里的文学批评铺平道路。这里,我们不禁联想到艾略特"非人格化",对比之下,艾、哈二氏似乎各走极端。其实不然:作家进不得作品,是为了感情和对应物之间的畅通无阻,以保持"纯客观"的创作;批评者取代了作者,则是给独断式批评大开绿灯,达到"纯主观"的批评。不论是主观或客观,在它前面加上一"纯"字,结果仍然是主观、片面,在这一点上,艾、哈二氏还是相同的啊!

说到这里,不妨比较一下现象学派批评和结构主义批评。前者将"意义赋予"局限在感觉、知觉的领域,意在阐明主体对客体的"意向"作用,强调主观能动性;后者则以无意识安排所产生的结构活动,取代主体对客体的有意识活动;相形之下,后者似乎比较客观一些。然而实质上,后者不过是对"意义赋予"或认识过程,采取了先验的、不可知论的立场,和前者同属主观唯心主义,而其非理性的色彩却更加突出了。

(六)

直觉、非理性主义、不可知论是以上帝概念、宗教神话为支柱的。现代西方批评诸流派具有不同程度的非理性色彩,结果也就不可避免地充当了神学的附庸。但以此为专业的则有法国雅克·马利坦(1882—1973)的新托马斯主义批评。马氏继承中世纪托马斯·阿奎那(1225—1274)的经院哲学,主张文学创作的任务在于宣扬"精神的无意识"或"上帝"高于一切,大谈其诗中存在着对上帝的创造性直觉。在美国更有一些有相当影响的批评家,也高举神学破旗,企图君临于现代批评诸流派之上,而惟我独尊,他们也属于非理性主义阵营。例如安伦·塔特(1899—)宣称:"人凭理智,无法到达作为世界本质的上帝的身边,而只能通过'类似'(analogy)以接近上帝。……我们经过想象的扩张,踏上了类似的阶梯,在它的顶端,我们终于看到一切。"因此"文学是一种认识形式,并且最后成为接受天启(启示)的一种手段。"塔特认为:"文学乃是有形的媒介,使人们领会那被失去而必须复得的真理:也就是雅克·马利坦所说的人类的'超越现世的命运'。"这位批评家转弯抹角地说了一阵,完全是为新托马斯主义摇旗呐喊。又如威廉·温姆萨特(1907—1975)断言:"宗教教义以其深度和内涵充实的奥秘,作为支柱,而自然和物质归根到底乃是以现象学为范围,限于感官的,而且很浅显。如果将含有宗教意味的头脑和强调物质的头脑相比较,那么前者容易接近形而上学的诗论。"则是公开挂起神学招牌,挤进文学批评的园地了。

上帝或彼岸本是客观唯心主义的最后归宿,而将自己封闭在内心世界的批评乐于宣扬神学，也就毫不足怪了。

　　以上试从现代西方文学批评的若干流派中，寻其相近或相通之处，以考察其发展趋势。我们所得的结论，可以说得通俗一些：从向内转开始，经过了主观幻想，纯粹意识，上帝来临，以及作者消亡、只剩结构，批评者、阅读者一齐来分析结构，然而众说纷纭、莫衷一是，终于消解结构，而文学也就灭亡了。那么理论批评还有什么好干的呢？现代西方文学理论所以出现这种危机，实在是出于非理性主义和形式主义之赐。我们当然也可另选其他一些流派，而且不限于现代加以分析、比较与综合，探寻其本质的、共同的东西。这样的考察，也许有助于读者比较全面地理解本书，而本文仅仅是个尝试，有待读者指正。

　　这里附带提一下：不久前一位在美国主讲西方文学批评史的教授认为：现代西方批评界每一论断都经过推理，并且从形式进入内容，所以非理性主义和形式主义两顶帽子戴不到他们的头上。这种看法值得商榷。推理原是论证的手段，论证或宣传"非理性"也须照样推理一番；至于拿出"内容"字样而只晃了一下，随即丢开，却大谈形式，毕竟跳不出形式主义的泥坑。倘若再深入到现代派批评的思想实际——从困惑、抑郁到暴躁、疯狂，而一切为了逃避现实、自我陶醉、自我辩解，而不接触本质的东西，那么也就不难明白这两种主义，对它们来说，是不可缺少的了！

　　至于这些批评流派也并非没有可以借鉴的论点，但此项工作由读者来做以增强独立思考，似乎更为恰当，本文就从略了。

一九八四年八月

伊 安 篇

——论诗的灵感

对话人： 苏格拉底
　　　　伊　安

苏　伊安，欢迎你。你从哪里来？从你的家乡以弗所① 吗？
伊　不是，苏格拉底。我从厄庇道洛斯② 来。那里举行埃斯库勒普神的祭典，我参加了。
苏　厄庇道洛斯人在祭典中举行了诵诗竞赛来纪念医神吗？
伊　是，不只诵诗，还有各种文艺竞赛哩。
苏　你参加了竞赛吗？结果怎样？
伊　哈，我全得了头奖，苏格拉底。
苏　好极了！我希望你参加我们的雅典娜神的祭典③，也得到同样的成功。
伊　若是老天保佑，我也一定成功。
苏　我时常羡慕你们诵诗人的这一行业，伊安。因为要做你们的这一行业，就得穿漂亮衣服，尽量打扮得漂亮。而且你们不得不时常接触到许多伟大诗人，尤其是荷马。荷马真是一位最伟大，最神圣的诗人，你不但要熟读他的辞

---

① 以弗所是小亚细亚的一个城邦。在柏拉图时代，它还受雅典统治。
② 厄庇道洛斯是希腊南部隆若尼克海湾(今埃吉纳湾)上一个镇市，有医神埃斯库勒普的庙，他的祭典很隆重，在夏天举行，每四年一次。
③ 雅典娜是雅典的护卫神，传说她是宙斯的女儿，智勇兼全。她的祭典是雅典人的大事，每年举行时全国人参加，有戏剧及各种技艺的竞赛。

句,而且还要彻底了解他的思想,这真值得羡慕!因为诵诗人要把诗人的意思说出来,让听众了解,要让人家了解,自己就得先了解;所以一个人若是不了解诗人的意思,就不能做一个诵诗人。这了解和解说的本领都是很值得羡慕的。

伊　你说的对,苏格拉底。就我来说,我在颂诗技艺上就费过很多的心力啦。谈到解说荷马,我敢说谁也赶不上我。兰普隆库人墨特洛德也好,塔索斯人斯忒辛布洛特① 也好,格劳孔也好,无论是谁,都比不上我对荷马有那样多的好见解。

苏　我听起来很高兴,伊安。我知道你肯把你的那些好见解谈给我听听。

伊　当然,苏格拉底,你也应该听我怎样凭艺术来美化荷马,我敢说,凡是荷马的信徒都得用金冠来酬劳我。

苏　下一回我再找机会听你朗诵荷马,现在且只问你一个问题:你只会朗诵荷马呢,还是对于赫西俄德和阿喀罗库斯②,也同样朗诵得好?

伊　我只会朗诵荷马。我看这就很够啦。

苏　荷马和赫西俄德在某些题材上是否说的相同呢?

伊　是,我看他们说的有许多相同。

苏　在这些相同的题材上,哪一个诗人的话你解说得比较好,荷马的,还是赫西俄德的?

---

① 这三人都是当时有名的诵诗人。希腊人称呼人的习惯往往冠上"某某人的儿子"或"某某地方的人"。兰普隆库是小亚细亚的一个重要城市,塔索斯是爱琴海北部的一个岛。

② 希腊最大的诗人当然是荷马,在古代和他齐名的是赫西俄德。他的《工作与日子》写一年四季的各种工作,掺杂一些实际生活的经验教训;《神谱》叙世界创始及诸神起源。阿喀罗库斯是一位抒情诗人和讽刺诗人。

伊　若是他们说的相同,我对他们就能同样解说的好。
苏　在他们说的不相同的那些题材上怎样呢？比如说占卜,荷马说过,赫西俄德也说过,是不是？
伊　是。
苏　假如要你和一位占卜家来解说这两位诗人说到占卜的话,无论他们说的同不同,谁解说的比较好呢？
伊　占卜家会解说的比较好。
苏　若是你就是一个占卜家,无论他们说的同不同,你也会对他们都一样能解说吧？
伊　当然。
苏　你有本领解说荷马,却没有本领解说赫西俄德或其他诗人,这是什么缘故？荷马所用的题材和一般诗人所用的题材不是一样么？他所叙述的主要地不是战争么？他不是在谈人类关系——好人和坏人以及能人和无能人的关系——神与神的关系,神与人的关系,天上和地下有些什么事情发生,以及神和英雄们的由来么？荷马所歌咏的不是这些题材么？
伊　你说的很对,苏格拉底。
苏　其他诗人所歌咏的不也正是这些题材么？
伊　不错,苏格拉底。但是他们的方式和荷马的不同。
苏　你是说,荷马的方式比其他诗人的要好些？
伊　好的多,不可比较。
苏　再请问一句,亲爱的伊安,如果有许多人在讨论算学,其中某一位说的最好,我们能不能判别出来？
伊　能。
苏　能判别谁说的好,也就能判别谁说的不好？
伊　是。
苏　这样人一定是一位算学家吧？

伊　不错。

苏　再说,如果有许多人在讨论食品的营养价值,其中某一位说的最好,一个人既能判别谁说的好,也就能判别谁说的坏,是不是?

伊　是,那是很显然的。

苏　这能一样判别好坏的人是谁呢?

伊　他是医生。

苏　那么,一般说来,无论讨论什么,只要题目相同,说话的人尽管多,一个人能判别谁说的好,也就能判别谁说的坏,不能判别谁说的坏,也就不能判别谁说的好?

伊　当然。

苏　依你说,荷马和其他诗人们——例如赫西俄德和阿喀罗库斯——所用的题材都是一样,不过方式有好坏之别,荷马好些,其他诗人要坏些?

伊　我说过这样的话,我说的话是对的。

苏　如果你能判别谁说的好,你也就能判别谁说的坏?

伊　显然是这样。

苏　那么,亲爱的伊安,我说伊安既会解说荷马,也就会解说其他诗人,而且会解说的一样熟练,难道我说错了吗?因为这位伊安亲自承认了两点:一,只要题材相同,能判别好也就能判别坏;二,凡是诗人所用的题材都是一样的。

伊　但是事实上人们谈到其他诗人时,我都不能专心静听,要打瞌睡,简直没有什么见解,可是一谈到荷马,我就马上醒过来,专心致志地听,意思也源源而来了。这是什么缘故?

苏　朋友,那很容易解释,很显然地,你解说荷马,并非凭技艺① 知识。如果你能凭技艺的规矩去解说荷马,你也当然就能凭技艺的规矩去解说其他诗人,因为既然是诗,就有它的共同一致性。

伊　你说的对。

苏　其他技艺也是一样,一个人把一种技艺看成一个有共同一致性的东西,就会对它同样判别好坏,伊安,我这话是否要加解释?

伊　我望你解释,苏格拉底,听你们哲人们谈话对我是一件乐事。

苏　哲人不是我,是你们,伊安,是你们诵诗人,演戏人,和你们所诵所演的作家们;我只是一个平常人,只会说老实话。你看我刚才说的话是多么平凡,谁也会懂,我说的是:如果一个人把一种技艺当作全体来看,判别好和判别坏就是一回事。你看这话多平凡!举例来说,图画是不是一种有共同一致性的技艺?

伊　它是的。

苏　画家也有好坏之别吧?

伊　也有。

苏　你遇见过这样一个人没有?他只长于判别阿格劳芬的儿子波吕格诺特② 的好坏,不会判别其他画家的好坏;让他看其他画家的作品,他就要打瞌睡,茫然无见解,可是

---

① Tekhne 一字通常译为"艺术",指文学音乐图画之类,它的原义却较广,凡是"人为"的不是"自然"或"天生"的都是 Tekhne。医药,耕种,骑射,木作,畜牧之类凡是可凭专门知识来学会的工作叫做 Tekhne。在柏拉图的著作里,就其为 Tekhne 来说,做诗与做桌子做鞋是同属一类的。所以这字译为"技艺"较合当时的用法。近代把"艺术"和"技艺"分开,强分尊卑,是一个不很健康的看法。

② 波吕格诺特是公元前5世纪希腊大画家。

要他批判波吕格诺特(或是任意举一个画家的名字),他就醒过来,专心致志,意思源源而来。

伊　我倒没有遇见过这样一个人。

苏　再说雕刻,你遇见过这样一个人没有?他只长于鉴定墨提安的儿子代达罗斯,潘诺普斯的儿子厄庇俄斯,隆摩人忒俄多洛斯①之类雕刻家的优点;可是拿其他雕刻家的作品给他看,他就要打瞌睡,茫然无话可说。

伊　我从来也没有见过这样人。

苏　我想在笛师,琴师,竖琴歌人和诵诗人之中,你也没有遇见过一个人,只会批评奥林普斯,塔密里斯,俄耳甫斯或伊塔刻的诵诗人斐缪斯②,可是谈到以弗所的诵诗人伊安先生,他就简直不能判别好坏。

伊　我不能否认,苏格拉底。可是我自觉解说荷马比谁都强,可说的意思也比谁都要多,舆论也是这样看。对于其他诗人,我就不能解说得那样好,请问这是什么缘故?

苏　这缘故我懂得,伊安,让我来告诉你。你这副长于解说荷马的本领并不是一种技艺,而是一种灵感,像我已经说过的。有一种神力在驱遣你,像欧里庇得斯所说的磁石,就是一般人所谓"赫剌克勒斯石"③。磁石不仅能吸引铁环本身,而且把吸引力传给那些铁环,使他们也像磁石一样,能吸引其他铁环。有时你看到许多个铁环互相吸引着,挂成一条长锁链,这些全从一块磁石得到悬在一起的力量。诗神就像这块磁石,她首先给人灵感,得到这灵感

---

① 代达罗斯在希腊原文中本义为"精巧的艺人",他是传说中的雕刻家的祖师。以下两人都是雕刻家。
② 这几个人都是希腊的音乐家或诗人,都是传说中的。
③ 欧里庇得斯是希腊的第三个大悲剧家。"赫剌克勒斯石"就是吸铁石。

的人们又把它递传给旁人,让旁人接上他们,悬成一条锁链。凡是高明的诗人,无论在史诗或抒情诗方面,都不是凭技艺来做成他们的优美的诗歌,而是因为他们得到灵感,有神力凭附着。科里班特巫师们① 在舞蹈时,心理都受一种迷狂支配;抒情诗人们在做诗时也是如此。他们一旦受到音乐和韵节力量的支配,就感到酒神的狂欢,由于这种灵感的影响,他们正如酒神的女信徒们受酒神凭附,可以从河水中汲取乳蜜,这是她们在神智清醒时所不能做的事。抒情诗人的心灵也正像这样,他们自己也说他们像酿蜜,飞到诗神的园里,从流蜜的泉源吸取精英,来酿成他们的诗歌。他们这番话是不错的,因为诗人是一种轻飘的长着羽翼的神明的东西,不得到灵感,不失去平常理智而陷入迷狂,就没有能力创造,就不能做诗或代神说话。诗人们对于他们所写的那些题材,说出那样多的优美辞句,像你自己解说荷马那样,并非凭技艺的规矩,而是依诗神的驱遣。因为诗人制作都是凭神力而不是凭技艺,他们各随所长,专做某一类诗,例如激昂的酒神歌,颂神诗,合唱歌,史诗,或短长格诗②,长于某一种体裁的不一定长于他种体裁。假如诗人可以凭技艺的规矩去制作,这种情形就不会有,他就会遇到任何题目都一样能做。神对于诗人们像对于占卜家和预言家一样,夺去他们的平常理智,用他们作代言人,正因为要使听众知道,诗人并非借自己的力量在无知无觉中说出那些珍贵的辞句,而是由神凭附着来向人说话。卡尔喀斯人廷尼

---

① 科里班特巫师们掌酒神祭,祭时击鼓狂舞。
② 这些都是希腊诗的各种体裁,短长格以先短后长成音步,常用于诗剧。

科斯① 是一个著例,可以证明我的话。他平生只写了一首著名的《谢神歌》,那是人人歌唱的,此外就不曾写过什么值得记忆的作品。这首《谢神歌》倒真是一首最美的抒情诗,不愧为"诗神的作品",像他自己称呼它的。神好像用这个实例来告诉我们,让我们不用怀疑,这类优美的诗歌本质上不是人的而是神的,不是人的制作而是神的诏语;诗人只是神的代言人,由神凭附着。最平庸的诗人也有时唱出最美妙的诗歌,神不是有意借此教训这个道理吗?伊安,我的话对不对?

伊 对,苏格拉底,我觉得你对。你的话说服了我,我现在好像明白了大诗人们都是受到灵感的神的代言人。

苏 而你们诵诗人又是诗人的代言人?

伊 这也不错。

苏 那么,你们是代言人的代言人?

伊 的确。

苏 请你坦白答复一个问题:每逢你朗诵一些有名的段落——例如俄底修斯闯进他的宫廷,他的妻子的求婚者们认识了他,他把箭放在脚旁;② 或是阿喀琉斯猛追赫克

---

① 廷尼科斯不可考。
② 故事见荷马史诗《奥德赛》卷二十二。俄底修斯参加了希腊军征特洛亚;二十年后回国时,许多人正坐在他家里向他妻子求婚,他突然乔装归家,用箭把他们射死。

托①；或是安德洛马刻，赫卡柏，普里阿摩斯诸人的悲痛②之类——当你朗诵那些段落而大受喝彩的时候，你是否神智清醒呢？你是否失去自主，陷入迷狂，好像身临诗所说的境界，伊塔刻，特洛亚③，或是旁的地方？

伊　你说的顶对，苏格拉底，我在朗诵哀怜事迹时，就满眼是泪；在朗诵恐怖事迹时，就毛骨悚然，心也跳动。

苏　请问你，伊安，一个人身临祭典或欢宴场所，穿着美服，戴着金冠，并没有人要掠夺他的这些好东西，或是要伤害他，而他对着两万多待他友好的听众哭泣，或是浑身都表现恐惧，他的神智是否清醒呢？

伊　我该说他的神智不清醒，苏格拉底。

苏　你对多数听众也产生这样效果，你明白么？

伊　我明白，因为我从台上望他们，望见在我朗诵时，他们的面孔上都表现哀怜，惊奇，严厉种种不同的神情。我不能不注意他们，因为在受报酬的时候，我如果不曾惹他们哭，自己就不能笑；如果惹了他们笑，自己就只得哭。

苏　听众是最后的一环，像我刚才所说的，这些环都从一块原始磁石得到力量；你们诵诗人和演戏人是些中间环，而诗人是最初的一环，你知道不？通过这些环，神驱遣人心朝神意要他们走的那个方向走，使人们一个接着一个悬在

---

① 故事见荷马史诗《伊利亚特》卷二十二。特洛亚战争中，阿喀琉斯和赫克托是希腊和特洛亚两方面最勇猛的英雄。阿喀琉斯因争女俘事生气，拒绝参战。直到他的爱友帕特洛克罗斯被赫克托杀死，才肯出来为爱友报仇，打退了特洛亚军，在特洛亚城下穷追赫克托绕城三匝，终于把他杀死。

② 安德洛马刻是赫克托的妻子，赫卡柏是他的母亲，普里阿摩斯是他的父亲。赫克托死后，安德洛马刻，赫卡柏，普里阿摩斯悲恸欲绝。《伊利亚特》记此事，甚沉痛。

③ 伊塔刻是希腊的一小国，归俄底修斯统治，就是俄底修斯射杀求婚者们的地方。特洛亚国在小亚细亚，荷马所歌咏的特洛亚战争的场所。

一起。此处还有一长串舞蹈者,和大小乐师们斜悬在由诗神吸引的那些环上。每个诗人都各依他的特性,悬在他所特属的诗神身上,由那诗神凭附着——凭附和悬挂原来是一件事的两种说法。诗人是最初环,旁人都悬在这上面,有人从俄耳甫斯或缪赛俄斯① 得到灵感,但是多数人是由荷马凭附着,感发着,伊安,你就是其中之一。听人说到其他诗人的作品,你就打瞌睡,没有话可说;但是听人说到荷马的作品,你马上就醒过来,意思源源而来,有许多话可说。这就是因为你解说荷马,不是凭技艺知识,而是凭灵感或神灵凭附;正如巫师们听到凭附自己的那种神所特别享用的乐调,就觉得很亲切,歌和舞也就自然随之而来了;遇见其他乐调,却好像听而不闻。你也是如此,伊安,一听到荷马,话就多的很;听到其他诗人,就无话可说。原因在你宣扬荷马,不是凭技艺而是凭神的灵感。这就是我对你的问题的答复。

伊 答复的很好,苏格拉底。可是我还很怀疑你是否能说服我,使我相信我在解说荷马时,神智不清醒,由神凭附着。若是你亲自听到我朗诵,你就不会这样想。

苏 我很愿意听,现在先请答复一个问题:你朗诵荷马,对哪些部分题材最拿手呢?当然不是全部吧?

伊 没有哪一部分题材不拿手,我敢说。

苏 荷马说的东西若是你不知道的,你也能朗诵的好吗?

伊 荷马说过什么东西我不知道?

苏 荷马不是常谈到各种技艺吗?例如驾御的技艺,可惜我记不得那段诗,否则我就背诵给你听。

---

① 俄耳甫斯是传说中荷马以前的希腊最大诗人。缪赛俄斯是传说中的古希腊诗人,据说是俄耳甫斯的学生。

伊　我记得,让我来背诵。

苏　请你背诵涅斯托[①]告诉他的儿子安提罗科斯,在纪念帕特洛克罗斯的赛车礼中,怎样当心转折那一段话。

伊　(背诵)在那华美的马车里,轻轻地转向马左边靠着车,用刺棒敲右边马,呼喊一声,就放松缰子。到了目标的时候,让左边马靠近标石,让轮轴接触目标好像只擦到似的。当心不要碰着那石头。[②]

苏　够了,伊安,请问你,要评判这段诗是否妥帖,谁会做得比较好,一个御车人还是一个医生呢?

伊　当然是御车人。

苏　是不是因为御车是他的专行技艺?还是因为旁的理由?

伊　由于他的专行技艺,没有旁的。

苏　每种技艺都必有它的特殊知识,我们能不能凭医生的技艺,去知道只有驾御的技艺所能使我们知道的?

伊　当然不能。

苏　我们也不能凭木匠的技艺,来知道医生的技艺吧?

伊　当然也不能。

苏　凡是技艺都如此。我们不能凭某一技艺来知道某另一技艺。再请问你:你是否承认各种技艺彼此不同?

伊　我承认它们不同。

苏　你的看法和我的一致:知识题材不同,技艺也就不同。

伊　不错。

苏　对的,如果各种技艺都用同样知识题材,就不能说它们彼此不同。比如这是五个手指,我知道你也知道。你我知

[①]　涅斯托是荷马的《伊利亚特》中希腊方面的老谋臣。

[②]　见《伊利亚特》卷二十三,帕特洛克罗斯死后,阿喀琉斯替他举行大祭,其中有跑马竞赛。

道这个事实不是都凭算学的知识吗?
伊　是的。
苏　那么,请回答刚才那个问题:同样技艺必凭同样知识,另样技艺必凭另样知识,这是不是一条普遍的真理?
伊　我也以为它是普遍的真理,苏格拉底。
苏　那么,若是一个人对于某一种技艺没有知识,他对于那种技艺的语言和作为,就不能作正确的判断了。
伊　当然不能。
苏　关于你刚才背诵的那段荷马诗,要你和一个御车人来评判,谁会评判的比较正确呢?
伊　御车人。
苏　对呀,因为你是一个诵诗人而不是一个御车人,而诵诗的技艺和御车的技艺本来不同,是不是?
伊　是。
苏　如果这两种技艺不同,它们的知识题材也就不同。
伊　不错。
苏　你记得荷马描写涅斯托的妾,赫卡墨得,拿酒乳给受伤的马卡翁那段诗么? 他说:

　　用普拉诺酒做的;她用亮晃晃的刀把羊酪切成细片,还放了一个葱头在他身边,供他下酒。[①]

要评判这段诗,最好是凭诵诗人的技艺,还是凭医生的技艺呢?
伊　凭医生的技艺比较好。
苏　再如荷马的这段话:

　　她像牛角装了铅,没入海底,给贪食的鱼们送死。[②]

[①] 见《伊利亚特》卷十一。
[②] 见《伊利亚特》卷二十四。

要评判它,最好是凭渔人的技艺,还是凭诵诗人的技艺呢?

伊 显然要凭渔人的技艺。

苏 假如你问我:苏格拉底,你既然能把荷马的各段诗,都配上与它们相关的技艺,你能否指出哪些段诗须请预言家凭预言的技艺来评判它们呢? 我就马上可以回答你:这样的诗很多,尤其是在《奥德赛》里,例如墨兰普斯的预言家忒俄克吕墨诺斯向求婚者们说的那一段话:

> 你们这班可怜虫!你们在遭遇什么?你们的头脸手脚全让黑夜像寿衣似地裹着;突然一阵号哭声,你们满脸是泪,走廊里全是鬼魂,院子里也全是鬼魂,都走到阴间去;太阳在天上消失了,灾雾布满了世界。①

《伊利亚特》里也有许多同样的段落,例如描写城堡附近战事的那一段,荷马说:

> 他们正急于要越过那条壕沟,就来了一个预兆:一只鹰高飞掠过队伍的左边,鹰爪抓住一件血红的大蛇。那条蛇还活着在喘气,还在挣扎,扭转身来向抓住它的那只鸟的颈项咬了一口,那只鸟被咬痛了,把蛇放下,让它落到队伍的中央,于是叫了一声,就乘风飞去了。②

我敢说,像这类题材应该由预言家来评判。

伊 你说的对,苏格拉底。

苏 对,伊安,你也说的对。我已经替你从《伊利亚特》和《奥德赛》两部诗里,选出一些描写预言,打鱼,和行医的段落了。你对荷马比我熟的多,现在请你替我选出一些关于诵诗人和诵诗技艺的段落,就是说,诵诗人比任何人较善

---

① 见《奥德赛》卷二十。
② 见《伊利亚特》卷十二。

于评判的段落。

伊　我应该说,全部荷马诗都有关诵诗人和诵诗的技艺。

苏　当然不能是全部,伊安,你忘记你所说的话吗?一个。诗人的记性应该比较好一点。

伊　我忘记了什么话?

苏　你说过诵诗人的技艺和御车人的技艺不同,记得不?

伊　还记得。

苏　你也承认过,它们既然不同,就有不同的知识题材。

伊　对。

苏　那么,根据你自己的话,诵诗人不能对所有的事情都知道,诵诗的技艺也不能包括一切知识。

伊　我敢说,可能有些例外,苏格拉底。

苏　你的意思是说,诵诗人对其他技艺的题材不全知道,既然不全知道,知道的究竟是哪些呢?

伊　他会知道男人和女人,自由人和奴隶,统治者和被统治者,在怎样身份,该说怎样话。

苏　你是否说,一个诵诗人会比一位驾驶人,对于一个船长在海浪颠簸时所应说的话,知道还更清楚?

伊　不是,驾驶人知道最清楚。

苏　诵诗人是否比医生还更能知道诊病人所应该说的话?

伊　不能。

苏　但是他会知道奴隶所应该说的话?

伊　他会知道。

苏　假如那奴隶是一个牧牛人,在设法驯服发狂的牛时,他应该说什么话?诵诗人是否比牧牛人知道更清楚呢?

伊　他不能比牧牛人知道更清楚。

苏　他知道一个纺织妇关于纺织羊毛所应该说的话么?

伊　他不知道。

苏　但是他知道一个将官劝导兵士所应该说的话？
伊　是,那类事情是诵诗人知道的。
苏　那么,诵诗人的技艺就是将官的技艺吗？
伊　我知道一个将官该说的话,这一点我却有把握。
苏　是,伊安,也许你知道将官的技艺,也许除掉弹竖琴的技艺之外,你还知道骑马的技艺。若是这样,你就会能判别马骑的好坏。但是请问你,伊安,你能判别马骑的好坏,是凭你的骑马的技艺,还是凭你的弹竖琴的技艺呢？
伊　我该说,凭骑马的技艺。
苏　如果你评判竖琴的弹奏者,你是站在竖琴弹奏者的身份,而不是站在骑马者的身份,来评判他们？
伊　我承认。
苏　在评判将官的技艺时,你是站在将官的身份,还是站在诵诗人的身份,来评判它呢？
伊　在我看,那并没有什么分别。
苏　这话怎样讲？你说诵诗人的技艺和将官的技艺是一样？
伊　对,完全一样。
苏　那么,一个高明的诵诗人同时也就是一个高明的将官？
伊　当然是那样,苏格拉底。
苏　一个高明的将官同时也就是一个高明的诵诗人？
伊　不,我倒没有那样说。
苏　但是你说高明的诵诗人同时就是高明的将官？
伊　不错。
苏　你是希腊的最高明的诵诗人吧？
伊　首屈一指,苏格拉底。
苏　你也是希腊的最高明的将官么？
伊　当然,苏格拉底;荷马就是我的老师。
苏　那么,伊安,你既然不仅是希腊的最好的诵诗人,而且也是希腊的最好的将官,可是你在希腊走来走去,总是诵诗,不当将官,这是什么缘故?你以为希腊只需要戴金冠的诵诗人,而不需要将官吗?

伊　理由很简单,苏格拉底:我们以弗所人是你们雅典人的仆从和兵卒,不需要将官,而你们雅典和斯巴达也不会请我去当将官,因为你们自信有足够的将官。

苏　好伊安,你没有听说过奎卒库①人亚波罗多柔吗?

伊　你说的是谁?

苏　他虽是一个外国人,却屡次被雅典选为将官。此外还有安竺若人法诺特尼斯,克左拉弥尼人赫剌克利第,虽然也都是外国人,因为才能卓著,也都被雅典任命,统领过军队,还任过其他官职。② 如果以弗所人伊安先生有本领,雅典人不也会选他做将官,拿尊贵的职位给他吗?以弗所人本来不就是雅典人,而他们的城邦不也很不平凡吗?你说你宣扬荷马是凭技艺知识,如果这话是真的,你就不免欺哄我了。你在我面前自夸对于荷马知道许多珍贵的东西,而且允许我领教,可是到我再三恳求你的时候,你不但不肯显你的本领,而且不肯说你究竟擅长哪些题材,你这不是欺哄我吗?你真像普洛透斯③,会变许多形状;你左变右变,弯来扭去,变成各色各样的人物,到最后,你装成一个将官!你想溜脱了我的手掌心,不显出你朗诵荷马的本领!像我刚才所说的,若是你对荷马真有技艺的知识,允许我领教,口惠而实不至,你就真是在欺哄我。

---

① 奎卒库是小亚细亚海岛之一,雅典的殖民地。
② 安竺若是爱琴海中一大岛,克拉左弥尼在小亚细亚。亚波罗多柔,法诺特尼斯赫剌克利第等三个外国人在雅典当将官的,都无确凿史迹可考。
③ 普洛透斯是"海上老人"善变形,又善预言。

不过你如果并没有技艺的知识,对荷马能说出那些优美的辞句,是不由意识的,凭荷马灵感的,像我所想的那样,我就不能怪你不诚实了。不诚实呢,受灵感支配呢,你究竟愿居哪一项?

伊 这两项差别倒很大,受灵感支配总比不诚实要好的多。

苏 那么,伊安,我也就朝好的一边想,认为你的宣扬荷马的本领不是凭技艺的知识,而是凭灵感。

朱光潜　译

选自《柏拉图文艺对话集》人民文学出版社 1982 年版

理 想 国
（卷二至卷三）①

——统治者的文学音乐教育

对话人：苏格拉底
　　　　阿德曼特
　　　　格 罗 康

苏　我们且来放任想象，从从容容地谈一个故事——我们的城邦的保卫者们的教育。

阿　我很赞成。

苏　我们的教育制度应该怎样呢？我们一向对于身体用体育，对于心灵用音乐。现在想改进许多年代传下来的制度，恐怕不是一件易事吧？我们好不好先从音乐开始，然后再谈体育？

阿　很好。

苏　你是否把文学包括在音乐里面？

阿　我看音乐包含文学在内。

苏　文学是不是有两种：写真的和虚构的？

阿　不错。

苏　我们的教育要包括这两种，但是先从虚构的文学开始。

阿　我不懂你的意思。

苏　你不知道我们教儿童，先给他们讲故事吗？这些故事虽

---

① 卷二选译 376D 至 383C。卷三选译 386A 至 403C。

也有些真理,在大体上却是虚构的。我们先给儿童讲故事,后来才教他们体育。

阿　对的。

苏　我原先说文学应该在体育之前,就是为着这个缘故。

阿　你说的有道理。

苏　一切事都是开头最关重要,尤其是对于年幼的,你明白吧?因为在年幼的时候,性格正在形成,任何印象都留下深刻的影响。

阿　一点也不错。

苏　那么,我们是否应该随便准许我们的儿童去听任何人说的任何故事,把一些观念印在心里,而这些观念大部分和我们以为他们到成人时应该有的观念相反呢?

阿　我们当然不能准许那样。

苏　所以我以为我们首先应该审查做故事的人们,做的好,我们就选择;做的坏,我们就抛弃。我们要劝保姆们和母亲们拿入选的故事给儿童讲,让她们用故事来形成儿童的心灵,比起用手来形成他们的身体,还要费更多的心血。但是她们现在所讲的那些故事大部分都应该抛开。

阿　你指的是哪些故事?

苏　从大故事可以见小故事,因为无论大小,形式相同,效果也相同。你看对不对?

阿　对,但是我不明白你所谓大故事指什么。

苏　我指的是赫西俄德,荷马和其他诗人所做的,他们做了一些虚构的故事,过去讲给人听,现在还讲给人听。

阿　但是你指的究竟是哪些?你看出它们的什么毛病?

苏　应该指责的最严重的毛病是说谎,而且谎还说得不好。

阿　你指的是什么呢?

苏　我指的是把神和英雄的性格描写得不正确,像画家把所想画的东西完全画得不像。

阿　这种情形倒是应该指责的,但是你究竟指哪些故事?

苏　第一个就是赫西俄德所讲的乌剌诺斯所干的事,以及他的儿子克洛诺斯报复他的情形①,这就是诗人对于一位最高的尊神说了一个最大的谎,而且就谎来说,也说得不好。关于乌剌诺斯的行为以及他从他儿子那方面所得到的祸害,纵然是真的,我以为也不应该拿来讲给理智还没有发达的儿童听。最好是不讲,假如必得要讲,就得在一个严肃的宗教仪式中讲,听众愈少愈好,而且要他们在仪式中献一个牺牲,不是宰一口猪就行,须是极珍贵极难得的东西,像这样,听的人就会很少。

阿　那些故事的确有害处。

苏　这类故事在我们的城邦里就必须禁止。我们绝对不能让年青人听到说,犯最凶恶的罪也不足为奇,若是父亲做了坏事,儿子就用最残酷的手段来报复,也不过是照最早的而且最高的尊神的榜样去做。

阿　的确,我也以为这类故事不宜于讲。

苏　我们还要严格禁止神和神战争,神和神搏斗,神谋害神之类的故事。它们根本不是真的,而且我们的城邦的保卫者们必须把随便就相争相斗看成最大的耻辱,巨人们的搏斗,以及神和英雄们与他们的亲友们争吵之类的故事都不准讲,也不准绘绣。如果我们能找得一些故事使他们相信同在一城邦的人们向来不曾互相仇恨过,这种仇

---

① 见赫西俄德的《神谱》154至181,以及459行等。乌剌诺斯是天神,配了地神,生下十八个孩子,一说生下六男六女,克洛诺斯是其中之一。天神厌恨子女,一生下来就把他们投到地牢里囚禁。为了报复,克洛诺斯把他父亲推翻了,并且割去了他的生殖器,自己做了天神。后来克洛诺斯又被他的儿子宙斯推翻了。

恨是罪过,老年人们就应该拿这类故事给儿童们讲。到他们长大的时候,我们就应该强迫诗人们替他们做这样性质的故事。但是赫拉被儿子捆绑,赫淮斯托斯被父亲从天上抛下来,因为他母亲挨打,他设法护卫她① 之类的故事,以及荷马所说的神与神打仗的故事,无论它们是不是寓言的,都一律不准进我们的城邦来。因为儿童没有能力辨别寓言的和不是寓言的,他们在年幼时所听到的东西容易留下永久不灭的印象。因为这些缘故,我们必须尽力使儿童最初所听到的故事要做得顶好,可以培养品德。

阿　你的话是对的,但是如果有人问哪些是这样的故事,请举出例子来,我们怎样回答呢?

苏　阿德曼特,你和我现在都不是诗人,而是一个城邦的建立者。建立城邦的人们应该知道诗人说故事所当遵守而不准破坏的规范;他们自己并不必去做故事。

阿　很对,但是关于神的故事当有什么规范,这正是我想知道的。

苏　规范是这样:无论写的是史诗,抒情诗,还是悲剧,神本来是什么样,就应该描写成什么样。

阿　这是一定的。

苏　神在本质上不是善的吗?他是否就应该描写成善的?

阿　那是毫无疑问的。

苏　凡是善的都不是有害的,是不是?

阿　照我看,善的就没有害。

---

① 见《伊利亚特》卷一。赫拉是天后,和天神宙斯有时吵嘴,宙斯往往打她或是叫人捆吊她。赫淮斯托斯是火神,常站在母亲方面,宙斯把他从天上抛下,所以他跌跛了腿。

苏 不是有害的东西是否做有害的事呢？
阿 当然不会。
苏 不做害事的东西是否生祸呢？
阿 不。
苏 不生祸的东西会是祸的因么？
阿 那怎么可能呢！
…………

朱光潜 译

选自《柏拉图文艺对话集》人民文学出版社 1982 年版

理 想 国

（卷 十）①

——诗人的罪状

对话人：苏格拉底
　　　　格 罗 康

苏　我有许多理由相信,我们所建立的城邦是最理想的,尤其是从关于诗的规定来看②,我敢说。

格　你指的是哪一项规定呢?

苏　我指的是禁止一切摹仿性的诗进来。我们既然分清心灵的各种因素③了,更足见诗的禁令必须严格执行。

格　这话怎样说?

苏　说句知心话,你可千万不要告诉悲剧诗人和其他摹仿者们,在我看,凡是这类诗对于听众的心灵是一种毒素,除非他们有消毒剂,这就是说,除非他们知道这类诗的本质真相。

格　你为什么这样说?

苏　我的话不能不说,虽然我从小就对于荷马养成了一种敬爱,说出来倒有些于心不安。荷马的确是悲剧诗人的领袖。不过尊重人不应该胜于尊重真理,我要说的话还是

---

① 选译 595A 至 608B。
② 指卷三禁诗的决定。
③ 卷二至卷九常讨论到人性,主要的因素是理智,意志和情欲。

23

不能不说。
格　当然。
苏　那么,就请听我说,或是说得更恰当一点,请听我发问。
格　你问吧。
苏　请问你,摹仿的一般性质怎样？我自己实在不知道它的目标是什么。
格　你都不知道,难道我还能知道吗？
苏　那并不足为奇,眼睛迟钝的人有时反比眼睛尖锐的人见事快。
格　这话倒不错。不过当你的面前,我不敢冒昧说我的意见,尽管它像是很明显的；还是请你说吧。
苏　我们好不好按照我们经常用的方法,来研究这个问题呢？我们经常用一个理式① 来统摄杂多的同名的个别事物,每一类杂多的个别事物各有一个理式。你明白吧？
格　我明白。
苏　我们可以任意举那一类杂多事物为例来说,床也好,桌子也好,都各有许多个例,是不是？
格　不错。
苏　这许多个别家具都由两个理式统摄,一个是床的理式,一个是桌的理式,是不是？
格　不错。
苏　我们不也常说,工匠制造每一件用具,床,桌,或是其他东西,都各按照那件用具的理式来制造么？至于那理式本身,它并不由工匠制造吧？
格　当然不能。
苏　制造理式的那种工匠应该怎样称呼呢？

---

① 理式是柏拉图哲学中基本观念,即概念或普遍的道理。详见题解。

格　你指的是谁?

苏　我指的是各行工匠所制造出的一切东西,其实都是由他一个人制造出来的那种工匠。

格　他倒是一个绝顶聪明人!

苏　等一会儿,你会更有理由这样赞扬他。因为这位工匠不仅有本领造出一切器具,而且造出一切从大地生长出来的,造出一切有生命的,连他自己在内;他还不以此为满足,还造出地和天,各种神,以及天上和地下阴间所存在的一切。①

格　真是一位了不起的艺术家咧!

苏　你不相信吗?你是否以为绝对没有这样一个工匠呢?你是否承认一个人在某个意义上能制造一切事物,在另一意义上却不能呢?在某个意义上你自己也就可以制造这一切事物,你不觉得么?

格　用什么方法呢?

苏　那并不是难事,而是一种常用的而且容易办到的制造方法。你马上就可以试一试,拿一面镜子四方八面地旋转,你就会马上造出太阳,星辰,大地,你自己,其他动物,器具,草木,以及我们刚才所提到的一切东西。

格　不错,在外形上可以制造它们,但不是实体。

苏　你说得顶好,恰合我们讨论的思路,我想画家也是这样一个制造外形者,是不是?

格　当然是。

苏　但是我想你会这样说,一个画家在一种意义上虽然也是在制造床,却不是真正在制造床的实体,是不是?

---

① 柏拉图的创世主并不同耶稣教的上帝,它是宇宙中普遍永恒的原理大法,即最高的理式,以下译"神"以示别。

格　是，像旋转镜子的人一样，他也只是在外形上制造床。

苏　木匠怎样？你不是说过他只制造个别的床，不能制造"床之所以为床"那个理式吗？

格　不错，我说过这样话。

苏　他既然不能制造理式，他所制造的就不是真实体，只是近似真实体的东西。如果有人说木匠或其他工匠的作品完全是真实的，他的话就不是真理了。

格　至少是研究这类问题的哲学家们不承认他说的是真理。

苏　那么，如果这样制造的器具比真实体要模糊些，那就不足为奇了。

格　当然。

苏　我们好不好就根据这些实例，来研究摹仿的本质？

格　随便你。

苏　那么，床不是有三种吗？第一种是在自然中本有的，我想无妨说是神制造的，因为没有旁人能制造它；第二种是木匠制造的；第三种是画家制造的。

格　的确。

苏　因此，神，木匠，画家是这三种床的制造者。

格　不错，制造者也分这三种。

苏　就神那方面说，或是由于他自己的意志，或是由于某种必需，他只制造出一个本然的床，就是"床之所以为床"那个理式，也就是床的真实体。他只造了这一个床，没有造过，而且永远也不会造出，两个或两个以上这样的床。

格　什么缘故呢？

苏　因为他若是造出两个，这两个后面就会有一个公共的理式，这才是床的真实体，而原来那两个就不是了。

格　你说的对。

苏　我想神明白这个道理，他不愿造某某个别的床，而要造一切床的理式,所以他只造了这样一个床,这床在本质上就只能是一个。

格　理应如此。

苏　我们好不好把他叫做床的"自然创造者"①,或是用其他类似的称呼?

格　这称呼很恰当,因为他在制造这床和一切其他事物时,就是自然在制造它们。

苏　怎样称呼木匠呢? 他是不是床的制造者?

格　他是床的制造者。

苏　画家呢? 他可否叫做床的制造者或创造者?

格　当然不能。

苏　那么,画家是床的什么呢?

格　我想最好叫他做摹仿者,摹仿神和木匠所制造的。

苏　那么,摹仿者的产品不是和自然隔着三层吗②?

格　不错。

苏　悲剧家既然也是一个摹仿者,他是不是在本质上和国王③和真理也隔着三层吗? 并且一切摹仿者不都是和他一样吗?

格　照理说,应该是一样。

苏　我们对于摹仿者算是得到一致的意见了。现在再来说画家,他所要摹仿的是自然中的真实体呢,还是工匠的作品呢?

---

① 艺术是"人为",与"自然"相对立,"自然创造者"像是一个自相矛盾的名词,其实只是说"自然非由人为者"。
② 这里所谓"自然",即"真实体",亦即"真理"。木匠制床,摹仿床的理式,和真理隔着一层;画家和诗人摹仿个别的床,和真理便隔两层。原文说"隔三层"是把理式起点算作一层,余类推。
③ 所谓"国王"即哲学家,"真理"的代表。

格　他只摹仿工匠的作品。

苏　他摹仿工匠作品的本质,还是摹仿它们的外形呢?这是应该分清的。

格　我不明白你的意思。

苏　我的意思是这样:比如说床,可以直看,可以横看,可以从许多观点看。观点不同,它所现的外形也就不同,你以为这种不同是在床的本质,还在床的外形呢?现形不同的床是否真正与床本身不同呢?其他一切事物也可由此类推。

格　外形虽不同,本质还是一样。

苏　想一想图画所要摹仿的是实质呢,还是外形呢?

格　图画只是外形的摹仿。

苏　所以摹仿和真实体隔得很远,它在表面上像能制造一切事物,是因为它只取每件事物的一小部分,而那一小部分还只是一种影像。比如说画家,他能画出鞋匠木匠之类工匠,尽管他对于这些手艺毫无知识。可是他如果有本领,他就可以画出一个木匠的像,把它放在某种距离以外去看,可以欺哄小孩子和愚笨人们,以为它真正是一个木匠。

格　确实如此。

苏　那么,好朋友,依我想,关于画家的这番话可以应用到一切与他类似的人们。如果有人告诉我们,说他遇见过一个人,精通一切手艺,而且对于一切事物精通的程度还要超过当行的人,我们就应该向他说,他是一个傻瓜,显然受了一个魔术家或摹仿者的欺哄,他以为那人有全知全能,是因为他分不清有知,无知,和摹仿三件事。

格　的确。

苏　现在我们就要检讨悲剧和悲剧大师荷马了。因为许多人都说悲剧家无所不通,无论什么技艺,无论什么善恶的人事,乃至于神们的事,他都样样通晓。他们说,一个有本领的诗人如果要取某项事物为题材来做一首好诗,他必须先对那项事物有知识,否则就不会成功。我们对于这些人们必须检查一下,看他们是否也碰到了摹仿者们,受了欺哄,看不出他们的产品和真实体隔着三层,对真实体不用有知识就可轻易地做成呢?还是他们说的果然不错,有本领的诗人们对于他们因描绘而博得赞赏的那些事物真正有知识呢?

格 是的,这倒是必须检查的。

苏 你想一想,如果一个人既能摹仿一件事物,同时又能制造那件事物,他会不会专在摹仿上下工夫,而且把摹仿的本领看作他平生最宝贵的东西呢?

格 我想他不至如此。

苏 在我看,他如果对于所摹仿的事物有真知识,他就不愿摹仿它们,宁愿制造它们,留下许多丰功伟绩,供后世人纪念。他会宁愿做诗人所歌颂的英雄,不愿做歌颂英雄的诗人。

格 我也是这样看,那样做,他可以得到更大的荣誉,产生更大的效益。

苏 关于许多问题,我们倒不必追问荷马或其他诗人,不必问他们对医学有没有知识,是否只在摹仿医学的话语;不必追问他们古今有没有过一个诗人,像埃斯库勒普医神一样,医好过一些病人,留传下一派医学。此外还有许多其他技艺,我们也不必去追问诗人们。但是荷马还要谈些最伟大最高尚的事业,如战争,将略,政治,教育之类,我们就理应这样问他:"亲爱的荷马,如果像你所说的,谈到品德,你并不是和真理隔着三层,不仅是影像制造者,不仅是我们所谓摹仿者,如果你和真理只隔着两层,知道人在公私两方面用什么方法可以变好或变坏,我们就要请问你,你曾经替哪一国建立过一个较好的政府,像莱科勾对于斯巴达,许多其他政治家对于许多大小国家那样呢?世间有哪一国称呼你是它的立法者和恩人,像意大利和西西里称呼卡雍达斯,我们雅典人称呼梭伦那样呢?① 谁这样称呼你呢?"格罗康你想荷马能举出这样一个国名来么?

格　我想他不能,就连崇拜荷马的人们也不这样说。

苏　有没有人提起当时有哪一次战争打得好,是由荷马指挥或参谋呢?

格　没有。

苏　有没有人提起他对各种技艺或事业有很多发明和贡献,像密勒图人泰利斯,或是西徐亚人阿那卡什斯那样呢?②

格　也没有。

苏　荷马对于国家既然没有建立功劳,我们是否听说过他生平做过哪些私人的导师,这些人因为得到他的教益而爱戴他,把他的生活方式留传到后世,像毕达哥拉斯那样呢③?据说毕达哥拉斯由于这个缘故很受人爱戴,一直到现在,他的门徒还在奉行他的生活方式,显得与众不同。荷马是否也能这样呢?

---

① 莱科勾是传说中的斯巴达的立法者;卡雍达斯是公元前5世纪的法学家,替意大利和其他国家立过法;梭伦是公元前7世纪雅典的立法者。

② 密勒图在小亚细亚海岸上,泰利斯是公元前7世纪的哲学家和科学家;西徐亚民族是古代欧亚交界的一个游牧民族,无固定的国界,阿那卡什斯是公元前6世纪的哲学家,游寓雅典,据说他是墨水和陶器盘输的发明者。

③ 毕达哥拉斯是公元前6世纪的哲学家和数学家,一个有名的几何定律的发明者,曾组织门徒三百人为一秘密结社,遵守他所定的生活规律。

格　更没有这样事。如果传说可靠,他的门徒克瑞俄斐罗在教育上比在名字上显得更滑稽①。传说荷马在世时就没有得到很好的照顾,身后的事更不用说了。

苏　不错,他们是那么说。格罗康,你想一想,如果荷马真正能给人教育,使人得益,如果他对于这类事情有真知识,而不是只在摹仿,他不会有许多敬爱他的门徒追随他的左右吗?阿布德拉人普罗塔哥拉以及克奥斯人普若第库斯②之流,都能在私人谈论中使当时人相信,不从他们受教,就不能处理家务和国政;他们的智慧大受爱戴,所以门徒们几乎要把他高举到头上游行。如果荷马也能增长人的品德,当时人会让他和赫西俄德到处奔走行吟吗?人们不会把他们当宝贝看待,抓住他们不放,强迫他留在家乡吗?若是留不住,人们不会跟他们到处走,等到教育受够了,才肯放手吗?

格　在我看,你的话一点也不错,苏格拉底。

苏　所以我们可以说,从荷马起,一切诗人都只是摹仿者,无论是摹仿德行,或是摹仿他们所写的一切题材,都只得到影像,并不曾抓住真理。像我们刚才所说的,画家尽管不懂鞋匠的手艺,还是可以画鞋匠,观众也不懂这种手艺,只凭画的颜色和形状来判断,就信以为真。

格　完全是这样。

苏　我想我们也可以说,诗人也只知道摹仿,借文字的帮助,绘出各种技艺的颜色;而他的听众也只凭文字来判断,无

---

① 克瑞俄斐罗据说是荷马的女婿,待荷马不好,荷马死后,他盗取一些荷马诗,用自己的名字发表了。他的名字在希腊文中原义是"肉食者",所以说滑稽。

② 阿布德拉在希腊北部;普罗塔哥拉,是公元前5世纪的诡辩家,授徒致富;克奥斯是爱琴海中一个岛;普若第库斯也是一个诡辩家;柏拉图推许他们,带有讽刺意味。

论诗人所描绘的是鞋匠的手艺,将略,还是其他题材,因为文字有了韵律,有了节奏和乐调,听众也就信以为真。诗中这些成分本来有很大的迷惑力。假如从诗人作品中把音乐所生的颜色一齐洗刷去,只剩下它们原来的简单躯壳,看起来会像什样,我敢说你注意过的。

格　我确是注意过。

苏　它们像不像一个面孔,还有点新鲜气色,却说不上美,因为像花一样,青春的芳艳已经枯萎了?

格　这比喻很恰当。

苏　再想一想,影像的制造者,就是我们所说的摹仿者,只知道外形,并不知道实体,是不是?

格　对。

苏　可是我们对于这问题不应半途而废,应该研究到彻底。

格　请你说下去。

苏　画家能不能画缰辔?

格　能。

苏　但是制造缰辔的却是鞋匠和铁匠?

格　当然。

苏　缰辔应该像什样,画家知道不?还是连制造它们的鞋匠和铁匠也不能知道,只有用它们的马夫才知道呢?

格　只有马夫才知道。

苏　我们可否由此例推一切,得到一个结论呢?

格　什么结论?

苏　我说关于每件东西都有三种技艺:应用、制造,摹仿。

格　对的。

苏　那么,我们怎样判定一个器具,动物,或行为是否妥当,美,完善呢?是否要看自然或技艺所指定它应有的用途?

格　这是要看它的用途来判定。

苏　那么,每件东西的应用者对于那件东西的知识就必然比旁人的可靠,也就必然能告诉制造者说他自己应用这件东西时,哪样才好,哪样才坏。比如说,吹笛者才能告诉制笛者,笛子要像什样,吹起来才顶好,应该怎样做才好,而制笛者就要照他的话去做。

格　当然。

苏　所以吹笛者才知道笛的好坏,把他的知识告诉制笛者,制笛者就照他的话去做。

格　不错。

苏　所以每件器具的制造者之所以对于它的好坏有正确见解,是由于他请教于有知识者①,不得不听那位有知识者的话,而那位有知识者正是那件器具的应用者。

格　当然。

苏　现在谈到摹仿者,他对于他所描写的题材是否美好的问题,是从应用方面得到知识呢?还是由于不得不请教于有知识者,听他说过应该怎样描写才好,而后得到正确见解呢?

格　都不是。

苏　那么,摹仿者对于摹仿题材的美丑,不是既没有知识,又没有正确见解吗?

格　显然如此。

苏　摹仿者对于他所摹仿的东西,就理解来说,可就很了不起啦!

格　不见得是了不起。

苏　话虽如此说,尽管他对于每件东西的美丑没有知识,他还

---

① 柏拉图把"见解"或"信仰"看作和"知识"或"科学"相对立。前者是对于现象世界的认识,即"感性的认识";后者是对于真理或本体的认识,即"理性的认识"。

是摹仿；很显然地，他只能根据普通无知群众所认为美的来摹仿。

格 当然。

苏 那么，我们现在显然可以得到这两个结论：头一层，摹仿者对于摹仿题材没有什么有价值的知识；摹仿只是一种玩艺，并不是什么正经事；其次，从事于悲剧的诗人们，无论是用短长格还是用英雄格①，都不过是高度的摹仿者。

格 的确如此。

苏 老天爷！摹仿的对象不是和真理隔着三层吗？

格 是的。

苏 再说摹仿的效果，它可以影响哪一种心理作用呢？

格 我不懂你的意思。

苏 这话可以这样解释：同一量积，近看和远看是不是像不同？

格 是不同。

苏 同一件东西插在水里看起来是弯的，从水里抽出来看起来是直的；凸的有时看成凹的，由于颜色对于视官所生的错觉。很显然地，这种错觉在我们的心里常造成很大的混乱。使用远近光影的图画就利用人心的这个弱点，来产生它的魔力，幻术之类玩艺也是如此。

格 的确。

苏 要防止这种错觉，最好的方法是使用度量衡。人心只能就形似上揣测大小多寡轻重，使用计算，测量，或衡度，才可以准确。

格 当然。

苏 这种计算衡量的工作是否要靠心的理智部分？

---

① 短长格用于戏剧对话；英雄格用于史诗。

格 当然要靠理智。

苏 经过衡量之后,理智判定两件东西哪个大,哪个小,或是相等①,我们对于同一事物不就有两种相反的判断么?

格 是那样。

苏 我们从前不是说过:同一心理作用对于同一事物不可能同时得到两个相反的结论吗?

格 我们说过这样话,而且说得不错。

苏 那么,信赖衡量的那种心理作用,和不信赖衡量的那种心理作用就不相同了?

格 当然不同。

苏 信赖衡量的那种心理作用是不是人心中最好的部分?

格 那是无可辩驳的。

苏 和它相反的那种心理作用就是人心中低劣的部分了。

格 那是毫无疑问的。

苏 原先我说图画和一切摹仿的产品都和真理相隔甚远,和它们打交道的那种心理作用也和理智相隔甚远,而它们的目的也不是健康的或真实的,我的意思就是要你得到这样一个结论。

格 你说得对。

苏 那么,摹仿不是低劣者和低劣者配合,生出的儿女也就只能是低劣者吗?②

格 显然是那样。

苏 这番话是否只能应用到视觉方面的摹仿,还是也可以应用到我们所称为诗的声音摹仿呢?

格 诗自然也是一样。

---

① 意即:和单凭感觉估计的结果不同。
② 摹仿所据的心理作用不是理智,摹仿的对象不是真理。

苏　我们不能单凭诗画类比的一些貌似的地方,还要研究诗的摹仿所关涉到的那种心理作用,看它是好还是坏。

格　我们的确应该这样办。

苏　我们姑且这样来看它。诗的摹仿对象是在行动中的人,这行动或是由于强迫,或是由于自愿,人看到这些行动的结果是好还是坏,因而感到欢喜或悲哀。此外还有什么呢?

格　诗的摹仿尽于此了。

苏　在这整个过程之中,一个人是否始终和他自己一致呢?是否像在视觉中一样,自相冲突,对于同一事物同时有相反的见解,而在行为上也自相冲突,自己和自己斗争呢?我想我们用不着对这问题再找答案,因为你应该记得,我们从前讨论这类问题时,已经得到一个一致的意见了,就是人心同时充满着这类的冲突。[①]

格　我们所得到的意见是对的。

苏　当然是对的,不过我以为还应该讨论我们从前所忽略掉的。

格　忽略掉什么?

苏　我们从前说过,一个有理性的人若是遭到灾祸,比如死了儿子,或是丧失了他所看重的东西,他忍受这种灾祸,要比旁人镇静些,你还记得么?

格　记得。

苏　想一想,他还是简直不觉哀恸呢? 还是哀恸既不可免,他就使它有节制呢?

格　他会使哀恸有节制。

[①] 理智与情欲的冲突是柏拉图常谈的问题。参看《理想国》卷四及卷九和《斐德若篇》。

苏　请再想一想,他要控制哀恸,在什么场合比较容易,在许多人看着他的时候?还是在他单独一个人的时候呢?

格　在许多人看着他的时候,他比较容易控制哀恸。

苏　若是单独一个人,他会发出本来怕人听见的呼号,做出许多本来怕人看见的事情。

格　的确如此。

苏　鼓励他抵抗哀恸的不是理性和道理吗?反之,怂恿他尽量哀恸的不是那哀恸的情感本身吗?

格　是的。

苏　一个人对于同一事物,同时被拖着向两个相反的方向走,又要趋就,又要避免,这不就足以证明人心中本来就有两种相反的动机么?

格　的确。

苏　其中一个动机常愿服从道理,一切听它指导。

格　这话怎样说?

苏　依理说,遇到灾祸,最好尽量镇静,不用伤心,因为这类事变是祸是福还不可知,悲哀并无补于事,尘世的人事也值不得看得太严重,而且悲哀对于当前情境迫切需要做的事是有妨碍的。

格　迫切需要做的事是什么?

苏　要考虑事件发生的原委,随机应变,凭理性的指导去作安排。我们不能像小孩们,跌了一个跤,就用手扪着创伤哭哭啼啼的;我们应该赶快地考虑怎样去医疗,使损失弥补起来,让医药把啼哭赶走。

格　这倒是处逆境的最好的方法。

苏　人性中最好的部分让我们服从这种理性的指导。

格　显然如此。

苏　然则人性中另外那一部分,使我们回想灾祸,哀不自禁的那个部分,不就是无理性,无用而且怯懦吗?

格　不错。

苏　最便于各种各样摹仿的就是这个无理性的部分,而达观镇静的性格常和它自己调协一致,却不易摹仿,纵然摹仿出来,也不易欣赏,尤其是对于挤在戏院里那些嘈杂的听众,因为所摹仿的性情对他们是陌生的。

格　的确。

苏　总之,摹仿诗人既然要讨好群众,显然就不会费心思来摹仿人性中理性的部分,他的艺术也就不求满足这个理性的部分了;他会看重容易激动情感的和容易变动的性格,因为它最便于摹仿。

格　显然如此。

苏　那么,我们现在理应抓住诗人,把他和画家摆在一个队伍里,因为他有两点类似画家,头一点是他的作品对于真理没有多大价值;其次,他逢迎人性中低劣的部分。这就是第一个理由,我们要拒绝他进到一个政治修明的国家里来,因为他培养发育人性中低劣的部分,摧残理性的部分。一个国家的权柄落到一批坏人手里,好人就被残害。摹仿诗人对于人心也是如此,他种下恶因,逢迎人心的无理性的部分(这是不能判别大小,以为同一事物时而大,时而小的那一部分),并且制造出一些和真理相隔甚远的影像。

格　的确。

苏　我们还没有数出摹仿的最大的罪状咧,连好人们,除掉少数例外,也受它的坏影响,这不是最严重的吗?

格　的确,如果摹仿真有那种坏影响,如你所说的。

苏　想一想这个事实:听到荷马或其他悲剧诗人摹仿一个英雄遇到灾祸,说出一大段伤心话,捶着胸膛痛哭,我们中间最好的人也会感到快感,忘其所以地表同情,并且赞赏诗人有本领,能这样感动我们。
格　我懂得,我们确实有这样感觉。
苏　但是临到悲伤的实境,我们却以能忍耐能镇静自豪,以为这才是男子气概,而我们听诗时所赞赏的那种痛哭倒是女子气,你注意到没有?
格　我注意到,你说的一点不错。
苏　看见旁人在做我们自己所引为耻辱而不肯做的事,不但不讨厌,反而感到快活,大加赞赏,这是正当的么?
格　这自然不很合理。
苏　不错,尤其是你从另一个观点来看。
格　从哪个观点看?
苏　你可以这样来看:我们亲临灾祸时,心中有一种自然倾向,要尽量哭一场,哀诉一番,可是理智把这种自然倾向镇压下去了。诗人要想餍足的正是这种自然倾向,这种感伤癖。同时,我们人性中最好的部分,由于没有让理智或习惯培养好,对于这感伤癖就放松了防闲,我们于是就拿旁人的痛苦来让自己取乐。我们心里这样想:看到的悲伤既不是自己的,那人本自命为好人,既这样过分悲伤,我们赞赏他,和他表同情,也不算是什么可耻的事,而且这实在还有一点益处,它可以引起快感,我们又何必把那篇诗一笔抹煞,因而失去这种快感呢?很少有人能想到,旁人的悲伤可以酿成自己的悲伤。因为我们如果拿旁人的灾祸来滋养自己的哀怜癖,等到亲临灾祸时,这种哀怜癖就不易控制了。
格　你说的很对。
苏　这番话是否也可以应用到诙谐?你看喜剧表演或是听朋友们说笑话,可以感到很大的快感。你平时所引为羞耻而不肯说的话,不肯做的事,在这时候你就不嫌它粗鄙,反而感到愉快,这情形不是恰和你看悲剧表演一样吗?你平时也是让理性压制住你本性中诙谐的欲念,因为怕人说你是小丑;现在逢场作戏,你却尽量让这种欲念得到满足,结果就不免于无意中染到小丑的习气。你看是不是这样?

格 是这样。

苏 再如性欲,忿恨,以及跟我们行动走的一切欲念,快感的或痛感的,你可以看出诗的摹仿对它们也发生同样的影响,它们都理应枯萎,而诗却灌溉它们,滋养它们。如果我们不想做坏人,过苦痛生活,而想做好人,过快乐生活,这些欲念都应受我们支配,诗却让它们支配着我们了。

格 我不能不赞成你的话。

苏 那么,你如果遇到崇拜荷马的人们说,荷马教育了希腊人,一个人应该研读荷马,去找做人处世的道理,终身都要按照他的教训去做,你对说这种话的人们最好是恭而且敬的——他们在他们的见识范围以内本来都是些好人——你最好赞同他们,说荷马是首屈一指的悲剧诗人;可是千万记着,你心里要有把握,除掉颂神的和赞美好人的诗歌以外,不准一切诗歌闯入国境。如果你让步,准许甘言蜜语的抒情诗或史诗进来,你的国家的皇帝就是快感和痛感;而不是法律和古今公认的最好的道理了。

格 你的话对极了。

苏 我们既然又回到诗的问题①,我们就可以辩护我们为什么要把诗驱逐出理想国了;因为诗的本质既如我们所说的,理性使我们不得不驱逐她。如果诗要怪我们粗暴无

---

① 卷二至卷三已讨论过诗的问题。

礼，我们也可以告诉她说，哲学和诗的官司已打得很久了。像"恶犬吠主"，"蠢人队伍里昂首称霸"，"一批把自己抬得比宙斯还高的圣贤"，"思想刁巧的人们毕竟是些穷乞丐"，以及许多类似的谩骂都可以证明这场老官司的存在①。话虽如此说，我们还可以告诉逢迎快感的摹仿为业的诗，如果她能找到理由，证明她在一个政治修明的国家里有合法的地位，我们还是很乐意欢迎她回来，因为我们也很感觉到她的魔力。但是违背真理是在所不许的。格罗康，你是否也感觉到诗的魔力，尤其是她出于荷马的时候？

格　她的魔力对我可不小！

苏　怎么我们无妨定一个准她回来的条件，就是先让她自己作一篇辩护诗，用抒情的或其他的韵律都可以。

格　这是应该的。

苏　我们也可以准许她的卫护者，就是自己不做诗而爱好诗的人们，用散文替她作一篇辩护，证明她不仅能引起快感，而且对于国家和人生都有效用。我们很愿意听一听。因为如果证明了诗不但是愉快的而且是有用的，我们也就可以得到益处了。

格　那对我们确实有益。

苏　但是如果证明不出她有用，好朋友，我们就该像情人发现爱人无益有害一样，就要忍痛和她脱离关系了。我们受了良好政府的教育影响，自幼就和诗发生了爱情，当然希望她显出很好，很爱真理。可是在她还不能替自己作辩护以前，我们就不能随便听她，就要把我们的论证当作辟邪的符咒来反复唪诵，免得童年的爱情又被她的魔力煽

---

① 这些都是希腊当时诗人骂哲学家的话。来源不明。

动起来,像许多人被她煽动那样。我们应该像唪诵符咒一样来唪诵这几句话:这种诗用不着认真理睬,本来她和真理隔开;听她的人须警惕提防,怕他心灵中的城邦被她毁坏;我们要定下法律,不轻易放她进来。

格 我完全赞成你的话。

苏 一个人变好还是变坏,这关系是非常重大的,比一般人所想象的还更重大,所以一个人不应该受名誉,金钱和地位的诱惑,乃至于受诗的诱惑,去忽视正义和其他德行。

格 我和你同意,把这作为我们讨论的总结,我想一切人都会和我一样同意。

朱光潜　译

选自《柏拉图文艺对话集》人民文学出版社 1982 年版

诗　学

〔希腊〕亚理斯多德

第一章

关于诗的艺术本身①、它的种类、各种类的特殊功能,各种类有多少成分,这些成分是什么性质,诗要写得好,情节应如何安排,以及这门研究所有的其他问题,我们都要讨论,现在就依自然的顺序,先从首要的原理开头②。

史诗和悲剧、喜剧和酒神颂以及大部分双管箫乐和竖琴乐——这一切实际上是摹仿③,只是有三点差别,即摹仿所用的媒介不同,所取的对象不同,所采的方式不同。

有一些人(或凭艺术,或靠经验),用颜色和姿态来制造形象,

---

① "诗的艺术本身"指诗的艺术这个属,即诗的艺术的整体,和诗的艺术的"种类"相对。"诗的艺术"或解作"诗",以下同此。
② 按照"自然的顺序","属"(诗的艺术本身,即诗的艺术的整体)在前,"种类"在后。"首要的原理"指有关诗的艺术本身的原理。
③ 亚理斯多德并不是认为史诗、悲剧、喜剧等都是摹仿,而是认为它们的创作过程是摹仿。柏拉图认为酒神颂不是摹仿艺术。到了亚理斯多德的时代,酒神颂已经半戏剧化,因为酒神颂中的歌有些像戏剧中的对话,因此亚理斯多德认为酒神颂的创造过程也是摹仿,酒神颂采用双管箫乐,日神颂采用竖琴乐。此处所指的音乐是无歌词的纯双管箫乐和纯竖琴乐,其中一些摹仿各种声响。

摹仿许多事物①,而另一些人②则用声音来摹仿;同样,像前面所说的几种艺术,就都用节奏、语言、音调来摹仿,对于后二种,或单用其中一种,或兼用二种③,例如双管箫乐、竖琴乐以及其他具有同样功能的艺术(例如排箫乐),只用音调和节奏(舞蹈者的摹仿则只用节奏,无需音调,他们借姿态的节奏来摹仿各种"性格"、感受和行动),而另一种艺术④则只用语言来摹仿,或用不入乐的散文,或用不入乐的"韵文"⑤,若用"韵文",或兼用数种,或单用一种,这种艺术至今(没有名称)⑥。(我们甚至没有一个共同的名称

---

① "一些人"指画家和雕刻家。古希腊的雕刻上颜色。"经验"原文作"习惯",指勤学苦练所得的经验。总结经验,掌握原则,则经验上升为艺术。
② "另一些人"指游吟诗人、诵诗人、演员、歌唱家。
③ "节奏"是此处所说的几种艺术所必需的,但可以单独使用(即不附带"语言"或"音调"),例如舞蹈只使用节奏。若只使用"语言"(例如散文)或只使用"音调"(例如器乐),"节奏"也附带使用,因为只使用"语言"的散文和只使用"音调"的器乐也有"节奏"。若兼用"语言"和"音调"(例如抒情诗和戏剧),"节奏"还是附带使用。
④ "另一种艺术"抄本作"史诗"。
⑤ 亚理斯多德所说的"韵文"指狭义的"韵文"(与"歌曲"相对),只包括六音步长短短格(即英雄格,亦称史诗格)、三双音步(六音步)短长格和四双音步(八音步)长短格。酒神颂采用入乐的"韵文",史诗则采用不入乐的"韵文",即六音步长短短格。
⑥ "没有名称"是后人填补的。

来称呼索福戎和塞那耳科斯的拟曲与苏格拉底对话①;假使诗人用三双音步短长格或箫歌格或同类的格律② 来摹仿,这种作品也没有共同的名称——除非人们把"诗人"一词附在这种格律之后,而称作者为"箫歌诗人"或"史诗诗人";其所以称他们为"诗人"不是因为他们会摹仿,而一概是因为他们采用某种格律③;即便是医学或自然哲学的论著,如果用"韵文"写成,习惯也称这种论著的作者为"诗人",但是荷马与恩拍多克利除所用格律之外④,并无共同之处,称前者为"诗人"是合适的,至于后者,与其称为"诗人",毋宁称为"自然哲学家";同样,假使有人兼用各种格律来摹仿,像开瑞蒙那样兼用各种格律来写《马人》〔混合体史诗〕,这种作品也没有

---

① 索福戎 Sophron 是叙拉古 Syrakousai 拟剧作家,公元前 5 世纪中叶的人。塞那耳科斯 Xenarkhos 是索福戎的儿子,也是个拟剧作家。"苏格拉底对话"指描述苏格拉底的言行和生活的对话,是柏拉图和其他的人写的(这种体裁并不是柏拉图首创的)。"苏格拉底对话"(例如柏拉图的早期对话)和"拟剧"很相似,这种对话也可称为"拟剧"。亚理斯多德在他的对话《诗人篇》的片段(第 72 段)中认为索福戎的拟剧和阿勒克萨墨诺斯 Alexamenos 的对话(第一篇"苏格拉底对话")都是散文,并且都是"诗"(摹仿品)。亚理斯多德在此处指出没有共同的名称来表示索福戎和塞那耳科斯的拟剧与苏格拉底对话,是用不入乐的散文写成的作品。亚理斯多德把他的老师柏拉图作为一个诗人(意即摹仿者)看待。柏拉图攻击诗人,他自己却也是个诗人。

② "箫"指双管箫。"箫歌格"(一译挽歌格)是一种双行体,首行是六音步长短短格,次行是五音步,次行的节奏比较复杂,大体说来,仍是长短短格。"同类的格律"包括六音步长短短格。

③ 亚理斯多德认为这样称呼是不妥当的;因为诗人所以被称为"诗人",是因为他是摹仿者,而不是因为他是某种格律的使用者。在亚理斯多德看来,格律不是诗的主要因素。

④ 恩拍多克利 Empedokles,是西西里的哲学家,公元前 5 世纪中叶的人,他的哲学著作是用六音步长短短格"韵文"写的。尽管亚理斯多德在他的《诗人篇》中(片段第 70 段)认为恩拍多克利的风格有诗意,但此处与真正的诗作对举,他却认为他的作品不是"诗"。

共同的名称。①〔也应称为诗人。〕② 这些艺术在这方面的差别,就是这样的。

有些艺术,例如酒神颂和日神颂③、悲剧和喜剧,兼用上述各种媒介,即节奏、歌曲和"韵文";差别在于前二者同时使用那些媒介,后二者则交替着使用④。

这就是各种艺术进行摹仿时所使用的种差⑤。

第二章

摹仿者所摹仿的对象既然是在行动中的人,而这种人又必然是好人或坏人,——只有这种人才具有品格⑥,〔一切人的品格都只有善与恶的差别〕——,因此他们所摹仿的人物不是比一般人

---

① 开瑞蒙 Khairemon 是公元前4世纪悲剧诗人。《诗学》第24章说开瑞蒙混用六音步长短短格、三双音步短长格和四双音步长短格。他大概还同时采用过"箫歌格"(参见45页注②)。"马人"指马身人头的肯陶洛斯 kentauros。此处所说的《马人》是一出悲剧或萨堤洛斯 satyros 剧(笑剧)。"混合体史诗"是伪作,因为《马人》是戏剧,不是史诗。"这种作品也没有共同的名称"是补充的。
② "也应称为诗人"是伪作,与亚理斯多德的意思不合。
③ "酒神颂"和"日神颂"属于抒情诗,《诗学》中只提及这两种抒情诗,而没有专论抒情诗。此外,戏剧中的"合唱歌"也属于抒情诗。"酒神颂"分节,"日神颂"不分节。
④ "歌曲"在此处用来代替"音调",参看第1章第3段。"歌曲"由歌词(即语言)、音调和节奏组成。"韵文"在此处用来代替"语言",指狭义的"韵文",参看第44页注⑤。"韵文"由言词(即语言)及节奏组成。歌曲与"韵文"已包含节奏,但节奏在此处又作为媒介之一。在戏剧中,"歌曲"用于合唱歌,"韵文"用于对话中(主要用三双音步短长格,偶尔用四双音步长短格),故说"交替着使用"。
⑤ "种差"是使"种"呈现差别之物,此处指"媒介"。其他两种"种差"是"对象"与"方式"。
⑥ 亚理斯多德认为人的品格从行动中表现出来,品格是由行动养成的,因此只有在行动中的人才具有品格。

好,就是比一般人坏,〔或是跟一般人一样〕,恰像画家描绘的人物,波吕格诺托斯笔下的肖像比一般人好①,泡宋笔下的肖像比一般人坏②,〔狄俄倪西俄斯笔下的肖像则恰如一般人〕③,显然,上述各种摹仿艺术也会有这种差别,因为摹仿的对象不同而有差别。甚至在舞蹈、双管箫乐、竖琴乐里,以及在散文和不入乐的"韵文"里,也都有这种差别,〔例如荷马写的人物比一般人好④,克勒俄丰写的人物则恰如一般人⑤〕,首创戏拟诗的塔索斯人赫革蒙⑥和《得利阿斯》的作者尼科卡瑞斯⑦写的人物却比一般人坏。酒神颂和日神颂也有这种差别;诗人可以像提摩忒俄斯和菲罗克塞诺斯摹仿圆目巨人那样摹仿不同的人物⑧。悲剧和喜剧也有同样的差别:喜剧总是摹仿比我们今天的人坏的人,悲剧总是摹仿比我们今天的人好的人。

---

① 波吕格诺托斯 Polygnotos 是公元前 5 世纪名画家,他以古代英雄人物为题材。
② 喜剧家阿里斯托芬称泡宋 Pauson 为画讽刺画的漫画家。
③ 此处所指的狄俄倪西俄斯 Dionysios 大概不是波吕格诺托斯的同时代人与摹仿者(他的画很可能也是以古代英雄人物为题材),而是公元前 1 世纪的人物画家。
④ 这句话举荷马为例,使人怀疑是伪作,因为亚理斯多德认为荷马还写过滑稽诗(参看第 4 章第 2 段),滑稽诗中的人物不会比一般人好。
⑤ 据说克勒俄丰(Kleophon)曾用英雄格(六音步长短短格)写日常生活。
⑥ 塔索斯(Thasos)是爱琴海北部的岛屿。赫革蒙(Hegemon)曾戏拟庄严的史诗。
⑦ 《得利阿斯》("Deilias")意即"得罗斯故事"或"得利翁的故事"。得罗斯(Delos,旧译作得洛)是爱琴海上的一个小岛。得利翁(Delion)是玻俄提亚(Boiotia,旧译作比奥细亚)境内的一个城市,靠近雅典领土阿提刻(Attike)。尼科卡瑞斯(Nikokhares)已不可考(我们所知道的尼科卡瑞斯却是一位喜剧诗人)。
⑧ 提摩忒俄斯(Timotheos,公元前 446—357)。菲罗克塞诺斯(Philoxenos,公元前 435—380)是个酒神颂作家。提摩忒俄斯摹仿的圆目巨人波吕斐摩斯(Polyphemos)比一般人好,菲罗克塞诺斯摹仿的波吕斐摩斯比一般人坏。波吕斐摩斯曾把俄底修斯(Odysseus)和他的伙伴们关在他的石洞里,俄底修斯设法把波吕斐摩斯的眼睛弄瞎之后,才得逃了出来。"不同的人物"是补充的。

第三章

　　这些艺术的第三点差别,是摹仿这些对象时所采的方式不同。假如用同样媒介摹仿同样对象,既可以像荷马那样,时而用叙述手法,时而叫人物出场①,〔或化身为人物〕②,也可以始终不变,用自己的口吻来叙述,还可以使摹仿者③ 用动作来摹仿。

　　正如开头时所说,摹仿须采用这三种种差,即媒介、对象和方式④。因此,索福克勒斯在某一点上是和荷马同类的摹仿者,因为都摹仿好人⑤;而在另一点上却和阿里斯托芬属于同类,因为都借人物的动作来摹仿⑥。有人说,这些作品所以称为 drama,就因为是借人物的动作来摹仿⑦。多里斯人⑧ 凭这点自称首创悲剧和喜剧(希腊本部的墨加拉人自称首创喜剧,说喜剧起源于墨加拉民主政体建立时代⑨,西西里的墨加拉人⑩ 也自称首创喜剧,〔因为诗人厄庇卡耳摩斯是他们那里的人,他的时代比喀俄尼得斯和马格

---

① "叫人物出场"根据厄尔斯的补订译出。
② 括弧里的话疑是伪作,因为亚理斯多德认为诗人化身为所摹仿的人物而说话,即等于用自己的身份说话,而用自己的身份说话,即不是摹仿,参看第 24 章第 4 段。
③ "摹仿者"指剧中人物,一说指演员。
④ 参看第 1 章末段及第 46 页注⑤。
⑤ "都摹仿好人"一语不甚准确,参看第 47 页注④。
⑥ 含有"表演"的意思。
⑦ 希腊文 drama(即戏剧)一词源出 dran,含有"动作"的意思,所谓"动作",指演员的表演。
⑧ 多里斯(Doris)人是一支古希腊民族,于公元前 11 世纪到 10 世纪期间来到伯罗奔尼撒(Peloponnesos)。
⑨ 墨加拉(Megara)在阿提刻西边。墨加拉人曾于公元前 600 年左右推翻僭主忒阿革涅斯(Theagenes)建立民主政体。
⑩ 墨加拉人曾往西西里移民,建立许布莱亚(Hyblaia)城。

涅斯早得多]①；而伯罗奔尼撒的一些多里斯人②则自称首创悲剧），他们的证据是两个名词：他们说他们称郊区乡村为 komai（雅典人称为 demoi）③，而 komoido 之所以得名字，并不是由于 komazein④ 一词，而是由于他们不受尊重，被赶出城市而流浪于 komai，又说他们称"动作"为 dran⑤，而雅典人则称为 prattein⑥。

关于摹仿的种差、它们的种类和性质，就讲到这里为止。

第四章

一般说来，诗的起源仿佛有两个原因⑦ 都是出于人的天性。人从孩提的时候起就有摹仿的本能（人和禽兽的分别之一，就在于人最善于摹仿，他们最初的知识就是从摹仿得来的），人对于摹仿的作品总是感到快感。经验证明了这样一点：事物本身看上去尽管引起痛感，但维妙维肖的图像看上去却能引起我们的快感，例如尸首或最可鄙的动物形象。（其原因也是由于求知不仅对哲学家

---

① 厄庇卡耳摩斯（Epikharmos）是公元前 6 世纪喜剧诗人，据说他和福耳摩斯（Phormos）首先放弃讽刺剧而写世态喜剧。喀俄尼得斯（Khionides）和马格涅斯（Magnes）是公元前 5 世纪上半叶雅典喜剧诗人。
② 伯罗奔尼撒是希腊南部的半岛。此处所说的多里斯人指西库俄尼亚（Sikyonia 旧译作息启温）人。
③ 括弧里的话是亚里斯多德的话，不是多里斯人的话。
④ 希腊文 komazein 是"狂欢"的意思。
⑤ 参看第 48 页注⑦。
⑥ 多里斯人自称首创喜剧，因为喜剧演员的名称 komoidoi 是由于喜剧演员曾流落于 komai（多里斯人这样称郊区乡村）而得到名字的；多里斯人自称首创戏剧（包括悲剧和喜剧），因为"戏剧"一词源出他们的方言中表示"动作"的 dran；如果戏剧是雅典人首创的，则"戏剧"一词应当是由雅典方言的 prattein（动作）引申出来的 pragma 一字，而不应当是 drama。
⑦ 其中一个是"摹仿的本能"，另一个是"音调感"和"节奏感"。一说是指"摹仿的本能"和对摹仿的作品感到的"快感"。

是最快乐的事,对一般人亦然,只是一般人求知的能力① 比较薄弱罢了。我们看见那些图像所以感到快感,就因为我们一面在看,一面在求知,断定每一事物是某一事物,比方说,"这就是那个事物"。假如我们从来没有见过所摹仿的对象,那么我们的快感就不是由于摹仿的作品②,而是由于技巧或着色或类似的原因。)摹仿出于我们的天性,而音调感和节奏感(至于"韵文"则显然是节奏的段落)③ 也是出于我们的天性,起初那些天生最富于这种资质的人,使它一步步发展,后来就由临时口占而作出了诗歌。

诗由于固有的性质不同而分为两种④:比较严肃的人摹仿高尚的行动,即高尚的人的行动,比较轻浮的人则摹仿下劣的人的行动,他们最初写的是讽刺诗,正如前一种人最初写的是颂神诗和赞美诗;在这些诗里,出现了与它们相适合的"韵文"⑤("讽刺格"一词现今所以被采用,就是因为人们曾用来彼此"讽刺");古代诗人有的写英雄格⑥ 的诗,有的写讽刺格的诗。荷马以前,讽刺诗人大概很多,我们却举不出讽刺诗来;但是从荷马起,就有这种诗了,例如荷马的《马耳癸忒斯》和同类的作品⑦。荷马从他的严肃的诗

---

① 或解作"感受这种快乐的能力"。
② 指画中的形象。
③ 如果整首诗是用一种节奏写成的,则每行诗只是节奏的一个段落。
④ 诗分为两种,是由于它固有的性质不同,而性质不同,是由于所摹仿的对象不同。或解作:"由于诗人的个性不同,诗便分为两种。"
⑤ 译文根据厄尔斯的改订译出。"这些诗"指讽刺诗、颂神诗和赞美诗。"韵文"抄本作"讽刺格",指四双音步短长格。如保留"讽刺格",则"这些诗"专指上文所说的"讽刺诗"。
⑥ 即六音步长短短格。
⑦ 此句(自"荷马以前"起)根据厄尔斯的改订,自上文"赞美诗"后移至此处《马耳癸忒斯》"Margites"是一首滑稽诗,不是讽刺诗,描写一个名叫马耳癸忒斯的傻子,他甚至问他母亲他是母亲的儿子还是父亲的儿子(残诗第 4 段)。此诗采用"英雄格",其中偶尔有"讽刺格"(四双音步短长格)诗行。此诗大概是公元前 6 世纪的戏拟诗,并非荷马所作,只存片段。

说来,是个真正的诗人,因为惟有他的摹仿尽善尽美,又有戏剧性,并且因为他最先勾画出喜剧的形式,写出戏剧化的滑稽诗,不是讽刺诗;他的《马耳癸忒斯》跟我们的喜剧的关系①,有如《伊利亚特》和《奥德赛》跟我们的悲剧的关系。

自从喜剧和悲剧②偶尔露头角,那些从事于这种诗或那种诗的写作的人们,③ 由于诗固有的性质不同④,有的由讽刺诗人变成喜剧诗人,有的由史诗诗人变成悲剧诗人,因为这两种体裁比其他两种⑤ 更高,也更受重视。

悲剧的形式,就悲剧形式本身和悲剧形式跟观众的关系来考察,是否已趋于完美,乃另一问题。⑥ 总之,悲剧是从临时口占发展出来的(悲剧如此,喜剧亦然,前者是从酒神颂的临时口占⑦ 发

---

① 摹仿滑稽事物的喜剧(参看第5章第1段),不是指"旧喜剧"(例如阿里斯托芬的政治讽刺剧),更不是指"新喜剧",因为亚理斯多德去世那一年,"新喜剧"的创始者米南德 Menandros 才开始参加戏剧比赛。亚理斯多德心目中的喜剧主要是早期的世态喜剧和"中期喜剧"("中期喜剧"中也有世态喜剧)。亚理斯多德认为,严格地说,《马耳癸忒斯》并不是讽刺诗,而是滑稽诗,因此它开了喜剧的先河。
② 指荷马诗中的喜剧成分和悲剧成分。
③ "这种诗"指喜剧,"那种诗"指悲剧。"人们"指忒斯庇斯 Thespis 等早期悲剧诗人,不是指埃斯库罗斯和索福克勒斯。
④ 或解作"由于诗人的个性不同"。
⑤ "这两种"指喜剧和悲剧,"其他两种"指讽刺诗和史诗。
⑥ 关于悲剧形式跟观众的关系,参看第26章。
⑦ 酒神颂是本章第2段中所说的"颂神诗"的一种。"临时口占"原文意思是"带头者",指酒神颂的"回答者",由酒神颂的作者扮演,他回答歌队长提出的问题。这个"回答者"实际上是一个演员。

展出来的,后者是从低级表演①的临时口占发展出来的,这种表演至今仍在许多城市流行),后来逐渐发展,每出现一个新的成分,诗人们就加以促进;经过许多演变,悲剧才具有了它自身的性质②,此后就不再发展了。埃斯库罗斯首先把演员的数目由一个增至两个,并减削了合唱歌,使对话成为主要部分。〔索福克勒斯把演员增至三个,并采用画景③。悲剧并且具有了长度,它从萨堤洛斯剧发展出来,抛弃了简略的情节和滑稽的词句,经过很久才获得庄严的风格;〕④ 悲剧抛弃了双四音步长短格而采取短长格⑤。他们起初是采用四双音步长短格,是因为那种诗体跟萨堤洛斯剧

---

① 11世纪抄本及15世纪抄本均作"低级表演"(10世纪由叙利亚文译成的阿拉伯文译本也是个意思),大概是一种滑稽表演,公元前6世纪初,墨加拉和西西里即有这种表演。只有一种15世纪抄本作"法罗斯歌"(phallos,意即"崇拜阳物的歌"),阿里斯托芬的喜剧《阿卡奈人》("Akharneis")中有一只"法罗斯歌"(第261到279行)。

② 下文即解释悲剧如何获得它的性质,即采用对话和适合口语的短长节奏。

③ 此句疑是伪作,因为所谓第一个"演员"实际上是第二个演员,所谓第二个"演员",实际上是第三个演员,而原来的"回答者"则是第一个演员(参看51页注⑦),并且因为公元前5世纪名画家阿伽塔耳科斯(Agatharkhos)曾为埃斯库罗斯绘制古希腊悲剧演出中的第一幅画景。

④ "悲剧并且具有了长度"句中的"长度"或解作"宏伟性"。这句意思不明白,或解作"悲剧抛弃了简略的故事而获得长度,并抛弃了滑稽的词句;由于悲剧是从萨堤洛斯剧发展出来的,所以经过许久,它才获得庄严的风格。"此段疑是伪作,特别因为亚理斯多德刚才说过,悲剧是从酒神颂发展出来的。亚历山大里亚的学者们曾否认悲剧是从隆堤洛斯剧发展出来的。隆堤洛斯意即"羊人",羊人年轻,是人形而具有羊耳和羊尾。此处还有塞勒诺斯 seilenos,意即"马人",马人年长,是人形而具有马耳和马尾(与通常所说的马身人头的马人肯陶洛斯有区别)。羊人和马人都是酒神狄俄倪索斯的伴侣。萨堤洛斯剧是一种笑剧,剧中的歌队由羊人或马人组成。最初的隆堤洛斯剧是"羊人剧";公元前5世纪雅典的萨堤洛斯剧则包括"马人剧"在内(当日的雅典剧作家把"羊人"和"马人"混在一起使用,因此"马人剧"也称为"萨堤洛斯剧")。

⑤ 指"三双音步短长格",即六音步短长格。

相似,并且和舞蹈更容易配合①;但加进了对话之后,悲剧的性质就发现了适当的格律;因为在各种格律里,短长格最合乎谈话的腔调,证据是我们互相谈话时就多半用短长格的调子;我们很少用六音步格②,除非抛弃了说话的腔调。至于场数的增加③和传话中提起的作为装饰的其他道具④,就算讨论过了⑤;因为一一细述就太费事了。

…………

第六章

用六音步格来摹仿的诗和喜剧,以后再谈⑥。现在讨论悲剧,先根据前面所述,给它的性质下个定义。

悲剧是对于一个严肃、完整、有一定长度的行动的摹仿;它的媒介是语言,具有各种悦耳之音,分别在剧的各部分使用⑦;摹仿方式是借人物的动来作表达,⑧而不是采用叙述法;借引起怜悯

---

① 最初的悲剧很生动活泼,跟萨堤洛斯剧相似,也只是相似而已。长短格节奏是舞蹈节奏,参看第24章第3段。
② 指六音步长短短格,即史诗格。
③ "场"是两只合唱歌之间的部分。古希腊悲剧由两三场增加到五六场。
④ 指面具、服装等。
⑤ 《诗学》是讲稿,故有这类文体,显得不连贯。
⑥ "用六音步格来摹仿的诗"指史诗。亚理斯多德在第23到24章讨论史诗。至于《诗学》论喜剧的部分则已失传。
⑦ 参看第1章第4段末句。
⑧ 含有"表演"的意思。

与恐惧① 来使这种情感得到陶冶② 所谓"具有悦耳之音的语言"，指具有节奏和音调(亦即歌曲)③ 的语言；所谓"分别使用各种"，指某些部分单用"韵文"，某些部分则用歌曲④。

悲剧中的人物既借动作来摹仿，那么"形象"的装饰⑤ 必然是悲剧艺术的成分之一，此外，歌曲和言词也必然是它的成分，此二者是摹仿的媒介。言词指"韵文"的组合⑥，至于歌曲的意思则是很明显的。

悲剧是行动的摹仿，而行动是由某些人物⑦ 来表达的，这些人物必然在"性格"和"思想"两方面都具有某些特点，(这决定他们的行动的性质〔"性格"和"思想"是行动的造因〕⑧，所有的人物的

---

① "恐惧"指观众害怕自己遭受英雄人物所遭受的厄运而发生的恐惧。或解作"为英雄人物担心害怕"。
② "陶冶"原文作 katharsis，作宗教术语，意思是"净洗"(参看第17章第2段中"净罪礼"一语)作医学术语，意思是"宣泄"或"求平衡"。亚理斯多德认为人应有怜悯与恐惧之情，但大可太强或太弱。他并且认为情感是由习惯养成的。怜悯与恐惧之情太强的人于看悲剧演出的时候，只发生适当强度的情感；怜悯与恐惧之情太弱的人于看悲剧演出的时候，也能发生适当强度的情感。这两种人多看悲剧演出，可以养成一种新的习惯，在这个习惯里形成适当强度的情感。这就是悲剧的 katharsis 作用。一般学者把这句话解作"使这种情感得以宣泄"，也有一些学者把这句话解作"使这种情感得以净化"。参看"卡塔西斯笺释"一文(见《剧本》，1961年11月号)。
③ 括弧里的四个字是亚理斯多德的原话。亚理斯多德曾在第1章第4段用"歌曲"代替"音调"，参看第46页注④。
④ "韵文"用于对话中，"歌曲"用于合唱歌中。
⑤ 指面具和服装。
⑥ 指对话。
⑦ 原文意思是"行动者"。
⑧ "'性格'和'思想'是行动的造因"一语，是上一句话的释文，疑是伪作。

成败取决于他们的行动①);情节是行动的摹仿(所谓"情节"②,指事件的安排),"性格"是人物的品质的决定因素,"思想"指证明论点或讲述真理的话,③ 因此整个悲剧艺术的成分必然是六个④ ——因为悲剧艺术是一种特别艺术⑤ ——(即情节、"性格"、言词、"思想"、"形象"与歌曲),其中之二是摹仿的媒介,其中之一是摹仿的方式,其余三者是摹仿的对象⑥,悲剧艺术的成分尽在于此。剧中人物⑦〔一般的说,不只少数〕都使用此六者;整个悲剧艺术⑧ 包含"形象"、"性格"、情节、言词、歌曲与"思想"。

六个成分里,最重要的是情节,即事件的安排;因为悲剧所摹仿的不是人,而是人的行动、生活、幸福,〔〈幸福〉与不幸系于行动〕⑨;悲剧的目的不在于摹仿人的品质,而在于摹仿某个行动;剧中人物的品质是由他们的"性格"决定的,而他们的幸福与不幸,则取决于他们的行动。他们不是为了表现"性格"而行动,而是在行动的时候附带表现"性格"。因此悲剧艺术的目的在于组织情节

---

① "性格"和"思想"使人物具有某种道德品质,道德品质决定人物的行动,行动决定人物的事业的成败。
② 在《诗学》中,"情节"指主要情节,有时候可译为"布局"。
③ 亚理斯多德曾在上文说明,人物的道德品质是由"性格"和"思想"决定的,他在此处却认为人物的道德品质只是由"性格"决定的。他并且在此处把"思想"界定为"话",其实是指一种思考力、一种使人说出某种话的能力,参看本章第 10 段。
④ "整个悲剧艺术"牛津本作"每出悲剧"。亚理斯多德曾在本章第 6 段提起没有"性格"的悲剧,可见并不是每出悲剧都必须具有这六个成分。
⑤ 或解作"悲剧的好坏即取决于此六者"。
⑥ "其中之二"指言词和歌曲,"其中之一"指"形象","其余三者"指情节、"性格"和"思想"。
⑦ 原文是"他们",或解作"诗人们"。
⑧ "整个悲剧艺术"或解作"每出悲剧",参看本页注④。
⑨ 括弧里的话是上文"幸福"一词的释义,这句话谈论现实生活,不是谈论剧中人物的遭遇。或将上句及此句改为:"而是人的行动、生活、幸福〔与不幸,〈幸福〉与不幸系于行动〕"。

(亦即布局),在一切事物中,目的是最关重要的。

悲剧中没有行动,则不成为悲剧,但没有"性格",仍然不失为悲剧。大多数现代诗人① 的悲剧中都没有"性格",一般说来,许多诗人② 的作品中也都没有"性格",就像宙克西斯的绘画③ 跟波吕格诺托斯的绘画的关系一样,波吕格诺托斯善于刻画"性格",宙克西斯的绘画则没有"性格"。

(再说,如果有人能把一些表现"性格"的话以及巧妙的言词和"思想"连串起来,他的作品还不能产生悲剧的效果;一出悲剧,尽管不善于使用这些成分,只要有布局,即情节有安排,一定更能产生悲剧的效果。就像绘画里的情形一样:用最鲜艳的颜色随便涂抹而成的画,反不如在白色底子上勾出来的素描肖像那样可爱。④此外,悲剧所以能使人惊心动魄,主要靠"突转"⑤ 与"发现",此二者是情节的成分。)

此点还可以这样证明,即初学写诗的人总是在学会安排情节之前,就学会了写言词与刻画"性格",早期诗人也几乎全都如此。

因此,情节乃悲剧的基础,有似悲剧的灵魂⑥;"性格"则占第二位。⑦ 悲剧是行动的摹仿,主要是为了摹仿行动,才去摹仿在行

---

① 指欧里庇得斯以后的诗人(包括欧里庇得斯)。
② 指一般诗人,不专指悲剧诗人。
③ 宙克西斯 Zeuxis,(公元前 424—380)画的是理想人物。
④ 这句(自"就像"起)自本章第 9 段中的"性格"则占第二位后面移至此处。"白色底子"指装用来润皮肤的橄榄油的土瓶的白色底子,其上绘着人物。在"白色底子上"或解作"用粉笔在黑色底子上"。
⑤ 指意外的转变。悲剧中的主人公的处境不是由顺境转入逆境,就是由逆境转入 顺境;有一些转变是逐渐形成的,有一些转变是突然发生的,参看第 11 章第 1 段。或解作"事与愿违"的转变,即动机与效果相反。
⑥ 在亚理斯多德的生物学中,"灵魂"是人的架子。亚理斯多德认为"情节"是悲剧的架子。
⑦ 以上一段多(自"此外,悲剧所以能使人惊心动魄"起)是从"更能产生悲剧的效果"后面移至此处的。

动中的人。

"思想"占第三位。"思想"是使人物说出当时当地所可说,所宜说的话的能力,〔在对话中〕这种活动属于伦理学或修辞学范围;旧日的诗人使他们的人物的话表现道德品质,现代的诗人却使他们的人物的话表现修辞才能。①

"性格"指显示人物的抉择的话,〔在某些场合,人物的去取不显著时,他们有所去取〕;一段话如果一点不表示说话的人的去取,则其中没有"性格"。"思想"指证明某事是真是假,或讲述普遍真理的话。

语言的表达占第四位(我所指的仍是前面所说的那个意思,即所谓"表达",指通过词句以表达意思,不管我说"通过'韵文'"或

---

① 原文直译是:"这是政治学或修辞学范围内的事;旧日的诗人使他们的人物用政治方式讲话,现代的诗人使他们的人物用修辞方式讲话。"一般学者认为亚理斯多德指旧日的诗人(例如埃斯库罗斯和索福克勒斯)的悲剧中的人物属于上层贵族,他们说话有政治家风度,而现代的诗人(指欧里庇得斯及公元前4世纪的悲剧诗人)的悲剧中的人物却像演说家那样讲话,尽巧辩之能事。这种解释与上下文的意思不衔接。亚理斯多德所说的政治学包含伦理学,而且主要是伦理学,此处指的应是伦理学;亚理斯多德所说的政治,主要指社会道德;道德品质取决于人的"性格"和行动。此处所说的"思想"与"性格"有关,故说属于"伦理学范围"。"思想"属于修辞学范围,参看第19章第1段。剧中人物可以按照人物自己的"性格",说出当时当地所可说,所宜说的话,也以按照修辞学原则(即雄辩原则),说出当时当地所可说,所宜说的话,尽巧辩之能事。所谓"用政治方式"即用表现道德品质,表现"性格"的方式之意;当然,雄辩家也注意表现自己的"性格",顾及观众的"性格",但是,对他们说来,这不是主要的事。旧日的诗人的悲剧中都有"性格",大多数现代的诗人的悲剧中,则没有"性格"(见本章第6段),只有"思想"。此段谈"思想",但涉及"性格",亚理斯多德害怕众门徒把"思想"混作"性格",因此在下文说明它们的区别。

"通过语言",这句话的意思都是一样的)。① 在其余成分中,歌曲〔占第五位〕最为悦耳②。"形象"固然能吸引人,却最缺乏艺术性,跟诗的艺术关系最浅;因为悲剧艺术的效力即使不依靠比赛或演员,也能产生;况且"形象"的装扮多依靠服装的面具制造者的艺术,而不大依靠诗人的艺术。

第七章

各成分既已界定清楚,现在讨论事件应如何安排,因为这是悲剧艺术中的第一事,而且是最重要的事。

按照我们的定义,悲剧是对于一个完整而具有一定长度的行动的摹仿(一件事物可能完整而缺乏长度)。所谓"完整",指事之有头,有身,有尾。所谓"头",指事之不必然上承他事,但自然引起他事发生者;所谓"尾",恰与此相反,指事之按照必然律或常规自然的上承某事者,但无他事继其后;所谓"身",指事之承前启后者。所以结构完美的布局不能随便起讫,而必须遵照此处所说的方式。

再则,一个美的事物——一个活东西或一个由某些部分组成之物③——不但它的各部分应有一定的安排,而且它的体积也应

---

① 亚理斯多德曾在本章第3段说,"言词指'韵文'的组合",这时候他改用"语言的表达"一语,此语和前面的话似不相同,因此他随即加以解释,说意思没有变。"语言的表达占第四位"一语根据抄本译出,牛津本改订为:"在有关语言的成分中,言词占第四位。"此处的最后一句(自"不管"起),一般误解为:"用韵文或散文来传达,是一样的"。

② 实际上是说比言词更为悦耳,参看本章第2段。

③ 包括自然界的创造物和人工制成品。

有一定的大小；因为美是依靠体积与安排①，一个非常小的活东西不能美，因为我们的观察处于不可感知的时间内，以致模糊不清②；一个非常大的活东西，例如一个一千里③长的活东西，也不能美，因为不能一览而尽，看不出它的整一性；因此，情节也须有长度（以易于记忆者为限），正如身体，亦即活东西，④须有长度（以易于观察者为限）一样。（长度的限制一方面是由比赛与观剧的时间而决定的⑤〔与艺术无关〕⑥——如果须比赛一百出悲剧，则每出悲剧比赛的时间应以漏壶来限制⑦，据说从前曾有这种事——另一方面是由戏剧的性质而决定的。）〔限度〕⑧ 就长度而论，情节只要有条不紊，则越长越美；一般地说，长度的限制只要能容许事件相继出现，按照可然律或必然律能由逆境转入顺境⑨，或由顺境

---

① 此段以有机体比喻艺术结构。柏拉图也曾以"有生命的东西"比喻文章的结构，参看《柏拉图文艺对话集》(朱光潜译)，人民文学出版社 1959 年版（以后注中提到此书，都指这一版，不另注明）第 139 页。此段中的"活东西"或解作"画像"。
② 在亚理斯多德的视觉理论中，物件的大小与观察的时间成正比例。一个太小的东西不耐久看，转瞬之间，来不及观察，看不清它的各部分的安排和比例。
③ 一希腊里约合 180 公尺。
④ 译文根据抄本译出。牛津本改订为"正如那些由若干部分组成之物和活东西"。
⑤ 参加悲剧比赛的人数有限制（限制三人参加）；时间的限制（每人上演一天）影响剧的长度，参看第 5 章第 3 段。
⑥ "与艺术无关"一语疑是后人的批语，指明"比赛与观剧的时间"对长度的限制是外因，与艺术无关。
⑦ 如果每次比赛有 25 个悲剧诗人参加（每人上演三出悲剧和一出萨堤洛斯剧），则每人不能占一天（每个戏剧节只演三天戏），而应以漏壶来限制每人所占的时间。
⑧ "限度"一词是后人的批语，指下句所讲的是长度的限制。
⑨ 有些古希腊悲剧（例如欧里庇得斯的《伊菲革涅亚在陶洛人里》"Iphigeneia he en Taurois"）中的主人公的处境由逆境转入顺境。古希腊人对悲剧的概念着意在"严肃"，不着意在"悲"。

转入逆境,就算适当了。

第八章

有人认为只要主人公是一个,情节就有整一性,其实不然;因为有许多事物——数不清的事件发生在一个人身上,其中一些是不能并成一桩事件的;同样,一个人有许多行动,这些行动是不能并成一个行动的。那些写《赫剌克勒斯①》、《忒修斯》② 以及这类诗的诗人好像都犯了错误;他们认为赫剌克勒斯是同一个人,情节就有整一性。惟有荷马在这方面及其他方面最为高明,他好像很懂得这个道理,不管是由于他的技艺或是本能。他写一首《奥德赛》③ 时,并没有把俄底修斯的每一件经历,例如他在帕耳那索斯山上受伤,在远征军动员时装疯④(这两桩事的发生彼此间没有必然的或可然的联系),都写进去,而是环绕着一个像我们所说的这种有整一性的行动⑤ 构成他的《奥德赛》,他并且这样构成他的《伊利亚特》。⑥

在诗里⑦,正如在别的摹仿艺术里一样,一件作品只摹仿一个对象;情节既然是行动的摹仿,它所摹仿的就只限于一个完整的行动,里面的事件要有紧密的组织,任何部分一经挪动或删削,就会

---

① 《赫剌克勒斯》"Herakleis"是一首描写希腊英雄赫剌克勒斯 Herakles 的史诗。
② 《忒修斯》("Theseis")是一首描写雅典英雄忒修斯(Theseus)的史诗。
③ 泛指一首写希腊英雄俄底修斯的故事的史诗,这种史诗可命名为《奥德赛》。
④ 俄底修斯在帕耳那索斯 Parnassos 山上打猎时,被野猪用牙齿刺伤。荷马的《奥德赛》曾写俄底修斯被野猪刺伤,见第 19 卷第 392 到 466 行,但荷马只是把这个故事作为一个"穿插",并没有把它放在主要情节里;"穿插"不在主要情节之内。
⑤ 指俄底修斯回家这一行动。
⑥ 意即环绕着阿喀琉斯的忿怒而构成他的《伊利亚特》。
⑦ "在诗里"是补充的。

使整体松动脱节。要是某一部分可有可无,并不引起显著的差异,那就不是整体中的有机部分。

第九章

根据前面所述①,显而易见,诗人的职责不在于描述已发生的事,而在于描述可能发生的事,即按照可然律或必然律可能发生的事。历史家与诗人的差别不在于一用散文,一用"韵文";希罗多德的著作可以改写为"韵文",但仍是一种历史,有没有韵律都是一样;两者的差别在于一叙述已发生的事,一描述可能发生的事。因此,写诗这种活动比写历史更富于哲学意味,更被严肃的对待②;因为诗所描述的事带有普遍性,历史则叙述个别的事。所谓"有普遍性的事",指某一种人,按照可然律或必然律,会说的话,会行的事,诗要首先追求这目的,然后才给人物起名字③;至于"个别的事"则是指亚尔西巴德④ 所作的事或所遭遇的事。在喜剧⑤,这一点已经是很明显的了,喜剧诗人先按照可然律组织情节,然后给人物任意起些名字,而不是像写讽刺剧⑥ 的诗人那样,写个别的人。在悲剧中,诗人们却坚持采用历史人名,理由是:可能的事是可信的;未曾发生的事,我们还难以相信是可能的,但已发生的事,我们

---

① "前面"指第7、8两章,亚理斯多德曾在该两章强调可然律和必然律以及情节的有机联系,并且暗示《赫剌克勒斯》和《忒修斯》(见第8章第1段)是历史(古希腊人认为古代英雄传说是他们的祖先的历史),不是诗。
② 或解作:"诗比历史更富于哲学意味、更高",所谓"更高",指更有价值,地位更高。
③ 诗要先按照可然律或必然律布置情节(亦即"有普遍性的事"),然后才给人物起名字。
④ 亚尔西巴德(Alkibiades,公元前450?—404)是雅典政治家和军事家。
⑤ 参看第51页注①。
⑥ 或解作"讽刺诗"。

却相信显然是可能的;因为不可能的事不会发生①。但有些悲剧却只有一两个是熟悉的人物②,其余都是虚构的;有些悲剧甚至没有一个熟悉的人物,例如阿伽同的《安透斯》③,其中的事件与人物都是虚构的,可是仍然使人喜爱。因此不必专采用那些作为悲剧题材的传统故事。那样作是可笑的;因为甚至那些所谓熟悉的人名,也仅为少数人熟悉④,尽管如此,仍为大家喜爱。

根据前面所述,⑤显而易见,与其说诗的创作者是"韵文"的创作者,毋宁说是情节的创作者;因为他所以成为诗的创造者,是因为他能摹仿,而他所摹仿的就是行动。⑥即使他写已发生的事,仍不失为诗的创作者;因为没有东西能阻挠,不让某些已发生的事合乎可然律,成为可能的事;既然相合,他就是诗的创作者。⑦

---

① 人们相信英雄传说是历史,是真事,这些事是可能发生的。诗人们采用传说中的,即历史上的人名,是为了使观众相信这些可能的事是真的。可能的事是可信的,这个大前提是正确的。但是如果说所有已发生的事显然是可能的,这个小前提却是错误的;亚理斯多德在下一段说,没有什么东西能阻挠,不让某些已发生的事合乎可然律,成为可能的事,言外之意是说有些已发生的事不合乎可然律,是不可能的事,因此如果说不可能的事不会发生,这个说法是错误的。亚理斯多德在此处指出一般人的错误的逻辑。
② 指传说中的英雄人物。
③ 阿伽同 Agathon 约死于公元前 400 年。安透斯 Antheus 大概是英雄传说中的人物,这名字被阿伽同借用来作为他剧中的虚构的人物的名字。一说剧名应是《安托斯》"Anthos",即"花"的意思。
④ 古雅典人所以熟知传说中的人物,主要是由于多看悲剧。但是到了公元前 4 世纪下半叶,一般人逐渐对演说发生兴趣,不大喜欢看悲剧了,因此对传说中的人物不大熟悉,只有少数老观众还熟知那些人物的名字。
⑤ 不仅指上一段所述,而且兼指关于诗描述有普遍性的事的整个论证。
⑥ "诗的创作者"原文作"创作者",即"诗人"之意。此段中的"诗的创作者"均系此意。"情节是行动的摹仿"(见第 8 章第 2 段),一个人能摹仿行动,就是能创造情节,因此他成为"诗的创作者"。
⑦ 某些已发生的事(即史事)既然合乎可然律,则根据这些事构成的情节也就合乎可然律;一个人所创造的情节合乎可然律,那么他就是"诗的创作者"。

在简单的情节与行动中,以"穿插式"为最劣。所谓"穿插式的情节",指各穿插的承接见不出可然的或必然的联系①。拙劣的诗人写这样的戏,是由于他们自己的错误;优秀的诗人写这样的戏,则是为了演员的缘故,为他们写竞赛的戏,把情节拉得过长,超过了布局的负担能力,以致各部分的联系必然被扭断。②

悲剧所摹仿的行动,不但要完整,而且要能引起恐惧与怜悯之情。如果一桩桩事件是意外的发生而彼此间又有因果关系,那就最能,〔更能〕产生这样的效果;这样的事件比自然发生,即偶然发生的事件③,更为惊人(甚至偶然发生的事件,如果似有用意,似乎也非常惊人,例如阿耳戈斯城的弥堤斯④雕像倒下来砸死了那个看节庆的、杀他的凶手;人们认为这样的事件并不是没有用意的),这样的情节比较好⑤。

第十章

情节有简单的,有复杂的;因为情节所摹仿的行动显然有简单与复杂之分。所谓"简单的行动",指按照我们所规定的限度⑥ 连

---

① "穿插式"的情节可举埃斯库罗斯的悲剧《被缚的普罗米修斯》"Prometheus Desmotes"的情节为例,河神的访问与伊俄(Io)的出现没有联系,伊俄的出现与神使的前来没有联系。普罗米修斯的故事过于简单,诗人没有别的办法把这故事化为戏剧。
② 演员想多演戏,因此诗人把情节拉长。在"穿插式"的情节中,穿插过多过长,而且不衔接。第7到8章说明情节应如何组织才合乎戏剧的要求,此段指出"穿插式"的情节违反情节的组织原则。
③ 指意外的发生而没有因果关系的事件。
④ 阿耳戈斯(Argos,旧译作亚各斯)在伯罗奔尼撒东北角上。弥堤斯(Mitys)大概是公元前4世纪初叶的人。
⑤ 此段论恐惧与怜悯,应属于下一章。第10到11章、第13到14章均论恐惧与怜悯。
⑥ 指第7章尾上所规定的长度。或解作"按照我们的定义"。

续进行,整一不变,不通过"突转"与"发现"而到达结局① 的行动;所谓② "复杂的行动",指通过"发现"或"突转",或通过此二者而到达结局的行动。但"发现"与"突转"必须由情节的结构中产生出来,成为前事的必然的或可然的结果。两桩事是此先彼后,还是互为因果,这是大有区别的。

第十一章

"突转"指行动按照我们所说的原则转向相反的方面,这种"突转",并且如我们所说,是按照我们刚才说的方式,即按照可然律或必然律而发生的,例如在《俄狄浦斯王》剧中,那前来的报信人在他道破俄狄浦斯的身世,以安慰俄狄浦斯,解除他害怕娶母为妻的恐

---

① 指由逆境转入顺境或由顺境转入逆境的结局。
② "所谓"一词抄本误作"言词",牛津本校订者拜瓦忒建议改订为"所谓"。

惧心理的时候,造成相反的结果;① 又如在《林叩斯》剧中,林叩斯被人带去处死,达那俄斯跟在他后面去执行死刑,但后者被杀,前者反而得救② ——这都是前事的结果;"发现",如字义所表示,指从不知到知的转变,使那些处于顺境或逆境的人物发现他们和对方有亲属关系或仇敌关系。"发现"如与"突转"同时出现〔例如《俄

---

① 在简单的情节中,由顺境到逆境或由逆境到顺境的转变是逐渐进行的,观众很早就感觉到这种转变,例如埃斯库罗斯的悲剧《阿伽门农》"Agamemnon"中阿伽门农的命运的转变。"突转"是转变的一种。在复杂的情节中,主人公一直处在顺境或逆境中,但是到了某一"场"里,情势突然转变。"按照我们所说的原则",不是指第 7 章尾上所说的"长度的限制",也不是指第 10 章尾上所说的"突转"须"成为前事的必然的或可然的结果",而是指第 9 章末段中的原则,即事件须意外的发生而彼此间又有因果关系。亚理斯多德害怕众门徒忽视因果关系,因此再次强调的说"按照我们刚才说的方式",指上一章所说方式,即这种"突转"须合乎可然律或必然律。《俄狄浦斯王》"Oidipous Tyrannos"是索福克勒斯的悲剧。俄狄浦斯是忒拜(Thebai)国王拉伊俄斯(Laios)的儿子。拉伊俄斯预知这孩子日后会杀父娶母,因此叫一个牧人把他抛弃在荒山上。这婴儿由另一个牧人(即剧中的报信人)接过去,转送给科任托斯(Korinthos,旧译作科林斯)国王波吕玻斯(Polybos)作嗣子。俄狄浦斯成人后,听神说他会杀父娶母,他因此逃往忒拜,在路上杀死一个老年人(即拉伊俄斯)。他到了忒拜之后,作了忒拜国王,并娶了前王的妻子伊俄卡斯忒(Iokaste)为妻。他后来疑心拉伊俄斯是他杀死的。这时候报信人前来报告波吕玻斯的死耗,并迎接俄狄浦斯回国为王。但俄狄浦斯害怕娶波吕玻斯的妻子为妻,不敢回去。报信人为了安慰俄狄浦斯,指出他并不是波吕玻斯的儿子,而是拉伊俄斯的牧人把他由拉伊俄斯的妻子伊俄卡斯忒手中接过来转送给他的。报信人这番安慰的话是"突转"的开始,这"突转"出人意外。
② 《林叩斯》("Lynkeus")是亚理斯多德的门弟子忒俄得克得斯(Theo dektes)的悲剧,已失传。达那俄斯(Danaos)有 50 个女儿,他的弟兄埃古普托斯(Aigyptos)有 50 个儿子。这 50 个堂弟兄要强娶 50 个堂姐妹,达那俄斯因此叫他的女儿们于婚夕尽杀新郎,其中只有林叩斯一人未被杀害。《林叩斯》的剧情大概是这样的:达那俄斯把林叩斯和林叩斯的妻子许珀耳涅斯特拉(Hyptermnestra)的儿子阿巴斯(Abas)藏起来,然后控告林叩斯杀死了阿巴斯,但阿巴斯露面,救了他父亲。该剧的"突转"是由逆境转入顺境。

狄浦斯王》剧中的"发现"〕，为最好的"发现"。① 此外还有他种"发现"，例如无生物，甚至琐碎东西，可被"发现"②，某人作过或没有作过某事，也可被"发现"。但与情节，亦即行动，最密切相关的"发现"，是前面所说的那一种，因为那种"发现"与"突转"同时出现的时候，能引起怜悯或恐惧之情，按照我们的定义，悲剧所摹仿的正是能产生这种效果的行动，而人物的幸福与不幸也是由于这种行动。

"发现"乃人物的被"发现"，有时只是一个人物被另一个人物"发现"，如果前者已识破后者；有时双方须互相"发现"，例如送信一事使俄瑞斯忒斯"发现"伊菲革涅亚是他姐姐，而俄瑞斯忒斯之被伊菲革涅亚承认，则须靠另一个"发现"。③

"突转"与"发现"是情节的两个成分，它的第三个成分是苦难④。〔这些成分之中的"突转"和"发现"，我们已解释过了。〕苦难是毁灭或痛苦的行动⑤，例如死亡、剧烈的痛苦、伤害和这类的事

---

① 剧中人物于发现自己和对方有亲属关系而停止杀他，则"发现"与"突转"巧合。括弧里的话疑是伪作，因为在《俄狄浦斯王》剧中，"发现"（忒拜牧人承认婴儿俄狄浦斯是王后伊俄卡斯忒交给他的，这时候俄狄浦斯才发现他杀父娶母）远落在"突转"之后，该剧的"突转"是从报信人（科任托斯牧人）安慰俄狄浦斯的话开始的。

② "琐碎东西"大概指第 16 章第 2 段所说的项圈等物。"被'发现'"即被认识之意。

③ 此处所说的伊菲革涅亚是欧里庇得斯的悲剧《伊菲革涅亚在陶洛人里》的女主人公，她在黑海北边陶里刻（Taurike）地方作女祭司。陶里刻国王擒住两个希腊人，把他们交给伊菲革涅亚杀来祭神。伊菲革涅亚决定只杀其中一个——俄瑞斯忒斯（Orestes），叫另一个给她送一封信到希腊，通知她弟弟俄瑞斯忒斯前来接她回去。她害怕送信的人把信遗失，特别把信念给他听，俄瑞斯忒斯因此发现女祭司是她姐姐。俄瑞斯忒斯后来说起许多物证，例如伊菲革涅亚织在布上的图样、她献在他母亲坟上的头发、放在伊菲革涅亚闺房里的古矛，使伊菲革涅亚承认他是她弟弟。

④ 简单的情节中也有"苦难"，它是情感的基础。

⑤ "苦难"是被动的，指人们遭受的苦难，但亚理斯多德把它作为"行动"。

件,这些都是有形的①。

……………

第十三章

现在承接前面② 所述,进而讨论诗人在安排情节的时候,应追求什么,当心什么,悲剧的效果怎样产生。既然最完美的悲剧的结构不应是简单的,而应是复杂的,而且应摹仿足以引起恐惧与怜悯之情的事件(这是这种摹仿的特殊功能③),那么,很明显,第一,不应写好人由顺境转入逆境,因为这只能使人厌恶,不能引起恐惧或怜悯之情;第二,不应写坏人由逆境转入顺境,因为这最违背悲剧的精神——不合悲剧的要求,既不能打动慈善之心④,更不能引起怜悯或恐惧之情;第三,不应写极恶的人由顺境转入逆境,因为这种布局虽然能打动慈善之心,但不能引起怜悯或恐惧之情,因为怜悯是由一个人遭受不应遭受的厄运而引起的,恐惧是由这个这

---

① "突转"与"发现"是无形的,"苦难"是有形的。或解作"可见的",意即在剧场上表演的,但古希腊悲剧很少表演苦难,一般是由报信人或传报人(报告室内或附近发生的事件的人)传达的。
② 指第9章末段到第11章,该部分着重讨论复杂的情节。
③ 意即复杂的情节最能引起恐惧与怜悯之情。
④ "打动慈善之心"或解作"满足道德感"。

样遭受厄运的人与我们相似而引起的①〔怜悯是由不应遭受的厄运而引起的,恐惧是由这人与我们相似而引起的〕②,因此上述情节既不能引起怜悯之情,又不能引起恐惧之情。此外还有一种介于这两种人之间的人,这样的人不十分善良③,也不十分公正,而他之所以陷于厄运,不是由于他为非作恶,而是由于他犯了错误④,这种人名声显赫,生活幸福,例如俄狄浦斯、堤厄斯忒斯以及

---

① 柏拉图在他的对话《理想国》第3卷攻击诗人们,理由之一就是责备他们不该说"许多坏人享福,许多好人遭殃"(见《柏拉图文艺对话集》第42页)。亚理斯多德在此处把好人遭殃或坏人享福的情节排除在悲剧之外,即使有诗人写这两种情节,观众也不容许,用不着由哲人们出面来审查与禁止。亚理斯多德认为观众的怜悯与恐惧之情是受理性指导的,它使观众怜悯某些人物,不怜悯某些人物,发生恐惧之情或不发生恐惧之情,而不是如柏拉图所说,"哀怜癖"是不受理性控制的(参看《柏拉图文艺对话集》第75到80页)。亚理斯多德是这样为情感辩护的。亚理斯多德认为一个极恶的人与我们不相似,因此我们不认为我们也会像他那样遭受厄运,不致为自己会遭受他那种厄运而发生恐惧之情。
② 括弧里的话与上句意思重复,疑是伪作。
③ 亚理斯多德曾在第2章说,喜剧摹仿"坏人"、"比我们今天的人坏的人",悲剧摹仿"好人"、"比我们今天的人好的人"。他曾在第5章第1段对"比较坏的人"加以限制,说喜剧摹仿"滑稽的事物",并不是摹仿一切"恶"。他在此处对"好"加以限制,说明悲剧中的主人公应是"不十分善良"的人不应是好到极点的人。至于悲剧中的其他人物,则仍应是好人。"这两种人"不是指"好人"与"坏人",也不是指"好人"与"极恶的人",而是指"遭受不应遭受的厄运"的人与"与我们相似"的受难者。第2章说摹仿者所摹仿的人物"比一般人好",又说"悲剧总是摹仿比我们今天的人好的人物"。在亚理斯多德看来,理想的英雄人物应比好人坏,比一般人(即"我们")好。他比好人坏,因此他遭受不应遭受的厄运,能引起我们的怜悯,如果他比好人坏不了多少,而与好人太相近了,那么他遭受不应遭受的厄运,就会引起我们的"厌恶";他比一般人好,而又与一般人相似,因此他遭受不应遭受的厄运,能引起我们的恐惧,如果他比一般人好不了多少,而与一般人太相似了,那么,在亚理斯多德看来,他就是个无足轻重的人,不能作悲剧的英雄人物。
④ "犯了错误"指由于看事不明(例如不知对方是自己的亲属)而犯了错误,不是指道德上有缺点。

出身于他们这样的家族的著名人物①。

完美的布局应有单一的结局,而不是如某些人所主张的,应有双重的结局,其中的转变不应由逆境转入顺境,而应相反,由顺境转入逆境②,其原因不在于人物为非作恶,而在于他犯了大错误,这人物应具有上述品质③,甚至宁可更好,不要更坏④。这个见解的正确性可用事实来证明。初时诗人们碰上什么故事,就信手拈来;现在最完美的悲剧都取材于少数家族的故事⑤,例如阿尔克迈翁、俄狄浦斯、俄瑞斯忒斯、墨勒阿格洛斯、堤厄斯忒斯、忒勒福斯以及其他的人的故事,这些人碰巧都受过可怕的苦难,作过可怕的

---

① 这句话表示在完美的布局中,转变是由顺境转入逆境,在较差的布局中,却可由逆境转入顺境。堤厄斯忒斯(Thyestes)是珀罗普斯(Pelops)的儿子,曾和他的弟兄阿特柔斯(Artreus)争夺王位。
② "单一的结局"指比一般人好,比好人坏的人物由顺境转入逆境的结局。"双重的结局"指善有善报,恶有恶报的结局。"某些人"大概指柏拉图和相信柏拉图的理论的人,例如赫剌克利得斯·蓬提科斯(Heraklides Pontikos)。柏拉图认为"好人在世时及死后都不会遭殃"(见《苏格拉底的答辩》41d),他因此责备诗人们不该说"许多坏人享福,许多好人遭殃"。这样看来,柏拉图是主张"善有善报,恶有恶报"的。亚理斯多德认为悲剧的目的在于引起怜悯与恐惧之情,因此主张最好的情节应由顺境转入逆境,因为这种情节能引起这两种情感。在"双重的结局"中,善有善报,而善报是喜剧性的;此处是恶有恶报,而恶报是坏人所应得的,因此这种结局不能引起怜悯与恐惧之情。
③ 指"不十分善良,也不十分公正"。
④ 意即宁可更靠近好人,不要更靠近一般人。
⑤ "初时"指悲剧的前一段历史,约到公元前450年为止,即到"悲剧才具有了它自身性质"(第4章第4段)时为止,此时期的诗人包括埃斯库罗斯。"现在"指公元前450年以后一段时期,此时期的诗人包括索福克勒斯和欧里庇得斯。

事情①。

要这样的布局才能产生技巧上最完美的悲剧(那些指责欧里庇得斯不应在他的悲剧中这样布局〔他的许多悲剧以不幸的结局收场〕的人犯了同样的错误②;因为,按照前面所说,这样布局是正确的。我们有个最好的证据:在舞台上、在比赛中,这样的悲剧,只要是按照正确的原则写成的③,最能产生悲剧的效果④,而欧里庇得斯实不愧为最能产生悲剧效果的诗人,虽然他在别的方面手法不高明)⑤。

第二等是双重的结构,有人⑥ 认为是第一等,例如《奥德赛》,

---

① 阿尔克迈翁(Alkmaion)是安菲阿剌俄斯(Amphiaraos)与厄里费勒(Eriphyle)的儿子。厄里费勒因为受了贿赂,曾怂恿安菲阿剌俄斯去攻忒拜。安菲阿剌俄斯预知有生命危险,因此叫阿尔克迈翁把他母亲杀死。阿尔克迈翁杀死了他母亲,他本人后来被他妻子的弟兄杀死了。俄瑞斯忒斯是阿伽门农的儿子,他母亲克吕泰墨斯特拉(Klytaimestra)杀死了他父亲,他为父报仇,杀死母亲,以致为报仇神引所追逐。墨勒阿格洛斯(Meleagros)是俄纽斯(Oineus)的儿子,因为杀死舅父,被母亲害死。忒勒福斯(Telephos)是赫剌克勒斯的儿子,他几乎被他的新娘(即他的母亲)杀死。他后来被阿喀琉斯(Akhilleus)刺伤,因此乔装乞丐,请求阿喀琉斯用他矛尖上的锈给他医治。
② "这样布局"指采用"单一的结局"、由顺境转入逆境的转变和使人物由于看事不明而犯了错误。"他的许多悲剧以不幸的结局收场"一语疑是伪作,因为这句话把"这样布局"一语限制得太狭窄了。那些指责欧里庇得斯的人大概是喜剧诗人。"同样的错误"指上段所说的主张双重的结局的人所犯的错误。
③ 一般校订者把这句话解作"只要演得好",但任何剧的成功,都要靠演得好。
④ 意即最能引起观众的怜悯和恐惧之情。悲剧的效果是靠布局而产生的。
⑤ 亚理斯多德认为欧里庇得斯的歌队不是剧中的有机部分(第18章末段),《伊菲革涅亚在奥利斯》("Iphigeneia he en Aulidi")中的伊菲革涅亚的性格前后不一致(第15章第1段),美狄亚杀儿子一事缺乏戏剧效果(第14章第3段),《美狄亚》中的"解"不应借用"神力"(第15章第2段),《俄瑞斯忒斯》中的墨涅拉俄斯(Menelaos)的性格过于卑鄙(第15章第1段),《墨拉尼珀》("Melanippe")中的墨拉尼珀不应能言善辩(第15章第1段)。
⑥ 指柏拉图和相信柏拉图的理论的人,参看第69页注②。

其中较好的人和较坏的人得到相反的结局①。由于观众的软心肠②,这种结构才被列为第一等;而诗人也为了迎合观众的心理,才按照他们的愿望而写作。但这种快感不是悲剧所应给的,而是喜剧所应给的。〔在喜剧里,即使人物在故事中是仇人,例如俄瑞斯忒斯和埃癸斯托斯③,他们往往在终场时成为朋友,一同退场,谁也没有被谁杀害。〕

第十四章④

恐惧与怜悯之情可借"形象"来引起,也可借情节的安排来引起,以后一办法为佳,也显出诗人的才能更高明。情节的安排,务求人们只听事件的发展,不必看表演,也能因那些事件的结果而惊心动魄,发生怜悯之情;任何人听见《俄狄浦斯王》的情节⑤,都会这样受感动。诗人若是借"形象"来产生这种效果⑥,就显出他比较缺乏艺术手腕;这个办法要依靠装扮者的帮助⑦。有的诗人借"形象"使观众只是吃惊,而不发生恐惧之情,这种诗人完全不明白悲剧的目的所在。我们不应要求悲剧给我们各种快感,只应要求

---

① 意即较好的人得到好的结局,较坏的人得到坏的结局。在《奥德赛》中,俄底修斯与家人团圆,而那些向他妻子求婚的人,则尽被他杀死。
② 意即由于观众不能忍受悲剧的紧张情调。
③ 埃癸斯托斯(Aigisthos)是谋杀俄瑞斯忒斯的父亲阿伽门农的帮凶。
④ 此章内容与上一章相同,应属于同一章。
⑤ 指主要情节,包括剧外情节,即俄狄浦斯杀父娶母的情节。
⑥ 据说埃斯库罗斯上演他的悲剧《报仇神》("Eumenides")时,观众看见那些组成歌队的报仇女神们的凶恶面具非常害怕,有的妇女竟因此流产。欧里庇得斯使他的人物穿破衣烂衫。
⑦ "装扮者"原文作"支付歌队费用者的义务"。古希腊戏剧的歌队的费用是由富裕的公民担负的。这个词大概转义为"演员的面具和服装的负责人"。或解作"外来的帮助",即装扮者的帮助。

它给我们一种它特别能给的快感。既然这种快感是由悲剧引起我们的怜悯与恐惧之情,通过诗人的摹仿①而产生的,那么显然应通过情节来产生这种效果。②

现在让我们研究一下,哪些行动是可怕的或可怜的。这样的行动一定发生在亲属之间、仇敌之间或非亲属非仇敌的人们之间。如果是仇敌杀害仇敌,这个行动和企图,都不能引起我们的怜悯之情,只是被杀者的痛苦有些使人难受罢了;如果双方是非亲属非仇敌的人,也不行;只有当亲属之间发生苦难事件时才行,例如弟兄对弟兄、儿子对父亲、母亲对儿子或儿子对母亲施行杀害或企图杀害,或作这类的事——这些事件才是诗人所应追求的。

…………

第十五章

关于"性格"须注意四点。第一点,也是最重要之点,"性格"必须善良③。一言一行,如前面④ 所说,如果明白表示某种抉择,人物就有"性格";如果他抉择的是善,他的"性格"就是善良的。这种善良人物各种人里面都有,甚至有善良的妇女,也有善良的奴隶,虽然妇女比较坏,奴隶非常坏。第二点,"性格"必须适合⑤。人物可能有勇敢的,但勇敢或能言善辩与妇女的身份不适合。第三点,

---

① 指"行动的摹仿",即情节,参看第 6 章第 4 段中的定义:"情节是行动的摹仿(所谓"情节",指事件的安排)。"
② 亚理斯多德认为怜悯和恐惧都是痛苦的情感,但人们在悲伤和恐惧的时候,痛苦和快感是交织在一起的;他并且认为情节的安排、长度、连续性、整一性最能使观众得到快感。参看第 23 章开头部分。
③ 但不是"十分善良",参看第 13 章第 1 段。
④ 指第 6 章第 11 段。
⑤ 意即性格须适合人物的身份,男人要像男人,女人要像女人,奴隶要像奴隶,上层贵族(即所谓英雄人物)要像上层贵族。

"性格"必须相似①,此点与上面说的"性格"必须善良,必须适合不同。第四点,"性格"必须一致;即使诗人所摹仿的人物"性格"不一致,而这种不一致的"性格"又是固定了的②,也必须寓一致于不一致的"性格"中③。不必要的卑鄙"性格",可举《俄瑞斯忒斯》剧中的墨涅拉俄斯的"性格"为例④。不相宜、不适合的"性格"可举《斯库拉》剧中俄底修斯的悲叹或墨拉尼珀的话所表现的"性格"为例⑤。不一致的"性格",可举《伊菲革涅亚在奥利斯》剧中伊菲革涅亚的"性格"为例——请求免死的伊菲革涅亚与后来的伊菲革涅亚一点也不相合⑥。

刻画"性格",应如安排情节那样,求其合乎必然律或可然律⑦:

---

① 意即与一般人的性格相似。或解作与传说中的人物的性格相似。
② "人物"指传说中人物。末句或解作:"又是诗人预先规定的。"
③ 意即基本上是一致的,例如忧郁的人有时忽然生气或忽然兴奋,但随即忧郁起来,他一时生气,一时兴奋,这种表现是和他的基本性格一致的。
④ 《俄瑞斯忒斯》是欧里庇得斯的悲剧。墨涅拉俄斯是俄瑞斯忒斯的叔父、斯巴达国王。俄瑞斯忒斯因为杀母有罪,可能判处死刑,墨涅拉俄斯在该剧第682到716行表示他无力相救。这段话暴露了他的卑鄙的性格(即胆怯),因为他不是见义勇为,而是逃避责任。他的话没有鼓励,也没有阻止俄瑞斯忒斯到公民大会去答辩(他的答辩失败了,因此判处死刑)。墨涅拉俄斯的卑鄙性格和他所说的话没有推动情节向前发展,因此是"不必要的",意即不是情节所必需的。
⑤ 《斯库拉》("Skylla")是提摩忒俄斯的酒神颂,写俄底修斯在意大利与西西里之间的海峡上,遇见女怪斯库拉抓食他的水手们的惊险经历。此处大概是说俄底修斯身为国王,为人沉着,富于谋略,提摩忒俄斯不应叫他那样绝望的悲叹。墨拉尼珀(Melanippe)是欧里庇得斯的悲剧《聪明人墨拉尼珀》(已失传)中的女主人公。她在该剧中说了一大段话,显示她能言善辩,但终于判处死刑,后来大概被她母亲希珀(Hippe)所救。她这段话不合女人的身份,也救不了她。亚理斯多德认为这段表示性格的话不是情节所必需的。
⑥ 《伊菲革涅亚在奥利斯》是欧里庇得斯的悲剧,写伊菲革涅亚的父亲阿伽门农要杀她来祭阿耳忒弥斯(Artemis)。伊菲革涅亚在该剧第1211到1252行表示不愿意死,她后来在第1368到1461行却表示愿意死。
⑦ 此处暗中批评上段所例举的性格不合乎必然律或可然律。

某种"性格"的人物说某一句话,作某一桩事,须合乎必然律或可然律。一桩事件随另一桩而发生,须合乎必然律或可然律。(因此,布局的"解"显然应该是布局中安排下来的①,而不应该像《美狄亚》一剧那样,借用"机械上的神"的力量,或者像《伊利亚特》中的归航一景那样②,借用"机械上的神"的力量③,"机械上的神"只应请来说明剧外的事,例如以前发生的、凡人不能知道的事,或未来的、须由神来预言或宣告的事④;因为我们承认神是无所不知的。情节中不应有不近情理的事,如果要它有,也应把这种事摆在剧外,例如索福克勒斯的《俄狄浦斯王》剧中的不近情理的事⑤。)

(既然悲剧是对于比一般人好的人的摹仿,诗人就应该向优秀

---

① 关于"解",参看第 18 章第 1 段。"布局中"或改订为"性格中",意即"解"须合乎人物的性格,《美狄亚》中的"解"借用"龙车"(参看注③),而且没有伏笔,因此不合乎美狄亚的性格,因为她很聪明,按照必然律或可然律,她应早就想到了脱身之计。
② 《伊利亚特》并没有写希腊军的归航,只第 2 卷写阿伽门农为了试探军心,假意撤兵。远征军正要撤走的时候,雅典娜(Athena)便前来阻止。抄本似有错误,因为《伊利亚特》是史诗,不是悲剧,撤兵一段是在开头,不是在"解"里。厄尔斯建议改订为"《伊菲革涅亚在奥利斯》中的启航一景"。现存的该剧的"退场"是伪作,该剧另有一个"退场",女神阿耳忒弥斯大概在那个"退场"中出现,她前来救伊菲革涅亚,详细情节不得而知。
③ 美狄亚于杀子后乘坐她祖父太阳神赫利俄斯(Hellios)送给她的龙车逃跑,这龙车是吊在机械下面的。这办法等于借用"神力"。"机械"是一种起重机,可以使神由天空下降。希腊悲剧中的纠纷无法解决时,往往借用神的力量来解决。欧里庇得斯的悲剧有两三出采用这办法。
④ 亚理斯多德在此处暗中称赞欧里庇得斯这样使用"机械上的神"。
⑤ 俄狄浦斯做了许多年忒拜国王,竟不知前王拉伊俄斯被杀的地点与情形,这是不近情理的。"剧外"指主要情节之外,意即可把不近情理的事放在穿插中;《俄狄浦斯王》第 112 行以下一段及第 729 行以下一段均涉及这件不近情理的事。

的肖像画家学习①；他们画出一个人的特殊面貌，求其相似而又比原来的人更美；诗人摹仿易怒的或不易怒的或具有诸如此类的气质的人〔就他们的"性格"而论〕，也必须求其相似而又善良，〔顽固的"性格"的例子〕例如荷马写阿喀琉斯为人既善良而又与我们相似。②）

这些原则③ 必须注意，此外，属于视听方面的事情——视听必然属于诗的艺术——也必须注意，因为诗人可能时常在这方面犯错误④。（我那篇已发表的著作⑤ 对这些错误已有足够的说明。）

…………

---

① 抄本有错误。译文根据布乞尔的改订译出。"一般人"原文作"我们"，指一般人。牛津本作："既然悲剧是对于较好的人的摹仿，我们就应该……。""我们"一般解为"师徒们"，即"我们诗人们"之意，这个解释不正确，因为《诗学》中所说的"我们"一概是指一般人或普通人。
② 肖像画家描绘个别的人，诗人则描写具有某种气质的一般的人。亚理斯多德在《欧得摩斯伦理学》（"Ethikon Eudemion"）第2卷第5章把"易怒"作为大多数人的气质。"易怒"可能成为恶德；此处所指的是天然倾向，不是恶德，因此易怒的人也可能是善良的人。"就他们的性格而论"疑是混入正文的旁注。"顽固的性格的例子"疑是伪作，因为在亚理斯多德心目中，阿喀琉斯是易怒的人，不是顽固的人。"顽固"是恶德；顽固的人不会是善良的人。译文根据厄尔斯的改订译出。牛津本作："例如阿伽同和荷马之写阿喀琉斯"。此处的一段话大概是亚理斯多德补写的。他在第2章、第13章第1段及本章开头都强调悲剧摹仿"好人"、"比我们今天的人好的人"、"不十分善良"的人、"善良"的人，再要求"相似"；这时候，他却强调"相似"，再要求"善良"，把人物美化，使他合乎悲剧的要求。
③ 大概指本章第1段和第2段前半段提出的五个原则。
④ 此处与第17章衔接。"视"指诗人写作时应观察剧中的情景等，"听"指诗人写作时应谛听人物所说的话，参看第17章。
⑤ 大概指《诗人篇》，那是一篇对话，已失传。

第十八章

每出悲剧分"结"与"解"两部分。剧外事件,往往再配搭一些剧内事件,构成"结",其余的事件构成"解"。所谓"结",指故事的开头至情势转入顺境〈或逆境〉之前的最后一景之间的部分,所谓"解",指转变的开头至剧尾之间的部分,例如忒俄得克忒斯的《林叩斯》剧中的"结",由以前发生的事件以及孩子被擒和他的父母〈被擒〉二事① 构成;该剧的"解"则是自谋杀案的控诉② 至尾的部分。

悲剧分四种(由于悲剧的成分也是四种,这些成分已经讨论过了)③ 即复杂剧(完全靠"突转"与"发现"构成)、④ 苦难剧(例如那些《埃阿斯》与那些《伊克西翁》)⑤、"性格"剧(例如《佛提亚妇女》

---

① "孩子"指阿巴斯,参看第 65 页注②。抄本有错误,意思不明白。"他的父母"原文作"他们的"。此二事是剧内事件。
② 大概指达那俄斯控告林叩斯谋杀了他的儿子阿巴斯。
③ "悲剧的"是补充的。"成分"指"发现"与"突转"(此二者合而为一个"成分")、苦难、"性格"和穿插(与第 5 章末段及第 6 章所指的"成分"是两回事),参看第 77 页注②。每出悲剧属于何种,是由它内部的主要"成分"决定的,它的内部可能还有一些次要"成分"。
④ "突转"与"发现"构成"复杂剧",但"复杂剧"中可能还有其他"成分"。
⑤ "苦难剧"中的主要"成分"是"苦难","苦难"在第 11 章末段作为"情节"的"成分"之一。"苦难剧"是简单剧。埃阿斯(Aias)因为争夺阿喀琉斯遗下的甲仗不遂而自杀,索福克勒斯的悲剧《埃阿斯》即写此事。伊克西翁(Ixion)因为爱上宙斯(Zeus)的妻子赫拉(Hera),被宙斯和迈亚(Maia)的儿子赫耳墨斯(Hermes)绑在一个飞轮上。古希腊有许多诗人写过《埃阿斯》和《伊克西翁》。

与《珀琉斯》）① 和穿插剧②（例如《福耳喀得斯》、《普罗米修斯》以及所有的把剧景设在冥土的悲剧）③。诗人应竭力运用这一切成分，如果办不到，也应运用其中最重要的，竭力多利用一些④，特别

---

① '性格剧'写善良的人物，表现善良的性格，这种人物有善报，悲剧以大团圆收场。《佛提亚妇女》("Phthiotides")是索福克勒斯的悲剧，已失传。索福克勒斯和欧里庇得斯各有一剧名《珀琉斯》("Peleus")，均已失传；此处所说的大概是索福克勒斯的《珀琉斯》。

② 抄本作"第四种 hoes"，hoes 不是个完整的希腊字。牛津本改订为"第四种是形象剧"（牛津本校订者拜瓦忒把"形象"误解为"剧景"，即景色之意）；厄尔斯改订为"和穿插剧"。照第 24 章第 1 段看来，此处应作"简单剧"，但由于一般的简单剧中没有显著的"成分"，因此亚理斯多德大概不会把简单剧作为第四种。"穿插剧"中的"成分"是"穿插"。苦难剧和"性格"剧也是简单剧（例如索福克勒斯的《埃阿斯》）因此亚理斯多德更不能把简单剧作为第四种悲剧。

③ 《福耳喀得斯》("Phorkides")是埃斯库罗斯的悲剧，一说是萨堤洛斯剧，已失传。该剧中的珀耳修斯(Perseus)访问过神使赫耳墨斯、海神波塞冬，偷过格赖埃(Graiai)三姐妹共有的一只眼睛，可见该剧的结构是"穿插式"的。《普罗米修斯》大概指埃斯库罗斯的悲剧《被缚的普罗米修斯》该剧的结构是"穿插式"的，参看第 63 页注①。埃斯库罗斯的另一出悲剧《普罗米修斯被释》("Prometheus Lyomenos")的结构也是"穿插式"的。一说指埃斯库罗斯的萨堤洛斯剧《普罗米修斯》。"悲剧"指萨堤洛斯剧，因为"把剧景设在冥土的"剧都是萨堤洛斯剧。例如埃斯库罗斯的《鬼魂引导者》("Psykhagogoi")以及埃斯库罗斯、索福克勒斯、欧里庇得斯和克里提阿斯(Kritias)的《西绪福斯》("Sisyphos")，这些萨堤洛斯剧中的主人公都曾到冥土访问死者的鬼魂，他们一个个的访问，可见这些剧的结构是"穿插式"的。

④ "最重要的"成分指"发现"与"突转"（此二者合而为一个成分），其次是"苦难"，再次是"性格"，"穿插"最不重要，但"穿插"，如果挑选得好，安排得好，也可以构成一出不坏的戏，例如欧里庇得斯的悲剧《特洛亚妇女》("Troiades")，其中的"穿插"都与老王后赫卡柏(Hekabe)的苦难有密切的关系。一出戏可能运用这四个成分，例如《伊菲革涅亚在陶洛人里》是一出"复杂剧"，其中有"发现"与"突转"；该剧中有"苦难"（俄瑞斯忒斯面临被杀来祭献的危险），有"性格"（俄瑞斯忒斯选择死，即愿意被杀来祭献），还有与"主人公相结合"的"穿插"（参看第 17 章第 3 段末句）；或者只利用这四个成分中的二三个。因此亚理斯多德说："诗人应竭力利用这一切成分"，还说，"竭力多利用一些"。至于"简单戏"则只能运用"苦难"、"性格"、"穿插"，或此三者之一二。

因为如今诗人们受到不公平的指责;过去的诗人各自善于运用某一成分,因此批评家要求每个诗人胜过每一个前辈的特长。其实要说一出悲剧和另一出相同不相同,公平的办法莫过于看布局,即看"结"与"解"相同。① 许多诗人善于"结",不善于"解";其实两者都应擅长。②)

诗人应记住前面屡次说过的话③,不要把一堆史诗材料写成悲剧,所谓"史诗材料",指故事繁多的材料,比方说,如果有人把《伊利亚特》所根据的故事整个写出来。在史诗里,由于规模大,各部分④ 都能有相当的长度,但是在戏剧里,它们却跟诗人的想法大相违背⑤。这一点可以这样看出来:许多诗人把伊利翁的陷落整个写出来,而不是只写一部分,像欧里庇得斯处理赫卡柏那样(不是像埃斯库罗斯那样),所有这些诗人不是失败,就是在比赛中

---

① 意即比较悲剧的优劣,须首先比较布局的优劣。当日的批评家没有评定优劣的首要标准,他们要求每一个诗人在各方面都超过他的前辈。亚理斯多德指出首要标准是布局的优劣,其他均为次要标准,例如"开场"、"发现"、"性格"刻画等的优劣。亚理斯多德着意在"相同",因此没有说"看'结'与'解'不相同"。
② 一般校订者没有看出此处是在批评批评家不懂得怎样评定悲剧的优劣,把这最后两句(自"其实要说"起)移至本章第1段尾上。
③ 指第5章第3段、第7章末段、第9章第3段及第17章末段中关于史诗与悲剧的长度的话。
④ 指穿插。
⑤ 诗人以为"各部分"越长越美,这个想法违反第7章末段所说的法则,因为只看重"越长越美",而疏忽了"有条不紊"这一前提。或解作:"它们使诗人大失所望",意即使诗人不能在戏剧比赛中获得胜利。

失利①,甚至阿伽同也在他惟一的悲剧里遭受失败②。但是他们能从"突转"和简单情节中获得他们所想望的效果,即惊奇之感;〔因为这能产生悲剧的效果,打动慈善之心〕。写一个聪明的坏人(例如西绪福斯)上当,或写一个勇敢的歹徒被打败,就能产生这种效果。③ 那种事只有在阿伽同的话的意义上才是可能的,他说,可能有许多事违反可能律而发生。

歌队应作为一个演员看待:它的活动应是整体的一部分,它应帮助诗人获得竞赛的胜利,不应像帮助欧里庇得斯那样,而应像帮

---

① 译文根据厄尔斯的改订译出。伊利翁(Ilion)是特洛亚的别名。欧里庇得斯有两出悲剧是写赫卡柏的,其中一出是《赫卡柏》,另一出是《特洛亚妇女》,这两出悲剧只写伊利翁陷落的一部分故事,通过这一部分反映整个陷落,而不是把陷落整个写出来。"赫卡柏"这人名见拉丁文译本,抄本作"尼俄柏"。埃斯库罗斯的《埃斯三部曲》也是写伊利翁陷落的故事,但写法与欧里庇得斯不同,大概是"穿插式"的,倾向于把陷落整个写出来。牛津本作:"有许多诗人把整个伊利翁的陷落写出来,而不是只写一部分,像欧里庇得斯那样,或者把整个尼俄柏故事写出来,而不是只写一部分,像埃斯库罗斯那样。"此处大概不会提起尼俄柏;埃斯库罗斯的手法不同,他大概不会"只写一部分"。"失利"大概指仅得次奖。
② 此句意思不明白。"悲剧"大概是指写伊利翁陷落的悲剧。或解作:"甚至阿伽同也由于这惟一的缘故而失败。"
③ "即惊奇之感"根据厄尔斯的改订译出。牛津本作:"但他们以惊人的技巧,从'突转'与简单情节中获得他们所想望的效果。""从'突转'",即从复杂情节之意。"因为这能产生悲剧的效果,打动慈善之心"一语疑是伪作。据此处所举的例子看来,一个聪明的坏人被欺骗或一个勇敢的歹徒被打败,虽然能打动观众的"慈善之心",但不能引起怜悯与恐惧之情,即不能产生悲剧的效果,参看第13章第1段。西绪福斯很狡猾,他曾把死神绑起来,后来战神阿瑞斯(Ares)救了死神,并且把西绪福斯交给他惩治。"产生这种效果"指"引起惊奇之感";聪明的人反而上当,勇敢的人反而被打败,是出乎意料的事,使人吃惊。

助索福克勒斯那样①。其余的诗人② 的合唱歌跟他们的剧中的情节无关,恰像跟其他悲剧的情节一样无关;因此如今歌队甚至唱借来的歌曲,阿伽同是这个借用办法的创始者③。唱借来的歌曲跟把一段话〔或一整场戏〕从一出剧移到另一出剧里,有什么区别呢?④

············

第二十三章

现在讨论用叙述体和"韵文"来摹仿的艺术⑤。显然,史诗的情节也应像悲剧的情节那样,按照戏剧的原则安排,环绕着一个整一的行动,有头,有身,有尾,这样它才能像一个完整的活东西,给我们一种它特别能给的快感⑥;显然,史诗不应像历史那样结构,历史不能只记载一个行动,而必须记载一个时期,即这个时期内所

① 要歌队帮忙,诗人须使合唱歌与剧中情节紧密联系。索福克勒斯的合唱歌与情节的联系相当紧密,欧里庇得斯的合唱歌与情节的联系则不甚紧密。一般校订者把这句话解作:"它应是整体的一部分,应参加剧中的活动,不应像在欧里庇得斯的剧中那样,而应像在索福克勒斯的剧中那样。"
② 指欧里庇得斯以后的诗人们。
③ 导演不采用上演的剧本的合唱歌,而借用其他悲剧(多半是该剧作者的其他悲剧)的合唱歌,其原因是由于上演的剧本的合唱歌与剧情无关,不如从其他悲剧里借用较好的歌曲。阿伽同的悲剧中的一些合唱歌大概没有写出来,只于每"场"之后注明该处加合唱歌。亚理斯多德看了抄本,大概认为诗人兼导演的阿伽同借用过他的别的剧本中的合唱歌。
④ 当日的演员或导演往往从其他的悲剧里借来一段话。亚理斯多德在此处讽刺诗人们对于这个办法表示愤慨,而对于借用的合唱歌却能容忍。他希望他们写出与情节密切结合的合唱歌,"或一整场戏"疑是伪作,因为不可能从其他剧里借用一整场戏(参看第12章)。
⑤ 指史诗。
⑥ 此处所说的"快感"是审美的快感,由史诗的完整的结构而引起的。第14章第1段所说的悲剧的快感,则是由悲剧引起怜悯与恐惧之情而产生的。

发生的涉及一个人或一些人的一切事件,它们之间只有偶然的联系。(在时间的顺序中,有时候一桩事随另一桩事而发生,却没有导致同一个结局,正如萨拉弥斯海战与西西里的卡耳刻冬战争同时发生①,但没有导致同一个结局。)几乎所有的诗人都这样写作。②惟有荷马的天赋的才能,如我们所说的,高人一等③,从这一点上也可以看出来:他没有企图把战争整个写出来,尽管它有始有终。因为那样一来,故事就会太长,不能一览而尽;即使长度可以控制,但细节繁多,故事就会趋于复杂。荷马却只选择其中一部分,而把许多别的部分作为穿插,例如船名表和其他穿插,点缀在诗中。④别的史诗诗人或写一个人物⑤,或写一个时期,即一个枝节繁多的行动,例如《库普里亚》的作者和《小伊利亚特》的作者⑥。因此《伊利亚特》或《奥德赛》⑦只足供一出,至多两出悲剧的题材,而《库普里亚》和《小伊利亚特》则可供好几出〔八出以上,比方说,可供一出《甲仗的评判》、一出《菲罗克忒忒斯》、一出《涅俄普托勒摩斯》、一出《欧律皮罗斯》、一出《伪装乞丐》、一出《拉开奈》、一

---

① 希腊人于公元前480年在萨拉弥斯(Salamis,旧译作萨拉米)海湾击败波斯海军。据希罗多德的《希腊波斯战争史》第7卷第166节所载,西西里的希腊人于同一天在该岛北岸击败卡耳刻冬(Karkhedon)人的袭击。卡耳刻冬人即非洲北部的迦太基(Karthago)人。
② "诗人"指史诗诗人。在亚理斯多德看来,几乎所有的史诗诗人都成了编年史家(因为他们都描写一个时期中的所有的事件),惟有荷马是例外。
③ 亚理斯多德曾在第8章第1段称赞荷马把《奥德赛》的情节安排得很好。
④ 《伊利亚特》只取特洛亚战争第十年中的一段故事(阿喀琉斯的忿怒及其后果)作为核心,这个核心是整一的,可以一下子掌握。荷马把十年战争中的其他故事,例如侦察敌情、决斗,作为穿插,因此他能于一段战争中表现十年战争的全貌。《伊利亚特》第2卷叙述希腊各城邦参战的船只。
⑤ 参看第8章第1段。
⑥ 《库普里亚》("Kypria")写特洛亚战争的起因,《小伊利亚特》写特洛亚的陷落,均已失传,不悉为何人所作。
⑦ 指《伊利亚特》和《奥德赛》的核心故事。

出《伊利翁的陷落》和一出《归航》的题材,还可供一出《西农》和一出《特洛亚妇女》的题材]①。

第二十四章

再则,史诗的种类也应和悲剧的相同,即分简单史诗、复杂史诗、"性格"史诗和苦难史诗;史诗的成分〔缺少歌曲与"形象"〕也应和悲剧的相同,因为史诗里也必需有"突转"、"发现"与苦难。② 史

---

① 埃斯库罗斯有一出悲剧名叫《甲仗的评判》,已失传,写希腊人把阿喀琉斯遗下的甲仗判给俄底修斯,索福克勒斯的《埃阿斯》也写这个故事。现存的《菲罗克忒忒斯》是索福克勒斯的悲剧,写俄底修斯和涅俄普托勒摩斯(Neoptolemos)到一个岛上去找菲罗忒忒斯,要把他带到特洛亚。尼科马科斯(Nikomakhos)和索福克勒斯各有一剧名叫《涅俄普托勒摩斯》,写涅俄普托勒摩斯到达特洛亚的故事,均已失传。索福克勒斯有一出悲剧,名叫《欧律皮罗斯》("Eurypylos"),已失传。此处所说的欧律皮罗斯若不是指忒勒福斯与特洛亚国王普里阿摩斯(Priamos)的姐妹阿斯堤俄刻(Astyokhe)的儿子(为涅俄普托勒摩斯所杀),便是指希腊英雄欧律皮罗斯—欧埃蒙(Euaimon)的儿子,曾在特洛亚战争中受伤。《伪装乞丐》指俄底修斯伪装乞丐到特洛亚城内侦察敌情的故事,此处所说的大概不是已写成的剧本。索福克勒斯有一出悲剧名叫《拉开奈》("Lakainai",意即"斯巴达妇女"),已失传,写俄底修斯和狄俄墨得斯到特洛亚城里去盗取雅典娜的偶像的故事。索福克勒斯的儿子伊俄丰(Iophon)有一出悲剧名叫《伊利翁的陷落》,已失传。"归航"大概指希腊人于使用木马计时,假意撤兵,把船只撤至忒涅多斯(Tenedos)岛,一说指希腊人的凯旋;此处所说的《归航》大概不是已写成的剧本。索福克勒斯有一出悲剧名叫《西农》("Sinon"),已失传,写希腊人西农骗特洛亚人把木马推进城的故事。此段(自"八出"起)疑是伪作。"八出以上"指《小伊利亚特》可供八出以上。"以上"一词及末句(自"还可"起)疑是出自另一人的手笔。

② 悲剧分复杂剧、苦难剧、"性格"剧和穿插剧(参看第18章第2段)。史诗的穿插又多又长,可以说每一首史诗都是穿插史诗,因此亚理斯多德改用"简单史诗"。此处所说的"成分"指"突转"与"发现"(此二者合而为一个成分)、苦难、"性格"和穿插(与第5章末段及第6章所指的"成分"是两回事,因此可以断定"缺少歌曲与'形象'"一语系伪作)。参看第76页注③及第77页注②。

诗的"思想"和言词也应当好。荷马第一个运用这一切种类和成分①,而且运用得很好。他的两首史诗各有不同的结构,《伊利亚特》是简单史诗兼苦难史诗,《奥德赛》是复杂史诗(因为处处有"发现"②)兼"性格"史诗;此外,这两首诗的言词与"思想"也登峰造极。③

但史诗在长短与格律方面与悲剧不同。④ 关于长短,前面所说的限度就算适当了⑤:长度须使人从头到尾一览而尽,如果一首史诗比古史诗短,约等于一次听完的一连串悲剧⑥,就合乎这条件。但史诗有一个非常特殊的方便,可以使长度分外增加。悲剧不可能摹仿许多正发生的事,只能摹仿演员在舞台上表演的事;史诗则因为采用叙述体,能描述许多正发生的事,这些事只要联系得

---

① 包括"思想"与言词。
② 《奥德赛》中的主人公俄底修斯曾经先后被圆目巨人、淮阿刻斯人,(Phaiakes)以及俄底修斯自己家里的人"发现"。
③ 此段谈史诗与悲剧相同之点,应属于上一章。
④ 第5章第3段说起三点差别,包括叙述体。此处没有讨论叙述体,因为这是二者的基本差别,但本章曾几次点明,史诗采用叙述体,史诗是叙事诗。亚理斯多德不但不强调这个基本差别,反而强调史诗的戏剧性,参看本章第4段。
⑤ "前面"指第7章第3段,该处所说的是理想的长度,也适用于史诗,然而史诗又不可能严格遵守。
⑥ "古史诗"指荷马史诗,其他的古史诗都比较短。此处所说的"一首史诗"与"古史诗"均指其中的核心故事而言;荷马史诗以外的史诗,不是传记式史诗,便是编年史诗,其中均无核心故事。"一连串悲剧"大概指同一天上演的三出悲剧(一说指"三部曲"),共约4000行;亚理斯多德似乎把萨堤洛斯剧也作为悲剧看待,如果加上一出萨堤洛斯剧,则共约5000行。《伊利亚特》15693行,《奥德赛》约12105行,但《伊利亚特》的核心故事约只4300行,《奥德赛》的核心故事约只4000行。

上,就可以增加诗的分量①。这是一桩好事〔可以使史诗显得宏伟〕,用不同的穿插点缀在诗中,可以使史诗起变化〔听众〕;② 单调很快就会使人腻烦,悲剧的失败往往由于这一点。

至于格律,经验证明,以英雄格③ 最为适宜。如果用他种格律或几种格律④ 来写叙事诗,显然不合适。英雄格是最从容有分量的格律⑤（因此最能容纳借用字与隐喻字）;叙事诗和其他诗体形式也不同⑥;短长格与四双音步长短格很急促,前者适合于表现行动,后者适合于舞蹈⑦。如果像开瑞蒙那样混用各种格律,那就

---

① "正发生的事"或解作"同时发生的事"。但悲剧和史诗一样,也能表达许多同时发生的事,例如《阿伽门农》中的传令官报告特洛亚被攻陷与被劫洗,这两件事和守望人在该剧开场时所望见的信号火光是同时发生的。亚理斯多德的意思是说,舞台上表演一场戏之后,时间即成过去,因此悲剧不能把许多过去的事作为正发生的事来摹仿,而讲故事的诗人则能使时间倒退,回头叙述许多事,而且可用"现在时"叙述,仿佛那些事正在发生。有人认为亚理斯多德在此处暗示"地点的整一"(即三整一律中的"地点整一律")。因为讲故事的诗人能使地点变换,即假定他是在许多不同的地方;悲剧则只能表演舞台上,即一个地点上所发生的事。可是古希腊舞台并不老是代表同一个地点,亚理斯多德并没有说舞台所代表的地点是不能变换的。所谓"联系得上"指《奥德赛》中的穿插与主人公俄底修斯联系得上,《伊利亚特》中的穿插与特洛亚战争联系得上,参看第17章第2段。
② "可以使史诗显得宏伟"疑是伪作,这句话大概是用来解释 ogkos 的,因为这个字除了"分量"(见上句,指"长度"和"宏伟")的意思外,还有"浮夸"的意思。"不同的穿插"指不同于主要情节的穿插。"可以使史诗起变化"或解作"而且可以提起观众的兴趣"。
③ 指六音步长短短格。
④ 指几种"韵文"的格律。亚理斯多德只承认三种"韵文"。
⑤ 英雄格所以最从容有分量,是由于所占时间较长,每音步包括一个长音缀、两个短音缀,这两个短音缀所占的时间与一个长音缀所占的时间大致相等。
⑥ "形式也不同"指叙事诗比较长,能容纳许多穿插。
⑦ 参看第4章末段最后部分。

更荒唐①。因此,从来没有人用英雄格以外的格律来写长诗②。叙事诗的性质,如我们所说的那样,使我们选择适宜的格律。③

荷马是值得称赞的,理由很多,特别因为在史诗诗人中惟有他知道一个史诗诗人应当怎样写作。史诗诗人应尽量少用自己的身份说话;否则就不是摹仿了。其他的史诗诗人却一直是亲自出场,很少摹仿,或者偶尔摹仿。荷马却在简短的序诗之后,立即叫一个男人或女人或其他人物出场,他们各具有"性格",没有一个不具有特殊的"性格"。④

惊奇是悲剧所需要的,史诗则比较能容纳不近情理的事(那是惊奇的主要因素)⑤,因为我们不亲眼看见人物的动作。赫克托耳被追赶一事,如果在舞台上表演(希腊人站着不动,不去追赶,阿喀琉斯向他们摇头⑥),就显得荒唐;但是在史诗里,这一点却不致引人注意。惊奇给人以快感,这一点可以这样看出来:每一个报告消息的人都添枝添叶,以为这样可以讨听者喜悦。

把谎话说得圆主要是荷马教给其他诗人的,那就是利用似是

---

① 意即用短长格或四双音步长短格来写史诗已不合适,若混用各种格律,则更不合适。关于开瑞蒙,参看第1章第4段最后部分。
② 指叙事诗,即史诗。叙事诗所以很长,是由于其中有许多穿插。
③ 悲剧的对话性质使诗人找到合乎口语的短长格律;史诗的叙述性质使诗人找到合乎叙述语气的长短短格律。"如我们所说的"指第4章第2段、该章末段最后部分及本段前一部分论格律的话。
④ 《伊利亚特》和《奥德赛》均有简短的序诗,荷马在序诗中用自己的身份说话,主要是介绍主题。荷马在《伊利亚特》第2卷叙述船只之前,也曾用自己的身份说话。亚理斯多德很称赞荷马史诗的戏剧性,把荷马当作一个戏剧开创者看待,参看第4章第2段。"其他人物"指神祇。
⑤ 悲剧中的惊奇应意外的发生而又有因果关系(即近乎情理),而且应把它摆在主要情节里,参看第9章末段。史诗的惊奇属于另外一种,它不近情理。
⑥ 阿喀琉斯在特洛亚城下追赶赫克托耳,他向希腊兵士摇头,不让他们向赫克托耳投掷标枪,免得他们夺去了他的战功,参看《伊利亚特》第22卷第205到206行。

而非的推断。如果第一桩事成为事实或发生,第二桩即随之成为事实或发生,人们会以为第二桩既已成为事实,第一桩也必已成为事实或已发生(其实是假的)①;因此,尽管第一桩不真实,但第二桩是第一桩成为事实之后必然成为事实或发生的事,人们就会把第一桩提出来②;因为如果我们知道第二桩是真的,我们心里就会作似是而非的推断,认为第一桩也是真的,例如洗脚一景中的推断③。

因此,一桩不可能发生而可能成为可信的事④,比一桩可能发生而不可能成为可信的事更为可取;但情节不应由不近情理的事组成⑤;情节中最好不要有不近情理的事;如果有了不近情理的事,也应该把它摆在布局之外(例如在《俄狄浦斯王》剧中,俄狄浦斯不知道拉伊俄斯是怎样死的)⑥,而不应把它摆在剧内⑦(像《厄勒克特拉》剧中传达皮托运动会的消息⑧,或者像《密西亚人》剧中

---

① 括弧里的话或解作:"这是错误的推断"。
② 意即把第一桩当作真事提出来。
③ 伪装乞丐的俄底修斯在洗脚之前告诉他的妻子珀涅罗珀,他从前是个富有的人,曾款待过俄底修斯,为了证明这事,他提起俄底修斯当时穿的衣服,参看《奥德赛》第 19 卷第 164 到 307 行。珀涅罗珀知道他所说的关于衣服的事是真的,因此错误的推断,认为这乞丐一定看见过俄底修斯。
④ 一桩不可能发生的事,只要处理得好,可能成为一桩可信的事,例如俄底修斯被放在岸上一事,参看本章末段。
⑤ 意即不要把不近情理的事(即不可能发生的事)摆在主要情节里。
⑥ 参看第 15 章第 2 段最后部分及第 74 页注⑤。
⑦ 意即不要把它摆在主要情节内。
⑧ 此处所说的《厄勒克特拉》是索福克勒斯的悲剧,该剧中的保傅向克吕泰墨斯特拉报告假消息,说她儿子俄瑞斯忒斯在皮托(Pytho)运动会上撞车毙命(第 660 行以下一段)。亚理斯多德在此处批评索福克勒斯不应在英雄剧里描写皮托运动会,因为俄瑞斯忒斯是英雄时代(公元前 13 到 12 世纪)的人物,而皮托运动会则是公元前 586 年才开办的。皮托是阿波罗的圣地得尔福(Delphoi,旧译作特尔斐)的别名,得尔福在希腊中部福喀斯(Phokis,旧译作佛西斯)境内。

有人从忒革亚到密西亚,一路上没有说过一句话①)。如果说这样一来就会破坏布局②,那就未免荒唐;那样布局根本不应该。但是,如果已经采用了不近情理的事,而且能使那些事十分合乎情理,甚至一桩荒诞不经的事也是可以采用的③。在《奥德赛》中,俄底修斯被放在岸上这一不近情理的事④,如果是一个拙劣的诗人作的,显然会使人不耐心听;但荷马却用他的别的特长加以美化⑤,把这事的荒诞不经掩饰过去了。但雕琢的词藻,只应用于行动停顿,不表示"性格"与"思想"的地方;因为太华丽的词藻会使"性格"与"思想"模糊不清⑥。

第二十五章

现在讨论疑难和反驳。⑦ 它们的种类和性质,可从下面的观

---

① 《密西亚人》("Mysoi")大概是埃斯库罗斯的悲剧,已失传。此处所说的人物指忒勒福斯。忒勒福斯的母亲奥革(Auge)是忒革亚(Tegea)国王阿琉斯(Aleus)的女儿、雅典娜庙上的女祭司,他父亲是赫剌克勒斯。奥革后来嫁给密西亚(Mysia)国王透特剌斯(Teuthras)。忒勒福斯特别从希腊到密西亚去寻找他的父母。密西亚在小亚细亚西北部,忒革亚在伯罗奔尼撒的阿耳卡狄亚境内。
② 诗人本来想用不近情理的事(即不能发生的事)布局;他认为如果不让他用,或者不让他把这种事摆在布局之内,他的布局就会垮台。
③ 译文根据布乞尔的改订译出。牛津本作:"如果诗人已经采用了这样的布局而听众看出他本来可以把它写得较近情近理些,他就不但显得荒唐,而且犯了艺术上的错误。"
④ 俄底修斯乘坐的船被冲上岸,水手们把他移到岸上,然后乘船而去,俄底修斯却一直酣睡未醒(参看《奥德赛》第13卷第113到115行)。
⑤ 荷马竭力用华丽的词藻描写夜航和俄底修斯的家乡伊塔刻的景色。
⑥ 前面称赞荷马使用华丽的词藻,此处点明词藻不可随便使用。俄底修斯被冲上岸一景不表现行动,也不表现俄底修斯的"性格"与"思想"。
⑦ 亚理斯多德在此章论批评家的无理责难和反驳他们的方法。此章中引用的指责大半是左伊罗斯(Zoilos)和其他批评家对荷马的攻击。"疑难"指诗中的疑难字句,批评家对这些字句加以指责。"反驳"指对批评家的指责的反驳。

点看出来。

诗人既然和画家与其他造形艺术家① 一样,是一个摹仿者,那么他必须摹仿下列三种对象之一:过去有的或现在有的事、传说中的或人们相信的事、应当有的事。这些事通过文字来表现,文字还包括借用字和隐喻字②;此外还有许多起了变化的字③,可供诗人使用。

再则,衡量诗和衡量政治正确与否,标准不一样④;衡量诗和衡量其他艺术正确与否,标准也不一样。在诗里,错误分两种:艺术本身的错误和偶然的错误。如果诗人挑选某一件事物来摹仿……,而缺乏表现力,这是艺术本身的错误⑤。但是,如果他挑选的事物不正确,例如写马的两只右腿同时并进,或者在科学(例如医学或其他科学)上犯了错误,或者把某种不可能发生的事写在他的诗里,这些都不是艺术本身的错误。⑥在反驳批评家对疑难字句提出的指责时,须注意这些前提。

先谈对艺术本身的指责。如果诗人写的是不可能发生的事,他固然犯了错误;但是,如果他这样写,达到了艺术的目的(所谓艺术的目的前面⑦ 已经讲过了),能使这一部分或另一部分诗更为

---

① "画家"指肖像画家,"其他造形艺术家"指肖像雕刻家。
② "文字"本已包括普通字。或改订为"或用普通字或用借用字和隐喻字"。
③ 指第21章第10段所说的衍体字和缩体字以及该章第11段所说的变体字。
④ "政治"指"社会道德"。亚理斯多德把"政治"作为生活与行为(即社会道德)的艺术,其中包括诗的艺术及其他艺术,因为诗是描写人的生活与行为的艺术(参看第6章第4段),二者有关系,但衡量它们正确与否,标准不一样。
⑤ 抄本残缺,意思不明白。此句指诗人无力表现他心目中想象的事物。
⑥ "如果他挑选的事物不正确"指诗人心目中想象的事物不正确。或解作:"如果诗人本来想把事物写得正确,而由于缺乏表现力,没有办到,这是艺术本身的错误;如果他本来就有意把事物写得不正确(例如描写马两只右腿同时并进),以致科学(例如医学或其他科学)上的错误或某种不可能发生的事在他的诗里出现了,这就不是本质的错误。"
⑦ 指第9章末段、第14章第1段等处。

惊人①,那么这个错误是有理由可辩护的。例如赫克托耳被追赶一事②。但是,如果不牺牲技术的正确性,也能,甚至更能达到目的,那么上面所说的错误就没有理由可辩护;因为诗人应当尽可能不犯任何错误。我们并且要问诗人所犯的是何种错误,是艺术本身的错误,还是偶然的错误?不知母鹿无角而画出角来③,这个错误并没有画鹿画得认不出是鹿那样严重。

其次,如果有人指责诗人所描写的事物不符实际,也许他可以这样反驳:"这些事物是按照它们应当有的样子描写的",正像索福克勒斯所说,他按照人应当有的样子来描写,欧里庇得斯则按照人本来的样子来描写。如果上面两个说法都不行,他还可以这样辩解:有此传说,例如关于神的传说,那些传说也许像塞诺法涅斯所说,不宜于说,不真实④;但是有此传说。有时候诗中的描写也许并不比实际更理想,但在当时却是事实,例如这句描写武器的诗:"他们的矛,尾端向下,直竖在地上"⑤,那是当时的习惯,今日伊吕里斯人⑥ 的习惯仍然如此。

在判断一言一行是好是坏的时候,不但要看言行本身是善是恶,而且要看言者、行者为谁,对象为谁,时间系何时,方式属何种,动机是为什么,例如要取得更高的善,或者要避免更坏的恶。

---

① 参看第 9 章末段中所说的弥堤斯雕像的故事,那是一件不可能发生的事,但是非常惊人。
② 参看第 24 章第 5 段。
③ 一些古希腊画家画出有角的母鹿,一些古希腊诗人——例如品达(Pindaros)、索福克勒斯、欧里庇得斯——也描写母鹿有角。
④ 塞诺法涅斯(Xenophanes)是公元前 6 世纪末叶哲学家和诗人,他首先批评荷马诗中的神不真实、不道德。
⑤ 见《伊利亚特》第 10 卷第 152 到 153 行。这句诗写狄俄墨得斯的兵士于睡觉时把矛插在地上,尾端向下,矛的尾端有一个尖的钉子,所以矛可以这样插在地上。这办法相当危险,因为矛倒下来可能伤人。
⑥ 伊吕里斯(Illyris)人住在希腊西北部。

……………

　　(一般说来,写不可能发生的事,可用"为了诗的效果"、"比实际更理想"、"人们相信"这些话来辩护。为了获得诗的效果,一桩不可能发生而可能成为可信的事,比一桩可能发生而不能成为可信的事更为可取。像宙克西斯所画的人物是……①,但是这样画更好,因为画家所画的人物应比原来的人更美。②)不近情理的事,可用"有此传说"一语来辩护;或者说在某种场合下,这种事并不是不近情理;因为可能有许多事违反可能律而发生。③

　　分析诗人的话中的矛盾,须像分析辩论会上对方的反驳一样,先看他的话是不是指同一桩事,是不是有同样关系④,是不是有同样意思,然后断定他现在所说的话和他先前所说的话,或者和一个有智力的人所领悟的诗中的意思有矛盾⑤。

　　但是,如果不近情理的情节或性格的卑鄙没有必要,没有用处,应当受指责,这种不近情理的情节,可举欧里庇得斯的《埃勾斯》里不近情理的情节为例⑥,性格的卑鄙可举《俄瑞斯忒斯》剧中

---

① 抄本残缺。布乞尔本补订为"或许是不可能有的。"宙克西斯所画的和波吕格诺托斯所画的同样是理想的人物,但宙克西斯的人物没有"性格",参看第6章第6段。据说宙克西斯画海伦的像时,用五个美女作模特儿,把各人的美集中在一人身上。
② 参看第15章第3段。
③ 没有更好的理由来反驳时,只好这样说。参看第18章第3段。
④ 指某句话与上下文或与该诗另一段的关系。所谓"有同样关系",指与上下文或与他段无矛盾。
⑤ 这句话挖苦本章第14段提及的"有的批评家"。
⑥ 一般注释者认为此处所指的是欧里庇得斯的《美狄亚》剧中的埃勾斯(Aigeus)一景(第663到758行),他们认为亚理斯多德的意思是说,埃勾斯来得太突然,不近情理,而且这人物并不是布局所必需的。但是埃勾斯曾答应让美狄亚到他的城邦(雅典)避难,因此埃勾斯的出现,使美狄亚得到安身之地;美狄亚有了安身之地,她的报仇计划(杀害公主和国王)才得成熟,才能执行。也有人认为此处所指的是欧里庇得斯的悲剧《埃勾斯》里某一个不近情理的情节。

的墨涅拉俄斯的卑鄙为例①。

批评家的指责分五类,即不可能发生,不近情理,有害处②,有矛盾和技术上不正确。反驳的时候,须注意上述各点,一共 12 点③。

第二十六章

也许有人会问,史诗和悲剧这两种摹仿形式,哪一种比较高。④ 如果说比较不庸俗的艺术比较高,而比较不庸俗的总是指高等听众所欣赏的艺术,那么,很明显,摹仿一切的则是非常庸俗的艺术。⑤有的演员以为不增加一些动作,观众就看不懂,因此,他们扭捏出各种姿态,例如拙劣的双管箫吹手摹仿掷铁饼就扭来转去,演奏《斯库拉》乐章就把歌队长乱抓乱拖。有人说⑥,悲剧就是这类的艺术,有如老辈演员眼中的后辈演员:明尼斯科斯时常称呼卡利庇得斯作"无尾猿",因为他演得太过火了,品达也时常遭受类

---

① 参看第 15 章第 1 段及第 73 页注④。
② 指本章第 5 段中的"不宜于说"(意即不道德),"不比实际更理想"(意即照样作有害处)。
③ 大概指下列 12 点:(1)艺术本身的错误,(2)偶然的错误,(3)过去有或现在有的事,(4)传说中的或人们相信的事,(5)应当有的事,(6)借用字,(7)隐喻字,(8)语音,(9)词句的划分,(10)字义含糊,(11)字的习惯用法,(12)一字多义。各家注本所统计的 12 点不尽相同。
④ 亚理斯多德在本章回答他在第 4 章第 4 段开头提出的问题,即就悲剧形式本身和悲剧形式跟观众的关系来考察,悲剧的形式是否已趋于完美,所谓"完美",指与史诗的形式比较,算不算得完美。
⑤ 译文根据抄本译出。"一切"指姿态、动作、声音等。这句话大概是柏拉图说的,柏拉图曾在《理想国》第 3 卷攻击摹仿一切的人(参看《柏拉图文艺对话集》第 49 页),并且在《法律篇》第 2 卷中(658c)认为史诗高于悲剧。牛津本改订为:"为一般人所欣赏的摹仿艺术则是庸俗的艺术。"
⑥ "有人说"是补充的。"人"大概指柏拉图,参看本页注⑤。

似的批评。① 整个悲剧艺术之于史诗,有如后辈演员之于老辈演员。有人说,史诗是给有教养的听众欣赏的——他们不需要姿势的帮助——而悲剧则是给下等观众欣赏的。如果悲剧是庸俗的艺术,显然比史诗低了。

但是,第一,这不是对诗的艺术的指责,而是对演唱者② 的艺术的指责;因为史诗朗诵者手舞足蹈,也可能作得过火,索西斯特剌托斯③ 就是如此;参加竞赛的歌手手舞足蹈,也可能作得过火,俄普斯人谟那西忒俄斯④ 就是如此。其次,并不是所有的动作都通不⑤ 过,否则连舞蹈也通不过;只是摹仿下贱的人物的动作才通不过,卡利庇得斯就因为摹仿这种动作而受到指责,一些当代演员也因为摹仿下贱的女人而受到指责。再则,悲剧跟史诗一样,不依靠动作也能发挥它的力量;因为只是读读,也可以看出它的性质⑥。所以,如果悲剧在其他方面⑦ 都比较优越,这个指责就不是它必须承受的。因为悲剧具备史诗所有的各种成分⑧(甚至能采

---

① 明尼斯科斯(Mynniskos)是演埃斯库罗斯的悲剧的演员。卡利庇得斯(Kallippides)是公元前5世纪末叶的演员。此处所说的品达是一位演员(大概是公元前5世纪末叶的人),不是那位著名的写颂歌的诗人。亚理斯多德大概曾听柏拉图于(考看第91页注⑤)评论史诗与悲剧的优劣时,例举这些演员的表演艺术来说明问题。柏拉图少年时看过他们的表演,他可以称他们为"老辈"与"后辈";亚理斯多德却没有看过他们的表演。
② 包括演员、歌手与朗诵者。
③ 索西斯特剌托斯(Sosistratos)已不可考。
④ 谟那西忒俄斯(Mnasitheos)已不可考。俄普斯(Opous)在罗克里斯(Lokris)境内。
⑤ 意即经过审查,通不过。
⑥ "不依靠动作"即不依靠表演之意。悲剧的性质在于严肃,悲剧通过严肃的行动以引起怜悯与恐惧之情。
⑦ 指下面所说的四个方面。
⑧ 悲剧所以比史诗优越,是由于这一点及下述三点。关于"成分",参看第24章第1段。

用史诗的格律①），此外，它还具备一个不平凡的成分，即音乐〔和"形象"〕②，它最能加强我们的快感；其次，不论阅读或看戏，悲剧都能给我们很鲜明的印象；还有一层，悲剧能在较短时间③内达到摹仿的目的（比较集中的摹仿比被时间冲淡了的摹仿更能引起我们的快感，试把索福克勒斯的《俄狄浦斯王》拉到《伊利亚特》那样多行，再看它的效果④）；甚至史诗诗人写的有整一性的诗，也不及拉长了的《俄狄浦斯王》这样能引起我们的快感⑤；如果他们只写一个情节，不是写得很简略而像被截短了似的，就是达到标准的长度，但仍然像被冲淡了似的。⑥ 这一点可以这样看出来：任何一首史诗，不管哪一种，都可供好几出悲剧的题材⑦，我所指的是由

---

① 指六音步长短短格，例如索福克勒斯的悲剧《特剌喀斯少女》（"Trakhiniai"）第1009行、《菲罗克忒忒斯》第840行、欧里庇得斯的悲剧《特洛亚妇女》第590行。
② "和'形象'"疑是伪作，因为"不平凡的成分"是单数，参看第82页注①。亚理斯多德曾在第6章末段说，"形象"跟诗的艺术关系最浅，他大概不会在这里提起"形象"。
③ 指演出时间。
④ "再看它的效果"是补充的。
⑤ 译文根据抄本译出。"拉长了的《俄狄浦斯王》"是补充的。拉长了的《俄狄浦斯王》仍然是一出好戏，虽然已不像原来的作品那样能引起我们的快感。一首有整一性的史诗所以不及一出拉长了的悲剧这样能引起我们的快感，是由于史诗有许多很长的穿插。牛津本改订为："再则，史诗诗人的摹仿在整一性上比较差"，这是一个新的论点，与前面及此段末尾对荷马史诗的整一性的称赞相矛盾。
⑥ 史诗的主要情节的标准长度是4000行左右，如果只写两千行，听众会感到不满足，认为长度被削减了。即使达到4000行左右，但由于史诗须有许多很长的穿插，因此整首诗仍然像被冲淡了似的。
⑦ 此句（自"这一点"起）根据厄尔斯的改订，由"这样能引起我们的快感"后面移至此处。任何一首史诗都可以分写为好几出悲剧，由此可以看出它的情节不集中，而是被冲淡了似的。"不管哪一种"意即不管是传记式史诗、编年史诗或荷马史诗。

93

好几个行动构成的史诗①,例如《伊利亚特》〔和《奥德赛》〕就有许多这样的部分②,各部分有自己的体积③,但这首史诗〔和一些这类的史诗〕的结构却十分完美,它所摹仿的行动非常整一。④

如果悲剧在这几方面胜过史诗,而且在艺术效果方面也胜过史诗(这两种艺术不应给我们任何一种偶然的快感,而应给前面说的那种快感⑤),那么,显而易见,悲剧比史诗优越,因为它比史诗更容易达到它的目的。

关于悲剧和史诗本身及其种类、它们的成分的数量和彼此间的差别、评论它们的优劣的理由以及关于批评家对它们的指责和

---

① 一首史诗所以能分写为好几出悲剧,是由于它是由几个行动构成的,特别是传记式史诗和编年史诗。
② "和《奥德赛》"疑为伪作,因为此段尾上所说的"这首史诗"是单数。"这样的部分",指可以供写几出悲剧的题材的部分。《伊利亚特》只写特洛亚战争的一部分,但其中的穿插则写战争的其他部分,参看第23章及第81页注④。在亚理斯多德看来,此诗的结构不及《奥德赛》,因为诗中的穿插只是与战争有关系,而与阿喀琉斯及其忿怒的关系往往不甚密切;至于《奥德赛》中的穿插则与诗中主人公有密切关系。《伊利亚特》中的穿插曾被写出许多出悲剧。
③ 意即各部分的体积不在主要情节之内。
④ 此段有些为辩论而辩论。亚理斯多德既说悲剧不必依靠演出,又提起与演出有关的音乐。音乐与演出有关,不能属于此段中所说的"其他方面"。亚理斯多德既提起史诗的结构没有悲剧的集中,又要为荷马辩护。
⑤ "前面所说的那种快感"有两种解释。第一种指第14章第1段所说的"特别能给的快感",这种快感是由悲剧引起我们的怜悯与恐惧之情,通过诗人的摹仿而产生的。此处所指大概是这一种快感。可疑之点在于《诗学》中并没有提及史诗也能引起怜悯与恐惧之情,而且第13章第1段还肯定这是悲剧的"特殊功能"。可是第24章第1段曾提及"复杂史诗",而第11及13章说明复杂的结构最能引起怜悯与恐惧之情,可见史诗也能引起怜悯与恐惧之情。第二种解释指第23章开头所说的"特别能给的快感",即由布局的完美而引起的审美的快感。

对这些指责的反驳,我所要谈的就是这些。……①

罗念生　译
选自人民文学出版社 1982 年版

---

① 现存的《诗学》至此处中断。《诗学》有无第 2 卷,各说不一,但亚理斯多德曾谈及他在第 6 章第 1 段答应要谈的喜剧,则无疑问。而且"我所要谈的就是这些"一语,在亚理斯多德的著作中通常是用来结束前面的话,以便转入其他题目的。

诗　艺

〔罗马〕贺拉斯

如果画家作了这样一幅画像:上面是个美女的头,长在马颈上,四肢是由各种动物的肢体拼凑起来的,四肢上又覆盖着各色羽毛,下面长着一条又黑又丑的鱼尾巴,朋友们,如果你们有缘看见这幅图画,能不捧腹大笑么?皮索啊,请你们相信我,有的书就像这种画,书中的形象就如病人的梦魇,是胡乱构成的,头和脚可以属于不同的族类。(但是,你们也许会说:)[①]"画家和诗人一向都有大胆创造的权利。"不错,我知道,我们诗人要求有这种权利,同时也给予别人这种权利,但是不能因此就允许把野性的和驯服的结合起来,把蟒蛇和飞鸟、羔羊和猛虎,交配在一起。

(诗人)在描写的时候,(譬如)写狄安娜[②]的林泉、神坛,或写溪流在美好的田野蜿蜒回漾,或写莱茵河,或写彩虹[③],开始很庄严,给人以很大的希望,但是这里总是出现一两句绚烂的词藻[④],和左右相比太显得五色缤纷了。(绚烂的词藻很好,)但是摆在这里摆得不得其所。也许你会画柏树吧,但是人家出钱[⑤]请你画一

---

① 译文中凡括弧中的词和句都是根据译文的需要补充的。下同。
② 狄安娜(Diana),罗马神话中的狩猎女神。
③ 这些显然是当时流行的诗歌题材。
④ "绚烂的词藻"原文 purpure us pannus,原意是深红的布片。这一名词,如本文中其他片言只字,经后代特别是古典主义文学家的宣传,已成为文学批评和修辞学中的格言成语。
⑤ 沉舟脱险的人,往往请人绘图,供在神庙,以示感恩。

个人从一队船只的残骸中绝望地泅水逃生的图画,那你会画柏树又有什么用呢? 开始的时候想制作酒瓮,可是为什么旋车① 一转动,却作出了一个水罐呢? 总之,不论作什么,至少要作到统一、一致。

三位贤父子,我们大多数诗人所理解的"恰到好处"实际上是假象。我努力想写得简短,写出来却很晦涩。追求平易,但在筋骨、魄力方面又有欠缺。想要写得宏伟,而结果却变成臃肿。(也有人)要安全,过分怕风险,结果在地上爬行。在一个题目上乱翻花样,就像在树林里画上海豚,在海浪上画只野猪。如果你不懂得(写作的)艺术,那么你想避免某种错误,反而犯了另一种过失。

在艾米留斯学校② 附近的那些铜像作坊里,最劣等的③工匠也会把人像上的指甲、鬓发雕得纤微毕肖,但是作品的总效果却很不成功,因为他不懂得怎样表现整体。我如果想创作一些东西的话,我决不愿仿效这样的工匠,正如我不愿意我的鼻子是歪的,纵然我的黑眸乌发受到赞赏。

你们从事写作的人,在选材的时候,务必选你们力能胜任的题材,多多斟酌一下哪些是掮得起来的,哪些是掮不起来的。假如你选择的事件是在能力范围之内的,自然就会文辞流畅,条理分明。谈到条理,如果我没有弄错的话,它的优点和美就在于作者在写作预定要写的诗篇的时候能说此时此地应该说的话,把不需要说的话暂时搁一搁不要说,要有所取舍。④

此外,在安排字句的时候,要考究,要小心,如果你安排得巧

---

① 陶工用的旋车。
② 艾米留斯(Paulus Aemilius Lepidus),公元前34年为代理罗马执政官,在罗马首建训练角力士的学校。
③ 或作"最好的、独一无二的",imus 与 unus 二字在抄本中容易混淆,故也可译作"最上等的工匠……。"
④ 或译"有所好恶"。

妙,家喻户晓的字便会取得新义,表达就能尽善尽美。万一你要表达的东西很深奥,必须用新字才能表明,那么你可以创造一些围着腰巾的克特古斯这类人① 所没有听见过的字;这种自由,用得不过分,是可以允许的。这种新创造的字必须渊源于希腊,汲取的时候又必须有节制,才能为人所接受。罗马人为什么单把这种权利给予凯齐留斯和普劳图斯,不给维吉尔和瓦留斯呢②? 如果我也有这能力,为什么不允许我也扩大一下我的贫乏的词汇呢? 为什么卡图和恩纽斯③ 的妙笔就可以丰富我们祖国的语言,为一些事物发明新的名称呢?(每个时代)创造出标志着本时代特点的字,自古已然,将来也永远如此。每当岁晚,林中的树叶发生变化,最老的④ 树叶落到地上;文字也如此,老一辈的消逝了,新生的字就像青年一样将会开花、茂盛。我们和我们所有的(一切)都注定要死亡的。帝王的伟大工程把大海引进陆地,来保护我们船舶,不使受北风的摧残;一片荒瘠的湖沼,长期以来只通舟楫,如今却供养着周围的城市,感到耕犁的分量;一条河流过去给农作物带来灾害,现在改流了,懂得什么是正途了⑤:但是这一切能够消亡的成

---

① 克特古斯(Cethegi),古罗马 Cornelius 族的"绰号"。腰巾乃公元前 3 世纪罗马人的服装,所谓"围着腰巾的克特古斯这类人",实即"古人"的意思。
② 凯齐留斯(Caecilius)、普劳图斯(Plautus)是公元前 3 至 2 世纪的罗马喜剧家;维吉尔(Vergilius)、瓦留斯(Varius)是作者同时代的诗人。意谓古人可以创字,当代作家为什么不能创造新字。
③ 卡图(Cato)、恩纽斯(Ennius),前者是公元前 2 世纪罗马史家、演说家;后者是公元前 2 世纪罗马诗人。总指"古之作者"。
④ 据说在意大利,树叶可以隔一冬,或隔两冬才落下,所以"最老的"树叶指的是已经经过一二冬天的树叶。
⑤ 作者用这三件浩大的工程(都在凯撒和奥古士都统治罗马时期)来说明事物不能长存不变。(一)把意大利西南岸上两个湖 Avernus 和 Lucrinus 打通,又把后一湖和地中海接连,形成一个很大的避风港。(二)指庞厅沼泽(Paludes Pontinae)的排水工程,变沼泽为良田。地在罗马以南,海岸边。(三)指把罗马城所在的第伯河改道,使不泛滥。

就都将消亡，我们的语言不论多么光辉优美，更难以长存千古了。许多词汇已经衰亡了，但是将来又会复兴；现在人人崇尚的词汇，将来又会衰亡；这都看"习惯"喜欢怎样，"习惯"是语言的裁判，它给语言制定法律和标准。

…………

一首诗仅仅具有美是不够的，还必须有魅力，必须能按作者愿望左右读者的心灵。你自己先要笑，才能引起别人脸上的笑，同样，你自己得哭，才能在别人脸上引起哭的反应。你要我哭，首先你自己得感觉悲痛，这样，忒勒福斯啊，珀琉斯啊，① 你的不幸才能使我伤心，如果你说的话不称，你只能使我瞌睡，使我发笑。忧愁的面容要用悲哀的词句配合，盛怒要配威吓的词句，戏谑配嬉笑，庄重的词句配严肃的表情。大自然当初创造我们的时候，她使我们内心能随着各种不同的遭遇而起变化：她使我们（能产生）快乐（的感情），又能促使我们忿怒，时而又以沉重的悲痛折磨我们，把我们压倒在地上；然后，她又（使我们）用语言为媒介说出（我们）心灵的活动。如果剧中人物的词句听来和他的遭遇（或身份）不合，罗马的观众不论贵贱都将大声哄笑。神说话，英雄说话，经验丰富的老人说话，青春、热情的少年说话，贵族妇女说话，好管闲事的乳媪说话，走四方的货郎说话，碧绿的田垄里耕地的农夫说话，科尔科斯人说话，亚述② 人说话，生长在忒拜的人③、生长在阿耳戈斯的人④ 说话，其间都大不相同。

或则遵循传统，或则独创；但所创造的东西要自相一致。譬如

---

① 一种修辞手段，作者不用第三人称叙述，而用"呼格"，以表示生动。
② 科尔科斯(Colchus)、亚述(Assyrius)人都是亚洲人，从古希腊人观点看来，他们的语言都很"野蛮"。
③ 指忒拜(Thebes,旧译"底比斯")的暴君克瑞翁(Creon)，见索福克勒斯悲剧《安提戈涅》(Antigone)。他的性格固执。
④ 指阿耳戈斯(Argos)王阿伽门农(Agamemnon)，性格老成持重。

说你是个作家,你想在舞台上再现阿喀琉斯受尊崇的故事①,你必须把他写得急躁、暴戾、无情、尖刻,写他拒绝受法律的约束,写他处处要诉诸武力。写美狄亚要写得凶狠、慓悍;写伊诺要写她哭哭啼啼;写伊克西翁要写他不守信义;写伊俄要写她流浪;写俄瑞斯忒斯要写他悲哀。②假如你把新的题材搬上舞台,假如你敢于创造新的人物,那么必须注意从头到尾要一致,不可自相矛盾。

用自己独特的办法处理普通题材③是件难事;你与其别出心裁写些人所不知、人所不曾用过的题材,不如把特洛亚的诗篇改编成戏剧。从公共的产业里,你是可以得到私人的权益的④,只要你不沿着众人走俗了的道路前进,不把精力花在逐字逐句的死搬死译上,不在模仿的时候作茧自缚⑤,既怕人耻笑又怕犯了写作规则,不敢越出雷池一步。此外,在作品开始的时候,不要学古代的英雄诗系的诗人⑥,写道:"我要歌唱的是普里阿摩斯的命运和一场著名的战争。"你若夸下这样的海口,你拿什么出来还愿呢?(这就像)大山临蓐,养出来的却是条可笑的小老鼠。有人⑦就不费这无谓的气力,这真不知要好多少倍;(他说:)"诗神,告诉我,在特洛亚灭亡之后,那位英雄怎样阅历了许多城市,见到人间各种各样

---

① 按指荷马史诗《伊利亚特》第9卷阿伽门农求阿喀琉斯(Achilles)出营助战的故事。
② 美狄亚(Medea)、伊诺(Ino)、伊克西翁(Ixion)、伊俄(Io)、俄瑞斯忒斯(Orestes)均希腊神话中人物,每一人物后面所附都是这人物的特征、是家喻户晓的。
③ "普通题材"指"广泛的"、"日常生活的",亦即不适于诗歌、戏剧的"新奇"题材。贺拉斯主张用在他那时代已是"古典的"题材。
④ 所谓"公共产业"指人所共知的文学题材。贺拉斯主张采用"古典的"题材在这范围内体现独创——"私人的权益"。
⑤ 原文作"跳入井中",借用羊受狐狸的欺骗跳进井里的典故。
⑥ 在希腊文学中曾有这样一种写大型史诗的诗人,例如把特洛亚战争事迹从头到尾包括进去。贺拉斯主张不要模仿这种大而无当的史诗,应学荷马选择全部过程中的一个插曲。
⑦ 按指荷马,下引诗句即《奥德赛》的开始。

的风习。"(荷马的)作法不是先露火光,然后大冒浓烟,相反他是先出烟后发光,这样才能创出光芒万丈的奇迹,如安提法忒斯、斯库拉、卡吕布狄斯① 和独眼巨人。他写狄俄墨得斯回家不从墨勒阿革洛斯的死写起②;他写特洛亚战争也不从双胞③ 的故事写起。他总是尽快地揭示结局,使听众及早听到故事的紧要关头④,好像听众已很熟悉故事那样;凡是他认为不能经他渲染而增光的一切,他都放弃;他的虚构非常巧妙,虚实参差毫无破绽,因此开端和中间,中间和结尾丝毫不相矛盾。

请你倾听一下我和跟我在一起的观众要求的是什么。如果你希望观众赞赏,并且一直坐到终场升幕,⑤ 直到唱歌人⑥ 喊"鼓掌",那你必须(在创作的时候)注意不同年龄的习性,给不同的性格和年龄⑦ 以恰如其分的修饰。已能学语、脚步踏实的儿童喜和同辈的儿童一起游戏,一会儿生气,一会儿又和好,随时变化。口上无髭的少年,终于脱离了师傅的管教,便玩弄起狗马来,在阳光照耀的"校场"⑧ 的绿草地上嬉游;他就像一块蜡,任凭罪恶捏弄,忠言逆耳,不懂得有备无患的道理,一味挥霍,兴致勃勃,欲望无穷,而又喜新厌旧。到了成年,兴趣改变;他一心只追求金钱和朋

---

① 安提法忒斯(Antiphates)、斯库拉(Scylla)、卡吕布狄斯(Charybdis)都是俄底修斯一路上遇到的怪人、妖物。
② 墨勒阿革洛斯(Meleager)是狄俄墨得斯(Diomedes)的叔父。意谓不必原原本本、从头到尾都叙述。
③ 指特洛亚故事中的海伦的诞生,海伦之母一胎双胞。亦谓从头说起。
④ "故事的中心"(In medias res),荷马史诗《奥德赛》一开始就是故事的中心,然后再倒叙,这种结构成为后代史诗的典范。
⑤ 罗马剧院开演时幕落到台下,剧终幕升起。
⑥ "唱歌人"(cantor),罗马喜剧中,随伴音乐和演员舞蹈的歌者,在剧终由他喊"鼓掌",以示收场。
⑦ 或译作"给性格随年龄而不同的人"也许更和下文符合。
⑧ "校场"(campus martius),罗马阅武场,也是罗马居民的游戏场。

友,为野心所驱使,作事战战兢兢,生怕作成了又想更改。人到了老年,更多的痛苦从四围袭击他:或则因为他贪得,得来的钱又舍不得用,死死地守着;或则因为他无论做什么事情,左右顾虑,缺乏热情,拖延失望,迟钝无能,贪图长生不死,执拗埋怨,感叹今不如昔,批评并责骂青年。随着年龄的增长,它给人们带来很多好处;随着年龄的衰退,它也带走了许多好处。所以,我们不要把青年写成个老人的性格,也不要把儿童写成个成年人的性格,我们必须永远坚定不移地把年龄和特点恰当配合起来。

情节可以在舞台上演出,也可以通过叙述。通过听觉来打动人的心灵比较缓慢,不如呈现在观众的眼前,比较可靠,让观众自己亲眼看看。但是不该在舞台上演出的,就不要在舞台上演出,有许多情节不必呈现在观众眼前,只消让讲得流利的演员在观众面前叙述一遍就够了,例如,不必让美狄亚当着观众屠杀自己的孩子,不必让罪恶的阿特柔斯公开地煮人肉吃,不必把普洛克涅当众变成一只鸟,也不必把卡德摩斯当众变成一条蛇。① 你若把这些都表演给我看,我也不会相信,反而使我厌恶。

如果你希望你的戏叫座,观众看了还要求再演,那么你的戏最好是分五幕,不多也不少。不要随便把神请下来②,除非遇到难解难分的关头非请神来解救不可。也不要企图让第四个演员说话。③

歌唱队应该坚持它作为一个演员的作用和重要职责。它在幕与幕之间所唱的诗歌必须能够推动情节,并和情节配合得恰到好

---

① 阿特柔斯(Atreus)、普洛克涅(Procne)、卡德摩斯(Cadmus)故事都见希腊神话。
② 指 deus ex machina,意思是"用一种机械把神送下来"。古代戏剧中每逢局面到了无可收拾时,就用这种办法来收拾。后来成为一个文学术语,凡情节不可收拾,另求神力或奇遇来解决,都叫 deus ex machina。
③ 台上至多只能有三个演员同时说话。

处。它必须赞助善良①,给以友好的劝告;纠正暴怒,爱护不敢犯罪的人。它应该赞美简朴的饮食,赞美有益的正义和法律,赞美敞开大门的闲适(生活)。它应该保守信托给它的秘密②,请求并祷告天神,让不幸的人重获幸运,让骄傲的人失去幸运。

至于箫管(古代和近代有所不同),近代的外面包着红铜,声音可以和喇叭相比;而古代的却很细小简朴,洞孔很少,用来引导并配合歌唱队,音量足够使在座的观众听见,因为当时的观众还不似今日拥挤,那时聚集的人群确是屈指可数的,而且他们都是清醒、纯洁、有廉耻的人。但是后来国势日盛,疆土日拓,城市的围墙日益扩大,在节日为了媚神③,人们竟白昼狂饮,毫无禁忌,这时(箫管的)节奏和牌调也便更加随意了,本来么,观众中夹杂着一些没有教养的人,一些刚刚劳动完毕的肮脏的庄稼汉,和城里人和贵族们夹杂在一起——他们又懂得什么呢?因此,奏箫管的乐师便在古法之外加上些动作和花巧,在舞台上曳着长裙走过。同样,本来是肃穆的竖琴也有了歌声陪伴;过分热中于雄辩,使语言也变得怪诞;而雄辩的内容又充满了"智慧"和"有用之物",并且能"昭示未来",简直和阿波罗庙里的神签一样(令人费解)④。

最初的悲剧诗人为了(赢得)一头廉价的山羊⑤ 参加竞赛,很

---

① 指善良的人物。
② 例如不将剧中某人物的秘密泄露给其敌人。
③ 罗马人相信每个人都有他的"守护神"(genius)。
④ 这在一段里,作者批评了希腊悲剧以后的戏剧,在形式方面日趋繁缛,失去古朴之风;在内容方面晦涩难明。原因,一方面由于贵族竞尚浮华,另一方面,作者又站在贵族奴隶主立场,认为演员在迎合"庄稼汉"的嗜好。
⑤ "悲剧"一辞在希腊文意为"山羊之歌",据信,参加悲剧竞赛优胜者所得彩头是一头山羊。实则因为最初的悲剧中的歌者都披山羊皮,扮成"萨堤洛斯",参看104页注③。

快就把山林旷野中赤身露体的"萨堤洛斯"①（搬上舞台），尝试创造些粗鄙的笑料，却也无伤大雅；（他们所以这么作是因为）观众在作过宗教仪式之后②，已经喝得烂醉，无法无天，只有用这种新颖节目才能吸引住观众。但是你若要为你的嬉笑怒骂、冷嘲热讽的"萨堤洛斯"③赢得观众的喝彩，如果你想反庄为谐，你千万不可刚刚让你的天神和英雄穿着庄严的金紫袍褂呈现在观众面前，忽然又让他们在舞台上说一些粗俗的话，在黝暗的市肆中出出入入，或者为了逃避尘寰又把他们送上虚无缥缈的云端。悲剧是不屑于乱扯一些轻浮的诗句的，就像庄重的主妇在节日被邀请去跳舞一样，它和一些狂荡的"萨堤洛斯"在一起，总觉有些羞涩。皮索先生们，我若是写"萨堤洛斯剧"，我不喜欢只用些不加雕琢、平淡无奇的名词与动词，我也不愿尽力抛弃悲剧的文采，就好像不论是达乌斯说话也好，或刚从西摩那儿骗得一千两银子的大胆的皮堤阿斯说话也好，或守卫并侍奉酒神的塞勒诺斯说话也好④，都不加区别。我的希望是要能把人所尽知的事物写成新颖的诗歌，使别人看了觉得这并非难事，但是自己一尝试却只流汗而不得成功。这是因为条理和安排起了作用，使平常的事物能升到辉煌的峰顶。我认为，

---

① "萨堤洛斯"（Satyrus），希腊神话中半人半羊的、居住在树林里的神。"萨堤洛斯剧"乃悲剧三部曲（每次竞赛必须演三部曲）后附加的第四部曲，故与悲剧关系密切。作者在本节即处理"萨堤洛斯剧"，认为古代作者演这第四部曲意在吸引观众，但他警告作家们不应把这种剧写成喜剧。（作者以为"萨堤洛斯剧"是从悲剧发展出来的，实则相反。）
② 演戏是节日宗教活动的一部分，特别在"酒神节"，参加者更须狂饮。
③ "萨堤洛斯"在舞台上的语言有嬉笑怒骂、冷嘲热讽这些特点，因此萨堤洛斯一词即引申为"讽刺的"（satyricus）之意。此句实即："你若希望你的第四部曲成功。"
④ 达乌斯（Davus）、西摩（Simo）、皮提阿斯（Pythias）均喜剧中的典型人物。塞勒诺斯（Selenus）是众"萨堤洛斯"之父，酒神年轻时的师傅，是"萨堤洛斯剧"中不可少的角色。

把山林中的"法乌尼"搬上舞台时必须注意不可把他们写成像是出生在三岔路口①,或者简直像是出生在城市之中,或写得像些纨绔少年不时咏唱着款款的诗歌,或满口淫词秽语聒噪不休。这些虽然引起买烤豆子、烤栗子吃的人②的赞许,却使骑士们、长者们、贵人们、富人们反感,他们听了是不会心平气和的,更不会奖赏什么花环。

············

不是每个批评家都能指出(这样的)诗的音律是和谐还是不和谐的,因此过分地放纵了罗马诗人。难道因此我也就可以毫无拘束地乱跑,随便乱写了么?但即使我的错误人人可以看到,难道我就应该只求安全,小心翼翼地希望别人原谅我么?我最多不过是避免了(别人的)谴责,我并未赢得(别人的)赞许。你们应当日日夜夜把玩希腊的范例。

············

据说悲剧这种类型早先没有,是忒斯庇斯③发明的,他的悲剧在大车上演出,演员们脸上涂了酒渣④,边唱边演。其后,埃斯库罗斯又创始了面具和华贵的长袍,用小木板搭起舞台,并且教导演员念词如何才能显得崇高,穿高底靴举步如何才能显得优美。其后便出现了古代的喜剧,颇赢得人们的赞许,但是后来发展得过于放肆和猖狂,须要用法律加以制裁。法律发生了作用,丑恶的歌唱队偃旗息鼓了,它危害观众的权利被取消了。

---

① 人迹车轨交集之外。不应把这些狂野的人物写成城市出身的人物,具有城市人物俚俗的或"优雅"的谈吐。"法乌尼"(Fauni)与"萨堤洛斯"类似,也是半人半羊的林木之神。
② 普通人。
③ 忒斯庇斯(Thespis),希腊传说中的悲剧创造者。
④ 在庆祝酿酒节的行列中,演员乘大车表演,但这是喜剧的起源,作者在此有所混淆。

我们的诗人对于各种类型都曾尝试过,他们敢于不落希腊人的窠臼,并且(在作品中)歌颂本国的事迹,以本国的题材写成悲剧或喜剧,赢得了很大的荣誉。此外,我们罗马在文学方面(的成就)也决不会落在我们的光辉的军威和武功之后,只要我们的每一个诗人都肯花功夫、花劳力去琢磨① 他的作品。三位庞皮留斯② 的后人,你们若见到什么诗歌,不是下过许多天苦功写的,没有经过多次的涂改,没有(像一座雕像,被雕塑家的)磨光了的指甲修正过十次③,那你们就要批评它。

　　由于德谟克利特④ 相信天才比可怜的艺术要强得多,把头脑健全的诗人排除在赫利孔⑤ 之外,因此就有好大一部分诗人竟然连指甲也不愿意剪了,胡须也不愿意剃了,流连于人迹不到之处,回避着公共浴场。假如他不肯把他那三副安提库拉⑥药剂都治不好的脑袋交给理发匠里奇努斯⑦,那肯定他是不会撞上诗人的尊荣和名誉的!咳,我的运气真不好,春天来了,我的肝气消了,否则我就可以写一首谁都不能比拟的好诗⑧,但是也犯不上⑨。因此,我不如起个磨刀石的作用,能使钢刀锋利,虽然它自己切不动什么。我自己不写什么东西,但是我愿意指示(别人):诗人的职责和

---

① "花功夫、花劳力去琢磨",原文是 Limae labor et mora,"用锉磨光",也为本文名句之一。
② 庞皮留斯(Pompilius),古罗马第二个国王,皮索一家是他的后代。
③ 雕刻家用指甲在石像上擦过,以检验接缝处是否光润。
④ 德谟克利特(Democritus),公元前五世纪希腊哲学家。他主张只要有天才就能成诗人,不必勤学苦练。
⑤ 赫利孔(Helicon),诗神所居的山,即诗歌的领域。
⑥ 安提库拉(Anticyra),希腊城名,产一种治精神病的毒药(elleborus)意即:"他那狂狷、不近情理的头脑已无可救药;不修边幅,如狂如痴,如何能成为诗人?"
⑦ 里奇努斯(Licinus)——任何理发匠。替他剃须净面。
⑧ 来讽刺这种所谓的天才诗人。
⑨ 写诗泄忿,丧失理性。

功能何在,从何处可以汲取丰富的材料,从何处吸收养料,诗人是怎样形成的,什么适合于他,什么不适合于他,正途会引导他到什么去处,歧途又会引导他到什么去处。

要写作成功,判断力是开端和源泉①。苏格拉底的文章能够给你提供材料;有了材料,文字也就毫不勉强地跟随而至。如果一个人懂得他对于他的国家和朋友的责任是什么,懂得怎样去爱父兄、爱宾客,懂得元老和法官的职务是什么,派往战场的将领的作用是什么,那么他一定也懂得怎样把这些人物写得合情合理。我劝告已经懂得写什么的作家② 到生活中到风俗习惯中去寻找模型,从那里汲取活生生的语言吧。时常,一出戏因为有许多光辉的思想,人物刻画又非常恰当,纵使它没有什么魅力,没有力量,没有技巧,但是比起内容贫乏、(在语言上)徒然响亮而毫无意义的诗作,更能使观众喜爱,更能使他们流连忘返。

诗神把天才,把完美的表达能力,赐给了希腊人;他们别无所求,只求获得荣誉。而我们罗马人从幼就长期学习算术,学会怎样把一斤③ 分成一百份。"阿尔比努斯的儿子,你回答:从五两里减去一两,还剩多少?你现在该会回答了。"④ "还剩三分之一斤。"⑤ "好!你将来会管理你的产业了。五两加一两,得多少?""半

---

① Scribendi recti sapere est et principium et fons。贺拉斯这一名句成为古典主义作家的信条。句中 sapere 一字或译作"智慧"(如本·琼生 Ben Jonson),或译作"判断"(如罗斯康门 Roscommon),或"正确的思考"(如圣茨伯利 Saintsbury)。作者的意思是指:要写得好,首先要知道什么是应该写、可以写的,什么是不应该写、不可以写的,以及怎样才写得恰如其分。"适度","合理"是作者的基本思想之一。各种译法可作参考。
② 已经懂得该写什么,再到生活中去观察。
③ 罗马人一斤分为十二两,学童要学会怎样用十进位计算它。
④ 作者举例说明罗马学童在学校所受的教育。
⑤ 即四两。

斤。"① 当这种铜锈和贪得的欲望腐蚀了人的心灵,我们怎能希望创作出来的诗歌还值得涂上杉脂,保存在光洁的柏木匣里呢?

诗人的愿望应该是给人益处和乐趣,他写的东西应该给人以快感,同时对生活有帮助。在你教育人的时候,话要说得简短,使听的人容易接受,容易牢固地记在心里。一个人的心里记得太多,多余的东西必然溢出。虚构的目的在引人欢喜,因此必须切近真实;戏剧不可随意虚构,观众才能相信,你不能从吃过早餐的拉米亚② 的肚皮里取出个活生生的婴儿来。如果是一出毫无益处的戏剧,长老的"百人连"③ 就会把它驱下舞台;如果这出戏毫无趣味,高傲的青年骑士便会掉头不顾。寓教于乐,既劝谕读者,又使他喜爱,才能符合众望。这样的作品才能使索修斯兄弟④ 赚钱,才能使作者扬名海外,流芳千古。

不过,错误总有的,我们愿意原谅。琴弦上不可能永远弹出得心应手的声调,想要弹个低音,发出来却时常是个高音。射箭也如此,不能永远射中瞄准的鹄的。是的,一首诗的光辉的优点如果很多,纵有少数缺点,我也不加苛责,这是不小心的结果,人天生是考虑不周全的。如此说来,怎样才算过失呢?就像抄书手,尽管多次警告,还犯同样错误,那就不可原谅了;又如竖琴师老在那一根弦上弹错,必然引起讪笑。同样,我认为一个诗人老犯错误,那一定变成科利勒斯⑤ 第二,偶尔写出三两句好诗反倒会使人惊讶大

---

① 即六两。
② 拉米亚(Lamia),专吃婴儿的女妖。
③ 古罗马把公民按年岁分为"长老"和"青年"。"百人连",古罗马武装部队的单位。
④ 索修斯(Sosius)二兄弟,为罗马著名书商,贺拉斯的作品即由他们销售。
⑤ 科利勒斯(Choerilus),马其顿亚历山大的随军诗人,每次战争胜利,他都写一部史诗。

笑。当然,大诗人荷马打瞌睡① 的时候,我也不能忍受;不过,作品长了,瞌睡来袭,也是情有可原的。

诗歌就像图画:有的要近看才看出它的美,有的要远看;有的放在暗处看最好,有的应放在明处看,不怕鉴赏家锐敏的挑剔;有的只能看一遍,有的百看不厌。

现在我向长公子进一言。虽然令尊教导你(怎样)正确(判断事物),你自己也聪慧多识,但是你千万要记住这句话:世界上只有某些事物犯了平庸的毛病还可以勉强容忍。(例如)中等的律师和诉讼师纵然不及麦萨拉② 那样雄辩,纵然不及奥路斯·卡斯开留斯③那样博学,但是他还是有一定的价值。惟独诗人若只能达到平庸,无论天、人或柱石④ 都不能容忍。在欢乐宴会上,乐队如果演奏得不和谐,香膏⑤ 如果太厚,罂粟子⑥ 如果配的是萨丁尼亚的蜂蜜,必然大煞风景,宴会没有它们也可以进行;同样,一首诗歌的产生和创作原是要使人心旷神怡,但是它若是功亏一篑不能臻于最上乘,那便等于一败涂地。不会耍弄兵器的人索性不去碰校武场上的军械;不会打球、掷饼、滚环的人索性不去参加这些游戏,反倒不会引起层层围观者的嘲笑,不怕引起非难。但是不会吟诗的人却敢吟诗。有什么不敢的呢?他有自由,他是个自由公民,特别是他很有钱,骑士阶级出身,身上不曾沾有任何瑕疵。

你无论说什么,作什么,都不违反米涅瓦的意志⑦,你是有这种判断力的,懂得这道理的。但是如果有一天你想写作,让迈齐乌

---

① 写得不精彩的时候。
②③ 麦萨拉(Messalla),历史家、诗人、演说家;奥路斯·卡斯开留斯(Aulus Cascellius),不详。二者均作者同时人。
④ 罗马习惯,新诗都张贴在书店外面柱子上,此处实指书店、书商。
⑤ 用以涂身。
⑥ 焙烤过的罂粟子和蜜算是名贵菜,但蜜味若苦,便煞风景。
⑦ 米涅瓦(Minerva),艺术、科学、智慧的女神。意为"违反自然","违反理智"。

斯①,或令尊,或我本人先听听,提出批评,然后把稿子压上九个年头②,收藏在家里。没有发表的东西,你是可以销毁的:一言既出,驷马难追。

  当人类尚在草昧之时,神的通译——圣明的俄耳甫斯③——就阻止人类不使屠杀,放弃野蛮的生活,因此传说他能驯服老虎和凶猛的狮子。同样,忒拜城的建造者安菲翁④,据传说,演奏竖琴,琴声甜美,如在恳求,感动了顽石,听凭他摆布。这就是古代(诗人)的智慧,(他们教导人们)划分公私,划分敬渎,禁止淫乱,制定夫妇礼法,建立邦国,铭法于木⑤,因此诗人和诗歌都被人看作是神圣的,享受荣誉和令名。其后,举世闻名的荷马和堤尔泰俄斯⑥的诗歌激发了人们的雄心奔赴战场。神的旨意是通过诗歌传达的;诗歌也指示了生活的道路;⑦(诗人也通过)诗歌求得帝王的恩宠⑧;最后,在整天的劳动结束后,诗歌给人们带来欢乐。因此,你不必因为(追随)竖琴高手的诗神和歌神阿波罗而感觉可羞。

  有人问:写一首好诗,是靠天才呢,还是靠艺术?我的看法是:苦学而没有丰富的天才,有天才而没有训练,都归无用;两者应该相互为用,相互结合。在竞技场上想要夺得渴望已久的锦标的人,在幼年时候一定吃过很多苦,经过长期练习,出过汗,受过冻,并且

---

① 迈齐乌斯(Maeclus),当时著名批评家。
② 修改九年。
③ 俄耳甫斯(Orpheus),希腊神话中的乐师,他的歌声能感动鸟兽。此处指诗歌、文学的开化作用。
④ 安菲翁(Amphion),宙斯之子,善奏竖琴,石头听了,自动砌成城墙。
⑤ 希腊索伦立法即刻在木牌上。
⑥ 堤尔泰俄斯(Tyrtaeus),公元前七世纪斯巴达诗人,他的诗歌鼓舞过作战中的斯巴达兵士。
⑦ 指道德教谕诗,如希腊诗人赫西俄德(Hesiodus)的作品。
⑧ 指品达(pindaros)、西蒙尼得斯(Simonides)、巴库里得斯(Bacchylides)等希腊诗人的颂歌。

戒酒戒色。在阿波罗节日的音乐竞赛会上的吹箫人,在这以前也经过学习,受过师傅的斥责。今天他可以说:"我写出了惊人的诗篇;让落在后面的人心痒难搔吧;我不屑于落在别人后面,我也不愿承认我没有学过,所以我确实不知道。"①

商贩叫卖,招来一大群人买他的整齐的货物;诗人也一样,如果他的田产很多,放出去收利的资财也很多,也可以召唤一批牟利之徒来替他捧场。假设有人有力量大设丰盛的筵席,他有力量替家财微薄的穷人作保;他有力量把一个纠缠在一场黑暗官司中的人救出来②——我的确怀疑像他这样一个有福分的人能不能分辨真朋友、假朋友③。假使有这样一个人,你曾经赠过礼物给他,或者你想赠些礼物给他,你千万不可在他高兴头上把他请来听你念你作的诗。他一定会喊道:"妙啊,好啊,正确啊!"他听了会激动得面色苍白,他那充满友情的双目中甚至会凝结出露珠般的眼泪,他会手舞足蹈。出殡的时候雇来的哭丧人的所说所为几乎超过真正从心里感到哀悼的人;同样,假意奉承的人比真正赞美(你的作品)的人表现得更加激动。据说有些国君想要洞察某人,就用一杯连一杯强灌醇酒的办法测验他是否可以交友。假如你想写诗,不要让心怀诡诈的狐狸④ 欺骗了你。

假如你把任何作品念给昆提留斯⑤听,他就会说:"请你改正这一点,还有这一点。"你试图修改了两遍三遍,不成功,你如果对他说你没有办法把它修改得更好了,他就会让你把你的歪诗全部

---

① 意谓:"我什么都学过,所以什么都会。"全段假想的引语的意思是成功的诗人今天可以说这种话,但是我们不应忘记他过去曾勤学苦练过。
② 以上三种具体情况可以概括为:"凡是有钱有势的人。"
③ 人们阿谀富人,贪他的财,不说真话。这样的富人得不到真朋友。
④ 原文作"潜伏在狐狸心中的意念"。指伊索寓言中乌鸦受狐狸阿谀,得意忘形,口中食物,落入狐狸之口。
⑤ 昆提留斯(Quintilius Varus),作者的朋友,批评家。

涂掉，拿去重新在铁砧上锤炼。假如你宁愿包庇自己的错误，不愿修改，他便不再在你身上多费一句话，不白费功夫了，让你去钟情于你自己，钟情于你自己的文章，自封为天下第一去吧。正直而懂道理的人对毫无生气的诗句，一定提出批评；对太生硬的诗句，必然责难；诗句太粗糙，他必然用笔打一条黑杠子；诗句的藻饰太繁缛，他必删去；说得不够的地方，他逼你说清楚；批评你晦涩的字句；指出应修改的地方。他真称得起是个阿里斯塔科斯①。他是不会说这种话的："我何必为一点小事得罪朋友呢？"一旦这点小事使朋友受人讥笑，遭人咒骂，这点小事便能成了大乱子。

懂道理的人遇上了疯癫的诗人是不敢去沾染的，连忙逃避，就像遇到患痒病②的人，或患"富贵病"③的人，或患疯痫病或"月神病"④的人。只有孩子们才冒冒失失地去逗他，追他。这位癫诗人两眼朝天，口中吐出些不三不四的诗句，东游西荡。他像个捕鸟人两眼盯住了一群八哥鸟儿，不提防跌进了一口井里，或一个陷坑里，尽管他高声喊道："公民们，救命啊！"但是谁也不高兴拉他出来。万一有人高兴去帮他，悬一根绳子下去，那我便会（对那多事的人）说："你怎么知道他不是故意落进去，不愿让人帮忙呢？"而且我还要和他讲讲一位西西里的诗人如何毁灭的故事。（这位西西里诗人）恩拍多克利⑤希望人们把他看作是不朽的天神，很冷静地跳进了喷火的埃特那火山口。让诗人们去享受自我毁灭的权利吧。勉强救人无异于杀人。他自杀已不止一次，你把他救出来，他

---

① 阿里斯塔科（Aristarchus）公元前二世纪亚历山大城的研究荷马史诗的学者，是个著名的严厉的批评家。
② 癣疥一类的疾病。
③ "富贵病"（morbus regius），即黄疸病，用药昂贵，只有富人才治得起，故名。
④ "月神病"（iracunda Diana），即痴病，古人相信由月神引起。
⑤ 恩拍多克利（Empedocles），公元前五世纪唯物哲学家，著有诗体的论"自然"的论说。

也不会立即成为正常的人,抛弃死爱名气的念头。谁也不明白他为什么要写诗。也许因为他在祖坟上撒过一泡尿,也许因为他惊动了"献牲地"①,亵渎了神明。总之,他发了疯,像一头狗熊,如果他能够冲破拘束他的笼子的栏杆,他一定朗诵他的歪诗,把内行人和外行人统统吓跑。的确,谁若被他捉住,他一定不放,念到你死为止,像条血吸虫,不喝饱血,决不放松你的皮肉。

杨周翰　译
选自人民文学出版社 1982 年版

---

① 凡被雷殛之地,即视为神圣,献羊祀神。渎犯祖宗、神明、罚得吟诗的疯癫。

论 崇 高①

〔罗马〕郎加纳斯

一

我亲爱的特伦天②,你会记得,凯雪立斯③的论文"论崇高",在我们一起研究它的时候,看来还配不上这整个问题的严肃性;它完全抓不住这问题的要点,而且简直不能偿读者的阅读之劳(而这一点却应当是任何作者的首要目标)。一篇专门性的论文有两个必要之点:第一是明确问题;第二(我是指次序上的第二,因为在重要性方面,它是极应当列为第一的)是指出,怎样,凭借什么方法,

---

① 本文是一篇修辞学论文。这里所谓崇高是指体现了"崇高的灵魂","思想的庄严伟大"的"一种措辞的高妙"。本文既指出这种措辞高妙的思想基础,并予以深刻的分析,又研究"在产生崇高上起重大作用的"种种修辞方式;因为作者认为天才和技巧是相需的,"以人为来帮助天然是当然的"。

作者极熟习崇高所引起的,"充满了快乐和自豪"的"激昂慷慨的喜悦";作者亦知道"劳动是愉快生活的向导"。但作者对于社会现象,思想根源,都抱有唯心主义的看法。他认为崇高的主要根源是人的天赋,造物所赋予,认为当时社会罪恶的根源是"内心的祸乱"。

作者对于崇高灵魂,生活真理等等的看法,固然有其值得珍视之处,但是这论文对于今天文艺理论的意义当然不在于此。它在于证明了"措辞的高妙"和"崇高的灵魂","思想的庄严伟大"的密切关系,亦就是证明了重要的语言技巧和作者的思想情感,观点立场的密切关系。

② 特伦天(Postumius Terentianus),不见史传;从本文看来是作者的亲密朋友,比作者年轻,很博学,亦参加实际政治。

③ 凯雪立新(Caecilius),公元第一世纪享有盛誉的批评家。

我们自己能成为这一问题的行家。凯雪立斯却一方面费力于罗列千百种例子来说明崇高的性质,似乎我们在这方面是完全无知的;而在另一方面又莫名其妙地忽视怎样提高我们的能力,使我们在懂得崇高方面有所进步。虽然这样说,然而赞扬这作者的知识和勤劳而不苛责其缺漏,可能是更为公平的。由于你曾经叮嘱我也来整理出我关于这崇高问题的札记,即使仅仅为了供你消遣,就让我来查看一下,在我的思索之中究竟有否对于从事实际工作的人也会有些益处的东西。在你身上,老朋友,——我对于你的才能的信仰是如此,这任务对于你又是如此相称——我希望获得一位有同情而又有眼力的批评者,来批评我这文章的各个部分;因为这是一句正确的话:我们与神性相似之处就是兼爱和爱真理。

由于我是在和你这样博雅的人交谈,我只需要不加发挥的说,所谓崇高,不论它在何处出现,总是体现于一种措辞的高妙之中,而最伟大的诗人和散文家之得以高出侪辈并在荣誉之殿中获得永久的地位总是因为有这一点,而且也只是因为有这一点。一段高超的文章,不必说服读者的理智,就会使之超出自己①。一切使人惊叹的东西总是使理智惊诧而使仅仅合情合理的东西黯然失色的。相信或不相信,惯常可以自己做主;而所谓崇高却起着专横的,不可抗拒的作用;它会操纵一切读者,不论其愿从与否。有创见,善于安排和整理事实,不是在一两段文章里所能觉察出来,而是要在作品的总体里才显示得出。但是一个崇高的思想,如果在恰到好处的场合提出,就会以闪电般的光彩照彻整个问题,而在刹那之间显出雄辩家的全部威力。我最亲爱的特伦天,我深信你自己的经验会使你能为这些以及类似的论点举出例证。

---

① 大概指感到"比自己更神圣的事物"。——译者

二

目前首先要求我们解决的问题是：究竟有没有一种技术可以传授文章中的崇高或高超的。因为有人常常主张，企图使这种研究对象服从技术规则只是自欺欺人而已。他们告诉我们，所谓崇高是天生的，并非依靠传授所能获得的；天才是唯一能够教授它的老师。天性的强有力的产物（他们的看法是如此），如果被冷冰冰的技术剥夺掉了血肉，就会大为逊色，而在各方面变质。但是我认为，此中真理是可以证明为并非如此的。我们可以这样来看这事情：在较高尚，较激烈的情境中，自然①，虽然确是憎恨一切企图加以约束的征兆，还是，在一般场合，不见得极端任性，极端鲁莽的；而且在一切场合，那不可缺少的，赋予活力的元素虽然确是从她来的②，但是决定其恰当强度，恰当时刻，和提供来自实践和经验的恰当性的，总是科学方法的特殊任务。那些巨大的激烈情感，如果没有理智的控制而任其为自己的盲目、轻率的冲动所操纵，那就会像一只没有了压舱石而漂流不定的船那样陷入危险。它们是每每需要刺激的，但是有时也需要抑制。德谟西尼士③ 关于一般生活所说的话："最大的幸福是运气好，但是其次，而且同样重要的，是有见识"（因为好运气是会为无见识所破坏净尽的），可以用在文学上，假使我们用"天才"来代替"运气"，用"技巧"来代替"见识"。而且，（这是最重要的一点）作者也只有从技术上才会学到，什么时候必须把自己交给天才的指挥。有种批评家专门挑剔热情学习技巧的作家，如果这种批评家能够考虑我以上所说的一切，他或者会改

---

① 指所谓人们的天性。
② 指来自"天性"。
③ 德谟西尼士（Demosthenes，公元前 344？—322）是鼓动雅典人反抗腓力王的大演说家。

变其以我们当前的研究为毫无用处的主张。

三

〔这一节说明文辞的夸张,幼稚,情感浮夸和所谓崇高不可相混。——译者〕

……甚至在悲剧里,在这种主题所本有的庄严足以使夸张的措辞为人所容忍的场合,我们还不能原谅乏味的浮夸;在冷静的散文里,它必然更显得何等荒唐!……幼稚是虚弱而又狭窄的心灵的通病——实在是文辞弊病中最为卑陋的一种。所谓幼稚是指一种书呆子习惯,它努力于无谓的雕琢而结果搞得死死板板,索然无味,这种错误是追求漂亮、精致、尤其是风趣,而终于陷入琐屑,无聊,和愚蠢的做作的人所犯的。……和这种弊病密切相联的第三种弊病是有关情感的。西乌图勒斯① 称之为假感情。这是指一种在无须抒情的场合作不得当的空泛的抒情,或者抒发了远远超过情境所许可的感情。……

五

这些刺耳触目的语言上的不得当,可以追究到一个共同的根源——追求新意。这就是使今天的几乎全体博雅人物着了迷的。人们的幸福和灾殃常常来自同一源泉;而把这一原理用于文学就可以认识,那些有助于成功的风格上的装饰,高妙的形象,不但是优美的基础和根源,也是拙劣的基础和根源。……因此,我们的下一任务必须是提出和解决这一问题:怎样可以避免那些与崇高有关的风格上的疵病。

---

① 西乌图勒斯(Theodorus),修辞学家,罗马皇泰比立斯(公元前42—公元后37)的师傅。

六

我们做到这一点①的最好的凭借就是首先掌握真正的崇高的明确的理论和标准。可是,这是一件困难的事情;因为关于风格的公允的判断是长久经验的结果。虽然如此,我还相信,我将指出的办法将会使我们,在能够凭规则来区别的范围内,可以分辨出崇高的真假。

七

应当指出这一点来,就是在生活中为一切高尚心灵所鄙弃的东西,决不会是真正伟大的。例如,没有一个真有见识的人会认为财富,名誉,光荣,势力或为荣华富贵所围绕着的一切是幸福;他深知,仅仅鄙弃它们就是一种福气;事实上,享有它们的人也远不如有机缘获得它们但由于心灵伟大而漠视它们的人受人尊敬。我们现在可以把这一原则应用于诗文中的崇高上来;我们可以在任何场合问一问,这是不是虚假的崇高呢?这华丽的外表是不是虚伪恶劣的表演呢?是不是揭穿了就一无所有呢?因为果真如此,一个高尚的心灵就会鄙视它而决不赞美它。感到了我们的灵魂为真正的崇高所提高,因而产生一种激昂慷慨的喜悦,充满了快乐与自豪,好像我们自己开创了我们所读到的思想,这是很自然的。如果任何作品,在一个敏锐而有修养的批评家的一再阅览之下,不能使他的灵魂适合崇高的思想,如果它所引起的思想并不超过其道出的,如果你读得越久,就越少思念它,——这里就未必有真正的崇高了……。但是如果有段文章是富于启发作用的,是难于忽视,或者简直不容忽视的。如果它又顽强而持久地占住我们的记忆,这时候我们就可以断定,我们确是已经碰上了真正的崇高。一般说

---

① 即提出和解决上述问题。

来,我们可以认为永远使人喜爱而且使一切读者喜爱的文辞就是真正高尚和崇高的。……

八

我现在进而指出,几乎一切崇高由之而来的五个,可说,主要的来源,当然预先要假定已经有了这五个来源所共同依靠的先决条件:掌握语言的才能。第一而且是最重要的是庄严伟大的思想,如我在论芮诺封①的作品时所曾指出的。第二是强烈而激动的情感。这两个崇高的条件主要是依靠天赋的,以下的那些却可以从技术得到助力。第三是运用藻饰的技术,藻饰有两种:思想的藻饰和语言的藻饰。第四是高雅的措辞,它可以分为恰当的选词,恰当的使用比喻和其他措辞方面的修饰。崇高的第五个原因包括全部上述的四个,就是整个结构的堂皇卓越。……我要满怀信心地宣称,没有任何东西能够像恰到好处的真情流露那样导致崇高;这种真情通过一种"雅致的疯狂"和神圣的灵感而涌出,听来犹如神的声音。

九

我已经说过,在这全部五种崇高的条件之中,最重要的是第一种,一种高尚的心型。因此,虽然这是一个天生而非学来的能力,但是在这一方面也来锻炼我们的灵魂,使之达到崇高,使之永远孕育着高尚的思想,也是对于我们大有裨益的。人家可以问,怎样才办得到呢?我曾经在别处暗示过,崇高可以说就是灵魂伟大的反映。因此,一个毫无装饰的,简单朴素的崇高思想,即使没有明说出来,也每每会单凭它那崇高的力量而使人叹服的;例如在奥德赛

---

① 芮诺封(Xenophon,公元前434?—355?),希腊历史家。

的第十一章中爱及克斯①的沉默就比他能说的任何话更为伟大。首先解决这种伟大构思的来源问题是绝对必要的,而其答案也就是:真正的才思只有精神慷慨高尚的人才有。因为把整个生活浪费在琐屑的,狭窄的思想和习惯中的人是决不能产生什么值得人类永久尊敬的作品的。思想充满了庄严的人,言语就会充满崇高;这是很自然的。因此,崇高的思想是当然属于崇高的心灵的。……

十

我们现在可以考虑一下究竟有没有其它能够导致文辞崇高的任何事物。在一切事物里总有某些因素和它们的本质并存着,这是大自然的一个规律。正因如此,所以崇高的原因之一是选择所写事物的特点和把它们联合成一个有生命的整体的能力。读者是既为特点的选择所吸引又为联合它们的技能所吸引的。……这些作家②中,每一个都严格拒绝对于主题并不必要的东西,内在联合最生动的特征时都谨防着一切不谨严,不合适,或令人厌倦的东西。这种毛病会损坏总的效果,而给崇高的大厦以补缀成的,有破绽的面貌,而这大厦是应当有一个坚实而一致的结构的。

十三

且让我言归正传。柏拉图的散文尽管像潺潺的溪水平静地流着,他却仍然是崇高的。你了解这一点,因为你读过柏拉图的《理想国》,对他的风格很熟悉。他说:"那些缺乏智慧和善良,而终日游宴作乐的人看来是在往下走,就这样终身徬徨下去。他们从不

---

① 爱及克斯(Ajax),荷马史诗中的希腊英雄;他的沉默是由于他在竞争中曾经输给奥德西斯(荷马史诗"奥德赛"的主人公,以计谋著名的希腊英雄)。

② 指荷马等。

翘首展望真理,也不抬起头来高瞻远瞩,他们享受不到纯洁持久的快乐,只是像畜生一样,两眼永远朝下,看着土地,看着他们的食槽;它们吃饲料,长肥肉,繁殖下代;为了追求欢乐,满足自己无餍的欲望,它们用铁角和铁蹄互相踢撞,以至于互相残杀。"

这位作家向我们指出,如果我们愿意倾听他的话,另有一条(在我们已经提及的之外)引向崇高的道路。这究竟是怎样一条道路呢?这就是摹仿过去伟大的诗人和作家,并且同他们竞赛。我亲爱的朋友,让我们以这一点作为坚定不移的奋斗目标吧,因为很多人就像受到神灵的启示一样,为别人的精神所吸引,正如有关古希腊阿波罗神的女祭司的传说所说的一样:这位女祭司走近德尔斐青铜祭坛,地面上有一个裂缝,据说有神灵的气息从裂缝中冒出来。女祭司感受天神的威力,像有神灵附在她身上一样,随即说出了天神的谕旨。同样,对于那些想向古人学习的人说来,从古人伟大的气质中,就有一种涓涓细流,好像从神圣的岩洞中流出,灌注到他们的心苗中去,因此连那些看来不容易着迷的人也受到了启示,在古人伟大的魅力下,不觉五体投地了。

是不是只有希罗多德① 才是荷马的忠诚的摹仿者?不,在他以前就有斯特西克斯②,阿岂罗库斯③,尤其是有柏拉图。柏拉图把来自那伟大的荷马源泉无数的支流,汇归到他自己。要不是阿孟尼厄斯④ 和他的门徒们已经选辑了具体材料,并且把它们记录了下来,也许我们必须对这个问题还要一点一点地加以说明。

这种做法并不是剽窃;这正像向美丽的形象或人体或其他艺术成品临摹一样。在我看来,如果柏拉图没有竭尽全力与荷马较

---

① 希罗多德(Herodotus,公元前约484—约425):古代希腊历史学家,著《历史》(即《希腊波斯战争史》)九卷。
② 斯特西克斯(Stesichorus,公元前约640—555):希腊抒情诗人。
③ 阿岂罗库斯(Archilochus,公元前七世纪):抒情诗人和讽刺诗人。
④ 阿孟尼厄斯(Ammonius,约160—242):新柏拉图主义者。

量高低,像一个年轻的竞技者,想跟大家一致夸奖的人来比赛,也许好胜心切,不免意气,但毕竟从比赛中得到了不少益处。如果柏拉图没有这样做,那么他的哲学教义就不可能这样完美无缺,也不可能在很多情况下找到诗的主题和表达形式的统一。正如赫西俄德所说,对于凡人来说,这样较量一下是好的。的确,争夺光荣的桂冠是崇高的,也是最值得争夺的胜利,即使在竞赛中为前人所挫败,也没有什么不光彩的地方。

十 四

因此,如果我们在写需要高超庄严的风格的题材,想象一番荷马会怎样表达这一点,柏拉图或德谟西尼士或修悉笛地士① 在写历史时,会怎样用崇高来穿戴它,这是会对于我们有益的。因为用竞赛的目光注视这些卓越的榜样,它们就会像灯塔那样放光来指导我们,而且会提高我们的灵魂使充分达到我们所设想的高度。此外如果我们能设想,荷马或德谟西尼士如果在此,他们将会怎样听取我们所写的东西,他们将有什么感受,那就更好。因为除了为自己的作品想象出这种评判者和听众,而在这种杰出人物的审阅批评之下来交代自己的著作,一个作家还会有什么更能促使他尽力的刺激呢?可是另一想法还是会更加激发灵感的,就是想无穷尽的后代将会读了我们的作品而有什么感受。如果惟恐当代人不能了解会使作者警惕,另一种警惕就必然会继之发生,就是惟恐自己心中的构思会是粗浅,畸形和发育不全而缺乏那种能够博得后世赞扬的工夫到家的完美②。

---

① 修悉笛地士(Thucydides,公元前471—400),希腊历史家。
② 这一节中论点的安排可能就是作者所谓有崇高支持的发挥。

十 五

风格的庄严,恢宏和遒劲大多依靠恰当地运用形象,……这词[①]现在一般用于这种场合,即说话人由于其感情的专注和亢奋而似乎见到他所谈起的事物并且使读者产生类似的幻觉。诗人和演说家都用形象,但有不同的目的。诗的形象以使人惊心动魄为目的,演说的形象却是为了意思的明晰。但是两者都有影响人们情感的企图。

……在诗里,我曾说过,神话般的,无从信以为真的夸张是可以容许的。但演说中的形象之美主要在于其有劲和真实。……

关于思想的崇高,它怎样从天赋的心灵伟大,从仿效,从运用形象等等产生,只能仅仅提出这简单的纲要了。

十 九

……省去连接词会给文辞以一种冲劲,一种急湍般的热情,作者显得简直赶不上自己的言语。芮诺封有这样的例子:"以盾撞盾,他们推,他们打,他们斫,他们倒下"。……

二 十

不同修辞方式的联合运用最能导致文辞的遒劲;两三个互相联合,就会互相加强言语的气势、说服力、和美。〔作者接着举出联合了所谓发挥和省去连接词等方式的例子,如:"当他挨了打,当他挨了耳光;这当然会令人怒不可遏,这当然会令人发狂,除非他受惯了侮辱。"——译者〕

[①] 指形象。

二十一

〔本节再谈连接词的省略。作者指出,"强烈情感的猛烈,突兀,如果用连接词来调节了,就会被平却,而全段的旨趣和火热的情感就会立刻不可复见。……强烈情感会背叛连接词的约束,因为连接词会抑制它们的自由奔流而且破坏其确是自然冲动的印象。"——译者〕

三十

由于用语言表达的思想和这些表达思想的言语,总是密切相联的,我们现在还需要在表达问题上添补一点过去忽略了的思考。我们要来不厌其烦地说,恰当地、引人注目的措辞会对于读者有惊人的威力,迷人的魅力;说这是一切演说家、作家所追求的主要目的;说就是这一点而且仅仅这一点就足以使文学作品陈列出与最精妙的雕像相同的种种光彩照人的美妙,陈列出它们那种雄伟、美丽、圆润、庄严、遒劲、威武和种种其它的妙处;说这一点就赋予事实以一个歌手的灵魂;说这一切,我生怕,对于内行会是一种侮辱。我们确实可以完全正确地说,美妙的措辞就是思想的光辉。我并不打算说,堂皇的语言是在任何场合都合适的。一个琐屑的问题用富丽堂皇的言语打扮起来,会产生把一个悲剧英雄的巨大面具戴在小孩头上那样的效果。

三十二

关于联合起来使用的比喻数目,凯雪立斯似乎是赞成那些批评家的:他们规定一处不能连用两个以上或至多三个比喻。但这是必须由场合来决定的。那种像一股奔流那样向前直冲的强烈感情的爆发,会拖带着整堆的比喻作为必不可少的从属部分。……在安排得恰当的强烈情感的表现里,在真正的崇高里,对于比喻的数量和胆量就含有自然的解药,因为这等表现有一种内在的力量,能够凭借那股冲劲把一切横扫过来,带向前去。我们或者还应当这样说,它们绝对需要大胆的比喻,并且不容许读者停下来指摘其数目,因为他也感染了说话人的热情。

就是在日常问题的说明中和描写性的词句中,也没有比一连串紧凑而继续不断的比喻更能赋予明确性了。……

修辞方式的使用,和一切其它风格之美一样,是常有过分的倾向的,这是一个无须深论的明显真理。正因如此,甚至柏拉图也遭受到大量的责备,因为他常常为一种对于语言的热爱所迷惑而陷入无节制的使用生硬的比喻和牵强的寓言。

三十三

即使我们假定有真正毫无瑕疵的、无可挑剔的作家,这问题还是值得提出:在诗文中我们究竟宁可要带有小疵的崇高,还是要永无失措,无可矫正,然而永不超出平凡的风格;还有,在文学中,首位究竟应当归诸更众多的还是更卓越的优点。这些问题都与崇高的探讨有关,而且是急切要求解决的。我知道最恢宏的智力并不是最精细的。常常专求精确的心灵是容易溺于琐屑的。但是伟大的思想的宏富,犹如巨大的物质财富,是难免偶然的、细目上的欠缺的。这难道不是必然的么?一个才力低弱或平庸的作者,难道不是就靠不冒险,不好高,才不犯过失而免于非难么?与此相反,文学的较高门类就由于其高所以危险。我也深知有此规律,即在一切人的创造中,弱点总是最先引人注目的;过失总是洗刷不去地烙在人家的记忆上的;而它们的美妙之处却是会很快地褪色以至消失。但是虽然我自己曾经在荷马和其他第一流作家的作品中,注意到不少确有瑕疵的章节,虽然我对于上述的瑕疵是殊不偏私的,我还要称之为疏忽而不称为错误;这种疏忽的失察是由于那种大天才所固有的不屑细务和满不在乎的马虎。我还认为,那些较大的优点,虽然不是遍及全文,也应当使居文学上的首位,即便只为其体现了灵魂的伟大而不为别的理由。

三十四

〔本节是前一节的例证,它把优点极多然而还是平凡的哈比立地士① 和并无前者的优点然而确是伟大的德谟西尼士相对比,证明作家成就的标准应当是其优点的质量而不是其优点的数量。——译者〕

三十五

……过去的伟大心灵总以最伟大的写作目标作为自己的目标,认为每一细节上的精确不值得他们的追求;他们心目中的真理究竟是什么真理呢?在不少真理之中,尤其是这一真理:作卑鄙无耻的家伙并不是大自然为我们——它所挑选出来的子女——所订定的计划,决不是的;它生了我们,把我们生在这宇宙间,犹如将我们放在某种伟大的竞赛场中,要我们既作它的丰功伟绩的观众又作它的雄心勃勃的竞赛者;它一开始就在我们的灵魂中植有一种不可抗拒的对于一切伟大事物、一切比我们自己更神圣的事物的渴望。因此,就是整个世界,作为人类思想的飞翔领域,还是不够宽广,人的心灵还常常越过整个空间的边缘。当我们观察整个生命的领域,而见到它处处富于精妙的、堂皇的、美丽的事物时,我们立即知道人生的真正目标究竟是什么?……

总而言之,一切有用的,必须的事物是人们易于获得的,而他们的景仰却是留给惊心动魄的事物的。

---

① 哈比立地士(Hyperides,公元前 396?—322),希腊演说家。

三十六

〔本节谈技巧和天才的关系；结论是，"由于那种得免错误的成就常常是技巧所赐，而卓越的，即使不是贯彻始终的优美则是天才的标志，所以在一切场合以人为来帮助天然是当然的。依靠这两种联合了起来的才能，我们就可以希望达到尽善尽美"。——译者〕

三十八

〔本节谈夸张。作者认为，在这种修辞方式的运用中，"知道极限在何处是必要的；由于一经跨过极限，夸张的效果就会破坏无余，因为在这种场合它一方面会因过于牵强而瓦解，另一方面亦会产生与希望相反的效果"。……"在这里，我们可以重复我们关于一般修辞方式所曾说过的话，就是夸张也应当自然才最有效力。这种效力是当作者为强烈情感所逼迫而用万分紧张的口吻说话才会产生。"……"夸张是既可用来扩大又可用来缩小的，因为言过其实是这两种用法所共有的特征。"——译者〕

四十四

我的亲爱的特伦天，再有一点还是有待于辨明的。在这一点上我将不再迟疑而就加上数语以满足你的钻研精神。这一点是和新近有位哲学家向我提出的问题有关的。他说，"对我说来（我可以说，对于许多别人也是如此），这是一件难解的事情，即在当今这时代，这产生了许多极精于演说技巧的人，许多具有锐气和干劲的人，许多特别富于语言天才的人的时代，高深宏大的天才的成长，已经除却极少例外，差不多完全中止了。辩才的枯竭是如此普遍，它是普及当世了。"他又问道，"我们真的只得相信人家常重复的说法——民主是天才的好保姆，卓越的文才是与之同盛衰的——么？

自由,据说,是全能的,能培养才士的大志,能引生希望,能保持竞争的火焰和争取高位的雄心。而且,每一个自由国家所提供的奖励足使其第一流演说家的精神由于经常锻炼而磨砺得锋利;他们好像为磨擦所燃着,而自然地发出光彩,因为围绕着他们的是自由。但是今天的我们",他继续说,"看来在童年就接受了一个仁慈的专制制度的教育,自从我们心灵还是柔弱的时候我们就在它的风俗习惯里受养育,因而从未尝到辩才的最美好,最丰富的源泉——我是指自由。因此,我们所发展的只是谄媚的天才。这就是为什么奴隶中没有演说家,虽然奴隶也偶然有其他才能,因为奴隶有一个无法禁止的沉默精神:他的灵魂上拴着锁链,他是一个学会了经常等待耳光的人。因为,真如荷马所说的,'一旦为奴,就失却一半人的价值'。犹如(假使所闻是实)那种豢养所谓侏儒的笼子,不但阻止了禁囚起来的家伙的成长而且确实使他更小起来,由于它压缩着其身体的每一部分;专制政治,无论怎样公正,可以确定为灵魂的笼子,一般人的监牢"。

以下是我的答复:我的好朋友,常常挑剔现在,是十分容易,十分合乎人之常情的。但是可以考虑一下,究竟天才的败坏是应当归咎于天下太平呢,还是更当归咎于我们内心的祸乱,那无穷无极的,占住了我们全部意念的内心的祸乱;并且更进一步归咎于今天围攻我们,蹂躏和霸占我们生活的情欲。难道我们不是为利欲所奴役,我们的事业为利欲所摧毁——利欲,那在我们内心疯狂地发作着而永不平息的热病,加上享乐的贪求——两种心病,一最能使人卑鄙,一最为无耻。我考虑到这点,我就简直搜寻不到办法来关上我们(我们这种如此恭敬,简直崇拜豪富的人)的灵魂之门而不让那伙恶鬼闯入。无法计算的财富总是为挥霍所追随的。她(挥霍)钉住了他(财富),亦步亦趋;他一开启城市或人家的大门,她就和他一起进去,与他同居。他们在那里成家不久,就很快的生育起来,生下浮夸、虚荣和放荡这些并非庶出的嫡亲儿女。如果让这伙财富的儿女长大成人,他们就在灵魂中迅速产生那批残忍的暴君:强暴,无法无天,和无耻。凡人一崇拜了自己内心的会腐朽的、不合理的东西,而不去珍惜那不朽的东西,上述的情况,就是不可避免的结果。他再也不会向上看了;他丧失了全部对于荣誉的关心,他的生活的败坏逐步进展着,直到全面的完结;他灵魂中的一切伟大东西渐渐退色,枯萎,以至为其所鄙视。如果一个受贿判案的审判官再也不能对于公正清廉等品德作出自由、可靠的判断(因为一个受贿的人必然从自己的利益出发来衡量清廉公正了),今天的我们还能盼望(我们每个人的整个生活是由贿赂所统治,我们伺候人家的死亡,力图如何在其遗嘱中获得地位;我们收买好处而不管其来源;我们人人灵魂浸在肮脏的贪欲里),在这样一个道德上的瘟疫中,我要说,我们还能盼望,有这么一个宏达的,不偏不倚的(其判断,在断定可以永世长存的伟大作品之际,不会为贪欲所左右的)批评家剩留下来么?唉,我生怕,如我们这种人,可能听人使唤比自由自在还是合适一点。如果我们的嗜欲任其流毒邻邦,它们将会犹如出柙的野兽,为整个文明世界带来洪水般的灾难。

我结束时概括地说:当代的天才是为那种冷淡所葬送了,这种冷淡,除却个别的例外,是在整个生活里流行着的。即使我们偶然摆脱这冷淡而从事于工作,这也总是为了求得享乐或名誉而不是为了那种值得追求和恭敬的,真实不虚的利益。

我们还是将这一代委诸其命运,而转到以下问题上来,这是关于强烈感情的问题;我们已经在这篇文章的头上答应另文讨论。强烈感情在一般文学里有重大作用,尤其在有关崇高的这一方面。

钱学熙　译

选自《文艺理论译丛》1958年第2辑,人民文学出版社版
第十三节,孙铢译。

忏 悔 录

〔罗马〕圣·奥古斯丁

卷 一

四

我的天主,你究竟是什么?我问:你除了是主、天主外,是什么呢?"除主之外,谁是天主?除了我的天主外,谁是天主?"①

至高、至美、至能、无所不能、至仁、至义、至隐、无往而不在,至美、至坚、至定,但又无从执持,不变而变化一切,无新无故而更新一切;"使骄傲者不自知地走向衰亡"②;行而不息,晏然常寂,总持万机,而一无所需;负荷一切,充裕一切,维护一切,创造一切,养育一切,改进一切;虽万物皆备,而仍不弃置。你爱而不偏,嫉而不愤,悔而不怨,蕴怒而仍安;你改变工程,但不更动计划;你采纳所获而未有所失;你从不匮乏,但因所获而欢乐;你从不悭吝,但要求收息。谁能对你格外有所贡献,你便若有所负,但谁能有丝毫不属于你呢?你并无亏欠于人,而更为之偿;你免人债负,而仍无所损。我能说什么呢?我的天主,我的生命,我神圣的甘饴,谈到你,一人能说什么呢?但谁对于你默而不言,却是祸事,因为即使这人谈得滔滔不绝,还和未说一样。

---

① 见《诗篇》17 首 32 节。
② 见《旧约·约伯记》9 章 5 节。

十 三

我自小就憎恨读希腊文,究竟什么原因,即在今天我还是不能明白。我酷爱拉丁文,当然不是启蒙老师教的,而是所谓文法先生教的拉丁文,因为学习阅读、书写、计算时所读的初步拉丁文,和一切希腊文一样,在我是同样感到艰涩而厌倦。什么缘故?当然是随着罪恶和渺茫的生命而来的:"我是血气,不过是一阵去而不返的风。"① 我过去和现在所以能阅读各种书籍和写出我所要写的文字都靠我早年所读的书;这些最早获得的学识,比了逼我背诵的不知哪一个埃涅阿斯的流浪故事②,当然更好、更可靠。当时我为狄多的死,为她的失恋自尽③ 而流泪;而同时,这可怜的我,对那些故事使我离弃你天主而死亡,却不曾流一滴泪。

还有比我这个不知可怜自己的可怜人,只知哭狄多的殉情而不知哭自己因不爱你天主、我心灵的光明、灵魂的粮食、孕育我精神思想的力量而死亡的人更可怜吗?我不爱你,我背弃你而趋向邪途,我在荒邪中到处听到"好啊!好啊!"的声音。人世间的友谊是背弃你而趋于淫乱,"好啊!好啊!"的喝彩声,是为了使我以不随波逐浪为可耻。对这些我不痛哭,却去痛哭:

"狄多的香消玉殒,以剑自刎"。④

我背弃了你,却去追逐着受造物中最不堪的东西;我这一团泥土只会钻入泥土,假如有人禁止我阅读,我便伤心,因为不能阅读使我伤心的书本。当时认为这些荒诞不经的文字,比起我阅读书写的知识,是更正经、更有价值的文学。

---

① 见《诗篇》77首39节。
② 埃涅阿斯(Aeneas)是罗马诗人味吉尔(公元前70—19)所著《埃涅依斯》史诗中的主角。
③ 《埃涅依斯》诗中迦太基女王。
④ 见《埃涅依斯》卷六,457句。

现在,请我的天主,请你的真理在我心中响亮地喊吧:"不是如此,不是如此。最先受的教育比较好得多!"我宁愿忘掉埃涅阿斯的流浪故事和类似的文字,不愿忘掉阅读书写的知识。文法学校门口挂着门帘,这不是为了保持学术的珍秘,却更好说是掩盖着那里的弊病。他们不必哗然反对我,我已不再害怕他们,我现在是在向你、我的天主,向你诉说我衷心所要说的,我甘愿接受由于我过去流连歧途应受的谴责,使我热爱你的正道。请那些买卖文法的人们不用叫喊着反对我,因为如果我向他们提一个问题:"是否真的如诗人所说,埃涅阿斯到过迦太基?"学问差一些的将回答说不知道,明白一些的将说没有这回事。如果我问埃涅阿斯的名字怎样写,凡读过书的人都能正确答复,写出依据人与人之间约定通行的那些符号。如果我们再问:忘掉阅读,忘掉书写,比起忘掉这些虚构的故事诗,哪一样更妨害生活?那么谁都知道凡是一个不完全丧失理智的人将怎样答复。

我童年时爱这种荒诞不经的文字过于有用的知识,真是罪过。可是当时"一一作二、二二作四",在我看来是一种讨厌的歌诀,而对于木马腹中藏着战士啊,大火烧特洛伊城啊,"克利攸塞的阴魂出现"① 啊,却感到津津有味!

十 六

人世间习俗的洪流真可怕!谁能抗御你?你几时才会枯竭?你几时才停止把夏娃的子孙卷入无涯的苦海,即使登上十字架宝筏也不易渡过的苦海?我不是在你那里读到了驱策雷霆和荒唐淫乱的优庇特吗?当然他不可能兼有这两方面;但这些故事却使人在虚幻的雷声勾引之下犯了真正的奸淫时有所借口。

哪一个道貌俨然的夫子肯认真地听受一个和他们出于同一泥

---

① 见《埃涅依斯》卷二,772句。

沼的人的呼喊:"荷马虚构这些故事,把凡人的种种移在神身上,我宁愿把神的种种移在我们身上?"① 说得更确切一些:荷马编造这些故事,把神写成无恶不作的人,使罪恶不成为罪恶,使人犯罪作恶,不以为仿效坏人,而自以为取法于天上神灵。

可是你这条地狱的河流,人们带了赞仪把孩子投入你的波涛之中为学习这些东西!而且这还列为大事,在市场上,在国家制度私人的束脩外另给薪金的法律之前公开进行!你那冲击岩石的声浪响喊着:"在那里求得学问,在那里获得说服别人和发挥意见所必要的词令。"假如不是铁伦提乌斯描写一个浪漫青年看见一幅绘着"优庇特把金雨落在达那埃怀中,迷惑这妇人"② 的壁画,便奉优庇特为奸淫的榜样,我们不会知道诗中所用:金雨、怀中、迷惑、天宫等词句。瞧,这青年好像在神的诱掖之下,鼓励自己干放诞风流的勾当:

"这是哪一路神道啊?他说。
竟能发出雷霆震撼天宫。
我一个凡夫,不这样做吗?
我已经干了,真觉自豪。"

这些词句并非通过淫亵的描写而更易记忆,这些词句不过更使人荒淫无度。我并不归罪于这些文词,它们只是贵重精致的容器,我只归罪于迷人的酒,被沉醉的博士先生们斟在器中要我们喝,不喝便打,而且不许向一个清醒的法官申诉。

但是我的天主啊,在你面前,我毫无顾虑的回想过去,我自己是读得爱不释手,我可怜地醉心于这些文字,然恰因此而有人说我

---

① 罗马作家西塞罗(公元前 106—43)语,见所著《多斯古伦别墅辩论集》(Fusculanae Disputationes)1 章 6 节。
② 见铁伦提乌斯(公元前 195—159)诗剧《太监》,585,589,590 句。

这孩子是前途无量呢!

卷　三

二

我被充满着我的悲惨生活的写照和燃炽我欲火的炉灶一般的戏剧所攫取了。人们愿意看自己不愿遭遇的悲惨故事而伤心,这究竟为了什么?一人愿意从看戏引起悲痛,而这悲痛就作为他的乐趣。这岂非一种可怜的变态?一个人越不能摆脱这些情感,越容易被它感动。一人自身受苦,人们说他不幸;如果同情别人的痛苦,便说这人有恻隐之心。但对于虚构的戏剧,恻隐之心究竟是什么?戏剧并不鼓励观众帮助别人,不过引逗观众的伤心,观众越感到伤心,编剧者越能受到赞赏。如果看了历史上的或竟是捕风捉影的悲剧而毫不动情,那就败兴出场,批评指摘,假如能感到回肠荡气,便看得津津有味,自觉高兴。

于此可见,人们欢喜的是眼泪和悲伤。但谁都要快乐,谁也不愿受苦,却愿意同情别人的痛苦;同情必然带来悲苦的情味。那么是否仅仅由于这一原因而甘愿伤心?

这种同情心发源于友谊的清泉。但它将往何处?流向哪里呢?为何流入沸腾油腻的瀑布中,倾泻到浩荡烁热的情欲深渊中去,并且自觉自愿地离弃了天上的澄明而与此同流合污?那么是否应该摒弃同情心呢?不,有时应该爱悲痛。但是,我的灵魂啊?你该防止淫秽,在我的天主、我们祖先的天主,永受赞美歌颂的天主保护之下,你要防止淫秽的罪。

我现在并非消除了同情心,但当时我看到剧中一对恋人无耻地作乐,虽则不过是排演虚构的故事,我却和他们同感愉快;看到他们恋爱失败,我亦觉得凄惶欲绝,这种或悲或喜的情味对我都是一种乐趣。而现在我哀怜那些沉湎于欢场欲海的人,过于哀怜因丧失罪恶的快乐或不幸的幸福而惘然自失的人。这才是比较真实的同情,而这种同情心不是以悲痛为乐趣。怜悯不幸的人,是爱的责任,但如果一人怀抱真挚的同情,那必然是宁愿没有怜悯别人不幸的机会。假如有不怀好意的慈悲心肠,——当然这是不可能有的——便能有这样一个人:具有真正的同情心,而希望别人遭遇不幸,借以显示对这人的同情。有些悲伤果然是可以赞许的,但不应说是可以喜爱的。我的主,你热爱灵魂,但不像我们,你是以无限纯洁、无穷完美的真慈怜悯着世人的灵魂,你不受任何悲痛的侵袭。但哪一个人能如此呢?

但那时这可怜的我贪爱哀情的刺激,追求引致悲伤的机会;看到出于虚构的剧中人的不幸遭遇,扮演的角色越是使我痛哭流涕,越称我心意,也就越能吸引我。我这一头不幸的牲口,不耐烦你的看护,脱离了你的牧群,染上了可耻的、龌龊不堪的疥疬,这又何足为奇呢?我从此时起爱好痛苦,但又并不爱深入我内心的痛苦——因为我并不真正愿意身受所看的种种——而仅仅是爱好这种耳闻的、凭空结构的、犹如抓着我浮皮肤的痛苦,可是一如指甲抓碎皮肤时那样,这种爱好在我身上也引起了发炎、肿胀、化脓和可憎的臭腐。

这是我的生活。唉,我的天主,这可能称为生活吗?

卷 四

十 三

这一切,我当时并不知道,我所爱的只是低级的美,我走向深渊,我对朋友们说:"除了美,我们能爱什么?什么东西是美?美究竟是什么?什么会吸引我们使我们对爱好的东西依依不舍?这些东西如果没有美丽动人之处,便绝不会吸引我们。"我观察到一种是事物本身和谐的美,另一种是配合其他事物的适宜,犹如物体的部分适合于整体,或如鞋子的适合于双足。这些见解在我思想中,在我心坎酝酿着,我便写了《论美与适宜》一书,大概有两三卷;天主啊,你完全清楚,我已记不起来了。我手中已没有这书,我也不知道怎样亡失的。

十 五

我还没有看出这个大问题的关键在于你的妙化之中,惟有你全能天主才能创造出千奇万妙。我的思想巡视了物质的形相,给美与适宜下了这样的定义:美是事物本身使人喜爱,而适宜是此一事物对另一事物的和谐,我从物质世界中举出例子来证明我的区分。我进而研究精神的性质,由于我对精神抱着错谬的成见,不可能看出精神的真面目。真理的光芒冲击我的眼睛,可是我使我跃跃欲试的思想从无形的事物转向线条、颜色、大小;既然在思想中看不到这种种,我便认为我不能看见我的精神。另一面,在德行中我爱内心的和平,在罪恶中我憎恨内心的混乱,我注意到前者具有纯一性而后者存在分裂,因此我以为理性、真理和至善的本体即在乎纯一性。同时糊涂的我认为至恶的本体存在于无灵之物的分裂中,恶不仅是实体,而且具有生命,但并不来自你万有之源。

前者,我名之为"莫那特斯",作为一种无性别的精神体;后者我名之为"第亚特斯",如罪恶中的愤怒,放浪中的情欲等,我真不知道在说什么。原因是我当时并不懂得,也没有人告诉我,恶并非实体,我们的理智也不是不变的至善。

犹如愤怒来自内心的冲动,内心动作失常,毫无忌惮地倒行逆施,便犯罪作恶;情欲起源于内心的情感,情感如毫无节制,便陷于邪僻;同样如果理性败坏,则诐辞邪说玷污我们的生命。当时我的理性即是如此。我并不知道我的理性应受另一种光明的照耀,然后能享受真理,因为理性并非真理的本体。"主啊,是你燃点我的心灯;我的天主啊,你照明我的黑暗";① "你的满盈沾匀了我们"。② 因为"你是真光,照耀着进入这世界的每一人",③ "在你身上,没有变化,永无晦蚀"。④

....

卷 七

十 一

我观察在你座下的万物,我以为它们既不是绝对"有",也不是绝对"无";它们是"有",因为它们来自你,它们不是"有",因为它们不是"自有"的。因为真正的"有",是常在不变的有。"亲近天主,为我有益",⑤ 因为如果我不在天主之内,我也不能在我之内。而你则"常在不变而更新万物","你是我的主,因而你并不需要我的所有"。⑥

十 二

我已清楚看出,一切可以朽坏的东西,都是"善"的;惟有"至善"不能朽坏,也惟有"善"的东西,才能朽坏,因为如果是至善,则是不能朽坏,但如果没有丝毫"善"的成分,便也没有可以朽坏之处。因为朽坏是一种损害,假使不与善为敌,则亦不成其为害了。

---

① 见《诗篇》17 首 29 节。
② 见《约翰福音》1 章 16 节。
③ 同上,9 节。
④ 见《雅各书》1 章 17 节。
⑤ 见《诗篇》72 首 28 节。
⑥ 见《智慧书》7 章 27 节;《诗篇》15 首 2 节。

因此，或以为朽坏并非有害的，这违反事实；或以为一切事物的朽坏，是在砍削善的成分：这是确无可疑的事实。如果一物丧失了所有的"善"，便不再存在。因为如果依然存在的话，则不能再朽坏，这样，不是比以前更善吗？若说一物丧失了所有的善，因之进而至于更善，则还有什么比这论点更荒谬呢？因此，任何事物丧失了所有的善，便不再存在。事物如果存在，自有其善的成分。因此，凡存在的事物，都是善的；至于"恶"，我所追究其来源的恶，并不是实体；因为如是实体，即是善；如是不能朽坏的实体，则是至善；如是能朽坏的实体，则必是善的，否则便不能朽坏。

我认识到，清楚认识到你所创造的一切，都是好的，而且没有一个实体不是你创造的。可是你所创造的万物，并非都是相同的，因此万物分别看，都是好的，而总的看来，则更为美好，因为我们的天主所创造的，"一切都很美好"。①

卷 十

八

我要超越我本性的力量，拾级而上，趋向创造我的天主。我到达了记忆的领域、记忆的殿廷，那里是官觉对一切事物所感受而进献的无数影像的府库。凡官觉所感受的，经过思想的增、损、润饰后，未被遗忘所吸收掩埋的，都庋藏在其中，作为储备。

我置身其间，可以随意征调各式影像，有些一呼即至，有些姗姗来迟，好像从隐秘的洞穴中抽拔出来，有些正当我找寻其他时，成群结队，挺身而出，好像毛遂自荐地问道："可能是我们吗？"这时我挥着心灵的双手把它们从记忆面前赶走，让我所要的从躲藏之

---

① 见《创世纪》1章31节。

处出现。有些是听从呼唤,爽快地、秩序井然地鱼贯而至,依次进退,一经呼唤便重新前来。在我叙述回忆时,上述种种便如此进行着。

在那里,一切感觉都分门别类、一丝不乱地储藏着,而且各有门户:如光明、颜色以及各项物像则属于双目,声音属耳,香臭属鼻,软硬、冷热、光滑粗糙、轻重,不论身内身外的,都属全身的感觉。记忆把这一切全都纳之于庞大的府库,保藏在不知哪一个幽深屈曲的处所,以备需要时取用。一切都各依门类而进,分储其中。但所感觉的事物本身并不入内,库藏的仅是事物的影像,供思想回忆时应用。

谁都知道这些影像怎样被官觉摄取,藏在身内。但影像怎样形成的呢?没有人能说明。因为即使我置身于黑暗寂静之中,我能随意回忆颜色,分清黑白或其他色彩之间的差别,声音绝不会出来干扰双目所汲取的影像,二者同时存在,但似乎分别储藏着。我随意呼召,它们便应声而至:我即使箝口结舌,也能随意歌唱;当我回忆其他官感所收集的库藏时,颜色的影像虽则在侧,却并不干涉破坏;虽则我并不嗅闻花朵,但凭仗记忆也自能辨别玉簪与紫罗兰的香气;虽则不饮不食,仅靠记忆,我知道爱蜜过于酒,爱甜而不爱苦涩。

这一切都在我身内、在记忆的大厦中进行的。那里,除了遗忘之外,天地海洋与宇宙之间所能感觉的一切都听我指挥。那里,我和我自己对晤,回忆我过去某时某地的所作所为以及当时的心情。那里,可以复查我亲身经历或他人转告的一切;从同一库藏中,我把亲身体验到的或根据体验而推定的事物形象,加以组合,或和过去联系,或计划将来的行动、遭遇和希望,而且不论瞻前顾后,都和在目前一样。我在满储着细大不捐的各式影像的窈深缭曲的心灵中,自己对自己说:"我要做这事,做那事","假使碰到这种或那种情况……","希望天主保佑,这事或那事不要来……"我在心中这么说,同时,我说到的各式影像便从记忆的府库中应声而至,如果没有这些影像,我将无法说话。

我的天主,记忆的力量真伟大,太伟大了!真是一所广大无边的庭宇!谁曾进入堂奥?但这不过是我与性俱生的精神能力之一,而对于整个的我更无从捉摸了。那么,我心灵的居处是否太狭隘呢?不能收容的部分将安插到哪里去?是否不容于身内,便安插在身外?身内为何不能容纳?关于这方面的问题,真使我望洋兴叹,使我惊愕!

人们赞赏山岳的崇高,海水的汹涌,河流的浩荡,海岸的逶迤,星辰的运行,却把自身置于脑后;我能谈论我并未亲见的东西,而我目睹的山岳、波涛、河流、星辰和仅仅得自传闻的大洋,如果在我记忆中不具有广大无比的天地和身外看到的一样,我也无从谈论,人们对此却绝不惊奇。而且我双目看到的东西,并不被我收纳在我身内;在我身内的,不是这些东西本身,而是它们的影像,对于每一个影像我都知道是由哪一种器官得来的。

九

但记忆的辽阔天地不仅容纳上述那些影像。那里还有未曾遗忘的学术方面的知识,这些知识好像藏在更深邃的府库中,其实并非什么府库;而且收藏的不是影像,而是知识本身。无论文学、论辩学以及各种问题,凡我所知道的,都藏在记忆之中。这不是将事物本身留在身外仅取得其影像。也不是转瞬即逝的声音,仅通过双耳而遗留影像,回忆时即使声息全无,仍似余韵在耳;也不像随风消失的香气,刺激嗅觉,在记忆中留下影像,回忆时如闻香泽;也不比腹中食物,已经不辨滋味,但回忆时仍有余味;也不以肉体所接触的其他东西,即使已和我们隔离,但回忆时似乎尚可捉摸。这一类事物,并不纳入记忆,仅仅以奇妙的速度摄取了它们的形影,似被分储在奇妙的仓库中,回忆时又奇妙地提取出来。

十

有人提出，对每一事物有三类问题，即：是否存在？是什么？是怎样？当我听到这一连串声音时，虽则这些声音已在空气中消散，但我已记取了它们的影像。至于这些声音所表达的意义，并非肉体的官感所能体味，除了我心灵外，别处都看不到。我记忆所收藏的，不是意义的影像，而是意义本身。

这些思想怎样进入我身的呢？如果它们能说话，请它们答复。我敲遍了肉体的每一门户，没有找到它们的入口处。因为眼睛说："如果它们有颜色的话，我自会报告的。"耳朵说："如果它们有声音，我们自会指示的。"鼻子说："如果有香气，必然通过我。"味觉说："如果没有滋味，不必问我。"触觉说："如果不是物体，我无法捉摸，捉摸不到，便无法指点。"

那么它们来自何处，怎样进入我的身内呢？我不清楚。我的获知，不来自别人传授，而系得之于自身，我对此深信不疑，我嘱咐我自身妥为保管，以便随意取用。但在我未知之前，它们在哪里？它们尚未进入我记忆之中。那么它们究竟在哪里？我何以听人一说，会肯定地说："的确如此，果然如此。"可见我记忆的领域中原已有它们存在着，不过藏匿于邃密的洞穴，假使无人提醒，可能我绝不会想起它们。

十 四

记忆又拥有我内心的情感，但方式是依照记忆的性质，和心灵受情感冲动时迥乎不同。

我现在并不快乐，却能回想过去的快乐；我现在并不忧愁，却能回想过去的忧愁；现在无所恐惧、无所觊觎，而能回想过去的恐惧、过去的愿望。有时甚至能高兴地回想过去的忧患、或忧伤地回想以往的快乐。

对于肉体的感觉,不足为奇,因为肉体是肉体,灵魂是灵魂。譬如我愉快地回想肉体过去的疼痛,这是很寻常的。奇怪的是记忆就是心灵本身。因为我们命一人记住某事时,对他说:"留心些,记在心里";如果我们忘掉某事,便说:"心里想不起来了",或说:"从心里丢掉了":称记忆为"心"。

既然如此,那么当我愉快地回想过去的忧愁时,怎会心灵感到愉快而记忆缅怀忧愁,我心灵愉快,因为快乐存在心中,但为何忧愁在记忆之中,而记忆不感到忧愁?那么记忆是否不属于心灵了?这谁也不敢如此说的。

那么记忆好似心灵之腹,快乐或忧愁一如甜的或苦的食物,记忆记住一事,犹如食物进入腹中,存放腹中,感觉不到食物的滋味了。

设想这个比喻,当然很可笑,但二者并非绝无相似之处。

又如我根据记忆,说心灵的感情分:愿望、快乐、恐惧、忧愁四种,我对每一种再分门类,加上定义;所有论列,都得之于记忆,取之于记忆,但我回想这些情感时,内心绝不感受情绪的冲动。这些情感,在我回忆之前,已经在我心中,因此我能凭借回忆而取出应用。

可能影像是通过回忆,从记忆中提出来,犹如食物的反刍,自胃返回口中。但为何谈论者或回忆者在思想的口腔中感觉不到快乐的甜味或忧愁的苦味?是否二者并不完全相仿,这一点正是二者的差别?如果一提忧愁或恐惧,就会感到忧惧,那么谁再肯谈论这些事呢?另一方面,如果在记忆中除了符合感觉所留影像的字音外,找不到情感的概念,我们也不可能谈论。这些概念,并不从肉体的门户进入我心,而是心灵本身体验这些情感后,交给记忆,或由记忆自动记录下来。

十　五

是否通过影像呢？这很难讲。

我说："石头"，"太阳"；面前并没有岩石、太阳，但记忆中有二者的影像，供我使唤。我说身上的"疼痛"，我既然觉不到疼痛，疼痛当然不在场，但如果记忆中没有疼痛的影像，便不知道指什么，也不知道和舒服有什么区别。我说身体的"健康"，我的确无病无痛，因此健康就在身上，但如果健康的影像不存在我的记忆中，我绝对不可能想起健康二字的含义；病人听到健康二字。如果记忆中没有健康的影像，虽则他身上正缺乏健康，但也不会知道健康是什么。

我说计数的"数字"，呈现在我记忆中的，不是数字的影像，而是数字本身。我说"太阳的影像"，这影像在我记忆之中，我想见的，不是影像的影像，而是太阳的影像，是随我呼召，供我使唤的影像。我说"记忆"，我知道说的是什么，但除了在记忆之中，我哪里去认识记忆呢？那么呈现在记忆之中的，是记忆的影像呢，还是记忆本身？

十　六

我说"遗忘"，我知道说的是什么；可是不靠记忆，我怎能知道？我说的不是遗忘二字的声音，而是指声音所表达的事物，如果我忘却事物本身，便无从知道声音的含义。因此在我回想记忆时，是记忆听记忆的使唤；我回想遗忘时，借以回想的记忆和回想到的遗忘同在我前。但遗忘是什么？只是缺乏记忆。既然遗忘，便不能记忆，那么遗忘怎会在我心中使我能想见它呢？我们凭记忆来记住事物，如果我们不记住遗忘，那么听到遗忘二字，便不能知道二字的意义，因此记忆记着遗忘。这样遗忘一定在场，否则我们便会忘掉，但有遗忘在场，我们便不能记忆了。

那么,能否作下面的结论:遗忘并非亲身,而以它的影像存在记忆中,如果亲自出场,则不是使记忆记住,而是使记忆忘记!

谁能揭开这疑案?谁能了解真相?

主,我正在探索,在我身内探索:我自身成为我辛勤耕耘的田地。现在我们不是在探索寥廓的天空,计算星辰的运行,研究大地的平衡;是在探索我自己,探索具有记忆的我,我的心灵。一切非我的事物和我相隔,不足为奇。但有什么东西比我自身更和我接近呢?而我对于记忆的力量便不明了,但如果没有这记忆力,我将连我自己的姓名都说不出来!我又能记得我的遗忘,这是确无可疑的事实。这怎样讲呢?是否能说我记起的东西并不在我记忆之中?或是说遗忘在我记忆之中,是为了使记忆不遗忘。这两说都讲不通。

对第三种解释有什么看法?我能否说我回忆遗忘时,记忆所占有的不是遗忘本身,而是遗忘的影像?我如此说有什么根据?事物的影像刻在记忆中之前,必须事物先在场,然后能把影像刻下。譬如我记得迦太基或我所到过的其他地方,我记得我所遇见的人物,或其他感觉所介绍的东西,如记得身体的健康或病痛:事物先在场,记忆然后撷取它们的影像,使我能想见它们,如在目前,以后事物即使不在,我仍能在心中回想起来。

因此,如果记忆保留了遗忘的影像,而不是遗忘本身,那么遗忘必先在场,然后能摄取影像,如果遗忘在场,怎能把影像留在记忆之中?因为遗忘一出场,便勾销了所认识的一切,但不论如何深奥难明,一点是确无可疑的,便是我记得这个破坏记忆的遗忘。

十 七

我的天主,记忆的力量真伟大,它的深邃,它的千变万化,真使人望而生畏;但这就是我的心灵,就是我自己!我的天主,我究竟是什么?我的本性究竟是怎样的?真是一个变化多端、形形色色、浩无涯际的生命！

瞧，我记忆的无数园地洞穴中充塞着各式各类的数不清的事物，有的是事物的影像，如物质的一类；有的是真身，如文学艺术的一类；有的则是不知用什么概念标识着的，如内心的情感——即使内心已经不受情感的冲动，记忆却牢记着，因为内心的一切都留在记忆之中——我在其中驰骋飞翔，随你如何深入，总无止境：在一个法定死亡的活人身上，记忆的力量、生命的力量真是多么伟大！

我的天主，我真正的生命，我该做什么？我将超越我本身名为记忆的这股力量，我将超越它而飞向你、温柔的光明。你有什么吩咐？你高高在上照临着我，我将凭借我的心神，上升到你身边，我将超越我身上名为记忆的这股力量，愿意从你可接触的一面到达你左右，愿意从你可攀附的一面投入你的怀抱。飞禽走兽也有记忆，否则它们找不到巢穴，做不出习惯的动作，因为没有记忆，便没有习惯。我将超越记忆而达到你天主，达到使我不同于走兽，使我比飞禽更聪明的天主那里。我将超越记忆而寻获你。但在哪里寻获你，真正的美善、可靠的甘饴，我将在哪里寻获你？如果在记忆之外寻获你，那么我已忘掉了你。如果我忘掉你，那么我怎能寻获你呢？

主啊，我怎样寻求你呢？我寻求你天主时，是在寻求幸福的生命。我将寻求你，使我的灵魂生活，因为我的肉体靠灵魂生活，而灵魂是靠你生活。我怎样寻求幸福生活呢？在我尚未说，在我不得不说："够了，幸福在此"之前，我还没有得到幸福。为此，我怎样寻求幸福生活呢？是否通过记忆，似乎已经忘怀，但还能想起过去的遗忘？是否通过求知欲，像追求未知的事物，或追求已经忘怀而且已经记不起曾经遗忘的事物？不是人人希望幸福，没有一人不想幸福吗？人们抱有这个希望之前，先从哪里知道的呢？人们爱上幸福之前，先在哪里见过幸福？的确，我们有这幸福；但用什么方式占有的？那我不知道了。一种方式是享受了幸福生活而幸福,一种是拥有幸福的希望而幸福。后者的拥有幸福希望当然不如前者的实际享受幸福,但比起既享受不到也不抱希望的人高出一筹;他们的愿意享福是确无可疑的,因此他们也多少拥有这幸福,否则不会愿意享福的。他们怎样认识的呢?我不知道,他们不知怎样会意识到幸福。我正在探索这问题。这意识是否在记忆中?如果在记忆中,那么过去我们曾经享受过这幸福。是否人人如此,或仅仅是首先犯罪的那一个人,"我们都在他身上死亡"[①],因此生于困苦之中?现在我不讨论这个问题。我仅仅问:幸福生活是否存在记忆之中?如果我们不认识,便不会爱。我们一听到这名词,都承认自己向往幸福生活,而不是这名词的声音吸引我们,希腊人听了拉丁语便无动于衷,因为不懂拉丁语;如果我们听到了,或希腊人听到希腊语,便心向往之,原因是幸福本身不分拉丁希腊,不论拉丁人、希腊人或其他语言的人都想望幸福本身。于此可见,人人知道幸福,如果能用一种共同的语言问他们是否愿意幸福,每一人都毫不犹豫地回答说:"愿意。"假如这名词所代表的事物本身不存在他们的记忆之中,便不可能有这种情况。

二十一

这种回忆是否和见过迦太基的人回忆迦太基一样?不是,因为幸福生活不是物质,不是肉眼所能看见。

是否如我们回忆数字那样?不是,对于数字,我们仅有概念,并不追求,而幸福的概念使我们爱幸福,使我们希望获得幸福,享受幸福。

是否如我们回忆辩论的规则那样?不是,虽则我们一听到雄辩学这名词就联想到事物本身,而且许多不娴于词令的人都希望能擅长此道——这也证明先已存在于我们意识之中——但这是通

---

① 见《哥林多前书》15章22节,按指亚当。

过感觉而注意、欣赏别人的词令，从而产生这种愿望。当然，欣赏必然通过内在的认识，能欣赏然后有愿望。幸福生活却绝不能凭肉体的感觉从别人身上体验而得。

是否如我们回忆过去的快乐呢？可能如此，因为即使我们现在忧闷，却能回忆快乐，一如我们在苦难之中能回忆幸福生活。我的快乐不能用肉体的官觉去视、听、嗅、闻、体味捉摸，我欢乐时仅在内心领略到，快乐的意识便胶着在记忆之中，以后随着不同的环境回想过去的快乐或感到不屑，或表示向往。譬如过去对于一些可耻的事物感到快乐，现在回忆起来，觉得厌恶痛恨；有时怀念着一些正经好事，可能目前办不到，因此带着惋惜的心情回想过去的乐趣。

至于幸福生活，过去我在何时何地体验过，以致现在怀念不忘、爱好想望呢？这不仅我个人或少数人如此，我们每一人都愿享幸福。如果对它没有明确的概念，我们不会有如此肯定的愿望。但这怎么说呢？如果问两人是否愿意从军，可能一人答是，一人答否；但问两人是否愿意享受幸福，两人绝不犹豫，立即回答说：希望如此；而这人的愿意从军，那人的不愿从军，都是为了自己的幸福。是否这人以此为乐，那人以彼为乐？但两人愿得幸福是一致的。同样，如果问两人愿否快乐，答复也是一致的，他们称快乐为幸福。即使这人走这条路，那人走那条路，两人追求的目的只有一个：快乐。没有一个说自己从未体验过快乐，因此一听到幸福二字，便在记忆中回想到。

二十二

主，在向你忏悔的仆人心中，决不存有以任何快乐为幸福的观念。因为有一种快乐决不是邪恶者所能得到的，只属于那些为爱你而敬事你、以你本身为快乐的人们。幸福生活就是在你左右、对于你、为了你而快乐；这才是幸福，此外没有其他幸福生活。谁认为别有幸福，另求快乐，都不是真正的快乐。可是这些人的意志始终抛不开快乐的影像。

那么,人人愿意幸福,这句话不确切了?因为只有你是真正的幸福,谁不愿以你为乐,也就是不要幸福。是否虽则人人愿意幸福,但"由于肉体与精神相争,精神与肉体相争,以致不能做愿意做的事",① 遂退而求其次,满足于力所能及的;对于力所不能的,他们的意志不够坚强,不足以化不可能为可能?

我问不论哪一人:宁愿以真理为乐,还是以虚伪为乐?谁也毫不迟疑地说:宁愿真理,和承认自己希望幸福一样。幸福就是来自真理的快乐,也就是以你为快乐,因为你"天主即是真理"②,是"我的光明,我生命的保障,我的天主"。③ 于此可见,谁也希望幸福,谁也希望惟一的真正幸福,谁也希望来自真理的快乐。

我见到许多人欢喜欺骗别人,但谁也不愿受人欺骗。他们在哪里认识幸福生活的呢?当然在认识真理的同时。他们爱真理,因为他们不愿受欺骗。他们既然爱幸福,而幸福只是来自真理的快乐,因此也爱真理,因此在记忆中一定有真理的某种概念,否则不会爱的。

但为何他们不以真理为快乐呢?为何他们没有幸福呢?原因是利令智昏,他们被那些只能给人忧患的事物所控制,对于导致幸福的事物仅仅保留着轻淡的记忆。人间"尚有一线光明";前进吧,前进吧,"不要被黑暗所笼罩"。④

既然人人爱幸福,而幸福即是来自真理的快乐,为何"真理产生仇恨"⑤?为何一人用你的名义宣传真理,人们便视之为仇敌

---

① 见《新约·加拉太书》5 章 17 节。
② 见《约翰福音》14 章 6 节。
③ 见《诗篇》26 首 1 节,41 首 12 节。
④ 见《约翰福音》12 章 35 节。
⑤ 拉丁诗人戴伦西乌斯(公元前 194—159)的诗句。

呢？原因是人们的爱真理,是要把所爱的其他事物作为真理,进而因其他事物而仇恨真理了。他们爱真理的光辉,却不爱真理的谴责。他们不愿受欺骗,却想欺骗别人,因此真理显示自身时,他们爱真理,而真理揭露他们本身时,便仇恨真理。结果是:即使他们不愿真理揭露他们,真理不管他们愿不愿,依旧揭露他们,而真理自身却不显示给他们看了。

确然如是,人心确然如是;人心真的是如此盲目偷惰,卑鄙无耻,只想把自己掩藏起来,却不愿有什么东西蒙蔽自己的耳目。结果适得其反,自身瞒不过真理,真理却瞒着他。同时,他们虽则如此可怜,却又欢喜真实,不爱虚伪。假如他对一切真理之源的惟一真理能坦坦荡荡,不置任何障碍,便能享受幸福了。

卷十三

九

但"圣父"或"圣子"是否不运行于大水之上呢?

如果视为一个物体浮游于空间,则"圣神"也并不如此;如果指超越一切可变事物的不变神性而言,则圣父、圣子、圣神都运行于大水之上。

但为何独指"圣神"呢?为何仅仅对"圣神"要虚拟一个并不存在的空间呢?因为仅仅称"圣神"是你的恩宠:在这恩宠之中我们憩息,我们享受你,而我们的憩息即是我们的安宅。

爱把我们送到这安宅之中,你的"圣神"顾念我们的卑贱,把我们从死亡的门户中挽救出来。我们在良好的意愿中享受和平。物体靠本身的重量移向合适的地方,重量不一定向下,而是向合适的地方。火上炎,石下堕。二者各受本身重量的推动,各从其所。水中注油,油自会上浮,油上注水,水必然下沉;各为本身的重量推动而自得其所。任何事物不得其所,便不得安定,得其所便得安定。我的重量即是我的爱。爱带我到哪里,我便到哪里。你的恩宠燃烧我们,提掖我们上升,我们便发出热忱冉冉向上。我们的心灵拾级上升时。唱着"升阶之歌"。① 你的火,你的有益的火燃烧我们,我们在迈进,向着耶路撒冷的和平上升,"听到我们要到主的圣殿去,我是多么高兴!"② 良好的意志把我们安置在哪里,我们只求永远定居在哪里,别无其他愿望。

二十八

天主,你看了你所造的一切,"都很美好",③ 我们也看见了,一切都很美好。你对每一项工程,说:"有",就有了,你看见每一样都是好的。我计算过,你前后共七次看了你所造的,说好;第八次你看了所造的一切,不仅说好,而且说一切都很好。因为每一项分别看,仅仅是好,而合在一起,则不仅是好,而且是很好。任何美好的东西也都如此说。因为一个物体,如果是荟萃众美而成,各部分都有条不紊地合成一个整体,那么虽则各部分分别看都是好的,而整体自更远为美好。

三十二

主,我感谢你。我们看见了天和地,即物质受造物的上下两部,或物质的和精神的受造物;我们看见了划分黑暗的光,点缀着物质世界或整个受造物的各个部分。我们看见了诸水分为上下后中间的穹苍,即宇宙的最初物体,或现在名为天的空间,飞鸟翱翔

---

① 《诗篇》有十五首题为"升阶之歌",据说是古犹太人每年赴耶路撒冷时路上所歌。
② 见《诗篇》121首1节。
③ 见《创世纪》1章31节。

于其间,中有汽化的水,晴夜凝而为露,重浊的水流而为雨。我们又见万流委输、海色的壮丽,大陆上圹垠的原野和长满花卉树木景物宜人的腴壤。我们又昂首而见"光体",太阳充盈照耀着白昼,黑夜则有月色星光的抚慰,同时又成为时间的标识。我们又见卑湿之处滋生了鳞介鲸鲵和飞翔的禽鸟,因鸟翼所凭的浓厚空气是由水蒸发而成的。我们看见地面点缀了动物和依照你的肖像而造的人类,人凭借了和你相似之处,就是说凭借了理性和理智,统治百兽;犹如人的灵魂上一面是通过思考而发号施令,一面是服从号令,犹如行动受理智的指挥而获得正确方向,同样女子以肉体言,来自男子,虽则在理智和灵性方面具有同样的天赋,但由于性别的不同,女性应隶属于男性。

我们看见了这种种,每一样都已美好,而综合一切尤为美好。

三十三

希望你的工程歌颂你,使我们爱你,也希望我的爱你,使你所造的万类也歌颂你。万物在时间之中,有始终,有升沉,有盛衰,有美丑。因此它们有晨有夕,或幽而隐,或明而显。它们是由你创造,不是从你身上分出,也不是你身外先期存在之物分化而出的;它们是来自同样受造的,也就是说来自同时受你创造的原质,你不是分时间的先后,把无形的原质形成万有。

天地的质和天地的形,二而非一,你从虚无中创造了原质,又从不具形相的原质创造世界的一切品类,但这两项工作是同时的,原质的受造和形相的显现并无时间的间隔。

周士良　译

选自商务印书馆1982年版

致斯加拉大亲王书

〔意大利〕但 丁

6. 如果我们想对于任何作品的某一部分提供一个引论，我们就得提供关于这个作品的某种知识。因此我既然想对于喜剧的上述部分提供一种作为引论的东西，我认为必须先就全部作品谈一谈，然后对待那一部分就比较容易和全面了。在任何有教育意义的作品的开头，有六种事情应该研究一下，即主题、主角、形式、目的、作品名称和作品所关系到的哲学，而其中有三件事情，就我所要给你介绍的这部分而论，是与整个作品有所不同的，而其余三件，则并无二致，这在下面探讨中可以明显看出。因此，关于这三件事情，特别须就整个作品加以研究；只有这样，才可清楚地看出如何论述某一部分的方法。在这之后，我们就其他三件事情跟全部作品的关系以及跟我要奉献给你的那一特殊部分的关系进而加以研究。

7. 为了进一步阐述我们的意见，必须说明这部作品的意义并不简单，相反，可以说它具有多种意义，因为我们通过文字得到的是一种意义，而通过文字所表示的事物本身所得到的则是另一种意义。头一种意义可以叫做字面的意义，而第二种意义则可称为比喻的、或者神秘的意义。为了更好地阐明它的意义，这种处理方式可以就下面这行诗考虑一下:"当以色列① 逃出埃及,雅各② 的家族逃出说外国语言的异族时,犹太就变成他的圣域,以色列就变成他的权力。"③ 假如你就字面而论,出现于我们面前的只是以色列的子孙在摩西④ 时代离开埃及这一件事;可是如果作为比喻看,它就表示基督替我们所作的赎罪;如果就道德意义论,我们看到的就是灵魂从罪恶的苦难到天恩的圣境的转变;如果作为寓言看,那就是圣灵从腐朽的奴役状态转向永恒的光荣的自由的意思。虽然这些神秘意义都有各自特殊的名称,但总起来都可以叫做寓意,因为它们同字面的历史的意义不同。"寓言"一词源出希腊"alleon",这和拉丁字"alienum"或"diversum"意义相同,意为"相异"或"其他"。

8. 我们了解了这一点之后,就可清楚地看出环绕主题的不同意义一定有两层。因此我们必须从字面意义上,然后又从寓言意义上,考虑这部作品的主题。仅从字面意义论,全部作品的主题是"亡灵的境遇",不需要什么其他的说明,因为作品的整个发展都是围绕它而进行的。但是如果从寓言意义看,则其主题是人,人们在运用其自由选择的意志时,由于他们的善行或恶行,将得到善报或恶报。

9. 作品的形式也是双重的,即文章的形式和处理的形式。由于文章分成三篇,其形式也分成三个方面,头一方面是全书分成三首长歌;第二是每一首长歌又分成若干短歌;第三是每一首短歌又分成若干行。处理的形式或方法是诗的,虚构的,描写的,散论的,譬喻的,而进行方式则有界说分论、证明、反驳和举例。

---

① 以色列(Israel):犹太民族的称号,意为"与上帝搏斗的人",常用以称呼雅各(见154页注①)。
② 雅各(Jacob):被认为犹太民族的祖先,事见《创世纪》。
③ 引自《圣经·颂诗》第114首第1节。
④ 摩西(Moses):基督教传说中的先知。

10. 作品名称是"但丁的喜剧在此处开始,但丁是佛罗伦萨人,但却没有佛罗伦萨的性格。"为了理解这一点,必须说明"comedy"(喜剧)一词起源于"comus"(意为"村镇"),和"oda"(意为歌曲),因此喜剧不光说是"村歌"的意思。喜剧是一种叙事诗,跟其他一切叙事诗不同。它在内容上和悲剧不同,因为悲剧在开始时优美静穆,而结果或煞尾则丑恶可怖,字源出于"tragus",意为"山羊之歌",像山羊一样,有腥臭的味儿,这在塞内加① 的悲剧中可以看出,而喜剧虽则在开头有不愉快的纠结,但收场总是皆大欢喜,太伦斯② 的喜剧可以说明这一点。因此某些作家在自我介绍时总是习惯于作这样的祝词:"祝君以悲痛始,以欢乐终"。悲剧和喜剧在语言上也各不相同,悲剧语言崇高雄伟,喜剧语言松弛卑微。贺拉斯在《诗艺》中曾经允许喜剧家有时使用悲剧的语言,同时也允许悲剧家有时使用喜剧的语言。

> 有时喜剧也可以提高语调,如同克来迈斯③ 在发怒时就使用狂风暴雨般的语言,而悲剧家也常常用平凡的语调低声哀诉。

本书所以题名为"喜剧",其故在此。倘使我们就内容论,开头是腥臭可怕的,因为内容是关于地狱的事情,但到结尾时则一切顺利,沐浴天恩,万事大吉,因为内容是关于天堂的一切。如果就语言方法论,则松弛卑微,因此所用的语言正是妇女交际用的俗语。此外,还有其他种种叙事诗,如同牧歌、挽诗、讽刺诗,祈祷等,这从贺拉斯的《诗艺》中也可以看到,但关于这些,这里可以略而不论。

---

① 塞内加(Lucius Annaeus Seneca,约公元前4—公元65):罗马哲学家,曾根据希腊原作,改编悲剧九种。
② 太伦斯(Terence,公元前190—159):罗马喜剧家。
③ 克来迈斯(Chremes):希腊喜剧作家阿利斯托芬的剧中人物。亦为罗马喜剧作家太伦斯的剧中人物。

11. 论到我献给你这一部分的主题,并无困难,因为整个作品的主题就字面上说来,如果是"亡灵的境遇",并不需要再加其他的说明的话,那么很显然,这一部分的主题也是这同样的境遇,只需要加上一个限定语"幸福的亡灵的境遇"。如果全书的主题就其寓意说是"人们在运用其自由选择的意志时,由于善行或恶行,将得到善报或恶报",那么这一部分的主题就可缩小为"人们由于善行将得到善报"。

12. 同样,这一部分的形式也可从整个作品的形式明白看出。如果说全文的形式有三个方面,这一部分就只有两个方面,就是长歌的组成部分和短歌的组成部分。头一方面不能构成它自己特殊形式的一部分,因为它本身就是在那第一方面之下的一部分。

13. 作品名称也是很明白的,如果整个作品的标题是像上面所说的"喜剧在此处开始"等等,那么这一部分的标题就是"但丁喜剧的第三首长歌从此开始,题名'天堂'"。

14. 我们既然已经探讨了作品这一部分和整个作品所以区别的三件事情,就必须考察一下它们彼此之间并无差别的其他三件事情。前面已经说过,全书和部分的主角是人,这一点贯串全书,可以看出。

15. 全书和这一部分的目的可以不止一个,例如,眼前的目的和终极的目的。但是如果不去作细微的探索,我们不妨简单地这样说:全书和这一部分的目的就是要使得生活在这一世界的人们摆脱悲惨的境遇,把他们引到幸福的境地。

杨岂深　译
根据威克斯悌德(P. H. Wicksteed)英译本

论 俗 语

〔意大利〕但 丁

卷 一

第一章

在我们以前从来没有人讨论过俗语这门学问，而事实上我们看到这种语言对一切人都是极为必要的，不只是男人，就是女人和小孩也需尽力就其所能掌握它；既然我们的愿望是给那些像瞎子一般在街上行走的人一些启示——他们总把其实在前面的东西，错想在后面——我们就在耶稣帮助下阐释俗语的重要；不只从我们自己的智慧中吸取清水供人一饮，还要掺入我们从别人那里取来或搜集来的最好的东西，好使我们能够提供最甜美的蜜水。但是由于每种学问的任务不是证明而是解释它的主题，好使人能知道和这门学问相关的究竟是什么，因此我们就直截了当地说所谓俗语就是小孩在刚一开始分辨语辞时就从他们周围的人学到的习用语言，或者更简短地说，我们所说的俗语就是我们模仿自己的保姆不用什么规则就学到的那种语言。从这里面更产生了另外一种派生的言语，就是罗马人称作文学语言的。这种派生的言语，希腊人和其他民族也有，但不是一切民族都有。然而只有少数几个人会用这种言语，因为我们只有费了很多时间，刻苦学习才能学到它。而且这两种言语之中俗语是较高贵的，因为这是人类最初使用的，也同样因为全世界都使用它，虽然它在发音和词汇上分作许多不同的形式。它是二者之间较高贵的也因为对我们它是自然的,而另一种是人为的;我们所要讨论的就是我们的这种较高贵的言语。

第三章

既然人的行为不是受本能而是受理智支配的,而理智本身又在识别力、判断力与择别力等方面因人而异,因而几乎我们中间的每一个人都自成一类;既然如此,我们认为没有人能像兽性的动物那样从自己的行动与性欲中了解别人;也不会有一个人能像天使似的凭灵性就能了解别人那样的事,因为人类的灵性被肉体的粗鄙愚昧所拘牵。因此人类就需要某种为互相传达思想用的,既是理性的又是可感觉的信号,因为这种信号既然要从这个人的理智那里接受某些东西并把它传给另一个人的理智,就必须是理性的;既然除了通过感觉的媒介以外就不能把事情从一个(人的)理智传到另一个(人的)理智,因此它必须是可感觉的;因为如果它只是理性的,它就不能把一个人的理智传给另一个人的理智;如果它仅只是可感觉的,它就既不能从一个人的理智取得什么也不能在另外一个人的理智中存入什么。

这种信号就是我们所谈的高贵的题目本身;就它是声音而论,它是可感觉的,但就它随说话人的意愿传达某种意义而论,它是理性的。

(写于 1304 年左右)

柳　辉　译

选自《文艺理论译丛》1958 年第 3 期,人民文学出版社版

笔 记

〔意大利〕达·芬奇

卷 一

能创造发明的和在自然与人类之间作翻译的人,比起那些只会背诵旁人的书本而大肆吹嘘的人,就如同一件对着镜子的东西比起它在镜子里所生的印象,一个本身是一件实在的东西,而另一个只是空幻的。那些人从自然那里得到的好处很少,只是碰巧具有人形,如果不是因为这一点,他们就可以列在畜生一类。

许多人认为他们有理由责备我,说我的证明和某些人的权威是对立的,而这些人之得到尊敬却是由于他们缺乏经验根据的判断。他们从来不考虑到我是由简单明白的经验得到我的结论的,而经验才是真正的教师。

爱好者受到所爱好的对象的吸引,正如感官受到所感觉的对象的吸引,两者结合,就变成一体。这种结合的头一胎婴儿便是作品。如果所爱好的对象是卑鄙的,它的爱好者也就变成卑鄙的。如果结合的双方和谐一致,结果就是喜悦,愉快和心满意足。当爱好者和所爱好的对象结合为一体时,他就在那对象上得到安息;好比在哪里放下重担,就在那里得到安息。这种对象是凭我们的智力认识出来的。

我们的一切知识都发源于感觉。

欣赏——这就是为着一件事物本身而爱好它,不为旁的理由。

对作品进行简化的人,对知识和爱好都有害处,因为对一件东西的爱好是由知识产生的,知识愈准确,爱好也就愈强烈。要达到这准确,就须对所应爱好的事物全体所由组成的每一个部分都有透彻的知识。

卷 二

眼睛叫做心灵的窗子,它是知解力用来最完满最大量地欣赏自然的无限的作品的主要工具;耳朵处在其次,它就眼睛所见到的东西来听一遍,它的重要性也就在此。你们历史家,诗人或是数学家如果没有用眼睛去看过事物,你们就很难描写它们。诗人啊,如果你用笔去描述一个故事,画家用画笔把它画出来,就会更能令人满意而且也不那么难懂,你如果把绘画叫做"哑巴诗"画家也就可以把诗人的艺术叫做"瞎子画"。究竟哪个更倒霉,是瞎子还是聋子呢?虽然在选材上诗人也有和画家的一样广阔的范围,诗人的作品却比不上绘画那样使人满意,因为诗企图用文字来再现形状,动作和景致,画家却直接用这些事物的准确的形象来再造它们。试想一想,究竟哪一个对人是更基本的,他的名字还是他的形象呢?名字随国家而变迁,形象是除死亡之后不会变迁的。

如果诗人通过耳朵来服务于知解力,画家就是通过眼睛来服务于知解力,而眼睛是更高贵的感官。

举个例来说明这一点:如果一个有才能的画家和一个诗人都用一场激烈的战斗做题材,试把这两位的作品向公众展览出,且看谁的作品吸引最多的观众,引起最多的讨论,博得最高的赞赏,产生更大的快感。毫无疑问,绘画在效用和美方面都远远胜过诗,在所产生的快感方面也是如此,试把上帝的名字写在一个地方,把他的图像就放在对面,你就会看出是名字还是图像引起更高的虔敬!①

在艺术里我们可以说是上帝的孙子。如果诗所处理的是精神哲学,绘画所处理的就是自然哲学;如果诗描述心的活动,绘画就是研究身体的运动对心所生的影响;如果诗借地狱的虚构来使人惊惧,绘画就是展示同样事物在行动中,来使人惊惧。假定诗人要和画家竞赛描绘美,恐惧,穷凶极恶或是怪物的形象,假定他可以在他的范围之内任意改变事物的形状,结果更圆满的还不是画家么?难道我们没有见过一些绘画酷肖实人实物,以至人和兽都误信以为真吗?

如果你会描写各种形状的外表,画家却会使这些形状在光和影配合之下显得活灵活现,光和影把面孔的表情都渲染出来了。在这一点上你就不能用笔去达到画家用画笔所达到的效果。

画家的心应该像一面镜子,永远把它所反映事物的色彩摄进来,前面摆着多少事物,就摄取多少形象。明知除非你有运用你的艺术对自然所造出的一切形状都能描绘(如果你不看它们,不把它们记在心里,你就办不到这一点)的那种全能,就不配作一个好画师,所以你就应紧记在心,每逢到田野里去,须用心去看各种事物,细心看完这一件再去看另一件,把比较有价值的事物选择出来,把这些不同的事物捆在一起。

画家应该研究普遍的自然,就眼睛所看到的东西多加思索,要运用组成每一事物的类型的那些优美的部分。用这种办法,他的心就会像一面镜子真实地反映面前的一切,就会变成好像是第二自然。

---

① 当时各种艺术互争地位高低,作者在《绘画论》里提出一些理由论证绘画是最高的艺术,论画优于诗的一章特别重要,因为它涉及诗画界限与表现媒介差异的问题。

画家如果拿旁人的作品做自己的标准或典范,他画出来的画就没有什么价值;如果努力从自然事物学习,他就会得到很好的结果。罗马时代以后画家的情况就是如此,他们继续不断地在互相摹仿,他们的艺术就迅速地衰颓下去,一代不如一代。

朱光潜　译
选自《世界文学》1961 年 8、9 月号

画　论

〔意大利〕达·芬奇

鄙视绘画的人，既不爱哲学，也不爱自然，绘画是自然界一切可见事物的惟一的模仿者。如果你藐视绘画，你势必藐视了一种深奥的发明，它以精深而富于哲理的态度专门研究各种被明暗所构成的形态（例如海洋、陆地、植物、动物、花草等等）。绘画的确是一门科学，并且是自然的合法的女儿，因为它是从自然产生的。为了更确切起见，我们应当称它为自然的孙儿，因为一切可见的事物一概由自然生养，这些自然的儿女又生育了绘画，所以我们可以公正地称绘画为自然的孙儿和上帝的家属[1]。

诗画之区别：——"画是哑巴诗，诗是盲人画"。二者都各尽己能模仿自然，都能用来阐明各种道德风习，像阿培勒画《诽谤》时所作的那样。

画家是所有人和万物的主人：——假如画家想见到能使他迷恋的美人，他有能力创造她们。假如他想看骇人的怪物，滑稽可笑的东西，或者动人恻隐之心的事物，他是他们的主宰与创造主。假如他愿意创造荒无人烟的地区，炎热气候中的浓荫之地或寒冷天

---

[1] 参看但丁《神曲》《地狱》第十一章"艺术取法于自然，好比学生之于教师，所以你可以说艺术是上帝的孙儿。"（见王维克译本，作家出版社，1954年版，63页）

气中的温暖场所,他也全能办到。要山谷,他可能创造山谷。要从高山之巅俯览大平原或瞭望海的水平线,他是主人。事实上,由于本质、由于实在、由于想象力而存在于宇宙间的一切,画家都可先存之于心中,然后表之于手。他并且把他们表现得如此卓越,可以让人在一瞥间同时见到一幅和谐匀称的景象,如同自然本身一般。

……美感完全建立在各部分之间神圣的比例关系上,各特征必须同时作用,才能产生使观者往往如醉如痴的和谐比例。

音乐家也以各声部组成流畅的旋律,安排在和谐的节奏之中,诗人却无力达到类似和声的和谐。虽则诗与音乐同样经由听觉抵达知觉中心,但诗人无法同时叙述不同的事物,因此也不能提供任何类似于音乐和声的东西。绘画的和谐比例,由各个部分在同一时间组合而成,却具有这种能力,并且它的优美不论是整体或是细部都可同时观看。从整体看,是看它的构图思想,从细部看,是看它组成整体的各部分之意图。由于这些原因,诗人在描写有形物体方面远不及画家,在描写无形物体方面又难望音乐家之项背。

那些作画时单凭实践和肉眼的判断,而不运用理性的画家,就像一面镜子,只会抄袭摆在面前的一切东西,却对它们一无所知。

热衷于脱离科学而专搞实践的人,正如一个水手,登上了一条没有罗盘、没有舵的船,永远拿不准船的去向。实践必须永远建筑在坚实的理论之上。透视学乃是引向理论的向导和门径,少了它,在绘画上将一事无成。

这些法则的目的在于使你养成灵活而良好的判断。因为良好的判断出自正确的理解,正确的理解来自以可靠的准则为依据的理性,而正确的准则又是可靠的经验,亦即一切科学与艺术之母的女儿。因此,你记住我的法则之后,就能够凭着你改进了的判断识别一件作品中不论是透视、形象或其他方面的不协调之处。

我告诉画家们,谁也不该抄袭他人的风格,否则他在艺术上只配当自然的徒孙,不配作自然的儿子。自然事物无穷无尽,我们应当依靠自然,而不应该抄袭那些也是向自然学习的画家。我这席话不是对那些希望依靠艺术获得财富的人说的,而是向那些希望从艺术求得名望和荣誉的人说的。

不能超过师傅的徒弟是可怜的。

画家工作时应当虚心听取任何人的评语——一个人作画的时候,当然不应该拒绝他人的忠告。因为我们知道,一个人尽管不是画家,但对他人的形象也有所了解。别人是不是驼背,是不是有一肩膀太高或太低,是不是有阔嘴、大鼻或其它缺陷,他都能够给予正确的判断。我们既然知道人们确实能够判断自然的创作,就更应当承认他们同样能够评判我们的差错。一个人最容易被自己的作品欺蒙,如果你在自己作品中看不出缺点,可到旁人的作品中寻找,从他人的错误中得益。

有那样一类画家,因为他们不学无术,不得不依赖黄金和翡翠的美丽以谋生。他们极其愚蠢地宣布,如果报酬微薄,他们就不用好材料作画,如果报酬丰厚,他们就可以像不论什么人一样干得出色。瞧,这些蠢货!

如果你根据论两类透视的著作进行学习,精心琢磨作品,你留下的作品将带给你远较金钱为多的荣誉。因为人们只为金钱而推崇金钱,不是为了它的占有者。金钱的占有者永远引人嫉妒,他的钱柜将成为强人窥伺之物,而终至失去了富豪的名声和生命,剩下的只是财富的声名而不是财主的声名。人的美德的荣誉比他财富的荣誉不知大多少倍。古今中外帝王公侯,可是却没在我们记忆中留下一丝痕迹,就因为他们只想用庄园和财富留名后世。岂不见多少人在钱财上一贫如洗,但在美德上却是豪富呢?

……你不见财物本身不会给敛财者死后带来美名么?科学则不然,它始终不渝地为他创造者的名誉鼓吹,因为它是其创造者的亲生女儿,不同于钱财,是个养女。

绘画里最重要的问题,就是每一个人物的动作都应当表现它的精神状态,例如欲望、嘲笑、愤怒、怜悯等。

一个优秀的画家应描画两件主要的东西——人和他的思想意图。第一件容易,第二件难,因为他必须借助体态和四肢的动作来表现它。

在绘画里人物的动作在种种情形下都应当表现它们内心的意图。

除非一个人物形象显示了表达内心激情的动作,否则就不值一赞。一个用动作最完美地表达出激励了他的热情的人物,最值得赞许。

(写于 1490—1513 年)

戴 勉 编译

选自《芬奇论绘画》,人民美术出版社 1979 年 11 月版

亚里斯多德《诗学》的诠释

〔意大利〕卡斯特尔维屈罗

一

诗近似历史。历史分为题材和语言，诗也是分成这两个主要的部分。但是在这两部分，历史和诗都各不相同。就题材来说，历史家并不凭他的才能去创造他的题材，他的题材是由世间发生的事件的经过或是由上帝的意志（显现的或隐藏的）供给他的。至于语言或表现，那倒是历史家所提供的，但是历史家的语言是推理用的那种语言。诗却不然，诗的题材是由诗人凭他的才能去找到或是想象出来的，诗的语言也不是推理用的那种语言，一般地说，没有人用韵文来进行推理；诗的语言是由诗人运用他的才能，按照诗的格律，去创造出来的。……

诗的题材应该近似历史的题材，但不完全相同；如果相同，那就不只是近似；如果不只是近似，诗人在运用这种题材时就丝毫不用费力，找到它也显不出诗人的聪明，所以他就不应得到赞赏，就不配说是具有超过凡人的神明的气质；他之所以得到这种赞赏，是由于他会处理的故事是由他自己想象出来的，是关于本来不曾发生过的事物的，但是同时在愉快和真实两方面，却并不比历史减色。……

从此就应该理解到另一个道理，科学和艺术都不能做诗的题材，都不应用在一篇诗里，因为就诗人来说，已经通过理智去研究和认识到的科学和艺术就带有必然性，看来就像是事实了，通过哲学家和艺术家的长久经历,它们已取得与历史相同的地位,已经属于曾经发生过的事物范围了。如果诗人把别人所找到的并且写过的题材,可以说已经写入历史的题材,从科学或艺术那里借来,只在上面披上诗的词藻,他就没有理由可以自夸为诗人了。所以像恩培多克勒,卢克莱修……之类韵文家①,并不能站在诗人的行列里。尽管他们初次想出某种科学或艺术的道理,并不是从哲学家那里借来的,他们并不能因此就称为诗人,因为他们虽然想出某种科学或艺术的道理,虽然所发现的自然事物中某些永恒的规律是科学或艺术的重要组成部分,他们只是尽了一个好哲学家和好科学家的功能,并没有尽一个好诗人的功能。

二

经过考虑,诗人的功能在于对人们从命运得来的遭遇,作出逼真的描绘,并且通过这种逼真的描绘,使读者得到娱乐。至于自然的或偶然的事物之中所隐藏的真理,诗人应该留给哲学家和科学家去发现;哲学家和科学家自有一种给人娱乐或教益的方法,这和诗人所用的是迥不相同的。此外,各门科学和艺术的题材不能作为诗的题材,还有一个更显而易见的理由,这就是诗的发明原是专为娱乐和消遣的,而这娱乐和消遣的对象我说是一般没有文化教养的人民大众,他们并不懂得哲学家们在研究事物真相时或职业专家们在工作时所用的那种脱离平常人实际经验很远的微妙的推理,分析和论证。向人说话时让他生气和感到不快,这是不相宜的,说话叫人无法听懂,这就自然要使人生气。所以我们如果承认各门科学和艺术的题材可以作为诗的题材,我们也就须承认诗的

---

① 作者在这里举了一些用诗的体裁写科学、哲学论文的古典作家。恩培多克勒(Empedocles,公元前493—433):希腊唯物哲学家。有诗体的论"自然"的著作。卢克莱修(Lucretius,公元前96—55):罗马哲学家,长诗《物性论》的作者。

发明不是为娱乐,或是诗不是为人民大众的,只是提供教益给有文化修养和擅长辩论的人们。这种看法将会证明是错误的。……

诗的发明既然是为着提供娱乐和消遣给一般人民大众,它所用的题材就应该是一般人民大众所能懂的而且懂了就感到快乐的那种事物。……

……如果诗的发明真正是主要地为娱乐而不是为教益,像他(亚里斯多德)在谈论一般诗的起源时[①]所论证的,他为什么又认为作为诗的一种类型的悲剧却主要地要求教益[②]呢?为什么不能丝毫不顾教益而主要地要求娱乐呢?这里只有两种可能,亚里斯多德根本不应顾到教益,要不然,他至少也应该对教益顾到很少,以免要排斥凡是不会产生教益的其它类型悲剧,同时也应该把教益限于一种,即造成恐怖和哀怜的净化。……

朱光潜　译
选自《世界文学》1961年8、9月号

三

表演的时间和所表演的事件的时间,必须严格地相一致。……事件的地点必须不变,不但只限于一个城市或者一所房屋,而且必须真正限于一个单一的地点,并以一个人就能看见的为范围。

悲剧应当以这样的事件为主题:它是在一个极其有限的地点范围之内和极其有限的时间范围之内发生的,就是说,这个地点和时间就是表演这个事件的演员们所占用的表演地点和时间;它不可在别的地点和别的时间之内发生。……

---

① 见亚里斯多德《诗学》第四章。
② 亚里斯多德《诗学》论及悲剧引起对怜悯和恐惧的净化。

事件的时间应当不超过十二小时。

不可能叫观众相信过了许多昼夜,因为他们自己明明知道实际上只过了几个小时;他们拒绝受骗。

在一个极其有限的时间和极其有限的地点之内完成的主人公的巨大幸运转变,比起在一个较长时间和不同而范围较大的地点内完成的幸运转变来,它要奇妙得多。

陈 鹓 译
根据查尔顿(H.B.Charlton)英译本
选自《西方文论选》上册,上海译文出版社 1979 年版

为诗辩护

〔英国〕锡德尼

现在我们可以看一下希腊人是如何命名它[①]的,如何评价它的,希腊人称诗人为普爱丁(ποιητήν),而这名字,因为是最优美的,已经流行于别的语言中了。这是从普德恩(ποιεῖν)这字来的,它的意思是"创造"。在这里,我不知道是由于幸运,还是由于聪明,我们英国人也称他为创造者,这是和希腊人一致了。这名字是个何等崇高和无与伦比的称号,我宁可用划分各种学术的范围的办法来说明,而不用偏颇的阐述。没有一种传授给人类的技艺不是以大自然的作品为其主要对象的。没有大自然,它们就不存在,而它们是如此依靠它,以致它们似乎是大自然所要演出的戏剧的演员。因此天文学家观察星象,而凭他所见到的,记录下大自然所采取的秩序。几何学家、数学家也是如此对待各种不同的数量。音乐家也是如此在节拍方面告诉你什么是自然地和谐的,什么却不是的。自然哲学家也因此而有他的名称,道德哲学家则关心出于自然的德行以及种种恶习和情欲,而说,"遵循自然,在这里面你不会犯错误"。法学家陈述人们所订定了的,历史家陈述人们所做了出来的。语法家只谈论语言的规则;而修辞学家、逻辑学家思考按照自然的规律什么最易证明和说服,于是定出技术规则,这种规则,按照所涉及的内容,还是仅适用于一定的问题范围的。医生研究人

---

① "它":指诗。

体的性质和它有益或有害的事物的性质。而本体论者,虽然是和第二手的抽象的观念① 打交道,因而被认为是超越自然的,但是事实上他还是以自然的深处为基础的。

只有诗人,不屑为这种服从所束缚,为自己的创新气魄所鼓舞,在其造出比自然所产生的更好的事物中,或者完全崭新的、自然中所从来没有的形象中,如那些英雄、半神、独眼巨人、怪兽、复仇神等等,实际上,升入了另一种自然,因而他与自然携手并进,不局限于它的赐予所许可的狭窄范围,而自由地在自己才智的黄道带中游行。自然从未以如此华丽的挂毯来装饰大地,如种种诗人所曾作过的;也未曾以那种悦人的河流、果实累累的树木、香气四溢的花朵以及别的促使这为人爱得够厉害的大地更为可爱的东西;它的世界是铜的,而只有诗人才给予我们金的。

但是不去管这些东西,而来看看人吧——正如一切别的东西都是创造了供人使用的,似乎它的最高技能是用在他上面了——但是,难道它会产生过像忒阿革涅斯② 那样忠实的情人么;像皮拉得斯③ 那样有始有终的朋友么;像奥兰多④ 那样英雄的人物么;像塞诺丰⑤ 的居鲁士⑥ 那样公正的君王么;像维吉尔的埃尼

---

① 第一观念是关于现实中存在的事物的观念。第二观念不是现实中存在的事物的观念而是人的想法所产生的观念,如神、类等观念。
② 忒阿革涅斯(Theagenes),希腊作家赫利俄多洛斯(Heliodorus,公元前第三世纪)的浪漫故事《埃塞俄比亚人》(Ethiopica)中的主人公,他和卡里克勒亚(Chariclea)的恋爱故事是该书的主题。
③ 皮拉得斯(Pylades),希腊传说中阿伽门农王(Agamenon)的外甥,俄瑞斯忒斯(Orestes)的忠实朋友。
④ 奥兰多(Orlando),相传是查理曼大帝(Charlemagne,742—814)的外甥,是许多浪漫故事的主人公。
⑤ 塞诺丰(Xenophon,公元前434? —355?),希腊历史家。
⑥ 居鲁士(Cyrus),塞诺丰创造的理想国王的形象,希罗多德(Herodotus)所保存的传说中的居鲁士是和塞诺丰所创造的形象有出入的。

阿斯①那样方方面面都卓越的人么；不要让这一点被开玩笑地来对待，因为这一个的作品②是实在的，另一个的作品是模仿的，虚构的；因为任何懂得这事的人都知道，每个技工的技能就在于其对于作品的观念，或事先的设想，而不在于其作品本身。而诗人有那种观念，这是明白的；它表现在如此杰出地，如其所设想的那样，把它传达出来。这传出并不是完全凭想象的，像我们常说的那些构造空中楼阁的人所做的那样；它至少工作得实事求是到如此地步，以致它不但造出了一个居鲁士——这不过是个个别的功绩，如大自然可能做到的——而是给与世界一个居鲁士以造出许多居鲁士，如果人们会正确地理解创造者是为什么和怎样造他出来的。不要认为把人类才智的最高峰和自然的功能相衡是太狂妄的对比，还是歌颂那创造者③的天上的创造者吧，他照着自己的形象造了人，就把他放在那第二自然④的一切作品之外和之上。这一点他在诗里显示得最充分了；在这里他以神的气息产生了远远超过自然所作出的东西，这对于不信那亚当的倒霉的原始堕落⑤的人，真是个不小的论证，——因为我们的善于思考的头脑使我们知道了至善，然而我们的被染污的意志却使我们达不到它。这种论证会少有人理解，而且更加会少有人同意；但我希望这一点是会被公认的，就是希腊人给它⑥高出于其他学术的称号是大概有点理由的。

现在让我们作一更为寻常的说明来说明它，以使真理可以更

---

① 埃尼阿斯(Aeneas)，维吉尔《伊尼特》中的主人公。
② 指大自然的作品。
③ "创造者"，指诗人。
④ 人是第一自然，上帝创造的其他东西是第二自然。
⑤ "亚当的原始堕落"：指这一基督教的教义，人类始祖亚当的堕落使整个人类成为堕落的、有罪的。
⑥ "它"：指诗。

为明白;因此,我希望,即使我们得不到像文字学所给予它的那样无与伦比的赞美,那无人否认的关于它的描写,总不应当丧失一个重要的称赞。

诗,因此是个模仿的艺术,正如亚理斯多德用 υιμπις 一字所称它的,这是说,它是一种再现,一种仿造,或者一种用形象的表现;用比喻来说,就是一种说着话的画图,目的在于教育和怡情悦性。

诗曾经有过三种。在古和美方面都是居于首位的,是模仿上帝的不可思议的美德的。大卫的《诗篇》,所罗门的《雅歌》、《传道书》、《箴言》,摩西和底波拉的《颂歌》、《约伯记》,这些和其他为博学的屈瑞米立斯和丘尼斯① 称为《圣经》的诗的部分的,都是如此。没有一个恭敬圣灵② 的人会菲薄这些。俄耳甫斯、安菲翁、荷马等以及许多别的希腊罗马诗人的《颂神歌》,虽然在神学上完全错误,也是属于这一种诗。这种诗必然会为听从圣詹姆士③ 的指教——在欢乐中唱《诗篇》——的人们所常用;但据我所知也为另一些人使用而获得安慰,他们在带来死亡的罪恶的惨痛中由之获得那永不捐弃人类的善良④ 的慰藉。

第二种是属于搞哲学的人们的,有道德方面的,如提耳泰俄

---

① 屈瑞米立斯(Tremellius,1510—1580),犹太学者,曾把《圣经》以希伯来文译成拉丁文。丘尼斯(Junius,1542—1602)和前者同译《圣经》,担任《伪经》部分。
② "圣灵":基督教认为上帝是三位一体的,所谓三位是指圣父、圣子、圣灵,所谓一体就是指这三者又是一体的。为了解释这种荒唐的教条,就产生了中世纪的烦琐哲学。
③ 圣詹姆士,即圣雅各,耶稣十二门徒之一,《新约》中有《雅各书》;"在欢乐中唱《诗篇》"。
④ "永不捐弃人类的善良",指所谓上帝的善良,永不捐弃人类。

斯、福库利德斯和卡图①；亦有自然方面的，如卢克莱茨② 及维吉尔的《田园诗》；亦有天文方面的，如玛尼利乌斯③ 和庞丹纳斯④；又有历史方面的，如留庚⑤；这一切，谁不爱好，毛病就在于谁的见识不对头，而不在于这种美妙地传出知识的美妙食粮。

但是由于这第二种是局限在所提出问题的幅度中，不够遵循自己创造的自由道路，究竟他们应当算作诗人与否，让语言学家来争论吧；我们就来研究第三种，其实是真正的诗人，而且这问题主要是从他们身上产生的。在这种诗人和第二种人之间存在着这样一种差别，这种差别是两种画家之间也存在的，较陋的一种是摹仿在他们面前的面貌的，较高明的一种只服从理智的法律，而通过彩色给你最适合鉴赏的事物，如留克里夏⑥ 的忠贞而悲痛的神情，当她用自尽来刑罚别人的罪行的时候；在这时候画上所描绘的并非画家所亲见的留克里夏，而是这样一种美德的外貌之美。因为这第三种人确是真正为了教育和怡情而从事于模仿的；而模仿却不是搬借过去现在或将来实际存在的东西，而是在渊博见识的控制之下进入那神明的思考，思考那可然的和当然的事物。他们是这样一种人，正如第一种最高贵的可以恰当地被称为先知，所以他们也在最优美的语言里，为最有见识的人，用上述的"诗人"这一名词来招呼。因为这些人的创作是为了模仿；模仿是既为了怡情，也

---

① 卡图(Cato，公元前95—46)，以德行著名的政治家和道学家，反对凯撒失败自杀。
② 卢克莱茨(Lucretius，公元前96—55)，罗马诗人，唯物主义哲学家，长诗《论物性》的作者。
③ 玛尼利乌斯(Manilius)，大概生活在罗马凯撒大帝时代的作者，罗马诗人，天文诗作者。
④ 庞丹纳斯(Pontanus，1426—1503)，拉丁诗人，《乌拉尼亚》一诗的作者。
⑤ 留庚(Lucan，公元39—65)，罗马诗人，《法耳萨利亚之战》(Pharsalia，描写凯撒与庞贝的斗争)的作者。
⑥ 留克里夏(Lucretia)，罗马传说中的贞烈女子。

为了教育；怡情是为了感动人们去实践他们本来会逃避的善行，教育则是为了使人们了解那个感动他们、使他们向往的善行——这是任何学问所向往的最高尚的目的，然而也并不缺少无聊的唇舌来诽谤它们。

　　这些诗人们可以再分为各种更专门的类别。最明显的是歌颂的，抒情的，悲剧的，喜剧的，讽刺的，诙谐的，伤感的，田园的和其他等类别的诗人；其中有些是按他们所写内容来命名的，有些是按他们最喜欢写的诗体来命名的，因为实际上绝大多数的诗人是把他们那体现诗意的创造穿上那种有节奏的称为诗行的写作形式的。其实，仅仅是穿上，因为诗行只是诗的装饰而非诗的成因，因为曾经有过许多诗人，从来不用诗行写作，而现在成群的诗行写作者却绝不符合诗人的称号。因为塞诺丰——他模仿得如此高明以致在居鲁士的名字下给了我们一个公平的帝国的形象（犹如西塞罗[①] 所说的）——实在写了一首完美的歌颂英雄的诗；赫利俄多洛斯，在他那甜蜜动人的创造，忒阿革涅斯和卡里克勒亚的恋爱的描绘中，也做到了这点；然而二者都是用散文写作的。我说这话是为了要指出，使人成为诗人的并不是押韵和写诗行，犹如使人成为律师的并不是长袍，律师穿着盔甲辩护也还是律师而不是军人——只有那种怡悦性情的，有教育意义的美德、罪恶或其他等等的卓越形象的虚构，这才是认识诗人的真正的标志，虽然诗人的公议已经选择诗行作为最合适的服装，认为他们既在内容上超过一切，在形式上也要同样胜过一切；不用酒后茶余的谈话方式，或梦中呓语的方式随口说话，而是以恰到好处为准则，按照着题材的性质称量着每一个字的每一个音节。

　　因此，首先凭其全部作品，然后凭其各个部分来衡量一下这后一种诗，是不会不妥当的。如果在这两种解剖中它都不是可以谴

[①] 西塞罗（Cicero，公元前106—43），罗马政治家、哲学家、雄辩家。

责的,我希望我们会得到一个较为有利的判决。我们通常称之为学问或博学的这种理智的洗濯,记忆的充实,见识的增强,和思虑的开展,不论其在什么名目下出现,为什么直接目的服务,其最后的目的无非是引导我们,吸引我们,去到达一种我们这样带有惰性的、为其泥质的居宅染污了的灵魂所能够达到的尽可能高的完美。但是这一点,依照各人的倾向,产生了各种不同的主张。有些人认为这种幸福主要是凭知识获得的,而知识莫高于熟悉星象,因而就致力于天文;另一些人认为,如果他知晓事物的根源,那就几乎是神道了,因而就成为自然或超自然的哲学家;有些人为一种美妙的喜悦吸引到音乐上去,另一些人为论证的明确性吸引到数学上去;但是大家,彼此相同,都有这一目的:要求知识,要凭知识来把心灵从身体的牢狱中提出来,使享其神圣的本质。但当经验的对照使人发现,天文学家会注目星象而跌入臭沟;好问的哲学家会对自己茫然无知;数学家会把线划得笔直而心不免歪斜;于是,瞧,试验——一切主张的定夺者——证明,这些都只是手段性的科学,它们虽然各有自己的目的,但还是以一种主要知识这一最高目的为归宿;这种知识,希腊人称之为 $\mathrm{\acute{\alpha}\rho\chi\iota\ \tau\epsilon\chi\tau o\nu\iota\chi\acute{\eta}}$,这就是我认为,一个人的自知,在道德和政治问题上的自知,其目的是行动得好而不是仅仅知道得好。犹如鞍工的直接目的是做出好鞍子,但是其较远的目的却是为骑术这一更为高贵的技能来服务;骑兵之于军事亦然;而军人不仅要有军人的技能,还要能够完成军人的任务。所以,一切人间的学问的目的之目的就是德行,最能启发德行的技能就有最为正当的权利作其他技能的君王;在这方面,如果我们可以指出,诗人确是配先于其他竞争者而享有此权利的。

············

(1595年)

钱学熙 译

节选自《为诗辩护》,人民文学出版社1964年版

诗 的 艺 术

〔法国〕布瓦洛

第一章

总论：诗人必须有灵感，必需有自知之明。——韵与义理的配合。——避免穿凿险僻，浮夸俗滥，俳优打诨。——诗句的规律。——法国诗简史。——马来伯的影响。——明畅与正确为达到完美的条件。——慢慢推敲，不求迅速。——讲求意法。——接受批评。

巴纳斯① 多么崇高！精诗艺谈何容易！
一个鲁莽的作者休妄想登峰造极：
如果他感觉不到吟咏的神秘异秉，
如果星宿不使他生下来就是诗人，
则他永远锢闭在他那褊小才具里，
飞碧② 既不听呼吁，天马③ 也不听指挥。
　因此你呀，纵然你激于冒进的热情，

---

① 巴纳斯(Parnasse)和赫利宫(Helicon)是古希腊佛西德(Phocide)地方的两座山，又有一条河，名白美斯(Permesse)发源于赫利宫。据希腊神话，两山是诗神阿波罗(Apollon)新居；阿波罗手下有九个缪司(muses)，各司一种文艺，徜徉于两山与白美斯河之间。自此巴纳斯、赫利宫和白美斯都代表诗坛，缪司有时亦代表某一诗人的诗才或风格。
② 飞碧(Phébus)，诗神阿波罗的别称。
③ 天马(Pégase)，是希腊神话中的飞马。赫利宫山里供奉缪司的马泉(Hippocrene)就是它一脚踏出来的。

向往着文艺生涯,要走这艰难途径,
还是不要自苦吧,强学诗终会失败,
莫认为你爱吟咏① 就认为你有天才,
也该怕学诗不成,到头落得空欢喜,
你应该久久衡量你的才华和实力。

  大自然钟灵毓秀,盛产着卓越诗人,
它会把各样才华分配给每人一份②:
这一个能用诗句描绘着爱火情丝③,
那一个磨炼箴铭含着诙谐的芒刺④;
马来伯歌咏英雄,能铺陈丰功伟烈⑤;
拉干⑥ 能歌咏翡丽⑦、牧羊人、山林、原野。
但往往一个诗人由于自矜和自命,
错认了自家才调,失掉了自知之明:
比方,往日某诗人⑧ 曾和法莱⑨ 在一起,

---

① "吟咏"原文是 rimer,亦可译"凑韵","凑韵者"(rimeur)即"诗匠"。作者把写诗与凑韵,诗人与诗匠显然分开,其区别在于有无"诗意或诗境"。
② 意谓诗人往往只能工于一体,应有自知之明,用非所长便会失败。
③ 指抒写爱情的悲歌,参阅第二章第 41—43 句。
④ 指箴铭体,参阅第二章第 103 句。
⑤ 马来伯(Malherbe),第 131 句后有专论;这里是说:他也能写歌咏战功的颂歌。关于颂歌,参阅第二章第 58—81 句。
⑥ 拉干(Racan,1589—1670),法国诗人,牧歌及牧人恋爱剧作者,颇受意大利影响;但尚能独出心裁,善于描写景物,抒情亦能自然流露,常借牧歌暴露当时宫廷的淫靡之风。
⑦ 翡丽(Philis),牧歌中的传统女角。
⑧ 指圣阿曼,《得救的摩西》的作者。
(波瓦洛原注。)圣阿曼(Saint Amana,1594—1661)善写醉歌,歌颂酒德,颇见才调。作者讥评微嫌过当。
⑨ 法莱(Faret,约 1596—1646),法国散文家,法兰西学院院章起草人,时人及作者称其嗜酒,言过其实。

用木炭题着诗歌,涂满了酒楼墙壁①,
他居然不识高低,冒昧地放开声调,
大唱其希伯来人胜利地跨海而逃②,
穿越着重重沙漠拼命地追赶摩西,
结果和埃及昏君一同淹死在海里③。

不管写什么题目,或庄严或是谐谑,
都要情理和音韵永远地互相配合,
二者似乎是仇敌却并非不能相容;
音韵不过是奴隶,其职责只是服从。
如果我们为找韵肯先用一番工夫,
习惯很容易养成,韵自然一找就有;
在义理的控制下韵不难低头听命,
韵不能束缚义理,义理得韵而愈明。
但是你忽于义理,韵就会不如人意;
你越想以理就韵就越会以韵害义。
因此,首须爱义理:愿你的一切文章,
永远只凭着义理获得价值和光芒。

大部分人迷惑于一种无理的偏激,
总是想远离常理去寻找他的文思;
在他的离奇诗句里他专想矫激惊人,

---

① 诗人好酒,古今中外都是一样的。拉丁诗人马霞尔(Martial, 43—104)就曾描写"一个酒醉的诗人用黑炭或白垩在熏黑的酒楼墙上题写着诗篇"。法国17世纪诗人坐酒楼的风气特盛,拉辛的笑剧杰作《讼迷》(Les plaideurs)就是在酒楼里写成的。所以这句诗不一定实指圣阿曼一人。
② 指圣阿曼写的《得救的摩西》。据《圣经》,摩西率领希伯来人从埃及逃到天启的乐国,所到之处,海水自动分开;希伯来人过后,海水复合。
③ 这两句诗是讥笑圣阿曼描写埃及王(又称"法拉翁"〔Pharaon〕)追赶摩西,其失败之惨和埃及王完全一样。

别人和他一样想,他便觉跌下身份。
避免这种穿凿吧:不要学那意大利①,
让它去用假色泽使文章光怪陆离。
一切要合乎常理,但要达到这一点,
路是滑而难行的,很不易防止过偏;
你稍微走差一步就堕落不能自救。
理性之向前进行常只有一条正路。

也有时一个作家掌握的材料太多,
不把材料写尽就绝不把主题放过。
如遇到一座宫殿,便先写它的正面②;
然后又写些平台请你去留连忘返;
这里是一个石阶,那里是一个走廊;
那里又是个阳台,栏杆都发着金光;
他数着天花板上圆的和椭圆的藻井;
"到处都是雕花呀,到处都是绶带形"③;
我跳过了二十页想看看是否结束;
哪知还是在花园,简直是无法逃出④。

---

① 自14世纪以来,意大利作家,除但丁以外,大都欢喜用浮华的辞藻,运思务求纤巧,遣词特重音调,往往以辞害意。到16、17两世纪,在意大利更是变本加厉,同时把这风气传染到法国来了,所以布瓦洛有此批评。
② 以下几句都是指斯居德里(Scudery, 1601—1668)的史诗《阿拉利克》(Alaric)。他是丰产的戏剧家兼小说家,曾写剧本十六部,常自夸才思敏捷,写一千五百句的或十万句的一首长诗都同样不费气力。当时诗人都以敏捷多产自豪:高陀(Godeau, 1605—1672)每日写诗三百句;剧作家马宁(Magnon)要写一首长诗有十大本,每本有两万句;诗人包野(Boyer)写了二十二个剧本,还写了八万句诗。布洛瓦极力反对这种人,他赞成马雷伯(Malherbe, 1555—1682),因为他的全集一小时可以读完。
③ 引自斯居德里的《阿拉利克》。——布瓦洛原注
④ 《阿拉利克》里描写宫殿就用了五百句诗,描写花园也用了同样多的篇幅。

莫学这些作家啊,避免这浮词滥调,
累赘的无用细节你应该一概不要。
凡是说得过多的都无味而又可嫌;
读者肚里餍足了便立刻拒而不咽。
谁不知适可而止就永远不会写作。

我们生怕犯毛病又往往矫正太过:
你这句诗嫌软了,就改得硬声硬气;
我原想避免冗长反变成词不达意;
这诗人不好藻饰,缪斯就赤裸条条;
那诗人唯恐爬行,便又冲得比天还高。

你是不是想博得广大群众的赏识?
那么,写作时就该不断变换文词。
一种文笔太均匀,通篇都一平如水,
尽管是晶光耀眼,毕竟要令人瞌睡。
这种作家像念经,经常只有一个调,
他们生就讨人嫌,很少有人愿领教。

我羡慕那种诗人,具有灵活的歌喉,
由沉重转入柔和,由诙谐转入严肃!
他的书,天都爱好,读者们更加喜欢,
放在巴班书店里,买的人常常围满。

不管你写的什么,要避免鄙俗卑污:
最不典雅的文体也有其典雅的要求。
无聊的俳优打诨①蔑视着常情常理,
曾一度炫人眼目,以新颖讨人欢喜。
从此只见诗里面满是村俗的调笑;

---

① 俳优体自上世纪初年起即盛极一时,快到1669年才衰落下去。——布瓦洛原注

在巴纳斯神山里到处是市井嗷嘈；
大家都滥咏狂讴，越来越肆无忌惮；
把阿波罗反串了① 成为丑角塔巴兰②。
这风气有如疫疠，直传到全国郡县，
由市民传到王侯③，由书吏传到时贤。
最俗恶的滑稽家居然也有人赞赏；
哪怕就是笪素西④ 都找到人来捧场。
但是，最后，朝廷上感觉到这股歪风，
它憎恶着诗坛上这种荒唐的放纵，
辨认出真率自然不同于俳优俗滥，
让《梯风》⑤ 一类作品到外省去受称赞。
万勿让这种歪风玷污着你的大作，
我们要学马罗⑥ 的那种风雅的谐谑，
把滑稽的村俗语丢给新桥⑦ 的卖药人。

---

① 指斯卡隆的《反串的维吉尔》(Virgile Travesti)。——布瓦洛原注。斯卡隆 (Scarron, P. 1610—1660)是法国幽默戏剧家。
② 塔巴兰(Tabarin)：本名让·梭罗门(Jean Salomon, 约 1584—1633)原为江湖卖药人的助手，善演滑稽剧，但极粗俗，17 世纪初名噪一时。
③ 当时贵族也常用江湖隐语及民间行话。
④ 笪素西(Coupeau d'Assoucy, 1604—1679)，是《心情舒畅时的奥维德》(Ovide en belle humeur)的作者，将罗马诗人奥维德的《变形记》反串而加以丑化。笪氏精于音乐而行为放浪，自称为"滑稽之帝"(Empereurdu burlesque)，曾与喜剧家莫里哀交游。
⑤ 《梯风》(Le Typhon)：斯卡隆的长诗，叙述巨灵与天神交战的故事。"让《梯风》……到外省去受称赞"，说明巴黎人鄙视外省的风气。布瓦洛是巴黎人。
⑥ 马罗(Clément Marot, 1495—1544)：法国诗人，工于酬赠体、箴铭体、叠韵诗、循环歌等，以风趣见称。
⑦ 卖解毒药的和唱木偶戏的长久以来就集中在新桥了。——布瓦洛原注。新桥 (Pont Neuf)是巴黎的一个地区。

但是你也万不要步白勒波①的后尘,
就是翻译《发赛里亚》②,也莫说:沿河两岸
"已死和将死的人堆成百座叫冤山"③。
提高你的笔调吧,要从工巧求朴质,
要雄壮而不骄矜,要优美而无虚饰④。

你只能贡献读者使他喜悦的东西。
对于诗的音律要求应该十分严厉:
经常把你的诗句按意思分成两截,⑤
在每个半句后面要有适当的停歇。
万勿让一个母音流转得过于迅速,
遇到另一个母音在中途发生冲突⑥。
精选和谐的字眼自不难妙合天然。
要避免拗字拗音碰起来丑恶难堪:
最有内容的诗句、十分高贵的意境、
也不能得人欣赏,如果它刺耳难听。
…………

有些人思想模糊,脑子里一团混沌,

---

① 白勒波(Brébeuf,1617—1661)法国诗人,风格浮夸矫饰。
② 《发赛里亚》(Pharsalia)是罗马诗人留庚(Marcus Annaeus Lucanus)公元39—65即Lucan的史诗,述凯撒与庞培的战争。这诗讲求词藻和矫饰,白勒波把它译成法文,矫饰更甚。
③ 这是《发赛里亚》第七章第897句的法译文。——布瓦洛原注
④ 布瓦洛对古典主义风格的解释结晶在这两行诗里,与俳优、浮滥、矫饰成明显的对照。
⑤ 这主要地是指十二音诗。十二音诗是法国的典型诗句,每句十二音诗都在中间分成相等的"两截"(hémistiche),句法整齐。
⑥ 母音冲突(hiatus)是指前一字结尾是母音,接着后一字起头又是母音;这种禁忌直到现在还基本上存在着。法国字是多音的,中国字是单音的,当然不能相提并论;但是中国旧诗讲平仄,也无非是为着和谐。和谐是诗的最高要求,各国各时代都是一致的,所以这一段讲诗律的话也还值得我们参考。

仿佛是经常裹着一层浓密的乌云;
纵然有理智光明,也不能把它穿透。
因此你写作之前先要学构思清楚。
全要看你的文思是明朗还是暧昧,
你的文词相应地就是含糊或清晰。
你心里想得透彻,你的话自然明白,
表达意思的词语自然会信手拈来①。

你尤其要注意的是那语言的法程,
你在写作中再大胆也莫犯它的神圣。
你的诗让我读着尽管是铿锵入耳,
文不顺词又不妥,再动听也是徒劳。
我的看法绝不容借别字立异标奇,
也不容诗句臃肿,不求通只求扬厉。
总之,语言不通顺,尽管你才由天授,
不论你写些什么,总归是涂抹之流。

从从容容写作吧,不管人怎样催逼,②
万勿以敏捷自豪,求迅速只是傻气:
你说你笔头很快,一篇诗走笔而成,
这不说明你多才,只说明你欠精审。
我宁爱一条小溪流过细软的沙上,
徐徐地蜿蜒流过那开花的草场,

---

① 这两句诗在法国已经成了谚语,罗马诗人贺拉斯也说:"题目想透了,词语会自然来到。"
② "斯居德里是为了原谅自己,老是说他之写得那么快是被人家催逼的。"——布瓦洛原注。布瓦洛还曾说:"读者只问我的文章好坏,不问我费的时间多少。"(《赠诗》Ⅱ)"一个作品不能表现出修改太过,但是实际上修改越多越好,往往就是由于修改,经过刮垢磨光的工夫,才能使读者感到文章天成、妙手偶得之趣。"

而不爱泛滥的洪流像骤雨一般翻滚,
在泥泞的地面上夹着砂石而奔腾。
劝你从容地忙着,总不要失掉耐心,
还要十遍、二十遍修改你的作品:
要不断地润色它,润色,再润色才对;
有时可以增添,却常要割爱删弃。

　如果一部作品里读起来到处是错,
偶然闪烁些警语那又能算得什么?
必须里面的一切都能够布置得宜;
必须开端和结尾都能和中间相配;
必须用精湛的技巧求得段落的匀称;
把不同的各部门构成统一和完整。
当你发挥的时候万不能离开题旨,
跑到十万八千里去找一个漂亮字。

　你的诗句是不是怕人家指摘批评?
那么你自己就该严格地推敲删订。
无知的人才永远倾向于欣赏自己。

　你该找几个朋友能爽快地纠正你,
能对于你的写作诚恳地听你倾吐,
对你所有的毛病又是热心的诤友;
放下作家的架子,对朋友要能谦逊,
但是也还要辨别,莫交上谄谀之人。
有人似乎恭维你,其实在开你玩笑,
望你不爱人赞扬,只爱人给你忠告。

　谄谀者一遇到你就准备拍案惊奇,
每句诗他听到了都使他魄荡魂飞。
一切都妙,都神奇,没一个字不中听,
他喜得手舞足蹈,他悲得有泪如倾;

他处处为你叫绝,捧得你糊里糊涂。
说真话的人哪有这种偏激的态度?
　一个益友经常是既严格而又刚毅;
一发现你的错误就绝不让你宁息:
他绝不轻易放过你所疏忽的地方,
诗句布置失宜的,定要你调整妥当,
他对于浮夸字眼就一定加以抑压;
这里的意思欠妥,那里的词句欠佳。
他指出你的结构似有些不够分明,
这个词模棱两可:他要你设法澄清。
这样对你说话的才是个真正朋友。
　但是也常有作家拼命替自己辩护,
他觉得每一句诗他都该自卖自夸,
他一开头就表示他是被告的护法。
你如果说:"这句诗表达得不够高强。"
他便说:"啊呀!先生,这句诗请你原谅。"
你说:"这句话可删,似乎情感不够热。"
他便答:"这句话么,全篇要数它出色!"
你道:"这样说不佳,"他道:"大家都赞美。"
他永远执迷不悟,就这样文过饰非,
只要在他作品里有一句被你批评,
他反而振振有词宁死也不肯删订。
然而你听他说话,他绝对欢迎指示;
他说你对他的诗尽可以吹毛求疵。
但是这种漂亮话只叫你听着开心,
他使出这条妙计好把诗读给你听。
读罢诗他就走了;满足于自家诗法,
为着多骗些赞美再去找一个傻瓜;

因为傻瓜有的是:就我们时代来说,
作家傻的固不少,捧场人傻的更多;
除开都市和外省出的傻子都不计,
还有许多依附在公爵或亲王家里。
最最平庸的作品接触到朝廷显宦,
经常都可以遇到热心的护法伽蓝;
最后,说句讽刺话来结束我这一章,
一个傻子总找到更傻的人来捧场。

第二章

次要的诗类:——牧歌。——悲歌。——颂歌。——商籁。——箴铭。——循环歌;叠韵律诗;风趣诗。——讽刺诗。——揶揄调。——歌谣。

············

幽雅牧歌① 要漂亮而无繁文,
它的风度要可人而格调却要谦逊;
措辞要朴质自然,不能有丝毫矫饰,
绝不爱矜才使气,显得是才子之诗。
它的温柔一定要得人怜、沁人心脾,
绝不要慷慨激昂叫人听了骇异。

············

悲歌② 格调高一点,但也还不能放肆,
它应该如怨如诉,披着长长的丧衣,

---

① 牧歌(idylle)是写农牧生活的小诗,差不多经常都描写着乡村中青年男女的纯朴的爱情故事。
② 悲歌(élégie),最初是写哀怨的歌曲,起于希腊,以六音节诗句及五音节诗句相间而成。到了罗马诗人手里,悲歌也抒写欢情。

让头发乱如飞蓬抚着棺木而啼泣。
它又描写有情人,曲尽其悲欢离合;
对爱侣能嗔、善媚、时而闹、时而讲和。
但要想真能表出这种种微妙情怀,
单是诗人还不够,要自己真在恋爱。

　　我最恨无病呻吟,那种人真是荒诞,
他说他情如火热,缪司却水冷冰寒;
他装出多病多愁,嘴疯狂心里平静,
为着要吟成诗句便自称无限痴情。
他最甜蜜的热爱都只是纸上空言:
他一辈子只会说:带着爱情的锁链,
只会说:甘为俘虏,只会说:虽死亦荣,①
叫人家刚一听到就知道言不由衷。
…………
　　颂歌② 就比较辉煌,气魄也相当伟大③,
它尽管飞扬凌厉,英雄气直薄云天④,
并且还在诗句里时常与天神相见。
…………
颂歌风格有如狂飙,随便往来飘忽,
美妙的参差错落却来自艺术火候。
　　去吧!胆小的诗匠!他们的呆板文思,
在灵机酣纵之中还泥于叙述层次;

---

① "爱情的锁链"、"甘为俘虏"、"虽死亦荣"都是当时小说中风流骑士对所欢所说的媚语,早已成了滥调。
② 颂歌(ode)原为琴歌,最初以竖琴伴唱。早期专抒写宗教情感及胜利之乐,后来扩大范围,歌颂各种娱乐。布瓦洛在这里只谈到歌颂胜利及饮宴之乐两种。
③ 原文为"et non moins d'énergie"(气魄也不比较小)。……
④ 这是指歌咏胜利的颂歌。

他们写一个英雄,歌颂着丰功伟烈,
仿佛写枯燥历史,斤斤于后先年月。
他们死盯住题目,不敢有一刻离开:
…………
这种人是阿波罗没有肯给他才调。
…………

  最后理智睁了眼,它已经受尽侮辱,
它把庄严文字里俏皮话永远清除;
它宣布了俏皮话不能登大雅之堂,
只给它在箴铭里稍留下一点地方;
它那种纤巧也只必要时才准表现,
要从意思上出发,不准再玩弄字面。①
…………
并不是说有时候稍具慧心的诗才
不做些文字游戏,不便中带点诙谐,
不偶然曲解词意、而把它翻成语妙;
但不能着意追求,太过了反而可笑,
…………
诗体各有其所美,它本身就很漂亮。
高卢② 产的循环歌自以其醇朴见长。
选韵律诗的规格从古就异常谨严,
它的全部的光华常由于韵脚善变。
  风趣诗比较简单,措辞也比较高尚,

---

① 布瓦洛把从意思上出发和从字面上出发的两种俏皮话分得很清楚:由于两个概念相近,因而加以比附,开个玩笑,还情有可原;专在字面上做工夫,扯东拉西,大抵都是无理取闹。
② 高卢(Gaule),法国的古称,循环歌是法国特有诗体,不像商籁等之自外输入,故云"高卢产"。

读着使人感觉到温柔、亲切与慈祥。
讽刺诗① 到了真理手里便成了武器，
但目的并不是为骂人而是为了说理。
…………
我要求讽刺诗中作者如璞玉无瑕，
绝不容无耻之徒也跑来侈谈风化。②
…………
就是作歌谣也该讲艺术、合乎常情，
…………
如果他不这样做才真叫古怪稀奇！③

第三章

主要的诗体：悲剧，它的规律，它的发展史；应避免的缺点，应具有的品质。——史诗，它的定义；外教的神奇与基督教的神奇；史诗的规律。——喜剧，它的发展史，它的范围；评莫里哀与特兰斯；喜剧与悲剧、滑稽剧的界限。

绝对没有一条蛇或一个狰狞怪物
经艺术摹拟出来而不能供人悦目：
一枝精细的画笔引人入胜的妙技
将能最惨的对象变成有趣的东西。

---

① 讽刺诗（Satire），无定式，在法国，以布瓦洛为大宗匠。
② 这句诗，有人说是骂芮尼，也有人说自175句以下都与芮尼无关；我们玩味原文，觉得后说为胜。
③ 原来下面还有这样两句诗：
　　　"于是我们的学院又添道新的光芒，
　　　　因为不久他就是第四十号大宗匠。"……
这两句诗对法兰西学院太失敬了，所以付印时经作者删去。

比方,为我们娱乐,那悲剧涕泪纵横,
替血腥的俄狄浦斯① 发出惨痛的呼声,
替弑母的俄瑞斯忒斯② 表演出惊惶震骇,
它迫使我们流泪却为着我们遣怀。
   因此你对于戏剧既具有高度热诚,
既拿着煊赫诗篇来这里争优赌胜③,
你既然想舞台上一演出你的作品
便能得巴黎群众全场一致的欢心,
你既想你的作品叫人越看越鲜妍,
在十年、二十年后还有人要求上演,
那么,你的文词里就要有热情激荡,
直钻进人的胸臆,燃烧、震撼着心房。
倘若戏剧动作里出现的那感人的冲激,
不能使我们心头充满甘美的"恐惧",
或在我们灵魂里不能激起"怜悯"的快感,
则你尽管摆场面、耍手法,都是枉然:
你那些枯燥议论只令人心冷如冰,
观众老不肯捧场,因为你叫他扫兴,
你费尽平生之力只卖弄修辞技巧,
观众当然厌倦了,不讥评就是睡觉。

---

① 指古希腊索福克勒斯的悲剧《俄狄浦斯王》。俄狄浦斯杀父娶母,自己发现罪恶之后,便挖掉自己的双眼,血淋淋地跑出台来。观众一面惊骇,一面欣赏他的悲痛和忏悔的歌词。
② 古希腊的三大悲剧家埃斯库罗斯、索福克勒斯、欧里庇得斯,都曾写过有关瑞斯忒斯(Oreste)的剧本,这里可能是指欧里庇得斯写的俄瑞斯忒斯替他的父亲阿伽门农报仇的故事。他杀了他的母亲克吕泰墨斯特拉(Clytemnestre)之后因悔恨而发狂,到处被神灵追逼着。
③ 这里是用古希腊的典故。古希腊有定期的戏剧会演,是一种热烈的竞赛。

因此第一要诀是动人心、讨人欢喜：
望你发明些情节能使人看了入迷。
　　头几句诗就应该把剧情准备得宜，
以便能早早入题，不费力、平平易易。
我讨厌那种演员不爽利、点题太慢①，
本当开宗明义的却叫我听了茫然；
剧情既纠缠费解，说来又拖拖拉拉，
听戏本来是乐事，它反而使我疲乏。
我宁愿他一出场就自报姓名身份，
就说我是俄瑞斯忒斯或者是阿伽门农②，
而不愿他堆宝塔、啰嗦得一塌糊涂，
说的话毫无内容反使人震坏耳鼓。
此所以题要早点，起手就解释分明。
　　剧情发生的地点也需要固定，说清。
比利牛斯山那边诗匠能随随便便③，
一天演完的戏里可以包括许多年：
在粗糙的演出里时常有剧中英雄

---

① 以下四句诗,有人说是影射高乃依的悲剧《西娜》(Cinna)。但是伏尔泰和拉·哈卜(La Harpe,1739—1803)认为是指高乃依的悲剧《伊拉克利》(Heraclius)这篇悲剧不但点题慢,剧情也复杂,观众有时不易掌握里面的线索。
② 阿伽门农是荷马史诗《伊利亚特》里希腊方面的主要英雄之一,悲剧演他的故事很多,有些注释家说这句诗是指拉辛的悲剧《依菲日妮》(Iphigénie),因为这篇悲剧一开始就由阿伽门农出场点题。
③ 比利牛斯是西班牙和法国的分界山脉,"山那边"是指西班牙。"诗匠"是指西班牙两大剧作家罗伯·德·维伽和加尔台隆(Calderon,1600—1681);两人都是丰产作家。他们对剧情的时间、地点是任意支配的;不过他们善于布置剧情,使观众不感到内容散漫。布瓦洛则目之为"诗匠"。

开场是黄口小儿,终场是白发老翁①
但是我们,对理性要服从它的规范,
我们要求艺术地布置着剧情发展;
要用一地、一天内完成的一个故事
从开头直到末尾维持着舞台充实②。
　切莫演出一件事使观众难以置信:
有时候真实的事演出来可能并不逼真③。
我绝对不能欣赏一个背理的神奇,
感动人的绝不是人所不信的东西。
不便演给人看的宜用叙述来说清④,
当然,眼睛看到了真象会格外分明;
然而,却有些事物,那讲分寸的艺术
只应该供之于耳而不能陈之于目⑤。
　剧情的纠结必须逐场继长增高,
发展到最高度时轻巧地一下解掉。
要纠结得难解难分,把主题重重封裹,
然后再说明真象,把秘密突然揭破⑥,

---

① 这是专指罗伯·德·维伽的一篇戏剧,里面有两个人物在第一幕出生,到最后一幕都衰老了。这种事在法国古典主义者看来是绝对不应该的。
② 这两行诗,简括地说出古典主义戏剧的"三整一律"。
③ 作者认为,"真实的事"是个别的真,"逼真"是一般的真,文艺是应该以一般的真为对象的,即文艺须注重真实性,这里其实是指生活真实与艺术真实的区别。像真情的事实只能使观众感到不像真情。
④ 这句诗说明为什么在法国古典主义戏剧里长篇叙述是那么多,而这种长篇叙述往往使剧情进展迟缓,甚至于丧失逼真之感。
⑤ 贺拉斯在他的《诗艺》第188节中也认为目见比耳闻深刻,但是他还是不容许在舞台上表演过于激烈的灾祸。
⑥ 以揭破秘密作结,可以用莎芙克尔的《哀狄普登极记》和拉辛的《依菲日妮》两剧作为典型。但这并不是结束剧情的唯一的、最好的办法。

使一切顿改旧观,一切都出人意表,
这样才能使观众热烈地惊奇叫好。
悲剧在滥觞时代形式粗俗而模糊①,
它只是简单合唱,一面唱一面跳舞,
人人对葡萄之神高呼着许多歌颂,
希望用这种努力使葡萄收获能丰。
大家都饮酒作乐,刺激得欣喜若狂,
唱的人谁最工巧便奖谁一匹公羊②。
台庇斯③是第一人把脸上满涂糟粕,
引着这狂欢队伍打郊外村庄走过④;
他载上一车演员装饰得马马虎虎,
拿一种新的玩艺供给过路人悦目。
厄什尔⑤在合唱里又加上许多人物,
改用较雅的面具给演员复面蒙头⑥,
高高地对着大众用木板搭起剧场,
叫演员穿着短靴登上去公开演唱。

---

① 以下关于希腊戏剧史的一段都跟贺拉斯的意见相同。
② 事实上这公羊是祭酒神(亦即前面所说的"葡萄之神")巴居斯(Bacchus)用的,不是歌者的奖品。布瓦洛沿袭着贺拉斯的错误。
③ 台庇斯(Thespis),公元前6世纪的希腊人,据传说,是他开始从合唱队里抽出一个人来连唱带做与合唱队对话,因而创始了悲剧。贺拉斯也是这样说,布瓦洛沿袭着贺拉斯。据近人考证,载着一车演员、面涂糟粕、穿村过镇的不是台庇斯而是徐萨里昂(Susarion)。
④ 雅典村镇。——布瓦洛原注
⑤ 厄什尔应该被认为真正的希腊悲剧之父,他发明了对话,将合唱队分为两半,伴随着两个人物。他写了七十种悲剧,其中有七本保存到现在,每本都雄壮而朴质,堪称杰作。
⑥ 希腊面具是整个罩在头上的,所以说"复面蒙头"。

最后是莎芙克尔①凭着他天才奔放,
既提高唱做和谐又增加台面风光,
他在全部剧情里把合唱穿插均匀②,
又把粗糙的台词琢磨得十分圆润,
因而使悲剧一门在希腊登峰造极,
罗马人拼命摹仿也终于无力攀跻③。
…………

我们不能像小说,写英雄渺小可怜④,
不过,伟大的心灵也要有一些弱点。
阿什尔不急不躁便不能得人欣赏;
我倒很爱看见他受了气眼泪汪汪⑤。
人们在他肖像里发现了这种微疵,
便感到自然本色,转觉其别饶风致。
你要描写阿什尔就该用这种方式;
写阿伽曼农就该写他骄蹇而自私;

---

① 莎芙克尔(Sophocle,公元前495—405),古希腊的最大悲剧作家,活到90岁时,诗才不衰,还能在悲剧会演中竞赛得胜。他写的剧本很多,现在也和厄什尔一样,只保留下来七本,都是杰作,以《哀狄普登极记》为最著名。莎芙克尔之后还有欧里庇德,在古希腊悲剧中一向被认为与厄什尔、莎芙克尔鼎足而三,他的作品的感动力还超过莎芙克尔,不知道为什么布瓦洛把欧氏丢掉不谈。
② 莎芙克尔使合唱队的作用不止于歌唱,还参加到剧情的动作里。他从合唱队里又抽出一个人来扮演,因此扮演人就有了三个了。
③ "见千迪连 X, I。"(布瓦洛原注)千迪连(Quintilien)很称赞拉丁作家阿迪于斯(Attius)、巴古维于斯(Pacuvius)和瓦里于斯(Varius)的悲剧,不过三人的作品都失传了,因此很难判断拉丁悲剧的高度。
④ 指斯居德里小姐的小说《阿尔塔门》和《克莱梨》。
⑤ 在《伊里亚特》第一章里,荷马就写阿什尔"离开他的战友们在一旁坐着流泪"。

写伊尼① 就该写他对天神畏敬之情。
凡是写古代英雄都该保存其本性。
你对各国、各时期还要研究其习俗:
往往风土的差异便形成性格特殊。

　　因此你千万不要像那小说《克莱梨》②,
把我们风度精神加给古代意大利③;
借罗马人的姓名写我们自家面目,
写加陀④ 殷勤妩媚,白鲁都⑤ 粉面油头。
开玩笑的小说里一切还情有可原,
它不过供人浏览,用虚构使人消遣;
若过于严格要求反而是小题大做⑥;
但是戏剧则必需与义理完全相合⑦,

---

① 伊尼(Enée),特洛亚的王子之一,安什斯(Anchise)与维纳丝所生。特洛亚灭亡时,他逃到海上,漂流到了意大利,所以古罗马人说他们是伊尼的后裔。伊尼对天神极端虔敬,所以天神保佑他的子孙昌隆。维吉尔的《伊尼特》就是咏伊尼故事。
② 《克莱梨》(Clélie)也是斯居德里小姐著的十本头的小说,以法国人的风俗习惯写古罗马人的故事。
③ 古代意大利即罗马。古罗马人又称拉丁人,因古罗马文明滥觞于拉丁姆(Latium)地区。
④ 加陀(Caton,公元前 232—147),古罗马元老,以爱国、公正、严肃著称,是刚健之德的典型。在《克莱梨》小说里并没有写加陀。
⑤ 白鲁都(Brutus,生期不详,卒在公元前 508),古罗马的反暴君的革命领袖,执政时,因其子背叛革命,处以死刑,并亲自临场监斩。在《克莱梨》小说里,老白鲁都也和其他人物一样,讲求修饰,对妇女表现殷勤。
⑥ 当时斯居德里小姐还健在,她的小说正风行,所以这几句诗批评得很委婉。在布瓦洛另一个作品《小说中人物的对话》里,作者就露骨地表示对这种小说不满了,他说:"他们(小说家)把最著名的英雄人物写成了轻佻的牧羊人,及至写成了现代小市民……"
⑦ 这句诗是拿戏剧与小说对比,依照布瓦洛的看法戏剧是生活的摹拟,小说是幻想的产儿,所以戏剧必需比小说更注重象真性。

一切要恰如其分,保持着严密尺度。
　你打算单凭自己创造出新的人物?
那么,你那人物要处处符合他自己,
从开始直到终场表现得始终如一。
　常常不知不觉地作者太风流自赏,
创造出来的英雄便个个和他一样:
自己是嘎斯干① 人,一切就嘎斯干气;
卡卜来德和于巴② 语调上竟无差异。
　大自然在人心里就比较明敏善变;
每种情感都说着一个不同的语言:
愤怒之情最激扬,要用高亢的话语,
颓丧之情就要用比较低沉的词句。
…………
　莫在一个主题上堆砌太多的琐事。
单是阿什尔之怒,经过艺术的处置,
就丰富地充满了《伊里亚特》一部书③:
往往臃肿的发挥反而使题材消瘦。
　在你那些叙事里要活泼而又迅疾;
在你那些描写里要丰赡而又华丽。
就是在这些地方要显出诗句雅洁;
永远不要表现出琐屑不堪的情节。

---

① 嘎斯干(Gascogne),法国古代省名。下句的卡卜来德是嘎斯干省人。
② "于巴(Juba),卡卜来德的小说《克勒奥巴特尔》里的英雄。"(布瓦洛原注)卡卜来德(Caprenède)是当时丰产的所谓历史小说作家之一;《克勒奥巴特尔》是一部十卷二十三本头的小说;于巴是古代莫里唐国(Mauritanie)国王,于公元前46年败于凯撒。
③ 《伊里亚特》共二十四章,都以阿什尔之怒为主题,情节的发展,从开始到结束不超过40日。

不要学那愚诗人①为着要描写沧海,
为着说明人到处,面前的海浪分开,
为着写希伯来人从暴主手中脱逃,
竟摆上一些鱼儿②从窗里看人奔跑,
又写上一个小孩跳跃着来来往往,
"手里拿个小石子快乐地献给他娘"③。
这是用无聊事物分散着读者眼光。
你对于作品篇幅一定要剪裁允当。

　文章起头要简朴,毫不能装腔作势。
千万不要一开始就跨上天马④奔驰,
用雷一般的嗓子向读者大言不惭:
"我要歌唱世界上众好汉中的好汉"⑤。
这样高声叫喊后其下文究竟如何?
大山吼着要临盆,结果生个小老鼠。
啊!我是多么喜爱这位工巧的作家,
他的诗篇开始时一点不高声夸大,
只用温柔的语调简易和谐地宣布:
"让我来歌唱战斗和一个虔诚人物⑥,

---

① "指圣阿曼。"(布瓦洛原注)关于圣阿曼和他的史诗《得救的摩西》,见第一章第21句以下各注。
② 惊骇的鱼儿看着他们走过,见《得救的摩西》。——布瓦洛原注
③ 引自《得救的摩西》。
④ 天马,见第一章第6句注。
⑤ 斯居德里的长诗《阿拉利克》,卷Ⅰ。(布瓦洛原注)参阅第一章第51句注。
⑥ 维吉尔:"我来歌唱战斗和那位被命运从伊凉海岸赶出来、第一个逃到意大利在拉维尼海边登陆的战士,他由于那残酷的儒侬仇恨难消,发着神怒,曾在陆地和海上经过了无数的险阻艰难。"(《伊尼特》第一章开端)在《伊尼特》里经常用"虔诚"二字形容伊尼,因为他在特洛亚被焚毁时把特洛亚的神祇都救出来了。

他从佛里基① 海岸被风吹到奥梭匿②
第一个在此登陆,地点就是拉维尼!"③
他的缪司初到时不那样到处放火,
她所预告的很少为的是贡献很多;
你看她不一会儿就显出无限神奇,
替拉丁人的命运宣示着诸神旨意,④
写着地狱两条河⑤ 阴森的急流汹涌,
预示着历代凯撒⑥ 优游在极乐园⑦ 中。

  你要用无穷形象使作品欢情洋溢,
要一切对于读者都显得笑眼迷迷:
文章可以极煊赫同时又怡悦心情,
我最恨一种孤高呆板板令人扫兴。
我宁爱阿辽斯特⑧ 和他的诙谐故事
而不爱那种作者冷冰冰长带愁思,

---

① 佛里基(Phrygie),在小亚细亚,特洛亚城的所在地。
② 奥梭匿(Ausonie),意大利的一个地区,这里就是指意大利。
③ 拉维尼(Lavinie),伊尼在意大利的拉丁姆手建的第一座城。
④ 在《伊尼特》第六章里,伊尼下到地狱里找到了他的父亲安什斯(Anchise),安什斯告诉他将来会子孙绳绳,国运昌炽,并且他隐约地看到了罗马史上的主要人物,一直看到奥古斯特(Auguste,与作者维吉尔同时的君主)。
⑤ 维吉尔描写的地狱两条河是斯迪克斯(Styx)和阿克隆(Achéron)。斯迪克斯河绕地狱七匝,河里的水人浸着便永远不会受伤。阿克隆河只绕地狱一匝,任何人都不能经过两次。
⑥ 古罗马自儒尔·凯撒(Jules César)称帝后,接连有十一代君主都称"凯撒"。
⑦ 极乐园(Elysée),据古代神话,极乐园是地狱里的一个特殊区域,是有道德的人死后居住的;他们大抵都是希腊、拉丁人,出生在耶稣降生以前,没有机会信奉基督教,所以不能进天堂,只能住极乐园。在但丁《神曲》里,维吉尔只能领导但丁游地狱和炼狱,不能进天堂,是一个显明的例证。
⑧ 阿辽斯特(Arioste,1474—1533),意大利的著名诗人,著有《狂了的罗兰》(Roland furieux)及许多脍炙人口的商籁,这里所说的"诙谐故事"就是指《狂了的罗兰》。

万一那妩媚之神① 逗得他喜上眉头，
他那种忧郁之情怀便仿佛受到侮辱。

　　荷马② 之令人倾倒是从大自然学来，
他仿佛向维纳丝盗得了百媚宝带③。
他的书是众妙之门，并且是取之不尽：
不论他拈到什么，他都能点石成金。
一经到他的手里臭腐也变为神奇；
他处处叫人欣赏，永远不使人疲惫。
一种适当的热情使他的文词奔放：
他绝不会迷失在过长的抹角转弯。
他的诗中的层次并没有固定法程，
他的题材自然会发挥得齐齐整整；
一切都不需牵强，想出来便自容易，
每句诗，每一个字都直接奔赴话题。
你爱他的作品吧，但必须爱得诚虔；
你知道加以欣赏就算获益匪浅。

　　一首卓越的诗篇流利而脉络分明，
绝不是率尔而成，单凭着一时高兴：
它需要工夫、锤炼：像这样艰巨作品
绝不是一个蒙童初写作，学步效颦。

---

① 妩媚之神（Les trois Grâces），亦可译"天庭三媚"，据希腊神话，她们是代表妍美中最动人的魔力的三个女神。
② 荷马，据传统说法，他是古希腊最早而又伟大的行吟诗人，老而盲，经常穿城越市，歌唱着他所作的《伊里亚特》和《奥底塞》两部史诗。
③ "见《伊里亚特》XIV。"（布瓦洛原注）荷马在这章诗里叙述维纳丝把她的百媚带借给儒侬，使宙彼得大帝回心转意。

然而诗坛也常有不学无术的诗人①,
偶然间才华之火在心里燃烧一阵,
他便被冲昏头脑骄傲得如狂如醉,
拿起英雄的鼓角昂然地大吹大擂;
他那散漫的缪司在凌乱的诗句里
只能够忽起忽落,永不会经常奋起;
他那种才华之火,因为他才识双缺,
就仿佛短了燃料,所以才旋烧旋灭。
然而尽管社会上很快地对他鄙视,
尽管劝他睁开眼不以为富有才思;
而他才虽微却颇自诩,自给自鼓掌,
别人不对他膜拜,他却对自己烧香。
维吉尔比起他来算不得工于创造,
老荷马比起他来也难说臆想高超,
如果当代的舆论都反对他这批评,
他就诉之于后世,希望着千秋论定。
然而要等后世人有一天心血来潮,
想起他那些大作,拿出来激赏推销,
怕它们堆在库里长久看不见天日,
大作早已悲凄地被虫豸灰尘腐蚀。
它们正在挣扎哩,由他去,不必多管。
还是闲言少叙吧,让我们书归正传。
　　希腊的悲剧演出顺利地克抵于成,

---

① 指戴玛来。戴玛来是崇今派领袖之一,著有《法国诗文与希腊、拉丁诗文之比较》一书,肆力攻击荷马与维吉尔,并说他这个批评,千秋后自有定论。他自己也颇有著作,但才力不高。

因而古代的喜剧也就在雅典诞生①。
希腊人生性好揶揄,利用着千般玩耍,
拿着喜剧来提炼唇枪舌剑的精华。
聪明、睿哲和荣誉,没一样不被讥嘲,
不顾忌一切尊严,但博取哄堂大笑。
曾经有一个诗人②,据社会一般传说,
拿着能手③开玩笑,图自己收入增多④;
他并且攻击大贤,在《乌云》⑤的合唱里,
引起无聊的群众诟骂着苏格拉底。
像这样肆言无忌,到后来禁止流行:
为挽回这种狂澜,政府借助于法令⑥,
它规定诗人讽刺的锋芒应比较收敛,
绝不准在戏剧里露出人名或脸面。
于是剧坛失掉了古代笑骂狂潮;

---

① 亚里斯多德在他的《诗学》第五章里曾说,希腊喜剧当初被人忽视,所以无史可稽。贺拉斯在他的《诗艺》第284节中则曾说,在悲剧之后出现了古代的喜剧。布瓦洛可能本贺氏之语,说喜剧也起自雅典,在悲剧之后。据后人考证,古代喜剧起源于西西里岛,以佛密斯(Phormis)和厄庇卡姆(Epicharme)两人为始祖,也和悲剧一样,由酒神巴克斯的神会里产生出来的,并与悲剧并行地发展着。
② 指古希腊喜剧作家阿里斯托芬。他利用笑剧攻击雅典共和国的官吏、将军或社会名人。他的大部分作品都是"旧喜剧"的典型,因为希腊旧喜剧是以政治讽刺为主的。
③ "能手"指悲剧作家欧里庇得斯。阿里斯托芬在他的喜剧《群蛙》里讽刺欧里庇得斯的作品缺乏教育意义。
④ 说阿里斯托芬为了"收入增多"而讽刺名人,这是没有什么证据的。
⑤ 《乌云》是阿里斯托芬的喜剧。——布瓦洛原注。按阿氏此剧的译名应为《云》。
⑥ 指公元前5世纪斯巴达击败雅典,在雅典建立了傀儡政权——"三十暴主"时代。以政治讽刺为主的"旧喜剧"从此结束。

喜剧也就学会了善戏谑而不为虐①
它不挖苦,不恶毒,工指教又工劝勉;
如麦南德尔的② 诗篇,不伤人而得人怜。
人人被巧妙地映照在这新的明镜里,
不是看着无所谓,便以为不是自己:
对着忠实的肖像,守财奴笑守财奴③
却不知道所笑的正是他依样葫芦;
常常诗人精妙地画出糊涂大王④;
大王却不识尊容,反问谁这般狂妄。

因此,你们,作家啊,若想以喜剧成名,
你们惟一钻研的就应该是自然人性⑤。
谁能善于观察人,并且能鉴识精审;
对种种人情衷曲能一眼洞彻幽深;
谁能知道什么是风流浪子、守财奴,
什么是老实、荒唐,什么是糊涂、嫉妒,
那他就能成功地把他们搬上剧场,
使他们言、动、周旋,给我们妙呈色相。
搬上台的各种人处处要天然形态,
每个人像画出时都要用鲜明的色彩。
人性本陆离光怪,表现为各种容颜,

---

① 这就是"新喜剧",限于描写战士品格与社会风俗。
② 即米南德(Ménandre,公元前342—292),"新喜剧"的最著名的代表作家,作品多已失传,只是在罗马喜剧家太伦斯的仿作中还可以窥见其风格。
③ 指莫里哀的喜剧《悭吝人》。
④ 可能指莫里哀的喜剧《醉心贵族的小市民》。
⑤ 贺拉斯:《诗艺》第322节,劝告作家从生活中寻找模型,吸取语言,把人物写得合情合理。《诗艺》第317节认为研究生活中的人物类型和性格,才能工巧地描写自然。贺氏和布氏所谓"自然",主要是指"人的自然",即所谓"自然人性"或"人性"。

它在每个灵魂里都有不同的特点；
一个轻微的动作就泄漏个中消息，
虽然人人都有眼，却少能识破玄机。
　　光阴改变着一切，也改变我们的性情。
每个年龄都有其好尚、精神与行径，
　　青年人经常总是浮动中见其躁急，
他接受坏的影响既迅速而又容易，
说话则海阔天空，欲望则瞬息万变，
听批评不肯低头，乐起来有似疯癫。
　　中年人比较成熟，精神就比较平稳，
他经常想往上爬，好钻谋也能审慎，
他对于人世风波想法子居于不败，
把脚跟抵住现实，远远地望着将来。
　　老年人经常抑郁，不断地贪财谋利；
他守住他的积蓄，却不是为着自己，
进行计划慢吞吞，脚步僵冷而连蹇；
老是抱怨着现在，一味夸说着当年；
青年沉迷的乐事，对于他已不相宜，
他不怪老迈无能，反而骂行乐无谓。
你教演员们说话万不能随随便便，
使青年像个老者，使老者像个青年。
　　好好地认识都市，好好地研究宫廷，
二者都是同样地经常充满着模型。
就是这样，莫里哀琢磨着他的作品，
他在那行艺术里，也许能冠绝古今，
可惜他太爱平民，常把精湛的画面
用来演出那些扭捏难堪的嘴脸，
可惜他专爱滑稽，丢开风雅与细致，

无聊地把塔巴兰硬结合上太伦斯：
史嘉本① 在那可笑的袋里把他装下，
他哪还像是一个写《恨世者》②的作家！

  喜剧性在本质上与哀叹不能相容，
它的诗里绝不能写悲剧性的苦痛；
但是喜剧的任务也不是跑到街口，
运用下流的词句博取众庶的欢呼。
它的演员们应当高尚地调侃诙谐；
剧情要善于纠结，还要能轻巧解开；
情节的进行、发展要受理性的指挥，
绝不要让冗赘的场面淹没了剧本的主题；
它的谦和的文笔要能适时奋起；
它的台词要处处都能有妙语解颐，
要处处充满热情，并经过精细剪裁；
场与场间的联系要永远紧凑不懈。
切不可乱开玩笑，损害着常情常理：
我们永远也不能和自然寸步相离。
你看太伦斯③写的是怎样一个严父④，
看见儿子讲恋爱，痛骂着小子糊涂；
小情郎听着严训，又怎样恭敬有加，
一跑到情妹身边就忘了那些废话。
这不仅是一幅图，一个近似的小影，

---

① 莫里哀喜剧《史嘉本的诡计》中的主人公。
② 莫里哀的剧本名。
③ 布瓦洛极口推崇太伦斯，而对莫里哀则颇多贬词，这正是崇古派的本色。实则太伦斯以摹拟为主，莫里哀则多所创新，远在太伦斯之上。
④ 如《安得丽妈娜》(Andrienne)里的西蒙(Simon)，《阿尔代夫一家》(Les Adelphes)里的德迈(Démée)。——布瓦洛原注

却是真正的情郎,真正的父子真形。
　　在剧坛上我喜欢富有风趣的作家,
能在观众的眼中不甘失他的身价,
并专以情理娱人,永远不稍涉荒诞。
而那种无聊笑匠则专爱鄙语双关,
他为着逗人发笑,满口是猥亵之言,
这种人该让他去用木板搭台唱演,
让他去七扯八拉迎合新桥的口味,
对那些贩夫走卒耍他的低级滑稽。

第四章

关于理性与品格的忠告:庸医变成好建筑师的故事。——作诗不能平庸,平庸就是恶劣。——不要追求夸奖,要虚心接受批评,要找个好的评鉴家,听他指教。——道德与文章的关系;作家要爱道德。——一个好作家,还要避免妒嫉,不贪财,善交游。——诗在人类文明中的使命;诗由服务人群而变成了出卖的商品。——诗不能使人致富,但国王保护文艺,不使才人受到困穷。——对国王的颂扬。——自谦的结语。

…………
　　他这实例对我们是个绝妙的南针①。
如果你性近土木,宁可做建筑工人,
一技而于人有益是一样受人赞扬,

---

① 据说,克罗德·贝洛对这一段讽刺诗很不满;布瓦洛说:我使他成为"南针"了,有何遗憾?

你何必拼命要做平凡①的诗人、文匠?
任何别的艺术里都分不同的几等,
你虽是二流角色也还能显点才能;
但是写诗和作文是最危险的一行,
一平庸就是恶劣,分不出半斤八两;
所谓无味的作家就是可憎的作者②。
包野③何异于彭申④?还不是一般货色?
兰巴尔⑤和麦那蝶⑥,作品已无人再看,
何异于马宁⑦、苏艾⑧、拉牟列尔⑨和高班⑩?
一个疯子倒还能逗我们发笑消愁,

---

① 贺拉斯:"有些艺术是容许平凡存在的,一个凡庸的法学家,一个凡庸的律师……不算是毫无价值,但是,至于诗人,不论是神,不论是人,不论是书店里的书架子,都不容许他们平凡。""诗生来是为了娱人的,不能居在头一流,就落到末流去了。"(贺氏《诗艺》372以下。)
② 这四句在1701年以前原是这样:
"诗绝对不能容许一个平庸的作家:他的作品到处是读者的魔头恶煞;王宫区的卖书人对他们个个抱怨,毕伦家的书架子也压得叫苦连天。"作者自注:"毕伦(Billaine),名书商。"布瓦洛的文敌卜拉东(Pradon,1632—1698)认为这四句诗是"平庸"的典型,所以作者改成了现在的四句。
③ 包野(Claude Boyer,1618—1698),悲剧《茹狄特》(Judith)的作者,法兰西学院院士;布瓦洛称他为"平庸的作者"。
④ 彭申(Pinchêne),庸劣作家,除在这里留下一个名字而外,他无可考。
⑤ 兰巴尔(Rampalle,生年不可考,卒年大约是1660),虽不是法兰西学院院士,却预拟了许多院士演说,其中有一篇论"文人无用",又曾写过几篇剧本,均不传。
⑥ 麦那蝶(Mesnardière,1610—1663),法兰西学院院士,曾著《诗学》、《论忧郁》及若干剧本,均不传。
⑦ 马宁(Magnon,生年不详,卒于1662),"曾写一首诗,名《百科全书》。"(布瓦洛原注)他这首《百科全书》长诗,又名《世界知识》,付印时还没有写完,"不过,他说,快完了,只剩下十万句了"。
⑧ 苏艾(Du Souhait),"曾将《伊里亚特》译成法文散文。"——布瓦洛原注
⑨ 拉牟列尔(La Mmorliere),"庸劣诗人"。——布瓦洛原注
⑩ 高班(Corbin,1580—1653),"曾将《圣经》逐字译成法文。"(布瓦洛原注)

一个无味的作家除讨厌一无是处。
我宁爱白日拉克① 和他的滑稽大胆,
而不爱牟丹② 诗句,白费力,讨我厌烦。
  你切不要陶醉于谄媚的夸奖之词,
虚妄的拍马妄人滔滔者天下皆是,
他们关门③ 捧着你,随便就高呼"妙!妙!"
某种作品朗诵时耳听着似乎还好,
但一经印刷成书,拿出去供人鉴赏④,
就经不起大众的深入的犀利眼光。
你看看多少作者最后的惨局何如:
那样被捧的宫波⑤ 不还在困守书库⑥?
  你应该勤访周咨,倾听大家的评语,
有时候狂夫之言也能有一得之愚。
不过你无论怎样凭灵感写出诗篇,
也不要登时拿着到处跑逢人便念。

---

① 白日拉克(Cyrano de Bergérac,1619—1655),《月中旅行记》的作者。(布瓦洛原注)他是一个早死的丰产作家,生活浪漫,文笔喜雕琢,善滑稽,莫里哀曾袭用他的两场笑剧。
② 牟丹(Motin,1566—1610),芮尼的弟子,曾写过不少的短诗,但牟丹死了很久,他的诗也没有特殊的坏,引到这里有些突如其来,因此许多注释家认为作者是用这名字影射他的文敌、曾以讽刺诗向他进行激烈攻击的高丹长老。
③ "关门",原文是"en ces réduits"在那些小客厅里,指当时的许多谈文学的"沙龙"(salon)和"闺阁"(ruelles)。
④ "指沙伯兰"(布瓦洛原注)这是指沙伯兰著的史诗《处女吟》(Lapucelle,咏贞德〔Jeanne d'Arc〕救国事)。这部史诗未出版前颇有盛名,出版后读者颇少。
⑤ 宫波(Gombauld,1570—1666),法国雕琢派的诗人,曾以商籁一首博得一千二百金元的年金。
⑥ 就是说不能销售。

你千万不要效法那位疯狂的诗匠①
作歪诗自家朗诵,琅琅然声调铿锵,
谁给他打个招呼他就去念个不停,
大街上碰着行人也追去读给他听。
纵然是神庙庄严,天使都不敢惊扰,
你进去也逃不掉他那缪司的唠叨。
　我不惜重言申明,你要爱听人正谬,
欣然地修改作品,凭理智从善如流。
不过,妄人挑剔你也不能随便听从。
　常有人自命不凡,既无知而又装懂,
由于偏颇的憎恶② 他攻击整篇剧本,
诋毁最佳的诗句因嫌它才气纵横。
你尽管严辞驳斥他那些迂阔之谈:
他却还坚持谬见,真乃是迷而不返;
他那微弱的理智根本无一点光辉,
却还说一切难逃他那无能的眼力。
他的忠告最可怕;如果你谨遵雅教,
为避免偏差错误却走上死路一条。
　望你选个品题者,要他能坚定、内行,
凭理智判别是非,论学问见多识广,
要他能运斤成风,一动笔就能指出
你哪里意存藏拙,你哪里欠缺工夫。

---

① 这是指杜白里野(Dupéier)。杜氏早年用拉丁文写诗,尚有可观;后用法文写诗,不堪一读;但是他自己很得意,逢人便念。他曾应法兰西学院的征诗竞赛,写了一首颂歌,在教堂里遇到布瓦洛,便开腔念给他听,念到得意时还叫道:"人家说我的诗太像马来伯了!"
② 指当时典雅派和雕琢派,他们专会咬文嚼字,吹毛求疵,利用沙龙座谈,妄肆攻击。

只有他才能解决你那可笑的踟蹰,
解除你内心疑难,使得你恍然大悟。
只有他能告诉你:一个雄健的诗才
当他逸兴遄飞时是怎样激昂慷慨,
艺术的束缚过严,便打破清规戒律,
从艺术本身学到放开手无束无拘。
但这种品题圣手究竟是旷世难逢:
某君虽工于为诗,鉴识却十分懵懂;
某君曾博得诗名,在都城享有声望,
却从来没有看出维吉尔异于吕刚①。

  作者们,我有忠言,请为我侧耳静听。
你那丰富的虚构是否想受人欢迎?
那么,你的缪司要多发些说论鸿言,
处处能把善和真与趣味融成一片。
一个贤明的读者不愿把光阴虚掷,
他还要在欣赏里能获得妙谛真知。
你的作品反映着你的品格和心灵,
因此你只能示人以你的高贵小影。
危害风化的作家,我实在不能赞赏,
因为他们在诗里把荣誉丢到一旁,
他们背叛着道德,满纸都诲盗诲淫,
写罪恶如火如荼,使读者喜之不尽。
  然而我也并不像老道学那么古板,
要从一切雅言里阉割掉恋爱美谈,

---

① 这两句诗是影射高乃依,博学家许艾(Huet, 1630—1721)说:"伟大的高乃依曾在我面前不免有些局促地、惭愧地承认,他欢喜吕刚甚于欢喜维吉尔。"吕刚,《法萨儿》的作者。

这样丰富的藻饰,要舞台一概屏除,
连罗狄克,施曼娜①,也诋为传播毒素②。
最不正当的爱情经过雅洁的描写,
也不会在人心里引起欲念的奸邪③。
狄蛛④尽可以啼泣,卖弄着她的风姿,
我一面寄予同情,一面还责她过失。
一个有德的作家,具有无邪的诗品,
能使人耳怡目悦而绝不腐蚀人心:
他的热情绝不会引起欲火的灾殃。
因此你要爱道德,使灵魂得到修养。
人的精神尽管有潇洒出尘的豪兴,
他的诗句总带些未能免俗的心情。

你尤其要避免的是那卑污的妒嫉,
是那些庸俗之徒邪恶的疯狂风气。
一个卓绝的作家不会有这种习染;
人之所以生妒嫉是由于自己平凡。
这种忌人之才名而妄图竞赛之流

---

① 罗狄克和施曼娜是高乃依杰作《熙德》中的两个主角。在"《熙德》之争"中,沙伯兰曾代表法兰西学院发表了一篇《学院对熙德的感想》,对罗狄克和施曼娜的道德性颇有批评。布瓦洛这句诗就是暗示这篇《感想》的。
② 任色尼派学者尼高尔(Nicole)曾写道:"一个制造小说的作者和一个写剧本的诗人都是毒素的传播者,不是毒杀肉体,而是毒杀灵魂。他们应该自己认为负有无数的精神杀害罪的责任,这些杀害罪是他们事实上已经引起了的或者是可能引起的。"(见《预觉》者。)
③ 自 1656 年至 1666 年,法国道德学家如尼高尔,孔迪亲王(Prince de Conti)、巴斯加尔、拉罗什甫歌等都严厉地攻击戏剧里的恋爱故事,连英雄剧《熙德》和宗教剧《包里约特》都在摒斥之列;布瓦洛这两句诗是对这些道德学家的总答复。
④ 狄蛛(Didon),梯尔(Tyr)王之女,西舍(Sichée)之妻,西舍被杀害后,她逃到非洲,建立了迦太基王国。维吉尔在《伊尼特》第四章里叙述狄蛛爱上了伊尼,因失恋,自焚而死。

不断地鬼鬼祟祟在权贵门前奔走①,
他原想踮起脚跟竭力与别人相比,
结果他不能比上,便想把别人压低。
我们自尊自爱吧,莫干这卑劣勾当:
靠阴谋获得荣名徒见其钻营丑相。

你虽然致力于诗,莫因此闭门隐遁,
也还要结交朋友,做一个信义之人;
你的著作尽可以多风趣极尽妖娆,
你的为人也还要善处世风生谈笑。

为光荣而努力啊!一个卓越的作家
绝不能贪图金钱,把得利看成身价。
我知道,高尚之士凭着自家的笔杆
获得正当的收益,非罪恶、无可羞惭;
但是我不能容许那些显赫的诗人
不爱惜既得荣名,专在金钱上打滚,
拿着他的阿波罗向书贾进行典当;
把这种神圣的艺术变成了牟利勾当。
…………

(1674年)

任　典译　王道乾　校
选自人民文学出版社 1959 年版

---

① 有人推测这句诗影射作者自己的遭遇,因为他的文敌曾在权贵门前活动,想阻止《诗的艺术》出版。

论 风 格

——在法兰西学士院为他举行的入院典礼上的演说[①]

〔法国〕布 封

诸位先生:

蒙你们召唤我到你们的行列里来,真使我荣幸万分;但是,只有在接受光荣的人能实副其名的条件下,光荣才是宝贵的,而我那几篇论文,写得既没有艺术,除大自然本身的藻饰之外又没有其他藻饰,我不敢相信,它们竟能使我有足够的资格,敢侧身于艺术大师之林。诸位都是在这里代表着法兰西文学光辉的卓越人物,诸位的名字现在被各国人民赞扬着,将来还要在我们的子子孙孙底口里获得轰轰烈烈的流传。诸位这次属意于我,还有些别的动机:多年以来我就荣幸地属于另一个著名的学术机构了[②],诸位此次推选我,也就是为了对于这个学术机构作一个新的崇敬表示;我虽然对双方面都应该感激,但并不因之减低了我感激的热诚。今天,我的感激心情迫使我有所贡献,但是我怎样去尽我这个责任呢?诸位先生,我所能贡献给诸位的,不过是诸位自己所已有的一些东西罢了:我对于文章风格的一点见解,是从你们的著作中汲取来的;我是在拜读你们的著作和欣赏你们的著作之余,心里才产生了

---

① 布封于1753年6月23日当选为法兰西学士院院士,补已故院士桑思总主教兰格·得·热尔日的遗缺;8月25日举行入院式。因演说内容是谈风格,所以后人称之为"论风格的演说"(Diseours sur Le style)。

② 布封自1734年起就参加法国科学院(Académie des sciences)工作。

这些见解；也只有在你们的明鉴之下，我把这些见解提出来，才能获得些许成就。

历来都有一些人，善于用言辞的力量指挥别的人们。但究竟只有在明达的世纪里人们才写得好，说得好。真正的雄辩需要锻炼天赋的才能，具备学识修养。它与口才大不相同，口才不过是一种才干，一种天赋，凡是感情强烈、口齿伶俐、想象敏捷的人都能具有。这种人感觉得快，感受得也快，并能把所感所受的东西有力地表达出来；他们以纯粹机械的印象把自己的兴奋与感受传递给别的人们。这是单纯的官能与官能之间的语言；一切动作，一切姿态，都奔向共同目标，起着同样作用。为了感动群众，号召群众，需要的是什么呢？就是对于大部分一般的人来说，为了动摇他们，说服他们，需要的是什么呢？一个激烈而动人的腔调，一些频繁的表情手势，一些爽利而响亮的词句，如此而已。但是对于少数神智坚定、鉴别精审、感觉细腻的人，他们和诸位一样，不重视腔调、手势和空洞的词句，那么，就需要言之有物了，就需要有思想，有意义了；就需要善于把这些物、这些思想和意义陈述出来，辨别出来，序列起来了：专门耸人视听是不够的，还需要在读者的心灵上发生作用，针对他的智慧说话以感动他的内心。

文章风格，它仅仅是作者放在他的思想里的层次和调度。如果作者把他的思想严密地贯串起来，如果他把思想排列得紧凑，他的风格就变得坚实、遒劲而简练；如果他让他的思想慢吞吞地互相承继着，只利用一些词句把它们联接起来，则不论词句是如何漂亮，风格却是冗散的，松懈的，拖沓的。

但是，在寻找表达思想的那个层次之前，还需要先拟定另一个较概括而又较固定的层次，在这个层次里只应该包含基本见解和主要概念：把这些基本见解和主要概念安排到这初步草案上来，题材的界限才能明确，题材的幅度也才能认清；作者不断地记起这最初的轮廓，就能够在主要概念之间确定出适当的间隔，而用于填充间隔的那些附带的、承转的意思也就产生出来了。凭着天才的力量,作者可以看到全部的意思,这些意思不论是概括的或个别的,都能以真正应有的角度呈现在他的跟前;凭着辨别力的高度精审,作者就能区别空洞的思想和丰富的概念;凭着长期写作习惯养成的慧眼,作者就能预先感觉到他这全部精神活动会产生什么样的成果。只要题目稍微广阔一点或者复杂一点,则一眼就能看到全题,或者凭天才的最初一下努力就能渗透整个题目,那是很罕见的事;就是在经过许多思索之后,能掌握题材的全部关系也还是很少有的。因此,揣摩题目,应该不厌其烦;这是使作者充实、扩张并提高他的思想的唯一的方法;愈能借冥想之力赋予思想以实质和力量,则用文词来表现思想也就愈为容易。

这种草案还不能算是风格,但它却是风格的基础;它支持风格,导引风格,调整风格的层次而使之合乎规律;不如此,则最好的作家也会迷失路途,他的笔就会像无缰之马任意驰骋,东划一些不规则的线条,西涂一些不调和的形象。不管他用的色彩是多么鲜明,不管他在细节里散播些什么美妙的词句,由于全文不协调,或者没有足够的感动力,这种作品可以说是丝毫没有结构;人们佩服作者的智慧,却很可以怀疑他缺乏天才。唯其如此,所以有些人写文章和说话一样,虽然话说得很好而文章却写得很差;唯其如此,所以有些人凭着想象力的灵机一动,起调很高,后面却接不下去;唯其如此,所以又有些人生怕一些孤立的、稍纵即逝的思想散失无存,便在不同的时间里写下许多零篇断什,然后勉强地、生硬地把这些零篇断什连缀起来;总之,唯其如此,所以七拼八凑的作品才这样多,一气呵成的作品才这样少。

然而,任何主题都有其统一性;不管主题是多么广阔,都可以用一篇文章包括净尽。间断,停息,割裂①,似乎应该只在处理不同的主题的时候,或者在要写的事物太广泛、太棘手、太庞杂,才思底运行被重重障碍所间断、被环境的需要所限制的时候,才用得着。否则,割裂太多,不特不能使作品坚实,反而破坏整体;这样写成的书,乍一看似乎很清楚,但是作者的用意却始终是隐晦的;作者的用意要想印入读者的头脑,甚至仅仅想叫读者感觉得到,都只能凭线索的联贯,意思的和谐配合,只能凭逐步发挥、循序而进、层次匀整;然而这一切,一间断就没有了,或者就软弱无力了。

为什么大自然的作品是这样地完善呢?那是因为每一个作品都是一个整体,因为大自然造物都依据一个永恒的计划,从来不离开一步;它不声不响地准备着它的产品的萌芽;它先以单一的动作草创任何一个生物的雏形;然后它以绵续不断的活动,在预定的时间内,发展这雏形,改善这雏形。这种成品当然使人惊奇;但是真正应该使我们震惊的却是物象所表现出来的那种神的迹印。人类精神绝不能凭空创造什么;它只能在从经验与冥想那里受了精之后才能有所孕育。它的知识就是他的产品的萌芽;但是,如果它能在大自然的远行中、工作中去摹仿大自然,如果它能以静观方法达到最高真理,如果它能把这些最高真理集合起来,联贯起来,用思维方法把它们造成一个整体、一个体系,那么,它就可以在坚固不拔的基础上建立起不朽的纪念碑了。

就是由于缺乏计划,由于对对象想得不够,一个才智之士感到处处为难,不知道从哪里下笔。他同时想到许许多多的意思,却因为他既没有拿这些意思互相比较,又没有分别它们的从属关系,他毫无标准来决定取舍;因而他就停留在糊里糊涂、不知所措的境

---

① 这里是指学士院另一院士孟德斯鸠。布封在这里曾自己加了一个小注,说:"我在这里所说的,当时想到的是'法意'一书,在内容方面这是一部极好的著作,人家所能责备求全的只是割裂太多。"

地。

但是,只要他能先定好一个计划,然后把题材所有主要的意思都集拢起来,分别主从先后排列,他就很容易看出何时应该动笔,他就能感觉到他的腹稿的成熟,急于要使它像小鸡一样破壳而出,他动起笔来只有感到愉快:意思很容易地互相承续着,风格一定是既自然而又流畅;热力就从这种愉快里产生,到处传播,给每一个辞语灌注生气;一切都愈来愈活泼;笔调提高了,所写的事物也就有了色彩;情感结合着光明,便更增加这光明,使它愈照愈远,由已写的照耀到未写的,于是风格就能引人入胜而且显得明朗。

有些人想在文章里到处布置些警语,这种意图是完全和文章的热力背道而驰的。光明应该构成一整个的发光体,均匀地散布到全文,而那些警语就像许多火星子,只是硬让许多字眼互相撞击出来的,它们只是闪一闪,在我们的眼前炫耀一下,然后又把我们丢到黑暗里了,这种火星子是最违反真正的光明的。那都是一些仅仅凭着正反对立来显露身手的思想:作者只呈现出事物的一面,而将其余的各面一概藏到阴影里;通常,他所选择的这一面,只是一个点、一个角,作者可以在上面卖弄才情,这一点、一角离事物的广大面愈远,则卖弄才情愈为容易,而人类常情之考察事物却正是要从事物的广大面着眼的。

还有些人喜欢运用纤巧的思想,追求那些轻飘的、无拘束的、不固定的概念①,这种巧思妙想就和金箔一样,只有在失去坚固性时才能获得光芒,没有比这种巧思妙想底追求更违反真正雄辩的了。因此,作者在文章里把这种浅薄的、浮华的才调放得愈多,则文章就愈少筋骨,愈少光明,愈少热力,也愈没有风格;除非这种才调本身就是主题内容,作者本意只在谐谑,没有其他目标:这样说

---

① 这里是指另一院士马利服(Marivoux,1688—1763);马氏的玲珑而浮艳的文笔风行一时,布封颇不欣赏。

来,谈论小事物的艺术也许比谈论大事物的更困难了①。

又有些人,呕尽心血,要把平常的或普通的事物,用独特的或铺张的方式表达出来,没有比这个更违反自然美的了;也没有比这个更降低作家品格的了。读者不特不赞赏他,反而要可怜他:他竟化了这样多的工夫锤炼字句的新的音调,其目的无非讲一些人云亦云的话。这个毛病是那些富于学识修养然而精神贫瘠的人的毛病;这种人有的是字眼儿,却毫无思想;因此他们在字面上做工夫,他们排比了词句就自以为是组织了意思,他们歪曲了字义,因而败坏了语言,却自以为是纯化了语言。这种作家毫无风格,或者也可以说,只有风格的幻影。风格是应该刻画②思想的,而他们只晓得涂抹空言。

所以,为了写得好,必须充分地掌握题材;必须对题材加以充分的思索,以便清楚地看出思想的层次,把思想构成一个联贯体,一根绵续不断的链条,每一个环节代表一个概念;并且,拿起了笔,还要使它遵循着这最初的链条,陆续前进,不使它离开线索,不使它忽轻忽重,笔的运行以它所应到的范围为度,不许它有其他的动作。风格的谨严在此,构成风格一致性的、调节风格徐疾速度的也在此;同时,这一点,也只要这一点,就够使风格确切而简练、匀整而明快、活泼而井然了。这是天才所订定的第一条规律,如果在遵守这一条规律之外,作者更能鉴别精微,审美正确,征辞选字不惜

---

① 批评家格林(Frédéric‑Melchior Grimm,1723—1807)说:"我们应该相信,布封先生加这最后的一点感想是为着安慰他的新同事中的几个人的,这几个人只能以浅薄而浮华的才调享名一时。但是他这一点感想并不正确。说小事物的艺术永远是一个很浅薄、很藐小的艺术,只有天才才能说伟大的事物;艺术是不能把藐小变成伟大的。……我所说的小事物,是指使一个人获得'才子'的一时浮名的那些小品文字……"
② 法文 Style(风格)一词,源出拉丁语 Stilus(刻字刀),正如中国的"笔"是从"刀"演变而来的一样,所以"刻画"一词在这里用得非常恰当而有力。

推敲,时时留心只用最一般的① 辞语来称呼事物,那么,风格就典雅了。如果作者再能不对他灵机初动的结果轻易信从,对一切华而不实的炫赫概予鄙弃,对模棱语、谐谑语经常加以嫌恶,那么,他的风格就庄重了,甚至就尊严了。最后,如果作者能怎样想就怎样写,如果他要说服人家的,他自己先深信不疑,则这种不自欺的真诚,就构成对别人的正确态度,就构成风格的真实性,这就能使文章产生它的全部效果了;不过,这也还需要不把内心深信的事物用过度的兴奋表示出来,还需要处处显得纯朴多于自信,理智多于热情。

上述各点,诸位先生,我读着你们的作品,仿佛你们就是这样对我说的,就是这样教导我的。我的心灵,它如饥如渴地吸取着你们这些至理名言,很想飞腾起来,达到你们的高度。然而,枉然!你们又告诉我,规则不能代替天才;如果没有天才,规则是无用的。所谓写得好,就是同时又想得好,又感觉得好,又表达得好;同时又有智慧,又有心灵,又有审美力。风格必须有全部智力机能的配合与活动;只有意思能构成风格的内容,至于辞语的和谐,它只是风格的附件,它只依赖着官能的感觉:只要耳朵灵敏一点就能避免字音的失调,只要多读诗人和演说家的作品,耳朵有了训练,精于审音,就会机械地趋向于摹仿诗的节奏和演说的语调。然而,摹仿从来也不能创造出什么;所以这种字句的和谐不能构成风格的内容,也不能构成风格的笔调,有些言之无物的作品,字句倒往往是铿锵动听的哩。

笔调不过是风格对题材性质的切合,一点也勉强不得;它是由内容的本质里自然而然地产生出来的,要看作者能否使他的思想

---

① "一般的",原文是 Général;布封用这个字,是指平易近人,没有专门学识 的人也能懂的辞语,同时也指最能表达事物的全部基本特性的辞语。下文所 说的"一般性 généralité","最一般的概念",就是说"能概括而又深入浅出"。

达到一般性的程度来决定。如果作者能上升到最一般的概念,而对象本身又是伟大的,则笔调也就仿佛提到了同样的高度;并且,如果天才能一面把笔调维持在这高度上,一面又有足够的力量给予每一对象以强烈的光彩,如果作者能在素描的刚健上再加上色彩的绚丽,总之,如果作者能把每一概念都用活泼而又十分明确的形象表现出来,把每一套概念都构成一幅和谐而生动的图画,则笔调不仅是高超的,甚且是壮丽的。

　　说到这里,诸位先生,讲规则也许不如讲实际应用那样易于使人明了,举出实例来也许比空讲箴言更易使人获益;但是,我读着你们的著作时常使我眉飞色舞的那些壮丽的篇章,现在既不容许我一一征引,我只好限于说出一些感想。只有写得好的作品才是能够传世的:作品里面所包含的知识之多,事实之奇,乃至发现之新颖,都不能成为不朽的确实保证;如果包含这些知识、事实与发现的作品只谈论些琐屑对象,如果他们写得无风致,无天才,毫不高雅,那么,它们就会是湮没无闻的,因为,知识、事实与发现都很容易脱离作品而转入别人手里,它们经更巧妙的手笔一写,甚至于会比原作还要出色些哩。这些东西都是身外物,风格却就是本人①。因此,风格既不能脱离作品,又不能转借,也不能变换;如果它是高超的,典雅的,壮丽的,则作者在任何时代都将被赞美;因为,只有真理是持久的,甚至是永恒的。我们知道,一个优美的风格之所以优美,完全由于它所呈献出来的那些无量数的真理。它所包含的全部精神美,它所赖以组成的全部情节,都是真理,对于人类智慧来说,这些真理比起那些可以构成题材内容的真理,是同样有用,而且也许是更为宝贵。

　　壮丽之美只有在伟大的题材里才能有。诗、历史和哲学都有

---

① 这是布封的一句名言,在法国常被引用,也常被误解,因此有许多人把它释为"文如其人"。

同样的对象,并且是一个极伟大的对象,那就是人与自然。哲学讲述并描写自然;诗则绘画自然,并且加以美化:它也画人,加以放大,加以夸张,它创造出许多英雄和神祇。历史只画人,并且只画本来面目;因此,历史家只有在给最伟大的人物画像的时候,在叙述最伟大的行为、最伟大的运动、最伟大的革命的时候,笔调才变得壮丽;而在其他的一切场合,他的笔调只要尊严、庄重就够了。哲学家每逢讲自然规律,泛论万物的时候,述说空间、物质、运动与时间的时候,讲心灵、人类精神、情感、热情的时候,他的笔调是可以变得壮丽的。在其他场合,他的笔调但求能典雅、高超就够了。但是演说家与诗人,只要题材是伟大的,笔调就应该经常是壮丽的,因为他们是大师,他们能结合着题材的伟大性,恣意地加上许多色彩,许多波澜,许多幻象;并且也因为他们既然要经常渲染对象,放大对象,他们也就应该处处使用天才的全部力量,展开天才的全部幅度。

(1753年)

范希衡　译

选自《译文》1957年第9期

论 戏 剧 诗[*]

——献给我的朋友格里姆先生[①]

〔法国〕狄德罗

············Vice cotis acutum Reddere quæ ferrum valet, exsors ipsa secandi。[②]

一　戏剧的体裁

假如一个民族从来只有一种诙谐而愉快的戏剧,却有人向他们建议增添一种严肃而感人的戏剧;朋友,你知道他们会作何感想? 也许是我想得不对,我认为通达世故的人们在考虑这样的可能性之后一定会说出这样的话:"要这种体裁的戏剧做什么? 生活给我们带来的实际痛苦还不够吗,还要让人们再为我们制造些想象的痛苦? 为什么要把忧郁的成分带到我们的娱乐中来呢?"他们这样说话,仿佛从未领略过那种感动得热泪纵横的乐趣似的。

传统习惯把我们束缚住了。一个略有天才的人出现了,发表了一部作品;最初他引起那些思想家的注意,但是思想家们对他的

---

[*] 1758年11月,狄德罗继《家长》一剧发表了长篇论文《论戏剧诗》,进一步系统地阐述了他的戏剧理论。本文根据阿塞扎(Assézat)编订的《狄德罗全集》第七卷译出,并参考保尔·维尔尼埃尔(Paul Verniére)编注的《狄德罗美学著作》(Garnier1959年版)校订。

① 格里姆(F. M. Grimm,1723—1807),德国文学批评家,与卢梭及百科全书派学者过从甚密,所编《文学通讯》,在当时欧洲文坛上颇有影响。

② 拉丁文:……愿为磨刀石,虽无切削之功,足使刀刃锋利。——贺拉斯:《诗艺》第304—305行

看法有分歧;渐渐地他把他们的意见统一起来;不久就有一批人去模仿他;供人模仿的榜样越来越多,人们积累了观察经验,设下了诸般法则,艺术产生了,人们又限定它的范围;人们宣布一切不在这个已划定的狭小圈子之内的东西都是古怪而不好的:这是赫拉克勒斯之山①,人们绝对不能超越,否则就要迷路。

但是任何东西都敌不过真实。不管愚蠢的人对它如何赞颂,坏的东西总要消逝;不管无知对它如何怀疑,嫉妒对它如何狂吠,好的东西总会存在下去。所应引为憾事的是,人们必须待到他们去世以后,才能得到公正的评价。总是把他们在生前折磨得够了,然后才在他们的坟头撒下一些失却芬芳的花朵。那怎么办呢?要不就休息,要不就忍受比我们杰出的人尚且服从的那种法则。如果有这么一个人,他忙忙碌碌,但工作并不能给他带来最甘美的时刻,而他又不满足于少数人对他的欣赏,那么他真是太不幸了!公正的评判人是有限的。啊,朋友!待我发表了一些东西,或是一个剧本的初稿,或是一点哲学思想,或是关于道德或文学的一个片段——因为要有些变化,才能使我的精神得到调剂,我会去看你的。假使我走到你面前,你不感到讨厌,还用高兴的神气来接待我,那么我就会耐心等候,让时间和迟早会来临的公道来评断我的作品罢。

如果已经有一种戏剧体裁存在,就难以再引进另一种新的体裁。万一引进了,又会产生一种定见:人们不久就会以为这两种体裁是类似的、相近的东西。

---

① 据希腊神话,英雄赫拉克勒斯曾劈开原来连结欧非大陆的山岩,形成了今日位于直布罗陀海峡两侧的加尔贝和亚皮拉两座山。这两座山就叫"赫拉克勒斯之山"。

芝诺否认运动的真实性①。为了给他一个答复,他的对手②站起来走了几步;其实即使他只像瘸子那样拐一下,也足以回答这个问题了。

我试图在《私生子》中给一种介乎喜剧和悲剧之间的戏剧以一个概念。

我早先应承要写,由于没完没了的杂务而迟迟未能完成的《家长》,就是介乎《私生子》这样的严肃戏剧和喜剧之间的剧本。

假使我有余暇和勇气,我还希望能写一部介乎严肃戏剧和悲剧之间的剧本。

不管人们认为这些作品有无可取之处,它们仍然足以证明,在已有的两种体裁的戏剧之间,我所发现的距离确实存在,并不是幻想。

二　严肃的喜剧

戏剧系统在它整个范围内是这样划分的:轻松的喜剧,以人的缺点和可笑之处为对象;严肃的喜剧,以人的美德和责任为对象;悲剧一向以大众的灾难和大人物的不幸为对象,但也会有以家庭的不幸事件为对象的。

然而,将由谁为我们有力地描写人的责任呢?承担这个任务的诗人又应该具备怎样的条件呢?

他应该是一个哲学家,深入研究过自己的内心,从而看到人的本性,他还必须深入地了解社会上的各种行业,明了它们的作用和价值,其麻烦和便利之处。

---

① 芝诺(Zenon),公元前5世纪的古希腊唯心主义哲学家,曾提出"飞矢不动"的论点。
② 指狄奥瑞纳(Diogène,公元前413—323),古希腊犬儒派哲学家、曾就"飞矢不动"的论点与芝诺的弟子辩论。

"但是,如何把与一个人的身份地位有关的一切方面都容纳在剧本的狭小范围之内呢?能够达到这个目的的情节何在呢?像这种戏剧,人们只能写些所谓插曲式的剧本;插曲式的场景前后相继而毫不连贯,或者至多只有一点微不足道的情节蜿蜒曲折地贯串在分散的插曲之间:缺乏统一,很少剧情,毫无趣味。每一场中都有贺拉斯所再三叮咛的那两点,但是毫无整体可言,全剧于是成为松懈无力的东西。"

假使人的身份地位所提供的题材产生了如同莫里哀的《讨厌鬼》那样的剧本,这已经是很不错了。但是我相信还可以做出更好的成绩。每一种身份地位所包含的职责和麻烦并不都是同等重要的。我以为可以着力于那些主要的,以此作为作品的基础,而把余下的作为枝节看待。这正是我在《家长》中想要达到的目标。在这部剧本中,儿子和女儿的婚事是剧中两大关键。财产、门第、教育、父亲对儿女的责任、儿女对父母的责任、婚姻、独身生活,一切属于家长这一地位的东西都用对白引出。如果让别人来做这件工作,即使他具有我所缺少的天才,你倒看看他的剧本将会成为什么样子吧。

人们反对这种体裁的戏剧只说明了一点,就是这样的剧本是难以处理的;这不是一个孩子所能做的工作;它需要更多的技巧、知识、严肃性和思想力量,而这些往往不是人们在开始从事戏剧工作时就具备的。

为了好好地评判一种作品,不该拿它和另一部作品去比较。这正是我们某位第一流批评家的错误所在。他说:"古人从未有过歌剧,因此歌剧是一种不好的体裁。"他如果态度慎重一些,或者知识更多一些,也许会说:"古人只有一种歌剧,因此我们的悲剧是一点也不好的。"如果他稍讲点逻辑,上面那两句话他就一句也不会说了。到底有没有现成的规范,这无关紧要。在一切东西之先,都有一个规律。当还没有诗人的时候,就有诗的原理;否则人们怎样去评论第一首诗篇？到底是因为它悦人，所以才是好诗呢，还是因为它是好诗，所以才悦人呢？

人们的职责可以为戏剧诗人提供丰富的题材，不亚于人们的可笑之处和德性的缺点；正派的严肃剧到处都会获得成功，而且在风俗败坏的民族中间的成功将必然超过其它任何地方。他们只有在观剧的时候才得以摆脱坏人的包围；在这里，他们将找到他们愿意与之相处的同伴；在这里，他们将看到人类应该是什么样子，而与之同声相应，同气相求。好人是少有的，但终究还有。谁要是不这样想，他就是在进行自我谴责，而无论同他的妻子、父母、朋友还是相识者在一起，都会显得多么不幸。有一个人在津津有味地读完一部正派的作品之后对我说："我觉得我以前一直是孤立于世的。"那本著作该受这个称赞，然而他的朋友们却不该受这个讥刺。

当人们写作的时候，心目中应该总是想到道德观念和有德行的人。当我提起笔来的时候，我想到的正是你，我的朋友；当我写作的时候，在我眼前的也正是你。我要使莎菲① 高兴。若是你对我微微一笑，或是她为我洒一滴眼泪，若是你们俩都能由此而更爱我些，我就获得报偿了。

当我听《虚伪的慷慨者》② 剧中有关农民那些场景的时候，我就说：这会取悦全世界，而且世世代代都将如此；这会使人泪下沾襟。演出的效果证实了我的判断。这个插曲完全是属于正派和严肃这一体裁的。

有人会说："仅仅一个成功的插曲并不能说明什么。假使你不像所有其他作家那样，把一些可笑的甚至有点夸张的人物的喧哗吵嚷来打断你那单调乏味的道德说教，那么任凭你怎么说你那种正派严肃的戏剧，我还是担心你只能写出一些冷漠而毫无色彩的

---

① 莎菲·伏朗（Sophie Volland），狄德罗的女友。
② 《虚伪的慷慨者》，安东·勃雷（Antoine Bret）的五幕诗剧，于1758年上演。

场景,令人厌烦而沉闷的道德教训,和编成对白的说教。"

让我们考察一部正剧的各个部分,看是怎么回事。评定一部正剧是不是应该根据它的主题呢?在正派严肃的戏剧里,主题并非不如在轻松愉快的喜剧里重要,而且还应该用更真实的方法去处理它。是不是应该根据人物性格来评定呢?在正剧里,人物性格仍然可能是多种多样、新颖独特的,而且作者还应该更有力地去刻画他们。是不是应该根据激情来评定呢?在正剧里,激情表现得越强烈,剧本的趣味就越浓。是不是应该根据风格来评定呢?在正剧里,风格应是更有力,更庄严,更高尚,更激烈,更富于我们叫做感情的东西。没有感情这个因素,任何风格都不可能打动人心。是不是应该根据它是否去掉了可笑的成分来评定呢?你难道不认为,由一种被误解的兴味或一时的热情所引起的疯狂举动和言词,才是人类及生活中的真正可笑之处吗?

…………

所以我再重复一遍:要正派,要正派。它会比那些只会引起我们的轻视和笑声的剧本更亲切更委婉地感动我们。诗人哟!你是敏锐善感的吗?请拨动这根琴弦吧,你会听见它发出声来,在所有的心灵中颤动。

"那么人的本性是好的了?"

是的,朋友,而且很好。水、空气、泥土、火,在自然中的一切都是好的;起于秋末的狂飚,摇撼着森林,使树木互相碰撞,折断,好卷去枯枝;那暴雨打击着海岸,把它冲洗得更为洁净;还有那火山,由裂口喷出熔岩,把蒸汽送到高空,清除着大气中的污浊。

应该谴责的是那些败坏人们的可恶成规,而不是人类的本性。事实上有什么能像一个慷慨的行动那样使我们感动?何处找得出这样一个冥顽不灵的人,竟会冷冷地听一个好人的申诉而无动于衷?

只有在戏院的池座里,好人和坏人的眼泪才融会在一起。在这里,坏人会对自己可能犯过的恶行感到不安,会对自己曾给别人造成的痛苦产生同情,会对一个正是具有他那种品性的人表示气愤。当我们有所感的时候,不管我们愿意不愿意,这个感触总是会铭刻在我们心头的;那个坏人走出包厢,已经比较不那么倾向于作恶了,这比被一个严厉而生硬的说教者痛斥一顿要有效得多。

诗人、小说作家、演员,他们以迂回曲折的方式打动人心,特别是当心灵本身舒展着迎受这震撼的时候,就更准确更有力地打动人心深处。他们用以感动我的那些痛苦是虚构的;不错,但是他们毕竟把我感动了。《遁世的贵人》,《基勒灵修道院院长》,《克莱夫兰》① 的每一行都使我为那些因德行而遭遇的不幸所感动,并使我潸然泪下。还有什么艺术比那种会使我变成恶人帮凶的艺术更为有害? 同样,有一种艺术使我在不知不觉中和善良人的命运相联系,把我从宁静安乐的环境中拽出来,携我同行,把我带进他隐居的山洞,让我和他在诗人借以锻炼恒心毅力的一切困厄横逆之中甘苦与共。还有什么艺术比这一种更为可贵呢?

啊!倘使一切模仿性艺术都树立起一个共同的目标,倘使有一天它们帮助法律引导我们热爱道德而憎恨罪恶,人们将会得到多大的好处!哲学家应该发出这样的呼吁,他应该向诗人、画家和音乐家大声疾呼:天才的人们,上天为什么赋予你们天才? 假使他的呼声被接受了,那么不久以后,淫秽的图画不会再挂满大厦的四壁;我们的歌唱不再成为罪恶的喉舌,而高尚的趣味和习俗可以更加得到培养。事实上,描写一对双目失明的夫妻在风烛残年还相互爱恋,眼眶里噙着柔情之泪,紧紧地握着双手,可说是在坟墓的边缘相依相偎,比起描写他们在情窦初开的青春时期陶醉于热烈恋情的情景,难道不需要同样的才具,难道不会使我更感兴趣吗?

---

① 所举都是普雷沃神甫(l'abbé Prévost,1697—1763)的小说。

三　道德剧

....

看完戏以后,我要带回去的不是一些词句而是印象。如果一个剧本里有很多互不相关的思想被人引用,而有人说这个剧本是平凡的,那么,这个人大致没有说错。效果长期存留在我们心上的诗人,才是卓越的诗人。

啊,戏剧诗人哟! 你们所要争取的真正的喝彩不是一句漂亮的诗句以后陡然发出的掌声,而是长时间静默的抑压以后发自内心的一声深沉的叹息,待它发出之后心灵才松一口气。还有一种更强烈的印象,假使你生来就有艺术天才,假使你能预感到它的全部魔力,你就可以设想得出的:那就是使全国人民因严肃地考虑问题而坐卧不安。那时人们的思想将激动起来,踌躇不决,摇摆不定,茫然不知所措;你的观众将和地震区的居民一样,看到房屋的墙壁在摇晃,觉得土地在他们的足下陷裂。

七　布局和对话

....

据我观察,一般说来,对话安排得好的剧本比布局好的剧本多些。仿佛是能安排情节的天才比能找出真切的台词的天才要少些。莫里哀写了多少美妙的场面! 但结局写得恰到好处的却屈指可数!

布局按照想象构成,台词则应该依据自然。

人们可以用同一个题材和同样的人物制订出无数的布局。但是人物一经确定,让他们说话的方式就只有一个。依照你为他们安排的处境,你的人物有这些那些事情可说,但是既然处在各个不同境况下的还是那些人,他们就决不会说出自相矛盾的话来。

人们简直要认为一个剧本应该由两个有天才的人来完成才

好:一个安排布局,另一个写对话。但是谁又能按照别人的布局来编对话呢?编写对话的天才不是每个人都有的,每个人探索他的思想感情,尽自己之所能去感受:在布局的时候,他不自觉地搜索他希望能博得成功的场面。你把这些场面改变一下,他就会觉得他的天才埋没了。有人需要逗乐的场面;有人需要道德的严肃的场景;还有人需要滔滔雄辩和悲怆感人的段落。把拉辛的布局给高乃依,把高乃依的布局给拉辛,看他们将如何措手足?

....

倾听众人,经常同自己交谈:这是学习编写对话的方法。

有美妙的想象力;参考事物发生的顺序和联系;不怕难写的场面,也不怕工作费时;由主题的中心直入;仔细辨明剧情开始的时机;看清楚哪些东西应该安排在后面;知道哪些场面能感动人:这就是人们据以布局的才能。

特别要对自己立下戒律:绝对不在布局尚未确定以前就把任何一个枝节的想法落笔。

....

九 枝 节

假使诗人具有想象力,又有提纲作依据,他就可以把提纲充实起来,并将从中看见一大堆枝节,他所感到为难的,只是如何去选择而已。

如果主题是严肃的,那么在选择时就应当严格些。今天,人们不能容忍一位父亲带着驴子项下的铃铛来赶跑一个学究[①],也不能容忍一个丈夫躲在桌子底下亲自窃听人家对他老婆讲的情话[②]。这些手法现在都属于闹剧手法。

---

① 见莫里哀的《情怨》第2幕第9场。
② 见莫里哀的《伪君子》第4幕第4场。

如果情节中有一位年轻公主被领上祭坛等待牺牲,人们不愿意这样一个重大的事故只是建立在一个信使的错误上面:让他走一条路,而公主和她的母亲走另外一条路。①

"捉弄我们的命运,难道不往往是使微小的原因触发重大的变革吗?"

不错。不过诗人不该因此去摹仿这个;如果这个事件是历史上已有的,他可以加以利用,但他不能杜撰。我在评判这些手法的时候,要比评判神祇的行为更加严格些。

诗人对枝节的选择必须严格,而且在利用时应善于节制;他应该把各个枝节按照题材的重要性作适当的安排,并在它们之间建立一种几乎不可或缺的联系。

"在人们身上体现神的意志的手段越是晦暗而微不足道,我对人类的命运就越觉可怕。"

我同意。但是必须使我确信这不是诗人的意志,而是神的意志。

悲剧要求采用庄重有力的手法,喜剧要求的则是精巧。

…………

假使你的枝节不多,你的人物就不会多。切不可有多余的人物,要让一些无形的线索把你的全部枝节联系起来。

更要注意,切勿安排没有着落的线索:你对我暗示一个关键而它却不出现,你就分散了我的注意力。

…………

十 悲剧的布局和喜剧的布局

要是有一部作品,它的布局竟没有人能表示任何反对意见,那是多么难得呀!这样的布局会有吗?布局越复杂,就越不真实。

---

① 见拉辛的《依菲革涅亚在奥利德》第2幕第4场。

但是人们会问:在喜剧的布局和悲剧的布局之间,哪一个更难些?

有三种东西。一是历史,其内容都是已经发生的事;二是悲剧,诗人在这里可以凭个人想象在历史以外加上他认为可以提高兴趣的东西;三是喜剧,可以完全出于诗人的创造。

由此可见,喜剧诗人是最地道的诗人。他有权创造。他在他的领域中的地位就跟全能的上帝在自然界中的地位一样。从事创造的是他,他可以无中生有。所不同的是我们在自然现象中只依稀看见一连串的后果,对它们的原因则茫然无所知,而剧情的发展却不能是晦暗的。虽然诗人有时把相当多的关节瞒着我们,给我们来一个出其不意,可是总得让我们看到足够的关节,使我们得到满足。

"那么,喜剧的各部分既然是对自然的模仿,诗人在计划布局的时候是否就没有一个据以模仿的范本呢?"

当然有的。

"那么,这个范本是怎样的呢?"

在回答这个问题之前,我要问一问:什么是布局?

"布局就是按照戏剧体裁的规则安排在剧中的令人惊奇的故事;对悲剧诗人来说,他可以部分地创造这个故事;而对喜剧诗人来说,则可以创造它的全部。"

很好。那么戏剧艺术的基础又是什么呢?

"历史的艺术。"

没有比这更确切的了。人们曾把诗和绘画相比;这做得很对;但是把历史和诗相比可能更有益、更富有真实性。人们可以由此得出"真实"、"逼真"、"可能"的正确的含义;同时确定"奇异"一词的明确意义,这是各种诗体的共同用语,可是只有少数诗人能给予恰当的定义。

并不是一切历史事件都适合于编成悲剧;同样,也不是一切家庭变故都适合于作为喜剧的题材。古人把悲剧这一体裁限于描写阿尔克迈翁、俄狄浦斯、俄瑞斯忒斯、墨勒阿革洛斯、提厄斯忒斯、忒勒福斯、赫拉克勒斯这几个家族。①

贺拉斯不愿意人们在舞台上表演一个人从拉米的脏腑里掏出一个活生生的婴儿来②。假使人们把类似的情景表现给他看,他既不会轻信这种事情的可能性,也不能忍受这样的景象。但是事件的荒谬性中止,而逼真性开始的界线在哪里呢?诗人如何去体会哪些是可以放胆去做的事情呢?

有时候在事物的自然秩序里也有一连串的异常事件。区分奇异和奇迹的标准就是这个自然秩序。罕见的情况是奇异;天然不可能的情况是奇迹:戏剧艺术摒弃奇迹。

假使大自然从来不以异常的方式把事件组合起来,那么诗人超出一般事物简单平淡的一致性而想象出来的一切就会是不可信的了。但是事实并不如此。诗人怎么办呢?他或者是采纳这些异常的组合,或者自己想象些类似的组合。不过,在自然界中我们往往不能发觉事件之间的联系,同时由于我们不认识事物的整体,我们只在事实中看到命定的相随关系,而诗人却要在他的作品的整个结构中贯穿一个明显而容易觉察的联系。所以比起历史学家来,他的真实性虽少些,而逼真性却多些。

"既然只要有多种事件的共存就可以建立故事的奇异之处,那么诗人为什么不就以此为满足呢?"

他有时也以此为满足,尤其是悲剧作家。他可以假设若干事件的巧合,而对喜剧诗人来说,却不能这样做。

"理由何在?"

---

① 都是希腊神话中的人物。
② 见贺拉斯《诗艺》第339—340行:"但,任何心中所想念的事,勿让自己轻信,也莫把拉米吞下的孩子活生生地从它的肚里掏出。"拉米(Lamie)是女身驴子蹄的妖怪,专门吞噬小孩。

那是因为悲剧作家从历史中借过来的众所周知的部分,使得他想象出来的东西也被观众当作是历史事实而接受了。由历史中借过来的事物使他自己创造出来的事物取得了逼真性。但是喜剧作家就得不到任何现成的东西;所以他就不大可能依靠事件的巧合。再者,宿命或神的意志是如此强烈地威慑着人们,使人们只得把自己的命运委诸他们无法摆脱的主宰者,当他们自以为最安全的时候,这些主宰者的手紧跟着他们,抓住他们。这种宿命或神的意志对悲剧更为必要。如果悲剧中有某些令人感动的东西,那就是表现一个人不由自主地犯罪或遭到不幸的景象了。

在喜剧里就要使人起神在悲剧里所起的作用。宿命和恶意,无论在这种或那种体裁里,都是构成戏剧兴趣的基础。

"有人指责我们某些剧本带有传奇色彩,那是怎么回事呢?"

假使一部作品中的奇异产生于多种事件的巧合;假使看到其中的神或人太凶恶或者太善良;假使事物与人物和我们所经历的或历史所揭示的过于悬殊;尤其是假使事件的联系在这里显得太异常或太复杂,那么这部作品就有传奇色彩了。

由此可以得出结论:一部不能编成一出好戏的小说并不因此而不是好小说;但是从来不会有一出好戏不能改写成一部优秀的小说。这两种类型的诗区别在于它们的规律不同。

幻象① 是它们共同的目的:可是,幻象从何而生?从情景。情景决定产生幻象的难易。

人们是否可以让我用数学家的语言来谈一会儿?我们知道他们所说的方程式是什么东西。幻象单独构成方程式的一边。它是一个常数,等于某些或正或负的项的总和;这些正负项的数目和组合可以变化无穷,而其总值永远相同。正项代表普通的情景,负项

---

① 狄德罗所说的"幻象",实际上是逼真的"虚构"所产生的艺术效果,也就是今天所谓的艺术真实。

代表异常的情景,它们应该互相增减以求平衡。

幻象是一种不自觉的东西。如果有人说:我要制造一个幻像;那就仿佛说:我有一个我将对它毫不留意的生活经验。

当我说幻象是一个常数时,那是指同一个人判断不同的作品而言,而不是指不同的人们。或许全世界都不会有两个人在衡量事物的确实性方面具有完全相同的尺度;然而诗人却有为一切人同样地制造幻象的任务!诗人对有教养的人的理智和经验可以驾驭自如,正如保姆对孩子的无知可以驾驭自如一样。一首好的诗篇是一篇值得对有理性的人讲述的故事。

小说家有的是时间和空间,而戏剧诗人却缺乏这两样东西:因此,在同等条件下,与小说相比,我更重视剧本。何况小说家根本没有什么不可避免的困难。他说:"当仙女娓娓地说出谄媚的言词去打动门托尔的心的时候,温馨的睡意悄悄地潜入这个沮丧的人沉重的眼帘和疲乏的四肢;不过她总是觉得有一种不可名状的东西在抵御她的一切努力,在玩弄她的诱惑力。如同高耸入云的峻岩对风涛的凶猛毫不在乎一样,门托尔坚持他贤明的计划,屹立不动,听任卡吕普索向他不断地絮叨。有时候,他使她以为有希望用她的问话把他难倒,并从他的心坎深处掏出真情。可就在她相信自己的好奇心快要得到满足的时候,希望又全部幻灭了。她以为已经掌握到的一切,一下子就逃逸得无影无踪,而门托尔的一句简短的答话又使她陷入迟疑不决的状态。"[①] 到这里,写小说的就把问题解决了。但无论编这么一段对话有多困难,戏剧诗人也得克服这个困难,否则就得推翻他的布局。在描绘一个效果和制造一个效果之间存在着何等的差别啊!

古人曾经写出一些悲剧,其中的一切出于诗人的创造。历史甚至连人物的姓名都没有提供。只要诗人不超越奇异所许可的限

---

① 见费纳龙(Fénelon)的《忒勒马科斯》第7卷。

度,这又有什么关系呢?

剧本中属于历史的东西,只有少数人知道;然而只要剧本写得出色,它会使一切人都感兴趣,或许无知的观众比受过教育的观众还要感兴趣些。对前一种人来说,一切都具有同等的真实性,而对后一种人来说,那些插曲只不过是逼真而已。谎言[①]和真实竟如此巧妙地结合在一起,所以他们在接受的时候并没有丝毫反感。

写家庭悲剧会遇到两种困难,第一是要它产生英雄悲剧的效果,第二是跟写喜剧一样,整个布局都要出之于创造。

有时候我怀疑家庭悲剧是否可以用韵文写;也不知是为什么,我作了否定的回答。然而,普通喜剧是用韵文写的;英雄悲剧是用韵文写的。有什么是不能用韵文写的呢!这个体裁是否要求一种我还不大了然的特殊风格?抑或是真实的主题和强烈的兴趣需要摒弃那种匀称的语言?人物的情况是否和我们的现实情况太相近,以致不容许一种有规律的和谐?

让我们来归纳一下吧。假使人们把《查理十二史》[②]用韵文写出来,它仍不失为一部历史著作。假使人们把《亨利亚德》[③]改用散文写,它仍将不失为诗篇。但是历史家只是简单地、单纯地写下了所发生的事实,因此不一定尽他们所能把人物突出,也没有尽可能去感动人和提起人的兴趣。如果是诗人的话,他就会写出一切他认为最感人的东西。他会想象出一些事件。他可以杜撰些言词。他会对历史添枝加叶。对于他,重要的一点是做到奇异而不失为逼真;当自然容许以一些正常的情况把某些异常的事件组合起来,使它们显得正常的话,那么,诗人只要遵照自然的秩序,是可以做到这一点的。

---

① 这里"谎言"实际上是指"虚构"。
② 伏尔泰的历史著作。
③ 伏尔泰的长篇史诗(1723),歌颂天主教联盟和亨利四世。

这就是诗人的职责。觅字凑韵之徒和诗人之间存在着多大的差别啊！可是请你不要以为我看轻前者,他们的才能也是不可多得的。不过如果你把觅字凑韵之徒比作一位阿波罗,那么,在我看来,诗人就是一位赫拉克勒斯。然而,即使你让赫拉克勒斯手里捧着一架竖琴,你也不能把他变成阿波罗。你让阿波罗倚着一根巨杖,再在他肩上披上一张纳美① 雄狮的皮,你也不能把他变成赫拉克勒斯。

　　由此可见,用散文写的悲剧,跟用韵文写的悲剧完全一样,也是诗篇;喜剧和小说也是一样;不过诗的目的比历史的目的更广泛。人们在历史中读到一个具有亨利四世性格的人的作为和苦难。可是有多少历史不能提供而诗歌可以想象的景况啊！在这些景况中,他可以按照不但符合他的性格,而且更为奇异的方式行动和受苦。

　　想象②,这是一种素质,没有它,人既不能成为诗人,也不能成为哲学家、有思想的人、有理性的生物,甚至不能算是一个人。

　　"那么,想象是什么呢?"你或许要问我。

　　唔,我的朋友,你这是给跟你谈戏剧艺术的人设下一个怎样的陷阱啊！假使他转而谈哲学,他就离题了。

　　想象是人们追忆形象的机能。一个完全失去这种机能的人是一个愚昧的人,他的全部知识功能将限于发出他在儿时学会组合的声音,机械地在生活中应用。

　　这是人民可悲的处境,有时也是哲学家的可悲处境。当他为会话的速度所驱使,来不及找到适于表达形象的字眼时,除了追忆声音,把它们在一定的顺序之中组合起来,他还能做什么别的事情呢？唉,即使最会思考的人也还是十分机械的啊！

---

① 希腊的一个山谷名。传说赫拉克勒斯所杀之狮曾在此肆虐。
② 狄德罗所说的"想象",相当于我们今天所说的形象思维。

那么,在什么时候才停止应用记忆而开始运用想象呢？那是当你以一个接一个的问题迫使他想象的时候;也就是说由抽象的、一般的声音转化为比较不抽象的、比较不一般的声音,一直到他获得某一种明显的形象表现,也就是到达理智的最后一个阶段,即理智休息的阶段。到这时候,他成了什么呢？他就成了画家或者诗人。

譬如,你问他:什么叫正义？你可以相信,只有在他的认识循着它原来由事物转移到心灵的同一条道路,再由心灵转移到事物的时候,他才获得悟解。① 那时,他想象有两个人,为饥饿所驱使,走向一棵果实累累的树,一个人爬上树,摘下果子;另外一个人用暴力抢去了第一个人摘下的果子。那时,他将请你注意这个人所表现的动作:一方是表示遗憾的手势;另一方是显示恐吓的征兆;这一个认为自己受到了伤害,那一个甘心给自己加上可憎的犯罪者的称号。

假使你对另一个人提出同样的问题,他的最后答复会是另一幅图景。你问多少人,可能就有多少不同内容的图景;这些图景都表现两个人在同一时刻所感受的相反印象。他们作出互相对立的动作,或者发出含糊而粗野的喊声,日久以后,这些喊声就变成文明人的语言,意味着而且将永恒地意味正义和非正义。

在生物界中,触觉分化为无穷尽的方式和程度,在人身上就叫作视觉、听觉、嗅觉、味觉和知觉。他接受各种印象,让这些印象保留在他的感官中,然后用字词来区别它们,并且就用这些字词或用形象来追忆它们。

把一系列必然相联的形象按照它们在自然中的先后顺序加以追忆,这就叫做根据事实进行推理。如已知某一现象,而把一系列

---

① 由此可见,狄德罗所说的"想象",并不是与理性相对立的东西,而是经过从具体到抽象,又从抽象转化为具体形象的思维过程。

的形象按照它们在自然中必然会先后相联的顺序加以追忆,这就叫做根据假设进行推理,或者叫做想象;按照你所选的不同目标,你就是哲学家或者诗人。

诗人善于想象,哲学家长于推理,但在同一意义下,他们的作为都可能是合乎逻辑的或不合逻辑的。说他合乎逻辑,也就是说他具有了解诸般现象必然联系的经验。

这样,仿佛已经足以指出真实和虚构相似之处,以及诗人和哲学家的特点,也足以强调诗人,尤其是史诗诗人或戏剧诗人的优越性了。诗人在较高程度上从自然取得了把天才和普通人,把普通人和愚昧的人区别开来的那个品质;这个品质就是想象力,如果没有它,言词就变为把声音组合起来的机械习惯了。

但是,诗人不能完全听任想象力的狂热摆布,诗人有他一定的范围。诗人在事物的一般秩序的罕见情况中,取得他行动的范本。这就是他的规律。

这些情况愈是罕见和奇特,诗人就需要愈多的技巧、时间、空间和一般景况,使奇异之处恰如其分,使幻象具有基础。

假使历史事实不够奇异,诗人应该用非常的事件来把它加强;假使历史事实过于奇异了,就应该用普通的事件去冲淡它。

啊,喜剧诗人!你不能满足于在提纲中说:我要这个年轻人只淡淡地爱着这个妓女,然后离开她去结婚;他对自己的妻子并不是没有感情;这个女人是可爱的;丈夫准备跟她好好地过日子:我还要他睡在她身旁两个月之久而不和她接触;然而她怀孕了。我要写一个热爱她的儿媳的婆婆;我要写一个有情感的妓女;我还少不了要一件强奸案,我要让它在大街上发生,罪犯是一个吃醉酒的年轻人[①]。很好,加油吧;堆砌吧,在希奇古怪的情景之上再堆砌上希奇古怪的情景吧;我同意。不可否认,你的故事无疑会叫人拍案

---

① 以上是泰伦斯的喜剧《婆母》的梗概。

称奇,但是请不要忘记,你必须用许多正常的事件来补足,来扶持你的奇异之处,而我所重视的正是这些正常的事件。

假使历史的确实性得到公认,诗的艺术将向前发展。同样的原则适用于故事、小说、歌剧、闹剧和各种体裁的诗篇,寓言也不例外。

假使有一个民族,在他们的信仰中有这么一个要点,深信动物从前会说话,那么,在这个民族中间,寓言的逼真程度就会比在我们中间高。

············

十一 兴 趣

在复杂的剧本里,就引起兴趣来说,布局的作用比台词的作用大;与此相反,在简单的剧本里,台词的作用比布局的作用大些。但是我们应该把兴趣引向哪一方呢,是剧中人物还是观众?

观众只是不知情的旁观者而已。

"那么,应该引向剧中人吗?"

我想是的。应该让他们在不知不觉中构成纽结;应该使他们对一切事情都猜测不透;使他们走向结局而毫未料及。假使他们陷于激动不安之中,那么我必须随着他们感受同样的心理活动。

我和大多数搞戏剧艺术的人一样,根本不打算把结局瞒住观众,也不认为写一部在第一场就透露结局,并将兴趣突出到最高潮的剧本是力所不能及的工作。

对观众来说,应该让他们对一切都了如指掌。让他们作为剧中人的心腹,让他们知道发生了什么事情,正在发生什么事情,而在更多的时候,最好把将要发生的事情也向他们明白交代。

唉,你们这些设下清规戒律的人啊!你们太不懂艺术了,你们根据典范作品订出规则,却太没有创造这些典范作品的天才,天才可以随意打破你们的清规戒律。

在我的这些意见中，人们要找出多少矛盾就会找到多少矛盾，不过我坚决相信，如果说有时宜于把一项重要的情节在未发生之前瞒住观众，却有更多的时候，戏剧兴趣要求相反的做法。

由于保密，诗人为我布置了片刻的惊奇；可是，由于把内情透露给我，他却引起我长时间的悬念。

对于在霎时间遭到打击而表现颓丧的人，我只能给予一刹那的怜悯。可是，如果打击不立刻发生，如果我看到雷电在我或者别人头顶上聚集而长期地停留在空际不击下来，我会有怎样的感觉？

…………

假使对人物的身份不了解，观众对剧情的兴趣就不会比剧中的人物大；但是，假使他们充分了解人物的身份，并且感觉到，假使人物彼此相认，他们的语言行动就将不同，那么他们的兴趣就会倍增。这样，你将使我急待知道，当他们可能把他们的现状和他们做过或者打算要做的事进行比较的时候，他们将成为什么样子。

让观众明了一切，但尽可能使剧中人互不相识；让我不但满足于当前的情况，而且急于知道接踵而来的是什么；让一个剧中人使我期待另一个剧中人；一个事件把我驱向另一个与之关联的事件；各场戏都很简洁，只包含剧情所必需的东西；这样我就会觉得兴致勃勃。

此外，我对戏剧艺术愈深入思考，就愈对那些戏剧理论家起反感。他们根据一系列特定的法则，制订出普遍的教条。他们看见某些事件产生了良好的效果；马上强迫诗人必须用同样的方法去获致同样的效果；可是如果他们再仔细观察一下，就会发觉相反的方法倒会产生更大的效果。就这样，艺术中规则充斥，而作者由于奴颜婢膝地拘守这些规则，常常费了很大气力却写不出像样的东西。

假使人们设想，尽管剧本是为演出而创作，可是仍旧应该让作者和演员忘却观众，应该使全部的兴趣系于人物，那么，在戏剧理论中,人们经常读到的将不是:假使你做这个或那个,你会这样或那样地感动观众;而是:假使你做这个或那个,在你的人物之中就会出现这样或那样的情况。

…………

假使诗人不深入到剧中人中去,不按自己的意图控制观众的情绪,却脱离剧情而迎合观众,他就将妨碍自己的布局。他就是仿效这样一些画家,他们不致力于严格地再现自然,却忘掉了自然而苦心经营艺术的手段,所想的不是把他们所看到的自然如实地揭示给我,而是按照一般的技巧来处理它。

空间的各点不是明暗不同吗?它们不是互相分离的吗?它们不是像在一幅绚丽多彩的风景画中一样在一个空无一物的平原上向后展开吗?假使你遵照绘图的老一套办法,你的剧本就将和他的图画一模一样。他的画有几处美的地方,你的剧本就有几个美的时刻。可是问题不在这里,图画应该整个画面都美,剧本应该从头到尾都美。

假使你只照顾观众,那么,演员怎么办呢?你以为他会感觉不出你摆在这里那里的东西并不是为他设想的吗?你想的是观众,他也就面向观众。你要观众为你喝彩,他也要观众为他喝彩;我真不知戏剧幻象将会变成什么东西。

我注意到,凡是诗人存心为观众写的东西,演员就演不好;假使池座的观众能参加表演,他们会对剧中人说:"你怨谁?这与我有什么相干?难道我会管你的闲事?去你的吧!"假使作者也参加演出,他会从幕后走出来,回答池座的观众:"对不起,先生们,这是我的过错,下一次我会写得好一些,他也会演得好一些。"

所以,无论你写作还是表演,不要去想到观众,只当他们不存在好了。只当在舞台的边缘有一堵墙把你和池座的观众隔开,表演吧,只当幕布并没有拉开。

…………

如果一个聪明的作者在他的作品中插进观众自嘲的妙句,我同意;让他提到流行的笑料,当前的弊端,群众性的事件;让他去教育人,去取悦于人;但是这一切都要做得毫不牵强。假使别人发现了他的目的,他就算没有达到目的,那时他就不是在对话而是在说教了。

十三　人物性格

假使作品布局得好,诗人把开场的时机选得好,由剧情的中心单刀直入,把人物性格刻画得好,他怎么会不获得成功？可是,人物性格要根据情境来决定。

剧本的布局可能已经完成并且完成得很好,但诗人还不知道应该赋予他的人物以什么性格。每天都有许多不同性格的人遭遇同样的事件。把女儿当作牺牲品的可能是个野心家,也可能是个弱者,也可能是个残暴的人,丧失钱财的可能是个财主,也可能是个穷人。资产者或英雄,温柔的或嫉妒的,亲王或随从都可能为情妇担心。

人物的境遇愈棘手愈不幸,他们的性格就愈容易确定。考虑到你的人物所要度过的二十四小时是他们一生中最动荡最严酷的时刻,你就可以把他们安置在尽可能大的困境之中。情境要有力地激动人心,并使之与人物的性格发生冲突,同时使人物的利害互相冲突。应该使一个人不破坏别人的意图就不能达到自己的目的;或者使大家关心同一件事,然而每个人希望这件事按照他的打算进展。

真正的对比是人物性格和情境之间的对比,是不同的利害之间的对比。假使你写阿尔赛斯特恋爱,就让他爱上一个风流的女子,如果是阿尔巴贡,就让他爱上一个贫苦的女子。

"但是为什么不再在这两种对比之外再加上性格之间的对比呢？这个方法对诗人是多么方便啊!"

你还可以说,画家常把作为衬托的东西放在画景前面,这种手法也是很普遍的呀!

我要求人物的性格各有不同;但是我坦白告诉你,我并不喜欢性格之间的对比。且听我申述理由,然后再下评断吧。

首先我发觉对比的使用在笔调方面并不好。你想使伟大的、高贵的、简朴的思想化为乌有吗?那你只要让这些思想相互对比,或者在表达上进行对比就行了。

你想叫你的乐曲毫无情调和才华吗?你只要把对比加进去,那你就只有一连串强弱高低相互交替的声音了。

你想叫一幅画变成惹人讨厌,矫揉造作的东西吗?那你就蔑视拉斐尔的智慧,把你要画的景象互相对比吧。

建筑学崇尚宏伟和简朴;我不说建筑学摒除对比;它根本不容许对比。

你倒说说看,既然在一切模仿性的艺术中,对比是这样一个不高明的东西,怎么唯独在戏剧艺术中会是例外呢?

如果说有什么最可靠的方法来损害剧本,使它在一切有高尚趣味的人心目中成为不堪入目的东西,那就是在其中大量加入对比。

…………

……社会的一般情况是怎样的呢?人们的性格是各有不同,还是截然对立?生活中也许有那么一回,性格的对比表现得如人们要求于诗人的那样分明,可是却有千万回,性格只是各有不同而已。

性格和情境间的对比,利害和利害间的对比,却是随时都存在的。

…………

十六　场　面

当诗人给予他的人物以最适当的,也就是说和他们所处的情境最对立的性格以后,假使他有一点想象力的话,就不能不在脑子里设想出这些人物的形象。如果我们听别人讲起一个人,听多了,就能设想出这个人的形象;这种情况是每天都会碰到的。我不知道在面貌和行动之间是否存在某种类似;可是我知道,一个人的感情、言论和行动一旦为我们所知晓,我们就会立刻想象出他的面貌,并将感情、言论、行动等等添加在这面貌上;假如我们遇见这个人,而他的面貌不像我们所想象的那样,那么,虽然我们从来没有见过他,却几乎要脱口说出:我们认不出你了。每一个画家、每一个戏剧诗人都应当善于研究相貌。

这些依照性格塑造的形象也影响台词和舞台上的活动;而当诗人想起这些形象,看见这些形象,把它们留在眼前久久凝视,并观察它们的变化的时候,尤其是如此。

对我说来,我设想不出,如果诗人没有想象好那个被他带上场的人物的动作和活动,没有捉摸透这个人物的举止和面貌,怎么能开始写这场戏。正是这样事先的模拟启发第一句台词,而第一句台词产生其余的一切。

假使诗人在开始工作的时候就得到这些理想面貌的帮助,他就可以充分利用那些使面貌在全剧,甚至只在一场戏中发生变化的突然的、一刹那的表情……你的脸发白了……你发抖了……你欺骗我……在实际生活中,有人说这样的话吗?人们不过看他一眼,设法从他的眼神里、动作里、面部线条里、话音里探出他心底所想的东西;在戏剧里却很少这样做。为什么?因为我们离真实还远呢。

假使从舞台上人物的真实情境出发,那么人物必然是有生气的,动人的。

给你的人物配上一副相貌,但千万不要配上演员的相貌。应该让演员去适应他所扮演的角色,而不是让角色去适应演员。切不可让人家说他不按照情境去决定你的人物的性格,却按照演员的性格和才能安排情境。

你不觉得奇怪吗,我的朋友,古人有时候也会犯这种幼稚病?在那时,人们把桂冠献给诗人和演员。逢到有一个为群众所喜爱的演员时,爱讨好人的诗人就在剧本里为他加上一段插曲,但结果往往使戏剧减色,只是让被捧的演员多出场一次而已。

我所说的复杂场面,就是这样的场面,其中有好些人物忙着一件事情,而其他好些人物则忙着另一件事情,或者虽然是忙着同一件事情,却是在另外一个地方进行的。

在一个简单的场面里,对话衔接而不间断。复杂的场面则或者有对白,或是哑场和对白相结合,或是全部只有哑场而没有对白。

在哑场和对白相结合的复杂场面中,对白被安排在哑场的间隔中,一切进行得井然有序。这可就需要用艺术去安排。

....

对诗人来说,把同时进行的几个场面同时写出来是有些困难的;但是既然这些场面有不同的目标,他就应该先写主要的场面。我所谓的主要场面,就是特别能够吸引观众注意力的场面,不管是有对白的场面也好,没有对白的哑场也好。

....

十七 格 调

在戏剧里跟在社会里一样,每一种性格都有一种与之相适应的格调。心灵卑下、恶意找碴、头脑简单,这些性格一般具有小市民的平庸格调。

戏剧里的嘲谑和社会里的嘲谑不同。社会里的嘲谑一般到戏剧里就会显得软弱无力,丝毫没有效果。戏剧里的嘲谑如用之于社会就会得罪人。在社交中是如此可憎和令人不快的冷嘲热讽,在戏剧里却是一种很好的东西。

诗里的真实是一回事,哲学里的真实又是一回事。为了真实,哲学家说的话应该符合事物的本质,诗人说的话则要求和他所塑造的人物性格一致。

根据情欲和利益去描写,这就是诗人的才华。

从这一点出发,诗人有必要随时把最神圣的东西践踏在地下,而鼓吹凶暴的行为。

对诗人说来,根本无所谓神圣的东西,连道德也不例外。如果人物和时机要求这样做的话,他可以用讪笑来对待道德。当他对上天怒目而视,对神祇口出恶言,你不能说他亵渎神明;当他匍匐在祭坛前向神作出椎心泣血的祈祷的时候,你也不能说他敬神信道。

············

为什么要在剧中人身上去找寻作者呢?

你我都不会把活着、思维着、工作着和活动于人群中的人,和执笔的、掌弓弦的、持画笔的、粉墨登场的那些狂热的人混为一谈。当他神游物外的时候,他完全接受艺术的支配。可是一到灵感消逝,他又回复为原来那个人,有时候还是一个普普通通的人。这就是思想和天才的不同之处;前者是几乎随时存在的,而后者却时常会逃得无影无踪。

不能把一场戏和一段对话等量齐观。一个有思想的人能够写出一段孤立的对话,而一场戏却永远是天才的作品。每一场戏都有它的情节起伏,都要占一段时间。没有想象力的作用,决不会找到真实的情节起伏。如果没有经验和缺乏审美力,也就不能正确地估量这一场戏应该持续多久。

戏剧对话艺术是如此艰深,恐怕从没有人能够把它掌握得像高乃依那么高明。他的人物纷至沓来而不显露巧妙安排的痕迹;他们一面刺击,一面招架;这是一场搏斗。答话并不针对对方的最后一句话而发,它接触到事物的深处。你爱在哪里停顿就在哪里停顿,你总觉得说话的人头头是道。

....

主题愈是复杂,对话就愈容易写。事件多了,每一场戏就各有一个不同的既定目标;至于在简单的剧本里,一个事件要供好几场利用,因而每一场的目标就难免不够明确,一个平凡的作家对此将束手无策;但正是在这里,天才有了大显身手的机会。

把一场戏和主题联系起来的线索愈是松弛,诗人的困难就愈大。把这些不明确的场次让一百个人去写,写出来一定是一人一个样子,可是只有一个是好的。

平庸的读者只从那些最使他感动的片段去欣赏一位诗人的才华。一个党魁向徒众所作的演讲,一家骨肉的重逢,都会使他们发出欢呼。可是让他们问问作者对自己作品的看法,他们才发现,作者自己拍案叫绝的地方,他们却忽略了。

....

在戏剧艺术中,普遍的规律是很少的。可是这里却有一条我从未见过有例外的规律。那就是独白对剧情来说是一个停顿的时刻,而对人物来说则是一个混乱的时刻。即使是在剧本开场时的独白也是如此。如果说话的人心平气和,这就违反了真实,因为人们只在困惑的时候才会自言自语。如果独白太长,就会伤害剧情的自然性,使它停顿得过久。

对性格的漫画式的夸张,无论是过分美化还是过分丑化,我都不能容忍。善与恶同样可能被刻画得过分;而当我们对这一种缺点不及对另一种缺点那么敏感的时候,那是我们的爱面子心理在作祟。

在戏剧里,人们要求一切性格始终如一。这是一个错误,只是被剧本的短促过程掩盖住罢了：因为在生活中，人们离开原有的性格的场合是多么多啊！

十八　风　尚

在古代戏剧里，我最喜欢的是那些情郎和父亲。至于达夫这一类人物，我是不喜欢的；我深信，除非题材是写古代风尚，或者是写现代风尚败坏的一面，否则我们不会再看到这类人物。

任何一个民族总有些偏见有待摒弃，有些恶习需要谴责，有些可笑的事情有待贬斥。任何一个民族都需要适合于他们的戏剧。假使政府在准备修改某项法律或者取缔某项习俗的时候善于利用戏剧，那将是多么有效的移风易俗的手段啊！

因为演员表现了不良的风尚而对他们施以攻击，那就是迁怒于所有的行业。

因为戏剧有被滥用之处而加以攻击，这等于起而反对各种公众教育制度；至今人们在这方面所谈论的都是关于事物现在和过去的实况，而不是关于事物可能的情况，这些谈论是既不公正又不真实的。

一个民族并非同样擅长所有种类的戏剧体裁。我觉得悲剧更符合共和政体的精神；喜剧，尤其是轻松的喜剧，比较更接近君主政体的性质。

在彼此不承担任何义务的人们中间，嘲谑是难以忍受的。嘲谑必须指向上层才能变得轻松愉快；在一个人民像一座金字塔似的分成不同等级，压在底层的人背负着不堪忍受的重压，不得不竭力自制，连呻吟之声也不敢大放的国家里，就会发生这种情形。

有一个太普遍的毛病，就是由于对某些身份地位的可笑的盲目信仰，不久人们就只限于去描写这些阶层的风尚了；戏剧的效用缩小了，甚至可能成为一条狭窄的沟渠，上层人物的缺点通过这条沟渠传染给下层人物。

在被奴役的民族当中，一切趋于堕落。剧中用的口吻和姿态也得是格调低下的，才可以免遭现实的压迫和侮辱。于是诗人就和朝廷中插科打诨的小丑一样，人们以蔑视的目光看待他们，而他们正是利用这种蔑视才能畅所欲言。假使有人喜欢换一个比喻，我们就说他们类似某些罪犯，当他们被捉到法庭的时候，只因为他们善于装疯卖傻，才得被赦免回家。

我们法国有喜剧。英国人只有讽刺剧，却也充满着力量和欢乐，不过缺乏高尚的风习，没有高雅的趣味。意大利人则只有趣剧。

一般说来，一个民族愈文明，愈彬彬有礼，他们的风尚就愈缺乏诗意；一切都由于温和化而失掉了力量。自然在什么时候为艺术提供范本呢？是在这样一些情景发生的时候：当儿女们在垂死的父亲床边扯发哀号；当母亲敞开胸怀，指着哺育过他的双乳恳求她的儿子；当一个人剪下自己的头发，把它撒在他朋友的尸体上；当他托着朋友尸体的头部，把尸体扛到柴堆上，然后搜集骨灰装进瓦罐，每逢祭日用自己的眼泪去浇奠；当披头散发的寡妇，因死神夺去她们的丈夫，用指甲抓破自己的脸；当人民的领袖在群众遭遇到灾难时伏地叩首，痛苦地解开衣襟以手捶胸；当父亲抱着他初生的儿子，高高地举向上天，指着婴孩起誓，向神祇祈祷；当儿子在长期离开父母以后又重新聚首时，他的第一个动作就是抱住他们的膝盖，匍匐在地上等候祝福；当人们把饮宴看作祭献，在开筵以前或席终以后在杯中注满酒浆祭奠土地；当人民可以和领袖交谈，领袖倾听他们并回答他们的问题；当人们看到一个人头缠布条跪在祭坛之前，一位女祭司把双手在他头上伸开，向天起誓，举行着赎罪和受洗的仪式；当那些被魔鬼附体，受着魔鬼折磨的女预言者，口吐白沫，目光迷乱，坐在三足凳上，呼号着预言性的咒语，从魔窟阴森森的底里发出悲鸣；当神祇渴欲一饮人血，必待看到鲜血流淌才安定下来；当淫乱的女巫手持魔杖在森林里徜徉，引起了沿路遇到的异教徒的恐怖;当另一些淫妇无耻地脱光了衣服,看到随便哪个男人走来,就伸开两臂把他抱住,满足淫欲,等等。

我不说这些是好风尚,可是我认为这些风尚是富有诗意的。

诗人需要的是什么?是未经雕琢的自然,还是加过工的自然?是平静的自然,还是动荡的自然?他喜欢纯净肃穆的白昼的美呢,还是狂风阵阵呼啸,远方传来低沉而连续的雷声,或闪电所照亮的上空中黑夜的恐怖?他喜欢波平如镜的海景,还是汹涌的波涛?他喜欢宫殿的冷落静默,还是漫步在废墟之中?喜欢人工建筑的大厦,人工栽种的园地,还是茂密的古森林和荒岩间的野穴?喜欢平静的湖水、池塘、清泉,还是下泻时通过岩石折成数段,咆哮声远远传至在山上放牧的童子耳边的奔腾澎湃的瀑布?

诗需要的是巨大的、野蛮的、粗犷的气魄。

正是国内自相残杀的战争或对于宗教的狂热使人们揭竿而起、血流遍地的时候,阿波罗头上的桂冠才生气勃勃,碧绿青翠。它需要以血滋润。在和平时期,在安闲时期,它就要萎谢了。黄金时代可能会产生一首歌曲,或者一首哀歌。史诗和戏剧却需要别的风尚。

什么时代产生诗人?那是在经历了大灾难和大忧患以后,当困乏的人民开始喘息的时候。那时想象力被惊心动魄的景象所激动,就会描绘出那些未曾亲身经历的人所不了解的事物。难道我们没有在某些时候感受过一种陌生的恐怖吗?它为什么没有产生任何作品?难道我们都没有天才了吗?

天才是任何时代都有的,然而有天赋的人常常无所施展而僵化,除非有非常的事变振奋起群众的精神,促成天才人物出现。这时,情感在胸中积聚酝酿,凡是具有喉舌的人都感到有说话的迫切需要,必欲畅抒胸怀而后快。

如果一个民族的风尚萎靡、琐屑、造作;谈吐纯粹是鹦鹉学舌,只是一连串做作的、愚蠢的、低级的言辞;既不率直,又不纯朴;父亲呼儿子为先生,母亲呼女儿为小姐;公众仪典毫无庄重气概;家庭内的举止毫无动人、诚挚之处;老是一本正经,毫无真诚可言。在这种环境里诗人有什么办法?他只好尽力美化这些风尚,选择最适合他的艺术的情景,对其他的略去不谈,同时大胆假设一些情景。

一个诗人需要何等精细的审美力,来体会公众的或个人的风尚可以美化到什么地步啊!假使他超过了这个限度,他的作品就是虚伪而且近乎传奇性的了。

············
如果一个民族容许在自然中存在某些东西,而禁止艺术家去模仿,或者他们在艺术中所欣赏的效果,在自然中却不屑一顾,那么他们的趣味真是太难以捉摸了。这情况就像一个女人,她跟我们在杜伊勒里宫欣赏的某一个雕像相像,我们却说她头部虽美,可是脚太大,腿太粗,腰身一点也没有。坐在沙发上被雕塑家认为美的女子,一进他的工作室就变丑了。我们就是充满了这些矛盾。

十九 布　景

············
你要诗人无论在剧本的结构方面和对话方面,都接近真实;要演员的表演和道白接近自然和实际吗?请你大声疾呼,要求人们把这场戏发生的地点如实地表现出来吧。

如果一旦你们的戏剧中最细小的情景都是自然和真实的,那么你们不久就会觉得一切和自然与真实相悖的东西都是可笑和可厌的。

最难以入耳的戏剧应该是被人们指责为半真半假的那种戏。这种戏是拙劣的撒谎,其中某些情景显示出其余一切情景的不真实性。我宁愿忍受一团乱麻似的剧本,至少它不虚伪。莎士比亚的缺点并不是诗人可能陷入的最大缺点,它只表明趣味不高而已。

当你认为你那位诗人的戏剧值得一看的时候,让他先去物色一位布景设计师,向他朗诵剧本。让布景师熟悉剧情发生的地点,把它描摹得恰如其分,尤其要让他记住,舞台图景应该比其它一切类型的图画更严格更真实。

普通画容许的东西有许多是在舞台画中不容许的。如果在画室里的画家要表现一座乡村茅舍,他可以让它傍着一根折断的廊柱,还可以利用已毁的科林斯式的廊柱顶饰,把它翻过来放在茅舍前做一个座位。事实上,这有什么不可能呢?从前在这里有一座巍峨的宫殿,到今天却只剩下一间茅舍。这个情景还会使我格外感动。因为它向我指出了人事沧桑。但是在舞台画里,就不应该是这样。不应该有分散注意力的东西,同时除了诗人有意激起的印象以外,也不应该有可能在我心中引起其他印象的端倪。

两位诗人不可能同时让他们的全部优点显现。次要才能应该部分地为主要才能牺牲。一项才能当它在单独发挥的时候,可以代表一个完整的东西,但假使它从属于另一项才能,就只能适合某种特殊情况之用了。试看凡尔奈[①]的海景图,他凭想象画出来的和他写生的,两者在气魄和效果方面存在着怎样的差别啊!舞台画家只能利用有助于戏剧幻象的情景。他不能利用那些对产生幻像不利的偶然因素。他只能有节制地使用那些足以美化而不致起破坏作用的因素,因为这些因素终究会起分散注意力的坏作用。

这些就是舞台上最好的画景之所以从来只能是一幅第二流的图画的缘故。

就抒情诗来说,诗篇是为音乐家而作的,正如布景画是为戏剧诗人而作的一样:所以除非诗人享有全部自由,诗篇就永远不会完美无缺。

[①] 凡尔奈(Vernet,1714—1789),法国画家,擅画海景,作品布局得体,光线效果极佳。

你要表现一间客厅吗？它应该是一个有高尚趣味的人的客厅。除非主题别有要求，千万不要琐琐碎碎的小摆设；不要太金碧辉煌；只要简单的几件家具就够了。

二十一　舞台提示①

…………

我曾经说过哑场是戏剧的一部分，戏剧作家必须认真处理；如果他对这一门不够熟悉，不能得心应手，他就不懂得按照实际生活那样开始、展开、结束他的剧本。戏剧作家常常应该少写些台词，多写些舞台动作。

…………

舞台提示将来总要在我们的剧本里占据它的位置，否则一个戏剧诗人如果写了剧本而不上演，那么人家在读他的剧本时，由于他没有把舞台提示写进去，就会产生乏味的感觉，有时竟会认为他不知所云。对读者来说，如果能够如同作者所构思的那样，知道剧本是怎样表演的，岂不是一种意外的乐趣？况且，像我们现在这样习惯于那种造作的、四平八稳的、如此远离实际的表情朗读，不需要舞台提示的人还能多吗？

舞台提示是诗人在写作时存在于想象中的一幅图画；他希望在演出时，舞台上时时刻刻都把这幅图景显示出来。这是告诉观众，使他们知道有权利向演员要求什么的一个最简单的手段。诗人告诉你：请把我写下的舞台提示和演员们的表演比较一下，然后评判评判吧。

此外，当我把舞台提示写下来的时候，那就像在对演员们说这样的话：我是这样说话，这样表情的，当我构思的时候，在我想象中

---

① 　原文 Pantomime，意思是哑剧或舞台上的手势、动作。此段主要谈戏剧诗人在剧本中对舞台动作的说明，所以译为"舞台提示"。

就是这么个样子。但是我既不会狂妄到认为别人不能表演得比我更好,也不会愚蠢到强制一个有天才的人做机械的动作。

如果有人向好几个艺术家提出一个同样的题材去作画;每个艺术家按照他自己的方式去思考,去绘制,结果从他们的画室里拿出来的图画是各不相同的。人们在每一幅画里都可以发现一些特殊的美。

我再说个比喻。请你去参观一下我们的画廊,让人家给你看一些由外行要求艺术家按照自己的形象定制的作品。在一大批作品中间,外行的意见和艺术家的才能很好地配合而使作品不受到一点伤害的,恐怕连两三幅都难以找到。

演员们,请尽量运用你们的权利吧;按照时机和你自己的天才所启发的那样去做吧。假使你有血有肉,假使你有易感的心肠,事情会进行得很好,用不着我来干预;相反,假使你是个泥塑木雕,那么,即使我尽量干预,事情仍然会搞得很糟的。

不管诗人有没有把舞台提示写下来,我一眼望去,就可以看出他写作时是不是有它作依据。有或没有,剧本的结构将有所不同;各个场面也将是另一番模样。对白也将显出区别。如果这是设计画面的艺术,那么,我们能假设所有的人都有这种艺术吗?能说我们所有的戏剧诗人都掌握了这种艺术吗?

我们可以做一个实验。你来编写一个剧本,然后让认为写舞台提示是多此一举的人去写舞台提示。看吧,他们会做出多少傻事来!

要批评得公正是容易的;而讲到实践,即使写出平庸的东西也不容易。所以要求我们的批评家写出一部像样的作品来表示他们所懂得的至少不亚于我们,难道就那么不合理吗?

二十二　作家和批评家

旅行家们说有一种野蛮人,他们对过路人喷射毒针。这就是我们的批评家们的形象。

你以为这个比喻有些过分吗？那么至少你应该承认,他们很像在四面被岗峦环绕的山谷里隐居的一个修士。这个有限的空间就是他的整个宇宙。他转了个身,环顾了一下狭窄的天地,就高声喊叫:我什么都知道,我什么都见过。可是有一天他忽然想走动一下,去接触以前没有摆在他眼前的事物,就爬上了一座山峰。当他看到一片广阔无垠的空间在他头上和眼前展开的时候,他惊讶到何等地步啊！于是,他改变论调,说:我什么也不知道。我什么也没有见过。

我刚才说我们的批评家类似这个人物;其实我错了,他们依然蛰居在他们的巢穴里,始终不肯放弃对自己的高度评价。

作家的任务是一种狂妄的任务,他自以为有资格教训群众。而批评家的任务呢,那就更狂妄了,他自以为有资格教训那些自信能教训群众的人。

作家说:先生们,你们要听我的话,因为我是你们的老师。批评家说:先生们,你们应该听我的,因为我是你们的老师的老师。

对群众来说,他们有他们自己的主张。假使作家的作品不高明,他们嗤之以鼻;如果批评家们的意见是错误的,他们也同样对待。

这样一来,批评家们发出了叹息:啊,世风不古！道德风尚败坏了！趣味丧失了！一阵叹息之后,他们就得到了自我安慰。

作家呢,他谴责观众、演员和群众。他向上演之前曾听他朗读剧本的朋友们呼吁:我的作品应该被捧到九天之上。可是你那些盲目的或者胆小的朋友没有敢告诉你这部作品结构不行、缺乏个性、没有风格;请相信我,群众是不大会看错的。你的作品垮台了,因为它是一部坏作品。

"但是,《恨世者》不是也经过一番挫折吗？"

这倒是真的。啊,在受到一番挫折之后,找出这个先例来解嘲,这是何等甜蜜呀!假使我有朝一日登上舞台而被观众嘘了下来,我也一定会想起这个先例的。

批评家是用完全不同的方式对付在世的和已故的作家的。作家如果死了,批评家会竭力宣扬他的优点,掩盖他的缺点。如果他还在世,那就反其道而行之,他的缺点要被突出而他的优点要被遗忘了。这里面是有一些道理的:人们可以纠正在世的人的错误,而已死的人是不可救药了。

但是,一部作品最严格的评判者应该是作者自己。他私自下过多少苦功啊!只有他自己才认识暗藏的缺点,而批评家却几乎决不可能指出。这常常使我回忆起一位哲学家的话:"他们说我的坏话吗?唉!假使他们对我的认识能跟我对自己的认识一样深刻就好了!"①

古代的作家和批评家都从潜心自学开始,他们总是在学完各派哲学以后才从事文艺事业。作家总是把他的作品留在身边很久才公之于世。他的作品通过向别人征求意见、长时间的修改润饰,才达到精练的境地。

我们现在太急于露脸了,我们执笔的时候可能学识既不丰富,道德方面的修养也不足。

如果道德败坏了,趣味也必然会堕落。

真理和美德是艺术的两个朋友。你想当作家吗?你想当批评家吗?那就请首先做一个有德行的人。如果一个人没有深刻的感情,别人对他还能有什么指望?而我们除了被自然中的两项最有力的东西——真理和美德深深地感动以外,还能被什么感动呢?

…………

---

① 这话是1世纪希腊芝诺派哲学家伊壁克泰都斯(Epictète)说的。原话应该是这样:"如果有人对你说,某人说你的不是,那你就别指责人家的话,而这样回答:这个人对我的错误还认识不足,否则不会仅仅指出那一些。"

在整个人类中或许就找不出具有某些近似之处的两个人。总的身体组织、感官、外貌、内脏各有不同。纤维、肌肉、骨骼、血液各有不同。智力、想象、记忆、意念、真知、成见、营养、训练、知识、职业、教育、兴趣、财产、才能各有不同。物体、气候、风俗、法律、习惯、成规、政府、宗教也各各不同。怎么可能使两个人具有完全一样的爱好,对真、善、美具有完全一样的概念呢?不同的生活和相异的经历就足以产生不同的判断了。

这还不算。就以同一个人而言,无论就生理或精神方面来看,也是一切都在不断地相互交替之中;乐极生悲,否极泰来;健康之后有疾病,疾病之后又恢复健康。只有在记忆之中,我们才觉得自己是同一个人,才被人家认为是同一个人。在我现在的年龄,身体中与生俱来的分子也许连一个都没有了。我不知此生能有多久,但一旦到把我的躯壳还给泥土的时候,或许体内现有的分子又一个都不存在了。在生命的各个不同阶段中,灵魂也不是前后一致的。我在孩提时期口舌不灵;现在我自以为会思考了;但正当我在思考之际,岁月流逝,我不觉又回到口舌不灵的阶段。这是我的遭遇,也是所有人的遭遇。所以我们之中怎么可能有人在整个生命的过程中保持始终不变的爱好,对真、善、美下同一的判断?由人类的忧患及歹念所引起的历次革命就足以混淆判断了。

那么人对于他惟一最应该懂得的东西,即真、善、美,难道就命定既不和旁人一致,自己又不能前后一贯吗?是不是这些都是局部、临时或武断的东西,或者是空洞无意义的字眼?是不是没有任何一件东西是真、善、美的?一件东西是不是当它对我显得是真、善、美,就算真、善、美了呢?如果说:你和我,我们是两个不同的生命,而我自己,在某一个时期的我又和在另一时期的我不同;有关爱好的一切争论是不是由这么一句话就得到了解决呢?

到这里,亚里士多德停了一下,然后又继续下去:

如果只拿自己当作范例或者当作评判者,我们的争论自然会没完没了。有多少人就有多少不同的衡量标准,而且同一个人在他一生之中有多少显然不同的时期,就有多少不同的尺度。

我觉得,这就足以显出在自我范围之外找出一个衡量标准、一个尺度的必要性了。只要还没有找到,大多数的判断就会是错误的,而所有的判断都会是不可靠的。

但是到哪里去找到这个我遍寻不得的那个不变的标准呢?……是不是在我所设想的理想人物中呢?我把事物向他提出,他下判断,我只需当他的应声虫……。可是,这个人物依然是我自己的产物……。没有关系,只要根据固定不变的要素把他创造出来就是了……。那么,这些固定不变的要素在哪里呢?……在自然界里吗?……就算是吧,可是怎样把它们集合起来呢?……事情是困难的,然而就一定不可能吗?……如果我不能期望制成一个完善的典范,难道连试都不试一试吗?……不……。那么,让我们试试吧……。但是古代的雕塑家对于他们所依据的那个美的范本曾经作过如此多的观察、研究和劳动,而我能做些什么呢?……可是总该做点什么吧,否则人家老是称你哲学家亚里士多德,你就只好脸红了。

到这里,亚里士多德作了比第一次更长的停顿,然后又继续下去:

我第一眼就看到,我所寻找的理想的人既然是和我一样的一个复合体,古时的雕塑家在决定他们视为最美的比例时已经把我的典范部分地制成了……。是的。就用这座雕像,使它活起来吧……。把人类所能具备的最完美的感官给他,把一个人所能获得的一切优秀品质赋予它,我们的理想典范就完成了……。毫无疑问……。可是这要经过多么浩繁的研究工作!多么艰巨的劳动啊!我们需要掌握多少物理、自然和伦理知识啊!任何一项科学,任何一项艺术,我都需要深入钻研才能掌握……。这样,我才会有真、善、美的理想典范……。但是这个理想的普遍典范究竟是难以制成的,除非神祇把他们的智慧赐给我,允许我和他们一样永生:正当我想摆脱彷徨之境的时候,这一下却又陷了进去。

亚里士多德忧伤而沉思,在这里又停了一下。

一阵沉默之后,他又想了起来:那我为什么不去摹仿那些雕塑家呢?他们为自己那一行创造了一个典范,我也有我的典范……。让搞文学的人选择一个最成熟的作家为理想典范,然后借他的口去判断别人和自己的作品。让哲学家也照此办理……。被这个典范认为是善和美的,就都是善和美的。被他认为是假、恶、丑的,就都是假、恶、丑的……。我成为他的一切决定的代言人……。而人们把这个理想典范的知识应用得越广,他就越伟大、越严格……。然而没有一个人,也不可能有一个人能在一切领域中同样完善地判断真、善、美。没有的……。假使我们把一个心目中拥有尽善尽美理想的普遍典范的人,当作是有高尚趣味的人,这完全是妄想。

如果我一旦有了适合于哲学家身份(既然人家要称我为哲学家)的理想典范,我将如何加以利用呢?那就跟画家和雕塑家利用他们的模特儿一样。我将按照情境来修改它。这是我需要进行的另一项研究工作。

文人因伏案工作而曲背。士兵因操练而步伐坚定、昂首阔步。挑夫由于经常负重而弯腰。孕妇的头朝后仰。驼背人的四肢和常人不同。正是通过这类反复无穷的观察,才培养出雕塑家,并且还教会他如何去改变、加强、减弱、修正或缩小他的理想范本,使它从自然状态改变为合他心意的状态。

对于激情、风尚、性格、习惯的研究,教导刻画人物的画家如何去变更他的范本,把它从自然人的状态转变为善人或恶人,宁静的人或恼怒的人的状态。

也正是这样,画家从仅有的一个模子,演变出无数不同的面貌,用以充实画布或舞台。如果是一个诗人,如果是一个在写诗的诗人;那就要看他写的是讽刺诗还是赞美诗。如果写的是讽刺诗,他就应该怒目而视,高耸双肩,闭嘴咬牙,呼吸短促而紧迫,因为他在发怒。如果写的是赞美诗,他就应该昂着头,嘴半开半闭,眼睛朝天,神色激动,呼吸急促,因为他热情奔放。这两个人在工作完成以后的喜悦不是各有不同吗?

经过这样一番自省之后,亚里士多德认识到自己还要好好地学习。他回到家里,闭户读书十五年。他攻读历史、哲学、伦理学、自然科学和艺术;到了五十五岁,他成为一个善良的人、有学问的人、有高尚趣味的人、伟大的作家和卓越的批评家。

(1758年)

徐继曾　陆达成　译
1984年

画 论

〔法国〕狄德罗

第一章 对素描的奇想

大自然的产物没有一样是不得当的①。任何形式,不管是美的还是丑的,都有它形成的原因;而且在所有存在着的物体中,个个都是该什么样,就长成什么样子的。

请看这个青年时代失去双目的妇女。眼眶的逐渐生长并没有使她的眼皮张开;眼皮陷在由于没有眼球而形成的穴窝中,并且萎缩了。上眼皮把眉毛拉下来;下眼皮把双颊略微扯上去,上唇也受到这种变形的影响而向上翘起一点;这种变形使整个面部受到影响,愈接近受到损害的主要部分,受到的影响就愈大。你以为这种变形只限于眼穴吗?你以为脖子保证没有受到影响吗?肩部和喉部都没有什么吗?在你我的眼睛看来,确是这样。但是请你把大自然请来,把脖子、肩部、喉部给它看看,大自然就会说:"这是一个年轻时失去双目的女人的脖子、肩膀和喉部。"

请把你的眼光转向这个鸡胸驼背的男子。他前颈的软骨抻长

---

* 这篇文章是写给德国文学批评家格里姆的。前五章于 1766 年底在《文学通讯》上发表,包括七章的全文则于 1795 年由布依松书局第一次出版。本文根据《人民经典著作》版译出,并参考保尔·维尔尼埃尔注编的《狄德罗美学著作》(Garnier,1959 年版)校订。

① 歌德曾提出此处应该用"不统一"或"前后矛盾"这样的词语,而不应该用"不得当"这种字眼。——原编者注

了,后背的脊椎骨塌下了;头向后倾,双手在腕际翘起,两肘向后偏,所有的肢体都已经找到最适合于这个奇形怪状的机体的共同重心;脸部呈现着一种受压抑受痛苦的神态。你把这副面貌掩盖起来,只把他的双足指给大自然看,大自然会毫不迟疑地告诉你:"这是一个驼背人的脚。"

如果因果关系明显地摆在我们面前,那么,我们最好是完全按照物体的原样把它们表现出来。模仿得愈周全,愈符合因果关系,我们就愈满意。

尽管不明了因果关系,尽管有由于不明了因果关系而产生出来的那一套约定俗成的规则,但如果一个画家敢于置这些规则于不顾,而严格地模仿自然,把脚画得肥大,腿画得短小,膝盖画得臃肿,头画得很笨重,我很难相信这个画家会不为人们所理解。由于我们不断观察各种现象,获得了精细的感受力,因而能够体会到这些畸形中间自有一种隐秘的联系和必然的配合。

············

朋友[①],除你之外,别人不会看到这些稿子,因此我可以爱怎么写就怎么写。花七年时间在画院里照着模特儿写生,你以为这时间化得合算吗?你想知道我对这件事的想法吗?我是说在画院里花去艰难困苦的七年所学习的,只是绘画中的矫揉造作。所有这些学院式的姿态,这些不自然的,做作的,故意安排的姿态,这些由一个可怜虫表演的冷漠的笨拙的动作,而且永远是被雇来一星期三次到画院的同一个可怜虫脱去衣服在一位教师的指导下所作的动作,和自然的姿态和动作究竟有什么共同之处?在你院子里汲井水的人,和在学校里讲台上伸出两手,却没有水桶可提而要笨拙地假装汲水的人,两者之间究竟有什么共同之处?一个假装要死的人和一个在床上咽气的人,或是和一个被人击毙在街头的人,

---

① 本文中的"朋友"均指德国文学批评家格里姆(F.M. Grimm)。

他们中间究竟有什么共同之处？在学校里假装与人打架的人和在十字路口向人挑衅的人，两者之间究竟有什么共同之处？这个任意摆出哀求、祷告、睡着、思索、晕倒姿态的人，他和那个疲劳过度倒卧地上的农民，和在炉旁沉思的哲学家，和在人群中窒息晕倒的人，究竟有什么共同之处？我的朋友呀！一点共同之处也没有，半点共同之处也没有！

....

我遇见夹着画夹到卢浮宫去的学生们，有几百次真想对他们说：朋友们，你们上那儿去练素描有多久了？两年。好啦，早就够了。最好脱离这个贩卖矫揉造作风格的铺子。还是上沙特娄①去走一遭，你们就会看到虔敬和忏悔的真实姿态。今天是大礼拜的前夕；你们到教区去围着忏悔台走一圈，你们就会看到静思和悔过的真实姿态。明天，你们到乡间小酒店去，你们会看到人们在发怒时的真实动作。你们要寻找公众聚会的场景；观察街道、公园、市场和室内，这样，你们对生活中的真实动作就会有正确的概念。请留心看看正在吵架的两个同学；看看争吵怎样在他们不知不觉间支配了他们四肢的姿态。仔细研究一下，你们就会对教师乏味的讲课和你们那个乏味的模特儿的模仿感到遗憾。朋友们，想到有一天你们必须抛弃已经学到的那些虚伪东西而学习勒絮尔②的朴素和真实，我真为你们可惜！但如果你们希望有些成就的话，那又是完全必要的。

....

如果认真仔细地模仿自然，就根本不会有什么矫揉造作，素描如此，着色也是如此。矫揉造作是从绘画师傅、画院、学校，甚至是

---

① 沙特娄（Les Chartreux），巴黎一修道院，1790年被拆毁。
② 勒絮尔（Le Sueur, 1617—1655），法国宗教画家和装饰画家，其名画有《圣勒吕诺生平事迹》（现存巴黎卢浮宫）。

从古代而来的。

第二章 关于色彩的浅见(略)
续前章 对明暗的研究

…………

在优美的绘画里,正如在优美的文学作品中一样,不应该把各种可能发生的事情都放进去;因为有些事情凑合在一起的可能性诚然不容否认,但是这样的组合也许使人感到这种事情从来不曾有过,而且也永远不会发生。人们能加以利用的可能性,是那些逼真的可能性,而所谓逼真的可能性,就是人们可以打赌说其有而不说其无的事情,就是在情节所决定的某一时间内已经从可能的状态转入存在的状态的事情。举一个例:可能有一个妇女在田野里突然感到临产前的阵痛;她可能在那里发现一个马槽;这个马槽可能靠在一个古建筑物的废墟上;虽然碰上古建筑物的可能性是有的,但真正碰上古建筑物的机会却很小,正如整个空间中有马槽的可能性是有的,而恰恰出现在为古建筑物所占有的局部空间中的机会却很小一样。这种可能极其微小,所以不必加以考虑;而且,除非这种情况和这一情节的其他情况一样,都是历史上已有的,否则它就是荒谬的。至于牧童、狗、村落、羊群、旅客、树木、溪流、山谷以及散布在田野间的各种物体,那就不是这么回事了。为什么人们能够把这些东西放进上面所说的那幅画里,放进画幅中的田野上呢?因为人所描摹的自然景色中,出现这些东西的时候比不出现这些东西的时候更多。走近或者碰到一座古建筑物跟在那个情节发生的时刻忽然有一个皇帝走过同样可笑。皇帝走过是可能的,但是这种可能性极其罕见,不能采用;至于一个普通旅客走过也是可能的,但是这种可能性如此常见,用了毫不觉得反常。所以皇帝走过或古建筑物的圆柱的出现,必须是历史上实有的才行。

…………

有一个青年,家里人问他愿意怎样画他父亲的肖像。他父亲是一个铁匠。这位青年说:"让他穿着工作服,带炉边便帽,围着围裙;手里拿一把尖刀或者别的什么活计,正在工作台上干活,检验也好,磨刀也好,千万别忘记把他那副眼镜架在鼻子上。"别人没有照这个方案办理;给他送来一幅把他父亲画得很好看的全身像,戴了假发,穿了漂亮的衣服,好看的长袜,手里拿着一只精美的烟袋;这位青年人性情直爽,很有鉴赏力,就谢谢他家里人,说道:"你们和画家所干的简直不值一提;我要你们画的是我父亲在日常生活中的肖像,而你们却给我画了他在星期日的肖像……"同样的理由说明拉图尔先生虽是一位高超的写真能手,但是替卢梭先生画的那幅肖像却只能算是一件普通的好作品,而不是他所能画出的杰作。我希望在这幅画里看到一位文学批评家,我们时代的卡图和布鲁图斯;我期待着看到伊壁克泰都斯①,边幅不修,假发蓬乱,面容严厉,使文学家、大人物和社交界人士望而生畏;谁知我看到的仅是《乡村卜师》的作者,服装漂亮,头发溜光,还扑了粉,而且很可笑地坐在一张有麦秸软垫的椅子上。应该承认马蒙泰尔的那句诗把卢梭是怎样一个人说得很恰当,拉图尔先生的画原该是这样画的,而从画上却看不出这一点。②今年沙龙里展出的一幅《苏格拉底之死》,可说是这类作品中最可笑的一件。这位生活最清贫严肃的希腊哲学家在这幅画上竟会死在一张富丽堂皇的寝台上。画家没有想到,如果描绘出这位贤德清白的人在囚室之中,在一张铺着稻草的破床上了结此生,该是何等崇高动人的景象!

---

① 伊壁克泰都斯(Epictète),公元1世纪希腊禁欲主义哲学家。
② 拉图尔这副彩粉画于1753年展出。马蒙泰尔的诗句是:"在热情与友谊交织出的这副容貌面前,贤哲之士请停步,社交界人士请走开。"

第四章　关于表情方面众所周知或并非众所周知的几点看法

Sunt lacrymæ rerum et mentem mortalia tangunt.[①]

一般说来,表情就是情感的形象。

一个不懂绘画的演员是一个蹩脚的演员;一个不懂看相的画家是一个蹩脚的画家。

在世界每一个洲中的每一个国家,每一个国家中的每一个省,每一个省中的每一个城市,每一个城市中的每一家,每一家中的每一个人,每一个人的每一个时刻,都有其特定的相貌和表情。

一个人有时生气,有时专心,有时好奇,有时爱,有时恨,有时蔑视,有时高傲,有时叹赏;他心灵的每一个活动都表现在他的脸上,既清楚又明显,我们决不会弄错。

表现在他的脸上!我说错了!应该说是在他的嘴上,在他的面颊上,在他的眼睛里,在他脸上的每一个部分。眼睛有时发亮,有时黯淡,有时无神,有时茫然,有时凝视;画家丰富的想象力是所有这些表情的无穷宝库。我们每一个人也都有一点儿想象力,这就是我们借以判断美丑的基础。我的朋友,请你注意,当你看到一个男人或女人的相貌的时候,你自己问问自己,你一定会承认,吸引着你或者使你产生反感的总是一种美德的形象,或是一个恶行留下的或明或隐的印记。

…………

每一个年龄有它的爱好。十八岁的时候,我所追逐的是轮廓鲜明的红唇、半开的微笑的嘴、洁白整齐的牙齿、轻盈的步伐、自信的目光、袒露的胸脯、宽阔美丽的面颊、微微上翘的鼻子。现在邪

[①] 拉丁文:宇宙间的痛苦,人间的情感,能使德性迷惑不清。——维吉尔:《埃涅阿斯》第1卷第462行。

念已经对我不再起作用,我也已经无意于此;使我驻步,使我心悦的是朴实正派,步履稳重,双目含羞,悄悄地跟在母亲身边走着的少女。

是谁的审美观高尚呢?是十八岁时的我还是五十岁时的我?这个问题不难解决。当我十八岁的时候,如果有人问我:"孩子!邪行的形象美呢?还是德行的形象美呢?——我会回答说,这还用得着问吗?当然是后一种了。"

要使人说真话,必须随时使用一般的和抽象的字眼来蒙骗真情。十八岁的时候,我所追逐的并不是美的形象而是愉快的容貌。

如果表情使人对所表达的情感捉摸不定,那么这个表情就是无力的或虚伪的。

…………

每种生活状况都有它固有的特点和面貌。

野蛮人的面部线条坚毅有力而且十分突出,头发耸立,胡须浓密,四肢的比例十分标准;什么工作能够使他变样呢?他打过猎,跑过路,和猛兽搏斗过,受过锻炼;他保全了自己的生命,也生育了子女——这是两项天然的职责。他身上没有任何流露出厚颜和羞耻的东西。他有着一副既粗犷又自豪的神气。他的头昂然挺直;他的目光坚定有力。他是森林的主人。我愈注意看他,愈联想到他居处的幽静与自由。当他说话时,他的手势强烈,语言简短有力。他没有法律观念,没有成见。他容易急躁。他永远处在战争状态。他灵活轻巧,但又是孔武有力的。

他妻子的容貌、目光、姿态,都和文明的妇女不同。她赤身裸体,但自己并不在意。她跟着她丈夫到过平原、高山和森林深处;她和丈夫受同样的锻炼,她也抱过孩子。没有任何衣服束缚她的乳房。她的头发长而蓬乱。她的身材十分匀称。她丈夫的声音洪亮,她的声音也很高亢。她的目光不那么果断,比较容易感到惊恐。她是矫捷的。

在社会中，每一阶层的公民都有它的特性和表情；手艺人、贵族、平民、文人、教士、官员、军人都是如此。

手艺人当中，各行各业都有一定的习惯，店铺里的和工场里的都有不同的面貌。

每个社会有它的政府，每个政府有它占主导地位的性质；不管这性质是实际存在还是假想的，它都是这政府的灵魂，它的支柱和它的动力。

共和国是讲平等的。任何国民都把自己看成是一个小君主。共和国人民的神气是高傲、严厉和自豪的。

在君主国里，人们不是支配别人就是受命于人，他们的性格和表情是和蔼、优雅、温和、重荣誉、殷勤。

在专制统治下，美是奴隶的美。奴隶的面容是温和、顺从、腼腆、谨慎、哀求和谦恭的面容。奴隶低头走路，仿佛他总是伸出头来等待那斫人的剑锋。

…………

关于表情，还有无数更细致的道理可讲。你知道不知道？表情有时还能决定颜色呢。对某种身份，某种激情来说，是不是某一种色彩比别的色彩更相宜呢？苍白的颜色对诗人、音乐家、雕塑家、画家来说，我看颇为合适：这些人通常是脾气不好的；如果你愿意的话，可以在苍白中掺一点儿黄色。黑头发给白颜色增添光彩，使眼神更加活泼。金色的头发适合于没精打采的、懒散的、漫不经心的、皮肤透明细腻的、长着一副水汪汪而含情脉脉的蓝眼睛的人。

另外有些细微的陪衬，不但可以促进和谐，更能够使所表达的情感大大地加强。假使你给我画一间茅舍，门前画一棵树，那么我就希望这是一棵苍老、断裂、衰败的树；我希望它和那个节日来遮荫乘凉的不幸者有着共同的苦难和遭遇。

画家都懂得这些众所周知的类比，但是如果他们参透其中的道理的话，他们很快就会提得更高。我说的是那些有着格勒兹那样的天才的人；至于其他的人，也可以避免一些即使不令人发笑，至少驳杂得令人叹息的地方。

....

第五章　略论构图

....

作品必须简单明了。因此，不要任何多余的形象，无谓的点缀。主题只能是一个。普森曾经在一幅画里，前部画朱庇特勾引喀丽斯多，背景画喀丽斯多被朱诺拖走。① 一个如此明智的艺术家实在不应该犯这样的错误。

画家只能画一瞬间的景象；他不能同时画两个时刻的景象，也不能同时画两个动作。只有在有限几种情况下，他才可以回顾已经不复存在的时刻或者预示即将到来的时刻，而既不致有违真实，又不致破坏兴趣。一个人正在从事工作而突然祸从天降；这人已经大祸临身，然而还仍在从事他的工作。

一个歌唱家正在演唱要求充分发挥其技艺的乐段而感到局促不安，一个提琴手手忙脚乱，汗流浃背，这都叫我苦恼，使我难受。我要求歌唱家从容不迫，神态自若，我要求演奏家手指在琴弦上轻巧地移动，毫不费力，使我完全不感觉到演奏是一件难事。我所要求的是纯粹的，自然的快感，如果一个画家拿出来的是叫人猜不透的象征或字谜，我便要掉头不顾。

如果一幅画的图景是单一、简单明了、浑然一体的，我就能一眼看去便掌握它的全局。然而这还不够，它还应该丰富多彩；如果作者是一个对自然的精细的观察者，这是可以做到的。

---

① 喀丽斯多（Callisto）是罗马神话中阿卡迪亚（Arcadie）国王利卡翁（Lycaon）的女儿，见爱于朱庇特，被朱庇特之妻朱诺变成熊。

....

在那动乱的时刻,你看一看这人群:每个人的力量都在猛烈地迸发出来;然而没有两个人具有同等的力量,因此,这就同树上的叶子一样;没有两张叶子是同样绿的;没有两个人的动作和体态是完全一样的。

然后再看他们安静的时刻,在这时,每一个人对自己的利益尽量少作让步;由于这让步里存在着差别,他们的动作和体态也同样各有不同。动乱的时刻和安静的时刻有一个共同之点,那就是每个人都显示出自己的本相。

艺术家必须抓住这条力量与利害的规律;如果这样,不问他的画幅多么广阔,他的作品将处处不失真实。艺术鉴赏所能接受的惟一对比,即由于力量和利害的不同而产生的对比便在其中了;此外不应有别的什么对比。

造作出来的对比,经院式、宗派性、技术性的对比,都是虚伪的。那就不是在自然里发生的动作,而是矫揉造作的、拘泥刻板的、在画布上扮演出来的动作。画的就不是一条街、一个广场、一座神庙,而是一台戏。

按照舞台场面,我们从来没有画成,将来也永远不会画成一幅可以入目的图画;我认为,这是对我们的演员,对我们的布景,甚至也许是对我们的诗人的最无情的讽刺。

另一种同样刺眼的是文明社会里的小礼节。礼貌,在社交中如此可爱、温雅、可贵的礼貌,在模仿性的艺术中便显得十分可厌。女人屈膝行礼,男子伸出胳膊,摘下帽子,一只脚退后一步,这些动作只有在华丽的壁炉屏前面才是可能的。你可以拿华托[①]的作品来反对我的意见;但是,对不起,我还是要坚持。

---

① 安东·华托(Antoine Watteau, 1684—1791),法国著名画家,运用色彩的能手,但不为狄德罗所赏识。

请你把华托画中的风景,他的设色,他的人物和服饰的美都去掉,只看他画中的场面,再来下判断。模仿性的艺术要有些粗犷、原始、出奇、惹眼的东西。我不反对你画波斯人举手扶额、弯腰鞠躬;但是请你看看这弯腰鞠躬的人的身份;看看他那副尊敬虔诚的样子;看看他的服饰是何等华丽,一举一动是何等气派。试问有谁能承受这样的敬礼? 是他的上帝? 还是他的父亲?

不仅我们的礼节庸俗乏味,我们的服装也是庸俗的:卷边的袖口,紧裹着屁股的短裤,方正而多褶的燕尾,一直扣到膝盖底下的吊袜带,∞形的鞋扣,尖头的皮鞋。我敢向绘画和雕刻的天才挑战,从这样一套俗不可耐的服装里怎么能产生艺术效果? 如果大理石像或铜像表现的是一个穿着17世纪那种长排纽扣的紧身小袄、腰悬佩刀、头戴便帽的法国人,那才叫好看呢!

但是,还是回来谈谈人物的布局吧。艺术家可以,也应该为技术做出若干牺牲。但是牺牲到什么限度? 这就难说了。我认为,如果损及表情,损及主题效果,那就万万不可。你必须先感动我,使我震惊,使我心碎、战栗、流泪、愤怒;然后,你再设法取悦我的双目吧。

每个动作都不是在一瞬间完成的;但是,我上面已经说过,此刻还要再说一遍,艺术家却只有一个瞬间,也就是一眨眼间。然而,正如在刚才充满痛苦而现在初现喜悦的脸上,我可以看出此刻的感情交织在刚消逝的感情的余波之中一样,在画家所选择的那一瞬间之前那个时刻的残余痕迹是可能在人物的姿态、性格或动作中保留下来的。

多多少少组合在一起的一群人是不会同时完全改变的。凡是认识自然、有真实感的人都懂得这一点;但是同时他也感觉到,这些众多的中间状态的人物,对于总的效果只起部分的作用,而他在场面的丰富变化上有所得,在兴趣方面就有所失。是什么东西激起我的想象呢? 那是人群这个整体。许多人都在引我注目,使我不能拒绝。我的眼睛、我的手臂、我的心灵,不由自主地指向他们的眼睛、手臂和心灵所贯注的地方。因此,如果可能的话,我宁愿推迟动作的时刻以使画面更加有力,我宁愿摆脱多余的人物。至于那些无关紧要的人物,除非他们的出现能产生卓越的对比(这是很难得的),否则我就根本不要。而且,如果对比是卓越的话,那时场面便起了变化;无关紧要的人物就变成主要人物了。

…………

艺术家应该对他的题材深思熟虑。问题不在于把许多形象涂在画布上!问题是要这些形象像在自然界中一样,自然而然地安排在画幅之中。它们应该全都有力地,而且简单明了地为同一个效果服务;如其不然,我就要套用封特奈尔① 对奏鸣曲讲的那句话,说:"形象呀,你要我怎么办?"

绘画和诗有一个共同之处,似乎大家还没有注意到,那就是二者都应该是合乎道德的。布歇没有考虑到这点,他的作品总是放荡的,所以吸引不了人。格勒兹的作风总是正派的,所以观众经常围住他的作品不散。我敢对布歇说:"朋友,如果你的作品是专给十八岁的放荡青年看的,你就做对了,继续画你的女人屁股和奶头吧;但是,对正派人和我来说,尽管人们把你的作品摆在沙龙里最引人注目的位置,我们还是不屑一顾。我们宁愿去看摆在一个角落里的勒普兰斯那幅《俄国洗礼》②,看那站在婴儿一旁的正派无邪的年轻教母。你可别弄错:这个人物形象倒会叫我清早作些胡思乱想,而不是你那些肮脏东西。我不知道这些东西你是从哪里找来的;反正如果人们爱惜自己的健康的话,是不会多看你这些作品的。"

---

① 封特奈尔(Fontenelle, 1653—1715),法国画家。
② 1765 年沙龙展出的名画。勒普兰斯曾于 1758 年至 1765 年在俄国居住,画了不少俄罗斯题材的作品。

我并不是一个过分拘谨的人。我有时也读读佩特罗尼乌斯①的作品。贺拉斯那首讽刺诗《女笛手》至少跟他其他诗篇同样令我喜爱。卡图卢斯②的那些色情恋歌,有四分之三我都背得出来。我和朋友们出去野餐,多喝一点白葡萄酒,心血来潮,也会朗诵一首费朗③的情诗而不脸红。我宽恕诗人、画家、雕刻家,甚至于哲学家一时的狂热兴奋;但是我可不赞成一个画家经常把画笔蘸着这些东西,歪曲艺术的目的。维吉尔最美的一句诗,也是模仿性艺术最高的一条原则是:

Sunt lacrymæ rerum, et mentem mortalia tangunt.④

画家在画室门上应该写上:"不幸的人们在这里可以找到为他们一洒同情之泪的眼睛。"

使德行显得可爱,恶行显得可憎,荒唐事显得触目,这就是一切手持笔杆、画笔或雕刻刀的正派人的宗旨。如果一个坏蛋走进有许多人的地方,他心里又怀着不可告人的秘密意图,他立刻就会在那里受到惩罚。正直的人们不知不觉便会把他放在被告席上审问他、质询他。不管他如何手足无措,脸色发白,言语支吾,他还得同意他自己受到的判决。如果他也到沙龙去走走,当他看那严厉的画面时该是多么害怕啊!画家也有责任颂扬伟大美好的行为而使它永垂不朽,表彰遇难受冤的有德行者,而谴责侥幸而得逞反倒受人称颂的罪恶行径,威慑残民以逞的暴君。请你画一个任凭猛

---

① 佩特罗尼乌斯(Petronius),公元1世纪拉丁诗人,其讽刺作品《萨蒂利孔》描写了罗马人的奢侈腐化生活,是罗马文学中最大胆的一种。
② 卡图卢斯(Catulle,即Catulus,公元前84?—54?),拉丁诗人。所著多系情诗。
③ 费朗(Antoine Ferrand,1678—1719)法国诗人。
④ 拉丁文:我们为不幸者洒一掬泪,人世的悲欢感动我们的心。——维吉尔:《埃涅阿斯》第1卷第462行。

兽吞噬的康茂德①的尸体；让我看见他在画幅上受利爪獠牙的撕裂，让我听到充满愤怒和快意的呼声从他的尸体四周发出。为受凶恶之徒、受神祇、受命运的欺凌的正直的人复仇。如果你有胆量，你应该预先为后人做出判断；如果你没有那样的勇气，至少把他们已经做出的判断用绘画表现出来。富有宗教狂热的人民曾用恶名污蔑过对他们进行教育和说真话的人，你要把这个案翻过来。把狂热所酿成的血腥场面表现出来；向统治者和人民指出，这些宗教谎言的散布者会给他们带来些什么。为什么你不愿意成为人类的教导者、人生痛苦的慰藉者、罪恶的惩罚者、德行的酬谢者呢？难道你不知道：

  Segnius irritant animos demissa per aures, Quam quæ sunt oculis subjecta fideilbus, etquæ Ipse sibi tradit spectator?②

  你说，你画中的人物不会说话：但是他们能使我对自己说话，能叫我和自己交谈。
  人们一般把画分作画面优美的和表达力丰富的两种。如果作品的整体不能感动我的心，如果那些人物一个个像在公共场所散步的行人，或者像风景画里散布在山脚下的牛羊，各自分开，漠不相关，那么，不论画中的形象安排得多么巧妙，因而获得最动人的光线的效果，我也要为之不安。
  任何表达力丰富的作品都可以同时是画面优美的；只要它把所能表现出来的感情充分表达出来，它就够优美的了；而我就要祝贺艺术家没有为求得视觉的快感而牺牲常识。如果他反其道而行

---

① 康茂德（Commode），罗马皇帝，公元180至192年在位，性极残暴，曾亲下角斗场和猛兽武士等格斗达700余次。

② 拉丁文：耳朵听来的东西不及眼睛看见的印象深刻，因为眼睛才是可靠的证人，目击不需要通过别人作媒介。——贺拉斯：《诗艺》第180—182行。

之,我就会像是听某个健谈者胡说八道那样,不禁大声叫道:"你话倒是说得挺好,可是你不知所云。"

吃力不讨好的题材可能是会有的;但是只有平庸的画家才会觉得这个题材也吃力不讨好,那个题材也吃力不讨好。对一个缺乏才华的头脑来说,一切都是吃力不讨好的。在你看来,一个教士对他的秘书口授讲道稿子,能算是一个很有兴趣的题材么?然而请看,这题材在卡尔勒·梵洛笔下处理得何等巧妙。无可争辩,这是一个最简单的题材,也是他素描中最美的一幅。①

有人说,布局和表达是不可分离的。但我觉得很可能有布局好而表达力不强的作品,甚至可以说这是极为常见的事情。至于有表现力而缺乏布局的作品,我觉得倒是比较少见;尤其是因为我认为,哪怕是最微小的细节,无论是一只狗也好,一匹马也好,一根廊柱也好,一只陶罐也好,只要是多余的,都会有损于表达。

表达要求画家有丰富的想象,炽烈的激情,以及召唤幽灵,使它活跃起来、长大起来的本领;布局则无论在诗歌中或在绘画里,都有赖于判断和激情、热情和智慧、如醉如狂和沉着冷静等等的恰到好处的配合,但这样恰到好处的配合在自然中也是不多见的。如果没有这样一种严格的平衡,那就看热情和理智谁占优势,来决定艺术家是怪诞的还是平淡乏味的。

主题思想如果定得好,其他一切思想就会俯首听命。这是一部机器的动力,它就像推动各种天体,使之循着轨道运转的力一样,是和距离成反比例的。

艺术家如果想知道,他自己的画布上是否存在模棱两可、含糊不清的东西,那只消请两个有教养的人分别给他详细解释他画中的一切就行了。我敢说没有一件现代作品能经得起这种考验。在

---

① 卡尔勒·梵洛(Carle Van Loo,1705—1765),法国著名画家。在为圣格里哥里教堂所作7幅素描中,有一幅即描写圣格里哥里向秘书口授讲道稿。

五六个形象当中,至多只有两三个不需要动笔修改。你心上想要这个人做这件事,那个人做那件事,这是不够的;你的思想还必须正确而且一贯,还必须把你这思想表达得十分清楚,使我不致误解;不但使我,而且使所有的人,今天在世的人和将来出世的人都不致误解。

在我们所有的绘画中都存在构思上的弱点,都存在思想上的贫乏。你不可能从画中得到强烈的震动,深刻的感觉。我们把画看上一眼,掉过头去,便什么也不记得了。更没有什么幽魂萦回在你心头,紧盯着你不放。有一个新闻记者报道,有位印度总督下令把一批英国人关在狭窄的土牢里窒息致死。①我劝我们最大胆的艺术家运用他的画笔也像这个简单的报道那样震撼我们。倘使你的作品的作用还不及一份报纸,那又何必有劳你调颜色,执画笔,使出你的浑身解数来呢?原因是这些人缺乏想象,也缺乏创作热情;他们表达不出任何伟大而有力的思想。

一幅画的篇幅越大,便越需要画家研究和师法自然。试问画家之中哪一个耐心把它完成?画作成之后,试问又有谁肯出高价购买?你试浏览一下大师们的作品,你到处都会看到瑕瑜互见。有几处地方抓着了自然的真貌,但是陈陈相因的东西却多得不可胜数。这些东西和真实东西放在一起,更觉刺眼难忍;这是谎言和真实的对照,所以更加触目。呀!如果一次祭祀、一个战役、一次凯旋、一个群众场面能够在所有细节上都像格勒兹和沙尔丹画的家庭生活场面那样真实,该是多么好啊!

从这一观点来看,历史画家的工作比世态画家的工作不知要难多少。我们有无数的世态画可以经得起我们的批评。然而哪一

---

① 这是英国人在征服孟加拉邦时发生的事情。1756年6月,孟加拉总督达乌拉(Suraj ud Daula)将加尔各答的一批英国士兵囚禁在土牢中,大部窒息而死。——原编者注

幅战场画能经得起普鲁士国王①的一瞥呢?世态画家所画的东西随时都在他眼前;而历史画家或者从来没有,或者只在一瞬间见过他的对象。再则,前者是纯粹的模仿者、普通自然景色的抄袭者;而后者可以说是理想的、充满诗意的自然的创造者。他要循着一条不易遵循的线路前进。走在线的这边就会失之琐屑,走到线的那边就会失之夸张。人们可以说历史画家杜撰的东西很多,真实的东西很少;相反,世态画家则是杜撰的东西很少,真实的东西很多。

由于工作的繁重,历史画家时常疏忽细节。我们的画家中,哪一个肯在手和脚上费功夫呢?据他们说,他们所追求的是总的效果;而这些小节则无关宏旨。保尔·韦罗内兹②的意见可不是这样,那种说法只是这些画家个人的意见。虽说几乎所有巨型的画都是先打草稿的。然而战士在打牌休息时的手和脚,和他在奔向前方,与敌搏斗时的手和脚却都画成一个样子了。

....

我觉得有多少种体裁的诗就有多少种体裁的画;但是这种分法是很浮浅的。肖像画和半身像应该在共和政体的国家中受到尊重,因为在共和政体的国家里,应该使公民的视线集中注意那些公民权利和自由的保卫者。在君主国家情形就不一样;那里只有上帝和国王。

但是,有人说,一种艺术只有依靠使它得以诞生的本原才能维持下去,例如医学要靠经验主义,绘画要靠肖像画,雕刻要靠半身像。如果这话是真的,那么,肖像画和半身像的被轻视就宣告这两

---

① 指普鲁士国王腓特烈二世(Frédéric Ⅱ)。他是当代的名将,作者把他奉为军事权威。
② 保尔·韦罗内兹(Paul Véronése,1528—1588),意大利威尼斯派画家,其作品布局和谐,色彩华丽,所画人像尤其著名。

种艺术的衰退了。没有一个大画师不善于画肖像：例如拉斐尔、卢本斯、勒絮尔、梵狄克①。没有一个大雕刻家不善于作半身像。一切学艺术的人都要从艺术开始的地方开始。彼埃尔② 有一天说："你知道我们的历史画家为什么不画肖像画吗？因为那太难。"

世态画家和历史画家都不肯明白承认他们彼此相轻的思想；但是这是看得出来的。历史画家认为世态画家头脑狭隘、思想空虚、毫无诗意、胸襟窄小、情操低下、才气缺乏，只会奴颜婢膝地跟在自然后面，片刻也离不开它。他们是可怜的抄袭者，就像是高勃兰③ 的工匠，把毛线一根一根挑出来，按照背后大画家的名画，调配色泽。照他们的说法，世态画家只会处理微不足道的题材，画些马路拐角瞥见的日常生活场面。这些人除了一点手艺之外是一无所有，而如果这点手艺没有达到登峰造极的地步，他们就毫不足取。至于世态画家，他们则把历史画看成是富有传奇色彩的艺术，既不逼真，也不真实，一切都是过度的夸张，和自然毫无相同之处。虚伪在这里暴露无遗：暴露在那任何地方都不曾见过的夸张的人物中，暴露在纯粹出于空想的情节里，暴露在艺术家在自己空洞的头脑之处从来也没有见过的题材中，暴露在不知从何处捏造出来的细节中，暴露在被诩为伟大崇高而在自然界毫无根据的风格中，暴露在画中人物的那些与真实行为和动作相去千里的行为和动作中。你明白了吧，朋友，这不是散文和诗，历史和史诗，英雄悲剧和市民悲剧，市民悲剧和轻松喜剧之间的老官司么？

我觉得，将绘画分作世态画和历史画是有道理的；但是我认为在这样区分的时候应该更多地参照事物的性质。我们现在把画花

---

① 梵狄克（Antoine Van Dyck，1599—1641），弗朗德勒画家，擅长肖像画。
② 彼埃尔（Jean-Baptiste Pierre），18 世纪法国画家，奥尔良公爵的首席画师，作品多以宗教神话为题材。
③ 高勃兰工厂（Manufacture des Cobelins），在巴黎附近，山工匠高勃兰于 15 世纪创立，路易 14 将它改为王家工厂，专织壁毯。

卉、水果、禽兽、树木、森林、山岳和画家庭日常生活场面的人，如特尼埃、乌韦尔芒斯①、格勒兹、沙尔丹、卢腾布格，甚至凡尔奈都一概称之为世态画家。在我看来，格勒兹的《父亲向全家朗读》、《逆子》和《订婚礼》；凡尔奈表现各种各样情节和场面的《海景》是和普森的《七圣瞻礼》，伦勃朗的《大流士一家》或梵洛的《苏珊娜》一样，都可以称之为历史画的。

问题就在这里。自然界的事物可以分作无感情的、静止的、无生命、无感觉、无思想的，和有生命、有感觉、有思想的两大类。这一条分界线是有史以来便已划好了的；应该把模仿无生命的静物的人叫做世态画家，而把模仿有感觉的生物的人叫做历史画家；这样，纷争就终止了。

现在且不去更改已经用惯了的词义，我认为世态画是和历史画同样不容易的，它同样需要思想、想象、甚至于诗情，同样需要对素描、透视、设色、光影、性格、激情、服饰、构图等等有研究，同样需要对自然的更严格的模仿，对细节的更仔细的观察；而且由于所画的东西是观众更常见更熟悉的，它就拥有更多和更优秀的评论者。

荷马描述池塘边上两群青蛙搏斗的时候，难道就没有他描述西摩易斯河和克桑德河里飘满两军的尸首，河水尽赤的时候那么伟大吗？所不同的只是后者场面更大，景象更可怕而已。哪一个人不在莫里哀的作品里看到自己的面目？反之，如果我们能让我们悲剧里的英雄复活的话，他们倒很难在我们的舞台上把他们自己认出来；布鲁图斯、卡提利纳、恺撒、奥古斯特、卡图如果站在我们的历史画面前，必然会问画里画的是些什么人物。这就表示，历史画需要更高尚的情操，更丰富的想象，更不平凡的诗意，而世态画需要更多的真实。世态画即使只限于瓷瓶花篮等等题材，也不

---

① 乌韦尔芒斯（Wouwermans, 1619—1668），荷兰画家，早年作宗教画，后专事战争画及风景画，善画狩猎、村店、船舰等。

能不要求艺术的全部手段和相当程度的天才——如果用这些画来装饰自己住宅的人不但有钱而且也有艺术鉴赏力的话。

为什么要把这些丑陋的厨房用具摆在碗橱上面？这些鲜花放在一只内维尔出产的罐子里能比放在一只式样美观点的瓷瓶里更鲜艳么？为什么不在这只瓷瓶周围添上一群跳舞的孩子、愉快的采葡萄人、放荡的妇女？如果瓷瓶有把，为什么不可以把它做成两条缠绕在一起的蛇？蛇的尾巴为什么不可以延伸到瓶子下部再绕上几圈？蛇的头为什么不可以伸到瓶口上，像要喝水的样子？但是这就要善于把死的东西变成活的东西，然而懂得如何使这些东西保持生动活泼的人却是屈指可数的。

让我再就肖像画家和雕刻家发表一点意见。

一个人像可以神色忧戚、阴沉、悒郁或恬静，因为这些情态都是持久的；但是一个张口大笑的人像便有欠高贵，缺乏品格，甚至常常会有违真实，因此是一件蠢事。笑是不能持久的。人可以偶尔发笑，但是笑不能成为一种常态。

我不能相信，一个雕像所表现的这个动作好，表现别的动作也一定好，不能相信它在任何方面都是美的。要求它面面都同样美，那是愚蠢的念头。在肢体之间寻求纯属技术性的对比，因而损害了它动作的严格的真实性，这便是产生那种小器的对比风格的来源。任何场面总有一个方面、一个观点比其他任何方面、任何观点更有意思。我们就要从这个观点来看它。为这一方面、这一观点而牺牲其他次要的方面和观点，这是最明智的办法。

拉奥孔和他的两个儿子是群像中最单纯、最美的一群。然而如果你从左边看过去，父亲的头部几乎看不见，一个孩子遮住另一个孩子，这组雕像便显得十分讨厌了。然而直到今天为止，拉奥孔依然是我们所知道的雕塑艺术中最完美的一件作品。①

第六章　关于建筑学的意见(略)
第七章　上文的推论

但是,如果艺术趣味是反复无常的东西,美根本没有永恒不变的规律,那么这些原则又有什么意义呢?

如果艺术趣味反复无常,如果美没有任何规律可循,那么,当我们看到一个巨大的自然现象或者听到一个体现崇高道义的故事,我们内心深处顿时就会不由自主地迸发出甘美的情感,使我们心花怒放,或者悲痛难言,使我们两眼流出愉快的、痛苦的或者赞叹的眼泪,这又是什么道理呢?滚开吧,诡辩家!你永远不会使我相信我的心灵震颤、脏腑激动,竟都是毫无道理的。

真、善、美是紧密结合在一起的。在真或善之上加上某种罕见的、令人注目的情景,真就变成美了,善也就变成美了。如果三物体问题② 只不过是纸片上三点之间的关系问题,那就没有什么了不起,只不过是纯粹抽象的思辨而已。但是,如果三个物体中间,一个是白昼照耀我们的太阳,一个是夜里发光的月亮,第三个是我们所居住的地球;那么真理就立即变成伟大的了,美的了。

一个诗人评论另一个诗人,说:"他前途不大,他没有掌握秘诀。"什么秘诀?表现具有重大兴趣的对象,表现父母、夫妻、子女的秘诀。

我看见一座高山,山上是遮天蔽日的原始森林。我看见,我听见一股激流从山上奔腾而下,拍击着岩石的棱角,浪花四溅。红日

---

① 从这里,我们看出狄德罗和他同时代的人一样,对亚历山大时期的雕像是热烈赞扬的。他没有见到更古的雕像,如后来出土的米罗的维纳斯,莎英特拉斯的胜利之神等。——原编者注
② 指牛顿力学中三个物体之间的引力问题。

西垂,阳光把岩石嶙峋的尖端上的水滴化为万颗明珠。山水越过障碍物,流进一条宽阔的沟渠,再循着沟渠流向离那里不远的一部机器。在这里,在一些巨大的石块下面,人类最普通的食品正在被碾碎,被制造出来。我瞥见了机器,瞥见了它那被水花冲刷着的轮子;我又透过几株杨树,瞥见了磨坊主人的茅屋:我不禁凝神遐想。

不用说,那使我联想到太古时代的古森林是美好的东西;不用说,那象征着坚定耐久的岩石是美好的东西;不用说,被太阳照成千万颗晶莹的钻石似的水珠也是美好的东西;不用说,那打破深山的沉寂,给我的灵魂传来一股强烈的震动和暗暗的惊悸的激流也是美好的东西!

但是,那些杨树,那所茅屋,那些在周围吃草的牛羊,所有这些有实用价值的东西,难道一点也没有增添我的快感吗?而且一个普通人的感受和一个哲学家的感受该有些什么样的差别呀!哲学家是善于思考的,他从森林里的树木当中看到了有朝一日昂首挺立在暴风雨中的桅樯;在高山的深处看到了将来有一天在炽烈的炉底沸腾,逐渐凝聚成形的金属,看到了耕翻大地或者残害人民的机器;在岩石当中看到了为国王建造宫殿和为神祇建造庙堂的石块;在激流之水中有时看到了丰收景象,有时看到了水害与江河的形成,看到了商业贸易和全世界人民之间的联系,世上的宝物从这个海岸运到那个海岸,从而分送到各大陆的内地;如果他的想象突然掀起了海上的惊涛骇浪,他的起伏不定的心又将突然从甜蜜温馨的快感转为恐怖的情绪。

快感就是这样随着一个人的想象力、敏感性和知识而增长的。自然和模仿自然的艺术在迟钝或者感情冷漠的人身上起不了什么作用,在无知的人身上所起的作用也很有限。

那么,艺术鉴赏力究竟是什么呢?这就是通过掌握真或善(以及使真或善成为美的情景)的反复实践而取得的,能立即为美的事物所深深感动的那种气质。

如果决定判断的那些实践经验还存留在记忆中的话,我们的艺术鉴赏力便是明确的;如果记忆已经消失而只剩下一些印象,我们便只有感触、本能。

米盖朗琪罗给了罗马圣彼得教堂的圆屋顶美得不能再美的形式。这形式给几何学家德·拉伊尔①留下了深刻的印象,他就为它落了一个图样,发现这个图样里的曲线正是最有支撑力的曲线。是谁启发米盖朗琪罗从无数曲线里挑选这一条曲线的呢?——日常的生活经验。日常的生活经验启发木匠师傅,同样也启发伟大的欧勒②准确地设计出支撑行将倒塌的墙壁的支柱的角度。生活经验教导他为风车的叶子板设计出最有利于旋转的斜度;生活经验帮助木工在进行精密的计算时,找到即使科学院的几何学也不易找到的算法。

经验加研究,这是创作者和评论者必需具备的两项先决条件。其次我还要求敏感。但是,我们时常遇见这样的人,他之所以行为公正、乐善好施、尊德重道,乃是由于他对利害有高明的理解,也是由于对公共秩序有所体会和爱好,而并不是由于从中得到什么乐处和享受;所以可能有人有鉴赏力而不够敏感,同样也可能有人虽则敏感却缺乏鉴赏力。敏感到了极点就会使人失却明辨之智,任何事物都毫无区别地使他感动。有鉴赏力而不够敏感的人会冷冰冰地说:"这是真的!"敏感而缺乏鉴赏力的人则感情激动,如醉如痴:

Saliet, tundet pede terram, ex oculis stilabit amicis rorem.③

---

① 德·拉伊尔(Philippe de La Hire, 1640—1718),17世纪法国天文学家和数学家。
② 欧勒(Euler, 1707—1783),瑞士著名数学家,著作极多,曾为俄国建立科学院。
③ 拉丁文:同情的双眼泪珠滚滚;他一跃三尺,两足顿地。——贺拉斯:《诗艺》第429—430行。

他结结巴巴,找不出词句来表达他内心的感受。

最幸福的人无疑是后者。如果要当最好的评论者呢?那可又当别论了。感情冷淡的人,大自然的严格而冷静的观察者,他们常常最清楚应该拨动哪些纤细的心弦;他们装作热情洋溢的样子而实际并非如此;这是人和动物的混合体。

理智有时纠正感情匆促做出的评断。因此,有许多作品今天受人赞扬,明天便被人遗忘;还有许多作品当初无人注意,甚至受人藐视,却随着时间的推移,随着思想和艺术的进步,由于群众给予了更冷静的注意,而赢得了应有的重视。

由此说明,天才的作品不一定全都能取得成功。天才的作品是绝无仅有的。人们只有拿它直接和自然对照,才能对它做出评价。但谁又能达到这样的高度呢?除非是另一个天才。

徐继曾　宋国枢　译
1984年

关于当代文学的通讯

〔德国〕莱 辛

第十七期 1759年2月16日

图书杂志①的编者们说,"没有人否认,德国舞台应该把自己最早改进的一大部分成绩归功于高特舍特②教授先生"。

我就是这个"没有人";但我一直否认这一点。要是高特舍特先生从来没有干预过戏剧该多好。他所想象的改进要么是一些不需要的细微末节,要么是把它③真正变坏。

…………

……总而言之,他不但想改进我们古老的戏剧,而且想作为一种崭新的戏剧创造者。他认为什么是崭新的呢?只是法国化的戏剧;也不去研究一下,这种法国化的戏剧,对德国的思想方式合式呢,还是不合式?

按理说,他应该能从被他摒除的、我们古老的戏剧作品中充分认识出,英国人的口味比法国人的口味更适合我们德国人的要求;

---

① 图书杂志(Bibliothek):指1757年由弗里德利希·尼古拉伊(Friedrich Nicolai)主编、1759年由克里斯蒂安·弗里克斯·怀塞(Christian Felix Weisse,1726—1804)出版的《美的科学与自由艺术杂志》(Bibliothek der schönen Wissenschaften und der freien Künste)。
② 高特舍特(Johann Christoph Gottsched,1700—1766):德国文艺理论家。莱辛在17期通讯里和他展开了论战。
③ 它:指好的东西。

我们在我们的悲剧作品中,要看到和想到更多的东西,而这些东西是可怕的法国悲剧无法给予我们的①;宏伟的、恐惧的和忧郁的东西比温雅的、矫揉的和谈情说爱的东西能更好地影响我们;过分的单纯比过分的复杂更能使我们感到疲乏等等。总之,他本该保持住这一条线索,而它也会把他直接引到英国的戏剧道路之上。
……

要是人们过去曾把莎士比亚的杰作略加某些小小的改变,翻译给我们德国人的话,我确信,它所带来的后果会要比②介绍高乃依和拉辛所带来的后果好得多。③那么第一,人民会从他的作品中找到在高乃依和拉辛作品中无法找到的、更多的趣味;第二,他的作品会在我们中间唤醒出跟人们一味颂扬的高乃依和拉辛完全不同的人物。因为天才只可能被天才所唤醒,而且最容易被这样一个天才所唤醒;这天才看来似乎应该把一切都归因于天资,而同时并不怕通过艰苦的劳动去求得艺术上的完善。

就是在按照古人的标准来判断这件事,莎士比亚也是一位远比高乃依伟大得多的悲剧诗人,尽管高乃依很了解古人,而莎士比亚几乎全不知道他们。高乃依只是在艺术形式上接近古人,而莎士比亚却在本质上接近他们。……

洪天富　译　商承祖　校
根据《莱辛选集》,1954年柏林版

---

① 在下段话的前面,有"他应该认识出"的意思。
② 这里接着有"人们这样大力地向我们德国人"的意思。
③ 在下一句的开头,有"要是莎士比亚的杰作在德国得到传播"的意思。

拉 奥 孔

〔德国〕莱 辛

第一章

为什么拉奥孔在雕刻里不哀号，而在诗里却哀号？[①]

温克尔曼先生[②]认为希腊绘画雕刻杰作的优异的特征一般在于无论在姿势上还是在表情上，它们都显出一种高贵的单纯和静穆的伟大。他说，"正如大海的深处经常是静止的，不管海面上波涛多么汹涌，希腊人所造的形体在表情上也都显出在一切激情之下他们仍表现出一种伟大而沉静的心灵。

"这种心灵在拉奥孔的面容上，而且不仅是在面容上描绘出来了，尽管他在忍受最激烈的痛苦。全身上每一条筋肉都现出痛感，人们用不着看他的面孔或其它部分，只消看一看那痛得抽搐的腹

---

① 标题里的"雕刻"指拉奥孔雕像群，"诗"指维吉尔的史诗《伊尼特》中描写拉奥孔父子被毒蛇咬死的部分。下仿此。
② 温克尔曼（Winckelmann，1717—1768），德国启蒙运动的领袖之一。他的《论希腊绘画和雕刻作品的摹仿》（1755）和《古代造形艺术史》（一般简称《古代艺术史》）（1764）等著作在近代西方开创了研究古典文艺的风气，影响甚大。他认为古典艺术的理想是"高贵的单纯，静穆的伟大"。莱辛是在他的影响之下写成《拉奥孔》的，主旨在反对把温克尔曼的艺术理想应用到诗或文学的领域。下面的引文见《论希腊绘画和雕刻作品的摹仿》。

部,就会感觉到自己也在亲领身受到这种痛感。但是这种痛感并没有在面容和全身姿势上表现成痛得要发狂的样子。他并不像在维吉尔的诗里① 那样发出惨痛的哀号,张开大口来哀号在这里是在所不许的。他所发出的毋宁是一种节制住的焦急的叹息,像莎多勒特② 所描绘的那样。身体的苦痛和灵魂的伟大仿佛都经过衡量,以同等的强度均衡地表现在雕像的全部结构上。拉奥孔忍受着痛苦,但是他像菲罗克忒忒斯那样忍受痛苦③:他的困苦打动了我们的灵魂深处;但是我们愿望自己也能像这位伟大人物一样忍受困苦。

"这种伟大心灵的表情远远超出了优美自然所产生的形状。塑造这雕像的艺术家必定首先亲自感受到这种精神力量,然后才把它铭刻在大理石上。希腊有些人一身而兼具艺术家和哲学家的两重本领,不仅麦屈罗多④ 是如此。智慧伸出援助的手给艺术,灌注给艺术形象的不只是寻常的灵魂。……"

这里的基本论点是:拉奥孔面部所表现的苦痛并不如人们根据这苦痛的强度所应期待的表情那么激烈。这个论点是完全正确

---

① 维吉尔(Virgil,公元前70—19),罗马大诗人,主要作品是《伊尼特》(Aaneid)史诗,其中描写了拉奥孔和他的两个儿子被巨蛇缠死的故事。
② 莎多勒特(Sadolet,1477—1547),教皇列阿十世的秘书,写过一首关于拉奥孔雕像群的诗。
③ 菲罗克忒忒斯(Philoctetes)是希腊大悲剧家索福克勒斯(Sophocles)的悲剧《菲罗克忒忒斯》中的主角。他是神箭手,参加了希腊远征特洛亚的大军,途中被毒蛇咬伤,生恶疮,痛苦哀号,被希腊大军抛弃到一个荒岛上。他在岛上过了九年疾病孤苦的生活。据预言,特洛亚城只有靠他的神箭才能攻下。他因忿恨,不肯把箭交出。到战争快结束时,希腊人派幽里赛斯和尼阿托雷密去说服了他,他才前去参战,用箭射杀偷走海伦后的巴里斯,特洛亚城才被攻下。从启蒙运动以后,这部悲剧一直为西方文艺理论家所特别重视。狄德罗、温克尔曼、莱辛、赫尔德、歌德、席勒、史雷格尔、黑格尔等人讨论古典诗时都常举这部悲剧为例,正如他们谈古典艺术时都常举拉奥孔雕像群为例一样。
④ 麦屈罗多(Metrodor),公元前2世纪希腊哲学家,兼长绘画。

的。另一个论点也是无可非议的:在上述这一点上,一个只有一知半解的鉴赏家会认为艺术家①抵不上自然,没有能充分表达出那种苦痛的真正激烈情绪;但是我说,正是在这一点上,艺术家的智慧才显得特别突出。

不过我对温克尔曼先生的这番明智的话所根据的理由,以及他根据这个理由所推演出来的普遍规律,却不能同意。

我得承认,温克尔曼先生令我惊讶的首先是他在偶然提到维吉尔时所表现的不满,其次是他就拉奥孔和菲罗克忒忒斯所作的比较。我打算就从后一点谈起,把我的思想顺次写下,想到哪里就写到哪里。

"拉奥孔像索福克勒斯所写的菲罗克忒忒斯那样忍受痛苦。"菲罗克忒忒斯究竟怎样忍受痛苦呢?说来很奇怪,他的痛苦在我们心上所产生的印象却迥然不同。——他由痛苦而发出的哀怨声,号喊声和粗野的咒骂声响彻了希腊军营,搅乱了一切祭祀和宗教典礼,以致人们把他抛弃在那个荒岛上。这些悲观绝望和哀伤的声音由诗人摹仿过来,也响彻了整个剧场。——人们发见到这部戏的第三幕比起其余各幕显得特别短。批评家们说②,从此可见,一部戏里各幕长短不齐,对古代人来说,是无足轻重的。我也是这样想,但是我宁愿援用另一个例证,作为我对这一问题的看法的根据。这第三幕所由组成的那些哀痛的号喊,呻吟,中途插进来的"哎哟,咳咳",以及整行的悲痛的呼声所用的顿挫和拖长,和连续地说话时所需要用的一定不同,所以演这第三幕所花的时间会和演其它各幕所花的时间差不多一样长,读者从书本上所看到的,

---

① 诗和画都是艺术,本书中拿诗人和画家对举时只把画家称为艺术家,而所谓画又包括雕刻和其它造形艺术。
② 见布鲁摩瓦的《希腊戏剧》卷2,第89页。——布鲁摩瓦(P. Brumoy, 1688—1840),法国学者,以本书知名。

比起观众从演员口里所听到的要短得多。

号喊是身体苦痛的自然表情,荷马所写的负伤的战士往往是在号喊中倒到地上的。女爱神维纳斯只擦破了一点皮也大声地叫起来①,这不是显示这位欢乐女神的娇弱,而是让遭受痛苦的自然(本性)有发泄的权利。就连铁一般的战神在被狄俄墨得斯的矛头刺疼时,也号喊得顶可怕,仿佛有一万个狂怒的战士同时在号喊一样,惹得双方军队都胆战心惊起来。②

尽管荷马在其它方面把他的英雄们描写得远远超出一般人性之上,但每逢涉及痛苦和屈辱的情感时,每逢要用号喊、哭泣或咒骂来表现这种情感时,荷马的英雄们却总是忠实于一般人性的。在行动上他们是超凡的人,在情感上他们是真正的人。

我知道,我们近代欧洲人比起古代人有较文明的教养和较强的理智,较善于控制我们的口和眼。于今礼貌和尊严不容许人们号喊和哭泣。古代粗野的原始人的在行动上所表现的那种勇敢到了我们近代人身上却只能表现在被动(忍受)上。就连我们自己的祖先,尽管也是些野蛮人,在忍受上所表现的勇敢比在行动上所表现的勇敢也还是更伟大。我们北方民族的古代英雄的英勇特征在于压抑一切痛感,面对死神的袭击毫不畏缩,被毒蛇咬伤了就带着笑容死去,既不为自己的罪过也不为挚友的丧亡而表示哀伤。巴尔纳托柯③ 给他的约姆斯堡的人民定下一条法律,对一切都不许畏惧,永远不准说"畏惧"这个字眼。

希腊人却不如此。他既动情感,也感受到畏惧,而且要让他的痛苦和哀伤表现出来。他并不以人类弱点为耻;只是不让这些弱

---

① 见《伊利亚特》卷5,第343行。
② 见《伊利亚特》卷5,第359行。
③ 巴尔纳托柯(Palnatoko),丹麦《约姆斯堡传奇》中的英雄,约姆斯堡城的建立者。

点防止他走向光荣,或是阻碍他尽他的职责。凡是对野蛮人来说是出于粗野本性或顽强习惯的,对于他来说,却是根据原则的。在他身上英勇气概就像隐藏在燧石里面的火花,只要还没有受到外力抨击时,它就静静地安眠着,燧石仍然保持着它原来的光亮和寒冷。在野蛮人身上这种英勇气概就是一团熊熊烈火,不断地呼呼地燃烧着,把每一种其它善良品质都烧光或至少烧焦。例如荷马写特洛亚人上战场总是狂呼狂叫,希腊人上战场却是鸦封雀静的。评论家们说得很对,诗人的用意是要把特洛亚人写成野蛮人,把希腊人写成文明人。我觉得很奇怪,评论家们却没有注意到另一段诗里也有和这一段很类似的足见特征的对比①。那就是在交战双方订了休战协议之后。双方在忙于焚化死亡者的尸体时,都不是没有流下热泪……但是普里安下令禁止特洛亚人号哭。据达西耶夫人的看法,普里安之所以禁止号哭,是因为他担心这会削弱士气,到第二天再上战场,勇气就会大减②。这话说得对,但是我还要问:为什么普里安要担心到这一点呢?为什么阿伽门农③却没有向希腊人下同样的禁令呢?诗人在这里有一个更深刻的用意。他要让我们知道,文明的希腊人尽管号哭,还是可以勇敢;而未开化的特洛亚人要勇敢,就不得不先把人的一切情感都扼制住。荷马还在另一段诗里让足智多谋的涅斯托的聪明的儿子说出这样一句话:"我看不出痛哭有什么坏处。"④

值得注意的是在从古代留传下来的为数甚少的悲剧之中,有两部所写的身体痛苦在主角所遭受的苦难之中不能算是极小的组

---

① 见《伊利亚特》卷7,第421行。
② 达西耶夫人(Dacier,1651—1720),法国研究古典文学的学者,翻译过荷马史诗。普里安(Priam),特洛亚国王。
③ 阿伽门农(Agamemnon),希腊大军的统帅。
④ 见《奥德赛》卷4,第195行。涅斯托(Nestor),《伊利亚特》中的老谋士。

成部分,这就是《菲罗克忒忒斯》和《临死的赫克勒斯》①。索福克勒斯描绘赫克勒斯,和描绘菲罗克忒忒斯一样,把他的呻吟,号喊和痛哭也描绘出来了。多谢我们的文雅的邻人,那些礼貌大师们,②哭泣的菲罗克忒忒斯和哀号的赫克勒斯在戏台上已变成极端可笑,最不可忍耐的人物了。他们的近代诗人之中固然也有一位试图写菲罗克忒忒斯,③但是他敢描绘出菲罗克忒忒斯的真实面貌吗?

在索福克勒斯的失传的剧本之中,居然还有一部《拉奥孔》。如果命运让这部剧本也留传给我们,那是多么大的一件幸事!从一些古代语法家的轻描淡写地提到这部剧本的话来看,我们无从断定诗人是怎样处理这个题材的。但是我坚信,他没有把拉奥孔描写成比起菲罗克忒忒斯和赫克勒斯更像一位斯多噶派哲学家。④斯多噶派的一切都缺乏戏剧性,我们的同情总是和有关对象所表现的苦痛成正比例的。如果人们看到主角凭伟大的心灵来忍受他的苦难,这种伟大的心灵固然会引起我们的羡慕,但是羡慕只是一种冷淡的情感,其中所含的被动式的惊奇会把每一种其它较热烈的情绪和较明确的意象都排斥掉。

现在我来提出我的推论。如果身体上苦痛的感觉所产生的哀号,特别是按照古希腊人的思想方式来看,确实是和伟大的心灵可以相容的,那么,要表现出这种伟大心灵的要求就不能成为艺术家在雕刻中不肯摹仿这种哀号的理由;我们就须另找理由,来说明为

---

① 赫克勒斯(Herkules),希腊的大力神。《临死的赫克勒斯》即《特剌喀少女》。索福克勒斯在这部悲剧里写了赫克勒斯的死亡。
② 指法国人,莱辛对法国新古典主义的文艺趣味极端鄙视。
③ 指当时一位法国作家夏妥布伦(Chateaubrun),他写过关于菲罗克忒忒斯的悲剧,把原来的情节改变了很多。
④ 希腊斯多噶派哲学家提倡苦行禁欲,压抑情感。莱辛很厌恶斯多噶派的禁欲主义。

什么诗人要有意识地把这种哀号表现出来,而艺术家在这里却不肯走他的敌手,诗人,所走的道路。①

第二章

美就是古代艺术家的法律；
他们在表现痛苦中避免丑

据说造形艺术方面最早的尝试是由爱情鼓动起来的。② 不管这是传说还是历史,有一点却是确实的:爱情曾经孳孳不辍地指引古代艺术家的手腕。因为绘画作为在平面上模仿物体的艺术,现在所运用的题材虽然无限宽广,而明智的希腊人却把它局限在远较窄狭的范围里,使它只模仿美的物体。希腊艺术家所描绘的只限于美,而且就连寻常的美,较低级的美,也只是一种偶尔一用的题材,一种练习或消遣。在他的作品里引人入胜的东西必须是题材本身的完美。他伟大,所以不屑于要求观众仅仅满足于妙肖原物或精妙技巧所产生的那种空洞而冷淡的快感,在他的艺术里他所最热爱和尊重的莫过于艺术的最终目的。③

一位古代写隽语的诗人④ 提到一个奇丑不堪的人时,说过这样的话:"既然没有人愿意看你,谁愿意来画你呢?"许多比较近代

---

① 本章论述古代伟大的英雄并不抑制自然情感的流露,诗人也描绘痛苦哀号,只是画家避免这种描绘。
② 据罗马学者普里琉斯(Plinius,公元 23—79)在《自然史》卷 35 记载,古代柯林斯邦的陶器匠人底布塔得斯有一个女儿爱上一位青年。这位青年将远行,她在灯下把他的形影画出,以便留为纪念,她父亲把这画像移到一个瓦瓶坯上,放在窑里烧成。据说这是画艺的开始。
③ 希腊人认为,艺术的最终目的即美。
④ 指安提阿库斯(Antiochus),公元前 1 世纪希腊诗人和学者。

的艺术家们却要说,"不管你是多么奇形怪状,我还是要画你。人们固然不愿意看你,他们却仍然会愿意看我的画;这并不是因为画的是你,而是因为这画是我的艺术才能的一种凭证,居然能把你这样的怪物摹仿得那么惟妙惟肖。"

这种大肆夸耀没有被题材内容价值所提高的空洞技巧的倾向是很自然的,连希腊人也当然在所不免,他们也还是有他们的泡生和庇越库斯。① 不过希腊人尽管也有这一类画家,却严格地给他们以应得的公平待遇。泡生永远停留在寻常自然美的水平之下,他的低级趣味使他最爱描绘人的形体中畸形和丑陋的东西,所以他过着穷困潦倒的生活。庇越库斯像一个荷兰画家那样勤勉,专画理发铺,肮脏的工作坊,驴子和蔬菜,好像这类事物在自然中是非常引人入胜的而且是非常希罕的,所以他得到一个"污秽画家"的诨号,尽管当时富豪们用重量相等的黄金去买他的作品,想用这种虚幻的价值来弥补作品本身的毫无价值。

连政府本身也不认为强迫艺术家谨守他的正当范围是多管闲事,毫无价值。例如忒拜国的法律就是人所熟知的,它命令艺术家摹仿事物要比原来的更美,不能比原来的更丑,违令者就要受到惩处。这条法律并不是针对手艺拙劣者的,如过去人们(包括尤尼乌斯② 在内)通常所解释的。它所要惩罚的是希腊的"格粹"③,是借夸大原物的丑陋的部分来达到形似的那种无价值的勾当,简单地说,是讽刺性的漫画。

---

① 泡生(Pauson),公元前5世纪雅典画家。亚理士多德在《诗学》第2章里提到过他描绘人物低于现实中本来的样子。庇越库斯(Piraecus),希腊画家,年代不详,他专爱描绘下层生活。从莱辛鄙视这类画家来看,他还没有完全摆脱新古典主义的文艺趣味。
② 尤尼乌斯(Junius),17世纪德国学者,著有《古代绘画》一书。
③ "格粹"(Ghezzi,1674—1755)本是意大利漫画家,意大利人用他的名字称一般漫画。

就连赫腊诺第肯①的法律也是从美的精神出发的。每个奥林匹克竞赛的胜利者都有立一座雕像的荣誉；但只有接连获胜三次的胜利者才能立一座写真的雕像。用意是不让有太多的平庸的写真像列在艺术作品之中；因为写真像尽管也可以有一个理想，这理想毕竟须服从逼肖原身的要求；它是某一个人的理想，而不是一般人的理想。②

我们听说在古代人中间，连艺术也要受民法约制，不免要发笑。但是我们发笑，不一定总是对的。法律不应该向科学擅施强制，这是无可辩驳的，因为科学的目的在真理。真理对心灵是必要的，如果对这种基本要求的满足施加尽管是最微的强制，那就会是暴政。但是艺术的目的却在娱乐，而娱乐是可有可无的。所以立法者就应该有权决定，哪一种娱乐以及每一种娱乐在怎样的范围内是可以允许的。

特别是造形艺术，除掉它们能对民族性格发生不可避免的影响之外，还可以产生一种效果，是必须由法律严格监视的。美的人物产生美的雕像，而美的雕像也可以反转过来影响美的人物，国家有美的人物，要感谢的就是美的雕像。我们近代人却认为母亲的温柔的想象力仿佛只能表现为牛鬼蛇神。③

从这个观点来看，我相信人们一听到就斥为妄诞的一些古老的故事之中，毕竟含有某种真实的因素。例如亚理斯托麦尼斯，亚理斯托德牟斯，亚历山大大帝，什庇阿，奥古斯都和格洛鲁斯这些

---

① 赫腊诺第肯(Hellanodiken)是希腊奥林匹克运动会裁判人。
② 原文把"雕像"(Statue)和"写真的雕像"(Ikonische Statue)区别开来，前者侧重理想化，后者侧重写真。为胜利者立写真的雕像是一种较大的荣誉，莱辛认为这是为了要减少平庸的逼真像。
③ 意谓母亲多看美的雕像就可产生美的子女。近代人仿佛以为产生伟大人物的母亲都曾梦与怪物(特别是龙蛇)相交，其实这些怪物在她们的想象中代表在神像中所看到的神，即仍来自美的形象。

伟人的母亲在怀孕时都曾梦与蛇交。① 蛇原是神的象征，酒神巴克科斯，日神阿波罗，交通神麦库鲁斯以及大力神赫克勒斯的雕像和画像上面很少没有一条蛇。结过婚的女人在白天里饱看了神像，夜间在朦胧的梦中就回想起蛇的形象。这样我就挽救（证实）了这种梦，抛弃了儿子们由于骄傲和幸臣们由于谄媚无耻对梦所作的解释。因为总要有一个理由来说明梦中奸淫的幻象为什么总是一条蛇。

话说出题外了。我要建立的论点只是：在古希腊人来看，美是造形艺术的最高法律。

这个论点既然建立了，必然的结论就是：凡是为造形艺术所能追求的其它东西，如果和美不相容，就须让路给美；如果和美相容，也至少须服从美。

现在我要来谈一下表情。有一些激情和激情的深浅程度如果表现在面孔上，就要通过对原形进行极丑陋的歪曲，使整个身体处在一种非常激动的姿态，因而失去原来在平静状态中所有的那些美的线条。所以古代艺术家对于这种激情或是完全避免，或是冲淡到多少还可以现出一定程度的美。

狂怒和绝望从来不曾在古代艺术家的作品里造成瑕疵。我敢说，他们从来不曾描绘过表现狂怒的复仇女神。

他们把忿怒冲淡到严峻。对于诗人是一位发出雷电的忿怒的朱庇特②；对于艺术家却只是一位严峻的朱庇特。

哀伤则冲淡为愁惨。如果不能冲淡，如果哀伤对于人物有所

---

① 亚理斯托麦尼斯（Aristomenes）和亚里斯托德牟斯（Aristodamus）都是希腊传说中反抗斯巴达压迫的麦色尼亚的民族英雄；什庇阿（Scipio），罗马政治家，征服非洲的名将；奥古斯都（Augustus），第一任罗马皇帝；格洛鲁斯（Galerius），东罗马皇帝。

② 朱庇特（Jupiter），雷神，也是最高的神。这是罗马人的称法，希腊人管他叫宙斯（Zeus）。

贬损和歪曲,在这种情况之下,提曼特斯是怎样办的呢?他的《伊菲革涅亚的牺牲》那幅画是人所熟知的。[①] 在这幅画里,他把在场的人都恰如其分地描绘得显出不同程度的哀悼的神情,牺牲者的父亲理应表现出最高度的沉痛,而画家却把他的面孔遮盖起来。关于这一点,过去人们说过许多很动听的话。有人说,画家在画出许多人的愁容之后已经精疲力竭了,想不出怎样把父亲画得更沉痛。另外又有人说,画家这样办,就显示出父亲在当时情况之下的痛苦是艺术所无法表现的。依我看来,原因既不在于艺术家的无能,也不在于艺术的无能。激情的程度加强,相应的面部变化特征也就随之加强;最高度的激情就会有最明确的面部变化的特征,这是艺术家最容易表达出来的。但是提曼特斯懂得文艺女神对他那门艺术所界定的范围。他懂得阿迦门农作为父亲在当时所应有的哀伤要通过歪曲原形才表现得出来,而歪曲原形在任何时候都是丑的。他在表情上做到什么地步,要以表情能和美与尊严结合到什么程度为准。如果他肯冲淡那哀伤,他就可以避开丑;但是在他的插图中,这两条路都是行不通的,除掉把它遮盖起来,他还有什么旁的办法呢?凡是他不应该画出来的,他就留给观众去想象。一句话,这种遮盖是艺术家供奉给美的牺牲。它是一种典范,所显示的不是怎样才能使表情越出艺术的范围,而是怎样才能使表情服从艺术的首要规律,即美的规律。

  如果把这个道理应用到拉奥孔,我所寻求的理由就很明显了。雕刻家要在既定的身体苦痛的情况之下表现出最高度的美。身体苦痛的情况之下的激烈的形体扭曲和最高度的美是不相容的。所以他不得不把身体苦痛冲淡,把哀号化为轻微的叹息。这并非因

---

① 提曼特斯(Timanthes),公元前五、四世纪之交希腊名画家。《伊菲革涅亚的牺牲》画的是希腊主将阿迦门农遵神谕牺牲自己的女儿去祈求顺风的故事。从这些事例可以看出,莱辛在绘画中还是赞成温克尔曼的静穆理想。

为哀号就显出心灵不高贵,而是因为哀号会使面孔扭曲,令人恶心。人们不妨试想象一下拉奥孔的口张得很大,然后再下判断。让他号啕大哭来看看!拉奥孔的形象本来是令人怜悯的,因为它同时表现出美和苦痛;照设想的办法,它就会变成一种惹人嫌厌的丑的形象了,人们就会掩目而过,因为那副痛苦的样子会引起反感,而没有让遭受痛苦的主角的美表现出来,把这种反感转化为甜美的怜悯。

只就张开大口这一点来说,除掉面孔其它部分会因此现出令人不愉快的激烈的扭曲以外,它在画里还会成为一个大黑点,在雕刻里就会成为一个大窟窿,这就会产生最坏的效果。蒙特浮铿[①]把一座张开大口长着胡须的老人头像鉴定为朱庇特颁发预言的雕像,足见他的鉴赏力不很高明。难道一位神在预示未来时也非张开大口不可吗?他的口腔轮廓如果显得比较好看些,难道他的预言就会引起猜疑吗?我也不相信瓦洛鲁斯[②]的话,他说,在假想是提曼特斯所作的那幅画里,埃阿斯[③]在哀号。但是连在艺术已经衰颓的时代,比提曼特斯差得远的艺术家们也从来没有让最粗鲁的野蛮人,在征服者的刀锋之下,在死的恐怖面前,张开大口来哀号过。

这种把极端的身体苦痛冲淡为一种较轻微的情感的办法在一些古代艺术作品里确实是显而易见的。出于一位不知名的雕刻家之手的因穿着上了毒药的衣裳而感到苦痛的赫克勒斯雕像,就不像索福克勒斯所写的赫克勒斯那样号啕大叫,使得罗克理斯的山崖和幽博亚的海岬都发出回声。画里的赫克勒斯与其说是狂暴

---

① 蒙特浮铿(Montfaucon, 1655—1741),法国考古学者,古文字学家,著有《希腊古文字》一书。
② 瓦洛鲁斯(Valerius),公元 1 世纪罗马历史家。
③ 埃阿斯(Ajax),荷马史诗中的希腊勇将。

的,毋宁说是愁惨的。毕达哥腊斯·里昂提弩斯① 所雕的菲罗克忒忒斯显得把他的痛苦传达到观众心里,但是如果有了些微的暴戾的痕迹,这种效果就会遭到破坏。人们也许要问:我根据什么来断定这位雕刻家曾经作过一座菲罗克忒忒斯的雕像呢? 我根据的是普里琉斯的一段话,这段话本来无须待我来校正,它的文字颠倒错乱是很显明的②。

第三章

造形艺术家为什么要避免描绘激情顶点的顷刻?

但是上文已经提到,艺术在近代占领了远较宽广的领域。人们说,艺术摹仿要扩充到全部可以眼见的自然界,其中美只是很小的一部分。真实与表情应该是艺术的首要的法律;自然本身既然经常要为更高的目的而牺牲美,艺术家也就应该使美隶属于他的一般意图,不能超过真实与表情所允许的限度去追求美。如果通过真实与表情,能把自然中最丑的东西转化为一种艺术美,那就够了。

不管这种看法有没有价值,我们姑且假定它还没有被驳倒;且考虑一下其它一些与此无关的问题,例如艺术家为什么仍然要在表情中有节制,不选取情节发展中的顶点?

---

① 里昂提弩斯(Leontinus),公元前5世纪希腊雕刻家。
② 普里琉斯只提到里昂提弩斯,并没有说他画过菲罗克忒忒斯。莱辛因原文中有"烂疮"一词,就认为指的是菲罗克忒忒斯,纯是臆测。本章对雕刻不描绘哀号的问题作了解答:描绘哀号就会显得丑。从此他得出了在绘画里美比表情更重要的结论。

我相信,艺术由于材料①的限制,只能把它的全部摹仿局限于某一顷刻,这个事实也会引起上文所提到的那种考虑。

既然在永远变化的自然中,艺术家只能选用某一顷刻,特别是画家还只能从某一角度来运用这一顷刻;既然艺术家的作品之所以被创造出来,并不是让人一看了事,还要让人玩索,而且长期地反复玩索;那么,我们就可以有把握地说,选择上述某一顷刻以及观察它的某一个角度,就要看它能否产生最大效果了。最能产生效果的只能是可以让想象自由活动的那一顷刻了。我们愈看下去,就一定在它里面愈能想出更多的东西来。我们在它里面愈能想出更多的东西来,也就一定愈相信自己看到了这些东西。在一种激情的整个过程里,最不能显出这种好处的莫过于它的顶点。到了顶点就到了止境,眼睛就不能朝更远的地方去看,想象就被捆住了翅膀,因为想象跳不出感官印象,就只能在这个印象下面设想一些较软弱的形象,对于这些形象,表情已达到了看得见的极限,这就给想象划了界限,使它不能向上超越一步。所以拉奥孔在叹息时,想象就听得见他哀号;但是当他哀号时,想象就不能往上面升一步,也不能往下面降一步;如果上升或下降,所看到的拉奥孔就会处在一种比较平凡的因而是比较乏味的状态了。想象就只会听到他在呻吟,或是看到他已经死去了。

这不仅此。通过艺术,上述那一顷刻得到一种常住不变的持续性,所以凡是可以让人想到只是一纵即逝的东西就不应在那一顷刻中表现出来。凡是我们认为按其本质只是忽来忽逝的,只能在某一顷刻中暂时存在的现象,无论它是可喜的还是可怕的,由于艺术给了它一种永久性,就会获得一种违反自然的形状,以至于愈反复地看下去,印象也就愈弱,终于使人对那整个对象感到恶心或

---

① 指摹仿媒介。

是毛骨悚然。拉麦屈理① 曾把自己作为德谟克里特第二画过像而且刻下来,只在我们第一次看到这画像时,才看出他在笑。等到看的次数多了,我们就会觉得他已由哲学家变成小丑,他的笑已变成狞笑了。哀号也是如此。逼人哀号的那种激烈的痛苦过不了多久就要消失,否则就要断送受苦痛者的性命。纵然一位最有忍耐的最坚定的人也不免哀号,他却不能一直哀号下去。正是在艺术具体摹仿里,哀号一直不停止的假象使得他的哀号现出一种女性的脆弱和稚气的缺乏忍耐。这种毛病至少是拉奥孔的雕刻家们所要避免的,纵使哀号不至损害美,纵使他们的艺术可以离开美而表现苦痛。

在古代画家之中,提牟玛球斯② 好像最爱选择最激烈的情绪作为画题。他的发狂的埃阿斯和杀亲生儿女的美狄亚都是名画。不过从描写这些画的记载来看,他显然很懂得选取哪一点才可使观众不是看到而是想象到顶点,也懂得哪一种现象才不是必然令人想到它是暂时存在,一纵即逝,一经艺术固定下来,予以持久性,就会使人感到不愉快的,并且懂得怎样把这两点道理结合在一起。他画美狄亚,并不选择她杀亲生儿女那一顷刻,而是选杀害前不久,她还在母爱与妒忌相冲突的时候。我们可以预见到这冲突的结果。我们预先战栗起来,想到不久就会只看到美狄亚的狠毒的一面,我们就可以想象到很远,比起画家如果选取杀儿女那一个恐怖的顷刻时所能显示出来的一切要远得多。正是因为这个缘故,

---

① 拉麦屈理(La Mettrie),18 世纪法国唯物主义思想家,《人是机器》的作者,自比希腊哲学家德谟克里特,叫人把自己画成一位"嬉笑的哲学家",制成板画。
② 提牟玛球斯(Timomachus),公元前 3 世纪左右希腊名画家。他有一幅画表现美狄亚(Medea)当丈夫伊阿宋(Jason)抛弃她而另娶时,大为忿恨,把自己的儿女杀掉。另一幅画表现:埃阿斯和幽里赛斯争阿喀琉斯死后所遗下的盔甲,希腊将领们判给幽黑赛斯,埃阿斯就气疯了,夜间要去杀那些希腊将领,但杀的是一群牛羊,他清醒过来之后,很羞惭,想自杀。

我们对美狄亚在画中所表现的那种长久迟疑不决的神情并不起反感,我们心里毋宁盼望在自然中情形也就这样维持下去,两种激情的斗争最好是没有结局,或是至少是维持到时间和反省会把她的狂怒削弱下去,让母爱终于得到胜利。提牟玛球斯的这种智慧博得了经常的热烈的赞赏,使他显得远比另外一位不知名的画家高明。那另一位画家真够愚蠢,他竟把美狄亚极端疯狂的顷刻画出来,这样就使这种暂时的一纵即逝的极端疯狂获得一种持久性,因而违反了一切自然本性。谴责他的一位诗人① 在咏这幅画像时说得很好:"你就这样永远渴得要喝自己儿女的血吗?就永远有一位新的伊阿宋,永远有一位新的克瑞乌萨②,在不断地惹你苦恼吗?滚到地狱去吧,尽管你是在画里!"

关于提牟玛球斯所画的发狂的埃阿斯,我们可以凭斐罗斯屈拉特③ 的记载来判断。埃阿斯并不是出现在他的牲畜群中狂怒,把牛羊当作人捆绑起来屠杀的时候。画家所画的是他在干过那些狂勇行为之后,精疲力竭地坐在那里,盘算要自杀。这才真正是发狂的埃阿斯,并不是因为他正在发狂,而是因为人们可以看出他发过狂,因为人们从他自己所表现的那种绝望和羞愧的神情,可以最生动地认识到他的疯狂达到了多么大的程度。人们从大风暴抛掷到岸上的破船和残骸就可以认识那场大风暴本身。④

---

① 据原注,指斐立普斯(Philippus,公元 1 世纪希腊诗人),原诗见《希腊诗选》卷四。
② 伊阿宋抛弃美狄亚,因为要和克瑞乌萨(Creusa)结婚。
③ 斐罗斯屈拉特(Philostratus),公元前 2 世纪左右希腊修辞学家,他的《阿波罗琉斯传》(Apollonius)常谈到古代艺术。
④ 本章论证画家宜选用情节发展顶点前那个"最富于孕育性的顷刻",这是一个重要的学说。

第四章

为什么诗不受上文所说的局限?

回顾一下上文所提出的拉奥孔雕像群的雕刻家们在表现身体痛苦之中为什么要有节制的理由,我发现那些理由完全来自艺术的特性以及它所必有的局限和要求,所以其中没有哪一条可以运用到诗上去。

这里暂不讨论诗人在多大程度上能描绘出物体美,且指出一个无可争辩的事实:诗人既然有整个无限广阔的完善的境界供他模仿,这种可以眼见的躯壳,这种只要完整就算美的肉体,在诗人用来引起人们对所写人物发生兴趣的手段之中,就只是最微不足道的一种。诗人往往把这种手段完全抛开,因为他深信他所写的主角如果博得了我们的好感,他的高贵的品质就会把我们吸引住,使我们简直不去想他的身体形状;或是纵然想到,也会是好感先入为主,如果不把他的身体形状想象为美的,也会把它想象为不太难看的。至少是每逢个别的诗句不是直接诉诸视觉的时候,读者是不会从视觉的观点来考虑它的。维吉尔写拉奥孔放声号哭,读者谁会想到号哭就要张开大口,而张开大口就会显得丑呢?原来维吉尔写拉奥孔放声号哭的那行诗① 只要听起来好听就够了,看起来是否好看就用不着管。谁如果要在这行诗里要求一幅美丽的图画,他就失去了诗人的全部意图。

其次,诗人也毫无必要,去把他的描绘集中到某一顷刻。他可以随心所欲地就他的每个情节(即所写的动作)从头说起,通过中

---

① 这行诗的拉丁文是 Clamores horrendos ad sidera tollit(他向天空发出可怕的哀号),据说音调特别铿锵。

间所有的变化曲折,一直到结局,都顺序说下去。这些变化曲折中的每一个,如果由艺术家来处理,就得要专用一幅画,但是由诗人来处理,它只要用一行诗就够了。孤立地看,这行诗也许使听众听起来不顺耳,但是它在上文既有了准备,在下文又将有冲淡或弥补,它就不会发生断章取义的情况,而是与上下文结合在一起,来产生最好的效果。所以在激烈的痛苦中放声哀号,对于一个人如果真正是不体面的,他的许多其它优良品质既然先已博得我们的好感了,这点些微的暂时的不体面怎么会使我们觉得是个缺点呢?维吉尔所写的拉奥孔固然放声哀号,但是我们对这位放声哀号的拉奥孔早就熟识和敬爱了,就已知道他是一位最明智的爱国志士和最慈祥的父亲了。因此我们不把他的哀号归咎于他的性格,而只把它归咎于他所遭受的人所难堪的痛苦。从他的哀号里我们只听出他的痛苦,而诗人也只有通过他的哀号,才能把他的痛苦变成可以用感官去认识的东西。

谁会因此就责备诗人呢?谁不会宁愿承认:艺术家不让拉奥孔哀号而诗人却让他哀号,都是做得很对呢?

不过维吉尔在这里只是一位叙事体诗人。这种为他辩护的理由是否也适用于戏剧体诗人呢?对一个人的哀号所做的叙述和那种哀号本身这两件事所产生的印象是不同的。戏剧要靠演员所刻画出来的生动的图画,也许因此就必须更严格地服从用物质媒介的绘画艺术的规律。从演员身上我们不只是假想在看到和听到一位哀号的菲罗克忒忒斯,而是确实在看到和听到他哀号。在这方面演员愈妙肖自然,我们看起来就愈不顺眼,听起来就愈不顺耳,因为在自然(现实生活)中,表现痛苦的狂号狂叫对于视觉和听觉本来是会引起反感的。还不仅此,肉体的痛苦一般并不像其它灾祸那样能引起同情。我们的想象很难从肉体的痛苦里见出足够的东西,使我们一眼看到,就亲身感到类似的痛苦感觉。所以索福克勒斯如果让菲罗克忒忒斯和赫克勒斯那样尖声怪气地哀号,他就很容易违犯一条并非任意制定的而是以人类情感本质为依据的礼貌规矩了。当场其他人物不可能按照这些毫无节制的激烈表情所要求的那种程度,去同情这两位主角的痛苦。在我们观众看来,当场其他人物都显得比较冷淡;我们只能把他们的这种程度的同情看作衡量我们自己的同情的尺度。这里还要补充一句:演员不可能把肉体的痛苦表现得惟妙惟肖,或是很难办到这一点。近代戏剧体诗人对付这种暗礁,或是完全避开,或是很轻快地从旁边绕过,谁敢说这种诗人是应该受到谴责,而不应该受到表扬呢?

许多说法在理论上都好像是颠扑不破的,假如天才的作家不曾用创作实践来成功地驳斥了那些说法。上述那些话都不是毫无根据的,但是《菲罗克忒忒斯》毕竟不失为一部戏剧杰作。上述那些话有一些实际上是与索福克勒斯毫不相干的,至于相干的部分,索福克勒斯却加以鄙弃,因而达到一种美,这种美是胆小的批评家们如果没有见到这个范例,是不会梦想到的。在以下的几段里我们把这个问题讨论得更详细一点。

1. 这位诗人① 在加强和扩大身体痛苦观念方面显出多么神奇的本领啊!他选用的是一种创伤(连故事的情境也可以看作是由诗人选择的,这就是说,正因为这个情境对他合适,他才选用了整个故事),而不是一种身体内部的疾病,因为创伤比起身体内部的疾病可以产生一种更生动的形象,尽管身体内部的疾病也是很痛苦的。例如墨勒阿格② 在他的母亲用致命的柴棍把他作为牺牲品来供奉给姊妹情分的仇恨时,焚化他的那种内心方面的因柴

---

① 指索福克勒斯。
② 墨勒阿格(Meleager)是希腊卡里东国的王子,野猪在这国里为害,他杀了野猪,把皮送给所爱的女子,他的舅父们却从那女子手里夺去,墨勒阿格把他们全杀了,这就激怒了他的母亲。原来墨勒阿格出世时,曾被预言他的生命将随家灶里的一根柴棍同归于尽。他母亲因此把柴棍藏起,这时她要替弟兄报仇,就忿而把这根柴棍投到火里,柴棍烧完了,墨勒阿格也就死了。

火而引起的烈火,比起一个创伤,就不那么富于戏剧性。而且这种创伤还是一种天神的惩罚,是由一种超自然的毒汁在永无休止地折磨人。只有这种比较强烈的苦痛的袭击才有固定的周期,时起时伏,每逢痛了一阵之后,受难者就麻木地入睡,在睡中他恢复了他的疲竭的精力,然后又踏上痛苦的老路。夏妥布伦却把菲罗克忒忒斯的创伤写成是由特洛亚人所发的毒箭引起的。从这样一种寻常的事件怎么能期待一种不寻常的后果呢?在古代战争中每个士兵都可能中毒箭,怎么只有在菲罗克忒忒斯的事例中才产生那样凶恶的后果呢?此外,一种自然的毒① 如果把一个人折磨到九整年而没有致他于死命,也会显得不真实,比起希腊人所臆造的一切神奇传说都还更不真实。

2.尽管索福克勒斯把他的主角的身体痛苦写得那么激烈可怕,他感觉到,如果单凭这一点也还不足以引起多大的同情。所以他把身体痛苦结合到其它灾祸上去。这些其它灾祸,单凭它们本身,也还不够特别动人,但是通过这种结合,它们就获得一种哀伤的色调,反过来加强身体痛苦的效果。所说的其它灾祸就是:人与人之间的社交被完全剥夺,饥饿以及一个人受到这种剥夺而且被抛在气候恶劣的地带所必然遭受到的生活方面的一切其它困难。我们不妨设想一个人处在这种环境而身体还健康,有能力而且勤劳,他就会变成一位鲁滨孙,就不会引起我们的同情,纵使从其它方面来看,他的命运也不会是令人漠然无动于衷的。因为我们对于人与人的社交很少是完全心满意足的,所以在没有社交时所享受的那种清静也还是可以看作别有滋味的,特别是想到他从此可以逐渐学会不靠旁人的帮助,每个人都会感到很开心。另一方面,我们也不妨设想一个人患着最痛苦的而且最无法治疗的重病,但是身旁还有许多好心肠的朋友,不让他缺乏什么,尽他们的能力去

---

① 菲罗克忒忒斯从毒蛇所受的创伤是"一种天神的惩罚",所以不是"自然的毒"。

设法减轻他的灾祸,而且他还可以毫无拘束地向他们抱怨诉苦。在这种情况之下,我们无疑地还会同情他,但是这种同情不会维持得很久,我们会终于耸一耸肩膀,劝他要有耐心。只有在这两种假想的情况结合在一起的时候,这位孤独的人无力控制自己的身体,无论是他自己还是旁人,对于这种病都束手无策,而且他的哀怨声也只能消失在荒岛的空气中,只有在这种时候,我们才看到人类所能遭受的一切灾祸都集中到一个不幸的人身上,每逢我们偶然设身处在他的境地来想,我们就会不寒而栗,毛骨悚然。我们面前所看到的只是绝望中的最可怕的情景,没有什么同情(怜悯)比起和绝望的情景混合在一起的同情还会更强烈,更能打动整个心灵了。菲罗克忒忒斯使我们感到的同情就属于这一种。我们感到最强烈的同情是在看到他的弓被人夺去的那一顷刻,这是还可以保持他的凄惨生命的惟一的东西。哎,有一个法国人竟没有足够的理智来考虑到这一点,也没有足够的心肠来感觉到这一点!或是他纵然有,他也平庸到把这种理智或心肠都牺牲掉,去迎合法国人的低级趣味!夏妥布伦竟让菲罗克忒忒斯享受到社交生活。他让一位未婚的公主到他的荒岛上来,到他身边来;而且她还不是单独一个人来的,还有保姆陪着,我不知道谁更需要这个老东西,是那位公主还是诗人自己。他把菲罗克忒忒斯玩弄弓箭那一幕好戏完全勾销掉,代替这一幕的是公主的眉目传情。弓箭对于法国少年英雄们来说,当然不过是一种逗笑取乐的玩艺,而美丽的眼睛所表现的怒容却比这玩艺还严重得多。希腊诗人使我们胆颤心惊地想到可怜的菲罗克忒忒斯如果失去了他的弓,就只得留在荒岛上等到惨死。法国诗人却发现一条更稳当的路来投合人心:他让我们提心吊胆地猜想阿喀琉斯的儿子是否要失去他的公主,一个人溜开。巴黎批评家们把这幕戏说成是超过古人的胜利,有一位还建议把夏妥布伦的剧本叫做《克服了的困难》。[1]

3.既已讨论了全剧的效果,我们现在来研究其中某些个别的场面。在这些场面中,菲罗克忒忒斯不再是一个被抛弃的病人,他已有希望不久就要离开那寂寞寡欢的荒岛而回到他的祖国了,从此他的全部的灾祸就只限于伤口所产生的痛苦了。他还呻吟,哀号,发生最可怕的痉挛。这种举动特别被人指责为有失体统。提出这个指责的是一位英国人[2],所以我们不应轻易地猜疑他有什么虚伪的讲礼的敏感。他为这个指责提出过很好的理由。他说,凡是旁人不大能同情的那些情感和激情,如果用过分激烈的方式表现出来,就会讨人嫌厌。"就是因为这个缘故,一个人最失体统和最丢脸的事,莫过于他没有足够的忍耐去忍受哪怕是最难堪的痛苦,而痛哭哀号起来。对身体的痛苦固然也有一种同情。例如我们看到一个人的手或腿正要遭到打击的时候,我们就很自然地吃了一惊,把自己的手或腿缩回;等到那人的手或足真正挨打的时候,我们在某种程度上感到仿佛自己挨了打,和那挨打的人所感到的差不多。但是同时有一点也是确实的,我们所感到的那点不快感毕竟是微不足道的;如果那位挨打的人大号大叫起来,我们就不免鄙视他,因为我们没有心情要跟着他那样大号大叫。"替人类情感定普遍规律,从来就是最虚幻难凭的。情感和激情的网是既精微而又繁复的,连最谨严的思辨也很难能从其中很清楚地理出一条线索来,把它从错综复杂的牵连中一直理到底。就假定这是可能的,那又有什么用处呢?自然界从来就没有任何一种单纯的情感,每一种情感都和成千的其它情感纠缠在一起,其中任何最细微的一种也会使基本情感完全发生变化,以至例外之外又有例外,结

---

[1] 见《法兰西水星》1755年4月号。
[2] 见亚当·斯密(Adam Smith):《道德情操的学说》第一部分第二节第一章。——亚当·斯密是英国著名的经济学家

果那个所谓普遍规律就变成只是少数几个事例的经验。上述那位英国人说,如果听到一个人遭到身体苦痛时就大号大叫,我们就会鄙视他。但是这也不尽然:初次听到就不会鄙视,看到那受害者用尽了力量来压住号喊,或是知道他素来是个坚定的人,特别是在苦难之中仍表现出坚定,我们看到苦痛虽然逼得他哀号,却不能逼他做其它的事,他宁可长期忍受下去,也不肯丝毫改变他的思想或决断,尽管改变就可望完全解除他的痛苦,——在所有这些情况之下,我们都不会鄙视他。而这些情况都正是菲罗克忒忒斯的情况。在古希腊人看,道德方面的伟大就在于对朋友有始终不渝的爱,对于敌人有不可磨灭的恨。在他的一切灾难中,菲罗克忒忒斯都保持着这种道德方面的伟大。他的痛苦并没有使他的眼泪流尽,以至于听到他的老友们的厄运时就无泪可挥。他的痛苦也并没有使他软弱下来,以至于为着苟且解除痛苦,就不但宽宥敌人,而且甘心让敌人利用自己,去为他们的自私的意图服务。难道雅典人只因为波浪虽不能使他动摇,却至少使他发出被浪打的声音,就会鄙视这样岩石般的人吗?我得承认,我对西塞罗的哲学一般很少感到兴趣,特别是对他在《塔斯库伦辩论文集》卷二中吹嘘临到身体痛苦要忍耐那番话。① 人们不免想到西塞罗那样激烈反对表现痛苦是在想要教练格斗士。他仿佛认为只有在表现痛苦上才见得出缺乏忍耐,没有想到痛苦的表现往往并不出于自由意志,而真正的勇敢只有在出于自由意志的行动上才可以见出。他在索福克勒斯的剧本里只听到菲罗克忒忒斯在呻吟和哀号,完全没有看到他在其它方面的坚定的风度。否则他在什么地方找到理由来对诗人们进行那种夸夸其谈的攻击呢?"他们会使我们变得软弱,因为他们把最勇敢的人描写成为痛哭流涕的"。诗人们不得不让最勇敢的

---

① 西塞罗的《塔斯库伦辩论文集》有《论轻视死亡》、《论忍痛》等章,受希腊斯多噶派哲学的影响,宣扬克制情欲。

人痛哭流涕,因为剧场不是格斗场。被定刑的或雇佣的格斗士按身份就得按照仪式去做一切和忍受一切。从他们那里不应听到任何哀怨的声音,也不应看到任何苦痛的痉挛。要让观众开心的就是他们的负伤,他们的死:所以格斗这种玩艺就必须训练隐藏一切情感。稍微表现一点情感就会引起同情,而屡次引起的同情就会很快地迫使这种冷酷的把戏不能再演下去。但是在格斗场上所不容许激发的东西正是悲剧剧场的唯一目的。所以就要求一种完全相反的仪表。悲剧的主角一定要显示情感,表现他们的苦痛,让自然本性在他身上发挥作用。如果他们流露出经过训练和勉强做作的痕迹,他们就不能打动我们的心,而穿高底靴的拳击师傅① 至多也只能令人惊奇。这个称号却恰恰适合安在所谓"塞内加式的"悲剧中所有的人物身上。② 我有一个坚定的信念:罗马人在悲剧方面之所以停留在平庸的水平以下,其主要原因就在于格斗的把戏。观众在血腥的格斗场里学会了歪曲一切自然本性,在那里可以学习本领的只是一位克特西阿斯③ 而决不是一位索福克勒斯。习惯于这种矫揉造作的死亡场面,最有悲剧天才的诗人也会堕落到浮夸,但是浮夸不能激发起真正的英雄气概,正如菲罗克忒忒斯的哀怨不能使人变得软弱。他的哀怨是人的哀怨,他的行为却是英雄的行为。二者结合在一起,才形成一个有人气的英雄。有人气的英雄既不软弱,也不倔强,但是在服从自然的要求时显得软

---

① 指罗马游戏场中的格斗士。格斗是罗马人的一种残酷的游戏,参加者大半是奴隶或俘虏,两人拼命搏斗,往往到死为止,才使观众开心。
② 塞内加(Seneca),公元1世纪罗马剧作家,写过九部悲剧,大半写残酷的凶杀事件。
③ 克特西阿斯(Ktesias),公元前5世纪希腊历史学家,在希波战争中被俘,在波斯朝廷当了17年医生,并以直接材料著有《波斯志》23卷。莱辛这里不是指这个人,而是指另一名叫克特西劳特(Ktesilaus)的雕刻家,以一座受伤垂死者的雕像而出名。

弱,在服从原则和职责的要求时就显得倔强。这种人是智慧所能造就的最高产品,也是艺术所能摹仿的最高对象。①

4.索福克勒斯不仅满足于使他的敏感的菲罗克忒忒斯不至遭到鄙视,他还很明智地作了预防措施,使人们不至根据上述那位英国人的话,对他提出任何其它指责。我们虽然不是永远要鄙视因受到身体痛苦而哀号的人,我们却也毫无疑问地不能向他表示这种哀号所要求的那么多的同情。站在这位哀号的菲罗克忒忒斯身边而要和他打交道的那些人应该表现出什么样的态度呢?他们应该大为感动吗?这是违反自然的。他们应该显得冷淡和张皇失措,像人们通常在这种情况之下所表现的那样吗?这也会对观众产生最不愉快的不协调的效果。但是索福克勒斯对此却作了预防措施,像上文所已提到的。那就是使他周围的人各有自己的关心事,所以菲罗克忒忒斯的哀号在他们心上所产生的印象并不是他们的唯一的关心事;因此观众不大注意到那些周围的人的同情与哀号在程度上不相称,而更多地注意这种同情(无论是强还是弱)对那些人自己的意图和计谋所产生的或所应产生的改变。尼阿托雷密和合唱队对那位不幸的菲罗克忒忒斯进行了欺骗,② 他们认识到他们的欺骗会把他抛到什么样的绝望境地;这时候一个可怕的事故在他们眼前发生了;这个事故纵然不能在他们心中引起很大的同情,至少也会使他们追悔,使他们重视他那样大的痛苦,而不再用欺骗来增加他的痛苦。这一点是观众所期待的,而高尚的尼阿托雷密也并没有辜负这种期待。菲罗克忒忒斯如果控制住他

---

① 莱辛这段论罗马悲剧衰亡原因的文章值得重视,他趁便说出了他的悲剧主角的理想,也就是德国将来的伟大人物的理想。

② 尼阿托雷密(Neoptolemus)是阿喀琉斯的儿子,希腊人在东征的第十年,派幽里赛斯和他到楞诺斯岛去见菲罗克忒忒斯,设法劝他带弓箭去特洛亚参战。尼阿托雷密佯言要带菲罗克忒忒斯回国,想骗取他的弓箭,但是看到病人的痛苦情况,起了同情,就放弃了骗取弓箭的诡计。

的痛苦,就会使尼阿托雷密不放弃欺骗。菲罗克忒忒斯由于苦痛而不能进行任何欺骗,尽管欺骗对他像是绝对必要的,以便使他的未来的旅伴们不至于过早地反悔他们带他回国的诺言;菲罗克忒忒斯完全服从了自然本性,这就感动了尼阿托雷密,使他也回到自然本性。这个转变场面是很精彩的,它特别感动人,因为它完全合乎人情。而在法国人的那部剧本里,美丽的眼睛对这个转变场面却又发挥了作用。① 但是我不愿再想到这种滑稽戏了。——把来自身体痛苦的哀号在当场其他人物中所应引起的同情和他们的另一种情绪结合在一起,这种艺术手法索福克勒斯在《特刺喀少女》悲剧里也运用过。② 赫克勒斯的苦痛并不使他疲竭,却使他疯狂,在疯狂中他所渴求的只是报复。他已趁狂怒把利卡斯③ 抓起抛到岩石上,使他粉身碎骨。合唱队是由妇女组成的,所以更自然地禁不住恐惧和惊惶。这些情绪之外,再加上一种焦虑:是否会有一个神赶来援救赫克勒斯;他是否会在灾难的压力下倒下去;这些心情在这部戏剧里就组成那种真正普遍的吸引力,同情在这种吸引力上面只渲染了一层薄薄的色彩。一旦想到预言已指出了结局④,赫克勒斯就安静下来,他最后的坚定所引起的惊羡就压倒了其它一切情绪。但是在就受苦难的赫克勒斯和受苦难的菲罗克忒

---

① 指上文所提到的夏妥布伦的剧本中另一处理方式:尼阿托雷密放弃了他的诡计,是因为他怕公主索菲亚瞧不起他。
② 参看296页注①。这部剧本的情节是这样:赫克勒斯带妻子得阿尼拉(Deianira)远行,路过一条河,把她交给马人妖涅索斯驮过去而自己游水过去。在途中马人妖企图奸污她,赫克勒斯用箭把他射杀。马人妖临死时把血衣交给得阿尼拉,告诉她说这件衣服有巩固男子爱情的功效。后来得阿尼拉就把这件衣服送给丈夫穿。衣上本来有毒血,赫克勒斯穿了就中了毒,苦痛万分,以致发狂而死。
③ 利卡斯(Lichas)是送血衣给赫克勒斯的使者。
④ 赫克勒斯一听到血衣来自马人妖,就想起关于他自己的一个预言,说他不死于活人之手,知道自己的死是实现了这个预言,就泰然死去。

忒斯进行对比之中,我们总不应忘记前者是一个半人半神,而后者只是一个人。人并不以号哭为耻,半人半神在发现自己的人性对神性有那么大的力量,使得他像一个女孩子啼哭起来时,却不免感到羞惭。我们近代人不相信有什么半人半神,却期望一个极微小的英雄在情感和行动上都能像一个半人半神!

一个演员是否能把来自苦痛的哀号和痉挛摹拟得惟妙惟肖呢?对这个问题,我既不敢否定,也不敢肯定。如果我发现我们的演员们都办不到这一点,我就应首先问明嘉里克[①]是否也办不到。如果嘉里克也办不到,我还可以设想古代人在做功和台词方面都能达到我们近代人所想象不到的那种完美。[②]

第十六章

荷马所描绘的是持续的动作,他只用暗示的方式去描绘物体

我想设法从基本原则中去找出上述区别的根由。

我的结论是这样:既然绘画用来摹仿的媒介符号和诗所用的确实完全不同,这就是说,绘画用空间中的形体和颜色而诗却用在时间中发出的声音;既然符号无可争辩地应该和符号所代表的事物互相协调;那么,在空间中并列的符号就只宜于表现那些全体或部分本来也是在空间中并列的事物,而在时间中先后承续的符号也就只宜于表现那些全体或部分本来也是在时间中先后承续的事

[①] 嘉里克(David Garrick, 1717—1779),著名的英国演员。
[②] 本章就《菲罗克忒斯》悲剧进行了详细的分析,来论证诗与画不同,应该尽量表情,并且主张演剧也应尽量表情。这一章对于理解莱辛的戏剧观点是很重要的,可参看狄德罗的《演员论》。

物。①

全体或部分在空间中并列的事物叫做"物体"。因此,物体连同它们的可以眼见的属性是绘画所特有的题材。

全体或部分在时间中先后承续的事物一般叫做"动作"(或译为"情节")。因此,动作是诗所特有的题材。

但是一切物体不仅在空间中存在,而且也在时间中存在。物体也持续,在它的持续期内的每一顷刻都可以现出不同的样子,并且和其它事物发生不同的关系。在这些顷刻中各种样子和关系之中,每一种都是以前的样子和关系的结果,都能成为以后的样子和关系的原因,所以它仿佛成为一个动作的中心。因此,绘画也能摹仿动作,但是只能通过物体,用暗示的方式去摹仿动作。

另一方面,动作并非独立地存在,须依存于人或物。这些人或物既然都是物体,或是当作物体来看待,所以诗也能描绘物体,但是只能通过动作,用暗示的方式去描绘物体。

绘画在它的同时并列的构图里,只能运用动作中的某一顷刻,所以就要选择最富于孕育性的那一顷刻②,使得前前后后都可以从这一顷刻中得到最清楚的理解。

同理,诗在它的持续性的摹仿里,也只能运用物体的某一个属性,而所选择的就应该是,从诗要运用它那个观点去看,能够引起该物体的最生动的感性形象的那个属性。

由此就产生出一条规律:描绘性的词汇应单一,对物体对象的

---

① 在空间中并列的符号是线条和颜色,在时间中先后承续的符号是语言,莱辛把前者称为"自然的符号",后者称为"人为的符号"。
② "最富于孕育性的顷刻"(Der prägnanteste Augenblick),原文 prägnante 原义为"怀胎的",即最富于暗示性的。莱辛用这一词来指画家描写动作时所应选用的发展顶点前的一顷刻,这一顷刻既包含过去,也暗示未来,所以让想象有自由发挥的余地。

描绘要简洁。①

我对于上面这一套枯燥推理线索不会置信,假如我没有看到它从荷马的实践里得到证实,或则毋宁说,假如不是荷马的实践本身引导我达到这个结论。只有根据这些基本原则,我们才能确定和阐明希腊人的伟大风格,也才能正确地评价许多近代诗人的与此相反的风格。这些近代诗人想和画家竞争,而在所竞争的那个领域里,他们却必然要被画家打败。

我发现荷马只描绘持续的动作而不描绘其它事物;他如果描绘某一物体或个别事物,只是通过它在动作中所起的作用,而且一般只用它的某一个特点。难怪画家在荷马着笔描绘的地方,看不出或是很少看出可供他自己着笔描绘的东西,而只有在故事搜集了一系列的美的物体,处在美的姿态,而且处在对艺术有利的空间里的时候,画家才找得到他的收获,尽管诗人自己在描绘它们时也许着笔不多。如果我们按照克路斯所草拟的那一系列的图画一幅接着一幅地检查下去,我们就会发现每一幅都足以证明这个论点。

克路斯伯爵想把艺术家的颜料盘当作评判诗人的试金石,我在这里且把他按下不谈,先把荷马的风格说明得更透彻一些。

我说荷马写一件事物,一般只写它的某一个特点。在他的诗里一条船是黑色的,有时是空空的船,有时是快船,至多也只是划得好的黑色船。他就止于此,不再对船作进一步的描绘。但是对于船的起锚,航行和靠岸,他却描绘出一幅极详细的图画。如果画家想把这幅画的材料都搬到他的画布上,他就得画出五六幅画才行。

如果有特殊情况逼得荷马要吸引我们的目光在某一个物体对象上注视得稍久一点,他也不会作出一幅可以让画家摹仿的图画,而是会用许多巧妙的艺术手法,把这个对象摆在一系列先后承续

---

① 莱辛根据荷马的描绘物体的范例,反对多用形容词。

的顷刻里,使它在每一顷刻里都现出不同的样子,画家必须等到最后一顷刻,才能把诗人所陆续展出的东西,一次展出给我们看。举例来说,荷马要让我们看天后朱诺的马车,他就让赫柏把车的零件一件一件地装配起来,让我们亲眼看见马车是怎样安装起来的。我们看到车轮,车轴,车座,车辕,缰绳,不是从一辆现成的马车上看到的,而是从赫柏怎样用手把它们装配起来时看到的。单是在车轮上面,荷马就花了不少笔墨,让我们看到八条黄铜轮辐,金轮缘,青铜轮箍,银毂,每个零件都看得很详细。我们可以说,马车既然不只有一个轮,所以描写那些轮所花的时间,就须和实际上安装那些轮所花的时间差不多:

> 赫柏把青铜的圆轮装上马车,
> 每个轮从铁轴伸出八条轮辐,
> 轮缘是金镶的,围绕轮缘四周
> 捆着青铜箍,看起来真神奇。
> 绕轴旋转的那些毂都是白银,
> 金带和银带交织成车的座位,
> 四周装着两道扶手的围栏,
> 前面伸着一条辕杆也是银制的,
> 在辕杆尾端,赫柏系上美丽的
> 金轭,又系上美丽的金缰绳。[①]

再如荷马要让我们看阿迦门农的装束,他就让这位国王当着我们面前把全套服装一件一件地穿上:从绵软的内衣到披风,漂亮的短筒靴,一直到佩刀。衣服穿好了,他就拿起朝笏。我们从诗人描绘穿衣的动作中就看到衣服。如果落到旁的诗人手里,他会件件描绘,连一根小飘带也不肯放过,我们就不会看到动作了。

---

① 见《伊利亚特》卷5,第722至731行。

>他穿上新制的细软的衬衣，
>套上宽大的披风，于是在端正的脚上
>系上一双漂亮的鞋，把镶银的刀
>挂在肩上，然后拿起国王的笏，
>这是他的永远不坏的传家法宝。①

这个笏在这里只被形容为"传家的"和"永远不坏的"，在另一个地方荷马提到另一个笏，也只把它形容为"镶嵌着金钉的"，如果我们需要对于这个重要的笏有一个更精密更完备的图画，荷马怎么办呢？是否在金钉之外，他还把笏的材料和雕花的笏头描绘一番呢，他会这样办，如果他有意要做出一种纹章学的描绘，以便后世人可以依样仿制一个类似的笏来。我敢说，近代诗人中就有许多人会对这种典礼一本正经地进行描绘，并且天真地相信自己既然提供了足够的材料让画家去作画，就已经描绘了笏。但是荷马才不管画家落在他后面有多么远。他不描绘笏的形状。只叙述笏的历史，首先通过火神的劳动把这个笏制造出来，接着就在天神朱庇特②的手里闪烁发光，接着它标志着交通神的尊严③，然后它成为勇于战斗的珀罗普斯④的指挥杖，而现在它是爱好和平的阿特柔斯⑤的牧羊杖，

---

① 见《伊利亚特》卷2，第43至47行。文中所说的"笏"，和中国古代的笏不同，是指西方古代帝王所持的一种指挥杖。中国笏是大臣晋见帝王时所持的遮面具，指挥杖只有帝王才能用来标志最高职权。
② 罗马人的天神朱庇特(Jupiter)即希腊人的宙斯(Zeus)。
③ 交通神名赫耳墨喜(Hermes)，轻捷善走，长于词令。
④ 珀罗普斯(Pelops)，据希腊神话，是宙斯的孙子，坦塔鲁斯的儿子。阿伽门农的祖父。
⑤ 阿特柔斯(Atreus)和忒埃斯忒斯(Thyestes)是珀罗普斯的两个儿子。阿特柔斯是阿伽门农的父亲。

> 于是阿迦门农王挺身站起,
> 手里把着朝笏,火神的艺术品,
> 火神把这个笏交给天神宙斯,
> 宙斯把它传给赫耳墨斯,天上的信使,
> 赫耳墨斯送给善御者珀罗普斯,
> 再传到阿特柔斯,人民的牧宰,
> 他死之后,笏又传到忒埃斯忒斯①,
> 他是无数羊群的主子,到了现在,
> 它传到阿伽门农手里,就成为
> 阿耳戈斯② 和许多岛屿的王权的标志。③

这样我看到这个朝笏,就比画家把它的形象摆在我的眼前,或是另一个火神把它放在我的手里时还更清楚。我毫不惊怪,看到一位注释荷马的古代学者把这一段诗称赞为一篇最完美的寓意诗,叙述了人间君权的起源、发展、巩固以至于最后的世袭。如果我读到的是下面的一番话④,我当然就会发笑:制造这个笏的火神,作为火的人格化,作为维持人类生活最不可缺少的东西,一般表明了原始人类须受制于某一个领袖的那种需要的满足;第一个国王是时神的儿子(克洛诺斯的儿子宙斯),是一个值得尊敬的老年人,他愿意和一个聪明的能言善道的人,一位交通神(杀死百眼巨灵的、神的使者),分享他的权力,甚至把他的权力完全让给他;这位聪明的辞令家等到这年幼的国家遭到外敌侵袭的危险,就让位给一位最

---

① 阿特柔斯(Atreus)和忒埃斯忒斯(Thyestes)是珀罗普斯的两个儿子。阿特柔斯是阿伽门农的父亲。
② 阿耳戈斯(Argos)即珀罗普斯半岛,珀罗普斯家族的领土。
③ 见《伊利亚特》卷2,第101至108行。
④ 下面一段话是注释荷马史诗的古代学者就描写阿伽门农的笏一段诗所作的一种社会发展史的解释。这种解释当然是穿凿附会。

勇敢的战士（御者珀罗普斯），而这位勇敢的战士在消灭敌人，保证了国家的安全之后，就让位给他自己的儿子；他的儿子作为一个爱好和平的君主，作为他的人民的一个慈善的牧羊人，使他的人民享受到富饶和奢华的生活，因此在他死之后，就为他的最富的亲属（多羊的忒埃斯忒斯）铺平了道路；而后者通过馈赠和贿赂，把前此由人民信托的权柄，在有才德的人看来与其说是荣誉还不如说是负担的权柄，攫为己有，并且仿佛作为一份买来的产业，传给他的家族永远享用。我读到这番话固然会发笑，但是我也会加强我对诗人的崇敬，因为从他的作品中人们居然能看出这么多的意思。——不过这些都是题外话，我现在只把笏的历史看作一种艺术伎俩，用来使我们在某一个别事物上多流连玩索一会儿，而无须对它的各部分进行枯燥的描绘。阿喀琉斯在受到阿伽门农的轻蔑，就凭他的笏发誓要报仇时，荷马也叙述了他的这个笏的历史。我们看到这个笏来自一棵树，原来长在山上发出青叶，斧头把它从树干上砍下来，剥去了树叶和树皮，于是把它制造成为一种器具，适合于人民的执法者用来标志他的神圣尊严地位：

> 我现在要凭这个笏发誓：
> 自从它从山上树干上砍下来以后
> 枝叶就不再生长，削去了叶和皮，
> 也不再发芽开花。现在掌握它的人
> 是希腊人民的儿子，是国法的保护者，
> 凭这个笏我发誓……①

对于荷马，重要的事不是描绘两根材料和形状都不同的杖，而是要使我们对这两根杖所标志的权力的差别得到一个生动的感性形

---

① 见《伊利亚特》卷1，第234至239行。

象。前一根杖是火神的作品,后一根杖却是由一个不知名的人从山上砍下来的;前一根是一家贵族的传家宝,后一根却碰巧落到谁手里就归谁掌握;前一根由一个国王用来指挥阿耳戈斯全境和许多岛屿的人民,后一根却由希腊人民中间某一个人掌握,这个人和一些旁人同受委托来维持国家的法律。这就是阿伽门农和阿喀琉斯两人之间实际上的差别,连阿喀琉斯本人,尽管在狂怒之下,也不能不承认这种差别。

不仅是在把这种较深的意旨结合到描绘时,就连所要做到的只在画出一幅图画时,荷马也把这幅图画拆散成为所绘对象的历史,使在自然中本是并列的各部分,在他的描绘中同样自然地一个接着一个,仿佛要和语言的波澜采取同一步伐。例如他要描绘潘达洛斯的弓,一张角制的弓,有一定的长度,刨得很光,两头都镶了金板。荷马是怎样办的呢?他向我们把这些特征一一历数出来吗?绝对不是这样!这样就只是照摹弓的图样而不是画弓。他从打猎中追捕一只野山羊说起,弓就是用这只山羊的角做的。潘达洛斯亲自在山岩中埋伏着,把这只山羊射死,羊角非常长,因此他决定拿它制弓;于是制造就开始了,匠人把两只角结合在一起,刨光,然后镶上金板。这样,像我们已经说过,我们在画家作品里只能看到已完成的东西,在诗人作品里就看到它的完成的过程:

> 于是他从弓囊里拔出光润的弓
> 这是山羊角做的,他亲自射杀了这山羊。
> 他先埋伏着,趁山羊跳出岩洞时,
> 他一箭就射中它的胸,羊就倒下岩来,
> 两只角有十六只手横排在一起那么长,
> 潘达洛斯把它们交给角匠去打磨光,

两端还包上黄金……①

如果我要把所有这样的例子都举出，那就举不胜举。凡是熟悉荷马的人都可以碰到无数的这样例子②。

第二十一章

诗人就美的效果来写美

如果从诗里排除掉一切关于物体美的图画，这对于诗是否就是一个很大的损失呢？谁想要从诗里排除掉这种图画呢？如果诗希望追踪它的姊妹艺术而描绘这种物体美，结果就只会战战兢兢地跟在她后面追赶，而永远达不到她所能达到的目标；我们要鼓励诗抛弃这条路，难道我们因此也就禁止诗走另一条路，即艺术也会永远追不上诗的那条路吗？

荷马故意避免对物体美作细节的描绘，从他的诗里我们只偶尔听到说海伦的胳膊白、头发美之类的话。但是尽管如此，正是荷马才会使我们对海伦的美获得一种远远超过艺术所能引起的认识。试回忆一下他写海伦走到特洛亚国元老们的会议场里那一段诗。这些尊贵的老人看见了海伦，就彼此私语道：

> 没有人会责备特洛亚人和希腊人，
> 说他们为了这个女人进行了长久的痛苦的战争，
> 她真像一位不朽的女神啊！③

---

① 见《伊利亚特》卷4，第105至111行。
② 第15章和第16章提出了诗画区别的主要论点，这是全书的中心。
③ 见《伊利亚特》卷3，第156至158行。

能叫冷心肠的老年人承认为她战争,流了许多血和泪,是值得的,有什么比这段叙述还能引起更生动的美的意象呢?

凡是不能按照组成部分去描绘的对象,荷马就使我们从效果上去感觉到它。诗人啊,替我们把美所引起的欢欣、喜爱和迷恋描绘出来吧,做到这一点,你就已经把美本身描绘出来了!莎佛①一见到她所钟情的人,就感到心荡神迷,有谁会想到这个男子会丑呢?既然感觉到只有最完美的形象才能引起的情感,谁不自信亲眼看到那种最完美的形象呢?并不是因为奥维德把他的莱斯比亚②的身体美按照各部分逐一指给我们看:

> 我谛视和抚摸的背和手是多么温柔啊!
> 我拥抱的那丰满的胸脯多么像微波起伏啊!
> 胸脯下那纤细的腰身多么窈窕啊!
> 微呈曲线的臀和腿多么年青俊俏啊!

而是因为他在指出这些美点时,表现出一种令人销魂的陶醉,我们才仿佛觉得自己也在欣赏他所欣赏的那个俊美形象。

诗想在描绘物体美时能和艺术争胜,还可用另外一种方法,那就是化美为媚。媚就是在动态中的美,因此,媚由诗人去写,要比由画家去写较适宜。画家只能暗示动态,而事实上他所画的人物都是不动的。因此,媚落到画家手里,就变成一种装腔作势。但是在诗里,媚却保持住它的本色,它是一种一纵即逝而却令人百看不厌的美。它是飘来忽去的。因为我们回忆一种动态,比起回忆一种单纯的形状或颜色,一般要容易得多,也生动得多,所以在这一

---

① 莎佛(Sapho),公元前7世纪希腊女诗人。她的诗大半抒写热烈的爱情,传说她对法安(Phaon)患单相思,绝望投海自杀。
② 这里"莱斯比亚"(Lesbia)是"考允娜"(Corinna)之误。引文见奥维德的《情诗集》卷1。

点上,媚比起美来,所产生的效果更强烈。阿尔契娜的形象到现在还能令人欣喜和感动,就全在她的媚。她那双眼睛所留下的印象不在黑和热烈,而在它们

  娴雅地左顾右盼,秋波流转,

爱神绕着它们飞舞,从它们那里放射出他箭筒中所有的箭。她的嘴荡人心魂,并不在两唇射出天然的银朱的光,掩盖起两行雪亮的明珠,而在从这里发出那嫣然一笑,瞬息间在人世间展开天堂;从这里发出心畅神怡的语言,叫莽撞汉的心肠也会变得温柔。她的乳房令人销魂,并不在它皙白如鲜乳和象牙,形状鲜嫩如苹果,而在时起时伏,像海上的微波,随着清风来去,触岸又离岸。我敢说,只消把这些媚态集中在一两节诗里,就会比阿里奥斯陀所写的那五节诗还能产生更好的效果,他在那五节诗里把那个美的形象的一些冷冰冰的细节零星罗列出来,交织在一起,学究气太重了,不能引人入胜。

  阿那克里昂也宁愿显得不顾情理,要求画家做不可能的事,而不愿让他所钟情的人在画像上现不出媚态:

  让所有的司美的女神
  都围绕着她那微凹的双腮,
  和玉石般的颈,翩翩飞舞。

她的轻盈的腮和玉石般的颈都让司美的女神们围绕着它们飞舞,他这样盼咐画家。怎样画?按照准确的字面的意义吗?这是绘画所办不到的。画家只能在腮上画上最美的曲线,最可爱的笑靥("微凹"似指笑靥,即酒窝),在颈上涂上最艳丽的肉红,但是他的巧技也就止于此了。至于颈项的转动,使笑靥时现时隐的那种筋

肉的活跃颤动,那种特别的媚态,却是画家所无法画出的。上述诗人尽了他那门艺术的能事,用语言把美表达成为可用感官接触的,以便使画家也可以在画艺中设法找到最高度的表情。这个新例证也可以证明上文所提到的原则:诗人就连在涉及艺术作品时,也不肯让自己在描绘中受到画艺的局限。①

朱光潜　译

选自人民文学出版社 1979 年版

---

① 这是《拉奥孔》中常被人援引的一章,莱辛认为诗人如果想描绘物体美,最好是只描绘美所产生的效果,或是化美为媚(动态的美)。我国古诗《陌上桑》写罗敷的美说,"……行者见罗敷,下担捋髭须;少年见罗敷,脱帽着帩头;耕者忘其犁,锄者忘其锄,归来相怨恨,但坐观罗敷",就是就效果写美。《诗经》的《卫风》写女子的美说,"手如柔荑,肤如凝脂,领如蝤蛴,齿如瓠犀,巧笑倩兮,美目盼兮",前几句胪列静态,后两句化美为媚,效果迥殊,也可以参证。

汉堡剧评

〔德国〕莱 辛

第十四篇

1767 年 6 月 16 日

………

王公和英雄人物的名字可以为戏剧带来华丽和威严,却不能令人感动。我们周围人的不幸自然会深深侵入我们的灵魂;倘若我们对国王们产生同情,那是因为我们把他们当作人,并非当作国王之故。他们的地位常常使他们的不幸显得重要,却也因而使他们的不幸显得无聊。往往是全体人民都被牵连进去;我们的同情心要求有一个具体对象,而国家对于我们的感觉来说是过于抽象的概念。

马蒙泰尔① 也说:"如果有人相信爵位能够感动我们,那是对人类心灵的冤屈,对人的本性的误解。朋友,父亲,情人,妻子,儿子,母亲,总而言之,凡是人的神圣的名字,比一切都能令人感动;他们总是永远保持着自己的权利。当一个人不顾自己的幸福和荣誉,由于为一个不值得尊敬的朋友效劳,被坏人牵累,而现在竟呻吟在牢房里,忍受着羞愧和懊悔的折磨的时候,有谁会关心这个不

---

① 马蒙泰尔(Jean-Franoois Marmontel, 1723—1799),法国作家。法国学士院院士,曾为百科全书写过许多评论。后来编《文学基础》,对当时文学鉴赏趣味发生重要影响。还写过悲剧和哲理小说。

幸的人的官阶、姓氏和出身呢？假若有人问他是谁，答曰：他是一个正直的人，是一个正在忍受着痛苦的有妻子的丈夫，有孩子的父亲；他所疼爱并且也疼爱着他的女人，正处在难以想象的饥寒交迫之中，她的孩子们伸着手向她要面包，而她除了眼泪之外，却无以奉给。也许有人会向我指出，在描写英雄的故事中还有更感动人的、更有道德的，总之一句话，更具有悲剧性的情景！如果这个不幸的人终于服了毒药，而当他服毒之后，发现上苍还想拯救他，在这种痛苦的想象——他应该幸福地活下去——同死亡的恐怖交织在一起的时候，这痛苦和恐怖的瞬间还缺少什么呢？试问，作为一出道道地地的悲剧，它还缺少什么呢？有人回答说，还缺少令人惊异的东西。在突然从荣誉转向耻辱，从无辜转向犯罪，从甜蜜的静穆转向绝望的过程中，不是有足够的令人惊异的东西吗？简言之，只是由于软弱，而陷入异乎寻常的不幸之中。"

....

第十九篇

1767年7月3日

每人都有权拥有自己的鉴赏趣味，而设法说明自己的鉴赏趣味的理由是值得称赞的。但是，赋予为这种鉴赏趣味进行辩护的理由一种普遍性，使它成为唯一真实的鉴赏趣味，如果这样做是可信的，便意味着走出探讨的爱好者的圈子，俨然以一位固执的权威自居。上文提到的那位法国作家，以一句有节制的"或许我们会更喜欢"开始，进而归结为具有普遍约束性的意见，使人觉得这个"我们"是从批评本身的嘴里说出来的。真正的艺术批评家，不从自己的鉴赏趣味中引出规律，而是按照事物的自然本性所要求的规则来形成自己的鉴赏趣味。

亚里斯多德①早就规定了悲剧作家能够在多大范围内照顾历史的真实性；这种真实性不能超出精心构思的情节，作家就是用情节来表现他的创作意图的。他之所以需要一段历史，并非因为它曾经发生过，而是因为对于他的当前的目的来说，他无法更好地虚构一段曾经这样发生过的史实。如果他偶然发现一桩真实的不幸事件是合适的，他会满意这桩真实的不幸事件，但是，为此而花费许多时间去翻看历史书本，是不值得的。有多少人知道发生过什么事情？如果我们愿意相信可能发生过的某些事情是真实的，那么有什么会阻碍我们把从未听说过的，完全虚构的情节当成真实的历史呢？是什么首先使我们认为一段历史是可信的呢？难道不是它的内在可能性吗？至于说这种可能性还根本没有证据和传说加以证实，或者即使有，而我们的认识能力尚不能发现，岂不是无关紧要吗？把纪念大人物当作戏剧的一项使命，是不能令人接受的；这是历史的任务，而不是戏剧的任务。我们不应该在剧院里学习这个人或者那个人做了些什么，而是应该学习具有某种性格的人，在某种特定的环境中做些什么。悲剧的目的远比历史的目的更具有哲理性；如果把悲剧仅搞成知名人士的颂辞，或者滥用悲剧来培养民族的骄傲，便是贬低它的真正尊严。

············

第二十三篇

1767年7月17日

············

悲剧作家为什么要选择真名实姓呢？作家是从这种姓名当中

---

① 在他的《诗学》第9章里。——原编者注

选取他的性格呢,还是他选取这种姓名,还是由于历史赋予他们的性格与他想在行动中表现的性格多少有些相同之处呢?我所谈的不是从前悲剧是怎样产生的,而是它们到底应该怎样产生。或者按照作家通常的实践来表达我的意思:究竟是事实、时间和地点的环境,还是使事实付诸实现的人物性格,促使作家宁愿选择这种事件而不是选择另一事件呢?假若是性格,那么在多大范围内作家可以不顾历史真实的问题①,马上可以得到确定的回答。一切与性格无关的东西,作家都可以置之不顾。对于作家来说,只有性格是神圣的,加强性格,鲜明地表现性格,是作家在表现人物特征的过程中最当着力用笔之处;最微小的本质的改变,都会失掉为什么他们用这个姓名而不用别的姓名的动机;而再也没有比使我们脱离事物的动机更不近情理的了。

第二十四篇

1767年7月21日

如果高乃依作品中伊丽莎白的性格,是历史上这位女王的真实性格的诗歌般的理想,如果我们看到在伊丽莎白身上运用真实的色彩描绘了优柔寡断、矛盾重重、担惊受怕、懊悔、绝望,伊丽莎白那颗骄傲的、温柔的心,我不想说一定会在这种或那种情况下,被这些情绪所袭扰,而是说我们设想它可能被这些情绪所袭扰:作家就完成了他作为一个作家应该做的一切。手持编年记事来研究他的作品,把他置于历史的审判台前,来证明他所引用的每个日期,每个偶然提及的事件,甚至在历史上存在与否值得怀疑的人物的真伪,这是对他和他的职业的误解,如果不说是误解,坦率地说,

---

① 关于这个问题,参见第33篇的结尾。——原编者注

就是对他的刁难。

……………

第二十九篇

1767 年 8 月 7 日

　　喜剧要通过笑来改善,但却不是通过嘲笑;既不是通过喜剧用以引人发笑的那种恶习,更不是仅仅使这种可笑的恶习照见自己的那种恶习。它的真正的、具有普遍意义的裨益在于笑的本身;在于训练我们发现可笑的事物的本领;在各种热情和时尚的掩盖之下,在五花八门的恶劣的或者善良的本性之中,甚至在庄严肃穆之中,轻易而敏捷地发现可笑的事物。应当承认,即使莫里哀的《悭吝人》也从未改善一个吝啬鬼。雷雅尔的《赌徒》从未改善一个赌徒;退一步说,即使笑根本不能改善这些愚汉,甚至更不利于他们,但却无损于喜剧,假如喜剧无法医好那些绝症,能使健康人保持健康状况,也就满足了。对于慷慨的人来说,《悭吝人》也是有教益的;对于从来不赌钱的人来说,《赌徒》也有教育意义;他们没有的愚行,跟他们共同生活的其他人却有;认识那些可能与自己发生冲突的人是有益的;防止发生那些例举的印象是有益的。预防也是一帖良药,而全部劝化也抵不上笑声更有力量,更有效果。

……………

第三十四篇

1767 年 8 月 25 日

　　无论如何,我总觉得作者不把历史人物的性格加在他的人物身上,比起根据内在可能性或者教育性自由选择的性格与实际不符来,是一个大可谅解的缺点。前一个缺点完全可能发生在天才身上,但绝不可能是后一个缺点。天才可以不了解连小学生都懂得的千百种事物。他的财富不是由经过勤勉获得的贮藏在他的记忆里的东西构成的,而是由出自本身、从他自己的感情中产生出来的东西构成的[①]。他听过或者读过的东西,要么复又忘记,要么无意深入了解,只配摆在他的杂货铺里。而他的作品经常而又严重地违背事实。这种现象的出现,有时由于胸有成竹,有时由于骄傲自满,有时则又毫无意识,简直令我们惊诧不已,令我们目瞪口呆。有时我们甚至拍案叫道:"但是,这样一个伟大人物怎么会不了解!——他怎么会想不起来!——他没有考虑过吗?"还是让我们住口吧。我们相信,这是对他的侮辱,而在他看来,我们是可笑的。我们比他了解得透彻的东西,只能证明我们比他学习得勤勉。遗憾的是,这对我们来说是必要的,假若我们不想当个十足的笨蛋。

　　这样说来,马蒙泰尔的苏莱曼完全可以是另外一个苏莱曼,他的罗塞兰也完全可以是另外一个罗塞兰,和历史教导我的迥然不同。如果我觉得他们不是来自这个真实的世界,那么他们肯定属于另外一个世界,那个世界的偶然性跟这个世界的偶然性相比,具有截然不同的表现形式;在那个世界里,动机和效果引出另外的结局,当然同样是以善良的普遍效果为目的;一句话,他们属于一个天才的世界,而这天才(恕我不提这创造者的名字,而以他的最珍贵的创造物来表示!),照我看来,为了从小处模仿至高无上的天才,把现实世界的各部分加以改变,替换,缩小,扩大,由此造成一个自己的整体,以表达自己的意图。由于我在马蒙泰尔的作品中没有发现这种整体,所以我可以满意地说,人们也并未把他视为那样一个天才。不能或者不愿意保护我们的人,不必故意加害于我

---

① 品达《奥林帕斯颂歌之二》第5—10行。——莱辛注

们。马蒙泰尔在这里确实做到了这一点,除非他不能或者不愿意。

按照我们对天才这一概念的解释,我们有理由要求,作家塑造和创作的一切性格,具有一致性和目的性,如果他要求我们把他当作一个天才看待的话。

性格不能是矛盾的,必须始终如一,始终相似。性格可以由于事态的影响,时而表现得强些,时而表现得弱些,但是这些事态却不可以强大到足以令其由黑变白的程度。一个土耳其人和专制君主,即使在恋爱的时候,仍然是土耳其人和专制君主。一个荒淫无耻的土耳其人,是不会想到普通欧洲人的想象力所具有的奥妙的。"这部温存体贴的机器,使我感到腻味;她的妩媚柔情一点也不吸引人,一点也不讨人喜欢;我愿意克服困难,克服了这些困难,又有新的困难使我透不过气来才好。"一个法兰西国王会这样想,但绝对不可能是苏丹。毫无疑问,把这种思想放在一个苏丹身上,他就不再成其为专制君主;为了享受一种自由爱情,他放弃了专制主义;但是他能否因此一下变成一种驯服的猴子,跟着一个大胆的女骗子的指挥棒跳舞呢?马蒙泰尔说:"苏莱曼是一个非常伟大的人物,他理当在朝廷要事的基础上来处理他的后宫琐事。"非常正确。但是这样一来,他就不必在他后宫琐事的基础上来操办朝廷要事了。因为这两点都是属于一个伟大人物的特点:琐事当作琐事来处理,要事当作要事来操办。如同马蒙泰尔让他说的那样,他在寻找出于对他的人格的单纯爱慕而忍受奴役的自由心灵;他本来可以在埃勒米尔那里找到这样一颗心灵,但是他了解自己的愿望吗?温柔的埃勒米尔被放荡无羁的黛利雅所排挤,一个轻佻的女人缠住了他,他在享受到这种暧昧的恩爱——这至今总是意味着他的热情的死亡——之前,不得不变成她的奴隶。这里不是那种暧昧的恩爱吗?这好心的苏丹令我不得不发笑,可他也赢得了我的衷心的怜悯。一旦埃勒米尔和黛利雅被占有之后忽然失掉了一切令他神往的东西,在这危机的时刻之后,罗塞兰还有什么值得他喜欢呢？在她加冕八天之后,他是否还认为为她所付出的这种牺牲是值得的呢？我非常担心,当他头一个早上睁开眼睛的时候,他在自己的新婚苏丹王后身上只会发现她那充满信心的骄态和她那向上翘起的鼻子。我似乎觉得他在喊叫:主啊,是我瞎了眼!

我不否认,尽管苏莱曼具有一切使他显得可怜而又可鄙的矛盾,他不可能是真实的,世界上有的是具有更严重矛盾的人。但是这样的人因而也不可能成为艺术模仿的对象。他们是低于艺术模仿对象的,因为他们缺乏教育性,除非把他们的矛盾连同可笑或者这些矛盾的不幸结局当成教育性。而马蒙泰尔在他的苏莱曼身上却远远没有做到这一点。但是一个缺乏教育性的性格是缺乏目的性的。——有目的的行动,使人类超过低级创造物;有目的的写作,有目的的模仿,使天才区别于渺小的艺术家。后者只是为写作而写作,为模仿而模仿,他们采用低劣的手法来满足低级趣味,他们把这种手法当成全部目的,并且要我们也满足于这种低级趣味,而这种低级趣味恰恰产生自他们对于自己的手法的巧妙的、但毫无目的的运用。的确,天才是从这一类浅陋的模仿入手进行学习的,这是他的最初的训练,天才也需要这种最初的训练来创作较大型的作品,满足我们的热切关怀:他的主要人物性格的布局和塑造,包含着远大的目的,即教导我们应该做什么或者允许做什么的目的;教导我们认识善与恶,文明与可笑的特殊标志的目的;向我们指出前者在其联系和结局中是美的,是厄运中之幸运;后者则相反,是丑的,是幸运中之厄运的目的;还有一个目的,即在那些没有直接竞争,没有对我们直接威吓的题材中,至少让我们的希望和憎恶的力量借适当的题材得到表现,并使这些题材随时显出其真实的面貌,免得我们弄得是非颠倒,该我们希望的却遭到憎恶,该我们憎恶的却又寄予希望。

在苏莱曼的性格和罗塞兰的性格中含有什么样的目的？像我曾经说过的那样:什么目的也没有。但是,其中恰好含有某些相反的目的。两个应该引起我们蔑视的人,其中一个只能引起我们厌恶,另一个则只能引起我们愤怒。一个精疲力竭的好色之徒,一个机灵狡猾的情妇,被描写得具有如此诱惑人的特征和如此可笑的色彩,倘若某些丈夫由此而认为有理由对他的正直而称心如意的美丽妻子表示厌恶,我是不会感到吃惊的,因为她是一个埃勒米尔,而不是罗塞兰。

如果我们接受的缺点是我们自己的缺点,那么上述法国艺术批评家便有权将马蒙泰尔题材里一切应受指责的东西都归咎于法瓦尔。在他们看来,法瓦尔的错误似乎比马蒙泰尔还严重。他们说:"真实性在一篇小说里或许关系不大,而在一部戏剧作品里则是绝对必要的;在目前这部戏剧作品里,这种真实性却遭到了严重破坏。伟大的苏莱曼扮演了一个非常渺小的角色,只是从这样的立场来观察这样一位英雄,是令人不愉快的。苏丹王的性格被描写得更不像样,在他身上丝毫没有令一切人都俯首听命的无限权力的影子。人们固然可以减少这种权力,只是不可把它全部铲除。罗塞兰的性格由于表演得成功而受到欢迎,但如果对它进行一番思考,这种性格会成什么样子呢?她的角色有丝毫的真实性吗?她跟苏丹王谈话时的那副样子,像跟一个巴黎市民谈话一样;她指责苏丹的一切风俗习惯,她反对他的一切趣味,对他说了许多非常无礼,甚至是严重侮辱的话。也许她会讲出这些话来,即使如此,也得用有节制的语言。但是,谁能那样有耐心,听任一个年轻的流浪女人如此教训伟大的苏莱曼?他甚至应该向她学习执政的艺术。关于扔掉手帕的描写是粗暴的;关于扔掉烟斗的描写,则完全是令人不能容忍的。"

第四十六篇

1767年10月6日

有的人听任规则摆布;有的人确实重视规则。前者是法国人干的;后者似乎只有古代人懂得。

行动整一律是古人的第一条规则;时间整一律和地点整一律仿佛只是它的延续,古人对待后者并不像对待前者那样严格。如果没有歌队的联结,前者则是必不可少的,因为他们的行动必须有一批群众做见证,而这批群众须一直停在原地不动,他们既不能距他们的住宅太远,也不能离开他们的住宅时间太长,就像平时出于单纯的好奇心所做的那样。所以古人几乎不得不把地点限制在一个固定的场所,把时间限制在固定的一天之内。他们诚心实意地承受这种限制,但以一种韧性,以一种理性来承受,九次当中,有七次以至更多的时候获得成功,而不是失败。他们承受这种限制是有原因的,是为了简化行动,慎重地从行动当中剔除一切多余的东西,使其保留最主要的成分,成为这种行动的一个典型(Ideal)。这种典型,恰恰是在勿须附加许多时间和地点的繁文缛节的形式中最容易塑造成功的。

法国人则相反,他们不喜欢真正的行动整一律,他们在见到希腊的朴素性之前,就已习惯于西班牙戏剧的粗野的诡计。他们不把时间和地点的整一律视为行动整一律的延续,而是视为一个行动的表演本身不可缺少的必需品,它们必须像运用歌队时所要求的那样,与它们的丰富而复杂的行动紧密配合。当然,法国人是完全不用歌队的,因为他们发现这是困难的,常常是无法办到的,所以他们便与这些强制性的规则妥协,而没有足够的勇气拒绝完全服从这些规则。他们采用一个不确切的地点来代替一个唯一的地点,对于这个不确切的地点,人们可以忽而想象成这里,忽而想象成那里;所有这些地点可以不必相距太远,每一个地点也不需要特殊的布景,而是同样的布景大体上既适用于这个地点,也适用于另一个地点。他们用持续的整一性代替了一天的整一性;在某一段时间之内,听不到关于日出和日落的谈话,看不见任何人睡觉,最多也只能看到一次睡觉。在这一段时间之内,不管发生多少事情,他们也算为一天。

没有人会因此指责他们,因为毫无疑问,即使如此仍然可以写出优秀的剧本来。俗话说,挑最薄的地方钻孔。但是,我必须让我的邻居在那里钻下去。我不能光把板上棱角最厚和有节的地方指给他,并向他喊道:给我把这里钻透!我习惯于在这里钻透!所有法国艺术批评家都是这样喊的,尤其是当他们评论英国人的戏剧作品的时候。围绕着使他们感到无限自慰的规则,他们做了许多无谓的文章!不过,我不愿意再围绕着这些原理多浪费时间。

依我之见,但愿伏尔泰和马菲的《墨洛珀》持续八天,发生在七个希腊的地点!但愿它们的美使我完全忘却这些书本的教条!

....

第五十九篇

1767年11月24日

读者切不可根据我的译文判断本克斯作品的风格。我不得不完全改变了他的语言的风格。他的语言既是通俗的又是高贵的,既是卑微的又是骄矜的,并且不是一个人物这样,另一个人物那样,而是全都如此。他的语言风格可以充当这种不协调的典范。我力图尽可能顺利地悄悄地爬过这两座悬崖峭壁,既不失于这一方面,也无损于那一方面。

我着重避免了雍容造作的语言,而不是明白浅显的语言。大多数人的做法或许会恰好相反。因为许多人都认为雍容造作和悲剧是一码事。不仅许多读者持这样的看法,甚至许多作家也是这样。悲剧的英雄人物应该像其他人一样说话?这算什么英雄人物?"'半尺'、浮夸的词句"①,格言,大话,过甚之词,在他们看来,这就是悲剧的真正风格。

狄德罗说(读者可以发现,他主要是指他的同胞而言):"我们不缺少任何彻底败坏戏剧的东西。我们从古人手里接过了典雅的诗韵学,而这种诗韵,只适合于那种具有审慎的分寸和非常明显重音的语言,只适合宽敞的舞台,只适合谱成乐曲和用乐器伴奏的对话。他们在矛盾和对话方面的纯朴,他们的布景的真实,却被我们扔掉了。"②

狄德罗还应该补充一条理由,为什么我们不可以把古代悲剧的语言作为通用的典范。在那里,所有的人物都在一个宽敞的露天广场上,当着一群好奇的人说话和谈天。因此他们在说话时几乎总要保持和考虑自己的尊严;他们不可能把自己的思想和感情表之于随便什么词汇;他们必须权衡和选择词汇。但是废除了合唱,让我们的人物大部分都活动在他们的四堵墙之内的我们这些现代人,有什么理由让他们依旧操着那样一种严守分寸的、那样一种精心选择的、那样一种修饰的语言呢?这样一种语言,是没有人要听的。任何处于行动之中、并为情绪所控制的人,都不会采用这种语言说话,而且他们既没有兴趣,也没有余暇来检验自己的措辞。只有合唱才承担这种任务,尽管它被严密地穿插在剧里,却从不参与行动,它不断地评论行动的人物,而并不真正参与他们的遭

---

① 原文是:"Ampullae et sesquipedalia verba"(译文引自杨周翰译贺拉斯《诗艺》,人民文学出版社,1962年)
② 狄德罗《私生子》附录:第二篇对话。——原编者注

遇。因此,坚持主张人物要有较高的地位是不必要的。达官贵人们比普通老百姓懂得如何更好地表达自己的思想,但他们无法不断地装腔作势,以便比普通老百姓更好地表达自己。尤其是在激情方面,更是无法如此,每个人都有自己的表达激情的口才,天性就是借助这种口才流露出来的。而天性不是从任何学校里学得的,最没有教养的人也能像最善于推敲词句的人一样理解天性。

感情绝对不能与一种精心选择的、高贵的、雍容造作的语言同时产生。这种语言既不能表现感情,也不能产生感情。然而感情却是同最朴素、最通俗、最浅显明白的词汇和语言风格相一致的。

像我让本克斯的伊丽莎白那样说话,据我所知,还没有一个女王在法国舞台上那样做过。伊丽莎白跟她那些女人们谈话时,那种轻悄悄的、亲密无间的声调,人们在巴黎会发现它差不多都不适于一个好心的农村贵族女人。"你不舒服吗?——我身体很好。请起。——只是有点心情不安。——跟我说说。——不是吗,诺丁汉?说吧!让我听听!——慢点,慢点!——看你急得喘不过气来了。——嘴里长毒,舌头生疮!——我可以按照自己的心愿毁掉自己所创造的东西,谁都管不着。当头一棒。——怎么样?打起精神来,亲爱的鲁特兰,我想给你找一个精明能干的男人。——你怎么这样说?——你等着瞧吧。——她很惹我生气。我不愿见她再出现在我的眼前。过来,亲爱的,让我偎在你的胸脯上。——果然不出所料!——不能容她再说下去。"确实不能容忍!文雅的艺术批评家将会这样说。

或许我的某些读者也会这样说。因为可惜有这样的德国人,他们比法国人还法国化。为了讨他们欢心,我敛了一大堆这样的片言只语。我熟悉他们的批评方式。一切刺激他们那娇嫩的耳朵的、连作家都难于发现的、被他花费了许多脑筋撒播在这里和那里以便使对话圆润、而且赋予谈话一种随机应变的真实外表的微小疏忽,都被他们十分机智地串在一条线上,并想对此笑个死去活来。最后同情地耸耸肩膀说:"一听就知道,这好心人不了解这偌大的世界;他没听见过许多女王说话;拉辛懂得更好些;然而拉辛是生活在宫廷里的。"

尽管如此,这些话不会使我迷失方向,若是女王们真的不这样说话,不准这样说话,那才更糟哩。我早就认为宫廷不是作家研究天性的地方。但是,如果说富贵荣华和宫廷礼仪把人变成机器,那么作家的任务,就在于把这种机器再变成人。真正的女王们可以这样精心推敲和装腔作势地说话,随她们的便。作家的女王却必须自自然然地说话,只要他注意听听欧里庇得斯的赫卡柏① 怎样说话,即使没听见过别的女王说话,也会满足的。

没有什么比朴素的自然更正派和大方。粗鄙和混乱是跟它格格不入的,如同造作和浮夸跟崇高格格不入一样。同样的感情在那里有界限,在这里也有界限。因此,最雍容造作的作家和最鄙俗的作家都是不可或缺的。两种错误是形影不离的。任何一种体裁都不像悲剧那样,有陷入这两种错误的更多机会。

…………

第七十篇

1768 年 1 月 1 日

…………

"忠实地"和"美化"这些词汇,涉及摹仿与自然,作为跟摹仿对象有关的词汇,曾经招来许多误解。有些人不承认有什么可以太忠实摹仿的自然,在自然中使我们感到厌恶的事物,在忠实的摹仿中却能讨我们喜欢,这是由于摹仿引起的。还有一些人,把美化自

---

① 欧里庇得斯悲剧《特洛亚妇女》中的老王后。

然视为异想天开的事情；一个比自然还美的自然，因而也就不是自然。双方都宣称自己是同一个自然的崇拜者，前者认为在自然中没有什么需要回避的东西，后者认为不能给自然添加任何东西。因此，前者必然是喜欢粗犷的杂凑剧，后者则一定要在古代人的杰作里发现乐趣。

但是，假若这一点办不到呢？假如尽管前者是最普遍、最常见的自然的热烈崇拜者，却依然声称反对滑稽的事物与有趣的事物的混合呢？假如尽管后者认为一切比自然更好和更美的事物都是不可思议的，却依然欣赏全部希腊戏剧，而对这一方面丝毫不加反对呢？我们怎样来解释这种矛盾呢？

我们必然要改变看法，放弃我们在前面关于两种体裁的论断。但是我们怎样放弃，才不致面临新的难题呢？这样一种大人物和国家的举动（我们围绕着它的好意进行争辩）与人生、与世界的日常进程做比较，是完全合理的！

我想提出几点想法，倘不成熟，权作抛砖引玉，我的主要想法是：认为采用粗犷的方式虚构的喜悲剧是自然的忠实摹仿，既对，也不对；它仅仅忠实地摹仿自然的一半，而完全疏忽了另一半；它摹仿自然的各种现象，而丝毫不注意摹仿我们的感情和精神力量的自然。

在自然里，一切都是互相联系的，一切都是互相交错的，一切都是互相变换的，一切都是互相转化的。但是就这种无限的多样性来说，它只是为具有无穷智慧的人演出的戏剧。为了让智慧有穷尽的人同样欣赏这部作品，他们必须获得赋予自然本身所设有的局限性的能力，必须有进行鉴别的能力，并能随心所欲地驾驶自己的注意力。

在生命的每一瞬间，我们都在运用这种能力。没有这种能力我们便根本不可能有生命；在各种各样的感情面前，我们将无所感受，我们将成为表面印象的永久的俘虏；我们在做梦的时候，也不知道自己梦见些什么。

艺术的使命,就是使我们在这种鉴别美的领域里得到提高,减轻我们对于自己的注意力的控制,我们在自然中从一个事物或一系列不同的事物,按时间或空间,运用自己的思想加以鉴别或者试图鉴别出来的一切,它都如实地鉴别出来,并使我们对这个事物或一系列不同的事物得到真实而确切的理解,如同它所引起的感情历来做到的那样。

如果我们是一桩重要而感人的事件的见证人,而另外一桩无关紧要的事件却横插进来,那么我们就得尽量设法避开由后者给我们造成的混乱。我们将它置之不顾;当我们在艺术当中重又发现我们渴望排除出自然的东西时,必然会感到厌恶。

即使这一事件在其进行过程中吸收了各种形式的引人入胜的事物,而这些引人入胜的事物又不是一个接着另一个,而必然是一个产生自另一个;即使严肃直接产生笑,悲哀直接产生欢乐,或者反过来,以致我们不可能将这个或者那个置于不顾:即使如此,我们也不期望它出现在艺术当中,而艺术懂得从这种不可能的事件当中吸取益处。

....

第七十七篇

1768年1月26日

在这里还要解答一个问题。既然亚里斯多德认为怜悯的情感这个概念必须跟为我们自己所产生的恐惧连结在一起,为什么还要单独论及恐惧呢?怜悯这个词已经包括了恐惧,他只消说:悲剧应该通过引起怜悯,净化我们的激情,也就够了。加上恐惧这个词并不能多表达一层意思,反而使它要表达的意思更加暧昧而含糊不清了。

我的回答是：如果亚里斯多德只想教导我们，悲剧能够而且应该引起什么样的激情，他完全可以省却恐惧这个词，而且毫无疑问，他一定会省却这个词；因为没有哪一个哲学家在用词方面比他更精练。但是他想同时教导我们，什么样的激情应该通过悲剧引起的激情，在我们心中得到净化；而为了这个目的，他必须单独提及恐惧。虽然按照他的意见，不管在剧院里还是在剧院外，怜悯的情感都不能脱离为我们自己所产生的恐惧而单独存在；虽然恐惧是怜悯的一个必要的组成成分；毕竟不能认为反过来也是对的，而对别人的怜悯却不是为我们自己所产生的恐惧的组成成分。一俟悲剧结束，我们的怜悯便也停止了，并非任何被感受到的感情活动都会保留在我们心中，而保留下来的只有惟恐我们自己也会遭遇的值得怜悯的厄运所引起的真实恐惧。我们感受了这种恐惧；正如它作为怜悯的组成成分，净化怜悯一样，现在它也作为一种持续存在的激情，来净化自己。所以，为了表明它能够做到这一点，并且确实做到了这一点，亚里斯多德才认为有必要单独讨论它。

无疑，亚里斯多德根本未想给悲剧下一个严格的、准确的定义①。若不是限于只讨论悲剧的重要性质，他会涉及各种各样偶然的性质，因为这些都是当时的习惯必不可少的。假如我们抛开这些性质不管，而总结一下其余特征，便会得出一个十分准确的定义，简单说来，这就是：悲剧是一首引起怜悯的诗。按其性质来说，它是一个行动的摹仿，像史诗和喜剧一样；然而按其体裁来说，它是对一个引起怜悯的行动的摹仿。根据这两种理解，完全可以引申出一切悲剧法则，甚至可以据此确定它的戏剧形式。

……只有亚里斯多德才阐明了它的原因，但是这个原因在他的解释当中，与其说是明白的，还不如说是假设的。他说："悲剧是

---

① 亚里斯多德自己的论述，是违背这个假定的。——原编者注

对于一个行动的摹仿——不是借助叙述,而是借助怜悯与恐惧,使这种和类似的激情得到净化。"① 他就是这样字斟句酌地表达自己的意思的。在这里,有谁不为这种奇怪的对立——"不是借助叙述,而是借助怜悯与恐惧"——而感到诧异呢?怜悯与恐惧是悲剧用来达到其目的的手段,而叙述则只涉及采用或者不采用这种手段的方式方法。在这里,亚里斯多德不是要作一次跳跃吗?在这里,不是明显的缺少叙述的真正对立面,即戏剧形式吗?但是翻译家面对这个裂缝是怎样做的呢?有的人小心翼翼地绕过它去,有的人则只是用些空话来弥合这个裂缝。大家都认为这句话的毛病在于造句的粗枝大叶,无需认真对待,只要传达出哲学家的意思就行了。达希埃译作:"一个行动——无需叙述的支持,而借助怜悯与恐怖"②;库尔蒂乌斯则译作:"一个行动,不是通过诗人的叙述,而是(通过表演行动本身)借助恐惧与怜悯,把我们从表演出来的激情的缺点中净化出来。"啊,很对!两人都说出了亚里斯多德想要说的话,不过,跟他的说法不一样。也许有人会注意这"不一样"三个字,因为这的确不只是个造句的粗枝大叶问题。简单说来,事情是这样的:亚里斯多德解释说,怜悯必然要求一种现实存在的灾难;我们对于早已过去的灾难,要么根本不能产生怜悯,要么这种怜悯远远不如对于眼前的灾难那样强烈;所以引起我们怜悯的行动,不能当作过去的行动,即不是用叙述的形式进行模仿,而是当作现实的行动,即用戏剧的形式进行摹仿。只有这一点,即叙述很少能或者根本不能引起我们的怜悯,而是几乎只有现实的直觉才能引起我们的怜悯,只有这一点才使他有理由在定义里用事物本身来代替事物的形式,因为这个事物只适于采用这种唯一的形式。

---

① 这段引文不全,详见罗念生译本第6章。

② 原文为:"d'une action—qui, sans le secours de la narration, Par le moyen de la compassion et de la terreur."

假如他认为叙述也能引起我们的怜悯,当他说:"不是通过叙述,而是通过怜悯与恐惧"的时候,那肯定是一个非常错误的跳跃。但是,由于他坚信只有通过唯一的戏剧形式,才能在摹仿中引起怜悯与恐惧,所以为了说得简便起见,他才可以作这样的跳跃。——关于这一点,请看他的《修辞学》第二卷第九章①。

最后,关于亚里斯多德赋予悲剧的最终的道德目的,他认为这个目的必须包括在悲剧的定义里,大家知道,特别是近些年来,这个问题争论得多么热烈。但是我敢说,所有持异议的人都并未理解亚里斯多德的意思。他们在确切地弄清他的思想之前,都把自己的想法硬塞给他。他们与自己头脑里的幻想争辩,还自以为无可辩驳地驳倒了这位哲学家,其实他们打倒的只是自己头脑里的幻影。我不想在这里深入探讨这个问题。为了避免给人以凭空瞎说的印象,我想作两点说明。

(一)他们让亚里斯多德说:"悲剧应该借助恐怖与怜悯,把我们从表演出来的激情的缺点中净化出来。"表演出来的?这么说,如果英雄人物通过好奇心,或者虚荣心,或者爱情,或者因愤怒而遭逢不幸,悲剧就该净化我们的好奇心,我们的虚荣心,我们的爱情,我们的愤怒罗?亚里斯多德从来不曾想到这一点。这些先生们就是这样争论得津津有味;他们把风车想象成巨人;抱定必胜信念,对着风车大举进攻,却不注意有着健康人的理智的桑丘,而桑丘却坐在他那从容不迫的马背上,在后边招唤他们,他自己毫不造次,只是把眼睛睁得圆圆的。亚里斯多德说:"Τῶυτοιούτων παθημάτων",意思不是"表演出来的激情";他们应该把这段话译

---

① "因为只有出现在身旁的灾难才能引起怜悯,而发生在一千年之后,或者发生在一千年之前的灾难,要么根本不能,要么只能引起些微怜悯,因此表演者有必要通过他们的表情、声音、服装,总之通过他们的表演直接引起怜悯。"
——莱辛注

成:"这种和类似的",或者译成:"被唤起的激情"。"τοιούτων"只是指前文里的"怜悯与恐惧";悲剧应该引起我们的怜悯和我们的恐惧,仅仅是为了净化这种和类似的激情,而不是无区别地净化一切激情。他说的是"τοιούτων"而不是"τούτων";他说的是"这种和类似的",而不是"这种"。这说明他所理解的怜悯,不仅是狭义的怜悯,还包括一切慈悲感,犹如他所理解的恐惧,不仅是对我们眼前的灾难所产生的不快,也包括对现实的灾难产生的不快,也包括对过去的灾难、悲哀和苦闷产生的不快。悲剧所唤起的怜悯与恐惧,应该在这种广义的意义上,来净化我们的怜悯和我们的恐惧;但也只能净化这些激情,而不是什么别的激情。固然在悲剧里也能找到对于净化其他激情有益的说教和例证,但这不是它的目的;这些都是它同史诗、喜剧所共有的东西,只要它是一首诗,是对于一个行动的摹仿,而不只是悲剧,不只是单单摹仿一种引起怜悯的行动的悲剧。各种体裁的文学作品都是为了改善我们;如果连这一点还须证明,那是令人痛心的,如果有些作家自己还怀疑这一点,那就更令人痛心了。但是任何体裁都不能改善一切;至少不能把每个人都改善得像别人一样完善;一种体裁最擅长的,正是另一种体裁所不及的,这就构成了它们的特殊作用。

第七十九篇

1768年2月2日

现在再来谈谈我们的理查。——理查既不引起恐怖,也不引起怜悯;他既不引起那种被误解的恐怖,即作为怜悯的突然惊异,又不引起那种符合亚里斯多德原意的恐怖,即作为有益的恐惧。唯恐我们遭受同样厄运的恐惧。因为如果他能引起这种恐惧,也一定能引起怜悯;如果我们觉得他值得我们对他产生哪怕是少许的怜悯,他也一定会引起恐惧,但是,他是一个可恶的家伙,他是一个披着人皮的魔鬼,在他身上找不到一丁点儿跟我们自己类似的特征,我甚至认为,我们可以眼巴巴地望着他被打入十八层地狱,而丝毫不同情他,如果说,这种惩罚只是针对这种罪恶的,我们也毫不惧怕它有朝一日降临到我们头上。到底什么是他所遭逢的厄运和惩罚呢?在我们亲眼看着他犯了这样多罪行之后,我们听说他手里握着剑死去了。当王后听人叙述了理查之死以后,作家让她说:

这太出乎意料了!

我总是情不自禁地暗自补充一句道:不,丝毫不出乎意料!某些有本领的国王,在抗拒强大的叛逆,保卫自己的王冠时,不都是落得这样的结局吗?理查是作为一个男子汉战死疆场的。这样一种死亡不会破坏我在全剧里由于看到他的恶行的胜利而感到的愤怒吗?(我认为,只有希腊语言才有独特的词汇,来表达对于一个恶人的幸运而感到的这种愤怒:νέμεσις〔正义的愤怒〕,νεμεσᾶν〔感到正义的愤怒〕①)他的死亡至少满足了我的正义感,平息了我的"正义的愤怒"。你侥幸溜掉了!我想:也好,除了诗歌的正义之外,还有另外一个正义等待着你哩!

或许有人会说:好吧!我们愿意放弃理查,虽然这出戏是以他命名的,但他却不是戏里的英雄人物,他不是悲剧借以达到其目的的人物,他只是引起我们对于别人的怜悯的手段。王后,伊丽莎白,王子,他们不引起怜悯吗?

为了避免文字之争起见,可以回答:是。但是这种掺杂在我对于这些人物的怜悯里的感受,是何等陌生和酸涩呀?我甚至希望自己能够省却这种怜悯。而在悲剧性的怜悯方面,我却并不希望如此;我喜欢这种悲剧性的怜悯,并且为了这种甜蜜的痛苦而感谢

---

① 见亚里斯多德《修辞学》第2卷第9章。——莱辛注

作家。

关于这一点,亚里斯多德谈得很好,而且十分确切!他谈到一种 μιαερόν,一种令人厌恶的情况,这种情况见于十分善良、完全无辜的人物的厄运中①。王后、伊丽莎白、王子不正是这样的人物吗?他们做了什么事情呢?他们是怎样招致厄运,陷入这个惨无人道的人手里的呢?比起理查来,他们有更为正当的权利获得王位,这就是他们的过错吗?特别是那些身份低下,啼哭哀嚎的牺牲者,他们连是非曲直都未来得及辨别清楚!谁能否认,他们值得我们十分惋惜呢?但是,这种惋惜使我怀着恐怖的心情想到人们的命运,它与抗拒天意的愤愤不平形影不离,它从远处悄悄地追随着绝望,这种惋惜——我不想问——就是怜悯?——随便它叫什么吧——然而,它是摹仿的艺术应该引起的那种激情吗?

人们不说这种惋惜是历史引起的,而说它是以真实事件为基础的。——真实事件?倘若是的,那么它的真正基础就是一切事物的永恒的、无限的联系。在这部作品里就是智慧和善良,而在作家选择的少许情节中,我们看到的是盲目的命运和暴行。作家利用这少许情节,编成一个浑圆的整体,在这个整体里,一个情节完全可以得到另一个情节的说明,在这个整体里,我们不会因遇到某种困难而无法在它的布局里得到快感,而是必须在它之外,到事物通常的布局里去找寻快感;这个尘世的创造者的整体应该是永恒的创造者的整体的一幅投影;若要使我们相信在永恒的创造者的整体里,一切问题都能得到妥善解决,那么在尘世的创造者的整体里是否也能做到呢?作家完全忘记了他的这个高尚的使命,而把天意的神秘过程编入他那狭小的天地里,故意引起我们的恐怖。——请宽恕我吧,你们这些支配我们心灵的人们!这悲哀的感情有什么用处呢?教导我们听天由命吗?这种感情只能交给我

---

① 见亚里斯多德《诗学》第13章。——原编者注

们冷淡的理性;假如我们能牢记这理性的学说,假如我们在听天由命之际,还能保持信任和愉快的性情,那么我们就大可不必看到这种不应该遭受的可怕厄运的令人迷惑的样板了。让它们从舞台上滚下去吧!如果可能的话,让他们从一切书籍里都滚出去吧!

如果《理查三世》里的人物没有一个具有应该具备的那些必要的特性,假如这出戏真的像它的剧名那样,请问,它怎么会成为这样一出深受我们观众欢迎的有趣的戏剧呢?如果它不是引起怜悯与恐惧,它的效果是什么呢?它总是要产生效果的,而且确实产生了效果。如果它产生效果,岂不是无论产生什么样的效果都行吗?如果它使观众思考,如果它娱乐观众,此外,人们还希望些什么呢?难道只能让他们按照亚里斯多德的规则进行思考和娱乐吗?

这些问题并非没有道理,这是一些值得回答的问题。总而言之,如果说《理查三世》不是悲剧,它终究还是一部戏剧作品;如果说它缺乏悲剧美,它毕竟还有别的美。语言的诗意,人物形象,大段的道白,大胆的思想,热情而引人入胜的对话,成功地促使演员充分发挥他的音量,做出丰富多彩的变化,让他在表演中充分显示他的全部才能等等。

《理查三世》具有许多这类美,而且还有别的美,它们都近似悲剧的特殊美。

理查是个可恶的坏蛋,但是,他引起我们的憎恶,也并非未给我们带来娱乐,特别是在摹仿里。

…………

第九十六篇

1768 年 4 月 1 日

…………
　　在我国所有已故的喜剧作家当中，没有一个尚值得称道的作家活到这样大年纪；在当前仍然活着的喜剧作家当中，没有一个人达到了这样的年纪；在这两辈人当中，没有一个人创作了米南德全部剧作的四分之一。批评家们关于米南德说的那些话，不是同样也应该针对这些人说说吗？——只要他们想说，那就说出来嘛！
　　不喜欢听这些批评家说话的，不仅仅是作家们。感谢上帝，现在我们有这么一伙批评家，他们的最优秀的批评的任务，在于使一切批评遭到怀疑。"天才呀！天才呀！"他们鼓噪道。"天才轻视一切规则！天才的所做所为，就是规则！"他们这样奉承天才。照我看，我们也应该称他们为天才。不过，当他们连一口气还未喘过来，就补充说"规则窒息天才！"时，就充分暴露出他们在自己身上没有发现一星儿天才的火花。——似乎天才可以被世界上的某种东西窒息！而且像他们说的那样，被天才自己创造出来的某种东西窒息！并非每个批评家都是天才，然而每个天才却都是天生的批评家。他自身就有一切规则的标准。天才所理解、所牢记、所遵循的，只是那些用语言表达他的感受的规则。而他这些用语言表达出来的感受，却应该限制他的活动吗？关于这个问题，你们跟他去诡辩吧，爱辩多久就辩多久；一旦他瞬息之间在一个个别的事件里认清了你们的普遍性的命题，他就会理解你们；他在头脑里保留下来的，只有关于这个个别事件的记忆，这种记忆在创作中对他的力量所产生的影响，跟对一个成功的样板的记忆，对一个自己的成功经验的记忆对他的力量所产生的影响是一样的。如果认为规则和批评能够窒息天才,换一个说法,就是样板和练习同样也能窒息天才;这就是说,天才不仅限于自身,甚至可以说,完全限于他的最初的尝试。

当这些聪明的先生们①对批评给欣赏的观众所带来的恶劣印象哭得那样开心的时候,他们不晓得自己希望的是什么!他们想哄骗我们,说自从可恶的显微镜发现蝴蝶的花斑只不过是粉末以后,再也没有人认为蝴蝶是彩色的和美丽的了。

他们说:"我们的戏剧尚处在过分纤弱的年龄,还经不起专制君主式的批评王笏。——指出怎样达到理想境界的手段,比指出我们距离理想境界还有多远,更是当务之急。——舞台必须通过样板进行改革,而不是通过规则。——发议论比自己去虚构要容易得多。"

这是用辞汇掩盖思想,还是寻找辞汇表现思想而未找到呢?——那些滔滔不绝地讲述样板,讲述自己去虚构的都是些什么人?他们拿出了什么样的样板?他们自己虚构了什么?——这些狡猾的家伙!他们在评价样板时,希望有规则;他们在评价规则时,又要求看到样板。让他们证明一种批评的错误时,他们却证明这种批评是过分严格的,并自以为这就算完成了任务!让他们驳斥一种议论时,他们就说明虚构比发议论困难得多,并自以为这就算进行了反驳!

会正确发议论的人,也会虚构;愿意进行虚构的人,也一定能发议论。只有那些认为两者不能并存的人,才对两者都不感兴趣。

············

关于这种改动的必要性,应该说些什么呢?既然我们在悲剧里看见描写罗马的或希腊的风俗习惯并不感到讨厌,为什么不可

---

① 指克洛茨的《美科学丛书》第 9 期(1769)上,曾发表过一篇关于《汉堡剧评》的评论。参见本书最后一篇。——原编者注

以在喜剧里也作这样的描写呢？把悲剧事件放在一个遥远的国家，使之发生在一个陌生的民族中间；把喜剧事件却又放在我们自己的家乡来。一条规则居然如此不同，这究竟是从哪里来的规则呢？在悲剧当中，发生悲剧性行动的那个民族的风俗习惯，被尽可能描写得那样准确；而在喜剧当中，我们却又要求他只是描写我们自己的风俗习惯。我们给予作家的这个义务是从哪里来的呢？蒲伯[①]在一个地方说："这一点乍看起来，似乎是单纯的固执，单纯的古怪，其实它在自然里是有其充分根据的。我们在喜剧里寻找的最重要的东西是一幅日常生活的忠实图画，如果我们发现这幅图画装饰以陌生的风俗和习惯，我们就无法相信它的忠实。在悲剧里则相反，最重要的东西即是最引人入胜的行动。使一个本国事件适于舞台演出，在处理行动方面，必须有较之一个大家都熟悉的故事所能允许的更大自由。"

张 黎 译
选自上海译文出版社 1981 年版

[①] 引语见于沃伯顿（Worburton）为蒲伯《贺拉斯的摹仿》（Imitation of Horace）所做的注释。——原编者注

批评之林

〔德国〕赫尔德

但是菲罗克忒忒斯怎样呢？——莱辛用了很大的一个章节来为索福克勒斯把肉体痛苦的场面搬上舞台并且让一个英雄由于这种痛苦而大声喊叫这件事进行辩护①。全部辩护是从剧评家的观点出发，发挥论点的方式很巧妙，显示出《汉堡剧评》作者的特点。但可惜，辩护完全建立在这样一个不正确的前提上：在索福克勒斯的菲罗克忒忒斯这个剧本里，菲罗克忒忒斯大声喊叫是他痛苦的表现的主调，因而也是引起同情的主要手段；事实上却并不是这样。还可惜，辩护只是作为剧评，作为戏剧设计而写的；我认为更好的办法是：凭表演的印象行事，不要以剧评家的身份来为任何事物辩护，而要作为希腊观众的一分子来注意真实的印象。

这些印象大致如何呢？如果说希腊剧本是为了上演而不是为了阅读而写的，那么，菲罗克忒忒斯就是这样的剧本；因为这部悲剧的全部感染力都建立在表演的生动上。所以，我们必须把眼睛和精神都放到雅典舞台上去。舞台上展现出这样一个场面：一片荒无人迹的海岸，一个孤悬在大海的波涛当中的无人居住的孤岛。这些旅行者是怎样漂流到那里的？在这个荒凉的地方将要发生什么事情呢？我们听见说，波阿斯的赫赫有名的儿子菲罗克忒忒斯在这里。可怜的孤独的人哪！他完全被剥夺了与人群社会的联系，被放逐在这里，永远过着孤独的生活，他将怎样度过这样的日

---

① 指莱辛的论文《拉奥孔》中的第一章，译文见《世界文学》1960年12月号。

子呢？并且他还有病——脚上有病,长着溃烂的疮！你这加倍可怜的孤独的人哪！在这里有谁护理你,给你饭吃,给你洗涤和包扎呢？你是怎样来到这里的？哎呀！是被遗弃的,没有人怜悯,没有人帮助。是由于犯了什么罪吗？是由于他固执任性而被遗弃了吗？不是,是由于他发出了悲哀的喊叫！哎呀！毫无人性的人们,这个病人,这个可怜的人除了哭号,除了喊叫以外还能有什么办法呢？甚至连这种减轻痛苦的办法都不许他使用,连这一点点不愉快的事情都不肯忍受,而把他遗弃！是谁把他遗弃的？是希腊人,他的人民,他的伙伴们。或许是一个坏人干出来的？不,是根据希腊统帅们的命令——是根据俄底修斯本人的命令。而这位俄底修斯还能这样冷酷地向我们讲述,这样冷漠地中止他的讲述,还许可他看这个岛,而他对菲罗克忒忒斯还怀着新的阴谋——啊,恶毒的人哪！谁不想同一个可怜的、孤独的、被人遗弃的、无人同情的人站在一边,反对给他制造灾祸的那个奸诈的人呢？

现在我们更仔细地看到这个不幸的人的住处——一个没有人居住过的洞穴！——里面还有什么家具器物和食物吗？只有踩烂了的草——是个鄙陋不堪的兽窝！——没有他参战就征服不了特洛亚的这位英雄不得不躺卧在这里;一个木杯,一些生火的用具,这就是这位国王的全部宝藏啊,诸位天神哪！这里是一些沾满脓血的破布,是他的病患的证据！他出去了。这个不幸的人一瘸一拐地能走多远呢？毫无疑问,他非出去不可——也许是寻找食物去了！也许是寻找止痛的药草去了！但愿他找得到！但愿有人看到他！在这同时,表演骗局的场面开始了,因为俄底修斯已经说服了好心肠的正人君子、正直的阿喀琉斯的儿子涅俄普托勒摩斯去运用阴谋诡计、通过谎言和圈套把一个陌生人、一个不幸的人擒住。我知道希腊人,尤其是索福克勒斯,对于那些不道德的恶人是非常憎恨的,正如他只能憎恨可以拿道德标准来衡量的人一样;他在他的舞台上表演的只是人,既不是天使,也不是魔鬼;但是在这里出现的俄底修斯却不仅是荷马史诗中的机诈狡猾的俄底修斯,他还是个诱惑者,公然显示出背信弃义的原则,这些原则抛弃了一切道德,呸,这个恶棍!在他身上罪恶通过背信弃义的原则已经在现身说法了。由此看来,索福克勒斯是宁愿承受那些拘泥道德礼法的人的责难的,这些人要想让舞台上每一句台词成为毕达哥拉斯的道德箴言;他宁愿把他的俄底修斯描绘得比他素日描绘的人物更阴险——这只是为了使我们对已经受过俄底修斯欺骗而且又要受他欺骗的可怜的菲罗克忒忒斯更为同情。

歌队和涅俄普托勒摩斯现在努力把这种对菲罗克忒忒斯的同情更深地铭刻在我们的心里;他们重复先前的悲哀的表情,并通过种种暗示增加了悲哀的表情——这时远远听到一声呻吟!涅俄普托勒摩斯的举动表明,听到的是——呻吟声,不是一阵狂叫;他已经担负的任务弄得惊慌失措,此刻摸不清这呻吟声是从哪儿来的。呻吟声越来越近,变成了一种呜咽,变成了一种低沉而凄惨的呻吟——这时候才听得出是什么声音了!他们没有料错,一定是菲罗克忒忒斯来了,哎呀!牧人来时带着箫声,菲罗克忒忒斯来时带着呻吟声——他上场了!或者还不如说他爬上台来,为了——

难道说他是吼叫着扑上台来的吗?他开始大嚷大叫吗?叫得彼得·斯坤茨会说道:"亲爱的狮子,再吼一声吧!"但愿有谁能够说服文艺批评家们收回菲罗克忒忒斯发出吼叫的说法,关于这种吼叫在希腊文原文里简直没有一点痕迹!剧中有很长的一幕从头到尾都是菲罗克忒忒斯对这位陌生人讲话,而他并没有大喊大叫的意思;连先前远远听到的呻吟声,索福克勒斯也让它从幕后发出。聪明的索福克勒斯啊!我怎么会感觉这个人物有妇人女子气呢?我怎么会感觉他的呻吟是可鄙的呢?因为只是当他认为自己是独自一个人在那里的时候,他才不住地呻吟,一见了那些陌生人,立刻就忍住了,并且在交谈的时候能一直忍耐着,不呻吟。这个受苦的人是个英雄啊。

对于这样一个人物性格,索福克勒斯考虑得非常周到。在我们的肉体能够对他同情以前,必须先使他成为我们的灵魂的朋友;这个可怜的人对于那些陌生人是如何关心哪?他毫没有料到他们在布置圈套来捉他;这个好心肠的人还认为他们是遇险漂流来的,是一些值得他同情的人——这个仁慈的人哪!他看见了希腊服装,这对他说来是个邪恶的标志,使他想起背信弃义的希腊人;但是这一点他却忘掉了。他多么希望他们是希腊人哪!他多么期望再听到一声希腊语音哪!他是一个诚实的希腊人,他能够引起希腊人的兴趣——他听到了希腊语,可怜的菲罗克忒忒斯高兴得把剧烈的疼痛完全忘掉了。他认识了阿喀琉斯的儿子,他的温柔的朋友的儿子,他更加坦白了;他把自己的遭遇讲述给他听,讲述得非常令人感动,就仿佛裴尼亚① 亲自现身讲述一样。他是他的朋友们的朋友,他向死去的阿喀琉斯洒了他的友谊的眼泪;他忘掉了自我,对于死者他叹息,认为这位死者比自己要幸福些。他是他的朋友们的朋友;阿喀琉斯的儿子,甚至就在对他进行欺骗的时候,看见他对自己表示深厚的同情,他对英雄们之死表示哀悼,更高贵的是:他哀掉他们,只因为他们是正直的人;对那些卑鄙龌龊的人,他是诅咒的!现在菲罗克忒忒斯作为一个仁慈的人,一个有肉体有灵魂的希腊人,一个英雄,已经引起我们多大的兴趣啊!这个英雄难道就得远远地离开同其他英雄竞争的场所,在这个荒岛上与草木同腐吗?当其他的英雄建功立业,戴着桂冠死去,他却不得不因为一个创伤,一个并非英雄在战阵上所受的创伤,而痛苦呻吟,这种与世隔绝的生活真是痛苦的。像他这样一个有十足希腊灵魂的人,不得不在这里消磨他的一生;远离他的祖国,远离他的亲爱的父亲(他的父亲也许已经不在人世了),——啊,涅俄普托勒摩斯,你要遗弃他吗!啊,让菲罗克忒忒斯向他哀求吧!他果然向他

---

① 贫困之神。

哀求,而且迫切地向他哀求,他从许多方面来打动他的心,因而歌队为他求情的话:"你可怜他吧!"也就变成了我们的抗议。我们对涅俄普托勒摩斯感到气愤,因为他还由于菲罗克忒忒斯有惹人厌恶的病而拒绝收留他,我们爱涅俄普托勒摩斯,因为他答应了他的请求;他终究是不会欺骗菲罗克忒忒斯的!你看!菲罗克忒忒斯怎样哀求他,怎样感谢他,最后还邀请他到他的洞里去,而且——

现在乔装的商人来了。菲罗克忒忒斯听见他说:"他(菲罗克忒忒斯)可以到特洛亚去,俄底修斯已经公开对军队作出了这个诺言",并且——他认为这个商人的话值不得他去回答。他只发出了一句英雄气概的惊讶之词:"各位神祇呀!难道这个卑鄙的人,这个没有信义的人竟会发誓要我回到营里去吗?"这句话显示出菲罗克忒忒斯的整个的英雄的灵魂;这个英雄的灵魂继续讲下去,他要上船,这个诚实的灵魂相信涅俄普托勒摩斯,把自己的武器托他保管,把自己的患病的身体托靠给他。我对菲罗克忒忒斯多么同情啊!但我同情的是大喊大叫的菲罗克忒忒斯吗?一点也不是!我同情的是菲罗克忒忒斯这个英雄、这个希腊人、这个高贵的人——其次,同情的是他极其可怜,由于人们对他有不良的企图而更为可怜。我们一直还只是通过想象对他的灵魂同情,现在才上演到他害病的那个异乎寻常的场面了。歌队用一支歌唱这位极其可怜的菲罗克忒忒斯的歌准备了这个场面,接着这个场面就出现了。我在前面已经讲过这个场面,现在不想再重复它。我气愤的是:人们一方面把它只看成一个狂呼救命的场面,一方面在值得称赞的法国人当中,例如厂吕穆阿就认为它只是一个障碍,一件插入的东西,用来凑足五幕。这一幕上演时,雅典舞台上当时一定是怎样肃静啊!

表演肉体痛苦的几个场面已经过去了,我不可以再多讲了。因此,我把话题从雅典舞台转回到莱辛——这个剧本会给人什么印象,我们二人对这个问题的看法却多么不同。两个人当中只能有一个是正确的,另外那个人则是太缺乏想象力,只读剧本,而看不见剧情。我要当心,不让自己是这样一个人。

莱辛先生把"肉体痛苦的思想"当作这个剧本的主要思想,并且探索诗人用的是什么巧妙的手法来加强和扩展这种思想。我坦白地讲,假若这种思想是这部悲剧的主要思想的话,莱辛先生所指出的一些手法对我并没有起什么作用。肉体痛苦的印象过于混乱,并且简直可以说过于是肉体的,它不容许提出这样的问题:痛苦在什么地方?在外部还是在内部?创造是什么样子?什么毒在创伤里作祟?如果关于肉体痛苦的表演是那样微弱无力,以致于必须用这类的细节来加强它才行,那么,戏剧的作用就完了,我还不如从外科医生的观点亲自考查一下这个创伤为宜。不!痛苦的思想是属于戏剧范畴的,因此,我所要求的也只能是通过戏剧手法把它加强——如果痛苦是这部剧本的主要思想的话,我就要从远处通过人物的皱缩的面孔,悲哀的声音,来认识这种痛苦,至于他为什么呼号,为什么做出这样的动作,是由于一只脚跛,还是由于胸腔内部有个创伤,对于这些,我简直就无所谓了。如果艺术批评家离开戏剧观点,让人发给我们一件外科医生的证明书——说明是什么病,指出是一种真实的创伤,是一种毒,这种毒大概会引起这样程度的痛苦——来加强戏剧观点,使之显得确实可信,那么,这位艺术批评家就丧失了一切。索福克勒斯考虑到了这些也罢,没有考虑到也罢;一言以蔽之,假若非得用这样的办法来加强我对于痛苦的思想的话,那么,戏院,再见吧!我在军医院的病房里了。

这样说来,要求的是戏剧性的感动!如果这个剧本的主要思想是肉体的痛苦的话,通过什么东西才能使我受到感动呢?什么是引起同情的主要手段呢?除了通常的表情、呼号、眼泪和痉挛以外,我不知道还有什么别的办法;莱辛先生也承认这些是引起同情的主要手段,并且努力说明它们无伤大雅,说明它们起着决定作用。好吧!但是,如果呻吟、喊叫和最可怖的痉挛是在我心中灌输肉体痛苦的思想、使我的心受感动的手段,而且是主要的手段的话,那么,这个巧妙的打击所产生的最好的效果,能是什么呢? 对于肉体的痛苦,我只能在肉体上发生同情,这就是说,我身上的纤维由于同情而进入类似的紧张状态,我在肉体上有同样的感受。这种感受是愉快的吗? 再没有比这个更不愉快的了,狂呼大叫,痉挛使我毛发悚然,我自己感受到这些;我身上也发生同样的痉挛动作,就像一根弦上起共鸣一样。至于这个发生痉挛的、痛苦呻吟的人是不是菲罗克忒忒斯,那对我毫无关系;他同我一样是个动物,他是个人;人体的痛苦震动我的神经系统,就像我看到一个将死的动物,一个喉中喘鸣的将死的人,一个像我一样有感觉的受酷刑折磨的生物时那样。难道这种印象有丝毫的快活、愉快可言吗? 它是痛苦的,一看到它,一想象它,都是很痛苦的。在接受这个印象的那一瞬间是想不到什么艺术上的幻觉,想不到什么想象力的乐趣的;是天性、是动物的一面,在我心中感到同情,因为我看见的听见的是一个和我同类的动物受苦的场面。

要有多么坚强的古罗马剑士的心魂才能忍心去观看这样一个以肉体痛苦的思想和情感为主要思想和主要情感的剧本呢? 要末我就产生错觉,要末就不产生错觉,只有这两种可能,并没有第三种可能。如果第一种情形出现的话,即使只是一瞬间,我把演员认错了,看见一个痉挛的、大声喊叫的受难的人在那里;伤心哉! 我真受不了啊! 一个善于造成幻觉的人,为了使我开心,做出自缢的姿态,当幻觉一消失,当他真正要吊死时,我就连片刻都不能再看他了。一个走绳索的人,我一看到他落下去,落到下面放着的刀剑上,一看到他倒在那儿,腿脚摔碎,我就连片刻都不能再看他了。我一想到,我看的是受苦的菲罗克忒忒斯,我就不忍心再看他了。对于这种肉体痛苦的幻觉,只有那具有古罗马剑士的心魂的人,才会愿意仔细加紧研究,就像研究那将死的剑士还有多大的生命力似的。只有灭绝人性的人才能根据米开兰琪罗的寓言把人钉死在十字架上,以便看看他怎样死去。

莱辛先生可以讲,"要想给情感制定普遍的规律,这是再虚妄不过的",这里的规律是直接存在于我的情感中;存在于这样一种情感,这种情感离开一般常理最远,它是我作为一个有同情心的动物所具有的。菲罗克忒忒斯的痛苦的身体一旦成为我的主要目标时,就永远会是这样的情形:"演员越是接近自然,〔我〕就越锐敏地感到刺目刺耳。"汪洋大海似的不愉快的感觉,就会抓住我的心灵,其中并不混合着一点一滴的快感。制造艺术错觉的表演已被幻觉干扰了;我看到的只是一个痉挛的人,我简直要随着他一起痉挛;我看到的只是一个痛苦呻吟的人,他的"哎呀!"声使我心如刀割。这不再是一出悲剧,它是一出残酷的哑剧,是一种训练剑士心魂的景象;我要逃走啦。

现在让我们假定第二种情形出现:希腊演员通过他所有的 σχενρōιε[①] 和朗读台词的本领都不能使痛苦的呼喊和痉挛达到使人发生幻觉的程度(这是莱辛先生所不敢断言的),就是说,假定我仍然是一个无动于衷的观剧者,那么,我真想象不出比摹仿痉挛、咆哮呼喊、还放出创伤的臭味以便造成充分错觉的哑剧更令人厌恶的了。那时,沐猴而冠的菲罗克忒忒斯就未必能够对观众说出真菲罗克忒忒斯对涅俄普托勒摩斯所讲的话来:我知道!你对这一切一点都没有注意;我的喊叫,"我的创伤的臭味大概都没有惹起你的厌恶。"对于一个令人厌恶的、不幸没有使人产生幻觉的哑剧来说,这种情形是不可避免的。

我打开《文学书简》,发现第一个写信的人在对于一种与此类似的情形进行彻底的哲学性质的探讨这一点上和我的见解是一致的。他对于"为什么摹仿令人厌恶的事物永远不会使人喜欢"这一问题进行了探讨,指出其原因是:"因为这种讨厌的感觉只和我们

---

① 希腊文:一身的装扮。

的低级的感觉:味觉、嗅觉和触觉有关,这些都是最低级的感觉,它们对于美术作品是毫无缘分的;第二,因为这些厌恶的感觉之所以令人不快,原因和其他的不愉快的印象不同,并不是由于对现实的想象所致,而是直接由观看产生的;最后,心灵觉不到这种感觉中混合着任何显著的快感。"因此,他把可厌的事物完全从美术的模仿中排除出去,把极度可怖的事物从悲剧里的哑剧性质的表演中完全排除出去,因为一来在这里造成幻觉是困难的,二来也因为哑剧在悲剧舞台上不得不仅仅局限在辅助性艺术的范围以内。我希望,有哲学思想的 D. 先生就我的指责表示意见:因为这些理由当然不止一条反驳了菲罗克忒忒斯的肉体痛苦的说法。这种肉体痛苦的幻觉只能引起最低级的感觉,动物性的同情;这种感觉无论何时都是自然,永远不是模仿,它不带有任何愉快的因素,它简直不能造成幻觉,它把悲剧舞台变成哑剧,这种哑剧越完善,就越分散人的注意力。因此,肉体痛苦根本不可能是悲剧的主要思想。

然而在索福克勒斯的《菲罗克忒忒斯》这样一个戏剧杰作中它确实是主要思想! 莱辛先生说:"正如在理论中有不少的东西看来会是无法反对的,假如天才没有用行动证明相反的情形的话。"我想,不见得是这样。在理论中真正是无法反对的、而不仅是看起来是无法反对的东西,永远不会被天才驳倒,尤其是当这个理论是存在于我们的真实无伪的情感之中,情形就更是这样。我很惋惜,莱辛先生费了很多力气来为索福克勒斯辩解,驳斥英国人斯密斯;这两个人都不需要这样;假若他们需要这样的话,假若索福克勒斯的主要目的是通过肉体痛苦的表现来达到他的悲剧的最终目的,那么,莱辛虽然说了那么多中肯的话,却都不大中用。

然而悲剧天才索福克勒斯是一点都不想这个目的的,他走的全是另外一条路,走这条路他不可失败。这条路莱辛先生似乎没有看清楚,我需要追述一下我上面所提到的关于这个问题的几点印象。

（一）菲罗克忒忒斯的第一个概念就是关于一个被遗弃的人、一个病人、一个可怜的人、一个被人陷害的隐遁者、一个鲁滨逊·克鲁索的概念，我们看到他的凄惨的洞穴；莱辛先生以他素来具有的长处阐明了这种情况。

（二）这个可怜的人还要遭受旧日的敌人的一个新的阴谋诡计的暗算；这里我们的同情增加了，乌里席斯和涅俄普托勒摩斯两人的对比使这整个场面变得富于人情味。

（三）歌队和涅俄普托勒摩斯将同情的箭更深地射入我们心中，他们充分唱出他的不幸的遭遇。我们现在如何急切地想看到在这个荒岛上表演一个特殊场面、被人暗算、行将遭遇新的灾难的那个人哪！在整个这一幕里见不到菲罗克忒忒斯，更谈不到主要思想是表演他的肉体的痛苦了。在这一幕里索福克勒斯有三点先见之明，在菲罗克忒忒斯出场之前，就先使我们对他有长时间的准备：即是，把最困难的和非戏剧性的都通过叙述而不通过动作表现出来，保证使我们的心和我们的想象都集中在他身上，以便我们首先——起码能经得起见他的面的考验。仿佛这种准备还不够，还让这个野人远远地发出一声听不清楚的哎呀声，报告他走近了，并且——

（甲）现在他看见陌生人以后呻吟声就没有了，完全没有了。为什么这样？为什么索福克勒斯让呻吟声完全在幕后发出呢？首先他不仅必须保证使菲罗克忒忒斯不受到鄙视，而且一出场整个形象就是一个受苦受难的英雄。我不知道，为什么莱辛先生没有注意这位英雄出现时的最初这一个印象；我们刚刚远远地听见他在呜咽，现在我们看见他的忍耐。这个仁爱的人，这个希腊人，这个英雄忍受着极度痛苦站在那里说话——为什么莱辛先生没有把他作为希腊人、作为对陌生人同情的朋友，崇敬希腊英雄的人所引起的兴趣加以论述呢？人们未必能够比现在更愿意对他同情了。

（乙）他还表现出一个伟大的方面。这个方才还在苦苦哀求的人听到俄底修斯的新的背信弃义的计划,这个苦苦哀求的可怜的人怎么忽然变成了一个英雄?

(丙)变成了一个对他的敌人还保持着毫不屈服的骄傲的人;这是希腊人的伟大的特色:"对朋友热爱,对敌人怀有不可改变的痛恨。"除了是一个光明磊落的人以外,谁能这样慷慨地把自己的箭和生命都托付给涅俄普托勒摩斯呢?这样的一个人不仅绝对受不到人家鄙视,而且占有了我们整个的心。

(丁)歌队使我们准备好去迎接悲惨的场面,它的敬畏的声调显然是针对着一个在那儿忍耐着的、一个已经忍耐了这样久的英雄,而不是针对着一个在那儿大喊大叫的英雄。因此,就其主要特征而言,索福克勒斯的菲罗克忒忒斯在舞台上并不是像莱辛先生所惯于描绘成的那样一个可厌的人物,他一直还是那个善于忍耐的伟大的英雄,在长长的两幕中都是如此!

并且关于他的可怜和涅俄普托勒摩斯的诺言的概念几乎开始消失了;几乎可以说人们对我们讲他的痛苦讲得过多了吗?他的痛苦在九年当中或许已经减轻了?难道我们不能亲自看见他受苦吗?如果除了我们看到的以外没有别的情形的话,那就好了,现在痛苦发作了。这只是一阵痛苦发作而已,我不晓得,莱辛先生怎么会对这样一个创伤的选择表示称赞,这种选择除了把一种可厌的痛苦呻吟声延续五幕之久以外,是不可能带来任何好处的!索福克勒斯知道选择更好的东西——一阵短促的发作。他把它放在这出戏的正中间使它显然突出,它来得突然,因而使人得到更深刻的印象:这种病毒是神明的惩罚,不只是一种慢性的疾病;它断断续续地表现出来,以免由于持续不断使观众感觉疲倦;它加剧发疯的程度,为了把观众的注意力从哑剧更多地引到受苦的心灵上来;它被菲罗克忒忒斯压抑下去,只是在谈话当中伴之以个别的悲叹的声调;它以安静的睡眠结束,睡眠才容许我们得到时间去细想菲罗克忒忒斯忍受了什么考验。把全场仅仅看作是肉体痛苦的哑剧,这是对全场莫大的误解,认为菲罗克忒忒斯出现在剧中就是为了因创伤而大喊大叫,这是对全剧的莫大的误解。病痛发作过去了,以后的情形和先前一样,然而我并不想给索福克勒斯作注解,谁想作出判断,谁就去读他的剧本吧!

因此,温克曼是可以把他的拉奥孔和菲罗克忒忒斯相比的!因此,大喊大叫决不是英雄性格的特征!尤其不是荷马史诗中的英雄性格的特征!因此,大喊大叫决不是菲罗克忒忒斯引起同情的主要动作,肉体的痛苦决不是一个剧本的主要思想!因此,可以说戏剧一定有它自己的美的性质,和其他种类的诗体之间有严格的界限。因此,人们可以毫无罪过地把它叫作一系列的有动作的、有诗意的画面!除了《拉奥孔》和《〔汉堡〕剧评》的作者本人以外,关于这个题材谁能给我更好的教益呢?他特别就"哑剧在悲剧中的限度,戏剧本身的美的性质以及绘画和戏剧中间的特殊界限"说明了自己的看法。

(1769年1月)
田德望 译

选自《古典文艺理论译丛》1963年第6期,人民文学出版社

判断力的批判

〔德国〕康 德

导 论

九 悟性的诸立法和理性通过判断力的结合

悟性对于作为诸感官的客体的自然是先验地立法着的,于是我们可以在可能的经验里有理论的认识。理性对于自由和它自身的作为主体里的超感性的因果性是先验地立法着的,于是我们可以有一个无制约的实践的认识。自然概念的领域在前一种立法之下,自由概念的领域在后一种立法之下的一切相互影响,即它们可以各个地(各个按照自己的规律)施加于对方的影响,由于有巨大的鸿沟分开那超感性的东西和诸现象而完全割断了。自由概念对于自然的理论认识不规定任何物;同样自然概念对于自由的实践规律丝毫无所规定:在这范围内,不可能从一个领域到另一领域搭起一座桥梁。——但是,尽管那按照着自由概念(和它所含的实践规则)的因果性的根据不能在自然里指证出来,感性的东西不能规定主体里的超感性的东西:但反过来却是可能的(固然不是对于自然的知识,却是对于由超感性产生的并带有感性的后果),并且已经包含在通过自由的因果性这一个概念里了。因果性的作用可以通过自由并一致于自由的诸形式规律而在世界中产生结果,固然因这个词运用到超感性的方面时,只能意味着下面这根据:即规定自然诸物的因果性一致于它们自身的自然规律的一个结果,但同时也和理性诸规律的形式原理吻合。这根据的可能性固然不能洞察,它仍然可以完全清除提出的有关的矛盾①——按照自由的概念,结果就是最后的目的,这最后目的(或它在感性世界里的表现)是存在的,而它的可能性的诸条件是在自然里(即作为感性世界中一个存在物亦即作为人的主体的自然里)预先肯定它。判断力先验地和不顾实践地预先肯定它。判断力以其自然的合目的性的概念在自然诸概念和自由概念之间提供媒介的概念,它使纯粹理论的过渡到纯粹实践的,从按照前者的规律性过渡到按照后者的最后目的成为可能。因为通过这个,最后目的的可能性才被认识,只有这个最后目的才能在自然里以及在它和自然诸规律的谐合里成为现实。

悟性,通过它对自然供应先验诸规律的可能性,提供了一个证明:自然只是被我们作为现象来认识的,因此,它同时指出自然有一个超感性的基体,但这个基体却是完全非规定的。判断力,按照自然的可能的诸特殊规律,通过它的判定自然的先验原理,提供了对于超感性的基体(在我们之内一如在我们之外)通过知性能力来规定的可能性。但理性通过它的实践规律同样先验地给它以规定。这样一来,判断力就使从自然概念的领域到自由概念的领域

---

① 在自然因果性和自由因果性的全部区别里,人们设定的许多不同矛盾中的一个矛盾就表现在人们对它的提出的责难中:如果我们说自然对于按照自由诸规律(道德规律)的因果性安置下阻碍,或使它们得到促进,那我们就承认了前者对后者的一个影响了。但是,只要人们愿意理解这句话,误解就很容易防止。这阻碍或促进不是介于自然与自由之间,而是介于前者作为现象和后者的诸作用作为在感性世界里的诸现象之间,甚至于(纯粹理性和实践性的)自由的因果性是自然原因附属于自由的(即主体作为人,因此也即是作为现象的)因果性并且它的规定性的根据是可理解的。这种可理解性是在自由之下以不能进一步或作其它说明的态度来思考的(正如那可理解性构成自然的超感性基体的情况一样)。

的过渡成为可能。就一般的精神机能说来,在它们作为高级的即包含自律的机能来考察时,悟性对于认识机能(自然的理论知识)含有先验构成的原理。愉快和不快的情绪是判断力在独立于那些和欲求机能的规定性有联系的概念和感觉时所提供的,并且因而能够成为直接地实践的。欲求机能的先验构成的原理是理性,不需要来自任何地方的快乐为媒介,理性是实践的,并且作为最高的机能,它对欲求机能规定着最后目的,而这最后目的同时带着对于客体的纯粹知性的喜悦。除此以外,判断力的关于自然的合目的性的概念仍是隶属于自然诸概念,但只是作为认识诸机能的一个调节原理,尽管审美判断对于某些产生其概念的对象(自然的或艺术的)在涉及愉快或不快的情感时是一个构成原理。认识诸机能的协和一致包含着愉快的根据,在这些机能的活动中,它们的自发性构成在考虑中的概念,其结果是构成一个联系自然概念领域和自由概念领域的适当的媒介,而这又同时促进了心意对于道德情绪的感受性。下面的表可以便于通览一切上述的在它们系统的统一性中的诸机能①。

心意机能表:——　　　　先验诸原理:——
　认识的机能　　　　　　规律性
　愉快或不快的情感机能　合目的性
　欲求的机能　　　　　　最后目的
认识的机能:——　　　　应用:——

---

① 人们曾经认为我在纯粹哲学里的分类常常使用三分法,是可以怀疑的。但这事的根据是存在于事实之中。如果一种分类要先验地进行,那么,或者它是按照矛盾律来分析的,这样,这分类就常常是二分法的(quodlibet ens est aut A aut non A)或者它是综合的。假使它在这场合的分类应是从诸先验概念(不是像在教学里那样从对应于概念的先验直观)导出的话,那么就应该按照一般的综合统一的需要,即:(1)条件,(2)被制约的,(3)从被制约的和它的条件的结合里产生的概念。这分类必然是三分法的。

悟性	自然
判断力	艺术
理性	自由

第一部分　审美判断力的分析

第一章　美的分析

一　鉴赏判断①的第一个契机②，即按照质上来看的

第1节　鉴赏判断是审美的

为了判别某一对象是美或不美，我们不是把〔它的〕表象凭借悟性连系于客体以求得知识，而是凭借想象力（或者想象力和悟性相结合）连系于主体和它的快感和不快感。鉴赏判断因此不是知识判断，从而不是逻辑的，而是审美的。至于审美的规定根据，我们认为它只能是主观的，不可能是别的。但是一切表象间的关系，甚至于感觉间的关系，却能够是客观的（在这场合，这种关系就意味着一个经验表象的实在体）；但快感与不快感就不能是这样了，在这里完全没有表示着客体方面的东西，而只是这主体因表象的刺激而引起自觉罢了。

---

① 这里作为根据的关于鉴赏的定义是：鉴赏乃是判断美的一种能力。判定一对象为美时所要求的是些什么呢，这必须从分析鉴赏判断才能发现。至于这种判断力在反省时所要注意的诸契机，我是遵从判断的逻辑功能的指导去寻求的（因为在鉴赏判断里永远含有它对于悟性的关系）。我首先探讨关于质的契机，因为对于美的审美判断，首先应该顾到质这方面。——原注

② Moment 字义是指关键性的，决定性的东西，推动的主体，亦即要点，现依旧译为契机。又 Kritik 现一般译作"批判"，但康德用此字着重在"考察，分析，清理"。——译注

用自己的认识能力去了解一座合乎法则和合乎目的的建筑物（不管它是在清晰的或模糊的表象形态里），和对这个表象用愉快的感觉去意识它，这两者是完全不同的。在这里，这表象是完全连系于主体，并且是在快感或不快感的名义下连系于主体的生活情绪，这就建立了一种十分特殊的判别力和判断力，但并无助于认识，而只是在主体里使得一定的表象和那全部表象能力彼此对立着，使得心灵在情感里意识到它的状态。在一个判断里面一定的诸表象可能是从经验得来的（因此也是审美的）但是因此而下的那个判断若在判断时只是连系于客体，那么这个判断就是逻辑方面的了。与此相反，如果这些一定的表象尽管是属于纯理性的，而在一个判断里却只是连系于主体（它的情感），那么它们就因此在任何时候都是审美的了。

第2节　那规定鉴赏判断的快感是没有任何利害关系的

凡是我们把它和一个对象的存在之表象（译者按：即意识到该对象是实际存在着的事物）结合起来的快感，谓之利害关系。因此，这种利害感是常常同时和欲望能力有关的，或是作为它的规定根据，或是作为和它的规定根据必然地连结着的因素。现在，如果问题是某一对象是否美，我们就不欲知道这对象的存在与否对于我们或任何别人是否重要，或仅仅可能是重要，而是只要知道我们在纯粹的观照（直观或反省）里面怎样地去判断它。如果有人来问我，对于在眼面前看到的宫殿我是否发现它美，我固然可以说：我不爱这一类徒然为着人们瞠目惊奇的事物，或是，像那位伊诺开的沙赫姆①那样来答复，他在巴黎就没有感到比小食店使他更满意的东西；此外我还可以照卢骚的样子骂大人物们的虚荣浮华，不惜

---

① 美洲土人酋长。——译注

把人民的血汗浪费在这些无用的东西上面;最后我还可以很容易地理解,假使我在一个无人住的岛上没有重新回到人类社会里的希望,即使只要我一想念就会幻出一座美丽的宫殿,我也不愿为它耗费这种气力,假使我已经有了一个住得很舒适的茅屋。人们能够对我承认和赞许这一切,但现在不是谈这问题。人只想知道:是否单纯事物的表象在我心里就夹杂着快感,尽管我对于这里所表象的事物的存在绝不感兴趣。人们容易看出:若果说一个对象是美的,以此来证明我有鉴赏力,关键是系于我自己心里从这个表象看出什么来,而不是系于这事物的存在。每个人必须承认,一个关于美的判断,只要夹杂着极少的利害感在里面,就会有偏爱而不是纯粹的欣赏判断了。人必须完全不对这事物的存在存有偏爱,而是在这方面纯然淡漠,以便在欣赏中,能够做个评判者。

我们对这个很重要的命题不能有更好的说明,除非我们把那和利害感联结着的快感来和这鉴赏判断中纯粹的、无利害[①]关系的快感相对立:首先如果我们同时能够确定,除掉现在所应指出的那种利害关系的以外,就没有别种关系了。

第5节 三种不同特性的愉快之比较

快适和善二者对于欲求能力都有关系,并且前者本身就带着一种受感性制约的(因刺激而生的)愉快,后者带着一种纯粹的实践的愉快,而这不单是受事物的表象,而同时是受主体和对象存在的表象关系所决定。不单是这对象而也是它的存在能令人满意。与此相反,鉴赏判断仅仅是静观的,这就是这样的一种判断:它对

[①] 一个对于愉快的对象所下的判断,可能是完全无利害感,但却可以很有兴趣,那就是说,它不建立于任何利害感之上而却产生出一个兴趣。一切纯粹的道德判断就是这一类。但鉴赏判断本身也并不建立任何利害兴趣,只是在社会里具有鉴赏力是有兴趣的事,这理由将在后面指出。——原注

一对象的存在是淡漠的,只把它的性质和快感及不快感结合起来。然而,静观本身不是对着概念的;因为鉴赏判断并不是知识判断(既不是理论的,也不是实践的),因此既不是以概念为其基础也不是以概念为其目的。

快适,美,善,这三者表示表象对于快感及不快感的三种不同的关系,在这些关系里我们可以看到其对象或表现都彼此不同。而且表示这三种愉快的各个适当名词也是各不相同的,快适,是使人快乐的;美,不过是使他满意;善,就是被他珍贵的,赞许的,这就是说,他在它里面肯定一种客观价值。快适也适用于无理性的动物。美只适用于人类,换句话说,适用于动物性的又具有理性的生灵——因为人不仅是有理性(就是说,有灵魂)的,但同时也是一种动物。善却是一般地适用于一切有理性的动物,这个命题要留待下文才能予以充分的证实和说明。人可以说:在这三种愉快里只有对于美的欣赏的愉快是唯一无利害关系的和自由的愉快;因为既没有官能方面的利害感,也没理性方面的利害感来强迫我们去赞许。因此人们关于这三种愉快可以说:在上述三场合里,愉快是与偏爱,或与惠爱,或与尊重有关系。而惠爱是唯一的自由的愉快。一个偏爱的对象或一个受理性规律驱使我们去欲求的对象,是不给我们以自由的,不让我们自己从任何方面造出一件快乐的对象来的。一切利害关系是以需要为前提,或带给我们一种需要;而它作为赞许的规定根据是不让我们对于一个对象的判断有自由的。

关于快适方面的偏爱心,每个人会说:饥饿是最好的美食,对具有健康食欲的人们一切都有味,只要是能吃的东西;因此一个这样的愉快是不能证明它的选择是照着鉴赏力的。只有在需要满足后,人才能在许多人里面分辨出谁有鉴赏力,谁没有鉴赏力来[①]。

---

① 鉴赏力或可译口味。——译注

同样也有无道德的风俗行为,无善意的礼貌,无真诚的绅士风度等等。因为在照风俗的规则而行的场合,客观上对于举止就不让人有自由选择的余地;而在满足时(或在评判别人的满足时)表示你的鉴赏力(口味),和表示你的道德的思想态度,这两者是完全不同的:因为表示后者是包含着一个命令和产生一个需要,而与此相反,道德的鉴赏却仅仅是玩弄着愉快的对象而已,而并不粘着于任何一个对象。

从第一个契机总结出来的对美的说明

鉴赏是凭借完全无利害观念的快感和不快感对某一对象或某表现方法的一种判断力。

鉴赏判断的第二个契机,即按照量上来看的

第6节 美是不依赖概念而作为一个普遍愉快的对象被表现出来的

这个关于美的说明是能从前面的说明引申出来:即美是无一切利害关系的愉快的对象。因为人自觉到对那愉快的对象在他是无任何利害关系时,他就不能不判定这对象必具有使每个人愉快的根据。因为它既然不是植根于主体的任何偏爱(也不是基于任何其它一种经过考虑的利害感),而是判断者在他对于这对象愉快时,感到自己是完全自由的:于是他就不能找到私人的只和他的主体有关的条件作为这愉快的根据,因此必须认为这种愉快是根据他所设想人人共有的东西。结果他必须相信他有理由设想每个人都同感到此愉快。他将会这样谈到美,好像美是对象的一种性质而他的判断是逻辑的(凭借概念以构成的对于对象的知识);虽然这判断只是审美的,并且仅仅包含着对象对于主体的一种关系:然

而因为它究竟和逻辑的判断相似,人们能够设定它适用于每个人。但是从概念也不能产生这普遍性来。因为从概念是不能过渡到快感及不快感的(除非在纯粹的实践诸规律里面,而这却自身伴着一种利害关系,这又是和纯粹的鉴赏判断无关)。所以鉴赏的判断,既然意识到在它内部并没有任何的利害关系,它就必然只要求对于每个人都能适用,而并不要求客体具有普遍性,这就是说,它只是和主观普遍性的要求连结着的。

第7节 依上述的特征比较美和快适及善

关于快适,每个人只须知道他的判断只是依据着他个人感觉,并且当他说某一对象令他满意时,也只是局限于他个人范围内,那就够了。所以当他说:康拉列酒是快适的,这时若有别人改正他的说法,说他应该说:这酒对于我是快适的,他一定是会满意的;这不仅是对于舌、颚、咽喉是这样,对于眼和耳等所感的快适也是这样。对于一种人紫色是温和可爱,对另一种人是无光彩和无生气的。有人爱吹乐,有人爱弦乐。在这方面争辩,把别人和我不同的判断认为是不正确,说它是背反逻辑而加以斥责,这真是蠢事。关于快适,下面这一原则是妥当的,即:每一个人有他独自的(感官的)鉴赏。

在美这方面,那是完全两回事了。如果某人,自满于他自己的鉴赏力,他以下面的话想来替自己辩解:这个对象(我们看着的这建筑,那个人穿的衣裳,我们倾听着的乐奏,正在提供评赏的诗)对于我是美的,这是可笑的。如果那些对象单使他满意,他就不能称呼它为美。许多事物可能使他觉得可爱和快适,这是没有别人管的事;但是如果他把某一事物称做美,这时他就假定别人也同样感到这种愉快:他不仅仅是为自己这样判断着,他也是为每个人这样判断着,并且他谈及美时,好像它(这美)是事物的一个属性。他因此说:这事物是美,并且不是因为他见到别人多次和他的意见相同,而把别人的同意也计算进他的关于愉快的判断之内,反过来他是要求着别人与他同意。如果他们的判断不相同,他会斥责他们而认为他们没有鉴赏力,而他是要求着他们应该具有鉴赏力的;因此人们不能说:各个人具有他的特殊的鉴赏力,这就等于说:完全没有所谓鉴赏力,那就是说,审美判断是没有权利要求人人都同意的。

但是就在关于快适方面的判断也能在人们里面见到意见的一致,在这意义下人们否认某些人有鉴赏力,肯定另一些人有鉴赏力,并且不是就官能感觉来说,是就关于一般快适的评定能力来说。所以人可以称说某人有鉴赏力,知道怎样拿许多快适的事(各种官能的享受)来款待他的客人们,而使他们全都满意。但是在这里这普遍性也只是从比较里得来的;并且只有一般普通的(像一切经验性的)而不是普遍性的规律,而关于美的鉴赏判断却是从事于和要求着这种普遍性规律的。就善的方面而言判断固然也有理由要求着对于每个人的有效性;但是善只经由概念作为一普遍的愉快的对象被表示出来的,在快适和美的场合却都不是这样。

第8节 在一鉴赏判断里愉快的普遍性只作为主观的被表象出来的

在鉴赏判断里所能见到的直感判断之普遍性的特殊规定,是一件难解之事,这固然不是对于逻辑家而是对于先验哲学家而言,它要求着他付出不少辛劳去发现它的源泉,但是也因此说明了我们认识能力里的一个特性,这种特性若果不经过细密的分析恐怕是终于难以觉察的。

首先我们必须完全相信:人们通过(对美的)的鉴赏判断来断定每个人对于这一对象都感到愉快时,却不是依据着一个概念(要这样那就是善了)。一个宣称某一事物为美的判断,本质地包含着这种普遍性的要求。没有人运用这一名词时不想到这一点的,一切不依赖概念而使人愉快的东西便算做快适,而关于快适,每人头脑里可以有他自己的一套看法,不须期待别人同意他的鉴赏判断,在对于美的鉴赏判断里却时时必须这样做。我把第一种称做感官的鉴赏,第二种称做反省的鉴赏:第一种仅是个人的判断,第二种却主张普遍的有效性,而两者都是直观的(不是实践的)判断,是对一个对象仅仅就其表象对于快感及不快感的关系所下的判断。现在却使人诧异的是,关于感官鉴赏,不但是经验表示着它的判断(对于某一事物的快感及不快感)不是普遍有效,而是每个人自己那样谦虚,不期待别人和他取得一致(尽管事实上在这些判断里常常会有很广泛的一致性)。在反省的鉴赏里,如经验所示,其(审美)判断对每个人的普遍性的要求仍往往会被拒绝,尽管它觉得自己能够提出(事实他也是这样做)要求别人与一致的判断,并且事实上也期待它的每一个鉴赏判断都博得别人的同意,而那些评判的人们不因这种要求的可能性而争吵,只是在特殊场合对于这判断能力的正确运用可能是不一致的。

在这里首先要指出:凡是不基于对事物的概念(那怕仅是经验概念)的普遍性,绝不是逻辑的,而是审美的,那就是说,它不含有判断的客观的量,而只是含着主观的量,对于这种量我用共同有效性(Gemeingueltigkeit)这一词来称它,这名词不是指表象对认识能力的关系,而是指表象对每个主体的快感及不快感的关系。(人们也可以运用这一个词来指判断的逻辑性的量,只要人们加以说明这是"客观的"普遍有效性,以别于仅仅是主观的普遍有效性,而后者总只是审美的。)

但一个具有客观的普遍有效性的判断也往往是在主观上有效而已,那就是说,假使这判断对于包含在某一概念里的一切是有效的,那么它对于每个用这概念来表示一个对象的人也是有效的。然而,从一个主观的普遍有效性,那就是说,审美的、不基于任何概念的普遍有效性,是不能引申出逻辑的普遍有效性的:因为那种判断完全不涉及客体。正因为这样,这赋予一判断的审美的普遍性,必须是特殊样式的普遍性,因为它①不是把美的宾词同客体的概念(就这概念的全部逻辑范围来观察)连结起来,但是它仍然涉及评判的人们的全部范围。

就逻辑的量的范畴方面来看,一切鉴赏判断都是单个的判断。因为由于我必须把对象直接保持在我的快感或不快感上,而且不是通过概念,于是那些判断就不能有像客观普遍有效性的判断的那样的量;尽管,如果这鉴赏判断的对象的单个表象依据规定着这鉴赏判断的条件,通过比较,这单个表象转换为一个概念,也会从这里成功一个逻辑的普遍判断:譬如,我眼前看着这玫瑰,我通过鉴赏判断称它为美。与此相反,那通过比较许多单个判断产生出来的判断:玫瑰花一般地是美的,这就不仅是作为审美的,而且是作为一个基础于审美判断之上的逻辑判断而说出来的了。现在那判断:玫瑰是(在香味上)快适的,固然也是审美的和单个的判断,但不是鉴赏判断,而是官能的判断。它在这点上和第一种判断有区别:鉴赏判断本身就带有审美的量的普遍性,那就是说,它对每个人都是有效的,而关于快适的判断却不能这样说。只是关于善的判断,它虽然也规定着对一个对象的快感,却具有逻辑的、不仅是审美的普遍性;因为它是涉及客体的,作为对它的知识的,而因此对每个人都有效。

如果人只依概念来判断对象,那么美的一切表象都消失了。那么也不会有法则可依据来强迫别人承认某一事物为美。至于一件衣服,一座房屋,一朵花是不是美,就不能用理由或原则来说服别人改变他的评判了。人要用自己眼睛来看那对象,好像他的愉快只系于感觉;但是,当人称这对象为美时,他又相信他自己会获得普遍赞同并且对每个人提出同意的要求;与此相反,每一个人的

---

① 指普遍性。——译注

感觉却只靠这位欣赏者和他的快感来决定了。

从这里可以看出,在鉴赏判断里除掉这不经概念媒介的愉快方面的这种普遍赞同以外,就不设定着什么;这就是一个审美判断的可能性,能视为同时对于每个人都有效。鉴赏判断本身并不假定每个人的同意(只有逻辑的普遍判断才能这样做,因它能举出理由来);鉴赏判断只设想每个人的同意,照它所期望的常例来说,这不是以概念来确定,而是期待别人赞同。这普遍的赞同所以只是一个观念(它基于什么,这里还不加研究)①。至于那个自以为下了鉴赏判断的人,事实上是否符合这个观念而下判断那是不能断定的。但是他仍然把它联系到这观念上面来,认他的判断应该是一个鉴赏判断,他以美这词语来表示着。对于他自己,他只须意识到他已经把属于快适和善的东西从剩下的愉快分离开来,那他就会确知的②。使他自信能获得每个人的赞同的就是这一切:在这些条件下他有权利提出这个要求,只要他不常常违反了这些条件以致下了一个错误的鉴赏判断。

第9节　研究这问题:在鉴赏判断里是否快乐的情感先于对对象的判定还是判定先于前者

这个问题的解决是鉴赏判断的关键,因此值得十分注意。如果对于某一物象的快感业先出现了,但是当对此物象下鉴赏判断时却仅仅承认它的普遍传达性,这样的说法就自相矛盾了。因为这样的快感除掉单是官能感觉里的快适而外不是别的,并且因此依照它的本质来说只能具有个人有效性,因为它直接系于对象所由呈现的表象。

所以某一表象里面的心意状态的普遍传达能力,作为鉴赏判

---

① 观念 Idee,亦可译理念或理想目标。——译注
② 确定他的判断是鉴赏判断。——译注

断的主观条件来说，必然是最基本的，并且其结果就必然对这对象发生快感。但是除知识及属于知识的表象而外，是没有东西能够被普遍传达的。因为只有知识才是客观的，并且以此具有着普遍的对证点，由这对证点一切人的表象能力不得不彼此一致。如果现在我们断定这种表象的普遍传达性的规定根据，仅仅是主观的，即不依存于对象的任何概念的，那么这种规定根据除心意状态外不能是别的了。这心意状态是在各表象能力的相互关系间见到的，在这诸表象能力把一个一定的表象连系到一般认识的限度内。

这表象所牵涉的各种认识能力，便取得了自由活动之余地，因为没有何等一定的概念把它局限在一个特殊的认识规律里。在这个表象里的心意状态所以必须是诸表象能力在一定的表象上向着一般认识的自由活动的情绪。但是一个表象，如果某对象是赖它而被认识的，那就是说，赖它而达到一般认识——这个表象就必须具有想象力，以便把多样的直观集合起来，也必须具有悟性，以便由概念的统一性把诸表象统一起来。这个认识能力的自由活动的状态，在一个对象所赖以被认识的表象里，必须使自己能普遍传达，因为认识作为客体的规定，那些一定的表象（不论在哪个主体里面）必须与之协调的，这才是唯一一种的对于每个人都有效的表象。

在一个鉴赏判断里，表象样式的主观的普遍传达性，因为它是没有一定的概念为前提也可能成立，所以它，除掉作为在想象能力的自由活动里和悟性里（在它们相互协调、以达到一般认识的需要范围内）的心意状态外，不能有别的，而我们知道：这种对于一般认识适当的主观关系，必须是对于每个人都有效的，并且因此必须能够普遍传达，就像一切一定的知识，究系常常依据着那项作为主观条件的关系。

这种对于对象或它所凭借的表象只是主观的（直观的）判断，是先于快感而生的，并且它是对诸认识能力之谐和性的快乐的根源,但是,和我们称之为美的对象的表象相结合着的愉快底普遍主观有效性,只是建筑在判定对象时的主观条件的普遍性上面。

至于人们能够把心意状态传达出来,纵然只是关于诸认识能力的这一点上,这种能力本身就带有快乐,这一层可以从人类爱交际的天然倾向(经验的和心理学的)来说明。但是这对于我们的企图是不够的。我们所感到的快乐,我们就推断它在每个别人的鉴赏判断里必然具有,好像当我们称为美时,就把它看做是对象的一种属性,这属性是依照诸概念来决定它具有的。因为美若没有着对于主体的情感的关系,它本身就一无所有。但是这问题的说明,我们要留待下列问题解答以后,即:先验的审美判断是否以及怎样可能。

我们现在还是从事于较次的问题,即:我们在鉴赏判断中是怎样觉察诸认识能力彼此之间的主观的协和,是否直感地通过内在感官和感觉,或是知性地通过我们的有计划的活动的意识,依靠这活动把那些诸认识能力推动起来呢?

假使那引起鉴赏判断的一定表象是这样一个概念:它在判断对象时把悟性和想象力结合起来使之成为关于对象的一个认识,那么这种关系的意识将是知性的(像在纯粹理性批判里判断力的客观图式论中所述)。但是这样所下的判断将不是在和快感及不快感的关系中的判断了,因此不是鉴赏判断。然而鉴赏判断在愉快及美的称谓的关系里规定客体时是与概念无涉的。因此那关系的主观统一性只能经由感觉表示出来。两种能力(想象力和悟性)之所以成为不确定的,但经由一定表象的机缘的媒介成为调协的活动,而这活动隶属于认识一般,其推动力是感觉,这感觉的普遍传达性要求着鉴赏判断。一个客观的关系固然只可以被设想,但是,在按照它的条件是主观的这范围内,它①仍将在对于心意的影

---

① 指客观关系。——译注

响中被知觉察到；并且在一种不以概念做基础的关系（像表象诸力对一般认识力的关系）里也是除掉因感到下述影响：即在通过相互调协推动着的心意诸力（想象力和知性）的活泼的活动中的影响以外，是没有别项的对于它的意识的。一个表象，它作为单个的及没有和别的比较仍然有着对构成悟性一般的事业的诸条件的一种协和，它把认识诸能力带进比例适合的调协，这种调协是我们要求于一切认识，并且因此对于每个人有效，而每个人是必须结合悟性和感官去判断的。

从第二个契机总结出来的对美的说明
美是那不凭借概念而普遍令人愉快的

鉴赏判断的第三个契机按照在它们里面观察到的目的的关系

第10节 论合目的性一般

如果人们按照目的的先验的诸规定来解说一个目的是什么（而不以经验的或快乐的情感等为前提）：那么在概念被视为目的的原因（它的可能性的现实根据）的范围内，目的就是一个概念的对象；一个概念的因果性就它的对象来看就是合目的性（Formafinalis）。所以当不单是一个对象的认识，而是这对象本身（它的形式或存在）只有作为效果，即通过对它的概念才有可能想象时，这时人们自己便在思维着一个目的。效果的表象在这里是效果的原因的规定根据，并且是先于原因的。意识到一个表象对于主体的状态的因果性，企图把它保留在后者里面，于此就可以一般地指出人们所称为快乐这东西；与此相反，不快感是那种表象：它的根据在于把诸表象的状态规定到它们的自己的反对面去（阻止它们或除去它们)。

欲求能力,在它只通过概念来决定,即符合一个目的的表象而发生作用时,它就是意志。可是,一个对象,或心意状态甚或一个行为,尽管它们的可能性不是必要地以一个目的的表象为前提,也唤做合目的,仅仅因为它们的可能性能够被我们说明和理解,当我们假定着它的根据是依照目的的因果性,这就是说,一个意志,按照着某一定规则的表象来安排它。

要是我们不把这种形式的原因放在一个意志里面,合目的性因此可能没有目的,但是关于它的可能性的解释,又只在我们把它说明是出自一个意志的时候,才能使我们理解。再则,我们对于我们所观察的东西不是常常必要通过理性(依照它的可能性)来领悟的。所以我们对于一个形式上的合目的性,尽管我们对它不设想一个目的(作为目的关系的素质)作为它的根柢,仍至少能够观察到并在一些对象上见到,虽然这只是通过反省。

第 11 节　鉴赏判断除掉以一对象的(或它的表象样式的)合目的性的形式作为根据外没有别的

一切被视作愉快的根据的目的,总是在本身带着一种利害感,作为判定快乐对象的规定根据。所以对于鉴赏判断不能有主观的目的作为根据。但也没有一个客观的目的表象,这就是说,对象本身依照其目的之联系原则的可能性,能够规定鉴赏判断,从而善的概念也不能来规定它,因为它是一审美的而不是认识的判断。所以,这判断不涉及对象的关于性质的概念和内在的或外在的可能性,无论是经由此或彼原因,而仅是涉及表象诸力当其被一个表象规定时的相互关系。

规定一个对象为美时的这种关系,现在是和快感结合着的;而鉴赏判断却声明这种快乐是对于每个人都有效;所以绝不是一个伴着表象的快适,也不是对于这对象的完美的表象,也不是善的概念所含有的那种规定根据。所以除掉在一个对象的表象里的主观的合目的性而无任何目的(既无客观的也无主观的目的)以外,没有别的了。因此当我们觉知一定对象的表象时,这表象中合目的性的单纯形式,那个我们判定为不依赖概念而具有普遍传达性的愉快,就构成鉴赏判断的规定根据。

第12节 鉴赏判断基于先验的根据

把快感或不快感当作是和任何一个作为它的先验原因的表象(感觉或概念)相结合的结果,是决不可能的;因为这样就会是一种因果关系,而这因果关系(在经验的事物内)只能时时是后天的和凭借经验才能被认识的。固然我们在实践理性批判里实际上曾把敬的感情从先验的普遍道德概念导引出来(这敬的感情作为情感的一个特殊的和独特的情感样式,既不和我们从经验对象得来的快感也不和不快感真正彼此一致)。但是甚至在这里我们也能够超越经验的界限并且把一个筑基在主体的超感性的性质上面的因果性,即自由的性质,导引出来。但是就在这里我们实际上不是把这种感情而只是把意志的规定从道德的观念导引出来作为它的原因的。一个从任何方面规定着的意志的心意状态,本身却已经是快乐情感并且和它同一,所以不是作为结果从它导引出来:后者只能被假定着,假使道德的概念作为一个善的概念通过规律先于意志而被规定;那么,和这概念联结着的快乐就不可能从它仅只作为一个认识而导引出来。

在审美判断里对于快乐也在类似情况中:只是它在这里仅只是静观的,并且不是对于对象发生一种利害感,而在道德判断里却是实践的。

对于主体里诸认识能力的活动中仅是形式的合目的性的意识,在一定的对象的表象上,就是快乐本身;因为在一个审美判断里,它具有一个有关于主体诸认识能力之激动的主体活动的规定根据,从而是具有那有关于一般认识而不是局限于某一种认识的内在因果性(即合目的的因果性),而因此仅具有表象的主观目的性的形式。这种快乐也绝非在任何样式里是实践的,既不像是由于快适的、感官的理由,也不像是由于所代表的善的理智的理由。但这快乐本身仍含有因果性,即维持着表象本身的状态及诸认识能力的活动而无其他意图。在观察美之时我们依依不舍留恋着,因为这种观察不断地自行加强并且反复再现,就类似当对象的表象中的一种〔物质的〕魅力的刺激反复地唤醒着注意时使你留恋那样,这时你的心情却是被动的。

第15节 鉴赏判断完全不系于完满性的概念

客观的合目的性只能经由多样性对于一定目的的关系,所以只能经由概念,而被认识,单从这点就可以明了:美,它的判定只以一单纯形式的合目的性,即一无目的的合目的性为根据的;那就是说,是完全不系于善的概念,因为后者是以一客观的合目的性,即一对象对于一目的的关系为前提。

客观的合目的性是或为外在的,即有用性,或为内在的,即对象的完满性。我们从上面两章(美的第一及第二契机)可以看到:我们对于一对象所感到的愉快,我们因之称为美的,不能基于它的有用性的表象:因为那样就会不是一直接对于这对象的愉快,而这却是关于美的判断的主要条件。但一客观的内在的合目的性,即完满性,却已接近着美的称谓,因此也被有名的哲学家①视为就是美,却附带声明着:在这完满性不是清楚地被思维着的场合。在一个鉴赏批判里确定美是否真正能归入完满性这概念里,这是极端重要的事。

评定客观的合目的性总是需要一目的的概念和一内在目的的

---

① 指邦格腾。——译注

概念(如果那合目的性不是外在的〔有用性〕,而是内在的话),这内在目的包含着对象的内在的可能性的根据。目的一般就是:它的概念能被视作对象的可能性的根据:所以若果我们想在一事物上表出客观的合目的性,那就必须先有一个指明这事物应成为什么的概念。而在这事物里其多样性与概念的协调(这概念赋予它结合的规则)正是一事物的质的完满性。至于量的完满性,它乃是一事物在它的种类里的完整,所以和它完全不同,这是单纯量的概念(全量性)。在这里,事物应该成为什么是已经是作为预先规定了的,问题只在什么是达到目的所需要的东西。一个事物的表象里的形式方面,即它(不定它是什么)的多样性与一物的协调。它本身完全不给我们看出它的客观的合目的性:因为,若把这一事物作为目的抽象掉了,那么,留在观照者心意中除掉表象的主观合目的性以外,便没有剩下别的。这种诸表象的主观合目的性固然指示出在主体内一定的表象状态的合目的性,并且在这主体里把它的一种快适性赖想象力把握到这一定的形式,但是没有指出任何一对象的完满性,这对象在这里不是经由一目的的概念被思维着的。

譬如,我在森林里遇到一块草场,周围树木环立着,而我在此并不想着一个目的,以为这草场可以用作郊外舞蹈场,这就绝少会由于单纯形式而获得完满性的概念。去设想一个形式的客观的合目的性而没有目的,即一个完满性的单纯形式(没有一切质料及使之协调的概念,那怕仅仅是一个合一般规律的观念),这是一个真正的矛盾。

但是鉴赏判断是审美判断,这就是说,它基于主观的根据,它的规定根据不可能是概念,因此也不能是一定目的的概念。因此若果把美作为一个形式的主观的合目的性,就绝不能设想一对象的完满性作为假定形式的但仍然是客观的合目的性。美与善的概念中间的区别,若以为只是按逻辑的形式区分着,前者只是一个混乱的而后者却是一个清晰的关于完满的概念,此外按内容和起源来说却是同一的,这话是全无意义的:因为这样它们之间就没有特殊的区别了,而鉴赏判断就会是认识判断,也是用它来指出某事物为善的判断了。就像一个普通人,如果他说道:欺骗是不对的,他的判断的根据是模糊的,而哲学家的根据却是清晰的,但是两者都是基于同一的理性原则之上。可是,我已经讲过,一个审美判断是判断中独特的一种,并且绝不提供我们对于一对象的认识(那怕是一模糊的认识),只有逻辑的判断才能提供认识。与此相反,审美的判断只把一个对象的表象连系于主体,并且不让我们注意到对象的性质,而只让我们注意到那决定与对象有关的表象诸能力底合目的的形式。这种判断正因为这原故被叫做审美的判断,因为它的规定根据不是一个概念,而是那在心意诸能力的活动中的协调一致的情感(内在感官的),在它们能被感觉着的限度内。与此相反,假使人们愿意把模糊的概念及以这些概念作为根据的客观判断唤做审美判断,那么,人们必须有凭感性来判断的悟性,或凭概念来表象其对象的感觉,而这两者是相互矛盾的。概念的一种功能是悟性,不管它是模糊的或清晰的。并且纵使审美判断(像一切判断那样)也含有悟性,可是悟性参与在这里面究竟不是作为对于一个对象的认识的功能,而是作为这判断和它的表象(不依赖概念)的规定的功能,依照着这表象对主体的关系和主体的内在情绪,并且在这个判断按照普遍法则而有可能的限度内。

第16节 若果在一定的概念的制约下——对象被认为美,这个鉴赏判断是不纯粹的

有两种美,即:自由美(Pulchritudo vaga)和附庸美(Pulchritudo adhaerens)。第一种不以对象的概念为前提,说该对象应该是什么。第二种却以这样的一个概念并以按照这概念的对象底完满性为前提。第一种唤做此物或彼物的(为自身而存的)美;第二种是作为附属于一个概念的(有条件的美),而归于那些隶属一个特殊

目的的概念之下的对象。

花是自由的自然美。一朵花究竟是什么,除掉植物学家很难有人知道。就是这位知道花是植物的生殖器的人当他对之作鉴赏判断时,他也不顾到这种自然的目的。这个判断的根据就不是任何一个种的完满性,不是内在的多样之总和的合目的性,许多鸟类(鹦鹉、蜂鸟、极乐鸟),许多海产贝类本身是美的,这美绝不属于依照着概念按它的目的而规定的对象,而是自由地自身给人以愉快的。所以希腊风格的描绘,框缘或壁纸上的簇叶饰等等本身并无意义:它们并不表示什么,不是在一定的概念下的客体——而是自由的美。人们也可以把音乐里的无标题的幻想曲,以至缺歌词的一切音乐都算到这一类里。

在判断自由美(单纯依形式而判断)时,那鉴赏判断是纯粹的。这里没有假定任何一目的的概念作为前提,使多样的服务于这一定的客体并且表明这客体是什么,以静观一个形象而自娱的想象力之自由因此受到限制。

一个人的美(即男子或女子或孩儿的美),一匹马或一建筑物(教堂、宫殿、兵器厂、园亭)的美,是以一个目的的概念为前提的,这概念规定这物应该是什么,即它的完满性的概念,因此仅是附庸的美,就像快适(感觉的)和美的结合(美本来只涉及形式)妨碍鉴赏判断的纯粹性那样:善(即多样性,它对于物本身按照它的目的是好的)和美的结合破坏着它的纯粹性。

人们会把在观照里直接悦目的东西装置到一个建筑上去,假使那不是一所教堂。人们会把一些螺状线和轻快而合规则的线状将一个形体美化起来,像新西兰岛人的文身,假使那不是一个人。而这个人可能具有优美得多些和悦人的温柔的面容轮廓,假使这不是表象着一个男子,更不是一个战士。

对于一物的多样性所感到的愉快,和规定它的可能性的内在目的,这两者之间的关系,是筑基于一个概念上的愉快。然而对于美的愉快却是不以概念为前提的,而是和对象所赖以表示的表象直接地(不是通过思想)相结合着的。假使关于后者的审美判断却被做成系于前者的目的而作为理性判断从而被约制着,那么,这一鉴赏判断便不再是一自由的和纯粹的判断了。

固然鉴赏因审美的愉快和理智的愉快相结合而有所增益,因为它变成固定的了;固然它不是普遍的,可是对于一定有目的地规定的客体来说,就能给它指示出法则。但这些法则也不是鉴赏的法则,而仅仅是鉴赏和理性的统一而已,即美和善的统一,通过这统一就能够被运用为后者的企图的工具,使这自己持续着和具有主观普遍有效性的心意情调从属于下述的思想方式,这种思想方式只能经由努力的决心被持续着,但却是普遍有效的。本来完满性并不由于美而有所增益,美也不由于完满性而有所增益。但是如果我把一对象所赖以表示的表象和这客体通过一概念来比较(说它应成为什么),我们就不免要把它们同时跟主体的感觉一起予以考虑,那么,如果两方心意状态协调的话,想象力的全部能力就有所获益。

一个关于具有一定内在目的的对象之鉴赏判断,只有在下列情况才是纯粹的,即判定者或是对于这目的毫无概念,或是在他的判断里把它抽象掉。但是这个人,虽然当他把这对象判定为自由美时是下了一个正确的鉴赏判断,他却会被别人谴责,指摘他的鉴赏力是谬误,因为后者把那对象的美作为附庸的属性来看待(从对象的目的来看)虽然这两个人在他们的判断里都是正确的:一个人是依照着他眼前的东西,另一个人是依照着在他思想里面的东西。经过这种区分人们可以消除鉴赏评判者们中间关于美的争吵,人可以指出:这个人是抓住了自由美,那个人抓住了附庸美,前者下了一个纯粹的,后者下了一个应用的鉴赏判断。

第 17 节 论美的理想

凭借概念来判定什么是美的客观的鉴赏法则是不能有的。因为一切从下面这个源泉来的判断才是审美的,那就是说,是主体的情感而不是客体的概念成为它的规定根据。寻找一个能以一定概念提出美的普遍标准的鉴赏原则,是毫无结果的辛劳,因为所寻找的东西是不可能的,而且自相矛盾的。感觉(愉快或不快的)的普遍传达性,不依赖概念的帮助,亦即不顾一切时代及一切民族关于一定对象的表象这种感觉的尽可能的一致性:这是经验的,虽然微弱地仅能达到盖然程度的评判标准,即从诸事例中证实了的鉴赏之评判标准,这鉴赏是来源于深藏着的、在判定诸对象所赖以表现的形式时,一切人们都取得一致的共同基础。

所以人们把鉴赏的某一些产物看做范例:但并不是人们模仿着别人就似乎可能获得鉴赏力。因为鉴赏必须是自己固有的能力。一个人摹仿了一个范本而成功,这表示了他的技巧,但是只有在他能够评判这范本的限度内他才表示了他的鉴赏力①。

从这里得出结论:最高的范本,鉴赏的原型,只是一个观念,这必须每人在自己的内心里产生出来,而一切鉴赏的对象、一切鉴赏判断范例、以及每个人的鉴赏,都是必须依照着它来评定的。观念本来意味着一个理性概念,而理想本来意味着一个符合观念的个体的表象。因此那鉴赏的原型(它自然是筑基于理性能在最大限量所具有的不确定的观念,但不能经由概念,只能在个别的表现里被表象着)更适宜于被称为美的理想。类乎此,我们纵然没有占有

---

① 关于语言艺术的鉴赏的范本,必须在一种已不通用的和艰深的语言里去寻找:第一,可以不须遭受变化,这是活的语言不可避免要碰到的,高尚的成了平凡,通常的陈旧了,新造的只通行一短时期;第二,它具有一定的语法,这种语法不因流行风尚而任意转变,但具有它的不变的法则。——原注

了它,仍然努力在我们心内把它产生出来。但这仅能是想象力的一个理想,正因为它不是基于概念,而是基于表现,而表现的能力是想象力。现在我们是怎样达到一个这样的美的理想的?先验地还是经验地?同样:哪一种的美能成为一个理想呢?

首先应注意的是,美,若果要给它找得一个理想,就必须不是空洞的,而是被一个具有客观合目的性的概念固定下来的美,因此不隶属于一个完全纯粹的,而是属于部分地理智方面的鉴赏判断的客体。这就是说,不论一个理想是在何种评判的根据里,必须有一个理性的观念依照着一定的概念做根据。这观念先验地规定着目的,而对象的内在的可能性就奠基在它上面。

美的花朵,美的家具,美的风景等的理想(典范)是不可想象的。但是一个附庸于一定目的的美,譬如一座美的住宅,一棵美的树,美丽的花园等等也无理想可以表象;大概是因为其目的没有充分经由它们的概念规定着和固定着,因此那合目的性几乎是那么松散自由地像在空洞的美那里一样。

只有人,他本身就具有他的生存目的,他凭借理性规定着自己的目的,或,在他必须从外界知觉里取得目的的场合,他仍然能比较一下本质的和普遍的目的,并且直感地(审美地)判定这两者的符合:所以只有"人"才独能具有美的理想,像人类尽在他的人格里面那样;他作为睿智,能在世界一切事物中独具完满性的理想。

这里有二点:第一,是审美的规范观念,这是一个个别的直观(想象力的)代表着我们〔对人〕的判定标准,像判定一个特殊种类的动物那样;第二,理性观念,它把人类的不能感性地被表象出来的诸目的做为判定人类的形象的原则,诸目的通过这形象作为它们的现象而被启示出来。一个特殊种类的动物的形象的规范观念必须从经验中吸取其成分,但是这形象结构的最大的合目的性,能够成为这个种类的每个个体的审美判定的普遍标准,它是大自然这巨匠的意图的图像,只有种类在全体中而不是任何个体能符合它——这图像只存在于评定者的观念里,但是它能和它的诸比例作为审美的观念在一个模范图像里具体地表现出来。

为了能多少理解这个过程(谁能从自然完全诱出它的秘密来呢?),我们试作一心理学的说明。

应该注意的是:想象力在一种我们完全不了解的方式内不仅是能够把许久以前的概念的符号偶然地召唤回来,而且从各种的或同一种的难以计数的对象中把对象的形象和形态再生产出来。甚至于,如果心意着重在比较,很有可能是实际地纵使还未达到自觉地把一形象合到另一形象上去,因此从同一种类的多数形象的契合获得一平均率标准,这平均率就成为对一切的共同的尺度。人都曾经见到过成千的成人男子。如果他要判定用比较的方法以测算的规范的尺寸,那么(照我的意见)想象力让一个大数目的(大概每一千人)形象相互消长,如果允许我在此地运用视觉的表现来类推,在那大多数形象集合的空间里和在那最强色彩涂抹的轮廓线之内,这里就会显示出平均的大小,它在高和阔的方面是和最大的及最小的形体的两极端具有同样的距离,这是对于一个美男子的形体。〔人们因此能机械地把它计算出,如果人们测量每一千人,把他们的高和阔(和厚)各自加起后,各把总数用千来除。但是想象力做这事却是凭借一种力学的效果,这效果是由这诸形态的复合的印象对于内在感觉器官生出来的〕如果我们现在以同样的方法对于这个平均的人寻找平均的头,对于那个平均的人寻找平均的鼻,那么这样的形体,就可以作为我们进行比较的这个国度的美男子的这个规范观念之基础。一个黑人在这些经验的条件下较之白人必然具有另一种的规范观念。一个中国人比欧洲人也具有另一种。关于一匹美马或狗(一定的种类的)的模范也是这样。这规范观念不是从那自经验取得的诸比例作为规定的规律导引出来的;而是依照它(按指规范观念)评定的规律才属可能。它是从人人不同的直观体会中浮沉出来的整个种族的形象,大自然把这形象作为原始形象在这种族中做生产的根据,但没有任何个体似乎完全达到它。它绝不是这种族里美的全部原始形象,而只是构成一切美所不可忽略的条件的形式;所以只是表现这种族时的正确性。它是规则准绳,像人们称呼波里克勒的持戈者那样(米龙的牝牛在他的种类里也可做例子)。正因为这样它也不能具含着何等种别的特性的东西;否则它就不是对于这种类的规范观念了。它的表现也不是由于美令人愉快,只是因它不和那条件相矛盾,这种类中的一物只在这条件之下才能是美的。这表现只是合规格而已①。

必须把美的规范观念和美的理想加以区别。美的理想,由于上述的理由,我们只能期待于人的形体。在人的形体上理想是在于表现道德,没有这个这对象将不普遍地且又积极地(不单是消极地在一个合规格的表现里)令人愉快。内在地支配着人的道德观念的可看见的表现固然只能从经验获得;但是它和一切我们的理性与道德的善在最高合目的性的联系中相结合着,即那心灵的温良,或纯洁或坚强或静穆等等在身体的表现(作为内部的影响)中使它表现出来:谁想判定这,甚至于谁想表现它,在他身上必须结合着理性的纯粹观念及想象力的巨大力量。一个这样的美的理想的正确性是这样得到证实的,那就是:自己不允许任何官能刺激混合到他对于对象所感到的愉快里去,但却仍然对它(按指对象——

---

① 人们将见到,一个完全合规则的脸,画家请他坐着做模特儿的,通常是无所表现的:因为这脸不具有特性,亦即较之个性的特殊点更多地表达着种的观念。这种的特性夸张过分,便破坏了标准观念(种的合目的性),这就唤做漫画。经验也指出,那完全合规则的脸在内心里也通常暴露着一个平庸的人,我猜想(如果假定自然界是在外表表现着内在的诸比例)是由于这原因:因为,假使从心意诸禀赋里没有一种突出所必需的比例,这只能构成一个没有毛病的人,而不能从他期待人所唤做天才的那东西,在天才里自然界好像从心意诸能力的通常的关系中趋向唯一一种能力的优势。——原注

译者)有巨大的兴趣,这却证明着,按照这样的标准的评判绝不能是纯粹审美的,按照一个美的理想的评判不单单是鉴赏的判断了。

从第三个契机总结出的对美的说明

美是一对象的合目的性的形式,在它不具有一个目的的表象而在对象身上被知觉时①。

鉴赏判断的第四个契机,即按照对于对象
所感到的愉快的情状上来看的

第18节 一个鉴赏判断的情状是什么?

从每一个表象我可以说:它(作为认识)是和快乐结合着,这至少是可能的。关于我所称之为快适的表象,我说,它在我内心里产生着真实的快乐。至于美,我们却认为,它是对于愉快具有着必然的关系。这种必然性是属于特殊的种类:不是一个理论性的客观的必然性,在那里能够先验地认为每个人将感到对于这个被我称为美的对象的这种愉快;也不是一个实践的,在这里,经由一个纯粹的理性意志的诸概念,这理性意志对于自由行为的存在者是作为规则的——这愉快是客观规律的必然结果,并且除掉意味着人

---

① 人们可以反对这个说明而引来作根据说:在那里是有诸物,人在它们身上见到一个合目的性的形式而不能在他们身上见到一个目的,例如常常从古老坟地里掘出来的石器,上面具有一个为了扎捆用的洞,这些石器固然在其形状里明显地暴露出一种合目的性,而人们不知道这目的,因此而不被认为美。但是,人把它们看做一件艺术品,这就已经足够使人必须承认它们的形状是与一些企图和一定的目的有关。因此在对它们直观之时也完全没有直接的欣赏。与此相反,一朵花,例如一朵郁金香,将被视为美,因为觉察它具有一定的合目的性,而当我们判定这合目的性时,却不能联系到任何目的。——原注

们应该(没有其他意图)在一定的方式内行动外没有别的。审美判断里所指的必然性却只能被称为范式,这就是说,它是一切人对于一个判断的赞同的必然性,这个判断便被视为我们所不能指明的一普遍规则的适用例证。因为审美判断不是客观的和知识的判断,所以这必然性不是从一定的概念引申出来的,从而也不是定言的判断。它更不能从经验的普遍性(对某一对象的美的诸判断的彻底一致)推论出来。因为不仅是经验很难提供足够的多量的证据,在经验诸判断的基础上不容建立这些判断的必然性的概念。

第19节 我们所赋予鉴赏判断的主观的必然性是受制约的

鉴赏判断期望着每个人的赞同;谁说某一物为美时,他是要求每个人赞美这当前的对象并且应该说该物为美。所以,在审美判断里的应该是依照一切为了评判所必需的资料论据而说的,可是仍然仅能是有条件的。人们争取着每个人的同意,因为人们要为它找出人人所共同的根据;人们也能够期待这种同意,只要人们常常确知当前的场合是正确地包含在那个作为赞同的规则的根据之下。

第20节 一个鉴赏判断所要求的必然性的条件是共通感的观念

假使鉴赏判断(像知识判断那样)具有一个一定的客观原理,那么谁要是依据这原理下了判断,他将会宣称他的判断具有无条件的必然性。假使鉴赏判断没有任何原理,像单纯感官的趣味的判断,那么人们就完全不会想到它们的必然性。所以鉴赏判断必需具有一个主观性的原理,这原理只通过情感而不是通过概念,但仍然普遍有效地规定着何物令人愉快,何物令人不愉快。一个这样的原理却只能被视为一共通感,这共通感是和人们至今也称做共通感(Sensus Communis)的一般理解本质上有区别:后者(一般理解)是不按照情感,而是时时按照概念,固然通常只按照不明了地表示的原理判断着。

所以只在这个前提下,即有一个共通感(不是理解为外在的感觉,而是从我们的认识诸能力的自由活动来的结果),只在一个这样的共通感的前提下,我说,才能下鉴赏判断。

第21节 人们能不能有根据假定共通感?

知识与判断,连同那伴着它们的确信一起,必须能够普遍传达,否则它们与客体之间便不能一致:它们结合起来将仅仅是表象诸能力的主观的活动,正像怀疑论所要求的。但如果知识能够传达,那么那心意状态必须能够普遍传达,那就是说,认识能力与一般认识之间的一致,以及为了可以从其中获得认识而适合于(对象所赖以表现的)表象的这两者之比例,是必须能够普遍传达的。因为没有这个作为认识的主观条件便不能产生作为结果的知识。这种情形实际上随时实现着,如果一定的对象凭借感官把想象力推动去集合多样的东西,而想象力又把理智推动去统一这多样的东西使之成为概念。但是这认识诸能力的调协依照已知的客体的各异性而具有不同的比例。

但仍然必须有一个比例,以便两种心意力量所赖以彼此推动的这种内在关系,就(一定对象的)认识来说,对于这两种心意力量总是最有利的;而这调协只能经由情感(而不是依照概念)被规定着。

然而现在这调协本身必须能够普遍传达,从而我们对它的情感(在一定的表象里)也必须能够普遍传达;一种情感的普遍传达性却以一种共通感为前提:所以这共通感是有理由被假定的,而且不是根据心理的观察,而仅仅是作为我们知识的普遍传达性的必要条件,这是在每一种逻辑和每一非怀疑论的知识原则里必须作为前提被肯定着的。

第22节 在鉴赏判断里假设的普遍赞同的必然性是一种主观的必然性,它在共通感的前提下作为客观的东西被表象着

在一切我们称某一事物为美的判断里,我们不容许任何人有异议,而我们并非把我们的判断放在概念之上,而只是根据情感:我们根据这种情感不是作为私人的情感,而是作为一种共同的情感。因此而假设的共通感,就不能建立在经验的基础上;因为它将赋予此类判断以权利,即其内部含有一个应该:它不是说,每个人都将要同意我们的判断,而是应该对它同意。所以共通感,根据它的判断而提出我的鉴赏判断作为一个例子,并且因此我赋予它范例的有效性,它是一理想的规范,在它的前提下人们就能够把一个与它协和的判断和在这判断里表示出对一对象的愉快颇有理由地对每个人构成法则:因为那原理固然是主观的,却仍然被设想为主观而普遍的(对每个人必然的观念),它涉及不同的诸判断者的一致性,就像对于一客观的判断一样,能够要求普遍的赞同;只要人确信它是正确地包含在那原理之下。

我们确实是设想一个共通感,这种不确定的规范为前提的:我们之敢于下鉴赏判断就证明了这一点。至于实际上是否有一个这样的共通感作为经验的可能性的构成原理,或是有更高级的理性的原理把它对我们仅仅做成节制的原理,以便在我们内部产生一个为了更高目的的共通感;鉴赏力是否原始的和自然的,抑或单是一种获得的和人为的能力的观念,以致鉴赏判断,连同它的普遍赞同的要求,事实上仅是一种理性要求,是一种要求产生感性形式的一致性,而那"应该",就是说,每个人的情感和每个别人的个别的情感彼此符合的客观必然性只意味着彼此一致的可能性,而鉴赏判断只是这个原理的应用之一个实例:关于这些我们在此尚不愿

也不能加以研究,而我们现在只从事于分解鉴赏能力直到它的成分和最后把诸成分统一于一个共通感的观念中。

从第四个契机总结出来的对象的说明

美是不依赖概念而被当作一种必然的愉快底对象。

对于分析论第一章的总注

从以上的分析引申出来的总结,可以见到一切都归宿于鉴赏的概念:鉴赏是关联着想象力的自由的合规律性的对于对象的判定能力。如果现在在鉴赏判断里想象力必须在它的自由性里被考察着的话,那么它将首先不被视为再现,像它服从着联想律时那样,而是被视为创造性的和自发的(作为可能的直观的任意的诸形式的创造者)。固然它在把握眼前某一对象时是被束缚于这客体的一定的形式,而且在这限度内没有自由活动之余地(像在做诗里),而我们仍然可理解:对象正是能给予它这样一个形式,这形式含有多样的统一,正像想象力在自由活动时,在和悟性的合规律性一般协调中可能设想出来的一样。但是说想象力是自由的却又是本身具有规律的,这就是说,它是自主的,这是一个矛盾。唯独悟性能提供规律。如果想象力却被迫按照一定的规律去进行,那么它的成果将在形式方面被概念规定着,照它所应该的那样。但是这样一来我们上面所述的那种愉快却不是对于美,而是对于善(对于完满性,自然只是形式方面的)的愉快,而这判断不是通过鉴赏的判断了。这将就成为一个没有规律的合规律性和想象力对悟性的主观性的协调一致而并非有客观性的(协调一致),因表象是对于一对象的一定的概念联结着,将能和悟性的自由的合规律性(这也被称为没有目的的合目的性)及和一个鉴赏判断的特异性单独地共同存在着。

几何学合规则的形象,一个圆形,正方形,正六面体等等,被鉴赏评判家们通常引来作为美的最单纯的和毫无疑问的例证;但是它们之所以被称为合规则,正因为它们除了这样不能用别的方法表象出来,亦即它们被视为是一个概念的单纯表现,这概念给那形象指定了规律(唯有依这规律它才有可能)。所以在这里必有一方面是错误的:或是那些鉴赏评判家的判断,赋予所设想的形象以美,或是我们的判断,认为美必须要不依赖概念的合目的性。

没有人能够轻易地下一个判断,说一个具有鉴赏力的人在一个正圆形上较之在一个歪曲的轮廓上,在一个等边等角正方形上较之在一倾斜的,不等边的,即歪曲的四方形上获得更多的愉快;因为对于这只要常识而不需要任何鉴赏力。在企图判定例如一个场所的广大,或明白各部分相互间及对全体的关系时,那就只需要合规律的形象并且要其中最简单的种类;而愉快不是直接基于形象的观照上,而是基于形象对于各项目的有用性之上。一个房间,它的墙壁构成斜角,一个同样的庭园场子,以至一切破坏了形象对称的如在动物(譬如独眼)中,在建筑或花床,是令人不愉快的,因为它违反目的,不仅是实践地在这些动物的一定的应用里,而且也对于在一切可能意图中的评判里;在鉴赏判断的场合就不是这样了,当鉴赏判断是纯粹的时,愉快或不愉快是不顾及用途或目的的,而是直接地和对象的单纯观照接合着。

导向一个对象的概念的合规则性,是不可缺少的条件,来把这对象掌握在一个单一的表象里并将多样性在这表象的形式里来规定。这个规定就认识来说是个目的。在这个关系里它也时时和愉快结合着(这愉快伴随着每一纵然只是可疑的意图的实现)。这却单是对于满足了一个课题的解决的赞许,而不是心意诸力和我们称之为美的东西的一个自由的无规定而合目的性的娱乐,在这里悟性对想象力而不是想象力对悟性服务。

在一个只通过意图才有可能的物件,在一个建筑,甚至于在一个动物,那建立于对称里的合法则性必须表现出观照的统一性来。这观照的统一性伴着目的的概念而同样隶属于认识。但是在一个仅是表象诸能力的自由活动（却在这样的条件下,即悟性在此不受到打击）被持续着的场合,在娱乐园里,室内装饰里,一些有趣味的家具里等等,强制的合规则性便尽可能地避免掉；关于庭园的英国趣味,对于家具的巴洛克趣味竟驱使想象力的自由达到光怪陆离的程度,而在这摆脱一切规则的强制中恰好肯定着这场合。在这场合里鉴赏力在想象力的诸设计中能够表示它的最大的完满性。

一切僵硬的合规则性（接近数学的合规则性）本身就含有那违反趣味的成分：它不能给予观照它时持久的乐趣；而是当它若不是显著的以认识或一个一定的实践目的为意图时令人厌倦。与此相反的是,那能使想象力自在地和有目的地活动的东西,它对我们是时时新颖的,人们不会疲于欣赏它。马尔斯顿在他关于苏门答腊的描绘曾指出,在那里大自然的自由美处处包围了观者,而因此对他不再具有多少吸引力；与此相反,一个胡椒园,藤萝蔓绕的枝干在其中构成两条平行的林荫路,当他在森林中忽然碰见这胡椒园时,这对于他便具有很多的魅力。他由此得出结论：野生的、在现象上看是不规则的美,只对于看饱了合规则性的美的人以其变化而引起愉快感。但是只要他做一个试验,一整天停留在他的胡椒园里,使他内心感到,如果悟性经由合规则性把自己置于他处处所需要的秩序井然的情调里,那对象将不会长久地令他感到有趣,甚至于对他的想象力加上了可厌的强制；与此相反,那富于多样性到了豪奢程度的大自然,它不服从于任何人为的规则,却能对他的鉴赏不断地提供粮食。——甚至于我们不能纳进任何音乐规则的鸟鸣,好像含有更多的自由,并因此比起人类的歌声来是更加有趣,而歌声是按照音乐艺术的一切规则来演唱的。因为这后者,如果多次并长时间重复着,早就会令人深深厌倦。但是此地我们恐怕是把对于一个可爱的小动物的欢乐的同情和它的歌的美互易了。它的歌,如果被人们完全准确地模仿出来(像今日对于夜莺的鸣声所做的那样),这对于我们的耳朵将是十分没趣的。

还要区别美的对象和对于对象的美的眺望(这对象常常因遥远的距离不再能认识得清晰)。在后者里面似乎鉴赏力不单是抓住想象力在这视野里所把握到的;而更多的是在于想象力有机会去做诗,那就是说它把握着真正的幻想;心意保持着这些幻想,当它经由冲击着眼帘的多样性连续地唤起来的时候;就像看见一个壁炉火焰的流动不停的或一小溪潺流的形象,二者并不是美,但对于想象力却带来了一种魅力,因为它们保持着它们的自由的活动。

第二章　崇高的分析

第23节　从"美"的判定能力向"崇高"的判定能力的迁移

美和崇高在下列一点上是一致的,就是二者都是自身令人愉快的。再则两者的判断都不是感官的,也不是论理地规定着,而是以合乎反省判断为前提:因此那愉快既不系于一感觉,像快适那样,也不系于一个规定的概念,像对善的愉快那样,但是仍然关联到概念,尽管是不确定的任何概念。因此这愉快是连系在单纯的表现上或表现的能力上,而在一给定直观中的表现能力或想象力所作的表现是以悟性的或是理性的概念能力作为它的促进者,处于协和一致中。因此,两种判断(按指美的判断和崇高的判断)都是单个的判断,但却自身对于每个主体具有普遍有效性,尽管它们仅能对快乐的情绪而不能对于对象的知识提出要求。

但是两种判断中间的差异也是显然的。自然界的美是建立于对象的形式,而这形式是成立于限制中。与此相反,崇高却是也能在对象的无形式中发见,当它身上无限或由于它(无形式的对象)

的机缘无限被表象出来,而同时却又设想它是一个完整体:因此美好像被认为是一个不确定的悟性概念的,崇高却是一个理性概念的表现。于是在前者愉快是和质结合着,在后者却是和量结合着。并且后者的愉快就它的样式说也是和前者不同的:前者(美)直接在自身携带着一种促进生命的感觉,并且因此能够结合着一种活跃的游戏的想象力的魅力刺激;而后者(崇高的情绪)是一种仅能间接产生的愉快;那就是这样的,它经历着一个瞬间的生命力的阻滞,而立刻继之以生命力的因而更加强烈的喷射,崇高的感觉产生了。它的感动不是游戏,而好像是想象力活动中的严肃。所以崇高同媚人的魅力不能和合,而且心情不只是被吸引着,同时又不断地反复地被拒绝着。对于崇高的愉快不只是含着积极的快乐,更多的是惊叹或崇敬,这就可称作消极的快乐。

崇高和美的最重要的和内在的差异是这样的:如果我们在这里正当地把崇高就它在自然对象上来观察(艺术里的崇高常常是局限于和自然协和的条件之下),自然美(那独立性的)自身在它的形式里带着一种合目的性,对象由于这个对于我们的判断力好像预先被规定着了,而这样就自身构成一个愉快的对象;与此相反,在我们内心,不经过思维,只在观赏中激起崇高情绪的,就形式说来它固然和我们的判断力相抵触,不适合我们的表达机能,而因此好像对于想象力是强暴的,但却正因此可能更评赞为崇高。

人们立刻可以看出,如果我们称任何自然的对象为崇高,这一般是不正确的表达,尽管我们能够完全正确地把许多自然界对象称做美。因为一个本身被认做不符合目的的对象怎能用一个赞扬的名词来称谓它。我们只能这样说,这对象是适合于表达一个在我们心意里能够具有的崇高性;因为真正的崇高不能含在任何感性的形式里,而只涉及理性的观念:这些观念,虽然不可能有和它们恰正适合的表现形式,而正由于这种能被感性表出的不适合性,那些理性里的观念能被引动起来而召唤到情感的面前。所以广阔的,被风暴激怒的海洋不能称作崇高。它的景象只是可怕的。如果人们的心意要想通过这个景象达到一种崇高感,他们必须把心意预先装满着一些观念,心意离开了感性,让自己被鼓动着和那含有更高合目的性的观念相交涉着。

这独立的自然美使我们发现自然的一种技术,这技术把自然对我们表象为一个按照规律的体系,而这些规律的原则是在我们的整个悟性能力里不能见到的;这就是当我们运用判断力于诸现象时涉及一种合目的性,由于这个合目的性诸现象不仅仅隶属那在它的无目的性的机械主义中的自然,而是同时必须判定为隶属于类似艺术的东西。这自然美固然不曾真正地扩大我们对于自然对象的知识,但是仍然扩大了我们对自然的概念,这就是从自然作为单纯的机械性扩大到自然作为艺术的概念。而这就导引我们深入地研究这样一种形式的可能性。但是我们在自然中所通常称为崇高的现象里,却不具有任何东西导引我们到任何种特殊的客观原理和符合这原理的自然界的形式。它们(按指自然里的崇高现象)却更多地是在它们的大混乱或极狂野、极不规则的无秩序和荒芜里激引起崇高的观念,只要它们同时让我们见到伟大和力量。从这里可以看出,自然界的崇高概念比起它里面的美的概念远远不那么重要和有丰富的引申;而它根本不指示出自然本身里的任何合目的性,而只是在自然直观的可能运用中在我们内心里激起完全不系属于自然界的合目的性的感觉。关于自然界的美我们必须在我们以外去寻找一个根据,关于崇高只须在我们内部和思想的样式里,这种思想样式把崇高性带进自然的表象里去。这是很必须预先加以注意的一点。崇高的观念要和自然界的合目的性完全分开。关于崇高的理论只应成为对自然界的合目的性的审美评判的一个附录。因为通过它不曾表象出自然里任何特殊的形式,而只从自然的表象发展着想象力的一个合目的性的运用而已。

第 27 节　评赏崇高中愉快的性质

我们感觉着我们的能力不能达到一个观念——这观念对于我们是规律——这个感觉就是崇敬。但是那观念，它包括每一个对我们可能给于的现象进入一全体的直观，这个观念就是这样一个观念，它是通过一理性的规律附加于我们的，这理性是除掉那绝对的全体外不承认任何别的规定着的，对任何人有效和不变的尺度的。但是我们的想象力却证明：即使用最大的努力，在它所企求的总括一个给予了的对象进入一直观的全体，(亦即表达理性观念的，对于观念作为一规律的时)见到它(想象力)的界限和不合致性，但是同时又见到实现这合致性是它的使命。所以那对于自然界里的崇高的感觉就是对于自己本身的使命的崇敬，而经由某一种暗换赋予了一自然界的对象(把这对于主体里的人类观念的崇敬变换为对于客体)，这样就像似把我们的认识机能里的理性使命对于感性里最大机能的优越性形象化地表达出来了。

所以崇高感是一种不愉快的感觉，由于想象力在对大的审美的估量中和即通过理性的估量不合致，然而在这里同时引起一种愉快感，正是由于下列评判：即最大的感性机能的不合致性正是和理性观念相应合。而这对于理性观念的企望和努力，对我们正是规律。这对我们就是(理性的)规律，并且属于我们的使命，一切在自然界里对我们作为大的对象，在和那理性的观念相比较时，将被估量为小。而这在我们心里所激起的超感性的使命的感觉，和那规律恰相应合着。但想象力在表达那估量大的单位时它的最大的企图是联系到某一绝对的大的东西，因此也就是对于理性的规律的一种关联；而单把这个承认作"大"的最高尺度。当我们的内心感觉着一切感性的尺度对于理性中的大的估量不合致时，这个内心里的(不合致的)感觉却正和理性的规律相应合，并且是一种不愉快，这不愉快是我们的超感性的使命的情感在我们内里激引起的。但按照着这超感性的使命发现感性界的每个尺度不适合理性里的观念，这却正是合目的，因此也就是愉快的。

心情在自然界的崇高的表象中感到自己受到激动；而在同样场合里对于"美"的审美判断中却是处于静观状态。这个激动（尤以在它开始时），能够和一种震撼相比拟；这就是这一对象对我们同时快速地交换着拒绝和吸引。那个对于想象力超绝的东西（想象力在把握直观时被驱至此）就好像是一深渊，想象力害怕自己迷失在它里面，但是它对于理性里关于超绝东西的观念却并不是超绝的，它导致想象力一种这样的企图是合规律的；因此它对单纯的感性在同等的分量里抗拒着又重新吸引着。那判断自身在这里却仍然是审美的，因为它仅是心情诸能力（想象力和理性）的主观活动通过它们的对立表象着和谐，而并无一个对于客体规定着的概念作为根基。因为像想象力和悟性在判定美里通过它们的一致性，想象力和理性却在此通过它们的对立性把心情诸能力的主观的合目的性引导出来。这就是一种下列情绪：感到我们有纯粹的，独立的理性，或俱有一估量大的机能，这机能的优越性除掉通过下列的情况是不能使它明朗的：这就是通过那个机能的不足够性，这同一机能在（感性对象的）大的表达里，自身是没有限制的。

对一空间的测量（作为把握它）同时就是描述它，所以即是在想象里的客观运动和一个进展，但总括多样性以入于统一性——不是思想里的而是直观里的——即是把连续地被把握的纳入一个瞬间，这却是一个退回，这一个退回把想象力里的进展的时间条件重复扬弃而使那同时存在形象化。所以测量是想象力的一个主观的活动，由于这活动它对内心意识施行强制。那想象力所纳入一个直观里的"量"愈大，这测量施行的强制必然愈使人感觉到。所以那企图，将一个对于大量的尺度吸收进一个单一的直观里来——把握它是要求着可觉察的时间的——这是一种表象形化，它从主观方面来看，是不合目的的，客观方面对于大的估量却是需求的,因此也是合目的的:但在这场合,这同一的强制势力,这个对于主体通过想象力施行着的,对于心情的全整的规定却将被判定为合目的性的。

崇高情绪的质是:一种不愉快感,基于对一对象的审美评定机能,这不愉快感在这里面却同时是作为合目的的被表象着:这是因此而可能的,即那自己的"无能"发现着这同一主体意识到它自身的无限制的机能,而我们心情只能通过前者来审美地评判后者(译者按:即通过无能之感发现着自身的无限能力)。

在逻辑的对大的估量中我们认识到,那种不可能性是客观的,即通过空间时间中感性世界诸物测量的进展以达到绝对的全体。这就是一种不可能性,把无限作为给与了的东西来思维,而不仅仅是作为主观的,这就是作为无能力去把握:因为这里全然不是涉及把总括于一个直观里的程度作为尺度,而是一切归结于一个数概念。但是在一个审美的对大的估量中数概念必需去掉或变掉,而只有想象力达到把握一个尺度单位对于它是合目的性的(因此避免那关于相继地产生量概念的一个规律的概念)。假使一个量(一个大)已经几乎达到我们的总括于一直观能力的最高点,而想象力仍被要求通过数字的大小(我们自己知觉我们对此的能力是无限止的),以达到审美地总括于较大的单位,这样我们在心情中就感到我们审美地是包围在局限之内了。但是这个不愉快感究竟将作为合目的性而被表象着,这就是基于想象力必须扩张以企适应我们理性机能里的无限,亦即绝对适应那绝对全体的概念,也就是想象力机能的不合目的性对于理性诸观念和它们的呼唤终于仍表象为合目的性的。正由于这样,审美判断自身对于理性作为诸观念的源泉——这就是说,一个这样的知性的总括,对于它一切审美的事物是渺小的了——将成为主观地合目的性的。于是对象将作为崇高而用愉快来欣赏着,这愉快却是由不愉快的媒介才可能的。

第43节 关于艺术一般

（1）艺术被区别于自然，像动作（facere）被区别于行为或作用一般（agere）一样，而成品，或前者（艺术）所产生的结果，作为作品被区别于后者的结果，即效果（effectus）。

正当地说来，人们只能把通过自由而产生的成品，这就是通过一意图，把他的诸行为筑基于理性之上，唤做艺术。因为，虽然人们爱把蜜蜂的成品（合规则地造成的蜂窝）称做一艺术作品，这只是由于后者对前者的类似；只要人一思考，蜜蜂的劳动不是筑基于真正的理性的思虑，人们就会说，那是她的（本能的）天性的成品，作为艺术只能意味着是一创造者的作品。

当人们探查一沼泽时见到一块被削正的木头，像通常会有的情形，这时人们不会说它是自然的成品，而是一艺术的。产生这一物的原因是自己设想过一个目的，这物的形式当归原于这一目的。固然人们也在一切事物上见到艺术，只要这事物的构造是这样的：即在它的实现之前必须先在它的因里面先行着一个对于它的表象（甚至于在蜜蜂那里），而正无须真正预想过它的结果；但人们根本上所称为艺术作品的，总是理解为人的一个创造物，以便把它和自然作用的结果区别开来。

（2）艺术作为人们的技巧也和科学区分着（技能区别于知识），作为实践的和理论的机能，作为技术和理论（像几何学中的测量术一样）区别开来。因此在下列的场合不叫做艺术，即：人能够做，只要人知晓什么是应该做的，因此只充分地知晓这欲求的结果。只是那人们尽管是已经全部地知晓了，却还未具备技巧立刻来从事，在这范围内才隶属于艺术。坎伯尔（Camper）曾描写得很体细，最好的鞋子应该是怎样做的,但他却肯定地做不出一只来①。

(3) 艺术也和手工艺区别着。前者唤做自由的,后者也能唤做雇佣的艺术。前者人看做好像只是游戏,这就是一种工作,它是对自身愉快的,能够合目的地成功。后者作为劳动,即作为对于自己是困苦而不愉快的,只是由于它的结果(例如工资)吸引着,因而能够是被逼迫负担的。至于在行会的级表上是否钟表匠被认为是艺术家,而与此相反,铁匠作为手工艺匠工,这需要和我们现在所采取的观点不同的另一评判观点,即是作为这一事业或那一事业基础的才能的比例。在所谓七种自由艺术里是否有几种可以列入学术,有几种可以和手工艺相比拟,关于这一点我现在不愿谈论。至于在一切自由艺术里仍然需要着某些强制性的东西,如人们听说的机械性东西,若没有这个那在艺术里必须自由的,唯一使作品有生气的精神就会完全没躯体而全部化为虚空,这是应该提醒人们的,(例如在诗艺里语法的正确和词汇的丰富,以及诗学的形式韵律)现在有一些教育家认为促进自由艺术最好的途径就是把它从一切的强制解放出来,并且把它从劳动转化为单纯的游戏。

第44节 关于美的艺术

没有关于美的科学,只有关于美的评判;也没有美的科学,只有美的艺术。因为关于美的科学,在它里面就须科学地,这就是通过证明来指出,某一物是否可以被认为美。那么,对于美的判断将不是鉴赏判断,如果它隶属于科学的话。至于一个科学,若作为科学而被认为是美的话,它将是一怪物。因为,如果人们在它里面把

---

① 在我住的地方普遍人说道,如果人给予他一个这样的任务,像哥伦布和他的蛋那样,这就不是艺术,这仅是一科学;这就是说,人如果知晓了,他就能做。对于变戏法的人的一切所谓艺术,他认为也是这样。但走绳索的艺术他却不能否认是一种艺术。——原注

它作为科学来询及理由和证据,人们会拿美丽的词句来打发我们。至于什么根由产生了通常所称谓的美的科学,无疑不是别的,正是人们完全正确地指示出来的:美的艺术在它的全部的完满性里包含着不少科学,例如对古代文字的知识,熟读古典作家,历史学,古代遗产的熟悉等等,因这些学识构成了美的艺术的必要的准备和根基。另一部分根由也因为对美术的作品的知识(演说学与诗艺)也包含在这里面,由于名词的误用,自己也就称做美的科学了。

假使艺术,适合着一可能对象的认识,单纯为了把它来实现,进行着为这目的所必要的动作,那它就是机械的艺术。假使它拿快感做它的直接的企图,它就唤做审美的艺术。这审美的艺术又可以是快适的艺术,或是美的艺术。它是前者,假使它的目的是快乐,伴随着诸表象作为单纯的感觉,它是后者,假使这快乐伴随着诸表象作为认识的样式。

快适的诸艺术是单纯以享乐为它的目的。例如人们在筵席间享受到的一切刺激,有趣地说着故事,诱使坐客们活泼自由地高谈阔论,用谐谑和欢笑造成快乐气氛。在这场合,正如人们所说的,随便说些醉话,不负任何责任,不停留在一固定题目的思考和倡和里,只为了当前的欢娱消遣。(隶属于这场合的也有筵席的美味陈设或在大宴会里甚至于还有着音乐的演奏:这是一奇怪的东西,它只是作为一种舒适的声响支持着大众愉快的情调,协助他们和邻坐自由地交谈,没有人会丝毫注意到这音乐曲调的结构)。此外属于这场合的还有一切游戏,这些游戏没有别的企图,只是叫人忘怀于时间的流逝。

与此相反,美的艺术是一种意境,它只对自身具有合目的性,并且,虽然没有目的,仍然促进着心灵诸力的陶冶,以达到社会性的传达作用。

一般愉快的普遍传达性是在它的概念里已经包含着这事实:即它不是单纯的官能感觉的快乐,而必须是反省里的;所以审美的艺术是这样一种艺术,它是拿反思着的判断力而不是拿官能感觉作为准则的。

第45节 美的艺术,在她同时好像是自然时,它是一种艺术

在一个美的艺术的成品上,人们必须意识到它是艺术而不是自然。但它在形式上的合目的性,仍然必须显得它是不受一切人为造作的强制所束缚,因而它好像只是一自然的产物。艺术鉴赏里这个可以普遍传达的快感,就是建基于我们认识诸机能的自由活动中的自由的情绪,而不是建基于概念。自然显得美,如果它同时像似艺术;而艺术只能被称为美的,如果我们意识到它是艺术而它又对我们表现为自然。

于是我们能够一般地说:不管是自然美或艺术美,美的事物就是那在单纯的评判中(不是在官能感觉里,也未曾通过概念)而令人愉快满意的。但艺术却是时时有一确定的企图来创造出某物。假使这单单是感觉(某些只是主观的东西),企图和快乐相偕着,那么这一成品在评定里只是通过官能的感觉而令人愉快。如果这企图是在于产生出某一确定的客体,那么,假使它也是经由艺术达到的话,那么,这一客体只能通过诸概念来令人愉快满意。在以上这两个场合,艺术将不是在单纯的评判里,即不是作为美的艺术,而是作为机械的艺术令人愉快满意的。

所以美的艺术作品里的合目的性,尽管它也是有意图的,却须像似无意图的,这就是说,美的艺术须被看做是自然,尽管人们知道它是艺术。但艺术的作品像是自然是由于下列情况:固然这一作品能够成功的条件,使我们在它身上可以见到它完全符合着一切规则,却不见有一切死板固执的地方,这就是说,不露出一点人工的痕迹来,使人看到这些规则曾经悬在作者的心眼前,束缚了他的心灵活力。

第 46 节 美的艺术是天才的艺术

天才就是那天赋的才能，它给艺术制定法规。既然天赋的才能作为艺术家天生的创造机能，它本身是属于自然的，那么，人们就可以这样说：天才是天生的心灵禀赋，通过它自然给艺术制定法规。

不管这个定义是怎样一回事，它或许只是肆意而谈的，或许符合着人们在天才这名词下所把握的概念，或许不是，（这将在次节里说明），人们仍然能够预先证明，按照着这里所假定的字义，美的艺术必然地要作为天才的艺术来考察。

每一艺术是以诸法规为前提，即在它们的基础上一个能被称为艺术的作品才能设想为可能的。但美的艺术这一概念却又不允许对于它的作品所下的美的判断是从任何一个法规引申出来的。法规是以一概念做它的规定基础的。因此，对于作品下美的判断，是不以一概念做基础的，这概念是说出：它是怎样可能的。所以美的艺术不能为自己想出法规来，他却只能按照着这法规来完成制作。但是没有先行的法规，一个作品是永不能唤做艺术的，因此必须是大自然在创造者的主体里面（并且通过它的诸机能的协调）给予艺术以法规，这就是说，美的艺术只有作为天才的作品才有可能。

人们从这里看出来，天才（一）是一种天赋的才能，对于它产生出的东西不提供任何特定的法规，它不是一种能够按照任何法规来学习的才能；因而独创性必须是它的第一特性；（二）也可能有独创性的，但却无意义的东西，所以天才的诸作品必须同时是典范，这就是说必须是能成为范例的。它自身不是由摹仿产生，而它对于别人却须能成为评判或法则的准绳；（三）它是怎样创造出它的作品来的，它自身却不能描述出来或科学地加以说明，而是它（天才）作为自然赋予它以法规，因此，它是一个作品的创作者，这作品有赖于作者的天才,作者自己并不知晓诸观念是怎样在他内心里成立的,也不受他自己的控制,以便可以由他随意或按照规划想出来,并且在规范形式里传达给别人,使他们能够创造出同样的作品来(因此"天才 genie"这字可以推测是从 genius(拉丁文)引申而来的,这就是一特异的,在一个人的诞生时赋予他的守护和指导的神灵,他的那些独创性的观念是从这里来的);(四)大自然通过天才替艺术而不替科学定立法规,并且只是在艺术应成为美的艺术的范围内。

第47节 对上面关于天才的说明解释和论证

人们在这一点上是一致的,即天才是和摹仿的精神完全对立着的。学习既然不外乎是摹仿,那么,最大的才能,学问,作为学问,仍究竟不能算做天才。假使人们自己也思考或做诗,并且不仅是把握别人所已经思考过的东西,甚至对于技术和科学有所发明;这一切仍然未是正确的根据,来把这样一个(常常是伟大的)头脑(与此相反,那些除掉单纯的学习与摹仿外不再能有别的东西,将被人唤做笨伯)称做一天才。因为这一切科技仍是人们能学会的,仍是在研究与思考的天然的道路上按照着法规可以达到的,而且是和人们通过勤恳的学习可以获致的东西没有种别的区分。所以牛顿在他不朽的自然哲学原理那一著作里所写的一切,人们全可以学习;虽然论述出这一切来,需要一个伟大的头脑。但人不能巧妙地学会做好诗,尽管对于诗艺有许多详尽的诗法著作和优秀的典范。原因是在于:牛顿把他的一切步骤,从几何学的最初原理达到他的伟大的深刻的发明,不单是能对自己,也能对于每个别人完全直观地演出来并规定下追随的道路。既不是荷马,也不是魏兰能够指示出他们的幻想丰满而同时思想富饶的观念是怎样从他们的头脑里生出来并且集合到一起的,因为他们自己也不知道,因而也不能教给别人。所以在科学里面最伟大的发明家和最辛勤的追随者和学徒也只是程度上的差别;与此相反,对美术获得天赋的人是和他们却有种类上的区别,但这些伟大人物(译者按,指科技发明家),人类感荷于他们的是那样多,我们在这里绝没有把他们和那些自然的宠儿——就他们的美术天才而言——相对比而加以轻视。正由于他们把他们的才能用于知识的永恒向前的更大的完满性和一切系于这上面的效用利益,以及把这些知识传递给别人,在这些上面正是他们对于那些获得天才荣誉的人所占有的伟大优越性:因为对于这些天才们艺术或已停止进步,艺术达到一个界限不再能前进,这界限或早已达到而不能再突破;并且这样一种技巧也不能传达,而是每个人直接受之于天,因而人亡技绝,等待大自然再度赋予另一个人同样的才能。他(这天才)仅需要一个范本的启发,以便同样地发挥他自己已意识到的才能。

既然天赋的才能必须给予艺术(作为美的艺术)以法规,那么,什么是这法规呢?它不能要约在任何一个公式里,以便成立为规范,因为那样一来,对于美的判断就可以按照概念来规定了。而这法规必须是从实践,即从成果,抽象出来的,在这成果(作品)上别人可以考验他自己的才能,以便使那个范本不是服务于照样重做而是令人观摩摹仿,至于这是怎样可能的,那是不容易解释的。一个艺术家的诸观念激动了他的学徒的类似的观念,假使大自然给他的心灵能力装备了一个类似的比例。所以美术的诸范本是唯一的导引工具,来把美术传递给予后继的人;而这不是单纯通过描述所能做到的(尤其是不能在言语的艺术里)而且在这些里面也只能是那古代的,死的,现在只作为学者的言语保存下来的,得成为典范。

尽管机械的,作为单纯勤勉的和学习的艺术,和美的,作为天才的艺术,相互区别着,但究竟没有一美的艺术里面没有一些机械的东西,可以按照规则来要约和遵守,这也就是说有某些教学正则构成艺术的本质的条件。因为在艺术里面必须有某物被思考为目的,否则人们不能把它的成品归隶艺术,那将单是一偶然性的产物了。但是要把一个目的放进艺术,就需要确定的法规,人不能从这些法规超脱出来。但天赋才能的独创性是构成天才品质的本质的部分,所以一些浅薄的头脑相信,只要他们从一切规律的束缚中解放了,他们就是开花结果的天才了,并且相信,他们骑在一匹狂暴的悍马上会比跨在一匹训练过的马上要威风些。天才仅能为美术的成品提供丰富的素质,这些素质的加工和它的形式要求着一位经过学校陶冶过的才能,以便使用这素质,能够在批判力面前获得通过。但是假使有人在细致精密的理性探讨的事物中也像一个天才那样来谈论和判决,那就完全可笑了,人们将摸不清,是应该笑这骗子吗?他散布这许多模糊的烟雾,使人们无从获致明白的判断,而因此更好胡思乱想;或是人们应笑那忠厚老实的公众,他们相信,他们不能认识和把握这一具洞见的杰作,他们的无能是由于整个大块的新的真理抛在他们的面前,而细节(通过诸原则的精确说明的和正规的考验)好像只是残缺不全。

第48节　天才对于鉴赏的关系

评定的美的对象作为美的对象要求着鉴赏力,对于美的艺术自身,产生美的艺术却要求着天才。

如果人们把天才看做对于美术的才能(含着这名词的特有的意义),并且在这目的之下分析诸机能——这些机能必须集合起来才能构成这才能的——,那么,必须准确地规定出自然美和艺术美的区别。自然美的评定只需要鉴赏力,而艺术美的可能性是要求着天才的(在评判这一类的物品时必须照顾到这一点)。

一自然美是一美的物品;艺术美是物品的一个美的表象。

评定一个自然美作为自然美,不需预先从这对象获得一概念,知道它是什么物品,这就是说:我不需知道那物质的合目的性(这目的),而是那单纯形式——不必知晓它的目的——在评判里自身令人愉快满意。但是如果那物品作为艺术的作品而呈现给我们,并且要作为这个来说明为美,那么,就必须首先有一概念,知道那物品应该是什么。因艺术永远先有一目的作为它的起因(和它的因果性),一物品的完满性是以多样性在一物品内的协调合致成为一内面的规定性作为它的目标。所以评判艺术美必须同时把物品的完满性包括在内,而在自然美作为自然美的评判里根本没有这问题。固然在评判里主要的是考虑到自然界里有生命的诸对象,例如人或马,一般地也涉及客观的合目的性,以便对它们的美来评定;但因此那判断也不再是纯审美的,即单纯的鉴赏判断了。自然不再是按照它显现为艺术来评判,而是在于它确是作为真实的(固然超人类的)艺术。这种目的论的判断构成审美判断的基础和条件,我们必须顾念到这点。在这样一个场合假使人说道:这里是一美女,人们事实上所思想的也不外乎:大自然在她的形体里表象着妇女躯体构造的诸目的;因人须超出那单纯形式眺见一个概念,以便那对象在这方式里通过一逻辑制约了的审美判断而被思考着。

美的艺术正在那里面标示它的优越性,即它美丽地描写着自然的事物,不论它们是美还是丑。狂暴、疾病、战祸等等作为灾害都能很美地被描写出来,甚至于在绘画里被表现出来。只有一种丑不能照实在的那样表现出来,而不毁灭一切审美的愉快,毁灭艺术的美,这就是那令人作呕的现象。因为在这一奇异的、纯粹基于想象作用的感觉里,那对象好像是逼迫着我们来容受,而我们却强力地抗拒着,因而对象的艺术的表象和这一对象自身的性质在我们的意识里不能区别开来,从而前者不可能作为美来看待。所以雕塑艺术,因在它的作品上艺术和自然几乎不能区别,它们必须把丑恶的对象从它们的表现范围内屏除出去,因而把死亡(用一美的神灵)、战争(用马尔斯战神)通过一个寓意或属性来表达,以便使人乐于接受。这就是说间接地通过理性解释的媒介而不是由于单纯审美的判断力。

关于一个对象的美的表象我们只说到这里,它在本质上只是一个概念的表述的形式,通过它那概念被普遍传达着。把这形式给予美的艺术却需要鉴赏力。这种鉴赏力是艺术家由于许多艺术作品及大自然范本的观摩练习出来和改正过,而运用在他自己的创作里,并且经历一些常常辛勤的试验发见了那个形式使他的鉴赏力感到满足。所以这形式不是一种灵感的事业或心意诸能力自由飞腾的结果,而是一缓慢的,甚至苦心推敲,不断改正的结果,以便把它(形式)适合着思想而同时仍不使心意诸力活动的自由受到损害。

鉴赏却只是一评判的而不是一创造的机能;所以适合着它的并不因此就是一个美术的作品;那也可能是隶属于有益的和机械的产物,这产物的形成是按照着规定法则,而这些法则人们能够学会并准确地遵守。但那令人愉快的形式——人们所加赋予它的——却只是一传达的工具和演述的手法,在这里面人们尚能在某种程度上保持自由,虽然他是束缚在一规定的目的上面的。所以人们要求那桌上用具或一道德论文,甚至一个说教必须在自身具备着美术的形式,而又不显得是故意造作的。但人们并不因此就称它们为美术创作。隶属于后者将是一首诗,一出乐奏,一个画廊等类。这里人们会在一个应该成为美术的作品上面有时见到有天才而无鉴赏,在另一作品上见到有鉴赏而缺天才。

第49节 关于构成天才的心意诸能力

有某些艺术产品,人们期待它们表示自己为美的艺术,至少有部分如此,而它们没有精神,尽管人们就鉴赏来说,在它们上面指不出毛病来。一首诗可以很可喜和优雅,但它没有精神。一个故事很精确和整齐,但没有精神。一个庄严的演说是深刻又修饰,但没有精神。有一些谈笑并不缺乏趣味,但没有精神。甚至于我们可以说某一女人是俊俏,健谈,规矩,但没有精神。这是为什么?

人们在这精神里了解的是什么?

精神(灵魂)在审美的意义里就是那心意付与对象以生命的原理。而这原理所凭借来使心灵生动的,即它为此目的所运用的素材,把心意诸力合目的地推入跃动之中,这就是推入那样一种自由活动,这活动由自身持续着,并加强着心意诸力。

现在我主张,这个原理正是使审美诸观念(译者按:亦可译审美诸理想)表现出来的机能。我所了解的审美观念就是想象力里的那一表象,它生起许多思想而没有任何一特定的思想,即一个概念能和它相切合,因此没有言语能够完全企及它,把它表达出来。人们容易看到,它是理性的观念的一个对立物(Pendant),理性的观念是与它相反,是一概念,没有任何一个直观(即想象力的表象)能和它相切合。

想象力(作为生产的认识机能)是强有力地从真的自然所提供给它的素材里创造一个像似另一自然来。当经验对我呈现得太陈腐的时候,我们同自然界相交谈。我们固然也把它来改造,但仍是按照着高高存在理性里的诸原理(这些原理也是自然的,像悟性把握经验的自然时所按照的诸原理那样);在这里我们感觉到从联想规律解放出来的自由(这联想规律是一系于那机能在经验里的使用的)。在这场合里固然是大自然对我提供素材,但这素材却被我们改造成为完全不同的东西,即优越于自然的东西。

人们能够称呼想象力的这一类表象做观念;这一部分因为它们对于某些超越于经验界限之上的东西至少向往着,并且这样企图接近到理性诸概念(即智的诸观念)的表述,这会给予这些观念一客观现实性的外观;另一方面,并且主要的是因为对于它们作为内在的诸直观没有概念能完全切合着它们。诗人敢于把不可见的东西的观念,例如极乐世界,地狱世界,永恒界,创世等等来具体化;或把那些在经验界内固然有着事例的东西,如死,忌嫉及一切恶德,又如爱,荣誉等等,由一种想象力的媒介超过了经验的界限

——这种想象力在努力达到最伟大东西里追迹着理性的前奏——在完全性里来具体化,这些东西在自然里是找不到范例的。本质上只是诗的艺术,在它里面审美诸观念的机能才可以全量地表示出来。但这一机能,单就它自身来看,本质上仅是(想象力的)一个才能。

如果把想象力的一个表象安放在一个概念底里,从属于这概念的表达,但它单独自身就生起来了那样的思想,这些思想是永不能被全面地把握在一个特定的概念里的——因而把这个概念自身审美地扩张到无限的境地;在这场合,想象力是创造性的,并且把知性诸观念(理性)的机能带进了运动,以致于在一个表象里的思想(这本是属于一个对象的概念里的),大大地多过于在这表象里所能把握和明白理解的。

有某些形式不是构成一个被给予的概念自然的表达,而只是作为想象力的副从的诸表象,来表现与此联结着的后果,和这概念与别的诸概念的亲属关系,人们称唤这类形式做一个对象的(审美的)状形词(Attribute),这个对象的概念作为理性的观念是不能切合地表述出来的。米匹特的鹫鸟和他爪里的闪电是这威严赫赫的天帝的状形标志,而孔雀是天后的。它们不表象着我们对天地创造的崇高和威严在概念里面的逻辑的状形词,而是某些别的东西,这些东西给予想象力机缘,扩张自己于一群类似的表象之上,使人思想富裕,超过文字对于一个概念所能表出的,并且给予了一个审美的观念,代替那逻辑的表达。它服务于理性的观念,本质上为了使心意生气勃勃,替它展开诸类似的表象的无穷领域的眺望。美的艺术做此事不仅是在绘画或雕刻里(在这里状形词常被运用着),而且诗艺和口才把那使他们作品生动活泼的精神也完全从对象的美的状形标志里取过来,这些状形词和逻辑的属性并行着,给予想象力以腾跃,它们在这里面——固然是在未发展的样式里——让人更富裕地思想着,超过一个概念在一特定的文字表达里所能包括的。我为了简短起见只限于少数的举例里。如果大王（译者按：指普鲁士的菲得烈大王）在他的一首诗这样表现着："让我们没有怨声退出此生，并无所愧惜，此外我们还用善举堆满了这世界留给后人。像太阳那样，当它完成了每天的周转以后，还散布了一层柔光在天上。它穿过云层送来的最后光线，是它对这世界最后的祝福"。他这样的在他生涯终结时仍对他的世界主义的理性观念用一状形词来赋予生命，这个状形词是想象力（在回忆着曾经渡过的一个美丽的夏日黄昏在他心情里唤起的一切快感）附加到那表象上的，而这又生起一群感觉和附带的表象，这些自身未寻到表现的。另一方面，与此相反，甚至于一个知性的概念能够用来做感性的一表象的状形词，而把后者通过超感性的观念来生动化。但只是当那主观地附丽于那超感性的意识上的美被用在这里的场合。所以某一诗人在描绘一美丽早晨时说："太阳涌出来，像静穆从德行里涌出来那样。"当人们在思想里设身到一个有德行的人地位去，道德的意识就会在人的心情里散播着一群高尚的镇静的情绪和对于愉快的未来一种无限的展望，对于这一切，是没有一个言词的表现——它只切合着一特定的概念呀——能够完全到达的①。

一言以蔽之，美的观念是想象力附加于一个给予的概念上的表象，它和诸部分表象的那样丰富的多样性在对它们的自由运用里相结合着，以至于对于这一多样性没有一名词能表达出来（这名词只标指着一特定的概念），因而使我们要对这概念附加上思想许

---

① 大概从来没有人说出过某一更加崇高的东西，或一个思想曾被更崇高地被表达出来过，像在那伊惜斯（Isis 自然母亲）庙上所写的话："我，一切存在的，曾经存在的，将存在的总体，没一个有死的人曾揭开过我的面幕"。赛格耐尔（Segner）曾在他的意义丰富的著作《自然论》书面图版上利用了这观念，以便他准备引入这庙宇的学生先期被这神圣的战栗所充塞，这个战栗调整他的心情进入庄严的注意。——原注

多不可名言的东西,联系于它(这不可名言的)的感情,使认识机能活跃生动起来,并且使言语,作为文学,和精神结合着。

所以在它们的结合里构成天才的心意能力,就是想象力和悟性。只从事于认识的想象力是在悟性的约束之下受到限制,以便切合于悟性的概念。但在审美的企图里想象力的活动是自由的,以便在它对概念协和一致以外对悟性供给未被搜寻的,内容丰富的,未曾展开过的,悟性在它的概念里未曾顾到的资料,在这场合里悟性运用这资料不仅为着客观地达到认识,而是主观地生动着认识诸力,因而间接地也用于认识;所以天才本质地建立于那幸运的关系里,这关系是没有科学能讲授也没有勤劳能学习的,以便对于一给予的概念寻找得诸观念,另一方面对这些观念找到准确的表达。通过这表达,那由于它所用的主观的情调,作为一个概念的伴奏,能够传达给予别人。后面这才能本质上即是人们唤做精神的。如果要把那心意里不可名言的东西在某一表象里表现出来和普遍地传达着,这个表现方式可以建立于语言文字,或绘画,或雕塑,这都要求着一种机能来把握想象力很快流逝的活动并且结合在一个概念里,这概念可以让人们不受诸规律的约束而传达着。(这概念正因此是独创性的,并且同时展开了一新的规律,这新的规律是不能从任何一个过去的原理或范本里引申出来的。)

如果在这些分析以后回转到我们前面对人所名为天才所给予的解说,我们就见到:第一点,天才是一种对于艺术的才能,而不是对于科学的,在科学里必须是已被清楚认识了的法则先行着,并规定着它科学里面的手续;第二点,天才作为艺术才能是以一个关于作品作为目的的概念为前提的,因而它是一个悟性,但也是一(尽管是未被规定着的)关于材料,即直观的表象,以便表达出一概念,这也就是一种想象力对于悟性的关系;第三点,不仅是在表现出一规定的概念里实现着那预定的目的,更多地是在表达或表现审美的观念里显示出来——这些审美观念具含着对此目的的丰富的素材——因而使想象力在它的不受规则束缚的自由活动里仍能对我们表出它对于表现那给予的概念是合目的的。最后第四点,在想象力对于悟性规律性的自由协和里这没意图的、非做作的主观合目的性是以这些机能的一种这样的比例和情调为前提。而这些却不是遵守科学的或机械模仿的规则所能做到,而只有主体的天才禀赋才能产生出来。

按照着这些前提,天才就是:一个主体在他的认识诸机能的自由运用里表现着他的天赋才能的典范式的独创性。

照这个样式。天才的产品(即归属于这产品里的天才而不是由于可能的学习或学校的)是后继者的范例而不是模仿对象,(因为这样那作品上的天才和作品里的精神就消失了)它是对于另一天才唤醒他对于自己独创性的感觉,在艺术里从规则的束缚解放出来,以致艺术自身由此获得一新的规则,通过这个,那才能表出自己是可以成为典范的。因天才是自然的宠儿,人们把它作为希有的现象来看待;于是它的型范就对于别的优秀头脑带来学派,这就是说人们从他精神创作里和它们的特性里所能引申出来的法则就构成教学的方法;那美的艺术成了模仿的对象,大自然通过天才给予了法则。

但这种模仿成了抄袭,如果学徒把一切照样仿制,以至于那畸形的东西也仿制下来,这些畸形的东西是天才在创造过程里由于避免削弱他所要表达的观念而不便去掉的。只有在天才那里这种勇气是功绩,而在表现里某些大胆和一些违反常规对他是适宜的,但却不能被照样仿制,并且在自身它永远仍是一个缺点,人们必须设法把它去掉,只有天才好像才有此特权,因他的精神飞腾的不可模仿性将由于这些小心翼翼受到损害。矫揉造作是抄袭的另一形式,即单抄袭那些怪癖特点(独特性),以便使自己尽可能地远远离开那些抄袭家,却又没禀有那才能,能够同时成为典范。固然一般有两种方式来组织所陈述的思想,一种方式唤做样式(审美的方式),另一种唤做方法(逻辑的方式),它们中间相互的区别是在于:第一种除了注重表里统一的情感外没有别的准则。第二种却在这里面遵循着特定的诸原则。对于美的艺术只有第一种妥当。一个艺术作品只在下列情况里唤做矫揉造作的,如果在它里面它的思想的陈述只着重特异的东西,而不是按照切合于观念来处理的。炫耀的(矫饰的),弯曲的和不自然的,只为了想把自己和平凡的区别开来,(但没有灵魂)这恰似那一类的行动,如人们所说:他说着,走着,站着,指手画脚,好像在戏台上,准备让人们瞧着。他时时暴露出一个小丑来。

宗白华　译

选自《判断力批判》,商务印书馆 1964 年版

莎士比亚纪念日的讲话①

〔德国〕歌 德

我觉得我们最高尚的情操是：当命运看来已经把我们带向正常的消亡时，我们仍希望生存下去。先生们，对我们的心灵来说，这一生是太短促了，理由是：每一个人，无论是最低贱或最高尚，无论是最无能或最尊贵，只有在他厌烦了一切之后，才对人生产生厌倦；同时没有一个人能达到他自己的目的，尽管他渴望着这样做；因为他虽然在自己的旅途上一直很幸运，往往能眼看到自己所向往的目标，但终于还要掉入只有上帝才知道是谁替他挖好的坑穴，并且被看成一文钱不值。

一文钱不值啊！我(自己却不然)②！我就是我自己的一切，因为我只有通过我自己才了解一切！每个有所体会的人都这样喊着，他(高视)阔步走过这个人生，为(踏上)彼岸无尽头的道路作好准备。当然各人按照自己的尺度(来做)。这一个带着最结实的旅杖动身，而另一个却穿上了七里靴③，并赶过前面的人，后者的两步就等于前者一天的进程。不管怎样，这位勤奋不倦的步行者仍是我们的朋友和伙伴，尽管我们对那一位的(高视)阔步表示惊讶与钦佩，尽管我们跟随着他的脚印并以我们的步伐去衡量着他的

---

① 歌德计划于1771年10月14日在他的家乡法兰克福Frankfurt举行一个莎士比亚纪念日，本文即为此而作。
② 括号里的字系译者所加，下同。
③ 七里靴：德国神话中巨人之靴，能渡海腾云，一步七里。

步伐。

先生们,请踏上这一征途!对这样的一个脚印的观察,比起呆视那国王入城时带来的千百个驾从的脚步更会激动我们的心灵,更会开扩(我们的胸怀)。

今天我们来纪念这位最伟大的旅行者,同时也为自己增添了荣誉。(因为)在我们身上也蕴藏着我们所公认的那些功绩的因素。

您们不要期望我写许多像样的(东西)!心灵的平静不适合作为节日的盛装,同时现在我对莎士比亚还想得很少,在我的热情被激动起来之后,我才能臆测出,并感受出最高尚的(东西)。我读到他的第一页,就使我这一生都属于了他;当我首次读完他的一部作品时,我觉得好像原来是一个先天的盲人,这时的一瞬间(有)一只神奇的手赋予了我双目的视力。我认识到,我很清楚地体会到我的生活是被无限地扩大了:一切对于我都是新鲜的,陌生的还未习惯的光明刺痛着我的眼睛。我慢慢学会看东西,这要感谢天资使我具有了识别能力!我现在还能清楚地体会到我所获得的是什么东西。

我没有踌躇过一刹那,去放弃那遵循格律的戏剧。地点的一致对我犹同牢狱般地可怕,情节的统一和时间的一致是我们想象力的沉重桎梏。我跳进了自由的空气里,这才感到自己(生长了)手和脚。现在,当我认识到那些讲究规格的先生们从他们的巢穴里给我硬加上了多少障碍时,以及看到有多少自由的心灵还被围困在里面时,如果我再不向他们宣战,再不每天寻找机会以击碎他们的堡垒的话,那么我的心就会愤怒得碎裂。

法国人用作典范的希腊戏剧,按其内在的性质和外表的状况来说,就是这样的:让一个法国侯爵效仿那位亚尔西巴德[①] 却比

---

① 亚尔西巴德:(Alkibiades,公元前约450?—公元前404)雅典政治家和军事家。

高乃依追随索福克勒斯要容易得多。

开始是一段敬神的插曲,然后悲剧庄严隆重地以完美的单纯朴素(风格),向人民大众展示出先辈们的各个惊魂动魄的故事情节,在各个心灵里激动起完整的、伟大的情操;因为悲剧本身就是完整的,伟大的。

在什么样的心灵里啊!

希腊的! 我不能说明这意味着什么;但我感觉出这点,为简明起见,我在这里根据的是荷马,索福克勒斯及忒俄克里托斯①;他们教会我去感觉。

同时,我还要连忙接着说:小小的法国人,你要拿希腊的盔甲来做什么? 它对你来说是太大了,而且太重了。

因此所有的法国悲剧本身就变成了一些摹仿的滑稽诗篇。不过那些先生们已从经验里知道,这些悲剧如同鞋子一样,只是大同小异,它们中间也有一些乏味的东西,特别是经常都在第四幕里,同时他们也知道这些又是如何按照格律来进行的。这方面我就无需多花笔墨了。

我不知道是谁首先想出把这类政治历史大事题材搬上舞台的。对这方面有兴趣的人,可以借此机会写一篇论文,加以评论。这发明权的荣誉是否属于莎士比亚,我表示怀疑;总而言之,他把这类题材提高到至今似乎还是最高的程度,眼睛向上看(的人)是很少的,因此也很难设想,会有一个人能比他看得更远,或者甚至能比他攀登得更高。

莎士比亚,我的朋友啊! 如果你还活在我们当中的话,那我只会和你生活在一起:我是多么想扮演配角匹拉德斯,假如你是俄来

---

① 忒俄克里托斯(Theokritos,公元前3世纪):古希腊诗人,牧歌的创始者。

斯特的话!① 而不愿在德尔福斯②庙宇里做一个受人尊敬的司祭长。

先生们,我想停笔,明天再继续写下去;因为现在滋长在我内心里的这种心情,您们也许不容易体会到。

莎士比亚的戏剧是个美妙的万花镜,在这里面,世界的历史由一根无形的时间线索串连在一起,从我们眼前掠过。他的构思并不是通常所谈的构思;但他的作品都围绕着一个神妙的点(还没有一个哲学家看见过这个点并给予解释),在这里我们个人所独有的(本性),我们从愿望出发所想象的自由,同在整体中的必然进程发生冲突。可是我们败坏了的嗜好是这样迷糊住了我们的眼睛,我们几乎需要一种新的创作,来使我们从这暗影中走出来。

所有的法国人及受其传染的德国人,甚至于维兰③也在这件事情上和其它一些更多的事情一样,做得不太体面。连向来以攻击一切崇高的权威为职业的伏尔泰在这里也证实了自己是个十足的台尔西特④。如果我是尤利西斯的话,那他的背脊定要被我的王笏打得稀烂!

这些先生当中的大多数人对莎士比亚的人物性格表示特别反感!

我却高呼:(要)自然(的真实),自然(的真实)! 没有比莎士比亚的人物更自然的了!

这样一来,于是乎他们一起来扭住我的脖子。

---

① 匹拉德斯(Pylades)、俄来斯特(Orest)歌德剧本《伊菲格尼》里的角色。
② 德尔福斯(Delphos)或德尔斐(Delphi):希腊城名,阿波罗神殿所在处。
③ 维兰:德国诗人。歌德在这里指的是维兰翻译的莎士比亚作品。
④ 台尔西特(Thersit,即台尔西特斯〔Thersites〕):荷马史诗《伊利亚特》中的人物,因谴责希腊统帅阿伽门农(Agamemnon)而受到尤利西斯(Ulysses 即俄底修斯〔Odysseus〕)当众鞭打。欧洲历代统治阶级都用他来泛指喜欢"诽谤"或攻击旁人的人。

松开手,让我说话!

他与普罗密修斯① 竞争着,以对手作榜样,一点一滴地刻画着他的人物形象,所不同的是赋予了巨人般的伟大(性格)——正因为如此,我们才认不出他们是我们的兄弟——然后以他的智力吹醒了他们的生命。他的智力从各个人物身上表现出来,因此大家看出他们之间的亲属关系。

我们这一代凭什么敢于对自然加以评断? 我们(又能)从什么地方来了解它? 我们从幼年起在自己身上所感到的以及在别人身上所看到的,这一切都是被束缚住的和矫揉造作的东西。我常常站在莎士比亚面前而内心感到惭愧;因为有时发生这样的情形:在我看了一眼之后,我就想到:要是我的话,一定会把这些处理成另外一个样子! 接着我便认识到自己是个可怜虫,从莎士比亚(的笔下)描绘出的是自然(的真实),而我所塑造的人物却都是肥皂泡,是由虚构狂所吹起的。

虽然我还没有开过头,可是我现在却要结束了。

那些伟大的哲学家们关于世界所讲的一切,也适用于莎士比亚:我们所称之为恶的东西,只是善的另外一个面,对善的存在是不可缺少的,与之构成一个整体,如同热带要炎热,拉伯兰② 要上冻,以致产生了一个温暖的地带一样。莎士比亚带着我们去周游世界;而我们这些娇生惯养、无所见识的人遇到每个没见过的飞蝗却都要惊叫起来:先生,它要吃我们呀!

先生们,行动起来吧! 请您们替我从那所谓高尚嗜好的乐园里唤醒所有的纯洁心灵,在那里,他们饱受着无聊的愚昧,处于半睡半醒的状态,他们内心里虽充满激情,可是骨头里却缺少勇气,

---

① 普罗密修斯(Prometheus):希腊神话中抗拒强暴、造福人类的神。歌德曾写剧本《普罗密修斯》(1773)。
② 拉伯兰(Lappland):北极地名。

他们还未厌世到致死的地步,但是又懒到无所作为,所以他们就躺在桃金娘和月桂树丛中,过着他们的萎靡生活,虚度光阴。

史兆瑜 译 商承祖 校
根据《歌德全集》,1914年莱比锡版

自然的单纯模仿·作风·风格

〔德国〕歌　德

风　　格

通过对自然的模仿，通过竭力赋予它以共同语言，通过对于对象的正确而深入的研究，艺术终于达到了一个目的地，在这里，它以一种与日俱增的精密性领会了事物的性质及其存在方式；最后，它以对于依次呈现的形象的一览无遗的观察，就能够把各种具有不同特点的形体结合起来加以融会贯通的模仿。于是，这样一来，就产生了风格，这是艺术所能企及的最高境界，艺术可以向人类最崇高的努力相抗衡的境界。

单纯的模仿以宁静的存在和物我交融作为基础；作风是用灵巧而精力充沛的气质去攫取现象；风格则奠基于最深刻的知识原则上面，奠基在事物的本性上面，而这种事物的本性应该是我们可以在看得见触得到的形体中认识到的。

王元化　译

选自《文学风格论》上海译文出版社 1982 年版

歌德谈话录

〔德国〕歌 德

耶拿,1823年9月18日(对青年诗人的忠告)①

昨天在歌德回到魏玛之前,我很幸运又和他晤谈了一个钟头。这次他说的话非常重要,对我简直是无价之宝,使我终生受益不尽。凡是德国青年诗人都应该知道这番对他们也会有益的忠告。

歌德一开始就问我今年夏天写过诗没有。我回答说,写了一些,但是总的说来,我对做诗还缺乏兴致或乐趣。歌德就劝我说,"你得当心,不要写大部头作品。许多既有才智而又认真努力的作家正是在贪图写大部头作品上吃亏受苦,我在这一点上也吃过苦头,认识到它对我有多大害处。我扔到流水里去的做诗计划不知有多少哩!如果我把可写的都写了,写上一百卷也写不完。

"现实生活应该有表现的权利。诗人由日常现实生活触动起来的思想情感都要求表现,而且也应该得到表现。可是如果你脑子里老在想着写一部大部头的作品,此外一切都得靠边站,一切思虑都得推开,这样就要丧失掉生活本身的乐趣。为着把各部分安排成为融贯完美的巨大整体,就得使用和消耗巨大精力;为着把作品表达于妥当的流利语言,又要费大力而且还要有安静的生活环境。倘若你在整体上安排不妥当,你的精力就白费了。还不仅此,倘若你在处理那样庞大的题材时没有完全掌握住细节,整体也就

---

① 这是爱克曼到了耶拿之后据回忆记下来的。第一句疑有误,因为歌德在九月十五日已从玛冉巴特回到魏玛了。

会有瑕疵,会受到指责。这样,作者尽管付出了辛勤的劳力和牺牲,结果所获得的也不过是困倦和精力的瘫痪。反之,如果作者每天都抓住现实生活,经常以新鲜的心情来处理眼前事物,他就总可以写出一点好作品,即使偶尔不成功,也不会有多大损失。

"姑且举柯尼斯堡的奥古斯特·哈根① 为例。他本是一位很有才能的作家,你读过他的《奥尔弗里特和李辛娜》那部诗没有?那里有些片段是写得很出色的,例如波罗的海风光以及当地的一些具体细节。但这都是些漂亮的片段,作为整体来看,这部诗却不能使任何人满意。可是他费了多大气力,简直弄得精疲力竭了。现在他还在写一部悲剧哩!"

说到这里,歌德笑了笑就停住了。我趁机插话说,如果我没有弄错,他在《艺术与古代》上就劝告过哈根只选些小题目来写。歌德回答说,"是呀,我确实劝告过他。但是我们这些老年人的话谁肯听呢?每个人都自信有自知之明,因此,有许多人彻底失败了,还有许多人长期在迷途中乱窜。可是现在却没有时间去乱窜了。在这一点上我们老年人是过来人,如果你们青年人愿意重蹈我们老年人的覆辙,我们的尝试和错误还有什么用处呢?这样,大家就无法前进了。我们老一辈子走错路是可以原谅的,因为我们原来没有已铺平的路可走。但是对入世较晚的一辈人要求就要更严格些,他们不应该老是摸索和走错路,应该听老年人的忠告,马上踏上征途,向前迈进。向着某一天终于要达到的那个终极目标迈步还不够,还要把每一步骤都看成目标,使它作为步骤而起作用。

"请你把我这番话牢记在心上,看它对你是否也适用。我并不是怕你也会走错路,不过我的话也许可以帮助你快一点跨过对你

---

① 哈根(Hagen,1797—1880),当时一位浪漫派青年诗人。歌德在《艺术与古代》上发表过对哈根的《奥尔弗里特和李辛娜》这部叙事诗的评论,劝告作者从现实生活出发写些小题目。

还不利的这段时期。如果你目前只写一些小题目,抓住日常生活提供给你的材料,趁热打铁,你总会写出一点好作品来。这样,你就会每天都感到乐趣。你可以把作品先交给报刊或印成小册子发表,但切莫迁就旁人的要求,要始终按照自己的心意写下去。

"世界是那样广阔丰富,生活是那样丰富多彩,你不会缺乏做诗的动因。但是写出来的必须全是应景即兴的诗①,也就是说,现实生活必须既提供诗的机缘,又提供诗的材料。一个特殊具体的情境通过诗人的处理,就变成带有普遍性和诗意的东西。我的全部诗都是应景即兴的诗,来自现实生活,从现实生活中获得坚实的基础。我一向瞧不起空中楼阁的诗。

"不要说现实生活没有诗意。诗人的本领,正在于他有足够的智慧,能从惯见的平凡事物中见出引人入胜的一个侧面。必须由现实生活提供做诗的动机,这就是要表现的要点,也就是诗的真正核心;但是据此来熔铸成一个优美的、生气灌注的整体,这却是诗人的事了。号称'自然诗人'的傅恩斯坦② 是你所熟识的。他以种植酵母花为题写出一首很好的诗。我劝他用各行手工业——特别是纺织工业——的题材来写一些歌,我敢说他写这方面的诗歌会获得成功,因为他从青年时代起就和这些手工艺匠人在一起生活,对手工艺这一行懂得很透彻,对他所要使用的材料有充分的掌

---

① 原文 Gelegenheitsgedichte 照字面译是"应机缘而写的诗",类似我国诗中的"即兴诗",不过"即兴"侧重诗人的主观兴致,歌德则主要是指从客观情境出发。姑译为"应景即兴的诗",以求主客两面俱到。这一段谈话扼要地说明了歌德的现实主义文艺观点,值得特别注意。

② 傅恩斯坦(Furnstein,1783—1841),一位写农艺和手工艺的诗人。歌德在《艺术与古代》上发表的《论德国自然诗人》一文里也提到这位作者,希望他仿照英国诗人的"织工歌"(可能指托玛斯·侯德反映工人疾苦的诗),写些关于纺织工艺的诗。"自然诗"发源于英国,爱克曼想写"四季"诗,当然也受到英国诗人汤姆逊的启发。当时英国诗对德国诗坛的影响很大。歌德自己就特别推尊莎士比亚和拜伦。

握。写小题材的优点正在于你只须描绘你所熟悉的事物。至于写大部头的诗,情况却不同。那就不免要把各个部分都按计划编织成为一个完整体,而且还要描绘得惟妙惟肖。可是在青年时代对事物的认识不免片面,而大部头作品却要多方面的广博知识,人们就在这一点上要跌跤。"

我告诉歌德,我想写一部大部头的诗,用一年四季为题材,把各种行业和娱乐都编织进去。歌德回答说,"这正是我刚才说的那种情况。你可以在许多片段里写得很成功,但是涉及你也许还没有认真研究过、还不大熟悉的事物,你就不会成功。你也许写渔夫写得很好,写猎户却写得很坏。如果有些部分失败了,整体就会显得有缺陷,不管其它部分写得多么好,这样你就写不出什么完美的作品。但是你如果把那些个别部分分开,单挑其中你能胜任的来写,你就有把握写出一点好作品来了。

"我特别劝你不要单凭自己的伟大的创造发明①,因为要创造发明就要提出自己对事物的观点,而青年人的观点往往还不够成熟。此外,人物和观点都不能作为诗人的特征反映而同诗人相结合,从而使他在下一步创作中丧失丰满性。最后还有一点,创造发明以及安排和组织方面的构思要费多少时间而讨不到好处,纵使作品终于完成了。

"如果采用现成的题材,情况就大不相同,工作就会轻松些。题材既是现成的,人物和事迹就用不着新创了,诗人要做的工作就只是构成一个活的整体②。这样,诗人就可以保持自己的完满性,因为用不着再从他本身补充什么了。他只须在表达方面费力,用

---

① 原文 Erfindung,原义为"寻找"和"发现",一般指创造发明,这里指不用现成题材,单凭想象去虚构题材。现成题材有两种,一种是现实生活提供的,一种是从前人留传下来的传说。

② 或:灌注生命于整体。

不着花费创造题材所需要的那么多的时间和精力了。我甚至劝人采用前人已用过的题材。例如伊菲姬尼亚这个题材不是用过多次了吗?可是产生的作品各不相同,因为每个作家对同一题材各有不同的看法,各按自己的方式去处理。①

"我劝你暂时搁起一切大题目。你挣扎这么久了,现在是你过爽朗愉快生活的时候了。写小题材是最好的途径。"

我们一面谈着,一面在室内踱来踱去。因为我极钦佩歌德说的每句话都是真理,只能始终表示赞同。每走一步,我都感到比前一步轻松愉快,因为我应该招认,我过去心想的但没有想清楚的一些大计划,一直是我的不小的精神负担。现在我把这些大计划抛开了,等到通过钻研世界情况,掌握了有关题材的每个部分之后再说。目前先以愉快的心情就某一题材或某一部分陆续分别处理。

听了歌德的话,我感到长了几年的智慧。结识了这位真正的大师,我在灵魂深处感到幸福。今冬我从他那里会学到很多的东西。单是和他接触也会使我受到教益,尽管他有时并未说出什么重要的话。在默然无语时,他的风度和品格对我就是很好的教育。②

1823年10月29日(论艺术难关在掌握个别具体事物及其特征)

今晚我去看歌德,他正在点灯。我看到他心情很振奋,眼光反

---

① 伊菲姬尼亚,荷马史诗中希腊东征主将阿迦门农的女儿。她的遭遇,希腊悲剧诗人欧里庇德斯写过,后来17世纪法国悲剧诗人拉辛又写过。歌德本人也根据欧里庇德斯的作品,写了一部较合近代口味的悲剧《伊菲姬尼亚在陀立斯》。这三部悲剧都是西方名著。此外还有些诗人和音乐家也用过这个题材。

② 这是歌德向青年诗人所进的忠告:第一要从小处着手,不要很早就想写大部头作品;其次要从现实生活出发,不要过信自己的独创能力,单凭想象去虚构题材,题材最好是现成的。哪怕是日常惯见的平凡事物,只要经过诗人的处理,熔铸成为一种完美的有生命的整体,它就会显出普遍性和诗意。这就是歌德的现实主义的文艺观点。

映着烛光闪闪发亮,全副表情显得和蔼、坚强和年轻。

我跟他在室内踱来踱去,他一开始就提起我昨天送请他看的一些诗。

他说,"我现在懂得了你在耶拿时为什么告诉我,你想写一篇以四季为题材的诗。我劝你写下去,马上就从写冬季开始。你对自然事物象有一种特别的感觉和看法。

"对你的那些诗,我只想说两句话。到你现在已经达到的地步,你就必须闯艺术的真正高大的难关了,这就是对个别事物的掌握。你必须费大力挣扎,使自己从观念(Idee)中解脱出来。你有才能,已经走了这么远,现在你必须做到这一点,你最近去过梯夫尔特①,我想就出这个题目给你做。你也许还要再去三四次,把那地方仔细观察过,然后才能发现它的特征,把所有的母题(motive)集拢起来。你须不辞辛苦,对那地方加以深入彻底的研究,这个题目是值得费力研究的。我自己本来老早就该运用这种题材了,只是我无法这样办,因为我亲身经历过一些重大的时局,全副精神都投入那方面去了,因而侵扰我的个别事物过分丰富了。但是你作为一个陌生人来到这里,关于过去,你可以请教当地堡寨主人,自己要探索的只是现在的突出的、具有意义的东西。"

我答应要试着照办,但是不敢讳言这个课题对于我像是离得很远而且也太难。

他说,"我知道这个课题确实是难,但是艺术的真正生命正在于对个别特殊事物的掌握和描述。此外,作家如果满足于一般,任何人都可以照样摹仿;但是如果写出个别特殊,旁人就无法摹仿,因为没有亲身体验过。你也不用担心个别特殊引不起同情共鸣。每种人物性格,不管多么个别特殊,每一件描绘出来的东西,从顽石到人,都有些普遍性;因此各种现象都经常复现,世间没有任何

---

① 魏玛附近的一个乡村。

东西只出现一次。"

歌德接着又说,"到了描述个别特殊这个阶段,人们称为'写作'(Komposition)的工作也就开始了。"

这话我乍听还没有懂得很清楚,不过没有问题。我心里想,他指的也许是现实和理想的结合,也就是外形和内在本质的结合。不过他指的也许是另一回事。歌德于是接着说:

"还有一点,你在每首诗后应注明写作日期。"我向他发出质疑的眼光,想知道注日期有什么重要性。他就说,"这样就等于同时写了你的进度日记。这并不是小事。我自己多年来一直这样办,很知道它的好处。"① ……

1823 年 11 月 14 日(论席勒醉心于抽象哲学的理念使他的诗受到损害)

…………

话题转到戏剧方面,明天席勒的《华伦斯坦》②要上演,因此我们就谈起席勒来。

我说,我对席勒有一种特别的感觉。读他的长篇剧作中某些场面,我倒真正喜欢,并且感到惊叹。可是接着就碰上违反自然真实的毛病,读不下去。就连对《华伦斯坦》也还是如此。我不免想,席勒对哲学的倾向损害了他的诗,因为这种倾向使他把理念看得高于一切自然,甚至消灭了自然。凡是他能想到的,他就认为一定能实现,不管它是符合自然,还是违反自然。

歌德说,"看到那样一个有卓越才能的人自讨苦吃,在对他无

---

① 在这篇谈话里,歌德劝爱克曼要从抽象的观念中解脱出来,须掌握个别特殊事物,显出它的特征。
② 《华伦斯坦》,席勒戏剧代表作,写 17 世纪封建骑士和农民联合反罗马教廷和神圣罗马帝国皇帝的斗争。

益的哲学研究方面煞费苦心,真叫人惋惜。韩波尔特① 把席勒在为玄学思维所困扰的日子里写给他的一些信带给我看了。从这些信里可以看出席勒当时怎样劳心焦思,想把感伤诗和素朴诗完全区别开来②。他替感伤诗找不到基础,这使他说不出来地苦恼。"这时歌德微笑着说,"好像没有素朴诗做基础,感伤诗就能存在一样,感伤诗也是从素朴诗生长出来的。"

歌德接着说,"席勒的特点不是带着某种程度的不自觉状态,仿佛在出于本能地进行创作,而是要就他所写出的一切东西反省一番。因此他对自己做诗的计划总是琢磨来,琢磨去,逢人就谈来谈去,没有个完。他近来的一些剧本都一幕接着一幕地跟我讨论过。

"我的情况却正相反,我从来不和任何人,甚至不和席勒,谈我做诗的计划。我把一切都不声不响地放在心上,往往一部作品已完成了,旁人才知道。我拿写完了的《赫尔曼与窦绿苔》③ 给席勒看,他大为惊讶,因为我从来没有就写这部诗的计划向他泄漏过一句话。

"但是我想听一听你明天看过《华伦斯坦》上演之后对它会怎么说。你会看到一些伟大的人物形象,给你意想不到的深刻印象。"④

---

① 威廉·韩波尔特(W. Humbolt, 1767—1835),普鲁士政治家,语言学家,文学史家,柏林大学的创办人,和席勒与歌德都是好友。
② 席勒所谓"素朴诗"就是古典主义和现实主义的诗,"感伤诗"就是浪漫主义的诗。歌德认为近代感伤诗仍须导源于古代素朴诗。
③ 歌德诗作,写田园生活,并反映法国革命时期莱茵区被法军占领后的情况。
④ 席勒与歌德齐名,两人交谊最深而性格迥异。席勒比歌德年轻,但1805年就已去世,所以没有直接出现在这本《谈话录》的场面里。可是《谈话录》谈到席勒的话很多,比较重要的都选译出来了。

1824年2月26日

……他说过,"我写《葛兹·冯·伯利欣根》时才是个二十二岁的青年,十年之后,我对我的描绘真实还感到惊讶。我显然没有见过或经历过这部剧本的人物情节,所以我是通过一种预感(Antizipatoin)才认识到剧中丰富多彩的人物情境的。

"一般说来,我总是先对描绘我的内心世界感到喜悦,然后才认识到外在世界。但是到了我在实际生活中发现世界确实就像我原来所想象的,我就不免生厌,再没有兴致去描绘它了。我可以说,如果我要等到我认识了世界才去描绘它,我的描绘就会变成开玩笑了。"

另一次他还说过,"在每个人物性格中都有一种必然性,一种承续关系,和这个或那个基本性格特征结合在一起,就出现某种次要特征。这一点是感性接触就足以令人认识到的,但是对于某些个别的人来说,这种认识可能是天生的。我不想追究在我自己身上经验和天生的东西是否结合在一起。但是我知道这一点:如果我和一个人谈过一刻钟的话,我〔在作品中〕就能让他说上两个钟头。"

谈到拜伦,歌德也说过,世界对于拜伦是通体透明的,他可以凭预感去描绘。我对此提出一种疑问:拜伦是否能描绘,比如说,一种低级动物,因为我看他的个性太强烈了,不会乐意去体验这种对象。歌德承认这一点,并且说,只有所写对象和作者本人的性格有某些类似,预感才可以起作用。我们一致认为预感的窄狭或宽广是与描绘者的才能范围大小成正比的。

我接着说,"如果您老人家说,对于诗人,世界是生成的,您指的当然只是内心世界,而不是经验的现象世界;如果诗人也要成功地描绘出现象世界,他就必须深入研究实际生活吧?"

歌德回答说,"那当然,你说得对。……爱与恨,希望与绝望,或是你把心灵的情况和情绪叫做什么其它名称,这整个领域对于诗人是天生的,他可以成功地把它描绘出来。但是诗人不是生下来就知道法庭怎样判案,议会怎样工作,国王怎样加冕。如果他要写这类题材而不愿违背真相,他就必须向经验或文化遗产请教。例如在写《浮士德》时,我可以凭预感知道怎样去描绘主角的悲观厌世的阴暗心情和甘泪卿①的恋爱情绪,但是例如下面两行诗:

'缺月姗姗来,
凄然凝泪光。'

就需要对自然界的观察了。"

我说,"不过《浮士德》里没有哪一行诗不带着仔细深入研究世界与生活的明确标志,读者也丝毫不怀疑那整部诗只是最丰富的经验的结果。"

歌德回答说,"也许是那样。不过我如果不先凭预感把世界放在内心里,我就会视而不见,而一切研究和经验都不过是徒劳无补了。我们周围有光也有颜色,但是我们自己的眼里如果没有光和颜色,也就看不到外面的光和颜色了。②"

1824 年 4 月 14 日(德国爱好哲学思辨的诗人往往艰深晦涩;歌德的四类反对者;歌德和席勒的对比)

一点钟左右,我陪歌德出去散步。我们谈论了各种作家的风格。

---

① 甘泪卿是浮士德骗奸而终于遗弃的乡村姑娘。下面所引的两行诗见《浮士德》上卷《巫婆之夜》部分。这里的引文与原诗略有出入。
② 歌德的"预感"说和他的从客观现实出发的基本原则是互相矛盾的。如果说预感是一种"天生的"认识,那就是赤裸裸的先验论。如果说预感要凭所写对象和诗人自己的性格有某种类似,那就要进行一定程度的凭已知推未知的推理或类比推理。歌德在这个问题上似没有想清楚。值得注意的是爱克曼的疑问实际上就是驳斥。从这篇谈话中也可以看出,爱克曼有时围绕一个专题把多次谈话结合在一起。

歌德说，"总的说来，哲学思辨对德国人是有害的，这使他们的风格流于晦涩，不易了解，艰深惹人厌倦。他们愈醉心于某一哲学派别，也就愈写得坏。但是从事实际生活、只顾实践活动的德国人却写得最好。席勒每逢抛开哲学思辨时，他的风格是雄壮有力的。我正在忙着看席勒的一些极有意思的书信，看出了这一点。德国也有些有才能的妇女能写出真正顶好的风格，比许多著名的德国男作家还强。

"英国人照例写得很好，他们是天生的演说家和讲究实用的人，眼睛总是朝着现实的。

"法国人在风格上显出法国人的一般性格。他们生性好社交，所以一向把听众牢记在心里。他们力求明白清楚，以便说服读者；力求饶有风趣，以便取悦读者。

"总的来说，一个作家的风格是他的内心生活的准确标志。所以一个人如果想写出明白的风格，他首先就要心里明白；如果想写出雄伟的风格，他也首先就要有雄伟的人格。"

歌德接着谈到一些反对他的敌手，说这种人总是源源不绝的。他说，"他们人数很多，不难分成几类。第一类人是由于愚昧，他们不了解我，根本没有懂得我就进行指责。这批为数可观的人在我生平经常惹人厌烦；可以原谅他们，因为他们根本不认识自己所做的事有什么意义。第二批人也很多，他们是由于妒忌。我通过才能所获得的幸运和尊荣地位引起他们吃醋。他们破坏我的声誉，很想把我搞垮。假如我穷困，他们就会停止攻击了。还有很多人自己写作不成功，就变成了我的对头。这批人本来是些很有才能的人，因为被我压住，就不能宽容我。第四类反对我的人是有理由的。我既然是个人，也就有人的毛病和弱点，这在我的作品中不免要流露出来，不过我认真促进自己的修养，孜孜不倦地努力提高自己的品格，不断地在前进，有些毛病我早已改正了，可是他们还在指责。这些好人绝对伤害不到我，因为我已远走高飞了，他们还在那里向我射击。一般说来,一部作品既然脱稿了,我对它就不再操心,马上就去考虑新的写作计划。

"此外还有一大批人反对我,是由于在思想方式和观点上和我有分歧。人们常说,一棵树上很难找到两片叶子形状完全一样,一千个人之中也很难找到两个人在思想情感上完全协调。我接受了这个前提,所以我感到惊讶的倒不是我有那么多的敌人,而是我有那么多的朋友和追随者。我和整个时代是背道而驰的,因为我们的时代全在主观倾向笼罩之下,而我努力接近的却是客观世界。我的这种孤立地位对我是不利的。

"在这一点上,席勒比我占了很大的便宜。有一位好心好意的将军曾明白地劝我学习席勒的写作方式。我认识席勒的优点比这位将军要清楚,就向他分析了一番。我仍然悄悄地走自己的老路,不去关心成败,尽量不理会我的敌手们。"①

…………

1825 年 5 月 12 日(歌德谈他所受的影响,特别提到莫里哀)

歌德说,"关键在于我们要向他学习的作家须符合我们自己的性格。例如卡尔德隆尽管伟大,尽管我也很佩服他,对我却没有发生什么影响,不管是好的还是坏的。但是对于席勒,卡尔德隆就很危险,会把他引入歧途。很幸运,卡尔德隆到席勒去世之后才在德国为一般人所熟悉。卡尔德隆最大的长处在技巧和戏剧效果方面,而席勒则在意图上远为健康、严肃和雄伟,所以席勒如果在自己的长处方面有所损失,而在其它方面又没有学到卡尔德隆的长处,那就很可惜了。"

我们谈到莫里哀,歌德说,"莫里哀是很伟大的,我们每次重温

---

① 歌德意识到在标榜主观主义的浪漫时代自己力图从客观现实出发所处的孤立地位;但是他没有意识到,他并没有摆脱他的时代的影响,他的作品大部分实际上都是自传,就足以证明他毕竟是浪漫时代的产物。

他的作品,每次都重新感到惊讶。他是个与众不同的人,他的喜剧作品跨到了悲剧界限边上[①],都写得很聪明,没有人有胆量去摹仿他。他的《悭吝人》使利欲消灭了父子之间的恩爱,是特别伟大的,带有高度悲剧性的。但是经过修改的德文译本却把原来的儿子改成一般亲属,就变得软弱无力,不成名堂了。他们不敢像莫里哀那样把利欲的真相揭露出来。但是一般产生悲剧效果的东西,除掉不可容忍的因素之外,还有什么呢?

"我每年都要读几部莫里哀的作品,正如我经常要翻阅版刻的意大利大画师的作品一样。因为我们这些小人物不能把这类作品的伟大处铭刻在心里,所以需要经常温习,以便使原来的印象不断更新。

"人们老是在谈独创性,但是什么才是独创性!我们一生下来,世界就开始对我们发生影响,而这种影响一直要发生下去,直到我们过完了这一生。除掉精力、气力和意志以外,还有什么可以叫做我们自己的呢?如果我能算一算我应归功于一切伟大的前辈和同辈的东西,此外剩下来的东西也就不多了。

"不过在我们一生中,受到新的、重要的个人影响的那个时期决不是无关要旨的。莱辛、温克尔曼和康德都比我年纪大,我早年受到前两人的影响,老年受到康德的影响,这个情况对我是很重要的。再说,席勒还很年轻、刚投身于他的最新的事业时,我已开始对世界感到厌倦了,同时,韩波尔特弟兄[②] 和史雷格尔弟兄都是在我的眼下登上台的。这个情况也非常重要,我从中获得了说不尽的益处。"

---

① 歌德这段评论打破了悲剧和喜剧的传统界限,是值得深思的,单纯的喜剧往往流于闹剧,最高的剧体诗总是悲喜剧混合,令人啼笑皆非。另一个显著的例子也许是莎士比亚。

② 亚历山大·韩波尔特(1769—1859),地质地理学家,著有《论宇宙》和《新大陆地理》等书。其兄威廉·韩波尔特见第434页注①。

1825年6月11日(诗人在特殊中表现一般;英、法对比)
…………

接着我们谈到世界历史情况和诗的关系,在多大程度上某一国人民的历史比另一国人民的历史更有利于诗人。

歌德说:"诗人应该抓住特殊,如果其中有些健康的因素,他就会从这特殊中表现出一般。英国历史特殊,适宜于诗的表现方式,因为其中有些经常重现的善良的、健康的、因而是带有一般性的因素。法国历史却和诗不相宜,因为它只代表一个一去不复返的生活时代。法国人民的文学,就其植根于这种时代来说,只表现出一种随时代消逝而变为陈旧的特殊。"

歌德后来又说,"现代法国文学还很难评判。德国的影响在法国正在酝酿中,我们要看到结果如何,还要过二十年才行。"

接着我们谈到一些美学家费力对诗和诗人的本质下抽象的定义,达不到任何明显的结果。

歌德说,"有什么必要下那么多的定义?对情境的生动情感加上把它表现出来的本领,这就形成诗人了。"

1827年1月18日(仔细观察自然是艺术的基础;席勒的弱点:自由理想害了他)
…………

我们谈起《威廉·麦斯特的漫游时代》①里的一些零篇故事和短篇小说,提到它们每篇不同,各有特殊的性格和语调。

歌德说,"我想向你说明一下理由。我写那些作品时是和画家一样进行工作的。画家画某些对象时常把某种颜色冲淡,画另一些对象时常把某种颜色加浓。例如画早晨的风景,他就在调色板上多放一些绿色颜料,少放一些黄色颜料;画晚景,他就多用黄色,

---

① 这是较早的《威廉·麦斯特的学习时代》的续编。当时歌德正在整理续编的稿子。

几乎不用绿色。我用同样的方法进行文学创作,让每篇各有不同的性格,就可以感动人。"

我心里想,这确是非常明智的箴言,歌德把它说出了,我很高兴。特别联系到过去所说的那篇短篇小说,我惊叹他描绘自然风景时所用的细节。

歌德说,"我观察自然,从来不想到要用它来做诗。但是由于我早年练习过风景素描,后来又进行一些自然科学的研究,我逐渐学会熟悉自然,就连一些最微小的细节也熟记在心里。所以等到我作为诗人要运用自然景物时,它们就随召随到,我不易犯违反事实真相的错误。席勒就没有这种观察自然的本领。他在《威廉·退尔》那部剧本里所用的瑞士地方色彩都是我告诉他的。但是席勒的智力是惊人的,听到我的描述之后,马上就用上了,还显得很真实。"

接着我们就完全谈席勒,歌德说了下面的话:

"席勒特有的创作才能是在理想方面,可以说,在德国或外国文学界很少有人能比得上他。他具有拜伦的一切优点,不过拜伦认识世界要比席勒胜一筹。我倒想看见席勒在世时读到拜伦的作品,想知道席勒对于拜伦这样一个在精神上和他自己一致的人会怎样评论。席勒在世时拜伦是否已有作品出版了?"

我犹豫起来,不敢作出确有把握的回答。歌德就取出词典来查阅有关拜伦的一条,边读边插进一些简短的评论,终于发现拜伦在 1807 年以前没有出版什么作品,所以席勒没有来得及读到拜伦的作品。①

歌德接着说,"贯串席勒全部作品的是自由这个理想。随着席勒在文化教养上向前迈进,这个理想的面貌也改变了。在他的少年时期,影响他自己的形成而且流露在他作品里的是身体的自由;

---

① 席勒死于 1805 年,拜伦在 1807 年还在剑桥当大学生,出了一部诗集《处女作》。

到了晚年,这就变成理想的自由了。

....

1827年1月31日(中国传奇和贝朗瑞的诗对比;"世界文学";曼佐尼过分强调史实)

在歌德家吃晚饭。歌德说,"在没有见到你的这几天里,我读了许多东西,特别是一部中国传奇①,现在还在读它。我觉得它很值得注意。"

我说,"中国传奇,那一定显得很奇怪呀。"

歌德说,"并不像人们所猜想的那样奇怪。中国人在思想、行为和情感方面几乎和我们一样,使我们很快就感到他们是我们的同类人,只是在他们那里一切都比我们这里更明朗,更纯洁,也更合乎道德。在他们那里,一切都是可以理解的,平易近人的,没有强烈的情欲和飞腾动荡的诗兴,因此和我写的《赫尔曼与窦绿台》以及英国理查生②写的小说有很多类似的地方。他们还有一个特点,人和大自然是生活在一起的。你经常听到金鱼在池子里跳跃,鸟儿在枝头歌唱不停,白天总是阳光灿烂,夜晚也总是月白风清。月亮是经常谈到的,只是月亮不改变自然风景,它和太阳一样明亮。房屋内部和中国画一样整洁雅致。例如'我听到美妙的姑娘们在笑,等我见到她们时,她们正躺在藤椅上',这就是一个顶美妙的情景。藤椅令人想到极轻极雅。故事里穿插着无数的典故,援用起来很像格言,例如说有一个姑娘脚步轻盈,站在一朵花上,花也没有损伤;又说有一个德才兼备的年轻人三十岁就荣幸地和皇帝谈话,又说有一对钟情的男女在长期相识中很贞洁自持,有一

---

① 据法译注:即《两姊妹》,有法国汉学家阿伯尔·雷米萨特(Abel Rémusat)的法译本。按,可能指《风月好逑传》。歌德在这部传奇法译本上写了很多评论,据说他准备晚年根据该书写一篇长诗,但是后来没有来得及写就去世了。

② 理查生(S. Richardson),18世纪英国小说家,他的作品受到狄德罗的高度赞扬,对近代西方小说影响很大。代表作是《克拉里莎·哈罗》。

次他俩不得不同在一间房里过夜,就谈了一夜的话,谁也不惹谁。还有许多典故都涉及道德和礼仪。正是这种在一切方面保持严格的节制,使得中国维持到几千年之久,而且还会长存下去。"

歌德接着说,"我看贝朗瑞的诗歌和这部中国传奇形成了极可注意的对比。贝朗瑞的诗歌几乎每一首都根据一种不道德的淫荡题材,假使这种题材不是由贝朗瑞那样具有大才能的人来写的话,就会引起我的高度反感。贝朗瑞用这种题材却不但不引起反感,而且引人入胜。请你说一说,中国诗人那样彻底遵守道德,而现代法国第一流诗人却正相反,这不是极可注意吗?"

我说,"像贝朗瑞那样的才能对道德题材是无法处理的。"歌德说,"你说得对,贝朗瑞正是在处理当时反常的恶习中揭示和发展出他的本性特长。"我就问,"这部中国传奇在中国算不算最好的作品呢?"歌德说,"绝对不是,中国人有成千上万这类作品,而且在我们的远祖还生活在野森林的时代就有这类作品了。"

歌德接着说,"我愈来愈深信,诗是人类的共同财产。诗随时随地由成百上千的人创作出来。这个诗人比那个诗人写得好一点,在水面上浮游得久一点,不过如此罢了。马提森先生① 不能自视为唯一的诗人,我也不能自视为唯一的诗人。每个人都应该对自己说,诗的才能并不那样稀罕,任何人都不应该因为自己写过一首好诗就觉得自己了不起。不过说句实在话,我们德国人如果不跳开周围环境的小圈子朝外面看一看,我们就会陷入上面说的那种学究气的昏头昏脑。所以我喜欢环视四周的外国民族情况,我也劝每个人都这么办。民族文学在现代算不了很大的一回事,

---

① 马提森(Mathisson,1761—1851)是和歌德同时的德国抒情诗人。

世界文学①的时代已快来临了。现在每个人都应该出力促使它早日来临。不过我们一方面这样重视外国文学,另一方面也不应拘守某一种特殊的文学,奉它为模范。我们不应该认为中国人或塞尔维亚人、卡尔德隆或尼伯龙根②就可以作为模范。如果需要模范,我们就要经常回到古希腊人那里去找,他们的作品所描绘的总是美好的人。对其它一切文学我们都应只用历史眼光去看。碰到好的作品,只要它还有可取之处,就把它吸收过来。"

....

1827年4月18日(就吕邦斯的风景画泛论美;艺术既服从自然,又超越自然)

晚饭前,我陪歌德乘马车沿着通往埃尔富特的道路游了一阵子。我们碰到各种各样的车辆运货上来比锡的集市,也碰到一长串的马,其中有很美的。

歌德说,"我对美学家们不免要笑,笑他们自讨苦吃,想通过一些抽象名词,把我们叫做美的那种不可言说的东西化成一种概念。美其实是一种本原现象(Urphänomen),它本身固然从来不出现,但它反映在创造精神的无数不同的表现中,都是可以目睹的,它和自然一样丰富多彩。"

我说,"我听说过,自然永远是美的,它使艺术家们绝望,因为他们很少有能完全赶上自然的。"

歌德回答说,"我深深了解,自然往往展示出一种可望而不可

---

① 歌德在这里提出"世界文学",比马克思、恩格斯在《共产党宣言》里提出这个名词恰恰早二十年。基本的区别在于歌德从唯心的普遍人性论出发,而马克思主义创始人则从经济和世界市场的观点出发。
② 《尼伯龙根之歌》,日尔曼民族的民间史诗,近代德国音乐家常用其中传说作歌剧和乐曲。

攀的魅力,但是我并不认为自然的一切表现都是美的。自然的意图① 固然总是好的,但是使自然能完全显现出来的条件却不尽是好的。

"拿橡树为例来说,这种树可以很美。但是需要多少有利的环境配合在一起,自然才会产生一棵真正美的橡树呀!一棵橡树如果生在密林中,周围有许多大树围绕着,它就总是倾向于朝上长,争取自由空气和阳光,树干周围只生长一些脆弱的小枝权,过了百把年就会枯谢掉。但是这棵树如果终于把树顶上升到自由空气里,它就会不再往上长,开始向周围展开,形成一种树冠。但是到了这个阶段,树已过了中年了,多少年来向上伸展的努力已消耗了它最壮健的气力。它于是努力向宽度发展,也就得不到好结果。长成了,它高大强健,树干却很苗条,树干与树冠的比例不相称,还不能使树显得美。

"如果这棵橡树生在低洼潮湿的地方,土壤又太肥沃,只要有合适的空间,它就会过早地在树干四周长出无数枝权,没有什么抵抗它或使它长慢一点的力量,这样它就显不出挺拔嶙峋、盘根错节的姿势,从远处看来,它就像菩提树一样柔弱,仍然不美,至少是没有橡树的美。

"最后,如果这棵橡树生在高山坡上,土壤瘦,石头多,它会生出太多的疖疤,不能自由发展,很早就枯凋,不能令人感到惊奇。"

我听到这番话很高兴,就说,"几年以前,我从格廷根到威悉河流域作短途旅行,倒看到过一些橡树很美,特别是在霍克斯特附近。"

歌德接着说,"沙土地或夹沙土使橡树可以向各方面伸出苗壮

---

① 意图就是目的。歌德在这一点上受到康德的目的论的影响,康德认为一切事物不但各有原因,而且各有目的,也不以人的意志为转移。这当然还是先验论和命定论。

的根,看来于橡树最有利。它坐落的地方还应有足够的空间,使它从各方面受到光线、太阳、雨和风的影响。如果它生长在避风雨的舒适地方,那也长不好。它须和风雨搏斗上百年才能长得健壮,在成年时它的姿势就会令人惊赞了。"

我问,"从你这番话是否可以得出结论说,事物达到了自然发展为顶峰就显得美?"

歌德回答说,"当然,不过什么叫做自然发展的顶峰,还须解释清楚。"

我回答说,"我指的是事物生长的一定时期,到了这个时期,某一事物就会完全现出它所特有的性格。"

歌德说"如果指的是这个意思,那就没有什么可反对的,但还须补充一句:要达到这种性格的完全发展,还需要一种事物的各部分肢体构造都符合它的自然定性,也就是说,符合它的目的。

"例如达到结婚年龄的姑娘,她的自然定性是孕育孩子和给孩子哺乳,如果骨盘不够宽大,胸脯不够丰满,她就不会显得美。但是骨盘太宽大,胸脯太丰满,也还是不美,因为超过了符合目的的要求。

"为什么我们可以把我们在路上看到的某些马看作美的呢?还不是因为体格构造符合目的吗? 这不仅因为它们的运动姿势的轻快秀美,而且还有更多的因素,这些因素只有善骑马的人才会说明,而我们一般人只能得到一般印象。"

我问,"我们可不可以把一匹驾车的马也看作美的呢? 例如我们不久以前看到的拉货车到布拉邦特去的那些马?"

歌德说,"当然可以,为什么不可以? 一位画家也许会觉得这种驾车的马性格鲜明,筋骨发展得很健壮,比起一匹较温良、较俊秀的驯马更能显出各种各样的美丰富多彩地配合在一起。"

歌德接着说,"要点在于种① 要纯,没有遭到人工的摧残,一匹割掉鬃和尾的马,一条剪掉耳尖的猎狗,一棵砍掉大枝、其余枝杈剪成圆顶形的树,特别是一位身体从小就被紧束胸腹的内衣所歪曲和摧残的少妇,都是使鉴赏力很好的人一看到就要作呕的,只有在庸俗人的那一套美的教条里才有地位。"……

吃晚饭时大家都很热闹。歌德的公子刚读过他父亲的《海伦后》,谈起来很有些显出天生智力的看法。他显然很喜欢用古典精神写出的那部分,但是我们可以看出,他读这篇诗时,对其中歌剧性和浪漫色彩较浓的部分并不大起劲。

歌德说,"你基本上是正确的,这篇诗有一点奇特。我们固然不能说,凡是合理的都是美的,但凡是美的确实都是合理的,至少是应该合理的。你欢喜写古代的那部分,因为它是可以理解的,可以巡视其中各个部分,可以用你自己的理解力来推测我的理解力。诗的第二部分虽然也运用并展开了各种各样的知解力和理解力,但是很难,须经过一番研究,读者才能理解其中的意义,才可以用自己的理解力去探索出作者的理解力。"

…………

歌德叫人取出登载荷兰大画师们的作品复制件的画册。……他把吕邦斯的一幅风景画摆在我面前。

他说,"这幅画你在这里已经看过,但是杰作看了多次都还不够,而且这次要注意的是一种奇特现象。请你告诉我,你看到了什么?"

我说,"如果先从远景看,最外层的背景是一片很明朗的天光,仿佛是太阳刚落的时候。在这最外层远景里还有一个村庄和一座市镇,由夕阳照射着。画的中部有一条路,路上有一群羊忙着走回村庄。画的右方有几堆干草和一辆已装满干草的大车。几匹还未

---

① 血缘。

套上车的马在附近吃草。稍远一点,散布在小树丛中的有几匹骡子带着小骡子吃草,看来是要在那里过夜。接近前景的有几棵大树。最后,在前景的左方有一些农夫在下工回家。"

歌德说,"对,这就是全部内容。但是要点还不在此。我们看到画出的羊群、干草车、马和回家的农夫这一切对象,是从哪个方向受到光照的呢?"

我说,"光是从我们对面的方向照射来的,照到对象的阴影都投到画中来了。在前景中那些回家的农夫特别受到很明亮的光照,这产生了很好的效果。"

歌德问,"但是吕邦斯用什么办法来产生这样美的效果呢?"

我回答说,"他让这些明亮的人物显现在一种昏暗的地面① 上。"

歌德又问,"这种昏暗的地面是怎样画出来的呢?"

我说,"它是一种很浓的阴影,是从那一丛树投到人物方面来的。呃,怎么搞的?"我惊讶起来了。"人物把阴影投到画这边来,而那一丛树又把阴影投到和看画者对立的那边去!这样,我们就从两个相反的方向受到光照,但这是违反自然的!"

歌德笑着回答说,"关键正在这里啊!吕邦斯正是用这个办法来证明他伟大,显示出他本着自由精神站得比自然要高一层,按照他的更高的目的来处理自然。光从相反的两个方向射来,这当然是牵强歪曲,你可以说,这是违反自然。不过尽管这是违反自然,我还是要说它高于自然,要说这是大画师的大胆手笔,他用这种天才的方式向世人显示:艺术并不完全服从自然界的必然之理,而是有它自己的规律。"

歌德接着说,"艺术家在个别细节上当然要忠实于自然,要恭顺地摹仿自然,他画一个动物,当然不能任意改变骨骼构造和筋络

---

① 底色。

的部位。如果任意改变,就会破坏那种动物的特性。这就无异于消灭自然。但是,在艺术创造的较高境界里,一幅画要真正是一幅画,艺术家就可以挥洒自如,可以求助于虚构(Fiktion),吕邦斯在这幅风景画里用了从相反两个方向来的光,就是如此。

"艺术家对于自然有着双重关系:他既是自然的主宰,又是自然的奴隶。他是自然的奴隶,因为他必须用人世间的材料来进行工作,才能使人理解;同时他又是自然的主宰,因为他使这种人世间的材料服从他的较高的意旨①,并且为这较高的意旨服务。

"艺术要通过一种完整体向世界说话。但这种完整体不是他在自然中所能找到的,而是他自己的心智的果实,或者说,是一种丰产的神圣的精神灌注生气的结果。

"我们如果只从表面看吕邦斯这幅风景画,一切都会显得很自然,仿佛是直接从自然临摹来的。但事实并非如此。这样美的一幅画是在自然中看不到的,正如普尚或克劳德·劳冉② 的风景画一样,我们也觉得它很自然,但在现实世界里却找不出。"

我问,"像吕邦斯用双重光线这样的艺术虚构的大胆手笔,在文学里是否也有呢?"

歌德想了一会,回答说,"不必远找,我可以从莎士比亚的作品里举出十来个例子给你看。姑且只举《麦克白斯》。麦克白斯夫人要唆使她丈夫谋杀国王,说过这样的话:

'……我喂过婴儿的奶……'③

---

① 目的。
② 克劳德·劳冉(Claude Lorrain,1600—1682)法国最大的风景画家。
③ 见《麦克白斯》第一幕第七景。麦克白斯夫人怂恿丈夫杀国王篡位,到了有机可乘时他却犹豫不决,她骂他是胆小鬼,说她自己为着遵守誓言,可以把自己喂过奶的心爱的婴儿杀掉,毫不犹豫。

这话是真是假,并没有关系,但是麦克白斯夫人这样说了,而且她必须这样说,才能加强她的语调。但是在剧本的后部分,麦克达夫听到自己的儿女全遭杀害时,狂怒地喊道:

'他没有儿女啊!'[1]

这话和上面引的麦克白斯夫人的话正相反。但这个矛盾并没有使莎士比亚为难。他要的是加强当时语调的力量。麦克达夫说'他没有儿女',正如麦克白斯夫人说'我喂过婴儿的奶',都是为着加强语调。"

歌德接着说,"一般地说,我们都不应把画家的笔墨或诗人的语言看得太死、太窄狭。一件艺术作品是由自由大胆的精神创造出来的,我们也就应尽可能地用自由大胆的精神去观照和欣赏。"[2] ……

1827 年 5 月 6 日(《威廉·退尔》的起源;歌德重申自己作诗不从观念出发)

歌德家举行第二次宴会,来的还是前晚那些客人。关于歌德的《海伦后》和《塔索》谈得很多。歌德对我们讲,一七九七年他有

---

[1] 见原剧第四幕第三景。麦克达夫是国王的忠臣,麦克白斯杀害了他全家儿女,他听到这消息时非常悲愤,他的同伙中有人说要报仇,他说这个仇报不了,麦克白斯没有儿女可杀害。

[2] 在这篇极重要的谈话里,歌德用自然、绘画和文学作品中生动具体的事例来说明他的基本美学观点:艺术要服从自然,也要超越自然。从美学观点看,这篇谈话是最值得注意的,也是一般美学著作经常援引的。

过一个计划,想用"退尔传说"① 写一部用六音步诗行的史诗。

他说,"在所说的那一年,我再次〔去瑞士〕游历了几个小州和四州湖。那里美丽而雄伟的大自然使我再度得到很深的印象,我起了一个念头,要写一篇诗来描绘这样丰富多彩、瞬息万变的自然风景。为着使这种描绘更生动有趣,我想到最好用一些引人入胜的人物来配合这样引人入胜的场所和背景。于是我想起退尔的传说在这里很合适。

"我想象中的退尔是个粗豪健壮、优游自得、纯朴天真的英雄人物。作为一个搬运夫,他在各州奔波,到处无人不知道他、不喜爱他,他也到处乐意给人一臂之助。他平平安安地干他的行业,供养着老婆和小男孩,不操心去管谁是主子,谁是奴隶。

"关于对立的一方,盖斯洛在我想象中是个暴君,不过他贪安逸,很随便,有时做点坏事,有时也做点好事,都不过借此寻寻开心。他对人民和人民的祸福概不关心,在他眼中没有人民存在。

"与此对立的人性中一些较高尚善良的品质,例如对家乡的热爱、对祖国法律保护下的自由和安全感、对遭受外国荒淫暴君的枷锁和虐待的屈辱感、以及最后逐渐酝酿成熟的要摆脱可恨枷锁的坚强意志,我把这些优良品质分配给瓦尔特·富斯特、斯陶法肖和文克尔里特② 之类高尚人物。这些才是我要写的史诗中的真正

---

① 退尔,传说中的瑞士英雄和神箭手。瑞士在中世纪受奥地利统治,奥皇派驻乌理州(退尔出生的小州)的总督盖斯洛很残暴专横,把自己的帽子挂在竿子上,饬令过路人都要向帽子敬礼。退尔独不肯敬礼,被盖斯洛拘捕。盖斯洛把一个苹果放在退尔的男孩头上,罚他用箭把苹果射掉。退尔一箭命中苹果,回头用另一箭射死盖斯洛,从此退尔便领导瑞士人民起义,使瑞士摆脱奥地利帝国的统治。这个传说始见于15世纪一首民歌。近代历史家大半认为退尔这个人物是虚构,不过他代表被压迫民族争取解放的热烈希望。歌德的史诗没有写,席勒用这个传说写了他的著名剧本《威廉·退尔》。近代音乐家也爱用这个传说谱歌曲。
② 退尔传说中一些英雄人物,都无史实可稽。

英雄人物,代表自觉行动的崇高力量,至于退尔和盖斯洛虽有时出现在情节里,总的来说,却只是一些被动的人物。

"当时我专心致志地在这个美好题目上运思,而且哼出了一些六音步格诗行。我看到静悄悄的湖光月色,以及月光照到的深山浓雾。然后我又看到最美的一轮红日之下充满生命和欢乐的森林和草原。我在心中又描绘出一阵雷电交加的暴风雨从岩壑掠过湖面。那里也不缺少寂静的夜景和小桥僻径的幽会。

"我把这一些都告诉了席勒。在他的意匠经营中,我的一些自然风景和行动的人物就形成了一部戏剧。因为我有旁的工作,把写史诗的计划拖延下去,到最后我就把我的题目完全交给席勒,他用这个题目写出了一部令人惊赞的大诗。"

我们听到这番引人入胜的叙述都感到高兴。我指出,《浮士德》第二部第一景中使用三韵格① 写的那段描绘红日东升的壮丽景致,可能就是根据对四州湖的回忆。

歌德说,"我不否认,那些景物确实是从四州湖来的。如果不是那里的美妙风景记忆犹新,我就不会用三行同韵格。不过我用退尔传说中当地风光的金子所熔铸成的作品也就止于此。其余一切我都交给席勒了。大家都知道,席勒对这种材料利用得非常美妙。"

话题于是转到《塔索》以及歌德在这部剧本中企图表现的观念。

歌德说,"观念?我似乎不知道什么是观念!我有塔索的生平,有我自己的生平,我把这两个奇特人物和他们的特性融会在一起,我心中就浮起塔索的形象,我又想出安东尼阿② 的形象作为塔索形象的散文性的对立面,这方面我也不缺乏蓝本。此外,宫廷

---

① "三韵格"就是但丁在《神曲》中使用的格律。
② 安东尼阿,《塔索》中一个配角。

生活和恋爱纠纷在魏玛还是和在菲拉拉①完全一样;关于我的描绘,可以说句真话:这部剧本是我的骨头中的一根骨头,我的肉中的一块肉

"德国人真是些奇怪的家伙!他们在每件事物中寻求并且塞进他们的深奥的思想和观念,因而把生活搞得不必要地繁重。哎,你且拿出勇气来完全信任你的印象,让自己欣赏,让自己受感动,让自己振奋昂扬,受教益,让自己为某种伟大事业所鼓舞!不要老是认为只要不涉及某种抽象思想或观念,一切都是空的。

"人们还来问我在《浮士德》里要体现的是什么观念,仿佛以为我自己懂得这是什么而且说得出来!从天上下来,通过世界,下到地狱,这当然不是空的,但这不是观念,而是动作情节的过程。此外,恶魔赌输了,而一个一直在艰苦的迷途中挣扎、向较完善境界前进的人终于得到了解救,这当然是一个起作用的、可以解释许多问题的好思想,但这不是什么观念,不是全部戏剧乃至每一幕都以这种观念为根据。倘若我在《浮士德》里所描绘的那丰富多彩、变化多端的生活能够用贯串始终的观念这样一条细绳串在一起,那倒是一件绝妙的玩意儿哩!"

歌德继续说,"总之,作为诗人,我的方式并不是企图要体现某种抽象的东西。我把一些印象接受到内心里,而这些印象是感性的、生动的、可喜爱的,丰富多彩的,正如我的活跃的想象力所提供给我的那样。作为诗人,我所要做的事不过是用艺术方式把这些观照和印象融会贯通起来,加以润色,然后用生动的描绘把它们提供给听众或观众,使他们接受的印象和我自己原先所接受的相同。

"如果我作为诗人,还想表现什么观念,我就用短诗来表现,因为在短诗中较易显出明确的整体性和统观全局,例如我的动物变形和植物变形两种科学研究以及《遗嘱》之类的小诗。我自觉地要

---

① 菲拉拉,意大利的一个小公国,塔索在那里受到长期礼遇,最后被幽禁放逐。

力图表现出一种观念的唯一长篇作品也许是《情投意合》①。这部小说因表现观念而较便于理解,但这并不是说,它因此就成了较好的作品。我无宁更认为,一部诗作愈莫测高深,愈不易凭知解力去理解,也就愈好。"②

1827年7月5日(拜伦的《唐·璜》;歌德的《海伦后》;知解力和想象的区别)

....

……这就把话题引到素描。歌德拿意大利一位大师的一幅很好的素描给我看,画的是婴儿耶稣和一些法师在庙里。接着他又让我看一幅按素描作出的绘画的复制品,我们看来看去,一致认为素描更好。

歌德说,"我近来很幸运,没花很多钱就买到一些名画家的很好的素描。这些素描真是无价之宝,它们不仅显示出艺术家们本来的用意,而且立刻让我们感觉到他们在创作时的心情。例如这幅《婴儿耶稣在庙里》,每一笔都使我们看到作者心情的晶明透澈和镇静果断,而且在观赏中感染到这种怡悦的心情。此外,造形艺术还有一个很大便利,它是纯粹客观的,引人入胜,却不过分强烈地激起情感。这种作品摆在面前,不是完全引不起情感,就是引起很明确的情感。一首诗却不然,它所产生的印象模糊得多,所引起的情感也随听众的性格和能力而各有不同。"

我接着说,"我最近在读斯摩莱特的一部好小说《罗德瑞克·兰

---

① 旧译《亲和力》。
② 在这篇谈话里,歌德用自己的创作经验说明诗不应从抽象概念出发,而应从现实生活的具体印象出发。这种看法有它的进步意义,但也不能把它推到极端,以至否定文艺的思想性。

登》①,它给我的印象却和一幅好画一样。它照实描述,丝毫没有卖弄风骚的气息,它把实际生活如实地摆在我们面前,这种生活是够讨人嫌厌的,可是通体来说,给人的印象是明朗的,就因为它的确是真实的。"

歌德说,"我经常听到人称赞这部小说,我相信你的话是对的,不过我自己还没读过。"……

我又说,"在拜伦的作品里我也经常发现把事物活灵活现地描绘出来,在我们内心引起的情绪也正和一位名手素描所引起的一样。特别在他的《唐·璜》② 里有很多这样的例子。"

歌德说,"对,拜伦在这方面是伟大的,他的描绘有一种信手拈来、脱口而出的现实性,仿佛是临时即兴似的。我对《唐·璜》知道得不多,但他的其它诗中有一些片段是我熟记在心的,特别是在他写海景的诗里间或出现一片船帆,写得非常好,使人觉得仿佛海风在荡漾。"

我说,"我特别欣赏他在《唐·璜》里描绘伦敦的部分。那里信手拈来的诗句简直就把伦敦摆在我们眼前。他丝毫不计较题材本身是否有诗意,抓到什么就写什么,哪怕是理发店窗口挂的假发或给街灯上油的工人。"

歌德说,"我们德国美学家们大谈题材本身有没有诗意,在某种意义上他们也许并非一派胡说,不过一般说来,只要诗人会利用,真实的题材没有不可以入诗或非诗性的。"

---

① 斯摩莱特(Smollet,1721—1771),英国小说家,《罗德瑞克·兰登》是他的第一部小说,写一个水手的各种遭遇,是以人为纲把许多互不连贯的事件串在一起的范例,描写很生动。
② 《唐·璜》写一个美男子浪游希腊、君士坦丁堡、俄国和英国沿途所发生的恋爱故事,其中包括他和俄国女皇叶卡捷琳娜的关系。但是主要的内容是对各国(特别是英国)社会生活的辛辣讽刺。此诗第三乐章《哀希腊》歌很早就译成了汉文。

……………

我说,"……我对拜伦的作品读得愈多,也就愈惊赞他的伟大才能。您在《海伦后》里替拜伦竖立了一座不朽的爱情纪念坊,您做得很对。"①

歌德说,"除掉拜伦以外,我找不到任何其他人可以代表现代诗。拜伦无疑是本世纪最大的有才能的诗人,他既不是古典时代的,也不是浪漫时代的,他体现的是现时代。我所要求的就是他这种人。他具有一种永远感不到满足的性格和爱好斗争的倾向,这就导致他在密梭龙基② 丧生,因此用在我的《海伦后》里很合适。就拜伦写一篇论文既非易事,也不合适,我想抓住一切恰当时机,去向他表示尊敬和怀念。"

既然谈到《海伦后》,歌德就接着谈下去。他说,"这和我原来对此诗所设想的结局完全不同,我设想过各种各样的结局,其中有一种也很好,现在不必告诉你了。当时发生的事件才使我想到用拜伦和密梭龙基作为此诗的结局,于是把原来的其它设想都放弃了,不过你会注意到,合唱到了挽歌部分就完全走了调子。前此整个气氛是古代的,还没有抛弃原来的处女性格,到了挽歌部分,它就突然变得严肃地沉思起来,说出原来不曾想到也不可能想到的话来了。"

我说,"我当然注意到了这一点,不过我从吕邦斯的风景画里所用的双重阴影理解到虚构的意义,我对此就不觉得奇怪了。这类小矛盾只要能构成更高的美,就不必去吹毛求疵。挽歌是要唱

---

① 歌德在《海伦后》(后并入《浮士德》第二部)里写浮士德和古希腊海伦后结了婚,生的儿子叫做欧福良,代表诗人拜伦。海伦后代表古典美,浮士德代表浪漫精神,两人的结婚代表古典美与浪漫精神的统一。

② 拜伦在1823年参加希腊解放战争,次年病死在希腊的密梭龙基,年仅三十六岁。此事轰动一时,歌德当时正在写《海伦后》,所以把它写进诗里。

的,既然没有男合唱队在场,那也就只得让处女们去唱了。①"

歌德笑着说,"我倒想知道德国批评家们对此会怎么说,他们有足够的自由精神和胆量去绕过这个弯子么?对法国人来说,知解力是一种障碍,他们想不到想象有它自己的规律,知解力对想象的规律不但不能而且也不应该去窥测。想象如果创造不出对知解力永远是疑问的事物来,它就做不出什么事来了。这就是诗和散文的分别。在散文领域里起作用的一向是,而且也应该是,知解力。"②

这时已到十点钟,我就告别了。我们坐谈时一直没有点烛,夏夜的亮光从北方照到魏玛附近的厄脱斯堡。③

1830年3月21日(古典的"和"浪漫的":这个区别的起源和意义)

…………

"古典诗和浪漫诗的概念现已传遍全世界,引起许多争执和分歧。这个概念起源于席勒和我两人。我主张诗应采取从客观世界出发的原则,认为只有这种创作方法才可取。但是席勒却用完全

---

① 希腊戏剧的合唱队男女分工,轻快部分归女声唱,较严肃的部分归较年老的男声唱。《浮士德》下卷只有青年女子合唱队,没有男声合唱队,所以较严肃的部分仍由女声合唱队来唱。
② 德国古典哲学家康德和黑格尔都把理性(Vernunft)和知解力(Verstand)严格分开,理性是先验和超验的,根据绝对或最高原则来下判断;知解力(过去误译为"悟性")是根据经验的,以归纳和演绎的方式来就经验事实作出结论,参看一八二九年二月十三日谈话。此外,西方美学家又常把知解力和想象力(Phantasie, Imagination)严格分开,前者用于散文,用于常识和经验科学领域之类实事求是的论述;想象用于诗和艺术的虚构。实际上过去所讲的超验理性根本不存在,至于知解力和想象虽有分别,文艺也不能单凭想象而不要知解力(即不能单凭形象思维而不要抽象思维)。
③ 这篇谈话重申歌德的一些基本文艺观点,即从现实出发,要使作品如实地反映现实,但并不排除艺术虚构。歌德说明了《海伦后》何以要用拜伦代表海伦后(古典美)和浮士德(浪漫精神)结合所产生的近代诗艺,作为全诗的结局。

主观的方法去写作,认为只有他那种创作方法才是正确的。为了针对我来为他自己辩护,席勒写了一篇论文,题为《论素朴的诗和感伤的诗》①。他想向我证明:我违反了自己的意志,实在是浪漫的,说我的《伊菲姬尼亚》由于情感占优势,并不是古典的或符合古代精神的,如某些人所相信的那样。史雷格尔弟兄抓住这个看法把它加以发挥,因此它就在世界传遍了,目前人人都在谈古典主义和浪漫主义,这是五十年前没有人想得到的区别。"②……

朱光潜　译

选自《歌德谈话录》人民文学出版社 1979 年版

---

① 这是席勒的一篇重要的美学论文,从人与自然的关系讨论古典诗(即素朴诗)与浪漫诗(即感伤诗)的分别。席勒认为古典时代人与自然一体,共处相安,这就是诗的素朴状态;近代人已与自然脱节,却又想"回到自然",眷恋人类童年的素朴状态,而这又是不可能的,所以心情是感伤的,这就是浪漫诗的特征。

② 这篇谈话指出古典主义与浪漫主义的区别。歌德所理解的古典主义实际上就是现实主义。高尔基以前,西方文学史家一般把古典主义和浪漫主义当作文艺的主要流派。实际上这类标签的用处有它的限度。

论悲剧艺术

〔德国〕席 勒

……现在该计算一下,在哪些条件下,同情心将能得到促进,并能万无一失、最强烈地引起感动的快乐。

一切同情心都以受苦的想象为前提;同情的程度,也以受苦的想象的活泼性、真实性、完整性和持久性为转移。

(一)想象越生动活泼,也就更多引起心灵的活动,激起的感情也就更强烈、也就更要求它的道德功能起而反抗,受苦的想象可以通过两条不同的途径得到,这两条途径对于印象的活泼性并不同样有利。我们亲眼看见的痛苦,比起经人叙述或者描写而知道的痛苦来,激动我们的程度要强烈得多。前者取消了我们想象力的自由翱翔,直接击中我们的感情,因而通过最短的道路,进入我们的心的深处。听人叙述就不同了,特殊事物先应当上升为一般事物,然后再从一般事物认出特殊事物来,也就是说,印象经过理智这番必要手术,力量已经大大削弱,然而薄弱的印象不可能把心灵全部控制住,必然会给其他的想象留下余地,搅扰它的效果,分散对它的注意力。旁人的叙述也往往把我们由正在行动的人物的心灵状态放进叙述人的心灵情况中,这就中断了产生同情心所必不可少的幻觉。只要叙述者以自己的身份插入所述的事情中去,故事的情景立即静止,因而不可避免的也就使我们息息相关的感动中断。遇到戏剧诗人在对白中忘其所以,让他的人物说出一些只有冷眼旁观的观众才可能产生的看法时,这种情况也会出现。我们现代悲剧很难不犯这种错误,只有法国悲剧却已经把它变成一条规律。由此可见,想使我们对苦难的想象具有产生高度感动所需要的强烈程度,身历其境和亲身感受是完全必要的。

(二)然而即使我们能得到对苦难的最为生动活泼的印象,倘若这些印象缺乏真实性,也照样不可能产生相当程度的同情心。我们所要参与的苦难,我们必须对它有所了解;这就需要这种苦难和我们心里本来已有的东西互相吻合。产生同情的可能性建立在这一基础上、即我们意识到或者假定在我们和受苦的对象之间具有相似之处。任何地方,只要能看到这种相似之处,同情便必然产生;如果没有这种相似之处,就不可能产生同情。相似之处越明显、越巨大,同情心也就越活跃;前者越少,后者也就越弱。我们如想感受别人身受的激情,我们自己心里必须具备一切产生这种感动所必需的内部条件,以便和这些内部条件结合起来产生的那种外在原因,也能对我们产生同样的效果。我们必须能毫不勉强地和受苦的人调换一下角色,把我们自己临时置在他的地位。要是我们事先没有在别人身上发现我们自己,我们又怎么可能在我们心里感受别人的处境呢?

这种相似之处涉及心灵的整个基础,只要这一基础是普遍的、必然的。但是只有我们的道德本性才特别具有普遍性。我们的感情的功能可以经过偶然的原因而改变,即使我们的认识功能也会因条件改变而转移,只有我们的道德确定不移,因而它就最宜于给这种相似之处以一种普遍的稳定的尺度。只要我们觉得一个观念和我们的思维和感觉的方式一致,和我们自己的思想程序有某种亲属关系,它就很容易为我们的心灵所理解;这种观念,我们就说它是真实的,倘使这种相似之处只关系到我们心灵中的特殊之处、我们心中普遍人性的特别情况,这些情况又可以撇开不顾而无损于普遍人性,那么,这一观念只对我们具有真实性;倘若这种相似之处涉及全人类都该具有的普遍的和必然的形式,那么这种真实性就可以和客观真理同样看待。对于罗马人来说,布鲁图斯的判决书①和加图的自尽②都有主观的真实性。产生这两个人的行动的想像的观念和感情,并非直接来自普遍人性,乃是间接从特定人性而来。要想和他们共有这些感情,必须具有罗马人的思想。相反,只要是人,就会被烈阿尼达的英勇牺牲③、亚里斯帖得的泰然自若④,苏格拉底的视死如归所深深感动;只要是人,看到大流士惨遭厄运⑤,都会感极流泪。这种想象和前述的想象不同,我们说有客观内容的真实性,因为它和每个人的本性都相一致,这样一来,就获得了同样严格的普遍性和必然性,仿佛它和任何主观条件都没有关联似的。

话说回来,这种主观真实的描述,虽然涉及偶然的情况,但是不能把它和随意的描述混淆起来。说到最后,这种主观真实的事物,也来自人们心灵中普遍的禀赋。这种普遍的禀赋,遇到特殊的条件,便有了特定的情况。二者同样是心灵的必不可少的前提。加图的决定,倘若违反人性的普遍规律,就也不可能有主观真实性。只是这种方式的描述,影响的范围较小,因为除去一般的情况以外,它还需要别的情况作为先决条件。悲剧艺术如愿放弃外延的效果,可以采用这种描述,得到巨大的内向的效果;不过它的最丰富的题材,始终是绝对真实的东西、在人和人的关系中纯粹人性的东西,因此悲剧只有采用这种东西,才能保证产生的印象具有普遍性,而且不至于削弱印象的强烈程度。

---

① 布鲁图斯是罗马共和国(公元前509年)的创建人。他的两个儿子阴谋复辟,他作为执政,宣布他们的死刑,并亲自监刑。
② 加图(公元前95—46)反对恺撒失败,自杀。
③ 烈阿尼达是公元前490年到480年斯巴达的国王,曾经以三百部队,英勇阻击波斯军队,直到他和全军覆没。
④ 亚里斯帖得(公元前约540—460)是雅典的将军和政治家,曾被流放,并不介意,后来仍为祖国效忠,击败波斯的侵略。
⑤ 大流士可能指波斯国王大流士三世。在亚历山大进攻之下,全军覆没,受伤致亡。

（三）悲剧描述除了活泼性和真实性以外，第三还要求完整性。凡是使心灵按照预定的目的活动所需要的一切外部条件，必须在想象中全部具备。无论这位观众具有多么罗马式的思想，如果要他把加图的心境变成自己的心境，叫他把这位共和主义者下的最后决心变成自己的决心，他必须感到，不但在罗马人的心里，而且在客观环境下，这一决心都站得住脚，他必须充分体会到这个人的外部情况和内心情况、以及它们整个的联系。凡是使这个罗马人下这最后决心所必需的原因，一个也不可缺少。如果没有这种完整性，对于描述的真实性也根本不可能做出判断来，因为我们必须充分认识环境的相似之处，只有这样，我们才能对感觉的相似做出正确的判断，也只有外部和内部的条件结合起来，才能从中产生激情。如果要决定我们是否也会像加图一样行动，我们首先必须设想自己处于加图的全部外在情况之中，只有这样，我们才能把我们的感觉和他的感觉对比，才能对相似之处做出结论，对这种相似之处的真实性来下判断。

这种描述的完整性，只有把若干个别的观念和感受结合起来，才可能获得。这些个别的观念和感受彼此互为因果，联系起来，对我们的认识来说，是一个整体。所有这些观念，如想生动地感动我们，必须对我们的感情产生直接的印象，因为叙述的形式总是削弱这种印象的，所以必须用一个亲身目击的行动来激起这些观念。所以悲剧描述的完整性必须有一系列个别的目睹的行动，这些行动结合起来组成一个整体、即悲剧的行动。

（四）倘使痛苦的观念要在我们心里激起高度的感动，这些观念最后还应持续不断地对我们发生作用。别人的痛苦在我们胸中引起的激情，对我们说来，是一种强制的状况，我们急于从中摆脱，于是产生同情必不可少的幻觉便十分容易消逝。所以必须把心灵牢牢缚在这些观念上面，并剥夺它过早挣脱幻觉的自由。想达到这个目的，单靠想象活泼，刺激我们感性的印象强烈，是不够的；因为我们感受的功能受到的刺激越猛,我们灵魂为了战胜这种印象而发出的反作用也就越强。诗人如想感动我们,切不可削弱这种自动的力量;因为悲剧感动给与我们的高度享受,正在这种力量和感情的痛苦展开的搏斗之中。虽然有心灵这种反抗的自动作用,如果要使心灵持续缚在痛苦的感受上面,就必须把这种感受非常聪明地隔一时打断一下、甚至于用截然相反的感受来代替,使这种感受再回来的时候威力更大,并且不断恢复最初印象的活泼性。感觉转换是克服疲劳、抵抗习惯影响的最有力的手段。感觉转换使精疲力竭的感情重新精力充沛,印象的层层加深使自动作用的功能进行相应的反抗。这种反抗的力量必须毫不间断地进行活动,反抗感情的束缚、争取自身的自由,但是不到最后,决不能过早获得胜利,更不能在战斗当中遭到失败;因为过早胜利,痛苦便结束了,中途失败,便丧失了行动,只有二者相结合起来,才能激起感动。悲剧艺术的极大秘密正在于灵巧地处理二者之间的这场战斗。在这场战斗中,悲剧艺术的表现最是光彩夺目。

要达到这一目的,需要一系列经常变换的观念,也就是说,需要把一些和这些观念相适应的情节有目的地和主要情节连贯起来。并且通过主要情节,使预期的悲剧印象完全从这些情节中展开出来,就像从纺锤上放出来的一个线团,最后把心灵像用一张撕扯不破的罗网包裹起来。请允许我在这里作这样一个譬喻,艺术家选定一个事物,作为达到他悲剧目的的工具,他首先把这个事物发出的所有个别的光线都十分节省地收集起来,这些光线在他的手里就变成点燃众人心灵的闪电。一个新手就会把惊心动魄的雷电,一撒手,全部朝人们心里扔去,结果毫无收获,而艺术家则不断放出小型的霹雳,一步一步向目的走去,正好这样完全穿透别人的灵魂,只有逐渐推进、层层加深,才能感动别人的灵魂。

我们总结上面所进行的研究,可以知道,悲剧感动的基础是下列条件:第一,我们同情的对象必须完完全全和我们同类,而要我们参与的行动,必须是一种道德的行动,也就是说,一种自由领域内的行动。第二,痛苦、痛苦的根源和逐渐推进的程度,必须通过一系列的事件,完整无缺的传达给我们;而第三,还必须用感情的目睹的形式,不是间接通过描写,而是直接通过行动来表现。悲剧艺术把所有这些条件结合起来,并加以实现。

所以说,悲剧是对一系列彼此连系的事故(一个完整无缺的行动)进行的诗意的摹拟,这些事故把身在痛苦之中的人们显示给我们,目的在于激起我们的同情。

第一,悲剧是一个行动的模仿。模仿这个概念就使悲剧有别于其他单靠叙述或者描写的艺术,在悲剧中,个别的事件在其发生的瞬间,必须作为现在的事情,直接陈诸观众的想象力和感官之前,不容第三者插入。史诗、长篇小说、短篇故事,凭它们的体裁,把人物的行动移到远方,因为在读者和进行行动的人物之间,横插进来一个叙述者。但是谁都知道,远方的事情或者过去的事情是削弱印象和削弱人们的关切和激情的。而现在的事实则使之加强。一切叙述的体裁使眼前的事情成为往事,一切戏剧的体裁又使往事成为现在的事情。

第二,悲剧是一系列事件的模仿,即一个行动的模仿。它不仅模仿地表现悲剧人物的感受和激情,还表现出了产生这些感受和激情并促使它们表露出来的事件;这就使悲剧有别于抒情的文学形式,这些抒情的形式虽然也诗意地摹拟心灵的某些状态,然而不模仿行动。一首悲歌、一首短歌、一首颂歌可以把诗人(不管是诗人本人的或者是理想人物的)目前的、由特别情况所决定的心灵状态摹拟地展现在我们眼前,在这意义上,它们虽然也包括在悲剧的概念之内,然而它们还没有完全符合悲剧的概念,因为它们只局限于表现感情。更为本质的区别在于这些文学形式具有不同的目的。

第三,悲剧是一个完整无缺的情节行动的模仿。一件个别的事故,无论它多么含有悲剧性,还不能构成悲剧。必须把若干互为因果的事件,按照目的,构成一个整体,只有这样,才能使我们感到真实性,才能使表现出来的激情、性格等等和我们灵魂的本性彼此吻合,而我们的同情就完全建筑在这种吻合的基础上面。倘若我们感觉不到我们在同样情况下,也会这样受苦、这样行动,我们的同情心就永远不会觉醒。所以关键在于:我们必须全盘看到表现出来的行动,看它如何在外部情况的作用下,从产生这个行动的人的灵魂里,逐步自然而然地、层层推进地涌现出来。俄狄浦斯的好奇、奥赛罗的妒嫉就这样在我们眼前萌芽、发展、完成。也只有这样,一个无辜灵魂的平静心情和成为罪犯后的良心谴责之间的距离、一个幸福的人的骄傲自信和他的可怕的毁灭之间的距离,简言之,读者在开始时的平静的心理状态和行动结束时他的感受的猛烈激动之间的广大距离才会充实。

必须要有一系列彼此联系的事件,才能使我们产生心灵活动的变化,这种变化刺激注意力,唤起我们精神的一切力量,鼓舞逐渐衰疲的行动的冲动,这种冲动由于迟迟得不到满足,就燃烧得更为猛烈。心灵如想克制感情的痛苦,只能乞助于道德。悲剧艺术家必须延长感情所受的折磨,才能更迫切地向道德提出要求;但是他也必须使感情得到满足,才能使道德得到的胜利更为艰巨、更为光荣,上述二者只有通过一系列的行动才可能得到,这些行动是经过明智的选择,为这一目的连接起来的。

第四,悲剧是一个值得同情的行动的诗意的模仿,因而和历史性的模仿正相对立。如果它遵循一个历史的目的,旨在叙述已经发生的事情、以及这些事情如何发生,就变成历史了。在这种情况下,它必须严格遵守历史的真实性,因为唯有把确实发生过的事情忠实地表现出来,才能达到它的目的。然而悲剧的目的是诗意的目的,这就是说,它表现一个行动,为的是感动别人,并且通过感动使人快乐。倘若它根据这个目的来处理给它的素材,那么,模仿的时候,它就有它的自由;它有权利,甚至于可以说它有责任使历史的真实性屈从于诗艺的规则,按照自己的需要,加工得到的素材。可是因为悲剧只有在和自然法则高度吻合的条件下,才能达到它的使人感动的目的,所以在保留自由地处理历史事件的权利下,依然需要遵守严格的自然真实性的法则:这种自然真实性和历史真实性对照,称为诗意真实性。由此可见,严格注意历史真实性往往损害诗意真实性,反之,严重破坏历史真实性,就会使诗意真实性更能发挥,这种情况就很可理解了。因为悲剧诗人,其实任何诗人都是如此,只服从诗意真实性的规则;对历史事件极其认真的注意,不能使他免除诗人的本分,也不能原谅他违反诗意真实性写得平淡乏味的过失。因而谁若想把悲剧诗人召唤到历史的法庭之前,并想向他学习知识,真是对悲剧——其实对全部诗艺都是如此——极其缺乏了解。悲剧诗人顾名思义,只负责使人感动、使人快乐。甚至于如果诗人有时候畏惧地屈从于历史真实性,放弃了他艺术家的特权,默不作声地承认历史有裁判他的作品的权利,这时候艺术就完全有权利把诗人叫到它的审判席前。赫尔曼之死①、米诺娜②、福斯特·封·斯特洛姆贝尔克③,倘若经受不起艺术的考验,不管服装如何丝毫不差,民族性格和时代特点如何正确无误,仍然是平庸的悲剧。

第五,悲剧是一个行动的模仿,这个行动把受苦中的人展现在我们面前。人这个词在这里并不是多余的,它是用来确切地标明,悲剧选择自己对象的界线。只有像我们自己这样的有感情有道德的生物,才能激起我们的同情。那些脱离一切道德的物体,像民间迷信或者诗人幻想所描绘的凶恶精灵,以及和这些精灵相似的

---

① 克洛普斯托克:《赫尔曼之死》。
② 格尔斯腾贝尔克的悲剧《米诺娜或盎格鲁撒克逊人》中的人物。
③ 雅各伯·麦耶的同名骑士剧中的人物。

人，——再有那些摆脱感情束缚的物体，就像我们所设想的纯粹的灵秀之士，以及一些高度地摆脱了感情束缚的凡人，这种高度不是具有人的弱点的人所能达到的，凡此种种，都不宜成为悲烈的人物。我们应该参与一种苦难，这个苦难的概念决定：只有在"人"这个字的全部意义上的人，才能作受苦的对象。一个纯粹的灵秀之士不会痛苦，一个凡人，要是异乎寻常地接近这种纯粹的灵秀之士，那么，在他心里也从来不可能激起巨大的痛苦，因为他从自己的道德本性中很快就能找到力量，抵御脆弱的感性所受的痛苦。一个没有道德的彻头彻尾的感情生物，以及和他相似的人，能产生可怕的痛苦，因为他们身上的感情占了上风，但是没有任何道德感情作为内心支柱，因而完全成了痛苦的俘虏——看到这样一种全无指望的痛苦，看到理性根本失去行动，我们便感到厌恶，掉头不顾。所以悲剧诗人特别喜欢善恶交织的性格是有他的道理的，他的理想的主人公正是介乎完全堕落和完美无缺的人物之间。

最后，悲剧把所有这些特质结合起来，引起人们同情的激情；悲剧诗人所作的准备工作，有些完全可以用于另外的目的，譬如道德的目的、历史的目的和其它等等，然而悲剧诗人恰恰给自己规定了这样一个目的而不是任何别的目的，这就使他无需乎理会一切与这一目的无关的要求，但同时也要求他在每次具体运用上面列举的这些规则时，必须以这种最终的目的为转移。

所有对某一文艺种类有效的规则，都牵涉到一个最终的基础；这一基础即该文艺种类的目的；这种文艺种类用来达到它的目的时所采用的各种手段结合起来，就叫作该文艺种类的形式。所以目的和形式之间，关系极为密切，形式由目的决定，并由目的规定必须如此，而目的得以实现，则是形式相宜的结果。

任何一种文艺种类都遵循一种特殊的目的，正因为如此，它才通过一种特殊的形式，和其他文艺种类有所区分，因为形式是文艺种类用以达到自己目的的手段。文艺种类必须凭着自身特有的本质,进行那些别的文艺种类不能做的事情。悲剧的目的是感动;它的形式是模仿一个导致痛苦的行动,好几种文艺种类都可以和悲剧一样,以同一行动作为它们的对象。好几种文艺种类都可以遵循悲剧的目的、感动,虽说并不当作主要目的。区别悲剧与其它种类的是形式和目的的关系,这就是说文艺种类考虑到自己的目的,并用某种方式来处理自己的对象、以及通过它的对象来达到自己的目的。

如果说悲剧的目的是激起同情的激情,形式是赖以达到这个目的的手段,那么对动人的行动的模仿,必须包含最强烈地激起同情的激情的全部条件、即最有利于激起同情的激情的形式。

在一部文艺作品中,它的种类所具有的特殊形式,倘若充分得到发挥,使它最好地达到这种文艺种类的目的,这部作品就算是十全十美。所以一部十全十美的悲剧的形式,应当是对动人的行动的模仿,必须充分发挥它引起别人的同情的激情的作用。如果一部悲剧激起别人的同情,不是由于题材的功效,更多是由于充分发挥悲剧形式的力量,这样一出悲剧,大概可以说是最完美的了。它可以算作理想的悲剧。

有许多悲剧,倒也充满了诗意之美,然而从戏剧的角度来看,却大可非难。因为它们不是试图通过最好地发挥悲剧形式的力量,达到悲剧的目的;另外有些悲剧,通过悲剧形式达到了另外一种目的,而不是悲剧的目的。不少最受我们喜欢的剧本之所以感动我们,全凭题材取胜,我们宽大为怀,或漫不经心,就把题材的特点算作拙劣的艺术家的功劳。而在看另外一些戏的时候,我们似乎完全没有想起诗人邀集我们到剧院里来的意图,看了一些幻想和机智的杰出的游戏,得到消遣,便心满意足,根本没有觉察到离开这位诗人的时候,我们心情冷漠。这种高贵的艺术(它的确是这样一种艺术,因为它诉诸我们心灵中神圣的部分)难道能让这样的一些战士在这样的一些裁判官面前进行它的事业吗? 观众要求不高,易于满足这种只能对平庸的作家是欢欣鼓舞的事,而对于天才,则是屈辱可怕的事。

(1792年)

张玉书　译　杨业治　校

选自《古典文艺理论译丛》1963年第6册,人民文学出版社版

论素朴的诗与感伤的诗

〔德国〕席 勒

感伤的诗人

诗的天才的两种表现方式：模仿现实和表现理想

我已经说过，诗人或者是自然，或者寻求自然。前者使他成为素朴的诗人，后者使他成为感伤的诗人。本文就来试行阐明这个原则。

诗的精神是不朽的，它决不会从人性中消失；它只能同人性本身一起消失，或者是同人的感受的能力一起消失。虽然想象力和理解力的自由使人离开自然的素朴、真实和必然性，但是不仅那通达自然的道路永远向他敞开着，而且有一种不可摧毁的强大的冲动——道德的冲动——不断地促使他回到自然；诗的能力正是同这种冲动有着最密切的关系。因此，当自然的素朴消失的时候，诗的能力并不会丧失，它只是在另一个方向下发生作用。

甚至现在，自然还是燃点和温暖诗的精神的唯一的火焰。诗的精神只是从自然才获得它的全部力量；在追求文明的人身上，它也只是对自然说话。表现诗的精神的活动的其他任何方式，都是和诗的精神格格不入的。因此，我们顺便可以说，把诗的名称应用到任何一部所谓机智的作品上面，是不正确的，虽然法国文学所享有的声誉使我们长时期来把它们列入这一类中。我重说一遍，甚至现在，在人类文明当前的情况下，能够强烈地激起诗的精神的仍然是自然,只是它同自然的关系跟以前不同而已。

只要人继续是纯粹的(当然不是粗糙的)自然,他就会作为一个不可分割的感性的统一体、一个谐和的整体发生作用。感觉和理智,接受的能力和主动的能力,在实现它们的功能上还没有互相分离,更是没有彼此对抗。他的感觉不是偶然事件的没有定形的游戏,他的思想不是想象力的毫无意义的游戏。他的感觉是印象的必然的结果,他的思想是从事物的现实产生的。如果人踏上文明的道路,如果艺术开始陶冶他,他的感觉的谐和就消失不见了,他就只能力求达到道德的统一,并且作为道德的统一来表现自己。他的感觉和思想的一致,以前在他的感性状态中是一个实际,现在只是作为一个观念存在着;这种一致不再存在于他的身上,而是存在于他的身外,不是作为他的存在的一种实际而存在着,而是作为首先必须加以实现的一个思想而存在着。诗的概念不过是意味着给予人性以最完满的表现而已。如果我们把诗的概念应用到上述的两种状态上,我们就会发现:在自然的素朴状态中,由于人以自己的一切能力作为一个和谐的统一体发生作用,他的全部天性因而表现在外在生活中,所以诗人的作用就必然是尽可能完美地模仿现实;在文明的状态中,由于人的天性的和谐活动仅仅是一个观念,所以诗人的作用就必然是把现实提高到理想,或者换句话说,就是表现或显示理想。事实上,这是诗的天才借以表现自己的仅有的两个可能的方式。它们显然是极不相同的,但是有一个把它们都包括了的更高的观念,而且毫不奇怪,这个观念是和人性的观念一致的。

这里不是阐述这个意见的地方,——只有在专门的论文里才能把它加以充分的说明。不过,任何人只要知道依据古代诗人和近代诗人的精神,而不是仅仅依据偶然的形式,把他们加以对比①,就会相信它是正确的。在古代诗人那里,打动我们的是自然,是感性的真实,是活生生的现实;在近代诗人那里,打动我们的是观念。

文化人与自然人的对比

近代诗人所走的道路,就是人作为个人和集体都必须走的道路。自然使人成为整体,艺术则把人分而为二;理想又使人恢复到整体,但是,由于理想是人决不会达到的无限的东西,所以文化人决不会在自己的种类中变成完全的,至于自然人却可以在自己的种类中变成完全的。因此,如果我们考虑到这两类人对各自的种类所处的关系以及他们的最大发展限度,那么前一类人就比后一类人更不完全得不知多少。相反地,如果我们比较的是这两个种类,那么我们就会发现人凭借自然去努力实现的理想的目标,是大大高于人实际上凭借文化去实现的目标。自然人是从绝对达到有限而获得他的价值,文化人是从不断接近无限的伟大而获得他的价值。由于只是后者才有等级,并且才有进步,所以遵循文化道路的人的相对价值是决不能确实地加以决定的;虽然从事于文化的人,如果单独来看,比起自然在其身上发生完美作用的那类人来,一定居于不利的地位。但是,人类的最终目标只有依靠进步才能够达到,而自然人除了走上文化的道路,是不能够取得进步的,所

---

① 指出下面一点也许不是多余的:如果把近代诗人拿来和古代诗人比较,我们就不仅应该注意到时间的差别,也应该注意到风格的差别。甚至在近时,而且在最近期间,我们也看到多种多样的素朴的诗,虽然不是完全纯粹的;在古代罗马诗人中,甚至在希腊诗人中,也不是没有感伤的诗,不仅在同一个诗人身上,而且也在同一部作品中,也往往发现这两类的诗结合在一起,例如,在《少年维特之烦恼》中就是这样,正是这种性质的作品才常常使人最受感动。——作者原注

以只要考虑到最终目标,哪一方面占着优势,就十分明显了。

我们在这里关于两种人所讲的话,都可以同样地应用到相应的两类诗人身上。

古代诗人和近代诗人的素朴形式和感伤形式

因此,古代诗人和近代诗人——素朴的诗人和感伤的诗人——或者是简直不能加以比较,或者是只能在一个更高的普遍概念之下加以比较(实际上是有这样的概念的)。事实上,如果我们首先从古代诗人的作品中抽出一个片面的诗的定义,那么把他们同近代诗人比较,并且贬抑后者,是最容易不过的了,也是最浅薄不过的了。如果我们仅仅把在单纯的自然人身上始终产生同样作用的东西叫作诗,那就必然不把这个名称给予我们近代诗人们的最崇高和最特殊的作品了。因为他们是特别向受艺术陶冶的文化人讲话,而对于单纯的自然人是没有什么可说的。[①]对于心灵没有准备从现实世界进到观念王国的人来说,最丰富的内容不过是空洞的外表,最高的诗的飞跃只是十足的夸张。没有一个有理性的人会想到把近代诗人拿来同荷马并列一起,摆在荷马成为真正伟大诗人的地方;像已曾尝试过的一样尊称密尔顿或克罗卜史托克是近代的荷马,这是十分滑稽的。另一方面,没有一个古代诗人,连荷马也包括在内,能够在近代诗人十分卓越的地方同他们较量

[①] 莫里哀以素朴诗人的资格也许有权利让他的婢女来决定他的喜剧中应该保留什么和应该删除什么;如果法国戏剧的大师们偶尔对他们的悲剧也进行同样的试验,那就最好不过了。但是我决不劝人把克罗卜史托克的颂歌,或者《米赛亚》、《失乐园》、《智者纳旦》和其他许多作品中最优美的段落拿来进行同样的试验。可是我有什么可说呢?这种经验的确已经进行了,莫里哀的婢女在我们的杂志上,在哲学和文学的年鉴上,在游记上,对于诗歌、艺术等等都胡乱地作了批评,但是这些批评一从法国土壤移植到德国土壤;或者从莫里哀婢女的坐谈室迁移到德国批评家的仆役室的时候,就变得更加荒谬可笑了。——作者原注

一番。我要说,古代诗人的力量是建立在有限物的艺术上面,而近代诗人的力量则建立在无限物的艺术上面。

古代艺术家的力量(因为这里所讲的关于诗人的话,除了一些当然的保留条件之外,可以同样地应用到一般艺术家身上)是建立在有限上面。这个事实可以说明古代造形艺术对于我们时代的造形艺术仍然具有显著的优越性,而近代诗歌和近代造形艺术对于古代这两种艺术则处于较低一等的关系。一个仅仅为了眼睛创造的作品,可以在有限中找到自己的完美;一个为了想象力创造的作品,可以通过无限获得自己的完美。在造形艺术中,近代艺术家的观念上的优越对于他没有多大帮助;他在这里不得不以精确测定的空间来限制他的想象力所产生的形象,并且在古代艺术家占有确实优势的领域中同他们比较力量。在诗的作品中情形就不同了。如果古代诗人以素朴的形式,以从感觉上描绘的具体的对象占有上风,那么近代诗人则以丰富的内容,以超出造形艺术和感性表现的界限的对象,总之,以称为艺术作品的精神的东西胜过了古代诗人。

素朴诗人相同的感受方式和感伤诗人不同的感受方式

因为素朴的诗人除了素朴的自然和感觉以外,再没有其他的范本,只限于模仿现实,所以他对于自己的对象只能有单一的关系,因而在处理上是没有选择余地的。素朴的诗所给予我们的不同程度的印象(假定我们抛开一切在这里属于内容的东西,而只把印象当作诗的处理的纯粹成果)取决于同一性质的感觉的相异程度;甚至外在形式的差别也不能引起审美印象的性质的任何改变。形式可以是抒情的或史诗的,戏剧的或描述的,我们的感动可以强烈些或微弱些,但是(假定我们抛开题材不谈)这种感动在性质上是完全一样的。我们的感情是始终不变的,完全由一种要素所构成;所以我们在组织成分中看不出有什么差别。甚至语言的差异和时代的不同在这方面也没有任何影响,因为因果的这种绝对的统一是素朴的诗的特点。

关于感伤的诗人,情况就不同了。这种诗人沉思事物在他身上所产生的印象;他的心灵中所引起的和他在我们心灵中所引起的感情,都是以他的这种沉思为基础。对象是联系着观念而考察的,它的诗的印象就是以同观念的这种关系为基础。因此,感伤的诗人经常打交道的是两个互相冲突的感觉和印象,是当作有限看的现实,和当作无限看的他的观念。他所引起的混合感情总是证实这种源泉的双重性①。既然这里包含着不止一个原则,所以问题是,哪一个在诗人的感情中和他所创造的形象中占着优势,从而可能有处理的差别。于是发生这个问题:诗人着重的是现实还是理想? 他是想把前者当作厌恶的对象来处理,还是把后者当作喜爱的对象来处理? 因此,他的描述不是讽刺的,便是哀歌的(就这个用语的广义而言,往后将加以说明);每个感伤的诗人都将依属于这两种感受中的一种。

论素朴诗和感伤诗对自然的关系

总结这两类诗的相互关系以及它们与诗的理想的关系

关于这两类诗的相互关系以及它们同诗的理想的关系,可以确定以下的几点。

---

① 任何人只要注意到素朴的诗在他身上产生的印象,并且能够把内容所引起的兴趣分开,他就会发现这种印象是愉快的、纯洁的和平静的,即使作品的题材是极其悲惨的,在感伤的诗中,印象总多少是严肃的和紧张的。这是因为在素朴形式的诗中,不论它的题材如何,我们总是从真实中,从对象活生生地存在于我们的想象中获得快乐的,并且除了真实以外我们是不寻求别的东西;至于在感伤的诗中,我们必须把想象力的表象和理性的概念结合在一起,并且在两种全然不同的心境中摇摆不定。——作者原注

自然赋予素朴诗人以这样一种能力：总是以不可分割的统一的精神来行动，在任何时候都是一个独立的和完全的整体，并且按照人的实质在现实中表现人性。对于感伤诗人，自然则赋予这样一种力量，或者不如说，在他身上激起这样一种热烈的愿望：从他内心深处恢复抽象在他身上所破坏了的统一，在他自己里面使人性益臻完善，从有限的状态进到无限的状态①。这两类诗人都必须完成完满表现人性的任务，否则他们就不能称为诗人了；但是，素朴诗人在感性的现实方面总是比感伤诗人占有优势，因为他是把感伤诗人仅仅力求达到的东西作为实在的事实来处理的。这个印象是每个迷醉于素朴诗的人所体验到的在这样的时刻他感到他所有的人的力量是积极活动的，他不需要什么东西，他在自己里面是一个整体；他在自己的感情中看不出什么差别，他在同一时候既享受他的精神活动，也享受他的感性生活。而感伤诗人在他身上引起的情绪却截然不同了。在这里他感到一种活跃的冲动，要在自己身上造成他在同素朴诗人打交道时所实际感受到的和谐；他很想把自己改变为一个完整的统一体，在自己身上使人性得到充分的表现。因此，在读感伤诗的时候，心灵就活动起来，它处于紧张状态中，它在互相敌对的感情中摇摆着，至于素朴的诗则引起心灵的平静，引起松弛和宁静的感觉，引起情趣的一致以及充分的满足。

　　但是，一方面，如果素朴诗人以现实性胜过感伤诗人，并且给

---

① 为了那些以科学态度探讨事物的读者们的利益，我可以说，这两种知觉方式，如果从它们最高的概念来设想的话，是彼此有关联的，正如第一类和第三类有关联的一样，因为末一类总是通过第一类和它的直接对立物的结合而产生的。素朴知觉的对立物是思考的智力；而感伤的情绪是努力通过思考的手段从内容上恢复素朴知觉的结果。这必须通过实现了的理想才可以完成，因为在这个理想中艺术和自然再又相遇。如果根据类别来考察这三个概念，那末我们发现，自然以及与之相应的素朴情绪总是属于第一类；艺术——通过自由活动的智力作为自然的代替物——总是属于第二类；理想——在其中完成了的艺术又回到自然——总是属于第三类。——作者原注

予感伤诗人只能对之激起强烈冲动的东西以真实的存在,那末,另一方面,感伤诗人比素朴诗人占有这个巨大的优势:他能够比素朴诗人提供给这种冲动以更崇高的对象。我们知道,现实总是落后于理想;凡是存在的东西总是有界限的,只有思想才是没有界限的。素朴诗人要遭受一切感性东西所必须受到的限制,相反地,观念的自由力量必然要帮助感伤诗人。诚然,素朴诗人可以彻底完成他的任务,但是这个任务是有限的,感伤诗人固然不能彻底完成他的任务,但是他的任务却是无限的。在这里每个人也可以从自己的经验中吸取教训。我们带着活泼和愉快的精神从素朴诗人转到活生生的现实。感伤诗人,除少数时刻外,总是对现实生活感到厌恶。这是因为他的观念的无限性质把我们的心灵扩大到超过它的自然规模,所以现实中所有的任何东西都不能把它充填起来。我们宁肯沉溺在自身之中,在观念世界里给诗人所激起的冲动寻找营养,可是素朴诗人却使我们努力在自己身外寻求感性对象。感伤的诗是隐遁和静寂的产物,它又招引我们求取隐遁和静寂;素朴的诗是生活的儿子,它引导我们回到生活中去。

素朴诗对经验的依存关系

我把素朴的诗称为自然的恩赐,我的意思是说,思考在这里是不相干的。它好像是幸运地投掷骰子一样,如果成功了,就无须作任何改正,而如果失败了,也就不可能作什么改正。素朴天才的全部工作是凭借感情来完成的;它的力量就在于此,它的局限性也在于此。如果感情从一开始就不是富有诗意的,不是从人性的最深处流露出来的,那么任何艺术都不能医治这个缺点。批评可以帮助他看到这个缺点,可是无法以美来代替它。素朴的诗人凭借自己的天性或自然创造一切;他在自己的自由中是找不到巨大的支持的;只有自然在他身上依据内在的必然性发生作用的时候,他才能完全实现自己的概念。的确,自然所完成的一切都是必然的;与任性无关的素朴天才的一切失败的作品也都是必然的。但是遭受暂时的限制是一回事,服从整体的内在必然性是另一回事。当作整体来看,自然是独立和无限的,但是就个别作用来看,自然是依赖的和被局限的。这也可以应用到诗人的天性上。甚至诗人的最顺利的时刻也是取决于先前的一些时刻;因此,可以仅仅把有条件的必然性归诸于它们。诗人的任务就是处理人性的个别状态就像处理人性的整体一样,并且使得这个部分好像构成了一个绝对的和独立的单位。因此,每个暂时的需要的痕迹都必须从灵感焕发的时刻中排除出去,对象本身不论怎样受到限制,决不应该限制诗人的天才。不用说,只有当诗人给自己的对象带来绝对的自由和丰富的可能性的时候,只有当他具有以自己的人性来拥抱一切东西的经验的时候,这才是可能的。但是,这种经验他只在他所生活的和有接触的世界中才可以获得。因此,我们看到素朴的天才对于经验是处于依赖的状况,而这种依赖的状况是感伤的天才不懂得的。我们知道,感伤天才开始自己活动的地方,正是素朴天才结束自己活动的处所;感伤天才的力量是在于以自己内在的努力使带有缺陷的对象完善起来,并且依靠自己的力量使自己从有限的状态转移到绝对自由的状态。因此,素朴诗人需要的是外面的帮助,而感伤诗人则用自己的内在力量来滋养自己和净化自己。素朴诗人必须在他周围看到丰富多彩的自然,诗的世界,天性纯洁的人类,因为他必须在感性知觉中完成自己的工作。如果他得不到外面的帮助,如果他看到四周都是毫无生气的物质,那就只可能发生下面两种情况之一:如果诗人这个种的一般性质在他身上占优势的话,他就会跨出他的素朴诗人这个族而成为感伤的诗人,为的是要仅仅作一个诗人;或者是这样,如果在他身上素朴诗人这个族的特殊性质占上风的话,他就会离开他作为诗人的这个种而成为庸俗的自然,为的是要保持他仅仅是自然。第一种情况大致是古代罗马和近代的最杰出的感伤诗人们的情况。这些诗人今天还以观念激动我们的心,如果他们生在另一个时代,移居到另一个天空之下,那么他们就会以他们个体的真实和自然的美来令我们倾倒了。在第二个情况下,一个诗人既然在庸俗的世界中不能抛弃自然,他就很难保持住自己的诗人称号了。

实际的自然与真正的自然的区别

这是说的实际的自然;但是必须以极大的细心把实际的自然与真正的自然区别开来,真正的自然是素朴诗的题材。实际的自然到处都有,而真正的自然是非常罕见的,因为它需要有存在的内在必然性。激情的每次勃发,甚至极其庸俗,总是实际的自然;它甚至可以是真正的自然,但决不是真正的人的天性,因为真正的人的天性在它的每个表现中都需要独立的力量的参加,而这种力量总是表现在尊严之中。一切道德的卑劣都是实际的人的天性,然而我们希望,它不是真正的人的天性,因为真正的人的天性不能不是高贵的。只是由于把实际的自然和真正的人的天性混淆起来,竟使批评家和实际的艺术家作了种种荒谬的事情,竟使多少陈规旧套,借口是真正的自然(真是遗憾),在诗中被容许而且受到赞扬,竟使人们自鸣得意,把使人骇得从现实世界跑开的漫画,作为现实生活的忠实模拟而仔细地保存在诗中,这是不能加以忽视的啊!当然,诗人也能够模拟低劣的自然,这种模拟是讽刺诗的对象;但是在这种情况下,他自己的美的天性必须始终站在对象之上,不容许卑俗的材料像重担一样压在模仿者本人身上。如果他本人——至少在创造的时刻——是真正的人的天性,那么他所描绘的是什么东西,就无关紧要了;但是,只有这样的诗人才能使现实世界的忠实描绘为我们所接受。如果讽刺画反映了它的作者的个人的不满;如果讽刺的鞭子落到那些被自然注定挥舞更加严肃的鞭子的人们的手中;如果缺乏真正诗的精神而仅仅具有庸俗模仿的虚假才能的人们,不顾惜我们的趣味,粗暴地和可怕地运用这个讽刺的鞭子,那么我们这些读者就倒霉了!

实际的自然对素朴诗人的危险:乏味庸俗

但是,我曾经说过,甚至对于真正素朴的诗人,卑俗的自然也可能是危险的,因为感觉与思维的优美的谐和,构成素朴诗人的性格,毕竟仅仅是一个观念,从来还没有在现实中体现出来过。甚至在最幸福的这类天才身上,感受性也比他的主动性多少占着优势。但是这种感受性总多少要屈从于外界的印象,只有这种不能要求于人类天性的创造能力的一刻不停的活动,才能够阻止材料对于感受性发生盲目的影响。只要这种情况发生,诗的感情就堕落为庸俗的感情[①]。

---

① 素朴诗人依赖他的题材到什么程度,许多事物或者甚至每个事物又怎样依赖于他自己的感觉,这从古代诗中可以得到最好的说明。只要古代诗人自己的天性和他们的环境是美的,他们的诗就被打上美的印记;相反地,如果他们的天性变成庸俗的,美的精神就会离开他们的作品。例如,在他们对女性的描写中,对男女关系的描写中,尤其是对爱情的描绘中,每个感觉细致的读者都一定会体验到一种空虚和憎恶的感觉,这种感觉是任何描述的真实和素朴所不能排除的。我们并不主张那种不是使自然高尚而是抛弃自然的过度兴奋,我们的确可以承认,男女的关系,尤其是爱情的性质,是可以描述得比古代作家描述的更高尚得多,我们十分知道那些妨碍古代作家的更高尚情感的发展的偶然情况。使古代人在这方面处于低下的文化状态的,是一种偶然的限制,而不是内部存在的必然性,这一点是由近代诗人的例子给证明了,他们比自己的前辈们走得更远,却没有超越自然。问题不在于,伤感诗人们怎样处理这个题材,因为他们越过现实进到理想的领域,他们的例子不能用来作为反对古代诗人的证明;问题是在于:同一的题材,例如,在《沙恭达罗》中,在《米尼索格尔》中,在各种各样的骑士小说和骑士叙事诗中被真正素朴的诗人们怎样处理,以及被莎士比亚、菲尔丁和其他许多作家、甚至德国诗人们怎样处理。在这里古代作家的任务就是,通过主观从内部把外表粗糙的材料加以灵性化,通过沉思来提供外在感受所不能达到的诗的价值,通过观念来完成自然,——一句话,通过伤感的手段使有限的对象变成无限的对象。但是,他们是素朴的诗人,而不是感伤的诗人;所以,他们的作品以对外在事物的感受而告结束。——作者原注

没有一个素朴的天才,从荷马起到波特马① 止,曾经完全避开了这个暗礁。当然,对于那些必须向外界的庸俗进行斗争,或者由于缺乏训练而丧失了自己内在的优雅的人们,这是最危险不过的。第一种困难是使那些很有教养的作家也常常不免流于陈词滥调的原因,——这一事实妨碍了许多才华卓绝的人们占有自然召唤他们去占取的地位。因此,一个喜剧诗人,其天才主要由现实生活所滋养,是更易于遭受在风格和表现上养成庸俗习惯的危险,这一点从阿里斯托芬、普鲁图斯② 以及一切步他们后尘的诗人的例子上可以看出来。甚至于崇高的莎士比亚有时候也使我们降落得多么低啊!洛普·德·维加、莫里哀、雷纳德③、哥尔多尼以怎样平凡的东西来苦恼我们啊!霍尔伯格④ 把我们拖到怎样的泥沼里啊!史雷格尔⑤,德国最聪慧的诗人之一,他的天才足够使他和第一流诗人并驾齐驱;格勒特,这个真正素朴的诗人;还有拉本纳⑥,甚至莱辛,如果我可以在这一类诗人中提到他的名字,这个批评的很有修养的学生和对自己天才的警惕的法官,——所有他们这些人,由于选取没有蓬勃精神的自然作为自己讽刺的材料,都或多或少地吃了苦头。关于这类诗中的最近的作家,我不提到任何一位,因为我不能把他们当中哪一位当作例外。

不仅素朴诗的天才有过分接近卑俗现实的危险;表现上的轻

---

① 波特马(1698—1783),卓越的德国批评家、文学理论家和诗人,反对高特舍特和法国式的古典主义,拿英国现实主义文学和过去德国民间诗歌来同高特舍特对抗。
② 普鲁图斯(纪元前254至184年),罗马伟大喜剧作家。
③ 雷纳德(1655—1709),法国戏剧家,莫里哀的追随者,在他的喜剧中包含着对17世纪法国资产阶级与贵族风尚的尖锐批判。
④ 霍尔伯格(1684—1754),丹麦新文学与戏剧的奠基人,写过许多现实主义的喜剧,有"丹麦莫里哀"之称。
⑤ 史雷格尔(1719—1749),德国剧作家。
⑥ 格勒特(1715—1769)和拉本纳(1714—1771),著名的德国寓言作家。

而易举,甚至对现实的这种过分接近,都鼓励模拟者在诗的领域中一试身手。感伤的诗,如我以后将表明的,也有它的危险;但是,它至少有使这些大众望而止步的优点,因为并不是人人都要把自己提高到观念的领域;素朴的诗使他们相信,单是感情,单是幽默,单是对实际自然的模拟,就构成诗人的一切特性。平凡的性格总是试图变得可爱和素朴,可是它本就应该利用艺术的一切手段来掩饰自己的丑恶面貌,它这种试图是最令人作呕的了。这就产生了那些没法形容的平凡东西,它们在素朴和谐谑歌曲的名义下,是德国人高兴倾听的,而且在他们围着桌子大吃大喝的时候给他们提供了无限的娱乐。这种鄙陋的作品在幽默和感情的假招牌下,竟被人们容忍了;但是,这种幽默和这种感情是应该十分坚决地加以排斥的。普莱斯河畔的缪司们[①] 形成了一个格外可怜的合唱队,自塞纳河和易北河岸边的缪司们[②][③] 以同样不幸的调子答唱着他们。这些笑话是毫无趣味的,正如我们悲剧舞台上的感情表述是贫乏可怜的,因为这些感情表述并不是真正的自然的模仿,而仅仅是现实生活的枯燥和鄙陋的复写。因此,在这样一场眼泪的筵席

[①] 指莱比锡的诗人们,《莱比锡缪司文集》、《新艺术丛书》和其他杂志的撰稿者们。
[②] 指哥廷根和汉堡的诗人们,福斯主编的《缪司文集》的撰稿者们。
[③] 这伙卓越的朋友们对于《总文汇报》的批评家几年以前谴责了毕尔格尔的诗作*,感到十分不愉快;他们因这个攻击所感到的愤怒,竟使人们相信,他们毅然为这位诗人辩护,就是企图为自己辩护。那样的批评只能够由这样一个真正诗的天才招惹起来,他有极高的天赋,却忽略了用自我教养来发挥自己罕见的才能。这样的诗人必须用最高的艺术标准来衡量,因为他是拥有充分力量来完成艺术的最严格的要求的,如果他高兴这样作的话。但是,如果以同样的方式对待这样一些人,那就可笑而又残酷了,这些人是自然从没有想到过的,而且在他们拿到市场出售的每个作品中显示出 testimonium Paupertoatiz(贫乏的证据)。——作者原注
 * 席勒本人写了一篇文章《论毕尔格尔的诗》,没有署名,在 1791 年发表于这个刊物上。

之后,我们所有的感受几乎就像访问了一所医院或读了沙尔茨曼①的《人类苦难》以后一样。这些谴责性的评语可以更有力地应用到讽刺诗和滑稽小说上,这些东西就其本质而论是和现实生活密切接触的,因此像前哨据点一样是应该掌握在最优秀的人们手中的。凡是自身是自己时代的产物和漫画的人,都最不应该充当他的世纪的描绘家。但是,由于从我们的熟人当中挑选一个滑稽人物——比方说,随便一个胖家伙——并且用粗拙的笔触在纸上画出他的嘴脸,是最容易不过的事情,所以甚至诗的精神的死敌有时也心里痒痒地以自己出色的作品来娱乐自己圈子里的尊贵朋友。当然,一颗纯粹的心灵是决不会把庸俗人们的作品和素朴天才的激动人心的产物混为一谈的。但是,所缺乏的正是感情的这种纯洁,而且在多数情况下,所希望的也仅仅是使感官的需要得到满足,无须涉及心灵的要求,有一个本身正确然而被错误理解的意见,认为艺术作品应当给予我们以休息。这个意见无疑地有助于维持这种宽容,如果可以把对于作者和读者都很方便的缺乏高度灵感称为宽容的话。庸俗天性的人,在紧张努力之后,只能在空虚中找到休息;甚至于智力很高的人,如果没有相应的教养的支持,也只能在工作之后从各种不用头脑的感官享受中得到休息。

感伤诗人的危险:感受上和表现上的夸张

诗的天才为了达到人性的绝对能力的顶点,应该通过他的自由活动使自己提高到一切偶然障碍之上,而这些障碍是和每种确定的条件分不开的;但是,另一方面,他不应该超越人性的概念本身所包含的必要的限制;因为达到人性内部所包含的绝对东西,才是诗的天才的真正任务和范围。我们曾经看到,素朴的天才是没

---

① 沙尔茨曼(1744—1811),德国教育家,著有六卷本的道德小说《卡尔·冯·卡尔斯伯尔格》或《关于人类的苦难》。

有超越这个范围的危险的,但是它可能不会完全地充实这个范围,如果它过分注重外在的必然性和一时的偶然的需求而牺牲内在的必然性的话。相反地,感伤的天才在努力克服障碍的时候就有这样一些危险:完全地否认人性,根据自己的权利和职责,不仅使自己超出每个明确和有限的现实达到绝对可能的事物的领域——或者是理想化,——而且甚至超越可能的事物的界限——或者是飞翔在幻想世界之中。夸张这个缺点是基于感伤天才的方法的特殊性,正如弛缓这个缺点是基于素朴天才的特殊方法一样。素朴的天才是允许自己受自然的无限制的支配的;由于自然在自己个别的一时的表现中总是从属的和贫乏的,所以素朴的感情常常无法提高到足以抗拒目前的偶然限制的地步。相反地,感伤的天才脱离现实世界,把自己提高到观念领域,并且通过智力的自由活动来支配自己的材料。但是,因为理性根据它所特有的法则总是追求绝对的事物,所以感伤的天才不是常常能够保持充分的冷静,足以毫不间断地和始终如一地活动在人性的界限之内,这些界限是理性即使在最自由地运用它的力量的时候也是不应该超越的。他只有借助于与他的理性的自由活动成比例的感受性才能作到这点,但是在感伤天才身上智力活动总是比感官感受性占优势,正如在素朴天才身上感官感受性总比智力活动占优势一样。因此,如果在素朴天才的创作中有时候缺乏智力,那么在感伤诗人的作品中往往就找不到客体。这样一来,这两种天才虽然从相反的方向出发,却都陷入了空虚这个缺点。因为对于审美的判断,不以智力处理的客体,和没有客体的智力,都同样是不存在的。

每一个诗人,如果片面地从思想世界汲取材料,并且根据内在观念的充实而不是根据内在的感受性的冲动来进行诗的创造,都或多或少有走上这个错误道路的危险。理性在他的创作中太不重视感觉世界的界限,思想则可以走到经验不能跟上它的地方。但是,如果思想走得这样远,不仅没有任何经验与它相适应(因为理想的美是应该而且可以达到这个高度的),而且思想也和一切可能的经验发生矛盾,因此为了实现这个思想,必须完全放弃人性,在这样的情况下,它就不再是诗的思想,而是夸张的思想。当然,我们谈的是富有诗意并且可以明确表现出来的思想。要不然的话,如果思想是不自相矛盾的,那我们也就不必为它操心了。如果思想是自相矛盾的,它就不是夸张,而是荒谬了;因为凡是不存在的东西,就不能超越自己的限度。如果思想不妄图成为想象力的对象,它也就不能是夸大的;因为只有思维才是无限的,凡是没有限度的东西,也就不能超越任何限度。因此,夸张这个字眼只能适用于这样的东西,它不是违反逻辑的真实,而是违反感觉的真实,但又要求有感觉的真实。如果一个诗人有了这个不幸的念头:选取某些超人的和不可能表现的性格来作为自己描述的对象,那么他只有放弃诗的形式,只有不企图以想象力来处理他的材料,才能够避免夸张。要不然的话,或者是想象力把对象包括在自己的界限之内,并且把绝对的对象变化为人的和有限的对象(所有希腊的神都是如此,而且应当如此),或者是对象超越想象力的界限,换句话说,使想象归于无效,而这正是夸大。

感情的夸张应该和描绘的夸张不同。我们谈的是前者。感情的对象可以是非自然的,但是感情本身却是自然的,因而应当用自然的语言表现出来。夸张的感情可能来自热烈的心和真正诗的天赋,而描绘的夸大总是表明心的冷漠,而且往往表明诗才的缺乏。因此,这一缺点感伤诗人是不必去防止的,这只有对于没有禀赋的模拟者才是一种危险,因为他们是不惜运用平凡无奇、枯燥乏味、甚至卑鄙下流的东西的。夸张的感情不无相当的真实性。因为一切感情都必然有一个现实的对象。因此,作为自然事物,夸张的情感也并非不可加以简单表述,而且它来自心中,就可以回到心中。但是,因为感情的对象不是汲取自然,而是智力的片面的人为的产物,所以这种对象只是作为逻辑的实在性存在着,而且感情也就不是纯粹人的感情了。哀洛绮思之爱阿伯拉德①、佩脱拉克之爱洛拉②、圣·普乐之爱朱丽、维特之爱夏绿蒂以及阿伽同、费尼亚和皮里格纳斯·普洛契斯（我指的是维兰作品中的）之爱他们理想中的对象，决不是仅仅幻想而已；他们的感情是真实的，不过对象是虚构的，超越了人性的界限。如果他们的感情严格坚持对象的这种感性真实，那它就不能有这样的飞跃；另一方面，单是想象的任意活动而没有内在的实质，是无法打动人的心的，因为只有理智才能打动人的心。因此，这种夸张可以受到批评和指正，但不应当受到轻视；那些讥笑夸张的人，最好问问自己，他的聪明伶俐是不是来自冷酷无情，他的通情达理是不是来自缺乏理性。骑士小说——尤其是西班牙小说——所特有的在豪侠和荣誉问题上的过分的敏感，最好的英法感伤小说所表现的优雅的甚至可笑的柔情蜜意，不仅在主观上是真实的，而且在客观上也不是没有实质的；它们是从道德源泉流泻出来的真正感情，它们之所以应该受到非难，完全是因为它们超越了人的真实的界限。如果它们没有这种道德的实在性，那么它们如何能够这样强烈和真挚地表达出来呢？可是据我们所知道的，的确就是这样。这些话可以适用于道德和宗教的狂热，也可以适用于对祖国或自由的崇高的热爱。因为这些感情的对象始终是观念，而不是外在的现象（例如，政治的热心家不是被他看到的东西而是被他思想的东西所感动），所以自己活动的想象力在这里就享有一种危险的自由，而且像在其他情况下那样，不能由于有可以感觉到的对象就返回到自己的界限之内。但是，任何一个人，尤其是一个诗人，都不能脱离自然的法则，除非为了把自己置于相反的理性法则的支配之下，他只是为了理想才应该放弃现实，因为自由必须紧系在这两个锚的任何一个上。但是，从现实

---

① 卢梭小说《新哀洛绮思》中的两个主人公。
② 佩脱拉克（1304—1374），意大利诗人，他的许多首诗是为洛拉写的。

到理想的道路是漫长的,两者之间还存在着百般任性和毫无拘束的幻想。正因为如此,一般的人,特别是诗人,如果由于智力的自由而非由于理性的法则而脱离感情的控制,换句话说,如果只是由于自由的盲目冲动而抛弃自然,他们一定就暂时没有任何法则,因而就成为空想的捕获物。

经验表明,整个的民族以及单独的个人,凡是离开了自然的可靠的指导,的确就处于这种情况之下。经验也证明,诗人们在艺术上也陷入同样的迷误。感伤诗的真正天才,如果要把自己提高到理想的领域,就必须超越实际的自然的界限,但是,虚伪的天才却不分青红皂白地超越一切的界限,硬要自己相信想象的粗野的活动就是诗的灵感。真正的天才由于只是为了理想才放弃现实,决不会发生这样的情形,或者只是在他丧失或忘却了自己的时刻,才会发生这样的情形;但是诗人的主要倾向也许会把他错误地引导到感觉上的夸张地步。然而他的例子可以把别人推入狂烈的空想的漩涡,因为想象力活跃而智力薄弱的读者仅仅注意到他在对待实际的自然上的自由,而不能够模拟他的内在存在的崇高的必然性。在这一点上感伤天才所遭遇的困难就像素朴天才所碰到的一样。既然这一类的天才遵照自己天性的自由和自然的活动而完成每一件工作,所以他的平凡的模仿者就不愿意把自己的天性看成是更坏的指导了。素朴诗的杰作后面一般紧跟着许多平庸无聊的东西,感伤诗的杰作后面紧跟着一些空想的作品,这只要读一读国民文学史就很容易看出来的。

关于美学评论

就真正的美感来判断休息说和高尚化说

流行着两个关于诗的原则,它们本身完全是正确的,但是就一般所了解的意思而论,却是互相否定的。第一个原则是:"诗是娱乐和休息的工具"。我们在前面曾经提到,这个原则是对诗的艺术中的一切空洞和陈套的东西非常有利的。第二个原则是:"诗是提高人的道德的工具"。这个原则把各种各样的夸张都置于自己的卵翼之下。把这两个原则仔细考察一番是不无益处的,因为人们时常谈到它们,往往不正确地加以了解,并且运用得也不恰当。

我们所说的休息,是指从一种强制的状态转到对我们来说是自然的状态。现在主要的问题是要弄清楚,什么是我们所称为的自然状态,而且我们所说的强制状态是指什么。如果我们把自然状态理解为我们的体力的毫无拘束的活动以及从一切束缚下面的解放,那么理性的每个活动,因为它抗拒感性,就是对于我们的强制,而和感觉活动相联系的精神安静就是休息的真正理想。相反地,如果我们把我们的自然状态理解为以各种方式表现我们的人性的无限可能性以及以同样的自由处理我们的力量的能力,那么这些能力的任何分离和孤立都将是强制的状态,而休息的理想则在于,经过能力单方面发展之后,我们个人作为自然的整体得到恢复。第一种理想完全是由感性的自然的需要所提出,第二种理想是由人性的自然的主动性所提出。诗的艺术能够和应当给予我们的是两种休息中的哪一种呢?从理论上说,这一问题几乎是不可能的,因为没有人愿意表示他把人的理想置于动物的理想之下。但是,人们在实际生活中通常向诗的作品提出的要求,主要是以感觉的理想为基础的,虽然感觉的理想并不决定人们对这类作品的尊敬,可是在大多数场合下却对于爱好、对心爱作品的选择显示决定性的影响。大多数人的精神状态,一方面是紧张吃力的劳动,另一方面是轻松愉快的享受。我们知道,劳动使精神的安静和活动的静止比起道德的谐和和活动的绝对自由更加必要得多,因为自然首先必须得到满足,然后精神才能提出自己的要求。享受可以束缚和麻痹能够提出这些精神要求来的道德冲动。因此,对于感受真正美的东西,这两种非常普通的精神状态是最有害不过的了。这可以说明为什么甚至在优秀的人们当中只有少数几个才能够提出正确的审美的判断。美是精神和感觉谐和的结果;它是同时诉诸人的一切能力的,只有当人充分地和自由地运用他的一切能力,才能够正当地感受和评价美。为了这个目的,必须有毫无拘束的感觉、豁达开朗的心胸、新鲜活泼而且一点也不疲惫的精神。人的全部力量必须集中在一个焦点上,而那些把心分散在抽象思想上,为日常生活琐碎公式弄成气量狭小,或者被脑力劳动弄得精疲力尽的人们的情况则不是这样。诚然,这些人希望获得感觉的材料,但不是为了继续思考力的活动,而是为了停止它的活动。他们希望摆脱的仅仅是那使他们的懒惰变得乏味的重担,而不是那阻止他们的活动的障碍物。

创作和鉴赏在这个基础上的平庸性和空虚性

如果情况真是如此,那么对于美学上平庸和空虚的东西的成功,以及对于心灵渺小的人们对真正和生动的美所抱的仇恨,我们还能感到惊奇吗?他们期望美给予他们以休息,一种符合他们的需要和观念的休息,但是使他们难受的,是他们发现必须充分表现出力量来,而这是他们甚至在最好的时刻也作不到的。普通的粗制滥造的作者总是欢迎他们这个样子,因为不论他们余下怎样微小的力量,他们还总是使用更少的力量来汲尽自己的作者的精神。他们立刻解除了思想的重负,他们的疏懒的天性就可以在平庸的软枕上尽情享受空洞的虚无。在塔利亚和墨尔波墨涅① 各自的庙堂内——正如现在的状况一样——可爱的女神安坐在宝座上,愚蠢的学者和疲惫的商人匍匐在她宽大的裙下,她一方面温暖着僵化的感官,另一方面在休息的摇篮中轻轻摇着想象力,这样把他

---

① 塔利亚是喜剧女神,墨尔波墨涅是悲剧女神。

们的精神导入富有魅力的睡眠。

为什么我们不应该允许平庸的头脑耽迷于优秀的头脑往往所必需的东西呢？自然在每次持续的紧张之后都要求歇息，而且她也自动给予自己歇息(阅读文学作品一般就是在这样的时间)。这种歇息是最不适合于审美判断的，所以在真正忙碌的阶级中只是极少的人能够在趣味问题上判断得充分正确，而且——这是很重要的一点——判断得充分划一。最常见的是学者们在同有教养的世俗之人对谈的时候，总显示出自己审美判断的最荒谬的缺点，同时职业批评家也最容易变成一切真正的行家的笑柄。他们的被忽视的感情，时而过火，时而粗暴，总是引导他们走入迷途，他们虽然依靠少数零碎的理论来捍卫自己的立场，可是这些东西仅仅使他们能够形成技术上的判断(关于计划及其安排是否适当)，而不能够形成审美的判断，因为审美判断总是把整个作品包括在内，而且在这里感情起着决定的作用。如果他们最后放弃审美的评价而单是坚持技术的评价，这也还可以有一定的用处，因为诗人在激奋的时刻和读者在享受的时刻是容易忽视细节的。更可笑的是看到这样一些天性粗鲁的人，尽管付出最辛勤的劳动，却很难获得一种技能，他们要求承认自己渺小的个性是普遍感情的代表，并且满头大汗地来对美下判断。

高尚化的局限性

我们曾经看到，诗应该提供的休息的概念，一般是设想得过分狭窄了，这是由于它仅仅应用于感性需要的缘故。另一方面，诗人应该当作目的去实现的高尚化的概念，一般又设想得过分广阔了，并且仅仅从观念上来规定它。

从观念上看，高尚化是没有界限的，因为理性的要求并不与感觉世界的必然界限相联系，只有到达绝对的完美境地才感到满足。除了设想更高的东西的存在，是没有什么可以满足理性的；在理性的严厉法庭面前,有限自然的需要也是得不到宽恕的。除了思想的界限以外,理性是不承认其他的界限的,因为思想是超越时间和空间的。因此,诗人既不应该把纯粹理性法则所规定的高尚化的理想作为自己的目标,也不应当把感官所提出的休息的理想作为自己的目标,因为诗人的任务是使人性从一切偶然的障碍中解放出来,而不是否认人性的观念本身或超过人性的必要界限。一切超过这些界限,就是夸张;错误理解的高尚化概念最容易使诗人走到这个地步。但不幸的是,诗人如果不多走几步,就不能使自己提高到高尚人性的真正理想。为了达到这个理想,他必须放弃现实,因为这个理想,正如其他任何理想一样,也是必须从内在的道德的源泉汲取的。他在周围的世界中或扰嚷的现实生活中都找不到这个理想,他只有在他自己的心中才能找到,然而他只有在孤独静观的宁静状态中才能找到自己的心。但是,这样地脱离生活,他有时候就使他不仅看不见人性的偶然的界限,而且也看不见人性的必要的和不可克服的界限,而且他在寻求纯粹形式的时候,就有丧失一切实质的危险。理性不依赖实际经验而发生自己的作用。讲求实际的人在险恶的生活风浪中也许不能够实现沉思的头脑在和平的思想道路上所发现的东西。因此,凡是构成幻想家的东西,恰恰是那只能使他成为哲人的东西;而哲人的优点与其说是在于他从来没作过幻想家,倒不如说是在于他并没有依然作一个幻想家。

真正的审美标准:理想中的优美人性、即素朴性格和感伤性格的诗的结合

可见人类当中劳动的一部分不能按照自己的需要来给休息的概念下定义,而人类当中沉思的一部分不能按照自己的思辨来给高尚化的概念下定义,因为前者的定义将是过分物质的,配不上诗,而后者的定义将是过分超物质的,对于诗的用处过分夸大。但

是我们根据经验知道,这两个概念支配了关于诗和诗作的一般判断。因此,为了对这些概念作出适当的解释,就不得不请教这样一个阶级的人,他们不劳动,然而是积极的,他们不空想,然而能够理想化,他们在自己身上使全部生活现实和最少可能的障碍结合在一起,他们随着事件的潮流前进,而不成为这些事件的俘虏。只有这样一个阶级的人才能保持人性的美的统一,而这种美的统一,任何劳动都可以立刻加以妨害,任何劳动的生活都可以永远加以摧毁。只有这样一个阶级的人才能够根据自己的感情在一切纯粹有关人的事情上提供普遍判断的法则。这样一个阶级是不是存在,或者更确切些说,现在在类似的外在条件下存在的这样一个阶级是不是符合于这个概念的内在的实质,我不在这里进行探讨。如果他们不符合于这个理想,那只有责备他们自己没有取得成功,因为对立的劳动阶级至少可以高兴把自己看作是自己职业的牺牲品。在这一阶级(我在这里仅仅把它作为一种观念提出来,而决不是指的一个实际存在的东西)中间,素朴的性格同感伤的性格可以这样地结合起来,以致双方都相互提防走向极端,前者提防心灵走到夸张的地步,后者提防心灵走到松弛的地步。因为我们终于不能不承认,不论素朴的性格或感伤性格,如果单独来看,都不能完全包括美的人性这个观念,这个观念只有在两者的密切结合中才能产生出来。

诚然,只要这两种性格升高到诗的境地(我们一直都是从这一点来考察它们的),它们所特有的许多限制就会消失不见,而且它们的诗的价值越大,它们的矛盾就越少;因为诗的心境是一个独立的整体,在这里一切差别和缺点都烟消云散了。正是因为这两种知觉只是在诗的概念中才能够符合一致,所以越缺少诗的性质,它们各方面的差别和缺陷就越明显。这正是日常生活中所发生的情况。它们越降低到这种境地,就越多地丧失它们的使彼此接近的普遍的性质,直到最后在它们的漫画形式中什么也没有留下,除了它们的使彼此对立的特殊的性质。

(1796年)

曹葆华 译

选自《古典文艺理论译丛》1961年第2期，人民文学出版社版

艺 术 的 美[①]

〔德国〕席　勒

艺术的美分为两种：

1. 选择或素材的美——自然美的模仿。
2. 表现或形式的美——自然的模仿。若没有后者也就不存在艺术家了。前者与后者的结合产生了伟大的艺术家。

形式或表现的美仅仅是艺术所特有的。康德正确地指出："自然的美是一个美的事物，艺术的美是一个事物的美的表现"，我们可以再加上一句，理想美是一个美的事物的美的表现。

在选择的美中我们可以看出，艺术家表现的是什么。在形式的美（严格说来是艺术美）中我们只能看出，艺术家如何表现。我们可以说，前者是美的自由表现，后者是真理的自由表现。

因为前者（选择的美）大多限于自然美的条件，而后者（形式的美）是艺术所特有的，所以我首先讨论后者，在我们谈到伟大的艺术家之前，我们首先要指出，一般说来是什么构成了艺术家。

自然的产物，如果它自由地表现在它的技巧性中，那么它就是美的。艺术的产物，如果它自由地表现一个自然的产物，那么它就是美的。

因此，表现的自由是我们这里所要涉及到的概念。

当我们把识别一个对象的标志转化成概念并结合到知识的统一体中时，我们是在描述一个对象。

[①]　译自《论美书简》。见席勒《论艺术与现实》，莱比锡1975年版第152—159页。

当我们把这样结合起来的标志直接呈现在直观中时,我们是在表现一个对象。

直观能力是想象力,当我们把对象的表现直接置于想象力的面前,那么这个对象是被表现的。

事物是由自身规定或看起来如此,那么这个事物就是自由的。

当一个对象作为由自身规定的而呈现在想象力的面前,那么这个对象就是被自由表现的。

因为甚至连对象本身都是对其他事物的模仿,对象不是通过自身而是通过再现媒介表现出来的,那么对象如何在想象力面前呈现为由自身规定的呢?

即艺术的美不是自然本身,而只是在一种媒介中对自然的模仿,媒介与被模仿对象之间在质料上是完全不同的。模仿是不同质料的形式相似性。

对于建筑、技艺、园林、舞蹈等也不会存在异议,因为即使这些艺术也服从同一原则,虽然它们既不模仿自然产品,也不需要媒介,这在下面将变得更加明显。

对象的自然(本性)在艺术中不是通过本身的性格或个性而是通过媒介表现出来的,因此这种媒介再次地:

a. 具有它自己的个性和自然;

b. 取决于可以同样看作是独特自然的艺术家。

因此,对象通过第三手呈现在想象力的面前。由于在其中不论是进行模仿的素材还是对素材进行加工的艺术家,都具有自己的自然(本性),并依照它们自己的自然(本性)行事。这里有三种自然在相互角逐:被表现对象的自然、表现素材的自然以及艺术家的自然,艺术家的自然应该使前两者协调一致起来。

我们在艺术产品上所预期见到的只是被模仿对象的自然,也就是说,它由自身规定而呈现在想象力的面前。只要不论是素材或者是艺术家把它(他)们的自然混入到其中,那么被表现对象就不再是由自身规定的,而成为他律的了。只要再现媒介显示出自己的自然,那么被表现对象的自然就会受到危害。只有当被表现对象的自然不受再现媒介的自然干扰时,对象才称得上是被自由地表现的。

因此,必须显示出媒介或素材的自然完全为被模仿对象的自然所征服。只有被模仿对象的形式可以被转移到模仿媒介上。因为在艺术表现中,形式必须征服素材。

因此在艺术作品中,素材(模仿媒介的自然)必须消融在(被模仿对象的)形式中,物质必须消融在意念中,现实必须消融在形象显现中。

物质消融在意念中:因为被模仿对象的自然对于模仿素材不是什么物质的东西。被模仿对象的自然仅仅存在于模仿素材的意念中,所有素材上物质的东西仅仅属于素材本身,而不属于被模仿对象。

现实消融在形象显现中:现实在这里意味着实在,在一部艺术作品中永远只是质料,是与艺术家在质料中所贯注的形式的东西或意念相对立的。形式在一部艺术作品中只是形象显现,就如用大理石表现一个人,但实际上它仍然是大理石。

因此,当媒介的自然显示出为被模仿对象的自然完全消融,当被模仿对象在它的再现媒介中保持了自己的纯粹个性,当表现者完全放弃或排斥了自己的自然(本性)而表现出与再现媒介完全交融在一起——简而言之——当一切都不是由素材规定的而是由形式规定出来的,那么这种表现就是自由的表现。

如果一个雕像有一部分暴露出石头,也就是说不是以意念而是以素材的自然为基础,那么美就受到损害,因为这里表现出他律。大理石的自然(本性)是硬脆的,它必须完全消融在柔韧的肉体的自然(本性)中,使人不论用触觉或用视觉都不再感到大理石的自然(本性)。

如果在线描中有一部分可以看出笔尖或笔、纸或铜版、画笔或用笔的手的痕迹，那么这种线描就给人以僵硬而笨拙的感觉。如果在画中看出了艺术家特有的审美趣味和艺术家的自然(本性)，那么这幅画就会使人感到矫揉造作。如果在铜版画中筋肉的活动性受到金属的坚硬和艺术家的手的笨拙的损害，那么它的表现就是丑的，因为它不是由意念而是由媒介规定的。如果被表现对象的特性受到艺术家精神特性的损害，那么我们说这种表现是矫揉造作的。

矫揉造作的反面是风格，它是摆脱了一切主观的和一切客观的偶然规定的最高独立性。

表现的纯粹客观性是优良风格的本质，是艺术的最高原则。

"风格与矫揉造作的关系正如由形式原则出发的行为方式与由经验准则(即主观的原则)出发的行为方式之间的关系。风格是由偶然的东西完全提高到普遍的和必然的东西。"(但是，对风格的这种解释也已经包含了选择的美，这一点现在还没有谈到。)

我们可以说：伟大的艺术家为我们表现对象(他的表现具有纯粹的客观性)；平凡的艺术家表现他自己(他的表现具有主观性)；拙劣的艺术家表现他的素材(他的表现是由媒介的自然和艺术家的局限性所规定)。

所有这三种情况都可以在一个演员身上明显地看到。

1. 当艾克霍夫或施略德扮演哈姆雷特时，他们的个性与他们的角色的关系，就如同素材与形式的关系、物质与意念的关系以及现实与形象显现的关系。艾克霍夫就如同大理石，他的天才从这块大理石中刻画出了一个哈姆雷特，因为他(演员)的个性要完全服从哈姆雷特的艺术个性，因为要使人注意的只是形式(哈姆雷特的性格)而不是素材(演员的实际个性)——因为由他所表演出来的仅仅是形式(仅仅是哈姆雷特)，那么我们才能说他的表演是美的。他的表演具有一种伟大的风格，因为首先这种表演是完全客观的而不掺杂任何主观的东西。其次,因为这种表演是客观必然的而不是偶然的(关于这个问题在其他机会时再谈)。

2．当阿尔布列希特夫人扮演欧菲利娅时,我们虽然看不到素材的自然(即女演员的个性),但是也看不到被表现对象的纯粹自然(即欧菲利娅的个性),而是女演员的一种随意的观念。她按照一种主观的原则——准则——行事,表现出痛苦、颓唐和高雅的仪表,而不去考虑这一表演是否与客观性相符。她的表演显示出矫揉造作,而不是显示出风格。

3．当布吕克扮演国王时,我们看到媒介的自然(本性)支配了形式(国王的角色),因此演员在各种动作中都给人以厌恶和拙劣的感觉。我们一眼就看出了这一缺点的不良影响,因为艺术家(这里是指演员的理智)没有看出,素材(演员的身体)要按照意念来塑造。因此,这种表演是不好的,它同时暴露出素材的自然本性和艺术家的主观局限性。

在绘画和造型艺术中,如果媒介的自然没有被完全克服,那么被表现对象的自然会受到多么大的损害是显而易见的。但是将这一原则用于诗的表现,也要完全由此推导出来。我将试图给你提供一个概念。

即使在这里也还完全谈不到选择的美,而只是表现的美。因此,假设诗人在自己的想象力中所把握的对象的全部客观性是真实、纯粹和完全的——对象在他心灵面前已经是观念化了的(也就是说转化成了纯粹的形式),这就涉及到在自身之外来表现。为此,要求心灵的对象不受到媒介本质的他律的损害。

诗人的媒介是语言,是种和类的而不是个人的抽象符号。它的关系是由语法体系规定的。在事物与语言之间没有物质的相似性(同一性),这不会造成什么困难。因为在雕像与人之间也没有什么相似性,而雕像是表现人的。但是在语言与事物之间单纯的形式相似性(模仿)不是那样容易的,事物与它的语言表现是纯粹偶然随意的(除极少数情况例外),只是约定俗成地相互结合起来的。这一点不是很重要的,因为它不涉及语言本身是什么,而涉及它唤起了哪些表象。如果只用语言或词句来为我们表现事物的个体特性或个体的事态,简而言之,表现各种事物的客观独特性,那么它就取决于是否来自习惯或内在必然性。

但是,语言和词句不是这样。就语言而论,不仅它的变化和结合规律是完全普遍化的事物,它不是标识某一个体,而是标识无数的个体;而且更为困难的是按照以下规则表现各种事态,这些规则同时可以用于无数的完全不同的情况,只有通过知性的特殊运用才适于表现个别的事态。这样被表现的对象在呈现于想象力面前并转化为直观之前,就得先通过概念的抽象领域而走很长的一段弯路,因此大大丧失了它的生命力(感性力量)。诗人要表现特殊的事物只有通过对普遍事物进行艺术的概括,除此之外别无它法。"刚才还立在我面前的烛台倒下来了"就是这样一种个别的情况,通过纯粹普遍的符号的结合而表达出来。

诗人使用的媒介的自然(本性)存在于趋于普遍的倾向中,因此是与个体的表现(这是我们的课题)相矛盾的。语言把一切呈现在知性的面前,诗人应该把一切表现在想象力的面前,诗歌艺术是直观的,而语言只给出概念。

语言从它所表现的对象那里剥夺了对象的感性和个性,而强加给对象一种外在于它的特性(普遍性)。语言在被表现对象的感性自然中——按照我自己的术语——混入了表现媒介的抽象的自然(本性),在对象的表现中引入了他律。对象对于想象力不再表现为由自身规定的,即不再是自由的了,而是由语言的创造力塑造的,或者对象仅仅被呈现于知性面前,它或者不是被自由地表现或者完全不是被表现,而只是被描述。

因此,如果诗歌表现应该是自由的,那么诗人必须"通过他的艺术的伟大来克服语言的普遍化倾向,并使形式(即形式的应用)

克服素材(语言及其变化构成规律)"。语言的自然本性(正是这种本性导致普遍化倾向)必须在给予它的形式中完全消除掉,物质必须消融在意念中,符号必须消融在被描述对象中,现实必须消融在形象显现中,被表现对象必须由表现媒介自由地、成功地表现出来,从而摆脱语言的一切束缚,以其全部真实性、生命力和个性自立于想象力的面前。总之,诗歌表现的美是"在语言的束缚中自然本性的自由自主的行动"。

(1793年)

徐恒醇　译

美　学

〔德国〕黑格尔

全书序论

自然美和艺术美

根据"艺术的哲学"这个名称，我们就把自然美除开了。从一方面看，我们这样界定对象的范围，好像有些武断，好像以为每一门学科都有权任意界定它的范围。但是我们把美学局限于艺术的美，并不应根据这种了解。在日常生活中我们固然常说美的颜色，美的天空，美的河流，以及美的花卉，美的动物，尤其常说的是美的人。我们在这里姑且不去争辩在什么程度上可以把美的性质加到这些对象上去，以及自然美是否可以和艺术美相提并论，不过我们可以肯定地说，艺术美高于自然。因为艺术美是由心灵①产生和再生的美，心灵和它的产品比自然和它的现象高多少，艺术美也就比自然美高多少。从形式看，任何一个无聊的幻想，它既然是经过了人的头脑，也就比任何一个自然的产品要高些，因为这种幻想见出心灵活动和自由。就内容来说，例如太阳确实像是一种绝对必然的东西，而一个古怪的幻想却是偶然的，一纵即逝的；但是像太阳这种自然物，对它本身是无足轻重的，它本身不是自由的，没有自意识的；我们只就它和其它事物的必然关系来看待它，并不把它

---

① Geist，法译作"精神"(Esprit)，英译有时作"精神"(Spirit)，有时作"心灵"(Mind)。

作为独立自为的东西来看待,这就是,不把它作为美的东西来看待①。

如果我们只是普泛地说:心灵和它的艺术美高于自然美,这就等于还没有说出什么,因为所谓"高于"还是完全不确定的说法,还是把自然美和艺术美左右并列地摆在同一观念范围里,所指的还只是一种量的分别,因此,还只是一种表面的分别。心灵和它的艺术美"高于"自然,这里的"高于"却不仅是一种相对的或量的分别。只有心灵才是真实的,只有心灵才涵盖一切,所以一切美只有在涉及这较高境界②而且由这较高境界产生出来时,才真正是美的。就这个意义来说,自然美只是属于心灵的那种美的反映,它所反映的只是一种不完全不完善的形态,而按照它的实体,这种形态原已包涵在心灵里。

此外,把美学局限于美的艺术也是很自然的,因为尽管人们常谈到各种自然美——古代人比现代人谈得少些——从来却没有人想到要把自然事物的美单提出来看,就它来成立一种科学,或作出有系统的说明。人们倒是单从效用的观点,把某些自然事物提出来研究,成立了一种研究可用来医病的那些自然事物的科学,即药物学,描绘对医疗有用的矿物,化学产品,植物和动物;但是人们从来没有单从美的观点,把自然界事物提出来排在一起加以比较研究。我们感觉到,就自然美来说,概念既不确定,又没有什么标准,因此,这种比较研究就不会有什么意思。

以上这番话讨论自然美和艺术美,它们之间的关系,以及我们

---

① 黑格尔所谓"绝对","自由","无限","自在自为",其实都是一回事,即一个独立自在的整体,不受与其它事物的关系所限制,只有把一个对象看作一个独立自在的整体,即理念与现象的统一体,它才是绝对的,无限的,自由的,自在自为的,也才是美的。"自为"就是自觉,与存在而不自觉的"自在"对立,是心灵的特征。

② "较高境界"即指心灵。

何以要把自然美排除于美学范围之外,这番话的用意在消除一种误解,以为我们对美学作这样的界定是任意武断。目前我们还不能就这些关系加以证明,因为这就是美学本身所要做的事,所以只有待将来再去讨论和证明。

…………

第一卷第三章　艺术美,或理想

冲　突

以上所说的一切情境,像我们已经约略指出的,本身既不就是动作,一般也不是激发真正动作的原因。这些情境的定性仍然或多或少地只是纯粹机缘式的情况或是一种本身无意义的行为,其中一种有实体性的内容(意蕴)借这样一种方式来现出:定性像是一种无害的游戏,用不着有真正的严肃性。只有在定性现出本质上的差异面,而且与另一面相对立,因而导致冲突的时候,情境才开始见出严肃性和重要性。

就这一点看来,冲突要有一种破坏作为它的基础,这种破坏不能始终是破坏,而是要被否定掉。它是对本来谐和的情况的一种改变,而这改变本身也要被改变掉。尽管如此,冲突还不是动作,它只是包含着一种动作的开端和前提,所以它对情境中的人物,只不过是动作的原因,尽管冲突所揭开的矛盾可能是前一个动作的结果。例如古希腊悲剧三部曲的次第就是如此,从头一部剧本的终局产生出第二部的冲突,而这个冲突又要在第三部里要求解决。因为冲突一般都需要解决,作为两对立面斗争的结果,所以充满冲突的情境特别适宜于用作剧艺的对象,剧艺本是可以把美的最完满最深刻的发展表现出来的。至于建筑却不能充分表现出可以显现伟大心灵力量的分裂与和解的那种动作,就连绘画,尽管它的范围是广阔的,也永远只能把动作的某一顷刻呈现到眼前①。

但是这些严肃的情境却引起它们所特有的,按照它们的概念就不可避免的一种困难。它们要依靠破坏,而且它们所产生的一些情况是不能久存的,因此就必然要有一种导致转化的助因。但是理想的美在于它的未经搅扰的统一性、静穆和自身完满。冲突破坏了这种和谐,使本身统一的理想有了不协调和矛盾。要表现这种破坏,理想本身也就会受到破坏,这里艺术的任务可以只在两方面,一方面是使自由的美在这种差异中必不至遭到毁灭,另一方面是使分裂和连带的斗争只暂时现出,接着就由冲突的消除而达到和谐的结果,只有这样,美的完满的本质才能现出。究竟应该把这种不协调推演到什么界限呢?我们不能定出一种普遍的原则;因为就这一层说,每种艺术须服从它自己的特性。例如内在的观念比起直接的知觉经得起较大程度的分裂。因此,诗在表现内在情况时可以达到极端绝望的痛苦,在表现外在情况时可以走到单纯的丑。造形艺术却不然,在绘画里尤其在雕刻里,外在形象是固定不变的,不能取消掉,不能像音乐的曲调刚飞扬起来就消逝掉。在绘画雕刻里如果在丑的东西还没有得到克服时就把它固定下来,那就会是一种错误。因此,凡是戏剧所能表现得很好的不尽能在造形艺术里表现出来,因为在戏剧里一种现象可以出现一顷刻马上就溜过去。

在这里我们还只能概括地讨论冲突的一些更切近的方式。我们应该从三个主要方面来研究。

第一,物理的或自然的情况所产生的冲突,这些情况本身是消极的,邪恶的,因而是有危害性的;

第二,由自然条件产生的心灵冲突,这些自然条件虽然本身是

---

① 这是莱辛在《拉奥孔》里的主张:造形艺术只能在动作时间中抓住某一顷刻来表现,不像诗那样能叙述动作的过程。

积极的,但是对于心灵,却带有差异对立的可能性;

第三,由心灵性的差异面产生的分裂,这才是真正重要的矛盾,因为它起于人所特有的行动。

a) 关于第一种冲突,它们只能作为单纯的原因而发生作用,因为这里所涉及的只是外在的自然,以及自然所带来的疾病、罪孽和灾害,这些东西破坏了原来的生活的和谐,结果造成差异对立。单就它们本身来看,这一类冲突是没有什么意义的,其所以采为艺术的题材,只是因为自然灾害可以发展出心灵性的分裂,作为它的结果。例如欧里庇德斯的悲剧《阿尔克斯提斯》①——格吕克②的歌剧《阿尔克斯提斯》也就取材于此——是以阿德默特的病为前提的。疾病本身并不足以为真正艺术的对象,欧里庇德斯之所以采用它,只是就它对于患病的人导致进一步的冲突。预言告诉了阿德默特,如果他找不到一个替身替他到阴间,他就必死。阿尔克斯提斯自愿牺牲,决定替死,来挽救她的丈夫、她的儿女的父亲和她的国王。索福克勒斯的悲剧《斐罗克特》③的冲突也是以身体上的灾祸为基础。希腊人在远征特洛伊途中把斐罗克特放在勒姆诺斯岛上,因为他在克里莎斯被一条毒蛇把他的脚咬伤了。这里身体上的灾祸也只是进一步冲突的最远的原因和出发点。因为按照预言,只有到了赫克里斯的箭落在攻城军的手里,特洛伊城才能打下,而斐罗克特却拒绝把这支箭交给他们,因为他们很不公道,把他丢在勒姆诺斯岛上,让他受过九年的痛苦。这个拒绝以及引起它的那个不公道的待遇可能产生和实际产生的迥然不同的一种结

---

① 阿尔克斯提斯(Alkestis)是阿德默特的妻子,阿德默特病在必死,她到阴间替丈夫作替死鬼,但是后来她由赫克里斯救回到人间。欧里庇德斯用这个传说作了一部悲剧。
② 格吕克(Gluck,1714—1779),德国著名作曲家,他的歌曲多取材于希腊悲剧。
③ 《斐罗克特》(Philoktet)这部悲剧的故事在正文已经说得很清楚。后来特洛伊王子巴里斯就是被他这支箭射死的。

果,因此真正的兴趣不在他的足疾和连带的痛苦,而在他拒绝交箭所引起的矛盾。希腊军营的瘟疫也是如此,这在剧本里本来是看作从前一种罪过的结果,即看作一种惩罚。一般说来,追究风暴、沉船、旱灾之类自然灾祸的原因较适合于史诗而不适合于戏剧。总之,艺术对于灾祸,并不是把它只作为一种偶然事件来表现,而是把它作为一种阻碍和不幸事件来表现,这种阻碍和不幸事件按其必然性只能取这种形象而不能取另一种形象。

b) 其次,外在的自然力量,单就它是外在的自然力量来说,在心灵的旨趣和矛盾中既然不是本质的东西,所以在它和心灵的关系紧密结合时,它只是一种基础(或背景),使真正冲突导致破坏和分裂。凡是以自然的家庭出身为基础的冲突都属于这一类。这类约略可分为三种:

b1) 第一,与自然密切联系的权利①,例如亲属关系、继承权之类,正因为这种权利是与自然性(或出身情况)相联系的,它就可以有杂多的自然定性,但是权利这件主要的东西,却只是单一的。这方面最主要的例子是王位继承权。作为这一类冲突的原因,这种继承权不应该是明白规定的,否则冲突就会属于另一类型。如果这种继承权还没有由法律明文和它所代表的社会秩序加以规定,哥哥,弟弟,或是皇室的其他亲属就都可以承位统治,谁继承都不能看作是违法的。因为统治权关质不关量,不像金钱和货物那样可以很公平地分摊,所以总不免引起争执和纠纷。例如俄狄浦死了,没有指定继承人,他的两个儿子就都有同样的继承权,他们约定逐年轮流居王位,其中艾提阿克理斯破了约,于是波里涅开斯就

---

① 西文 Nature 有"自然"、"诞生"两义,"自然权利"即生来就有的权利,或根据家庭出身的权利。

带兵打忒拜,来维护他的权利①。弟兄间的仇恨在各时代都是艺术中的一个突出的冲突,从《旧约》里该隐杀他的兄弟亚伯就已开始了②。在波斯最早的英雄故事《夏拿墨》里,王位的争夺也是许多斗争的出发点。斐里杜把土地分给三弟兄,色尔姆分得腊姆和查维尔,屠尔分得都兰和德金,伊越基则统治伊朗。但是三人都要争夺弟兄的土地,于是就酿成无穷的纠纷和战争。在基督教的中世纪,家族朝代的纷争故事也是说不完的。但是这种纠纷本是偶然的,弟兄互相敌视的事情本身并无绝对必然性,所以这种纠纷还必须有别的情况和更基本的原因,例如俄狄普的两个儿子的诞生本身就很不祥③,或是像在《麦西纳的新娘》里,席勒设法把两弟兄的争执归咎于较高的命运④。莎士比亚的《麦克伯》也以同样的冲突为基础⑤。邓肯是国王,麦克伯是他的最近而且最长的亲属,所以在王位继承上他比邓肯的儿子还有优先权。但是邓肯却指定他的儿子继承王位,这件不公正的事就替麦克伯的罪行造成了最初原因。麦克伯的这一点可辩护的理由在编年纪事史里是载明了的,但是莎士比亚却把它完全抛开,因为他的目的只在把麦克伯的欲望写得可怕,来讨好英王詹姆士一世,把麦克伯写成一个罪犯,才符合英王的利益。因此,按照莎士比亚的处理方式,我们找不到理由来说明麦克伯不杀邓肯的儿子们而让他们逃走,贵族们也没有

---

① 艾提阿克理斯到年终不肯让位,波里涅开斯便借外援进攻他的祖国忒拜,在交战中两兄弟都被打死了。这是索福克勒斯的《七英雄进攻忒拜》悲剧的主题。
② 见《创世记》第四章。
③ 俄狄普在不知不觉中误和自己的母亲结了婚,生下了这两兄弟。
④ 《麦西纳的新娘》(Braut von Messina),席勒摹仿希腊悲剧的作品,写麦西纳王后在临产之前,预言者说生下来的孩子将来要致两个哥哥于死命,因此在生下一个女儿之后,王后就秘而不宣,把女儿藏起。后来女儿长大了,两个哥哥不知道她的出身,都争着要娶她,结果两人都送了命。
⑤ 麦克伯谋杀了国王邓肯,篡了位,但是不久邓肯的两个儿子就举兵报了仇,麦克伯发疯自杀了。

想到这件事。但是《麦克伯》这剧本的全部冲突已经超过了我们现在所谈的这阶段的情境的范围了。

b2) 这类冲突的第二种情境是和上述第一种相反的,其中出身的差别——这本身就是一种不公平的事——由于习俗和法律的影响变成了一种不可克服的界限,好像它已是一种习惯成自然的不公平的事,因此成为冲突的原因。奴隶地位,农奴地位,等级的差别,在许多国家里犹太人的处境,以及在某种意义上贵族出身与市民出身的矛盾都属于这一种。这种冲突在于按照人的概念,人有人应有的权利、关系、欲望、目的和要求,而由于上述的出身差别中某一种关系,它们仿佛受到一种自然力量的阻碍和危害。关于这种冲突,可说的话如下:

阶级的分别,统治者与被统治者的分别等等当然是重要的而且合理的,这些分别根源在于全部国家生活所必有的分工组织,它们在职业、方向、思想方式和整个精神文化各方面都可以见出。但是从个别的人来看,如果这些分别全由出身地位来决定,因而一家族中的每个人都不是由于自己,而只是由于自然中某种偶然现象,就投到某一阶级或等级,永远无法改变他的地位,这就不能应用上述的看法,说是合理的了。因为在这种情况下,这些分别本来只是从自然出身来的,却具有最大的力量去决定个人命运。这种阶级分别的固定性和威力是怎样起来的,不在我们现在讨论的范围之内。一国人民可能本来是整一的,到后来才形成自由人与奴隶之类出身分别;等级,阶级,特权者之类分别也可能原来起于民族与种族的分别,例如印度的等级就有人以为是这样起来的。对于我们这是无关宏旨的。要点在于这类支配个人整个生命的生活关系(社会关系)是由自然出身地位来决定的。按照事物的概念来说,阶级的分别当然是有理由可辩护的,但是个人凭自由意志去决定自属于这个或那个阶级的权利却也不应被剥夺去。只有资禀,才能,适应能力和教育才应该有资格在这方面作出决定。如果一个人从出生时起就被剥夺去这种选择的权利，他因此就被迫服从自然和它的偶然性，在这种不自由的情况之下，就可能造成出身阶级替个人所定的地位与他的精神文化及其连带的合理的要求之间的冲突。这是一种悲惨的不幸的冲突，因为它来自一种不公平，这种不公平不是真正自由的艺术所应敬重的。按照我们现代的情况，除掉一小撮人以外，阶级分别是与出身地位无关的。只有统治的王室和贵族才是例外，他们是根据国家本身概念的较高的考虑而来的。至于就其余的人来说，出身地位对于阶级关系却不发生本质上的分别，每个人可以按他的能力和志愿，爱属于哪个阶级就属于哪个阶级。因此我们把这种完全自由的要求结合到另一要求上去，就是在教养、知识、能力和思想方式等方面，一个人必须能符合他所选择的阶级。如果一个人按照他的精神方面的能力和活动本有资格属于某一阶级，而他的出身地位却成为一种不可克服的障碍，使他不能属于那个阶级，这对于我们现代人来说，不只是一种不幸，而且在本质上还是一种冤屈，他就算遭到了冤屈。仿佛有一堵纯是自然的本身不合理的隔墙把他隔住了，按照他的聪明才能，他的情感和内外的修养，他本来可以跳越过这堵墙，可是现在这堵墙居然把他拦住，使他达不到他本来有资格能达到的东西，这种自然情况只是由于人的任意武断，才具有这种合法的固定性，而正是这种自然情况对于本身合理的心灵自由设下了这种不可逾越的界限。

进一步估计这种冲突，我们可以看到以下三个主要的方面：

第一，个人必须凭他的心灵方面的优点就已经可以跳越过这种自然界限，使自然界限的力量屈服于他的愿望和目的，否则他的要求就还是愚蠢的。例如一个仆人只有一个仆人的教养和才能，如果爱上了一个公主或贵妇人，或是一个公主或贵妇人爱上了他，这种爱情只能是荒谬的，低级趣味的，不管这种情欲在艺术表现中显得多么深厚而热烈。这里真正的分界因素倒不是出身地位的分别,而是一整套的较高的旨趣,广泛的教养,生活目的和情感方式都使得一位在社会地位、财产和交游各方面都很高的贵妇人有别于一个仆人。这种爱情如果是双方结合的唯一桥梁,如果不同时包括人按照他的精神教养和社会地位关系所应有的生活方式,那就是空洞的,抽象的,只关性欲方面的。爱情要达到完满境界,就必须联系到全部意识,联系到全部见解和旨趣的高贵性。

第二种情形就是出身地位的依存性成为一种法定的起妨碍作用的枷锁,套在本身自由的心灵以及它的正当的目标上面。这种冲突也还是违反审美性的,与艺术理想的概念相矛盾的,尽管它是人们爱采用的而且用起来也是很容易的。如果出身地位的分别通过正规法律及其效力变成一种固定的冤屈,例如生而为印度最下等级的人或犹太人之类,那么,从一方面看,当事人完全有理由可以凭他的内心的自由去反抗这种障碍,认为它是可以解除的,自己可以不受它约束。他有绝对的权利和这种障碍作斗争。但是如果由于当前情境的关系,这种界限变成不可超越的,凝定为一种不可克服的必然状态,这就形成一种不幸的本身错误的情境。有理性的人在这种必然状态面前既然没有办法克服它,就只得向它屈服,他就不应该反抗,就应该安安静静地忍受这种不可避免的局面;他就应该放弃这种界限所不容许的旨趣和要求,用无抵抗的忍耐的勇气去忍受这种无可奈何的情境。在斗争不发生效用的地方,合理的办法就在于放弃斗争,这样至少还可以恢复主体自由的形式的独立自足性。因为这样办,那种冤屈对他就不再有什么力量;反之,如果他硬要抵抗它,他就必然见到他毕竟完全要受它的统制。但是无论是抽象的纯然形式的独立自足,还是无结果的斗争,都不能真正算得美。

第三种情况与第二种情形是密切相关的,也还是一样不符合真正的艺术理想。在这种情形下,有关的个人从出身地位的关系、宗教条文、国家法律和社会习惯得到某种特权,他就要求享受这种特权。按照实在的外在现实情况来说,这里确实有一种独立自足性;但是它本身是非正义的,不合理的,所以是一种虚伪的纯然形式的独立自足性,艺术理想的概念在这里就消失了。人们可能认为由于主体按照普遍法律行事,和这普遍法律处于融贯的统一,这种情形就还是符合艺术理想。但是有两种考虑使这种看法不能成立:第一,在这种情形之下,普遍的东西之所以有权力,并不在于这个当事人身上,像英雄理想所要求的那样,而在于国家权力,即实际法律及其执行上面;其次,当事人所要求享受的是一种非正义的事,这就丧失了我们所提到过的艺术理想所应有的那种实体性。理想的主体所关心的事必须本身是真实的,合理的。对于奴隶和农奴的法定的统治权,剥夺外国人的自由或是用他们作牺牲来献神的权利等等都属于这一类情况。要求这种权利的人当然自以为是维护正当的权利,例如印度的属于较高等级的人要利用一些特权,托阿斯命令把俄瑞斯特杀死献神①,以及俄国地主鞭挞他们的农奴之类;那些高高在上的人们都认为这些符合他们自己利益的事就是合法的权利。但是他们的这种权利只是野蛮人的一种非正义的权利,而他们自己既然规定而且实行这种绝对不正义的事,在我们看来,至少也就显得是些野蛮人。当事人所倚靠的这些法律对于他们的时代及其精神和教养标准来说,固然是应受尊重和维护的,但是对于我们来说,它却是完全是实际的②,没有什么道理和力量。如果当事人只是从个人情欲和自私动机出发,利用他的特权去实现他的私图,他就不仅是个野蛮人,而且是个品格恶劣的人。

---

① 俄瑞斯特:希腊神话中英雄。为着报他父亲阿伽门农的仇,杀死自己的母亲之后,他遵神示到陶芮斯国的确逊涅色地方取神像到希腊,陶芮斯的国王托阿斯命令把他杀死来献神,恰逢执行献神典礼的是他的姊妹伊菲琪尼,她发见应被牺牲的是她自己的弟兄,于是就带他一同逃走了。
② Positiv,"有关某一特殊具体情境的"。(英译本注)

人们常常想用这种冲突来引起哀怜和恐惧——根据亚里士多德把哀怜和恐惧定为悲剧对象的原则——但是看到这种起于野蛮状态和过去时代不幸情况的特权的威力,我们既不发生恐惧,也不发生敬畏,而我们所能感到的哀怜也会马上就转变为愤恨。

因此,这种冲突只有一种真正的出路,那就是这种不正当的权利得不到实现,例如伊菲琪尼没有在奥里斯① 被牺牲,俄瑞斯特也没有在陶芮斯被牺牲。

b3) 植根于自然性的冲突最后还有一种,就是天生性情所造成的主体情欲。最显著的例子是奥塞罗的妒忌②。野心,贪婪乃至于爱情都属于这一类。

但是这些情欲只有在下列情况之下才会造成真正的冲突:它们成为一种原因,使得完全受这种情感支配的人违反了真正的道德以及人类生活中本身合理的原则,因而陷入一种更深的冲突。

这就可以使我讨论冲突的第三种主要方式了。这种方式的冲突的根源在于精神的力量以及它们之中的差异对立,因为这种矛盾是由人的行动本身引起来的。

c) 在上文讨论纯粹自然的冲突时,我们已经提到它们的作用只在形成更进一步的冲突的枢纽。上文已经提到的第二类冲突多少也是如此。在意味比较深刻的作品里,这两类冲突都不能停留在上文所已提到的那种敌对状态,它们的这种骚扰和矛盾只是一种助因,使绝对是精神方面的一些生命力量在它们的差异中互相对立,互相斗争。凡是心灵性的东西只有通过心灵才能实现,所以精神方面的差异也必须从人的行动中得到实现,才能显现于它们

---

① 阿伽门农率希腊大军东征特洛伊,到奥里斯遇逆风,船不能行,须牺牲他的女儿伊菲琪尼以释猎神的怒,后来猎神怜悯她,让一只山羊代替了她,把她送到陶芮斯做猎神庙里的司祭。她救了俄瑞斯特。

② 见莎士比亚的悲剧《奥塞罗》;主角因受谗言,疑妻子不忠实,把她扼杀了。

所特有的形象。

总之，一方面须有一种由人的某种现实行动所引起的困难、障碍和破坏；另一方面须有本身合理的旨趣和力量所受到的伤害。只有把这两方面定性结合在一起，才是这最后一种冲突的深刻的根源。

属于这个范围的主要事例可以分别如下：

c1）当我们刚刚开始离开植根于自然的那一类冲突的范围时，紧接着的现在所要讨论的这种新的冲突还是和前一类冲突联系在一起的。但是这种冲突的根源既然应该在人的行动，所谓"自然的"就是人不是以心灵的身份所做出的事，也就是说，人不自觉地无意地做了某一件事，后来他才认识到那件事在本质上破坏了某种应受尊重的道德力量，这种情况就还是属于"自然"的范畴。后来他对他的行动有了认识，承认他原先没有认识到的那种破坏行为还是出于他自己的，这样，他就被迫进入分裂和矛盾。这冲突的根源就在于行动发生时的意识与意图和后来对这行动本身的性质的认识之间的矛盾。俄狄普和阿雅斯可以为例。俄狄普的行动，按照他的意志和认识来说，原只是在一场搏斗中打死了一个他所不认识的人；但是他的这个行动本身却是在不知不觉中杀了自己的父亲①。阿雅斯在一阵疯狂中杀了希腊军队中的一些牲畜，把这些牲畜误认为希腊将领们。在神智恢复时，他看到了他干的是什么，对于他的行动就感到羞愧，陷入冲突②。这样被人不自觉地损害了的对象必须是他在按照理性行事时所敬重的。如果这种敬重只是由于一种无根据的见解和错误的迷信，那么至少是对于我

---

① 俄狄普在不知不觉中杀父娶母的故事是索福克勒斯的一部著名的悲剧的主题。
② 阿雅斯是希腊东征军的一个将领，希腊军中最勇猛的将领阿喀琉斯死后，阿雅斯和优里赛斯争着要死者的盔甲。这套盔甲却被分配给优里赛斯了，他在疯狂中把一群羊当作希腊将领们屠杀了，后来他发现错误，羞愧自刎。

们来说,有关的冲突就不能引起深刻的兴趣。

c2) 但是我们现在所讨论的这类冲突既然应该是由人的行动所引起的一种对于精神力量的精神性的破坏,所以第二个重要原则就是:比较适合的冲突应起于意识到的而且由于这种认识和意图才产生出的破坏。这里的出发点还可以是情欲,暴力,愚蠢等等。例如特洛伊战争起于海伦后的私奔。后来阿伽门农牺牲了伊菲琪尼,这就伤害了她的母亲,因为杀的是她胎里养的最亲爱的女儿。克吕泰谟涅斯特拉① 因此把她的丈夫谋杀了。俄瑞斯特为父亲兼国王报仇,就把他的母亲杀了。哈姆雷特的情形也很类似。他的父亲暗中被谋杀了,他的母亲很快就嫁了谋杀者,因而侮辱了死者的魂灵②。

在这些事例的冲突中,要点在于当事人所争求的对象本身是道德的,真实的,神圣的。如果不是如此,我们对于这种真正道德的和神圣的东西既然有所认识,我们就觉得这种冲突没有什么价值,没有什么真实性,例如著名的《摩诃婆罗多》③ 里关于纳拉斯和达玛央提的故事。国王纳拉斯和达玛央提公主结了婚。这位公主本来有权在求婚者之中作自由选择。其他的求婚者都是在空中飘荡的神怪,只有纳拉斯才站在地上,她很有见地,就选择了他。神怪们因此怀恨在心,瞭着机会想谋害纳拉斯。过了许多年,他们都找不出他的岔子,因为他没有做什么坏事。但是他们终于得到制伏他的权力,因为他犯了一宗大罪过,在小便之后,用脚践踏了尿湿了的土地。按照印度人的观念,这是一个不能免于刑罚的重罪。从此以后,神怪们就把他掌握在自己的权力之下,这个神怪引

---

① 克吕泰谟涅斯特拉是阿伽门农的妻子,伊菲琪尼和俄瑞斯特的母亲。
② 哈姆雷特的父亲是由他的叔父谋杀的,他叔父接着就和他的母亲结了婚。他的报仇是莎士比亚的悲剧《哈姆雷特》的主题。
③ 印度古代的伟大史诗。

起他嬉戏的欲念,那个神怪怂恿他的弟兄去反对他,逼得纳拉斯最后丧失王位,变成穷丐,和达玛央提过着流离困苦的生活。最后他又被迫和她分离,经历了许多奇遇之后,他才恢复到原来的幸福境遇。这整篇故事所环绕的真正冲突,对于古代印度人来说,是一种对于神圣事物的真正的亵渎,但是对于我们的意识来说,却是一种妄诞不经的事。

c3) 第三,破坏并不一定是直接的,这就是说,一种行动单就它本身来看,并不一定就是一个引起冲突的行动,但是由于它所由发生的那些跟它对立矛盾的而且是意识到的关系和情境,它就变成一种引起冲突的行动。例如罗密欧与朱丽叶相爱,这爱情本身并没有破坏什么;但是他们认识到他们的双方家庭是互相仇恨的,他们双方的父母都不会允许他们结婚的,由于这种原已假定存在的分裂,他们就陷入冲突了。

关于一般世界情况和具体情境的分别,以上所说的一些最赅括的话就够了。如果要把这种研究推广到这问题的各方面,各种变化和细微差别,并且对于每一种可能的情境都加以讨论,那么,单是这一章就会牵涉到无限的枝节问题上去。因为可能发现的不同情境是无穷的,而在每一事例中问题都在于怎样使某一具体情境适应某一具体艺术的体裁和表现方式。例如神话所能做到的许多事是其它种类艺术掌握和表现方式所不能做到的。一般说来,发现情境是一项重点工作,对于艺术家往往也是一件难事。特别在现代,人们常听到一种抱怨,说找适当的题材来组成背景和情境有多么困难。第一眼看来,诗人如果有独创性,能自己去创造情境,他就会显得更有价值。但是这种倚靠自己的活动并不是艺术的主要方面,因为情境本身还不是心灵性的东西,还不能组成真正的艺术形象,它只涉及一个人物性格和心境所由揭露和表现的外在材料。只有把这种外在的起点刻画成为动作和性格,才能见出真正的艺术本领。所以如果诗人自己创造出这本身非诗的一方面,我们用不着为此感谢他;应该允许他取材于现成的历史、传说、神话、编年纪事乃至于早已被艺术家运用过的旧材料和情境,但是他应该经常能推陈出新;例如在绘画里,外在的情境都是从宗教传说中来的,通常是用类似的方式重复来重复去的。在这种表现中能见出真正艺术创造,比起发现某种情境来,要深刻得多。这个道理也适用于许多已经运用过的旧情境和情节的错综。在这方面人们往往替近代艺术吹嘘,说它比起古代艺术来,表现出无穷的丰富的想象,事实上中世纪和近代的艺术作品也的确表现出最丰富多彩的变化最多的情境,事迹,和结局。但是这种外在情境的丰富并不算什么一回事。尽管有这些丰富的情境,卓越的戏剧和史诗在近代还是很少。因为艺术的要务不在事迹的外在的经过和变化,这些东西作为事迹和故事并不足以尽艺术作品的内容;艺术的要务在于它的伦理的心灵性的表现,以及通过这种表现过程而揭露出来的心情和性格的巨大波动。

现在我们且来回顾一下我们已经达到的原则,把它作为进一步研究的出发点,我们一方面可以看到:内在的和外在的有定性的环境、情况和关系要变成艺术所用的情境,只有通过它们所引起的心情或情绪才行。另一方面我们也可以看到:情境在得到定性之中分化为矛盾、障碍纠纷以至引起破坏,人心感到为起作用的环境所迫,不得不采取行动去对抗那些阻挠他的目的和情欲的扰乱和阻碍的力量,就这个意义来说,只有当情境所含的矛盾揭露出来时,真正的动作才算开始。但是因为引起冲突的动作破坏了一个对立面,它在这矛盾中也就引起被它袭击的那个和它对立的力量来和它抗衡,因此动作与反动作是密切联系在一起的。只有在这种动作与反动作的错综中,艺术理想才能显出它的完满的定性和运动。因为在这种情况之下,两种从和谐中分裂出来的旨趣在互相对立和斗争着,它们的这种互相矛盾就必然要求达到一种解决。

这种运动,作为整体来看,已经不属于情境及其冲突的范围,它就要引我们进一步研究上文所已提到过的真正的动作。①

c) 人物性格②

我们原来的出发点是引起动作的普遍的有实体性的力量。这些力量需要人物的个性来达到它们的活动和实现，在人物的个性里这些力量显现为感动人的情致。但是这些力量所含的普遍性必须在具体的个人身上融会成为整体和个体。这种整体就是具有具体的心灵性及其主体性的人，就是人的完整的个性，也就是性格。神们③变成了人的情致，而在具体的活动状态中的情致就是人物性格。

---

① 在论情境这部分，黑格尔着重地讨论了矛盾冲突，这是他对美学和文艺理论的重要贡献之一。一般世界情况所造成的普遍力量或理想体现于具体情境中的具体人物的动作，才能产生艺术。情境是外在的，只有在就它对于有意识的人起精神上的作用来看，它才有意义。它是一种机缘，引起不同人物作不同反应（动作和反动作），才形成具体的动作情节。作为艺术的内容，这种情境不能是静止或平板的，必须见出分裂、矛盾对立和斗争以至矛盾的解决。他分析冲突为三类，一是自然情况造成的，二是自然情况在心灵方面所引起的，三是心灵本身的分裂和矛盾，这才是理想的冲突。在第二类冲突里，黑格尔提到了阶级出身差别和文艺的关系，这在当时还是独特见解，不过他的看法往往是自相矛盾的。首先，他承认阶级出身的差别"本身就是一件不公平的事"，"不是真正的自由艺术所应敬重的"。他还说特权阶级"认为符合自己利益的事就是合法的权利"，其实这种特权"只是野蛮人的一种非正义的权利"。但是他同时又说阶级差别"当然是重要的而且合理的"，"当然有理由可辩护的"，这还是为阶级剥削制度打掩护。其次，他拒绝讨论阶级差别的起源，说这种讨论"对于我们是无关宏旨的"。这也不过是剥削阶级妄图掩盖阶级矛盾的一种通常手法。第三，他提出"统治权关质不关量"的口号，主张划分阶级的标准不应是家庭出身而是文化修养。这其实是柏拉图以来许多精神贵族所宣扬的哲学家专政说的翻版。
② 原文 Charakter 按字面只是"性格"，但是西方文艺理论著作一般用这个词指"人物"或"角色"。
③ "神们"（Die Götter），指上文所说的"普遍的力量"。

因此,性格就是理想艺术表现的真正中心,因为它把前面我们作为性格整体中的各个因素来研究的那些方面都统一在一起。因为理念作为理想(这就是说,作为经过表现出来供感性知觉和观照的,而且在它的活动中发生动作和自实现的理念),在它的得到定性的状态中就是自己和自己发生关系的主体的个性。但是真正的自由的个性,如理想所要求的,却不仅要显现为普遍性,而且还要显现为具体的特殊性,显现为原来各自独立的这两方面的完整的调解和互相渗透,这就形成完整的性格,这种性格的理想在于自身融贯一致的主体性所含的丰富的力量。

现在我们要从三方面来研究人物性格:

第一,把性格作为具备各种属性的整体,即作为个别人物来看,也就是就性格本身的丰富内容来看;

其次,这种整体同时要显现为某种特殊形式,因为性格应显现为得到定性的;

第三,性格(作为本身整一的)跟这种定性(其实就是跟它本身)融会在它的主体的自为存在里①,因而成为本身坚定的性格。

我们现在就来阐明这些抽象的意思,把观念弄得更明确一点。

a) 情致既然是在一个完满的个性里显现出来的,所以情致在它的得到定性的状态中不复是艺术表现的全部的和唯一的兴趣,而变成只是发生动作的人物性格中的一个方面,尽管这个方面是主要的。因为人不只具有一个神来形成他的情致;人的心胸是广大的,一个真正的人就同时具有许多神,许多神只各代表一种力量,而人却把这些力量全包罗在他的心里;全体奥林波斯② 都聚集在他的胸中。古人有一句话说:"人啊,你根据你自己的情欲,把

---

① 即代表某一普遍力量的人物自觉到他是代表这种普遍力量的。
② 奥林波斯山是诸神所居地,即代表全体的神,或全体的普遍力量。这番话表现了黑格尔的人道主义。

神创造出来了！"就是这个意思。事实上希腊人随着文化的进步，他们的神也就愈来愈多了；而他们的较早期的神都比较呆板些，没有表现成为具有个性和定性的神。

因此，人物性格也须现出这种丰富性。一个性格之所以能引起兴趣，就在于它一方面显出上文所说的整体性，而同时在这种丰富中它却仍是它本身，仍是一种本身完备的主体。如果人物性格没有见出这样的完满性和主体性，而只是抽象的，任某一种情欲去支配的，它就会显得不是什么性格，或是乖戾反常、软弱无力的性格。个别人物的软弱无力，正在于上文所说的那种永恒的力量没有显现为他本身固有的自性，即没有显现为主体固有的属性。

例如在荷马的作品里，每一个英雄都是许多性格特征的充满生气的总和。阿喀琉斯是个最年轻的英雄，但是他一方面有年轻人的力量，另一方面也有人的一些其它品质，荷马借种种不同的情境把他的这种多方面的性格都揭示出来了。阿喀琉斯爱他的母亲特提斯①，布里赛斯② 被人夺去，他为她痛哭，他的荣誉受到损害，他就和阿伽门农争吵，这就成为《伊里亚特》中以后一切事变的出发点。此外，他也是帕屈罗克鲁斯和安惕洛库斯的最忠实的朋友③。他一方面是个最漂亮最暴躁的少年，既会跑，又勇敢，可是另一方面他也很尊敬老年人；他所信任的仆人，忠实的腓尼克斯，躺在他的脚旁，在帕屈罗克鲁斯的丧礼中他对老人涅斯托④ 表示最崇高的敬礼。但是对于敌人，他却显得容易发火，脾气暴躁，爱

---

① 特提斯，女海神，嫁了凡人，生阿喀琉斯。
② 布里赛斯，阿喀琉斯所获的女俘。
③ 两人都是阿喀琉斯的密友，帕屈罗克鲁斯被特洛伊大将赫克忒战死后，阿喀琉斯要替他报仇，才出来参战。
④ 希腊军中的老谋士。

报复，非常凶恶，例如他把赫克托① 的尸体绑在他的车后，绕着特洛伊城拖了三个圈子，但是老普莱亚姆来到他的营帐，他的心肠就软下来了，他暗地里想到自己的老父亲，就伸出手来给哭泣的老国王去握，尽管这老国王的儿子是他亲手杀了的。关于阿喀琉斯，我们可以说："这是一个人！高贵的人格的多方面性在这个人身上显出了它的全部丰富性。"荷马所写的其他人物性格也是如此，例如俄底修斯，第阿默德，阿雅斯，阿伽门农，赫克忒，安竺罗玛克②，每个人都是一个整体，本身就是一个世界，每个人都是一个完满的有生气的人，而不是某种孤立的性格特征的寓言式的抽象品。比起这些人物来，皮上起茧的什格弗里特③，特洛伊的哈根④ 甚至于音乐家浮尔考，尽管也是些强有力的个性，都显得黯淡无光。

只有这样的多方面性才能使性格具有生动的兴趣。同时这种丰满性必须显得凝聚于一个主体，不能只是乱杂肤浅的东西，或是偶然心血来潮的激动——就像小孩子们把一切可拿到的东西都拿到手，就它们临时发出一些动作，但是见不出性格。性格不能如此，它必须渗透到最复杂的人类心情里去，守在那里面，在那里面吸收营养来充实它自己，而同时却又不停滞在那里，而是要在这些旨趣、目的和性格特征的整体里保持住本身凝聚的稳固的主体性。

特别适宜于表现这样完整性格的是史诗，其次是戏剧和抒情诗。

b) 但是艺术还不能停留在这种单纯的整体上面，因为我们所说的是具有定性的理想，因此就有一个更迫切的要求，就是要性格

---

① 这是《伊利亚特》里最有名的一段，赫克忒战死了，他的父亲普莱亚姆到希腊军营里要求领回他的尸首，阿喀琉斯答应了。

② 都是《伊利亚特》里的主要人物，前五人已见前注，安竺罗玛克是赫克忒的妻子。

③ 什格弗里特，《尼伯龙根歌》里的日耳曼民族英雄。

④ 哈根和浮尔考都是《尼伯龙根歌》里的重要角色。

有特殊性和个性。特别是动作,动作在它的冲突和反动作中必须见出界限明确的内容(意蕴)。因此戏剧中的主角大半比史诗中的主角较为简单。要显出更大的明确性,就须有某种特殊的情致,作为基本的突出的性格特征,来引起某种确定的目的、决定和动作。但是如果这界限定得过分死板,以至使一个人物仅仅成为某种情致——例如爱情和荣誉感之类——的完全抽象的形式,那么,一切生气和主体性也就会完全消失了,而这种艺术表现也就会因此枯燥贫乏——例如法国的戏剧作品就是如此。所以性格的特殊性中应该有一个主要的方面作为统治方面,但是尽管具有这个定性①,性格同时仍须保持住生动性与完满性,使个别人物有余地可以向多方面流露他的性格,适应各种各样的情境,把一种本身发展完满的内心世界的丰富多彩性显现于丰富多彩的表现。索福克勒斯的悲剧形象就具有这种生动性,尽管他所写的情致本身是很单纯的。我们可以拿这样形象的塑造上的完备性来比拟雕刻的形象。雕刻虽然有很明确的定性,却仍然可以表现性格的多方面性。它一方面要表现一种力求向外宣泄的、以全力集中于某一个焦点上的热烈情绪,另一方面在它的静穆风味里,它也把泰然融合各种力量于一身的那种坚定的中立性表现出来。但是这种安然无扰的统一性却不是停留在某一种抽象的定性上面,而是在它的美里让人预感到它在千变万化的情况里可以产生一切可能的表现②。在真正的雕刻形象里我们可以看到一种静穆而深刻的意味,其中包含有使一切力量得到实现的潜能。比起雕刻来,绘画、音乐和诗所表现的人物性格还更需要有内在的丰富多彩性,真正的艺术家们都了解

---

① 即主要的方面。
② 这句话和下句"使一切力量得到实现的潜能"都是一般所说的"富于暗示性",或"言有尽而意无穷"。

这一点。例如莎士比亚在《罗密欧与朱丽叶》①里所写的主要情感是爱情,但是我们看见罗密欧在最变化多端的关系里,例如在对他的父母、朋友和侍童的关系中,在同杜巴尔特的在荣誉感上的冲突和决斗中,在对僧侣的尊敬和信任中,甚至在坟场上和卖毒药给他的药师的对话中,他都始终一贯地显得尊严高尚,用情深挚。朱丽叶也是一样的从许多关系的整体中显出她的性格,例如她对父母、保姆、巴里斯伯爵,以及神父劳伦斯的关系。尽管有这些复杂的关系,她在每一种情境里也是一心一意地沉浸在自己的情感里,只有一种情感,即她的热烈的爱,渗透到而且支持起她整个的性格。她的这种爱像无边的大海一样深广,所以她说得很对:"我付出的愈多,我保留的也就愈多,这两方面都是无限的。"

从此可知,所表现的尽管只是一种情致,这一种情致也必须展示出它本身的丰富性。在抒情诗里也是如此,但是抒情诗里的情致不能变成具体情况中的动作。这就是说,在抒情诗里情致也须表现为一种发展完满的内心生活的内在情况,这种内心生活也可能在一切环境和情境中从一切方向表现出来。有生动流利的语言,有一种能结合到一切事物上、能把过去转化成现在的、能把全部外在环境转化为内心生活的象征表现的想象力,能不畏避深入的客观思考而且在阐明这种思考中能显出一种高远宏大的清明高尚的心灵——这样一种能表现内在世界的性格丰富性对于抒情诗也是很适合的。单凭知解力来看,一方面有一个统治的定性,而另一方面在这个定性范围以内又有这样的多方面性,好像是不可能的。例如在阿喀琉斯的高尚的英雄品质里,美的基本特征在于他的少

---

① 《罗密欧与朱丽叶》的情节见莎士比亚的悲剧(已有中译);杜巴尔特是朱丽叶家族的人,反对她和罗密欧恋爱,因此同罗密欧发生了决斗,罗密欧把他杀死了。僧侣即下文的劳伦斯,是暗下帮助他们两人结婚的。罗密欧最后到朱丽叶的坟上和巴里斯伯爵决斗(朱丽叶家族原先已把她许配给巴里斯伯爵),把他杀死之后,服药自尽。

年人的力量,他对他的父亲和朋友,心肠都是很柔软的;人们会问:像他这样的人怎么可能怀着恶毒的仇恨拖着赫克忒的尸首绕着特洛伊城走呢? 莎士比亚所写的一些小丑几乎都充满着聪明伶俐和天才式的幽默,这也显得很不相称。人们会问:这样聪明伶俐的人怎样能干出那样笨拙的勾当? 从此可知,知解力爱用抽象的方式单把性格的某一方面挑出来,把它标志成为整个人的唯一准绳。凡是跟这种片面的统治的特征相冲突的,凭知解力来看,就是始终不一致的,但是就性格本身是整体因而是具有生气的这个道理来看,这种始终不一致正是始终一致的,正确的。因为人的特点就在于他不仅担负多方面的矛盾,而且还忍受① 多方面的矛盾,在这种矛盾里仍然保持自己的本色,忠实于自己②。

c)因此,人物性格必须把它的特殊性和它的主体性融会在一起,它必须是一个得到定性的形象,而在这种具有定性的状况里必须具有一种一贯忠实于它自己的情致所显现的力量和坚定性。如果一个人不是这样本身整一的,他的复杂性格的种种不同的方面就会是一盘散沙,毫无意义。和本身处于统一体③,艺术里的个性的无限和神圣就在于此。从这方面看,对于性格的理想表现,坚定性和决断性是一种重要的定性。像我们前已约略提到的,性格之所以有这种坚定性与决断性,是由于所代表的力量的普遍性与个别人物的特殊性融会在一起,而在这种统一中变成本身统一的自

---

① "担负"原文是 tragen,即"带有";"忍受"原文是 ertragen,前后相关。
② 以上几段说明黑格尔对于艺术中人物性格的要求,理想的性格一方面要有一种普遍力量或人生理想作为他的情致的根源,同时还要是一个多方面的丰富的有血有肉的人物,否则就成为死板的公式化的抽象品。植根于普遍力量的情致在性格中须居统治的地位,把多方面的特质融会成为一个整体。这是单一与杂多的统一。黑格尔关于人物性格所说的两种表现方式就是马克思和恩格斯所强调的莎士比亚化和席勒式的分别(参看马克思和恩格斯分别给拉萨尔论悲剧的信)。
③ 即性格中丰富多彩性统一于一个统治的普遍力量或人生理想。

己与自己融贯一致的主体性和整一性。

在提出这种要求时,我们还应该反对近代艺术的许多特殊现象。

例如在高乃依的《熙德》里①,爱情与荣誉的冲突是写得很辉煌的。这样本身见出差异面的情致当然可以导致冲突;如果这种情致表现为在同一性格中的内在冲突,当然也可以产生堂皇典丽的修辞和娓娓动听的独白,但是同一心灵的分裂,时而由抽象的荣誉转到爱情,时而又由抽象的爱情转到荣誉,这样翻来复去,本身就违反性格所必有的真正决断性和统一性。

另外一种情形也和个别人物的决断性相矛盾,那就是主角本已受某一种情致的驱遣,却又让一个次要的角色来约制他,说服他,因而可以把责任推诿到那个次要角色身上去,例如像拉辛的《斐笃尔》②的主角被伊娜尼说服了那样。一个真正的人物性格须根据自己的意志发出动作,不能让外人插进来替他作决定。只有在根据自己的意志发出动作时,他才能对自己的行动负责任。

人物性格的不坚定性还有一种方式,特别表现在近代德国作品里,这就是长久在德国统治着的那种感伤主义的内在的软弱。我们可以举《维特》作为一个最近的有名的例子。维特是一个完全病态的性格,没有力量能摆脱爱情的顽强执著。他吸引人的是他的热情和优美的情感生活,例如由文化教养所形成的对于自然的笃爱以及性情的温柔。这种性格的软弱在后来的艺术作品里就每况愈下,采取了许多其它方式。例如雅柯比③ 在他的《浮尔德玛》

---

① 《熙德》(Le Cid),法国17世纪剧作家高乃依的杰作,主角罗竺里格为了替父亲报仇,杀了他的爱人希曼的父亲,这部剧本就是写这种爱情与荣誉的冲突。
② 《斐笃尔》(Phaedre),法国17世纪剧作家拉辛的杰作,写女主角因钟情于自己丈夫的前妻的儿子的故事。伊娜尼是她的乳母,斐笃尔屡次受她的怂恿,例如怕丈夫知道她向儿子求爱的丑事,斐笃尔就听乳母的话,诬告儿子侮辱她。
③ 雅柯比(Jacobi,1740—1814),德国作家,歌德的朋友。

里所写的那种"灵魂美"就是一种。这部小说充分表现了上述基于主角错觉的心情的幽美,主角自以为有道德,比旁人优越而沾沾自喜。他自以为有一种高尚神圣的心灵,可是他对现实世界的一切方面的关系都是很别扭的。他的软弱表现于对现实世界的真正有意义的事不但不肯去做,而且不能忍受。其所以如此,是由于他抱着自我优越感来看现实世界,以为其中一切都值不得他关心,因而对它加以否定。这种"幽美的灵魂"对于人生的真正有价值的道德方面的旨趣是漠不关心的,他只孤坐默想,像蜘蛛吐丝一样,从自己肚子里织出他的主观的宗教和道德的幻想。这种人除掉大肆炫耀这种过度的自我优越感之外,还加上无限的敏感,要求世上一切人都要时时刻刻能发现、了解并且尊敬他的这种孤独的灵魂美。如果旁人办不到,他就伤心刺骨,一辈子不平。于是他的全部人性、友谊和爱情就都马上垮台了。凡是伟大坚强的性格所不大介意的东西,例如一点冬烘气,一点鲁莽和笨拙,对于这种人却是不能忍受和难以理解的,一点微不足道的事情就可以使这种人的心情陷于极端绝望的境界。这就产生了永无止境的忧伤抑郁,愤愤不平,悲观失望,从此又产生了种种对人对己的辛酸默想,引起了一种痉挛症,甚至于心也坚硬狠毒起来了,这就是这种"幽美心灵"的内心世界的全部痛苦和软弱的表现。没有人能同情这种乖戾心情,因为一个真正的人物性格必具有勇气和力量,去对现实起意志,去掌握现实。这种永远只把眼睛朝自己看的主体性所引起的兴趣只是一种空洞的兴趣,尽管这种人自以为是高人一等的真纯的人物,自以为有些神圣的东西藏在他的心灵最深处,而其实所谓神圣的东西一经揭露出来,只是穿便衣戴便帽,最平凡不过的东西。

性格缺乏内在的实体坚实性,还表现于另一种方式:就是把上述那种奇怪的所谓较高尚的心情的幽美转化为实体,把它了解为独立自足的力量。描写魔术、磁性催眠术、"通天眼"、睡行症等等的作品就属于这一类。在这种作品里活人被认为与这些幽暗玄秘的力量有关系,这些力量一方面就附在他身上,另一方面对于他的内心世界却又是一种外在的另一世界,他要受它的决定和支配。这种不可知的力量里好像有一种深不可测的神奇的真理,是凡人所不能掌握和理解的。但是这种幽暗的力量一到艺术的领域就会马上被赶出,因为在艺术的领域里没有什么是幽暗的,一切都是清晰透明的,而这种不可知的力量只能是精神病的表现,而描写它的诗也只能是晦涩的,琐屑的,空洞的,例如霍夫曼的作品和亨利·封·克莱伊斯特的《洪堡亲王》[①]。真正艺术家用来作为理想性格的意蕴和情致所寄托的不是这些神奇鬼怪的东西,而是性格所熟悉的现实生活的旨趣。特别是"通天眼"在近代诗里已变成猥琐庸俗。但是席勒在《威廉·退尔》里写阿亭豪生老人在临死前宣告他的祖国的命运,这种预言却处理得很恰当。总之,为着要造成冲突或是要引起兴趣,而就用精神病来代替健全的性格,这种办法总是永远不能成功的。所以在艺术里写精神病态必须极端谨慎。

近代滑稽说[②] 也可以说是属于这种不顾人物性格的统一性和坚定性的荒谬的表现方法。这个错误的理论把诗人们引上迷途,使他们在一个人物性格里摆上许多不能融会成为统一体的差异面,因而使性格失其为性格。依这一说,如果一个人物初出现时本有一种定性,马上这种定性就要转化为它的对立面,因而使性格表现成为只是对它的定性和它本身的否定。滑稽原则的拥护者把这种情形看成真正高度艺术的表现,认为观众不应为任何本身有积极意义的旨趣所打动,应该能超越这种旨趣,因为滑稽本身是能

---

① 霍夫曼是德国颓废派的始祖,《谢拉皮翁兄弟》的作者。克莱伊斯特(Heinrich von Kleist,1777—1811),德国反动浪漫派的诗人和剧作家。《洪堡亲王》是一部歌颂普鲁士君主,宣扬狭隘民族主义的剧本。

② 参看全书序论第三节 B.3。

超越一切的。他们还想根据这个原则去解释莎士比亚所写的一些人物性格。例如麦克伯夫人据说是个性情温柔的笃爱丈夫的女人,尽管她不仅赞助暗杀国王的阴谋,而且怂恿麦克伯去实现这阴谋。但是莎士比亚的特点正在于他把人物性格描绘得果断而坚强,纵然写的是些坏人物,他们单在形式方面① 也是伟大而坚定的。哈姆雷特固然没有决断,但是他所犹疑的不是应该做什么,而是应该怎样去做。现在人们却把莎士比亚所写的人物性格也弄成鬼魂似的,以为翻来复去三心二意,毫无效果的软浆状态,本身就可以使人发生兴趣。但是艺术理想却在于理念是现实的,既然要现实,就要人物确实是个主体,这就是说,他应该是本身坚定的统一体。

关于艺术中的足见性格的个性,话说到此就够了。主要原则就是要有一个丰富充实的心胸,而这心胸中要有一种本身得到定性的有关本质的情致,完全渗透到整个内心世界里,艺术不仅要把这情致本身,而且还要把这种渗透过程都表现出来。但是这情致却不能在人的心胸中自归消灭,以至显得只是一种本身不关本质的空虚的情致。②

想　象③

第一关于艺术创造的一般的本领。如果谈到本领,最杰出的

---

① 即离开坏的实质而专从外表上去看人物性格的坏的方面,坏也要显出伟大的气魄。
② 在这一段里,黑格尔对于近代资产阶级颓废主义的文艺给了一个非常中肯的诊断和无情的痛击。在当时这种颓废倾向刚开始,以后它就愈来愈厉害。本章中以上部分所讲的实际上就是马克思、恩格斯所讲的典型环境和典型人物性格问题,读者最好参照着看,想一想马克思、恩格斯对黑格尔继承了什么,批判了什么。
③ 想象(Phantasie),实即"形象思维"。

艺术本领就是想象。但是我们同时要注意,不要把想象和纯然被动的幻想混为一事。想象是创造性的。

a) 属于这种创造活动的首先是掌握现实及其形象的资禀和敏感,这种资禀和敏感通过常在注意的听觉和视觉,把现实世界的丰富多彩的图形印入心灵里。此外,这种创造活动还要靠牢固的记忆力,能把这种多样图形的花花世界记住。从这方面看,艺术家就不能凭借自己制造的幻想,而是要从肤浅的"理想"转入现实。在艺术和诗里,从"理想"开始总是很靠不住的,因为艺术家创作所依靠的是生活的富裕,而不是抽象的普泛观念的富裕。在艺术里不像在哲学里,创造的材料不是思想而是现实的外在形象。所以艺术家必须置身于这种材料里,跟它建立亲切的关系;他应该看得多,听得多,而且记得多。一般地说,卓越的人物总是有超乎寻常的广博的记忆。因为对于人能引起兴趣的东西,人才把它记住,而一个深广的心灵总是把兴趣的领域推广到无数事物上去。例如歌德就是这样开始的,而在他的一生中,他的观照范围天天在逐渐推广。这种明确掌握现实世界中现实形象的资禀和兴趣,再加上牢牢记住所观察的事物,这就是创造活动的首要条件。有了这种对外在世界形状的精确的知识,还要加上熟悉人的内心生活,各种心理状况中的情欲以及人心中的各种意图;在这双重的知识之外还要加上一种知识,那就是熟悉心灵内在生活通过什么方式才可以表现于实在界,才可以通过实在界的外在形状而显现出来。

b) 其次,想象还不能停留在对外在现实与内在现实的单纯的吸收,因为理想的艺术作品不仅要求内在心灵显现于外在形象的现实界,而且还要求达到外在显现的是现实事物的自在自为的真实性和理性。艺术家所选择的某对象的这种理性必须不仅是艺术家自己所意识到的和受到感动的,他对其中本质的真实的东西还必须按照其全部广度与深度加以彻底体会。因为没有深思熟虑,人就不能把在他身心以内的东西搬到意识领域来,所以每一部伟大的艺术作品都使人感到其中材料是经过作者从各方面长久深刻衡量过的,熟思过的。轻浮的想象决不能产生有价值的作品。但是我们不能因此就说,艺术家应该以哲学思考的形式去掌握形成宗教、哲学和艺术基础的那一切事物中的真实的东西。哲学对于艺术家是不必要的,如果艺术家按照哲学方式去思考,就知识的形式来说,他就是干预到一种正与艺术相对立的事情。因为想象的任务只在于把上述内在的理性化为具体形象和个别现实事物去认识,而不是把它放在普泛命题和观念的形式里去认识。所以艺术家须用从外界吸收来的各种现象的图形,去把在他心里活动着和酝酿着的东西表现出来,他须知道怎样驾御这些现象的图形,使它们服务于他的目的,它们也因而能把本身真实的东西吸收进去,并且完满地表现出来。在这种使理性内容和现实形象互相渗透融会的过程中,艺术家一方面要求助于常醒的理解力,另一方面也要求助于深厚的心胸和灌注生气的情感。所以只有缺乏鉴赏力的人才会认为像荷马所写的那样的诗是诗人在睡梦中可以得到的。没有思考和分辨,艺术家就无法驾御他所要表现的内容(意蕴)。认为真正的艺术家不知道自己在做什么,这是一个错误的想法。此外,凝神专注对于艺术家也是必要的。

c) 通过渗透到作品全体而且灌注生气于作品全体的情感,艺术家才能使他的材料及其形状的构成体现他的自我,体现他作为主体的内在的特性。因为有了可以观照的图形,每个内容(意蕴)就能得到外化或外射,成为外在事物;只有情感才能使这种图形与内在自我处于主体的统一。就这方面来说,艺术家不仅要在世界里看得很多,熟悉外在的和内在的现象,而且还要把众多的重大的东西摆在胸中玩味,深刻地被它们掌握和感动;他必须发出过很多的行动,得到过很多的经历,有丰富的生活,然后才有能力用具体形象把生活中真正深刻的东西表现出来。因此,天才尽管在青年时代就已露头角,但是只有到了中年和老年,才能达到艺术作品的真正的成熟,例如歌德和席勒就是如此。

作风,风格和独创性

但是尽管我们应该要求艺术家有上述意义的客观性,表现出来的东西却还是他的灵感的作品。因为作为主体,艺术家须使自己与对象完全融合在一起,根据他的心情和想象的内在的生命去造成艺术的体现。艺术家的主体性与表现的真正的客观性这两方面的统一就是我们所要略加研究的第三个要点,以前我们分裂为天才与客观性两方面来看的东西在这里就可以统一起来。我们可以把这种统一称为真正独创性的概念。

但是在研究这个概念所含的因素之前,我们先要考虑到两个项目,即主观的作风和风格①;消除这两个项目的片面性,才能达到真正的独创性。

a) 主观的作风

单纯的作风必须和独创性分别开来。因为作风只是艺术家的个别的因而也是偶然的特点,这些特点并不是主题本身及其理想的表现所要求的,而是在创作过程中流露出来的。

a) 作这种意义了解的作风也不同于艺术的一些普遍的类性,即按其本质须有不同表现方式的那些艺术类性,例如风景画处理对象的方式不同于历史画家的方式,叙事诗人处理对象的方式也不同于抒情诗人或戏剧家的方式;至于作风则是特属于某一艺术家的构思和完成作品时所现出的偶然的特点,它走到极端,可以与真正的理想概念直接相矛盾。就这个意义来说,艺术家有了作风,

---

① 作风(Manier)是个别作家们特有的;风格(Stil)是某一种艺术所特具的表现方式,例如绘画和雕刻因所用媒介不同,在风格上也就不同。

就是拣取了一种最坏的东西,因为有了作风,他就只是在听任他个人的单纯的狭隘的主体性的摆布。但是艺术家无论在内容方面还是在表现方面都要消除偶然现象,所以它要求艺术家也要消除他的主体方面的一些偶然的个别的特点。

b) 其次,因为上述的缘故,作风并不是和真正的艺术表现直接相对立,它只是在外在方面起作用。最容易见出作风的艺术是绘画和音乐,因为这两种艺术在掌握题材方面和完成作品方面都须借助于极广泛的外在因素。某一种特殊的表现方式由某一个别艺术家创造,由他的摹仿者和门徒的仿效,反复沿袭,成为习惯,这就形成了作风。这种作风可以朝下列两个方向发展。

b1) 第一个方向是掌握题材。例如在绘画里,气氛、枝叶、光影的分配以及整个色调都可以有无穷的变化。所以特别在着色和配光的方式上,画家之中有极大的差别和极特别的掌握方式。在绘画里我们可以看到一种色调,是我们一般在自然界里没有注意到的,并非自然界没有这种色调,而是我们视而不见。但是这种色调碰巧落到某个艺术家眼里,他把它掌握住了,于是他就养成习惯,看一切事物和表现一切事物,都把它摆在这种色调里。不但对着色如此,处理对象本身以及它们的组合、姿态动作等也还是如此。特别是在荷兰画家的作品里我们常看到这种作风,例如梵·德·尼尔的《夜景》[①] 对于月光的处理,或是梵·德·高阴[②] 在许多作品里对于沙丘的处理,其他画家在许多作品里常用丝绸的返光,也还是属于这一类。

b2) 其次,作风可以表现于艺术实践方面,例如画笔的运用以及涂色和配色的技巧之类。

b3) 这种掌握题材和表现题材的特殊方式经过反复沿袭,变成

---

① 梵·德·尼尔(Van der Neer, 1603—1677),荷兰风景画家。
② 梵·德·高阴(Van der Coyen, 1596—1666),荷兰画家,以画海洋风景著名。

普泛化了,成为艺术家的第二天性了,就有这样一个危险:作风愈特殊,它就愈易退化为一种没有灵魂的因而是枯燥的重复和矫揉造作,再见不出艺术家的心情和灵感了。到了这种地步,艺术就要沦为一种手艺和手工业式熟练,于是原来本身没有多大坏处的作风就变成枯燥无生命了。

c) 因此,比较正确的作风就得避免这种狭隘的特殊性,力求开阔,以免同样的特殊处理方式僵化成为呆板的习惯;艺术家要用比较一般的方式抓住题材的性质,学会掌握符合概念的比较一般的处理方式。就这个意义来说,我们可以说歌德也有一种作风,他不仅在社交诗里而且在开始比较严肃的诗里会用灵巧的转折,转到一种比较轻松愉快的情调来作结束,以便把处理方式或情境的严肃性冲淡。贺拉斯在他的书信体诗篇里也是用这种作风。这种转折是一般谈话和社交活动中所常用的,为着避免对所谈的问题引起更进一步的争论,就中途停住,很灵活地把严肃的话锋逐渐转到轻松愉快的话锋上去。这种掌握方式也还是作风,属于艺术处理的主体特点,但这也是比较一般性的主体特点,须运用得恰如其分,使它对于心中所悬想的表现方式显得是必要的。从这个阶段的作风我们就可以转到风格的研究了。

b) 风　格

法国人有一句名言:"风格就是人本身"。风格在这里一般指的是个别艺术家在表现方式和笔调曲折等方面完全见出他的人格的一些特点。吕莫尔(《意大利研究》卷一,页87)却提出另一个看法,他想把"风格"这个名词解释成为"一种逐渐形成习惯的对于题材的内在要求的适应,用这种适应,雕刻家雕成他的雕刻形象,画家画成他的绘画"。关于这一点,他对于某种艺术,例如雕刻所用的感性材料① 允许或不允许用某种表现方式,作了一些极重要的论断。但是我们无须把风格这个名词只限于感性材料这一方面,还可以把它推广,用它来指艺术表现的一些定性和规律,即对象所借以表现的那门艺术特性所产生的定性和规律。根据这个意义,人们在音乐中区分教堂音乐风格和歌剧音乐风格,在绘画中区分历史画风格和风俗画风格。依这样看,风格就是服从所用材料的各种条件的一种表现方式,而且它还要适应一定艺术种类的要求和从主题概念生出的规律。如果在这个广义的风格上有缺陷,那就是由于没有能力掌握这种本身必要的表现方式,或是由于主观任意,不肯符合规律,只听任个人的癖好,用一种坏的作风来代替了真正的风格。因此,像吕莫尔所已经指出的,我们不能把某一门艺术的风格规律应用到另一门艺术上去,像孟斯② 在他的阿尔巴尼别墅艺术馆里所做的那样,他"所画的阿波罗是按照雕刻的原则来构思和完成的"。同样的缺点在杜勒③ 的许多图画里也可以看到,他在画里特别是在衣褶方面采用了他所擅长的镌刻画的风格。

c) 独创性

最后,艺术家的独创性不仅见于他服从风格的规律,而且还要见于他在主体方面得到了灵感,因而不只是听命于个人的特殊的作风,而是能掌握住一种本身有理性的题材,受艺术家主体性的指导,把这题材表现出来,既符合所选艺术种类的本质和概念,又符合艺术理想的普遍概念。

a) 因此,独创性是和真正的客观性统一的,它把艺术表现里的主体和对象两方面融合在一起,使得这两方面不再互相外在和对

---

① "感性材料"即艺术家所用的"媒介",这里所说的就是媒介决定风格。
② 孟斯(Mengs,1728—1779),德国名画家。
③ 杜勒(Dürer,1471—1528),德国名画家。

立。从一方面看,这种独创性揭示出艺术家的最亲切的内心生活;从另一方面看,它所给的却又只是对象的性质,因而独创性的特征显得只是对象本身的特征,我们可以说独创性是从对象的特征来的,而对象的特征又是从创造者的主体性来的。

b) 因此,独创性应该特别和偶然幻想的任意性分别开来。人们通常认为独创性只产生稀奇古怪的东西,只是某一艺术家所特有而没有任何人能了解的东西。如果是这样,独创性就只是一种很坏的个别特性。如果这样了解独创性,世间就没有人比英国人更富于独创性了,他们每个人都以某一种愚蠢行为自豪,这种愚蠢行为不是任何一个有理性的人所能仿效的,因此他就自以为这种愚蠢行为有独创性。

特别在近代才驰名的诙谐和幽默的独创性也与上面这种看法有关。在诙谐和幽默里,艺术家从他自己的主体性出发,走来走去,总是脱离不掉这种主体性,把所表现的真正对象只看成一种外缘,让诙谐、笑话、幻想、突如其来的俏皮话之类有尽量发挥作用的余地。在这种情形之下,对象或客观事物与这种主体性就互相脱节,艺术家对材料的处理是完全任意的,使得艺术家的个别特性可以成为作品中主要的东西。这种幽默也可以见出机智和深刻的情感,通常有极大的诱惑力,但是实际上不像一般人所想象的那样难能可贵。因为这种作风经常打断主题发展的合理进程,任意开头,任意进展,任意结局,把许多五花八门的诙谐和情感杂凑在一起,因而产生一种幻想的滑稽画;比起发展和完成一种显示真正理想的本身有价值的完整作品,这种作法要容易得多。现时流行的幽默往往喜欢展出粗俗才能的令人嫌恶的方面,从真正的幽默降落到呆板虚伪的胡说八道。真正的幽默从来是稀罕的,但是现在哪怕是最无聊的琐屑不足道的东西,只要外表上像是幽默,人们就把它看作是聪明的,深刻的。莎士比亚的幽默是丰富而深刻的,但是就连他也偶尔不免流于呆板。姜·保罗①的幽默有时固然见出隽永的诙谐和优美的情感,令人惊赞,但是也有时与此相反,把本来不相干的事物很离奇地拼凑在一起,而它们由幽默拼凑成的关系又是很难捉摸的。即使作者是一个最大的幽默家,这种拼凑不是可以从记忆中取材的,所以姜·保罗的这种拼凑往往使人感到它不是得力于天才,而是外表的机械的粘合。因此,为着时常有新材料,姜·保罗常翻阅性质最不同的书籍,例如植物学、法学、游记、哲学等等,碰到可注意的东西马上就记下来,并且写下临时的感想,到了创作的时候,就用外在的或机械的方式把极不相干的东西凑在一起——例如把巴西植物和德国高等法院凑在一起。人们特别把这种作风捧成独创性或幽默,实际上这种幽默是不分皂白的。但是真正的独创性须绝对排除这种主观任意性。

趁这个机会,我们还可以再研究一下滑稽。滑稽是对于任何内容都不持严肃态度,只是为开玩笑而开玩笑,人们以为这种滑稽就是最高的独创性。但是这种滑稽在艺术表现里把一大堆外在的东西凑在一起,而这些东西的内在意义却由诗人秘而不宣。人们以为这里的妙处就在使想象有伸展的余地,正是在这种外在方面的机械的拼凑中可以见出诗的精髓,一切最深刻最卓越的东西都被隐藏起来,因为它们深刻到无法表达出来。例如在弗列德里希·封·许莱格尔在自以为是诗人的年代里所写的一些诗里,这种未经说出的东西就被认为是诗中最好的东西,而其实这种所谓"诗的精髓"只是最呆板的散文。

c) 真正的艺术作品必须免除这种怪诞的独创性,要表现出真正的独创性,它就得显现为整一的心灵所创造的整一的亲切的作品,不是从外面掇拾拼凑的,而是全体处于紧密的关系,从一个熔炉,采取一个调子,通过它本身产生出来的,其中各部分是统一的,

---

① 姜·保罗(Jean Paul,1763—1825),德国浪漫派作家,Richter 的笔名。

正如主题本身是统一的。如果作品中情景和动作的推动力不是由自身生发的,而只是从外面拼凑的,它们的协调一致就没有内在的必然性,它们就显得是偶然的,由一种第三因素,即外在于它们的主体性,把它们联系在一起的。人们常惊赞歌德的《葛兹·封·伯利兴根》,特别是因为它有很大的独创性。我们在上文已经说过,歌德在这部作品里确实拿出了很大的勇气,把当时美学理论所规定为艺术规则的东西一脚踢开了。但是这部作品的写作毕竟没有见出真正的独创性。因为我们在歌德的这部早年作品里可以看出材料的贫乏,许多片段乃至于整幕情节不是从主题本身发展出来的,而是杂采当时一些时事,把它们从外面机械地凑合在一起。例如葛兹和修道士马丁(暗指马丁·路得)会谈那一幕所含的观念都是由歌德从当时流行的观念中采取来的。当时德国人又开始对僧侣的命运表示怜悯,僧侣们不能吃酒、睡大觉去消化他们的食品,因此不免引起一些邪念,而他们一般却要持守难以容忍的三诫:即贫穷、贞洁和忠顺。修道士马丁却不然,他很羡慕葛兹所过的骑士生活,羡慕葛兹背着从敌人掠夺来的胜利品回来的情形。葛兹追述经过说:"趁他还来不及开火,我就跳下马,连人带马一起跑回来了。"他回到他的堡寨,碰见他的妻子,一面举杯向她祝寿,一面揩眼睛。但是路得从前所想的却不是这些尘世的事情,他本来是一个虔诚的僧侣,刻苦钻研过圣奥古斯丁著作里的一些深刻的宗教观念和信条。接着来的一幕也有类似的情形,歌德谈到当时特别是由巴斯朵夫①所提倡的教育观点。他谈到当时的儿童学的是许多没有了解的东西,正确教育方法则应根据对现实生活的直观的经验。例如卡尔,像歌德少年时代德国流行的办法一样,向他的父亲这样背诵:"雅哈特庄园是雅哈特河边的一个村落和堡寨,二

---

① 巴斯朵夫(Basedow,1729—1790),德国哲学家和教育家,他想采用卢梭的学说来改良教育。

百年以来都归伯利兴根族的主子们管业。"葛兹问卡尔："你认识伯利兴根族的主子吗？"卡尔却瞪着大眼望着他，尽管他背书背得很响亮，却认不得自己的父亲。葛兹又说他自己在学会一些河流、村庄和山的名称以前，他早就把当地所有的关津路口都摸熟了。像这一类的东西都是与主题本身无关的赘瘤。还有一些地方，例如在葛兹和韦伊斯林的对话里，本来是可以按照主题深入发展的，而歌德却发表了一些关于时事的枯燥的散文气息的感想。

在歌德的另一部作品《亲和力》①里，我们也看到同样的题外杂拌，例如花园的修建，生动的图画，钟摆的摇摆，金属物的感觉，头疼症以及全部从化学借用来的关于化学亲和力的描写，都属于这一类。如果一部传奇中的故事发生在一种散文气息的时代里，在这里面写这类事物当然是可以允许的，特别是碰到歌德的那样灵巧而愉快的笔调来利用它们，而且一件艺术作品也不能完全不涉及当时的文化；但是反映当时文化是一回事，拼凑与真正主题无关的材料却是另一回事。只有在受到本身真实的内容（意蕴）的理性灌注生气时，才能见出作品的真正独创性，也才能见出艺术家的真正独创性。只有在艺术家完全掌握了这种客观的理性，不把它和从内来或从外来的不相干的个别情节混杂在一起时，他才能在所表现的对象里同时也表现出他自己的最真实的主体性，这最真实的主体性就是过渡到独立自足的艺术作品的桥梁。因为在一切真实的创作、思想和行为里，真正的自由会让有实体性的东西本身成为一种统治的力量，而这种力量却同时又是主体思想意志本身的最见本质的力量，所以在这双方②的完满协调里没有丝毫的冲突还留存下来。由此看来，艺术的独创性固然要消除一切偶然的个别现象，但是所以要消除它们，只是为着要使艺术家可以完全听

---

① 歌德的处理婚姻问题的小说。
② "这双方"俄译本作："主观的自由与有实体性的东西。"

命于他的专从主题得到灵感的天才,使他能在按照真实性来充分发展主题之中,也表现出他的真实的自我,而不是只表现出个人的好恶和主观任意性。不要有什么作风,这才是从古以来唯一的伟大的作风,只有在这个意义上,荷马、索福克勒斯、拉斐尔和莎士比亚才能说是有独创性的。①

第三卷(下) 第三章 诗

诗的掌握方式② 和散文的掌握方式

a) 两种掌握方式的内容

首先关于适合于诗的构思的内容,我们可以马上把纯然外在

---

① 第一卷最后论艺术家这一大段所讨论的是"艺术家从哪里得到他在创造作品时所表现的那种构思和表达的才能以及他怎样创造艺术作品"。黑格尔承认"这一方面并不属于哲学研究的范围,但是这问题所涉及的想象,天才和灵感"以及"作风,风格和独创性"之类项目,正是当时德国资产阶级文艺理论家们争论不休的问题,黑格尔也就从他的美学体系出发,提出他的一些看法,他认为"天才"是生来就有的资禀,在艺术里它是"艺术创造的一般的本领",其中最重要的是既有别于幻想又有别于哲学思维的想象,因为艺术的任务是把精神内容表现于具体形象,这要靠"生活的富裕",要"看得多,听得多,而且记得多",既要有"常醒的理解力",又要有"深厚的心胸和灌注生气的情感",要"熟悉人的内心生活",再加上创作的熟练技巧。所谓"灵感"不是什么别的,就是"想象的活动和完成作品中技巧的运用",也就是"完全沉浸在主题里,不到把它表现为完满的艺术形象就决不肯罢休的那种情况"。所以"天才"和"灵感"这类名词在黑格尔用来已摆脱了原有的神秘气息和迷信色彩。但是他毕竟是个资产阶级哲学家,看不出构成艺术家条件的除了需要生活和技巧之外,还要有正确的世界观的指导作用。

② 掌握方式译原文 Auffassungweise, Auffassen 的原义为"掌握",引申为认识事物,构思和表达一系列心理活动,法译作"构思",俄译作"认识",英译作"写作",都嫌片面,实际上指的是"思维方式"。下文提到"观念方式",是把它和"掌握方式"看成同义词。

的自然界事物排除在外,至少是在相对的程度上排除。诗所特有的对象或题材不是太阳,森林,山水风景或是人的外表形状如血液,脉络,筋肉之类,而是精神方面的旨趣。诗纵然也诉诸感性观照,也进行生动鲜明的描绘,但是就连在这方面,诗也还是一种精神活动,它只为提供内心观照而工作。对这种内心观照,精神性的事物比起具体显现于感官的外在事物毕竟是较亲切较适合的。所以在全部事物之中,只有那些可以向精神活动提供动力或材料的才可以出现在诗里。例如作为人的环境或外在世界的那些外在事物本身并没有什么意义,只有在和人的意识中精神因素发生联系时,它们才有重要的意义,才成为诗所特有的对象,适合于诗的对象是精神的无限领域。它所用的语文这种弹性最大的材料(媒介)也是直接属于精神的,是最有能力掌握精神的旨趣和活动,并且显现出它们在内心中那种生动鲜明模样的。语文这种材料就应用来完成它所最胜任的表现,正如其它各门艺术各按自己的特性去运用石头,颜色或声音一样。从这个观点来看,诗的首要任务就在于使人认识到精神生活中各种力量,这就是凡是在人类情绪和情感中回旋动荡的或是平静地掠过眼前的那些东西,例如人类思想,事迹,情节和命运的广大领域,尘世中纷纭扰攘的事务以及神在世界中的统治。所以诗过去是,现在仍是,人类的最普遍最博大的教师,因为教与学都是对凡是存在的事物的认识和阅历。星辰,动物和植物都不能认识和阅历它们本身的规律,但是人只有在认识他自己和他周围的事物时,才是符合他本身的存在规律而存在着。人必须认识到推动他和统治他的那些力量,而向他提供这种认识的就是形式符合实体内容的诗。①

---

① 这一节说明诗所掌握的内容主要是精神性的而不是单纯感性的,其作用是教育人认识他本身和周围世界的客观规律,使人可以自觉地生活着。

b) 两种掌握方式的区别

但是散文的意识也可以掌握上文所说的内容,也能教人认识到普遍规律,也会就五光十色的现象世界的分散的个别现象来进行区分,整理和解释。这就引起了一个问题:内容既可能类似,散文和诗在观念方式上究竟有什么基本区别呢?

1. 比起艺术发展成熟的散文语言来,诗是较为古老的。诗是原始的对真实事物的观念,是一种还没有把一般和体现一般的个别具体事物割裂开来的认识,它并不是把规律和现象,目的和手段都互相对立起来,然后又通过理智把它联系起来,而是就在另一方面(现象)之中并且通过另一方面来掌握这一方面(规律)。因此,诗并不是把已被人就其普遍性认识到的那种内容意蕴,用形象化的方式表现出来;而是按照诗本身的概念,停留在内容与形式的未经割裂和联系的实体性的统一体上。

1a) 由于运用这种观照(认识)方式,诗把它所掌握的一切都纳入一个独立自足的整体里,这种整体固然内容丰富,可以包括范围广阔的情境,人物,动作,事迹,情感和思想,但是这些广泛复杂的东西却是紧密联系在一起的,是由一个原则产生和推动的,其中每一个别事物都是这一原则的具体表现。所以在诗里凡是普遍性的理性的东西并不表现为抽象的普遍性,也不是用哲学证明和通过知解力来领会的各因素之间的联系,而是一种有生气的,现出形象的,由灵魂贯注的,对一切起约制作用的,而同时表达的方式又使得包罗一切的统一体,即真正灌注生气的灵魂,暗中由内及外地发挥作用。①

---

① 这一节强调诗应表现精神内容的普遍性和繁复具体现象之间未曾分裂的原始的统一体。这统一体是诗的灵魂,对全诗各部分起统摄作用,约制作用,以及灌注生气的作用。

1b) 在诗里这种掌握,塑造形象和表达还是纯粹认识性的。诗的目的不在事物及其实践性的存在,而在形象和语言。人一旦要从事于表达他自己,诗就开始出现了。有表达出来的话就是因为有表达的需要。人一旦从实践活动和实践需要中转到认识性的静观默想,要把自己的认识传达给旁人,他就要找到一种成形的表达方式,一种和诗同调的东西。姑且只举一个例子,希罗多特在他的《历史》里载过一首两行体的短诗,歌颂因守卫托莫庇莱关口而牺牲的将士们,诗的内容很简单,只是一句枯燥的叙述:三百个斯巴达人在这里和四千敌军进行过战斗,但是有意思的是要刻个墓碑铭,使当代人和后世人知道这一英勇事迹,所以碑铭采取了诗的表达方式,这就是说,碑铭要显得是一种"制作"(诗),让内容保持它原有的简单面貌,而表达出来的话却是着意制作出来的:这样表达观念的语文着意要使自己有别于寻常的话语,造成了一首两行体短诗,因此就具有较高的价值。①

1c) 从此可见,就连单从语言方面来看,诗也是一个独特的领域,为着要和日常语言有别,诗的表达方式就须比日常语言有较高的价值。总之,无论从语言来看,还是从一般观照方式来看,我们都必须把在寻常的艺术性散文还未发展成熟之前就已存在的原始的诗,和在散文的生活情况和语言都已完全发展成熟时发展出来的诗的掌握和语言,区别开来。前者在思想和语言两方面之成为

---

① 这里所举的例子来自公元前5世纪希腊历史家希罗多特的《历史》第七卷,所叙述的是希腊人抵御波斯人侵战争中一段英勇事迹。托莫庇莱关口是波斯人侵必经的要塞,守卫这个要塞的是三百个斯巴达人,他们至终不屈,由于寡不敌众,全部牺牲了。希腊诗人西蒙尼德斯替他们写了一首只有两行的墓碑铭是有名的,意译如下:
"过路人,请传句话给斯巴达人,
为了听他们的嘱咐,我们躺在这里。"
以上一节说明人从实践活动转到静观默想,有意要用一种艺术性的语言把自己的认识传达给旁人,于是就开始有诗,所以说诗的活动是认识性的。

诗是无意的或自发的,后者为着要跨进自由的艺术领域,有意地要脱离前一个领域,所以有意地或自觉地要和散文对立起来。①

2. 其次,诗所要脱离的那种散文意识要有一种和诗不同的思想和语言。

2a) 这就是说,从一方面看,散文意识看待现实界的广阔材料,是按照原因与结果,目的与手段以及有限思维所用的其它范畴之间的通过知解力去了解的关系,总之,按照外在有限世界的关系去看待。因此,每一个特殊事物时而被错误地看成独立的,时而又被简单地联系到其它事物上去,因而也就只按照它的相对性和依存性来认识的,不能达到一种自由的统一。这种自由的统一在它的一切派生和具体化(分化)中始终还是一个完整的自由的整体,其中各个方面(因素)都只是这一个内容所特有的开展和显现,这一个内容就是中心和起融合(联系)作用的灵魂,实际上起灌注生气于整体的作用。所以上述通过知解力的思维方式只能得出一些关于现象的特殊规律,既要使特殊事物与普遍规律之间的割裂和简单的联系僵化起来(成为死板的),又要使这些规律本身互相分裂成为一些固定的特殊现象,它们的关系也只能以外在有限事物的形式被人认识。②

2b) 从另一方面看,日常的(散文的)意识完全不能深入事物的内在联系和本质以及它们的理由,原因,目的等等,它只满足于把一切存在和发生的事物当作纯然零星孤立的现象,也就是按照事物的毫无意义的偶然状态去认识事物。诗的观照把事物的内在理

---

① 这一节说明诗的特征之一是自觉性,诗愈向前发展,自觉性就愈高。黑格尔把"自觉","自为"和"自由"都看成同义的。"自由的艺术"就是自觉的艺术。

② 这一节说明散文意识的思维方式是单凭知解力的,看不到活的统一体,只能得出一部分特殊事物的特殊规律,实际上是割裂规律与现象的统一,而且把这种割裂固定下来。这种思维方式把事物看成片面孤立的和静止的,实际上就是形而上学的方式,注意:黑格尔把"知解力"看成比"理智"或"理性"低一级。

性和它的实际外在显现结合成的活的统一体在散文意识里固然也并非由于知解力加以割裂而完全被消灭,但是散文意识所缺乏的正是上文所说的对事物的内在理性和意义的洞察,因而这种内在理性和意义对于意识就成为空洞的,不能满足理性方面的兴趣。这样,对世界及其各种关系融贯一致的理解就被对一些并列杂陈无关轻重的事物的浮面认识所代替。这些事物固然也可以显出外表方面的丰富生动,却终不能满足更深刻的需要。因为正确的观照和纯洁的心智只有在从现象中确实可以看到和感到现象所体现的本质与真理时,才获得满足。外在的有生命的事物如果不能显现出独特的意义丰富的灵魂,对于较深刻的心灵来说,就还是死的。①

2c) 第三,玄学的思维② 可以克服凭知解力的思维和日常散文意识的观照方式的上述缺陷,就这一点来说,它与诗的想象有血缘关系。因为理性认识既不单看偶然的个别特殊现象而忽视现象的本质,也不满足于上文所说的凭知解力的观念和感想所犯的割裂和简单联系的毛病,而是要把有限的观察(凭知解力的思维)所视为彼此分散孤立的或是没有形成统一体而简单联系在一起的事物结合成为自由的整体。但是玄学的思维只以产生思想为它的结果,它把实在事物的形式变成纯概念的形式。纵使它也能按照现实事物的基本特殊性和客观存在去认识事物,也毕竟要把这些特殊性相提升为一般的观念性的因素,它只有靠这种一般的观念性的因素才能自由活动。因此,玄学的思维就造成一个和现象世界对立的新的世界。这个新的世界固然也显出现实世界的真理,但

---

① 这一节说明散文意识不如诗的意识,不能见出事物的内在联系和本质,达不到内在理性和外在现象的统一,因此不能满足理性的要求。
② "玄学的思维"即辩证的思维,黑格尔把自己的辩证逻辑称为"玄学",即最高的哲学。

是这种真理在现实世界本身里却显不出自己就是它所特有的灵魂或使它成其为它的那种力量。玄学思维只是真理和现实世界在思维中的和解，诗的创造活动却是真理和现实世界在现实现象本身中的和解，尽管这种和解所采取的形式仍然只是精神性的。①

3. 从此可见，诗和散文是两个不同的意识领域。在古代，还没有一种依据宗教信仰和其它范围知识的明确世界观来形成一套有条有理的观念和知识的体系，也还没有规定人类实际活动要符合这套知识体系，诗就比较轻而易举地发挥它的作用。因为当时散文还没有作为内心世界和外在世界的一种独立的领域而与诗对立，即还没有成为诗首先要克服的一个领域。诗的任务还只限于就寻常意识进行加工，使它的意义深化，使它的形象明朗化。等到散文已把精神界全部内容都纳入它的掌握方式之中，并在其中一切之上都打下散文掌握方式的烙印的时候，诗就要接受彻底重新熔铸的任务，它就会发现散文意识不那么易听指使，而是从各方面给诗制造困难。诗就不仅要摆脱日常意识对于琐屑的偶然现象的顽强执著，要把对事物之间联系的单凭知解力的观察提高到理性，要把玄学思维仿佛在精神本身上重新具体化为诗的想象，而且为

---

① 这一节说明诗的想象与玄学的思维的类似和区别：类似在于二者都不满足于散文意识单凭知解力的思维方式把事物看成分散孤立的或只有偶然的和相对的联系，而重视事物的本质和内在联系以及由此形成的统一性；分别在于玄学思维只产生一些普遍概念，诗的想象却产生具体的艺术形象，用黑格尔的原话来说，"玄学思维只是真理和现实世界在思维中的和解，诗的创造活动却是真理和现实世界在现实现象本身中的和解"。依黑格尔的客观唯心主义的辩证法，矛盾都由对立达到和解，即达到较高阶段的统一（正→反→合），"和解"就是"统一"或"合"。从本章可以见出，黑格尔把思维方式分成三种，第一种是散文所用的日常意识的单凭知解力的思维方式，第二种是哲学所用的凭理性的玄学思维方式，第三种是用形象显现真理的诗的思维方式。他在本章概括说明诗的想象既不同于散文的单凭知解力的思维方式，又不同于单凭理性的玄学思维方式。从此可见，黑格尔虽强调形象思维，却也不排除诗也用近乎哲学的理性思维（与一般知解力的抽象思维有别），诗要在形象思维中显出理性。

着达到这些目的,还要把散文意识的寻常表现方式转化为诗的表现方式,在这种矛盾所必然引起的意匠经营之中,还必须完全保持艺术所应有的自然流露和原始状态的自由。①

c) 诗的观照向特殊方面分化

我们已经极概括地讨论了诗的内容,并且把诗的形式和散文的形式也区别开来了。最后还要提到的第三点就是诗向特殊方面的分化。在这一点上比起其它发展不那么丰富的艺术来,诗的发展就较为丰富。建筑固然是许多不同的民族都有的而且持续到许多世纪之久的,雕刻却只在古代已由希腊人和罗马人发展到它的最高峰,绘画和音乐则到近代才由信基督教的各民族发展到它们的高峰。诗却不同,它几乎在一切民族中和一切时代中都很繁荣。只要那些民族和时代有什么艺术成就的话。因为诗是包罗全部人类精神的,而人类向特殊方面的分化是很复杂的。

1. 因为诗的题材并不是科学抽象的一般,而是体现于个别具体事物的理性,所以诗始终要受民族特性的约制。诗出自民族,民族的内容和表现方式也就是诗的内容的表现方式,这就导致诗向许多特殊方面分化。东方诗,意大利诗,西班牙诗,英国诗,罗马诗,德国诗等等在精神,情感,世界观,表现方式等方面都各不相同。

诗也随时代的不同而出现与此类似的复杂的差别。例如现代德国诗是不会在中世纪乃至三十年战争时代出现的。目前使我们感到最大兴趣的一些具体问题都是和整个现代历史发展分不开的。每个时代各有它的较宽或较窄的,较高尚自由或较低劣的观

---

① 这一节说明诗在古代还没有散文和它对立,任务比较轻松;等到散文发展成为一个独立领域时,诗在克服散文意识和改变散文表现方式方面就会遇到种种困难的任务。

感方式,一般都有它的特殊的世界观,正是要由诗尽可能地运用表达人类精神的语言,最明确地最完善地表达于符合艺术的意识。

2. 在这些民族特性,时代观感和世界观之中又有某一些比另一些更适宜于诗,例如东方的意识方式比起西方的(希腊的是例外)就较适宜于诗。在东方,未经分裂的,固定的,统一的,有实体性的东西总是起着主导作用,这样一种观照方式本来就是最真纯的,尽管它还不具有理想的自由。西方却不然,特别是在近代,出发点总是由无限(绝对真理)分裂出来的无限个别特殊的东西,由于这样把事物划分成为一些孤立的点,每种有限事物在意识中就获得一种独立性,尽管如此,有限事物毕竟还是逃不脱相对性的。对于东方人来说,没有什么东西是真正独立的,一切显得是偶然的东西都要还原到太一和绝对,都要在太一和绝对中找到它们的不变的中心和完备的形式。

3. 尽管各民族之间以及许多世纪的历史发展过程的各阶段之间有这些复杂的差别,但是作为共同因素而贯串在这些差别之中的毕竟一方面有共同的人性,另一方面有艺术性,所以这民族和这一时代的诗对于其它民族和其它时代还是同样可理解,可欣赏的。在上述两方面,希腊诗特别不断地重新受到许多民族的欣赏和摹仿,因为在希腊诗里,纯粹的有关人性的东西无论在内容上还是在艺术形式上,都达到最完美的展现。[①] 再如印度诗,不管其中世界观和表现方式和我们的有多么大的隔阂,对于我们却不是完全陌生的。我们可以看出近代一个主要的优点就在吸收艺术和一般人类精神财富的敏感日益发展起来了。

---

① 希腊诗何以在不同时代和不同民族中长久"给我们以艺术享受,而且就某方面说还是一种规范和高不可及的范本"的问题,马克思在《政治经济学批判导言》里也提出过。黑格尔的答案是希腊诗的人性内容和艺术形式都达到最完美的程度,马克思的答案是希腊诗写出了"发展得完美的""历史上人类童年时代"。这问题似还值得进一步的批判和探讨。

诗既然在上述几方面经常趋向个别特殊化,我们在这里就一般来讨论诗艺,这种可以单作为一般来确定下来的一般,就不免很抽象,很枯燥。所以如果我们要谈真正具体的诗,就必须按民族和时代的特点来理解观照的精神所创造的形象,而且连诗人的主体方面的个性也不应忽视。

以上就是我对于一般诗的掌握方式所要提出的一些观点。①
············

戏剧体诗的原则

戏剧的任务一般是描述如在眼前的人物的动作和情况来供表象的意识观照,因此它就用剧中人物自己的话语来表达。但是戏剧的动作并不限于某一既定目的不经干扰就达到的简单的实现,而是要涉及情境,情欲和人物性格的冲突,因而导致动作和反动作,而这些动作和反动作又必然导致斗争和分裂的调解。因此我们眼前看到的是一些个别具体化为生动的人物性格和富于冲突情境的抽象目的,这些目的在显示自己和实现自己的过程中互相影响,互相制约,——这一切都要在瞬息间陆续地外现出来。这里还要加上人物在超意志和实现意志之中各自活动,互相冲突,但终于得到解决,归于平静的这一整套齿轮联动机器的出自内因的终极结果,它也要展现在眼前。

对这种新内容的掌握方式,像我已经说过的,戏剧应该是史诗

---

① 这第三段说明诗在发展中经常受时代特性和民族特性的约制,所以不同时代和不同民族的诗显出很复杂的差异。但是尽管有这些差异,在普遍人性和艺术性两方面毕竟有共同点,所以某一民族和某一时代的诗对于其它民族和其它时代还是可了解,可欣赏,甚至可仿效的。黑格尔在这里提出了普遍人性论。

的原则和抒情诗的原则经过调解(互相转化)的统一。①

1. 这里首先可以确定的就是戏剧体诗在什么时代才可以成为一个主要诗种而发挥作用。戏剧是一个已经开化的民族生活的产品。事实上它在本质上须假定正式史诗的原始时代以及抒情诗的独立的主体性都已过去了。戏剧之所以要把史诗和抒情诗结合成一体,正是因为它不能满足于史诗和抒情诗分裂成为两个领域。要达到这两种诗的结合,人的目的,矛盾和命运就必须已经达到自由的自觉性而且受过某种方式的文化教养,而这只有在一个民族的历史发展的中期和晚期才有可能。所以一个民族的早期的伟大功业和事迹一般都是史诗性多于戏剧性的,它们大半是对外族的征讨,例如特洛伊战争,中世纪民族大迁徙的浪潮,十字军东征之类;或是民族对外敌的防御战,例如波斯战争。只有到了较晚时期,才出现比较独立的单枪匹马的个别英雄人物,由自己独立地定出目的和实现这个目的。②

2. 其次,关于史诗原则和抒情诗原则的统一,我们可以提出以下一些看法。

史诗就已经把一个动作(情节)摆在我们眼前,但是把这动作当作一个民族精神的实体性的整体所采取的客观的具体的行动和事迹的形式,其中主体的意志和个别目的与环境的外在情况及其阻力保持着平衡。在抒情诗里却不然,是主体凭它的独立的内心

---

① 在戏剧导论的这一节中,黑格尔把他的辩证法应用到戏剧理论里。戏剧表现人物动作,而动作的发展必通过矛盾对立(冲突)。由于他的辩证法是唯心主义的,虽提出矛盾对事物发展的重要性,却又强调矛盾必然通过和解或调和来解决。对立两方面依他看各有片面性,都须否定掉,但是否定的方式不是由这一方面克服另一方面,而是两方面的片面性都要否定掉,经过和解,各有所弃,各有所存,统一起来就达到发展的较高阶段。

② 这一节说明戏剧既是史诗和抒情诗的统一,它就只能产生于一个民族历史发展的中期和晚期,其实人们对行动已有自觉性。

活动自己站出来表现自己。

2a）戏剧如果要把史诗和抒情诗这两方面因素都结合在它自己身上，它首先就要像史诗那样，把一件事，行为或动作摆在眼前供观照，但是特别重要的是要把外在因素剔除开，用自觉的活动的主体来代替外在因素，作为行动的原由和动力。事实上戏剧不能落到抒情诗只顾到内在因素而和外在因素对立起来的地位，而是要把一个内在因素及其外在的实现过程一起表现出来。因此，事件的起因就显得不是外在环境，而是内心的意志和性格，而且事件也只有从它对立体的目的和情欲的关系上才见出它的戏剧的意义。但是个别人物（主体）也不能停留在独立自足的状态，他必须处在一种具体的环境里才能本着自己的性格和目的来决定自己的意志内容，而且由于他所抱的目的是个人的，就必然和旁人的目的发生对立和斗争。因此，动作总要导致纠纷和冲突，而纠纷和冲突又要导致一种违反主体的原来意愿和意图的结局。在这种结局中人物的目的，性格和冲突的真正内在本质就揭示出来了。这种在凭自己独立发出动作的个别人物身上发生作用的实体性因素原是史诗原则中的一个方面，现在在戏剧体诗的原则里也很活跃地起作用。①

2b）所以不管个别人物在多大程度上凭他的内心因素成为戏剧的中心，戏剧却不能满足于只描绘心情处在抒情诗的那种情境，把主体写成只在以冷淡的同情对待既已完成的行动，或是寂然不动地欣赏，观照和感受，戏剧必须揭示出情境及其情调取决于个别人物性格，这个别人物抉择了某些具体目的作为他的起意志的自

---

① 这一节说明戏剧体诗和史诗的区别和联系，区别在于个别人物的主体因素在史诗里不起作用而在戏剧里则起重要的作用；联系在于史诗和戏剧都必须表现客观的实体性的因素。实体性即事物的内在本质，用普通话来说，就是行动所依据的道理或理想。

我所要付诸实践的内容。因此,在戏剧里,具体的心情总是发展成为动机或推动力,通过意志达到动作,达到内心理想的实现,这样,主体的心情就使自己成为外在的,就把自己对象化了,因此就转向史诗的现实方面,但是这种外在的显现却不只是出现在客观世界里的一个单纯的事件,其中还包含着个别人物(主体)的意图和目的。动作就是实现了的意志,而意志无论就它出自内心来看,还是就它的终极结果来看,都是自觉的。这就是说,凡是动作所产生的后果是由主体本身的自觉意志造成的,而同时又对主体性格及其情况起反作用。全体现实对自决的个别人物(主体)的内心生活的这种持续不断的关系(这种个别人物既是这种现实的基础,反过来又把现实吸收进来)正是在戏剧体诗中起作用的抒情诗的原则。①

2c)只有这样,动作才能成为戏剧的动作,才能成为内在的意图和目的的实现。主体和这些意图和目的所面对的现实融成一片,使它成为他自己的一部分,要在其中实现自己,欣赏自己,而且以整个人格对凡是由自我转化于客观世界的一切负完全责任。戏剧中的人物摘取他自己行动的果实。

但是戏剧的旨趣既然只限于内在目的,而这内在目的的主体也就是发出动作的个别人物,那么,就只有与这种自觉决定的目的有本质关系的外在材料才能用在戏剧的艺术作品里,所以戏剧首先比史诗较抽象(有选择)。这可以从两方面来看。第一,动作既然是由人物自己决定的,即从他的内心源泉流出的,它就无须有史诗所要有的那种要向四面八方伸展的广阔的完整的世界观作为先决条件,它的动作却集中在主体定下目的和实现这目的时所处的

---

① 这一节说明戏剧与抒情诗的区别和联系:区别在于抒情诗只流露主体的内心生活而戏剧则须使主体内心生活发展成为意志和行动,行动又必有结果;联系在于戏剧所写的全部现实毕竟与主体内心生活有着持续不断的关系。最后一句括弧中的插句原文很晦涩,英法俄三种译法又各不相同,这里从俄译。用简单话来说,插句的意思只是"剧中人物和客观世界互相影响"。

比较确定的简单环境里。其次,戏剧中的个别人物的性格也不像史诗中的那样把全部民族特性的复合体都展现到我们眼前,而是只展现与实现具体目的的动作有关的那一部分主体性格,这个目的即剧中的主旨要超出个别人物所特有的广度,个别人物显得只是这个目的的活的器官和灌注生气的承担者。如果个别人物性格要向许多方面广泛地展现出来,而这些方面与动作这个集中点毫无关系或是只有很疏近的关系,那就会成为赘疣。所以就发出动作的个别人物性格来看,戏剧体诗也比史诗较单纯,较集中。这种差别在人物的数目多少和彼此之间的差异上也可以见出。像上文已说过的。戏剧的发展并不以一个民族的全部现实情况为基础,所以无须揭示这种情况中多方面的差异如社会地位,性别,年龄和职业等等,但是必须使观众的眼光集中到某一个具体目的及其实现上,与此不相干的客观方面的节外生枝,不但惹人厌烦,而且有害。①

其次,一个动作的目的和内容只有在下述情况下才能成为戏剧性的:由于这种目的是具体的,带有特殊性的,而且个别人物还要在特殊具体情况中才能定下这个目的,所以这个目的就必在其他个别人物中引起一些和它对立的目的。每一个动作后面都有一种情致在推动它,这种推动的力量可以是精神的,伦理的和宗教的,例如正义,对祖国,父母,兄弟姊妹的爱之类。这些人类情感和活动的本质意蕴如果要成为戏剧性的,它(本质意蕴)就必须分化成为一些不同的对立的目的,这样,某一个别人物的动作就会从其他发出动作的个别人物方面受到阻力,因而就要碰到纠纷和矛盾,矛盾的各方面就要互相斗争,各求实现自己的目的。真正的内容,

---

① 这一节说明就人物性格来看,戏剧比史诗较抽象,较集中。史诗人物须代表一个民族各个方面的性格特征,而且他们的行动要涉及广泛的世界情况。戏剧则从个别人物的目的与动作及其结果着眼,与此无直接关系的一概抛开。

真正普遍发生作用的动力所以是一些永恒的,自在自为的(绝对的)伦理的力量,是生动的实在界中的一些神,总之,它就是神性和真理,——但不只是静止的,像雕刻出来的那样寂然不动,泰然自得地停留在福慧中的神,而是在社会中作为人类个性的内容和目的,作为具体存在物而号召行动的处在运动中的神。

不过神性的东西如果形成动作的客观外在情况中最内在的客观真实(像上文所说的),我们就要提到第三点:决定上述纠纷和冲突的过程及其终局的就不是那些互相冲突的个别人物,而是自成整体的神性本身;所以不管哪一种戏剧都要显示出一种必然性在起活跃的作用,单凭它本身就足以解决每一种斗争和矛盾。①

3. 所以对创作主体(即诗人)所提出的首要的要求就是:他必须彻底洞察到人的目的,斗争及其终局是以内在的普遍的力量为根据的。他应该意识到在哪些矛盾和纠纷里,按照事物的本质,会有某种动作出现。这可以从两个方面来看,一是剧中人物主体方面的情欲和个性,二是一般人的计谋和决定的内容与外界具体情况和环境。同时他还应认识到究竟是哪些统治的力量对人所完成的事分配理所应得的一份。在人胸中动荡的推动人动作的那些情欲究竟是正确的还是错误的,这对戏剧体诗人应该是一目了然的。这样,普通眼光所视为由黑暗,偶然和混乱统治着的东西对于诗人却显示出绝对理性在实在界的自我实现。所以戏剧体诗人不应对人类心灵深处只有模糊的认识,而在思想方式和世界观方面也不应片面固执任何排它性的心情和狭隘的偏私态度。他应该有最开朗最广阔的胸襟。事实上在神话史诗里,性质有区别的,而因为经

---

① 这一节是黑格尔戏剧理论的中心:戏剧必须有冲突(矛盾)才能发展。冲突的根源在于普遍永恒的理想(即所谓"实体性的东西","神性的东西")分化成为由不同的个别人物所抱的具体特殊目的,导致不同的具体特殊动作,因此导致矛盾对立和冲突,结果对立各方的片面性都以调和的方式被否定掉,因而显出永恒正义的胜利。

过多方面的实际的个别具体化，在意义上就变得模糊不清的那些精神力量，在戏剧里却按照它们的单纯的实体性的内容，作为个别人物的情致而互相对立地出现着，而戏剧的任务就是解决或消除这些在不同的个别人物身上各自独立化的那些精神力量的片面性。这些片面的精神力量在悲剧里以敌对的方式彼此对立，在喜剧里则直接由它们自己互相抵消来取得解决。①

…………

悲剧，喜剧和正剧的原则

各种史诗的基本分类的基础只在一个区别上：即史诗所描述的那种本身具有实体的内容是就它的普遍性表现出来的，还是用人物性格，行动和事迹的客观形式报告出来的。抒情诗却根据内容与由内心生活表现出来的主体性格之间的结合是紧密的还是松散的程度来划分为一系列的不同的表现方式。至于戏剧体诗则以目的和人物性格的冲突以及这种斗争的必然解决为中心，所以它的分类基础只能是个别人物及其目的与内容主旨这两方面之间的关系。这就是说，这种关系的具体情况对于戏剧的冲突及其解决的特殊方式也起着决定性作用，因此提供了全部剧情进程在生动的艺术表现中所具有的基本类型。这里所要研究的就是找出通过和解而形成每个真正的动作内容中的本质性的因素。这有两方面，一方面是在实质上合乎道德的伟大的理想，即在人世中实际存在的那种神性的基础，亦即个别人物性格及其目的中所包含的绝对永恒的内容意蕴；另一方面是完全自由自决的主体性格。绝对真理在戏剧中当然也要显示出来，不管戏剧用什么样形式把动作

---

① 这一节要求戏剧作者彻底认识到剧中人物在定下目的，采取行动以至达到结局的过程都依据普遍的精神力量，以及不同人物各依普遍精神力量的某一片面所导致的矛盾冲突，戏剧的结局要消除坚持某一对立面的片面性。

情节(这是一切戏剧所特有的因素)表现出来;但是把真理的作用显示出来的具体剧种却有不同的甚至对立的形状,要看在个别人物,动作和冲突中起决定作用的是实体性的因素还是主观任意性,愚蠢和乖僻。①

现在我们来研究下列几个剧种的原则。

第一,关于悲剧,根据它的具有实体性的原始类型来研究;

第二,关于喜剧,其中表现于意志和行动的单纯主体性以及外界的偶然性成为决定一切关系和目的的主宰;

第三,关于正剧,这是严格意义上的"近代剧",② 处在悲剧和喜剧之间的阶段。

1. 关于悲剧,我在这里只约略地提到它的最普遍的基本定性,至于这些定性的较具体的分化只有从历史发展阶段中所现出的差异才见得出来。

1a) 形成悲剧动作情节的真正内容意蕴,即决定悲剧人物去追求什么目的的出发点,是在人类意志领域中具有实体性的本身就有理由的一系列的力量:首先是夫妻,父母,儿女,兄弟姊妹之间的亲属爱;其次是国家政治生活,公民的爱国心以及统治者的意志;第三是宗教生活,不过这里指的不是不肯行动的虔诚,也不是人类胸中仿佛根据神旨的判别善恶的意识,而是对现实生活的利益和关系的积极参预和推进。真正的悲剧人物性格就要有这种优良品质。③ 他们完全是按照原则所应该做到而且能做到的那样人物。他们不是像在史诗里那样只是许多分散因素并列在一起的整体,而是每个人物尽管本身是活的具有个性的,却只代表这种人物性格的某一种力量,凭这种力量,他按照他的个性把自己和真纯的生

---

① 前者指悲剧,后者指喜剧。
② 原文为 Schauspiel,一般就指戏剧,这里指有别于古代悲剧和喜剧的近代正剧。
③ 原文是 Tüchtigkeit,法译作"这种积极性,这种活力"。

活内容的某一特殊方面紧密结合成为一体,而且负责维护它。在这样高度上,直接的(原始自然的)个性中纯粹的偶然性都已消失,戏剧艺术中的英雄才仿佛提高到雕刻作品的地位,无论是把他们作为实体性生活领域的活的代表来看,还是把他们作为凭自由信任自己而显得伟大和坚定的人物来看。所以本身抽象的雕刻中的人像和神像,比起任何其它方式的阐明和解释,都更好地说明希腊悲剧的人物性格。

所以大体上可以说,原始悲剧的真正题旨是神性的东西,这里指的不是单纯宗教意识中那种神性的东西,而是在尘世间个别人物行动上体现出来的那种神性的东西,不过在这种实际体现里他的实体性的性格既没有遭到损害,也还没有转化到对立面上去。在这种形式里意志及其所实现的精神实体就是伦理性的因素。这种伦理性的因素就是处在人世现实中的神性的因素,如果我们对伦理性的因素是按照它的直接的真正意义来理解,而不是按照主观思索作为形式的道德教条来理解,这种神性的因素也就是实体性,其中本质的方面和特殊的方面都对真正的人类动作提供引起动作的内容,同时也就在动作本身中展现出它的本质,使自己达到实现。①

1b) 一切外化为实际客观存在的概念都要服从个别具体化的原则。根据这个原则,各种伦理力量和各种发出动作的人物性格,无论在内容意蕴上还是个别显现形式上,就得互相区别开来,各不相同。按照戏剧体诗的要求,这些互相区别开来的力量就须显现于活动,追求某一种人类情致所决定的某一具体目的,导致动作情节,从而使自己获得实现。在这个过程中,所涉及的各种力量之间原有的和谐就被否定或消除掉,它们就转到互相对立,互相排斥:

---

① 这一节说明悲剧人物性格和动作情节所遵循的目的是一种神性的伦理力量(理想)在人世现实生活中的体现。

从此每一动作在具体情况下都要实现一种目的或性格，而这种目的或性格在所说的前提之下，由于各有独立的定性，就片面孤立化了，这就必然激发对方的对立情致，导致不可避免的冲突。这里基本的悲剧性就在于这种冲突中对立的双方各有它那一方面的辩护理由，而同时每一方拿来作为自己所坚持的那种目的和性格的真正内容的却只能是把同样有辩护理由的对方否定掉或破坏掉。因此，双方都在维护伦理理想之中而且就通过实现这种伦理理想而陷入罪过中。

关于这种冲突的必然性及其一般辩护理由，我在上文已经提到了。作为一个具体的统一体，伦理性的实体是由各种不同的关系和力量所形成的整体，而这些不同的关系和力量还只是处于寂然不动的状态，作为有福的神们，在享受平静生活中完成精神的工作。但是另一方面，也正是这种整体概念本身要求这些不同的力量由抽象概念转化为具体现实和人世间的现象。由于这些因素的性质，个别人物在具体情况下所理解的各有不同。这就必然要导致对立和冲突。只有在神们住在奥林普山峰上那种想象和宗教观念的天空中，我们才可以认真地把他们当作神来对待；而现在他们下凡了，每个神体现为一个凡人个性中某一种情致了，尽管他们各有辩护的理由，他们也就由于各有特殊或片面性，也必然要和他们的同类处于矛盾对立，要陷入罪过和不正义之中了。①

1c) 与此同时也就产生了一种未经调解的矛盾冲突，这个矛盾尽管成为实际存在的东西，却不能作为实体性的和真正实在的东西而保持住自己，它只有在作为矛盾而否定自己，才能获得它的存在权，悲剧的目的和人物性格各有辩护的理由和必然性。悲剧的

---

① 这一节说明抽象的普遍伦理力量原来处于和平统一状态，化为"有福的神"，在悲剧中它分化为不同的人物性格及其目的，显出差异和对立，导致矛盾斗争。对立双方各坚持片面的伦理力量，要否定对方才能肯定自己，所以都有罪过。

第三个因素,即悲剧的冲突导致这种分裂的解决,也是如此。这就是说,通过这种冲突,永恒的正义利用悲剧的人物及其目的来显示出他们的个别特殊性(片面性)破坏了伦理的实体和统一的平静状态;随着这种个别特殊性的毁灭,永恒正义就把伦理的实体和统一恢复过来了。悲剧人物所定下的目标,单就它本身来看,尽管是有理可说的,但是他们要达到这种目标,却只能通过起损害作用的片面性引起矛盾的悲剧方式。因为真正实体性的因素的实现并不能靠一些片面的特殊目的之间的斗争(尽管这种斗争在世界现实生活和人类行动中可以找到重要的理由),而是要靠和解,在这种和解中,不同的具体目的和人物在没有破坏和对立的情况中和谐地发挥作用。所以在悲剧结局中遭到否定的只是片面的特殊因素,因为这些片面性的特殊因素不能配合上述和谐,在它们的活动的悲剧过程中不能抛开自己和自己的意图,结果只有两种,或是完全遭到毁灭,或是在实现目的过程中(假如它可实现),至少要被迫退让罢休。

关于这一点,像众所周知的,亚里士多德曾认为悲剧的真正作用在于引起哀怜和恐惧而加以净化。他所指的并不是对自我主体性格协调或不协调的那种单纯的愉快或不愉快的情感,即好感和反感。这是最肤浅的一种看法,只有到近代才有人把快感或不快感看成悲剧成功或失败的原因。艺术作品的任务只是把精神的理性和真理表现出来。在这方面如果要研究出一个原则来,就必须抛弃上述肤浅的观点而把注意力引到正确的方向。因此,对于亚里士多德的说法,我们必不能死守着恐惧和哀怜这两种单纯的情感,而是要站在内容原则的立场上,要注意内容的艺术表现才能净化这些情感。人感到恐惧不外两种原因,一是碰到外界有限事物的威力,一是认识到自在自为的绝对真理的威力。人应该感到恐惧的并不是外界的威力及其压迫,而是伦理的力量,这是人自己的自由理性中的一种规定,同时也是永恒的颠扑不破的真理,如果人要违反它,那就无异于违反他自己。像恐惧一样,哀怜也有两种对象。一种就是对于旁人的灾祸和苦痛的同情,这是一种有限的消极的平凡感情。这种怜悯是小乡镇妇女们特别容易感觉到的。高尚伟大的人的同情和怜悯却不应采取这种方式。因为就只突出灾祸的空虚的消极方式,其中就含有贬低受灾祸者的意味。另一种是真正的哀怜,这就是对受灾祸者所持的伦理理由的同情,也就是对他所必然显现的那种正面的有实体性的因素的同情。这种哀怜当然不是流氓恶棍所能引起的。所以悲剧人物的灾祸如果要引起同情,他就必须本身具有丰富内容意蕴和美好品质,正如他的遭到破坏的伦理理想的力量使我们感到恐惧一样,只有真实的内容意蕴才能打动高尚心灵的深处。因此,对于悲剧结局所感到的兴趣是一回事,对于一种单纯灾祸或一个悲惨故事所引起的同情时那种单调的满足感却另是一回事,不应把这二者混淆起来。这种单纯灾祸不是由受害人招致的或应负责的,而是外在的偶然事故与环境的凑合,例如疾病,财产损失,死亡等等,无辜地碰到他身上的,这种场合所应引起的兴趣只是一种设法营救和援助的迫切愿望。如果救援不可能,那种苦痛和灾难的情景只能使人痛心。真正的悲剧苦难却不然,它落到剧中人物身上,只是作为他们自己所作所为的后果,他们是全心全意投入这种动作的,既有辩护的理由,又由于导致冲突而有罪过。

因此在单纯的恐惧和悲剧的同情之上还有调解的感觉。这是悲剧通过揭示永恒正义而引起的,永恒正义凭它的绝对威力,对那些各执一端的目的和情欲的片面理由采取了断然的处置,因为它不容许按照概念原是统一的那些伦理力量之间的冲突和矛盾在真正的实在界中得到实现而且能站住脚。

按照这个原则,悲剧情感主要起于对冲突及其解决的认识,所以只有戏剧体诗才能凭它的全部表现方式,把悲剧性的情节按照它的完整的范围和展现过程,作为艺术作品的原则,把它完全表现出来。因此我到现在才有机会来讨论悲剧的观照方式,尽管这种观照方式在较小程度上也多方面推广到其它艺术领域去发挥作用。①

2. 如果在悲剧里永恒的实体性因素以和解的方式达到胜利,它只从进行斗争的个别人物方面剔除了错误的片面性,而对于他们所追求的正面的积极因素则让它们在不再是分裂的而是肯定的和解过程中表现为可以保存的东西;在喜剧里情况就相反,无限安稳的主体性却占着优势。在戏剧体诗的分类中只有这两种动作情节的基本根由(实体性因素和主体性)才是互相对立的。悲剧人物由于坚持善良的意志和性格的片面性而遭到毁灭或是被迫退让罢休,做出从实体性观点看是他们自己所反对的事;喜剧人物却单凭自己而且就在自己身上获得解决,从他们的笑声中我们就看到他们富有自信心的主体性的胜利。

---

① 在这一节里黑格尔提出了他的著名的悲剧和解说。出发点仍是他的客观唯心主义的"理念"和以和解结局的辩证法。理念是实体性因素,伦理力量等都属这个范围。这理念一分为二,具体化为客观世界;在悲剧里混整的抽象的伦理力量分化为不同的人物性格及其目的,导致不同的动作和对立冲突,否定了抽象理想的和平统一。冲突必须解决,这解决就是否定的否定,冲突否定了理念的和平统一,悲剧最后解决又否定冲突双方的片面性。实际结局是悲剧人物的毁灭或退让甘休,而黑格尔却把这个叫做"和解"。为什么要和解呢?据说恢复理念的统一,是永恒正义(这也是一种理念)的胜利,这胜利表现于代表理念某一片面的人物的毁灭或失败,而理念(永恒正义)却仍保持住它的普遍效力。黑格尔把悲剧情节看作对立矛盾和冲突斗争的发展过程,这是应该肯定的贡献。他认为导致冲突斗争本身就是一种罪过,冲突的解决必然是和解,悲剧英雄的毁灭都是罪有应得,他们的毁灭就是永恒正义的胜利。这些观点都是错误的,反动的。就辩证法来说,黑格尔的辩证是以"一分为二"开始,却以"合二而一"告终。

联系到悲剧效果,黑格尔援引了亚里士多德的"悲剧引起哀怜和恐惧"的著名论断而加以迁就冲突和解说的解释。恐惧起于看到伦理力量的破坏,哀怜是对受灾祸者的伦理理想的同情。但是黑格尔认为在这两种悲剧情绪之上还有一种更重要的"和解的感觉",即看到永恒正义胜利的欢慰。

2a) 所以喜剧的一般场所就是这样一种世界：其中人物作为主体使自己成为完全的主宰，在他看来，能驾御一切本来就是他的知识和成就的基本内容；在这种世界里人物所追求的目的本身没有实质，所以遭到毁灭。例如在一个实行民主制度的民族中，如果公民们都自私，爱争吵，轻浮，好虚荣，没有信仰和知识，爱说闲话，说大话，这样一个民族就是不可救药的，它只有由于愚蠢而土崩瓦解。这并不是说，每一个没有实体性的动作单凭它的这种空虚就变成喜剧性的。在这方面，人们往往把可笑性和真正的喜剧性混淆起来了。任何一个本质与现象的对比，任何一个目的因为与手段对比，如果显出矛盾或不相称，因而导致这种现象的自否定，或是使对立在实现之中落了空，这样的情况就可以成为可笑的。但是对于喜剧性却要提出较深刻的要求。例如人的罪恶行为并没有什么喜剧性。讽刺在这方面提供了一个枯燥的例证，尽管它用刺眼的颜色描绘出现实世界与善良人应该有的样子之间的矛盾，它毕竟见不出喜剧性。笨拙或无意义的言行本身也没有多大喜剧性，尽管可以惹人笑。一般说来，没有比惯常引人笑的那些事物显出更多的差异对立。人们笑最枯燥无聊的事物，往往也笑最重要最有深刻意义的事物，如果其中露出与人们的习惯和常识相矛盾的那种毫无意义的方面，笑就是一种自矜聪明的表现，标志着笑的人够聪明，能认出这种对比或矛盾而且知道自己就比较高明。此外也还有一种笑是表现讥嘲，鄙夷，绝望等等的。喜剧性却不然，主体一般非常愉快和自信，超然于自己的矛盾之上，不觉得其中有什么辛辣和不幸；他自己有把握，凭他的幸福和愉快的心情，就可以使他的目的得到解决和实现。头脑僵硬的人却做不到这一点，在他的行为仪表显得最可笑的地方，他自己却一点也笑不起来。

2b) 关于可以成为喜剧动作对象内容，我在这里只约略谈几点带有普遍性的项目。

第一，喜剧的目的和人物性格绝对没有实体性而却含有矛盾，因此不能使自己实现。例如贪吝,无论就它所追求的目的来看,还是就它所采取的卑鄙手段来看,都显出它本身根本是无意义的。事实上贪吝者把财产的死的抽象标志即金钱看作再现实不过的东西而死守着它,而且放弃一切其它具体的使人满意的东西,来追求这种无聊的享受;同时因为他在目的和手段上都毫无力量去防御阴谋诡计和拐骗之类,也就不能达到他的目标。但是贪吝者如果认真地把这种本身空虚的内容看作他的生活的全部意义,把自己的主体性和这种内容紧密结合成为一体,以至如果这块垫脚石从他脚底下被抽掉,而他愈要坚守这块垫脚石,他也就会愈痛苦地倒塌下去。像这样一种情况就缺乏真正的喜剧核心。凡是一方面情况应引起痛感而另一方面单纯的嗤笑和幸灾乐祸都还在起作用的地方,照例就没有喜剧性。比较富于喜剧性的情况是这样:尽管主体以非常认真的样子,采取周密的准备,去实现一种本身渺小空虚的目的,在意图失败时,正因它本身渺小无足轻重,而实际上他也并不感到遭受到什么损失,他认识到这一点,也就高高兴兴地不把失败放在眼里,觉得自己超然于这种失败之上。

其次是一种与此相反的情况:个别人物们本想实现一种具有实体性的目的和性格,但是为着实现,他们作为个人,却是起完全相反作用的工具。因此那种具有实体性的目的和性格就变成一种单纯的幻想,对他们自己和对旁人却造成一种假象,仿佛所追求的确有实体性的外貌和价值。但是正因为这是假象,它就造成了目的和人物以及动作和性格之间的矛盾,这就使所幻想的目的和性格不能实现。亚理斯陀芬的喜剧《妇女专政》就是一个例子,在这部作品里,想建议建立一种新政体的妇女们还照旧保留妇女们的全部情趣和情欲。

此外还有第三种情况,即运用外在偶然事故,这种偶然事故导致情境的错综复杂的转变,使得目的和实现,内在的人物性格和外在情况都变成了喜剧性的矛盾而导致一种喜剧性的解决。

2c) 但是喜剧性既然一般都自始至终要涉及目的本身和目的内容与主体性格和客观环境这两方面之间的矛盾对立,喜剧动作情节比起悲剧动作情节就更为迫切地需要一种解决了。这就是说,在喜剧动作情节里绝对真理和它的个别现实事例之间的矛盾显得更突出更深刻。

在这种喜剧性解决之中遭到破灭的既不是实体性因素,也不是主体性本身。

因为作为真正的艺术,喜剧的任务也要显示出绝对理性,但不是用本身乖戾而遭到破灭的事例来显示,而是把绝对理性显示为一种力量,可以防止愚蠢和无理性以及虚假的对立和矛盾的现实世界中得到胜利和保持住地位。例如亚理斯陀芬对雅典人民生活中真正符合伦理的东西,真正的哲学和宗教信仰以及优美的艺术,从来就不开玩笑,他开玩笑的对象只是雅典民主制度下的一些流弊,例如古代信仰和古代道德的败坏,诡辩,悲剧中的哭哭啼啼,无聊的闲言蜚语和争辩之类。这些正是与当时政治,宗教和艺术的真理相抵触的。亚理斯陀芬所描绘出来的也正是这些东西,他使我们看到这类蠢人所干的蠢事,以自作自受的方式而得到解决。只有到了我们这个时代才有考茨布这样的喜剧家把卑鄙写成美德,使应该毁灭的东西得到涂脂抹粉而维持住地位。

但是单纯的主体性在喜剧里也不应遭到破灭。尽管喜剧所表现的只是实体性的假象,而其实是乖戾和卑鄙,它却仍然保持一种较高的原则,这就是本身坚定的主体性凭它的自由就可以超出这类有限事物(乖戾和卑鄙)的覆灭之上,对自己有信心而且感到幸福。喜剧的主体性对在实际中所显现的假象变成了主宰。实体性的真正实现在喜剧世界里已消失掉了。如果本身没有实质的东西消灭了它本身的假象存在,主体性在这样的解决中就仍然是主宰,它自己仍然存在着,并没有遭到损害,所以徜徉自得。①

3. 处在悲剧和喜剧之间的是戏剧体诗的第三个主要剧种。这个剧种没有多大的根本的重要性,尽管它力求达到悲剧和喜剧的和解,或至少是不让这两方完全对立起来,各自孤立,而是让它们同时出现,形成一个具体的整体。

3a) 例如古代的林神戏② 就属于这一类,其中主要动作虽不是悲剧性的却仍然是很严肃的,至于林神的合唱却是用喜剧的方式来处理的。悲喜混杂剧也可以列入这一种。普劳图斯③ 在《安斐屈若》里提供了一个实例,这在序曲里由交通神向观众念出这样一段诗:"你们为什么皱眉头呢?因为我预告过演的是一部悲剧吗?我是一位神,如果你们情愿,我可以把悲剧彻底改掉,把悲剧改成喜剧,还用完全同样的诗句,我要把它改成一种悲喜混合剧。"他对这种混合找到了一个理由,说一方面走上舞台发出动作的角色之中有神们也有国王们,另一方面奴隶莎西亚却是一个喜剧性的人物。在近代戏剧里,悲剧性和喜剧性就更多地交错在一起了,因为原来在喜剧是自由发挥作用的主体性原则在近代悲剧中也一开始就成为首要的原则,而伦理力量的内容中的实体性因素反而被挤到次要地位了。

3b) 但是把悲剧的掌握方式和喜剧的掌握方式调解成为一个新的整体的较深刻的方式并不是使这两对立面并列地或轮流地出

---

① 第二段三小节说明喜剧主角所追求的不是真正有意义有价值的东西而是虚妄和卑鄙的东西,所以结局必然失败,但是他有能驾御喜剧世界的信心,而且在失败时认识到他所追求的是假象,失败对他并无损失,所以乐意地接受失败,一笑置之。黑格尔在这里指出喜剧性和可笑性是两个不同的审美范畴。

② 林神戏(Satyrspiel):林神是酒神随从,林神戏一般是半讽刺半诙谐的,林神在其中并不是主角,只组成合唱队。

③ 普劳图斯(Plautus)公元前3世纪罗马的主要喜剧家。《安斐屈若》的主角安斐屈若是忒拜国王子,和玛西尼国公主阿尔克弥娜定了婚。天帝宙斯却爱上了这位公主,趁王子出去打仗,乔扮王子去和她结了婚,生下子大力神赫库勒斯。

现,而是使它们互相冲淡而平衡起来。主体性不是按喜剧里那种乖戾方式行事,而是充满着重大关系和坚实性格的严肃性,而同时悲剧中的坚定意志和深刻冲突也削弱和刨平到一个程度,使得不同的旨趣可能和解,不同的目的和人物可能和谐一致。特别是近代戏和正剧就是由这种构思方式产生出来的。这种原则的深刻处在于它根据的观点是:尽管各种旨趣,情欲和人物性格现出差异和冲突,通过人类的行动,毕竟可以变成一种协调一致的实际生活。古代就已有过一些悲剧,采取了与此类似的结局,其中个别人物们并没有被牺牲,而是把自己保全住了。例如埃斯库洛斯的《复仇的女神们》里①,最高法庭判决了阿波罗和复仇的女神们都有受到崇拜的权利。在《斐罗克特》里情形也是如此。尼阿托勒牟斯和斐罗克特之间的冲突也由于赫库勒斯的神谕和劝告而得到了解决,言归于好,同去攻打特洛伊。不过这次和解不是由于双方的内因而是由于神谕之类外来力量。在近代戏剧里,和解的根源却在个别人物们本身,他们通过自己的动作过程,就达到冲突的解决以及目的和性格的妥协。在这方面歌德的《伊菲琪尼》就是近代戏的典范,比他的《塔梭》还更典型。② 在《塔梭》里,一方面塔梭与安东尼的和解无宁说是感情方面事,起于塔梭的主观认识,他承认安东尼有他自己所没有的对人生的真正认识;另一方面塔梭在和现实生活和社会习俗发生冲突中所坚持的那种理想生活的权利获得观众的赞许主要地也只是主观的,至多也只是诗人对塔梭的宽恕和同情。

---

① 在这部悲剧里,主角俄瑞斯忒为报父仇,杀死自己的母亲,复仇的女神要惩罚他,阿波罗却要营救他,劝他逃到雅典娜女神庙里求庇护。雅典娜女神下令叫雅典最高法庭判这件案,最高法庭判决俄瑞斯忒免罪,复仇女神们和阿波罗都可以各有祭坛,受人礼拜。
② 《伊菲琪尼》已屡见,在《塔梭》里,歌德写意大利诗人塔梭在厄斯特宫廷中精神苦闷,隐射他自己在魏玛宫廷的情况。

3c)但是大体说来,这种中间剧种的界限有时比悲剧和喜剧的界限较为摇摆不定,有时有越出真正戏剧类型而流于散文的危险。由于须通过分裂对立而达到和平结局的冲突双方一开始就不像在悲剧里那样尖锐地对立,因此诗人就很容易倾向于尽全力去描绘人物性格的内心生活,把情境的演变过程变成只是这种描绘的手段;否则就是过分重视时代情况和道德习俗之类外在因素。如果这两种办法都太难,诗人就要单凭紧张情节的错综曲折来吸引注意力。大批的近代剧本都属于这一类,它们不大要求写好诗,而更多地要求戏剧性的效果。结果不外两种:或是不大经心诗的好坏而专努力打动单纯的情感,或是一方面提供娱乐,一方面着眼对听众的道德教益,从而在绝大多数情况之下对演员们提供了显示熟练技巧的机会。①

朱光潜 译
选自《美学》商务印书馆 1981 年版

---

① 这一节说明正剧(Drama)是处在悲剧与喜剧之间的剧种,虽然古已有之,它主要是近代的产物。悲剧与喜剧混合,冲淡了悲剧和喜剧两剧种各自的特色,悲剧人物的意志坚定,喜剧人物的乖戾卑鄙都被刨平了,冲突也不像从前那么尖锐了。